5

Edtl

JONATHAN KELLERMAN

Blutnacht

Buch

Es hätte ihr größter Triumph werden sollen. Ihre erste große Einzelausstellung in einer der angesagtesten Galerien von Los Angeles ließ auf den großen Durchbruch hoffen. Doch jetzt, ein paar Stunden nach der Ausstellungseröffnung, liegt Juliet mit durchschnittener Kehle in der Toilette der Galerie. Als der Psychologe Alex Delaware zusammen mit seinem Freund Milo Sturgis von der Mordkommission den Schauplatz des Geschehens untersucht, fällt ihm sofort auf, dass die Leiche und der gesamte Tatort sorgfältig in Szene gesetzt wurden. Alles deutet auf einen Ritualmord hin.

Delawares Vermutung bestätigt sich, als er diesen Fall mit einem anderen vergleicht, den Sturgis' Kollegin Petra Connor zurzeit bearbeitet: Der Bluesgitarrist Baby Boy Lee wurde nach einem nächtlichen Auftritt mit aufgeschlitztem Unterleib hinter dem Jazzlokal gefunden. Lee stand nach einem Karrieretief vor einem großen Comeback. Zwei tote Künstler, die einen Karriereschub vor sich hatten – Delaware glaubt hier das Motiv eines psychopathischen Mörders zu erkennen, eines Menschen, der den Künstlern ihren Erfolg neidet. Schließlich führt ihn eine heiße Spur zu einer Person, die er zuletzt mit den Morden in Verbindung gebracht hätte: zu seiner Exgeliebten Robin …

Autor

Jonathan Kellerman ist einer der erfolgreichsten amerikanischen Kriminalautoren. Seine Bücher sind berühmt für psychologisch einfühlsam entwickelte Figuren und eine raffinierte Handlung, die Hochspannung garantieren. Dafür ist der Ehemann von Krimikönigin Faye Kellerman unter anderem mit dem »Edgar Award« ausgezeichnet worden, Amerikas bedeutendstem Krimi-Preis.

Von Jonathan Kellerman außerdem lieferbar:

Die Romane mit Alex Delaware und Milo Sturgis:

Jamey. Das Kind, das zuviel wußte (46052) · Satans Bruder (45460) Monster (44818) · Gnadentod (45087) Das Buch der Toten (45817) Fleisch und Blut (45370) · Im Sog der Angst (46047)

Weitere Romane:

Die Tote im Griffith Park (45123) · Der Pathologe (45810) · Faye und Jonathan Kellerman: Nackte Gewalt/Denn dein ist die Macht. Zwei Romane in einem Band (45969)

Jonathan
Kellerman

Blutnacht

Roman

Aus dem Amerikanischen von
Jochen Stremmel

GOLDMANN

Die Originalausgabe erschien 2003 unter dem Titel
»A Cold Heart«
bei Ballantine, New York

Umwelthinweis:
Alle bedruckten Materialien dieses Taschenbuches
sind chlorfrei und umweltschonend.

Einmalige Sonderausgabe April 2006

Umschlaggestaltung: Design Team München
Umschlagfoto: buchcover.com/doublepointpictures
Druck und Einband: GGP Media GmbH, Pößneck
Printed in Germany
ISBN-10: 3-442-46236-3
ISBN-13: 978-3-442-46236-0

www.goldmann-verlag.de

Den *music-men* gewidmet:

Larry Brown, Rob Carlson, Ben Elder, Wayne Griffith,
George Gruhn, John Monteleone, Gregg Miner,
John Silva, Tom Van Hoose, Larry Wexer.

Und dem Gedächtnis an Michael Katz.

1

Der Zeuge erinnert sich folgendermaßen daran:

Kurz nach zwei Uhr nachts verlässt Baby Boy Lee das Snake Pit durch den hinteren Notausgang. Der elektrische Anschluss über der Tür ist für zwei Birnen ausgelegt, aber eine fehlt, und das Licht, das schwach und indirekt über dem mit Müll übersäten Asphalt flackert, wirft eine schmierige, senffarbene Scheibe von vielleicht einem Meter Durchmesser auf den Boden. Ob die fehlende Glühbirne mit Absicht fehlt, wird Mutmaßung bleiben.

Es ist Baby Boys zweite und letzte Pause des Abends. Sein Vertrag mit dem Nachtclub verpflichtet ihn zu zwei einstündigen Auftritten. Lee und die Band haben wegen Baby Boys ausgedehnter Gitarren- und Harmonika-Solos ihren ersten Auftritt um zweiundzwanzig Minuten überzogen. Das Publikum, ein fast volles Haus von 124 Zuhörern, ist entzückt.

Das Pit ist weit entfernt von den Läden, in denen Baby Boy in seiner Blütezeit spielte, aber auch er scheint glücklich zu sein.

Es ist eine Weile her, dass Baby Boy irgendwo auf der Bühne gestanden und vernünftigen Blues gespielt hat. Die einhellige Meinung später befragter Zuhörer lautet: Niemals hat der große Mann sich besser angehört.

Man behauptet, Baby Boy habe sich endgültig von einer ganzen Reihe verschiedener Suchtkrankheiten befreit, aber einer Droge bleibt er weiterhin verfallen: Nikotin. Er raucht drei Packungen Kools am Tag, nimmt tiefe Lungenzüge, während er auf der Bühne steht, und seine Gitarren sind für die schwarzen, rautenförmigen Brandmale bekannt, die ihre lackierte Holzoberfläche verunzieren.

Heute Nacht ist Baby Boy jedoch ungewöhnlich konzentriert gewesen und hat brennende Zigaretten selten von dem Platz entfernt, wo er sie für gewöhnlich hinklemmt: direkt oberhalb des Schalllochs seiner 62er Telecaster unter den drei höchsten Saiten verkeilt, langsam vor sich hin glimmend.

Also ist es wahrscheinlich die Nikotin-Sucht, die den Sänger veranlasst, in dem Moment von der Bühne zu springen, in dem er seine letzte Note gespielt hat, und sich ohne ein Wort zu seiner Band oder sonst jemandem mit seiner massigen Gestalt zur Hintertür hinauszustürzen. Der Riegel schnappt hinter ihm zu, aber es ist unwahrscheinlich, dass er es überhaupt bemerkt.

Die fünfzigste Kool des Tages ist angesteckt, bevor Baby Boy die Gasse erreicht. Er inhaliert mentholisierten Rauch, während er die Scheibe schmutzigen Lichts betritt und wieder verlässt.

Der Zeuge ist sicher, dass er einen Blick auf Baby Boys Gesicht in dem Licht erhascht hat und dass der große Mann am Schwitzen war. Falls das stimmt, hatte sein Transpirieren vielleicht nichts mit Angst zu tun, sondern resultierte aus Baby Boys Übergewicht und den Kalorien, die er mit seiner Musik verbrauchte: Seit 83 Minuten ist er herumgehüpft und hat geschrien und sich verausgabt, seine Gitarre liebkost und das Publikum am Ende des Programms mit einem feurigen, die Kehle zerfetzenden Vortrag seines Erkennungssongs in Raserei versetzt, einer elementaren Bluesnummer in B, die bezeugt, wie sich Baby Boys Stimme von einem unhörbaren Murmeln zu einem qualvollen Wehklagen steigert.

There's women that'll mess you
There's those that treat you nice
But I got me a woman with
A heart as cold as ice.

A cold heart,
A cold, cold heart
My Baby's hot but she is cold
A cold heart,
A cold, cold heart
My baby is murdering my soul …

Von diesem Punkt an werden die Einzelheiten undeutlich. Der Zeuge ist ein von Hepatitis heimgesuchter Obdachloser namens Linus Leopold Brophy, der neununddreißig Jahre alt ist, aber wie sechzig aussieht, an Blues oder irgendeiner anderen Art von Musik kein Interesse hat und sich zufällig in der Gasse aufhält, weil er den ganzen Abend Südwein der Marke Red Phoenix getrunken hat und ihm der Müllcontainer fünf Meter östlich der Hintertür des Snake Pit Schutz bietet, sein Delirium tremens auszuschlafen. Später wird mit Brophys Einverständnis eine Blutprobe gemacht werden, die 2,4 Promille ergibt, das Dreifache der gesetzlichen Obergrenze für Autofahrer, aber Brophy zufolge war er »kaum bedröhnt«.

Brophy behauptet, schläfrig, aber wach gewesen zu sein, als ihn das Geräusch der sich öffnenden Hintertür aufschreckt und er einen großen Mann in das Licht hinaustreten und anschließend in der Dunkelheit verschwinden sieht. Brophy behauptet, sich an das glühende Ende der Zigarette des Mannes zu erinnern, das leuchtete »wie Halloween, wissen Sie – orangerot, glänzend, richtig hell, verstehen Sie, was ich meine?«, und er gibt zu, dass er sich auf die

Idee gestürzt habe, den Raucher um Geld anzuhauen. (»Weil der Typ fett ist, denk ich mir, hat er mit Sicherheit genug zum Essen gehabt, also lässt er vielleicht was springen, verstehen Sie, was ich meine?«)

Linus Brophy rappelt sich auf und nähert sich dem großen Mann.

Sekunden später nähert sich jemand anders dem großen Mann, der aus der entgegengesetzten Richtung kommt – der Einmündung der Gasse am Lodi Place. Linus Brophy bleibt wie angewurzelt stehen, zieht sich in die Dunkelheit zurück, setzt sich neben den Müllcontainer.

Der Neuankömmling, ein Mann, Brophy zufolge ebenfalls ziemlich groß, wenn auch nicht ganz so groß wie Baby Boy Lee und vielleicht halb so breit wie er, geht direkt auf den Sänger zu und sagt etwas, das sich »freundlich« anhört. Ausgiebig nach dieser Einschätzung befragt, gibt Brophy an, nichts von der Unterhaltung verstanden zu haben, weigert sich aber, die Beurteilung als liebenwürdig zu revidieren. (»Als wenn sie Freunde wären, wissen Sie? So wie sie da standen, freundlich.«)

Das orangefarbene Glühen von Baby Boys Zigarette senkt sich vom Mund auf Taillenhöhe, während er dem Neuankömmling zuhört.

Der Neuankömmling sagt erneut etwas zu Baby Boy, und Baby Boy erwidert etwas.

Der Neuankömmling tritt näher an Baby Boy heran. Jetzt scheinen sich die beiden Männer zu umarmen.

Der Neuankömmling macht einen Schritt zurück, sieht sich um, macht auf dem Absatz kehrt und verlässt die Gasse auf dem Weg, auf dem er gekommen ist.

Baby Boy Lee steht da allein.

Er lässt die Hand sinken. Der orangefarbene Glühpunkt der Zigarette trifft auf den Boden und sprüht Funken.

Baby Boy schwankt. Fällt.

Linus Brophy starrt ihn an, fasst schließlich den Mut, sich dem großen Mann zu nähern. Kniet nieder und sagt: »Hey, Mann«, kriegt keine Antwort, streckt die Hand aus und berührt die konvexe Oberfläche von Baby Boys Bauch. Er fühlt etwas Feuchtes und ist angewidert.

Als jüngerer Mann neigte Brophy zu Wutanfällen. Er hat sein halbes Leben in verschiedenen County-Gefängnissen und staatlichen Haftanstalten verbracht, Dinge gesehen, Dinge angestellt. Er weiß, wie sich frisches Blut anfühlt und riecht.

Er kommt stolpernd auf die Beine, springt zur Hintertür des Snake Pit und versucht sie aufzuziehen, aber die Tür ist verschlossen. Er klopft, niemand macht auf.

Der kürzeste Weg aus der Gasse hinaus führt auf den Spuren des Neuankömmlings zurück: bis zum Lodi Place gehen, nach Norden bis zur Fountain und jemanden finden, der zuhört.

Brophy hat sich heute Nacht schon zwei Mal in die Hose gemacht – zuerst, während er betrunken schlief, und jetzt, als er Baby Boys Blut berührte. Angst packt ihn, und er nimmt die andere Richtung, stolpert durch den langen Block, bis er am andern Ende der Gasse herauskommt. Um diese Uhrzeit findet er niemanden auf der Straße und macht sich deshalb auf den Weg zu einem die ganze Nacht geöffneten Spirituosengeschäft an der Ecke Fountain und El Centro.

Sobald er in dem Laden ist, schreit Brophy den libanesischen Angestellten an, der lesend hinter einem Fenster aus Plexiglas sitzt, derselbe Mann, der ihm vor einer Stunde drei Flaschen Red Phoenix verkauft hat. Brophy wedelt mit den Armen, versucht ihm klarzumachen, was er gerade gesehen hat. Der Angestellte betrachtet Brophy als genau das, was er ist – ein brabbelnder Säufer –, und sagt ihm, er solle gehen.

Als Brophy gegen die Plexiglasscheibe zu schlagen beginnt, überlegt der Angestellte, ob er nach dem mit Nägeln beschlagenen Baseballschläger unter der Theke greifen soll. Müde und zu einem Streit nicht aufgelegt, wählt er den Notruf.

Brophy verlässt den Spirituosenladen und geht aufgeregt auf der Fountain Avenue auf und ab. Als ein Streifenwagen von der Hollywood Division eintrifft, nehmen die Polizeibeamten Keith Montez und Cathy Ruggles an, Brophy sei ihr Problem, und legen ihm sofort Handschellen an.

Irgendwie schafft er es, den Blauuniformierten sein Anliegen verständlich zu machen, und sie fahren ihren schwarz-weißen Wagen zur Einmündung der Gasse. Leistungsstarke LAPD-Taschenlampen tauchen Baby Boys Leiche in ein herzloses weißes, grelles Licht.

Der Mund des großen Mannes steht offen, und seine Augen sind in die Höhlen zurückgesunken. Sein bananengelbes Stevie-Ray-Vaughan-T-Shirt ist purpurn eingefärbt, und eine rote Pfütze hat sich unter seiner Leiche gebildet. Später wird festgestellt, dass der Killer den großen Mann mit dem klassischen Stoß eines Straßenkämpfers aufgeschlitzt hat: die lange Klinge des Messers unter das Brustbein gestochen und in einer einzigen Aufwärtsbewegung hochgezogen, die durch Darm und Zwerchfell fährt und den rechten Ventrikel von Baby Boys bereits ernsthaft vergrößertem Herzen zerschneidet.

Für Baby Boy kommt jede Hilfe zu spät, und die Cops versuchen es nicht einmal.

2

Petra Connor, die ihre männerlose Phase noch nicht hinter sich hatte, wusste, dass der Hosenanzug eine Schnapsidee gewesen war.

Eine männerlose Phase von drei Monaten. So wie sie die Sache sah, hatte sie eine Verlängerung verdient, aber ihre versöhnliche Natur hatte sich durchgesetzt, so dass sie Träger von Y-Chromosomen ansehen konnte, ohne ihnen in den Bauch boxen zu wollen.

Sie war der einzige weibliche Detective in der Nachtschicht der Hollywood Division, und so zu tun, als wäre sie nett, tat ihren Gesichtsmuskeln weh.

Den ersten Monat der Phase hatte sie damit verbracht, sich zu überzeugen, dass es nicht ihre Schuld war. Obwohl sie hier saß, kaum dreißig Jahre alt und zweifache Verliererin in der Lotterie um ernsthafte Beziehungen.

Kapitel Eins: der miese Ehemann. Kapitel Zwei war sogar noch schlimmer: der Freund, der zu seiner Exfrau zurückgegangen war.

Sie hatte damit aufgehört, Ron Banks zu hassen. Obwohl er *sie* angemacht hatte, sie sanft, aber unnachgiebig verfolgt hatte. Ihren Widerstand geschwächt hatte, indem er höflich und einfühlsam und sanft im Bett war, ein echt netter Typ.

Wie so viele nette Typen im Grunde genommen schwach.

Manche würden sagen, Ron habe die richtige Entscheidung getroffen. Für sich. Für seine Töchter.

Das war noch etwas, das Petra an ihm attraktiv gefunden hatte: Er war ein fantastischer Vater. Ron zog Alicia und Bea groß, während seine Exfrau, eine spanische Schönheit, auf Mallorca Pferde trainierte. Die Scheidung lag zwei Jahre zurück; da sollte man doch annehmen, das hält.

Süße Mädchen, sechs und sieben Jahre alt. Petra hatte sich erlaubt, Gefühle für sie zu entwickeln. So zu tun, als ob …

Petra hatte sich in einem abnorm jungen Alter einer Totaloperation unterziehen müssen.

Zum Ende hin, als Ms. Caballera den Druck erheblich verstärkte – Ron zehnmal am Tag anrief, unanständige Worte gebrauchte, ihm Bikini-Fotos mailte, *bettelte* –, war Ron ein Fall für den Psychiater gewesen, innerlich zerrissen. Schließlich schubste Petra ihn in die richtige Richtung, und er nahm beim Morddezernat des Sheriffs Urlaub, um die verfahrene Situation zu klären, und flog mit den Mädchen nach Spanien.

Für Petra hatte Spanien immer Kunst bedeutet. Der Prado, El Greco, Velázquez, Goya. Sie war noch nie dort gewesen. Hatte das Land noch nie verlassen.

Jetzt bedeutete Spanien *vorbei*.

Ron rief Petra einmal an und brach in hemmungsloses Schluchzen aus. *Tut mir so Leid, Baby, so schrecklich Leid, aber die Mädchen sind so glücklich, ich hab nie gemerkt, wie unglücklich sie waren …*

Die Mädchen hatten auf Petra immer einen normalen Eindruck gemacht, aber was wusste sie schon, als unfruchtbare, dreißig Jahre alte unverehelichte Frau.

Ron blieb den Sommer über in Spanien und schickte ihr ein Trostgeschenk: eine blöde kleine geschnitzte Flamencotänzerin. Mit Kastagnetten und allem Drum und Dran. Petra brach ihr die Gliedmaßen ab und warf sie in den Müll.

Stu Bishop, ihr langjähriger Partner, war ebenfalls abgesprungen. Hatte eine viel versprechende Karriere aufgegeben, um sich um seine kranke Frau zu kümmern. Oh, diese ehelichen Verpflichtungen.

Kurze Zeit später war sie in die Nachtschicht übergewechselt, weil sie ohnehin nicht schlafen konnte und sich mit dem speziellen Gift, das die Luft schwängerte, wenn Hollywoods Straßen schwarz wurden, im Einklang fühlte.

Getröstet vom Kummer der Leute, die in deutlich schlechterer Verfassung waren als sie.

Während der neunzig Tage ihrer männerlosen Phase bekam sie drei 187er zugeschanzt, bearbeitete sie alle solo, weil die Personaldecke dünn war und sie nicht protestierte, als der Leiter der Nachtschicht die Möglichkeit aufwarf. Zwei Fälle, die sich am östlichen Ende Hollywoods abgespielt hatten, waren leicht aufzuklären: die Erschießung eines Kassierers in einer Spirituosenhandlung und eine Messerstecherei in einem Latino-Tanzclub, zahlreiche Zeugen überall, beide Akten innerhalb einer Woche geschlossen.

Der dritte war ein Whodunit, ein echter Kriminalfall, eine fünfundachtzig Jahre alte Frau namens Elsa Brigoon, die in ihrer Wohnung am Los Feliz Boulevard erschlagen aufgefunden wurde.

Damit war sie die meisten der neunzig Tage beschäftigt, zum großen Teil damit, falschen Hinweisen nachzugehen. Elsa war eine Säuferin mit einer aggressiven Persönlichkeit gewesen, die keine Gelegenheit zu einem Streit ausließ. Außerdem hatte sie im vergangenen Jahr eine zeitlich befristete Versicherung über hunderttausend Dollar auf sich abgeschlossen, und der Nutznießer war ein Nichtstuer von einem Sohn, der mit Aktiengeschäften in einer Klemme steckte.

Aber keine dieser Spuren ergab irgendetwas Brauchbares, und Petra hatte den Fall schließlich von der anderen Seite her aufgerollt, indem sie jeden regelmäßigen Besucher des Wohnblocks einer sorgfältigen Überprüfung unterzog. Ein vom Vermieter beschäftigter Hilfsarbeiter, so stellte sich bei dieser Gelegenheit heraus, war wegen Exhibitionismus,

Notzucht und Einbruchsdiebstahls vorbestraft, und seine Augen sprangen zum Mars, als Petra ihn in seinem schmuddeligen Einzimmerapartment in Downtown befragte. Die anschließende geschickte Vernehmung durch Detective II Connor entlockte dem Widerling ein Geständnis.

Drei von drei. Petras Lösungsrate näherte sich langsam der des Champions – Milo Sturgis drüben in West L. A. –, und sie wusste, dass sie sich auf der Überholspur zum Detective III befand, ihn vielleicht am Jahresende in der Tasche hatte, was mit Sicherheit bei ihren Kollegen eine Menge Neidgefühle wecken würde.

Gut. Männer waren …

Nein, genug davon. Männer sind unsere biologischen Partner.

Oh, Herr im Himmel …

Am Tag neunzig entschied sie, dass Bitterkeit ihre Seele zersetzte, und beschloss, positiv zu sein. Zum ersten Mal seit Monaten kehrte sie wieder an ihre Staffelei zurück und versuchte, mit Ölfarben zu malen, fand, dass ihr Sinn für Farben zu wünschen übrig ließ, wechselte zu Feder und Tusche und füllte blätterweise Bristol-Karton mit angespannten, hyperrealistischen Gesichtern.

Kindergesichter. Gut gezeichnet, aber billig. Sie zerriss die Zeichnungen in kleine Fetzen und ging einkaufen.

Sie musste sich etwas Farbiges besorgen – ein Blick in ihren Kleiderschrank machte das mehr als deutlich.

Ihre lässige Kleidung bestand aus schwarzen Jeans, schwarzen T-Shirts und schwarzen Schuhen. Ihre Arbeitsklamotten waren dunkle Hosenanzüge: ein Dutzend schwarze, zwei marineblaue, drei schokoladenbraune, ein anthrazitfarbener. Alle tailliert, damit sie ihre schlanke Figur zur Geltung brachten, alles Designermarken, die sie in

Discountläden und in Barney's Großhandel und zu Schlussverkaufspreisen kaufte, wo immer sie sie fand.

Sie fuhr von ihrer Wohnung im Wilshire District zu dem großen Neiman Marcus in Beverly Hills und stürzte sich mit einem Vestimenta-Teil aus weichem Wollstoff zum halben Preis in Unkosten.

Seidenrevers, Brusttasche schräg zum Fadenlauf geschnitten, betonte Schultern, abgesteppte Hose.

Himmelblau.

Sie trug ihn am selben Abend und zog schockierte Blicke der anderen Detectives auf sich. Ein Klugscheißer bedeckte seine Augen, als wolle er sich vor grellem Licht schützen. Ein zweiter sagte: »Hübsch, Petra.« Ein paar andere pfiffen anerkennend, und sie grinste die ganze Bande an.

Bevor irgendjemand einen Witz reißen konnte, begannen die Telefone zu klingeln, und das Großraumbüro wurde wieder vom Todesgeschäft in Anspruch genommen. Während sie an ihrem Metallschreibtisch in einer Ecke neben den Spinden Platz nahm und Papiere hin und her schob, berührte sie das himmelblaue Revers und glaubte zu wissen, was den Kerlen durch den Kopf ging.

Morbida ändert ihren Stil.

Die Drachen-Lady macht auf unbeschwert.

Sie erweckte einen eher düsteren Eindruck, aber das verdankte sie zum großen Teil biologischen Faktoren. Sie hatte ein scharf geschnittenes Gesicht, eine Haut wie Elfenbein, dickes, glattes pechschwarzes Haar, das sie in einem glänzenden Pagenkopf trug, tiefbraune Augen, die zu bohrenden Blicken neigten.

Kinder brachten das Sanfte in ihr zum Vorschein, aber Alicia und Bea waren jetzt aus ihrem Leben verschwunden, und Billy Straight – ein Junge, den sie bei der Arbeit an einem Mordfall kennen gelernt hatte und der ihr ans Herz gewachsen war – war fast vierzehn und hatte eine Freundin gefunden.

Billy rief nie mehr von sich aus an; das letzte Mal, als Petra ihn angerufen hatte, hatten sie sich längere Zeit angeschwiegen als unterhalten.

Daher nahm sie an, dass man ihr verzeihen konnte, wenn sie als Drachen-Lady erschien.

Das Büro des Bezirksstaatsanwalts hatte ihr ein paar Fragen zum Fall Elsa Brigoon gefaxt – der Neuling, der den Fall bearbeitete, hätte nur die Akte etwas gründlicher lesen müssen. Aber sie schickte ihm trotzdem die Antworten per Fax zurück.

Dann klingelte ihr Telefon, und ein Streifenpolizist namens Montez erzählte irgendwas von einer 187er Messerstecherei an der Fountain in der Nähe der El Centro, und Petra verließ das Revier wie der Blitz.

Sie traf am Tatort ein und beriet sich mit dem Gerichtsmediziner. Er teilte ihr mit, dass sie am Leichenschauhaus mit der Arbeit im Rückstand waren und die Autopsie eine Weile dauern würde. Aber die Todesursache schien kein großes Geheimnis zu sein.

Eine einzige Messerwunde, Exsanguination, das meiste Blut in einer Lache unter der Leiche, zur Bestätigung des Tatorts. Petra in ihrem himmelblauen Anzug war froh, dass es nicht mehr Blut gab.

Dann nahm sie sich den Führerschein des Opfers vor und wurde traurig, weil sie es hier zum ersten Mal in ihrer Karriere als Detective mit einem Namen zu tun hatte, den sie wiedererkannte. Sie hatte sich nie groß für den Blues interessiert – jedenfalls nicht in musikalischer Hinsicht –, aber das musste man auch nicht, um zu wissen, wer Edgar Ray Lee war.

Alias Baby Boy. Der Führerschein in seiner Hosentasche

hielt nur das Wesentliche fest: weiß, männlich, ein Geburtsdatum, das ihn zum Einundfünfzigjährigen machte. Größe: eins achtundachtzig, Gewicht: hundertzwanzig Kilo. Petra kam er größer vor.

Als sie die Angaben auf ihren Notizblock übertrug, hörte sie, wie jemand – ein Mann, der mit dem Leichenwagen gekommen war – sagte, der Typ sei ein Gott an der Gitarre gewesen, hätte mit Bloomfield, Mayall, Clapton, Roy Buchanan und Stevie Ray Vaughan zusammen gespielt.

Petra drehte sich um und sah, wie ein bärtiger Ex-Hippie-Typ mit Pferdeschwanz in einem Overall des Leichenschauhauses den Leichnam anstarrte. Weißer Pferdeschwanz. Feuchte Augen.

»Begabt«, sagte sie.

»Diese Finger«, sagte der Fahrer, während er einen schwarzen Leichensack aus Plastik entfaltete.

»Spielen Sie auch?«, fragte Petra ihn.

»Ich klimpere. Er hat *gespielt.* Er – diese Finger waren ... magisch.« Der Fahrer betupfte sich die Augen, zerrte wütend an dem Sack, riss ihn förmlich auf. *Zzzzzzzip.*

»Fertig?«, sagte er.

»Sekunde noch.« Petra hockte sich neben die Leiche, prägte sich erneut die Einzelheiten ein. Notierte sie auf ihrem Block.

Gelbes T-Shirt, Bluejeans, rasierter Schädel, kleiner Kinnbart. Blaue Tätowierungen auf beiden Armen.

Pferdeschwanz entfernte sich mit angewidertem Blick. Petra nahm die Leiche weiter in Augenschein. Edgar Ray Lees Mund stand offen und entblößte kaputte und verfaulte Zähne, bei deren Anblick Petra denken musste: *rauschgiftsüchtig?* Aber sie entdeckte keine Einstichnarben zwischen den Tattoos.

Baby Boy war nicht länger als eine Stunde tot, aber sein

Gesicht hatte bereits diese grünlich graue Blässe angenommen. Die Sanitäter hatten das T-Shirt um die Stichwunde herum aufgeschnitten. Ein acht Zentimeter langer senkrechter Schnitt durch den Bauch, der an den Rändern aufklaffte.

Sie skizzierte die Wunde und schob den Block wieder in ihre Handtasche. Sie machte gerade einen Schritt nach hinten, als ein Fotograf hinter ihr verkündete: »Ich will mich vergewissern, dass die Lichtverhältnisse okay waren.« Er trat näher, verlor das Gleichgewicht und fiel auf den Hintern. Rutschte mit den Füßen voran in die Blutlache.

Sein Fotoapparat landete auf dem Asphalt und klapperte bedrohlich, aber das kümmerte Petra nicht weiter.

Purpurrote Flecken und Tupfer zierten ihre Hose. Beide Hosenbeine waren ruiniert.

Der Fotograf lag benommen da. Petra tat nichts, um ihm zu helfen, murmelte nur etwas Schroffes, das dafür sorgte, dass sich seine Augen und die aller anderen erstaunt weiteten.

Sie stürmte vom Tatort.

Ihre eigene verdammte Schuld, dass sie sich etwas Farbiges besorgt hatte.

3

Petra arbeitete hart an dem Fall, unternahm all die üblichen verfahrenstechnischen Schritte und recherchierte zudem im Internet, was dort über Baby Boy Lee zu finden war. Bald schon war sie tief in die Welt ihres Opfers eingedrungen und fragte sich, wie es wohl gewesen war, Edgar Ray Lee zu sein.

Der Bluesmann hatte als Angehöriger der gehobenen

Mittelschicht begonnen, war das einzige Kind von zwei Professoren an der Emory University in Atlanta gewesen. Zehn Jahre als Wunderkind auf Geige und Cello waren zu Ende gegangen, als der rebellische Teenager die Gitarre für sich entdeckte und mit dem Greyhound nach Chicago fuhr, wo er mit einem völlig neuen Lebensstil konfrontiert wurde: Er wohnte auf der Straße und in Notunterkünften, spielte mit der Butterfield Blues Band, Albert Lee, B. B. King und jedem anderen Genie, das zufällig vorbeikam. Entwickelte seine Technik und nahm schlechte Angewohnheiten an.

Die älteren Musiker erkannten die Begabung des pummeligen Jungen sofort, und einer von ihnen gab ihm den Spitznamen, der hängen blieb.

Baby Boy verbrachte zwei Jahrzehnte damit, seinen Lebensunterhalt als Sessionmusiker oder als Lead-Gitarrist einer Bar-Band zusammenzukratzen, ertrug große Versprechungen, die im Sande verliefen, nahm Platten auf, die in der Versenkung verschwanden, und landete schließlich einen Top-40-Hit mit einer Südstaaten-Band namens Junior Biscuit. Der Song, den der große Mann geschrieben, gesungen und mit Gitarrenriffs versehen hatte, war eine herzzerreißende Klage mit dem Titel »A Cold Heart« – genau dasselbe Lied, das Baby Boy wenige Augenblicke vor seinem Tod gespielt hatte.

Der Song schaffte es auf Platz 19 der Billboard Top 100, blieb einen Monat in den Charts. Baby Boy kaufte sich ein schönes Auto, jede Menge Gitarren und ein Haus in Nashville. Innerhalb eines Jahres war das ganze Geld verschwunden, da Lee mehr Geld für Frauen, gutes Essen und verschiedene Drogen ausgab als je zuvor. Die nächsten Jahre bestanden aus einer verschwommenen Abfolge fruchtloser Rehabilitationsversuche. Dann: Vergessenheit.

Keine Verwandten riefen an, um sich nach ihm zu erkundigen. Lees Eltern waren beide tot, er hatte nie geheiratet oder ein Kind gezeugt. Das, der Himmel steh ihr bei, war der Grund dafür, dass er ihr sehr am Herzen lag, und das Bild seiner Leiche wich nicht aus ihrem Kopf.

Die üblichen verfahrenstechnischen Schritte waren: Baby Boys Wohnung mit Klebestreifen absichern zu lassen, bevor sie vorbeischaute, um sie persönlich in Augenschein zu nehmen; Baby Boys Bandkollegen, seinen Manager, den Inhaber des Snake Pit, Rausschmeißer und Barkeeper und Cocktailkellnerinnen und die wenigen Gäste zu befragen, die geblieben waren, um am Tatort Maulaffen feilzuhalten, und deren Namen auf einer Liste gelandet waren.

Niemand hatte eine Idee, wer Baby Boy etwas hätte antun wollen. Jeder mochte Baby Boy, er war ein großer, dicker Junge, naiv, gutmütig, würde einem sein letztes Hemd geben – seine letzte *Gitarre*, ja, sogar die.

Der Höhepunkt des üblichen Verfahrens war eine Stunde in einem kleinen, engen Vernehmungszimmer in Gesellschaft des Hauptzeugen Linus Brophy.

Sobald Petra gehört hatte, dass es einen Augenzeugen gab, waren ihre Hoffnungen gestiegen. Dann hatte sie mit dem Obdachlosen geredet und festgestellt, dass sein Bericht so gut wie wertlos war.

Brophys Beschreibung lief darauf hinaus, dass es sich um einen hoch gewachsenen Mann handelte.

Alter? Keine Ahnung.

Hautfarbe? Keine Ahnung.

Kleidung? Keinen Schimmer.

Es war richtig dunkel, Detective Lady.

Als wäre das nicht genug, sie für Brophy einzunehmen, hatte der Penner einen Medienfimmel, belästigte sie unaufhörlich, weil er wissen wollte, ob jemand vom Fernsehen mit ihm reden würde. Petra fragte sich, wie lange es noch dauern würde, bis Brophy ein Drehbuch zu verkaufen versuchte. Seine Geschichte an die Boulevardpresse verhökerte: ICH SAH ZU, WIE AUSSERIRDISCHE BABY BOY LEE ERMORDETEN.

Das einzige Problem war, dass die Boulevardblätter absolut kein Interesse hatten. Weil Baby Boy trotz seines Comeback-Versuchs kein Prominenter war. Seit dem Hit mit Junior Biscuit waren achtzehn Jahre vergangen, und im Zeitalter von Rock als Porno war Lee genau das, was MTV nicht wollte.

Die Gaffer vom Tatort sprachen Bände. Es handelte sich ausschließlich um Kids, die jung genug waren, um Baby Boys Sprösslinge zu sein, und jeder Einzelne von ihnen bewunderte ihn nur aufgrund einer Tatsache: Im vergangenen Jahr hatte Baby Boy eine Band von Zwanzigjährigen namens Tic 439 bei Plattenaufnahmen auf der Gitarre begleitet, und die CD hatte es bis zu Platin gebracht und die Hoffnungen des großen Mannes auf ein Comeback beflügelt.

Dennoch fragte sich Petra, ob Baby Boy nicht eine Menge Bares mit dem Hit gemacht hatte – viel Geld war immer ein gutes Motiv. Aber diese Idee wurde schnell ad acta gelegt, als sie mit Lees Manager redete.

»Nee, damit ist Baby nicht reich geworden. Damit hat er nix verdient.« Der frühere Hüter von Lees Karriere war ein Frettchen im Jeansanzug mit toupiertem Haar und gebeugten Schultern namens Jackie True, der mit einem klinisch depressiven Murmeln sprach.

»Warum nicht, Sir?«

»Weil es Blödsinn war, eine Abzocke«, sagte True. »Diese Kids haben ihn damit rumgekriegt, dass sie ihm vorschwärmten, er wäre ihr Idol, Gottes Antwort auf was auch immer. Und jetzt raten Sie mal, was sie ihm gezahlt haben: den doppelten Tarif. Ich hab versucht, an einen Teil der Einnahmen ranzukommen, wenigstens netto, aber …« True atmete geräuschvoll aus und schüttelte den Kopf. »Ich hab nicht mal meine Prozente abgezogen. Baby brauchte jeden Penny.«

»Das ist Pech«, sagte Petra.

»Pech war Babys Leitmotiv.«

Das Gespräch mit dem Manager fand in seiner verdreckten Wohnung in North Hollywood statt. Jackies Stiefel waren abgewetzt, und seine Nägel waren eingerissen. Was bekamen Manager – zehn, fünfzehn Prozent? Dieser hier machte auf sie nicht den Eindruck, als hätte er einen Stall voller Vollblüter. Würde Jackie nach Lees Abgang also weiterhin auf neues Schuhwerk und Maniküre verzichten müssen? Falls ja, konnte sie ein weiteres Motiv abhaken.

Es bestand ohnehin keine Chance, dass Jackie True ihr Mann war. Einer Sache schien sich Linus Brophy sicher zu sein, nämlich dass der Mörder groß war, und True wäre nach einer Sitzung auf der Streckbank nicht größer als eins fünfundsechzig.

Sie ging zum nächsten Namen auf ihrer Liste: der Tonmann, ein graduierter Student an der USC, der an dem Abend freiberuflich gearbeitet hatte und von Baby Boy kaum gehört hatte.

»Wenn ich ehrlich sein soll«, sagte er, »das war wirklich nicht mein Ding. Ich stehe auf klassische Musik.«

Petra stattete Baby Boys Wohnung am auf den Mord folgenden Nachmittag einen Besuch ab. Sie stellte sich als mindestens so trist heraus wie die von Jackie True, eine ebenerdige Wohneinheit in einem kastenförmigen weißen Apartmenthaus unweit der Cahuenga, auf halbem Weg zwischen Hollywood und dem Valley. Das Haus stand hinter einem von Zypressen gesäumten Parkplatz. Ölige Pfützen punktierten den Asphalt, und die Wagen der Bewohner waren wie Lees dreizehn Jahre alter Camaro müde und staubig.

Angesichts von Lees Vorgeschichte hatte sie mit chaotischem Durcheinander, Schmutz, leeren Schnapsflaschen, Rauschgift, allem Möglichen gerechnet. Aber Baby Boy hatte ein sauberes Leben geführt, in jeder Hinsicht.

Die Wohnung bestand aus Wohnzimmer, Kochnische, Schlafzimmer, Badezimmer. In gebrochenem Weiß gestrichene Wände, limonenfarbener Teppichboden, niedrige, rissige Decken, Lampen aus den Sechzigerjahren mit einem Hauch von Glitzer und Goldfarbe. Petra fing im hinteren Teil an und arbeitete sich nach vorne durch.

Das Schlafzimmer roch nach altem Schweiß. Baby Boy hatte auf einer extra großen Matratze geschlafen, unter der ein Sprungfederrahmen direkt auf dem Boden lag. Lees Kleidung nahm die Hälfte des schäbigen Schranks ein: T-Shirts, Trainingsanzüge, Jeans, eine große schwarze Lederjacke, die so rissig war, dass sie aussah, als könnte sie sich jederzeit in ihre Bestandteile auflösen. In der Nachttischschublade befanden sich ein weitgehend leerer Terminkalender und einige fällige Stromrechnungen.

Petra nahm den Kalender an sich und schaute sich weiter um. Nirgendwo Rauschgift oder Alkohol, und das stärkste Mittelchen, das sie im Badezimmer fand, war eine große Flasche Advil mit losem Deckel, was auf häufigen Gebrauch hinwies.

Der avocadofarbene Kühlschrank enthielt Joghurt, Hüttenkäse, koffeinfreien Kaffee, fettfreien Mocha Mix, ein paar Pfirsiche und Pflaumen mit Druckstellen, Weintrauben, die allmählich verschrumpelten. Im Tiefkühler lagen eine Packung Hühnerbrüste ohne Haut und ein Dutzend Schachteln Lean Cuisine.

Eine Schlankheitskur. Hatte versucht abzunehmen, der arme Kerl. Und jemand hatte ihn aufgeschlitzt wie einen Fisch.

Im Wohnzimmer standen zwei Stühle mit gerader Rückenlehne, acht Gitarren auf Ständern und drei Verstärker. Oben auf einem Verstärker lag ein Stück von auffälliger Eleganz – eine bezaubernde kleine Cloisonné-Dose, schwarzes Email, verziert mit roten Drachen. Darin befand sich eine Reihe von Plektren.

Und das war's.

Petras Handy klingelte. Der Mann an der Vermittlung im Revier informierte sie, dass Linus Brophy angerufen habe und wissen wolle, ob sie noch irgendeine Verwendung für ihn habe.

Sie lachte und trennte die Verbindung.

Die nächsten Tage wurden von weiteren üblichen Verfahrensschritten in Anspruch genommen – jede Menge Transpiration, keine Inspiration. Petra tat die Speiseröhre weh, und ihr dröhnte der Kopf. Der Fall begann diesen hässlichen Gestank eines schwer aufzuklärenden Verbrechens anzunehmen.

Um ein Uhr am Montagmorgen saß sie an ihrem Schreibtisch und schlug Baby Boys Terminkalender auf.

Der schwarze Kunstlederband war, abgesehen von spärlichen Mahnungen, Lebensmittel einzukaufen, Wäsche abzuholen und »J. T. anzurufen«, praktisch leer.

Lee hielt den Kontakt zu Jackie True aufrecht. Worauf hoffte er?

Dann kam Petra zur Woche des Mordes. Eine einzige Notiz ging über alle sieben Tage: die großen, nach rechts geneigten Blockbuchstaben, die sie inzwischen als Baby Boys Schrift erkannte. Aber größer, mit dickem schwarzem Filzstift hingeschrieben.

GIG IM S. P.

Kein Ausrufezeichen, aber es hätte durchaus eins dastehen können. Lees Begeisterung war am Format abzulesen.

Petra schlug eine Seite zum heutigen Datum um. Zwei Einträge, viel kleinere Buchstaben. Baby Boy beim Planen einer Zukunft, die nie kommen würde.

Gold Rush Studios? $$$?

Das machte Sinn. Jackie True hatte ihr erzählt, dass Baby Boy immer noch Feuer und Flamme war und vorhatte, einen Teil seines Konzerthonorars für eine Aufnahme auszugeben.

»Das Traurige war«, hatte True stirnrunzelnd gesagt, »Baby hat nicht begriffen, wie wenig Studiozeit ihm der Gig einbringen würde, nachdem ich die Band und alles andere bezahlt hatte.«

»Was ist alles andere?«

»Leihgebühr für die Ausrüstung, der Tonmann, der Junge, der unser Zeug transportiert hat.« Kurzes Zögern. »Mein Anteil.«

»Nicht viel übrig«, sagte Petra.

»Von Anfang an nicht viel.«

Der zweite Eintrag stand unter Mittwoch, und der sah nach einem Termin aus:

RC wegen Instr., Tele, J-45.

Petra wusste inzwischen, dass Baby Boy Fender Telecasters spielte, also war das eine Verabredung mit einem Instrumentenmacher.

Dann ging ihr angesichts der Initialen ein Licht auf.

RC. Alex Delawares Freundin Robin Castagna baute und reparierte Gitarren, und nach dem, was Alex Petra erzählt hatte, wurde sie hinzugezogen, wenn ernsthafte Musiker Probleme mit ihrem Gerät hatten.

RC. Das musste sie sein.

Petra bezweifelte, dass Robin irgendein Licht auf den Fall werfen konnte, aber sie hatte keine anderen Hinweise und machte sich eine Notiz, um sie morgen anzurufen.

Sie ging früh nach Hause und dachte an das coole weiße Haus, wo Alex und Robin derzeit am Beverly Glen wohnten.

Apropos feste Beziehung, wenn das nicht eine war, zwischen den beiden.

Robin war, anders als andere Leute, klug genug gewesen, sich einen zuverlässigen Typen zu angeln. Mit viel Glück, insbesondere weil der Typ ein Psychofritze war, und Petra hatte den Verdacht, dass die meisten Psychofritzen mit hohem Pflegeaufwand verbunden waren.

Außerdem sah Alex gut aus – ein weiterer Indikator für hohen Pflegeaufwand. Aber trotz alledem hatte er eine … eine *solide* Art an sich. Ein bisschen von der ernsten Sorte, aber das war besser als die egoistische Exzentrik, die Männer in L.A. zu befallen schien.

Petra hatte eine Zeit lang nicht mit Alex gesprochen. Sie hatte erwogen ihn anzurufen, als Billys Absetzbewegung sie an ihren Fähigkeiten als … Freundin zweifeln ließ. Alex war Billys Therapeut gewesen. Aber dann hatte sie es doch nicht gemacht. Zu viel zu tun.

Nein, das war nicht der wahre Grund. Ob Delaware nun solide war oder nicht, er war immer noch ein Psychofritze, und Petra befürchtete, dass man ihrer Stimme die Traurigkeit anhören könnte und er darauf eingehen und seine

Nummer abziehen würde. Und sie war nicht in der richtigen Stimmung für diese Nummer.

Jetzt konnte sie im Windschatten des Mordes den Kontakt ungestraft herstellen.

Am nächsten Morgen rief sie um zehn im weißen Haus an. Alex ging ran und sagte: »Hey, Petra, was liegt an?«

Sie machten ein wenig Smalltalk, Alex fragte nach Billy, Petra log und sagte, alles laufe prima. Dann sagte sie: »Eigentlich will ich Robin sprechen. Ihr Name taucht im Terminkalender des Opfers in einem Mordfall auf, der gerade auf meinem Tisch liegt.«

»Baby Boy Lee?«

»Woher wissen Sie das?«

»Robin hat sich um seine Gitarren gekümmert. Er war ein paar Mal hier. Netter Kerl.«

»Kennen Sie ihn gut?«

»Nein«, sagte Alex. »Er kam nur ab und zu vorbei. Er war freundlich, immer am Lächeln. Aber das Lächeln eines Bluesmanns.«

»Soll heißen?«

»Traurig, resigniert. Robin hat mir erzählt, dass er schwere Zeiten durchgemacht hat. Zweimal bin ich reingekommen, als er gespielt hat. Die beste Gitarre, die ich im ganzen Jahr gehört habe. Er hatte ein unglaubliches Gespür für Phrasierungen – nicht viele Noten, aber die richtigen.«

Redete wie ein Musiktyp – Petra hatte fast Wort für Wort das Gleiche von den Bandmitgliedern des großen Mannes gehört.

Sie erinnerte sich: Alex spielte Gitarre.

»Schwere Zeiten«, sagte sie. »Was können Sie mir sonst noch über ihn sagen?«

»Das ist so gut wie alles. Robin hat seine Gitarren umsonst repariert, weil er immer pleite war. Er machte immer eine Show daraus, ihr einen Schuldschein auszustellen und zu überreichen, aber meines Wissens hat sie keinen davon eingelöst. Haben Sie eine Idee, wer es gewesen ist?«

»Nein. Das ist der Grund, weshalb ich jeder Kleinigkeit nachgehe. Ist Robin in der Nähe?«

Mehrere Sekunden verstrichen. Dann: »Sie wohnt nicht mehr hier, Petra. Wir haben uns vor ein paar Monaten getrennt.«

»Oh.«

»Einvernehmliche Entscheidung, es funktioniert«, sagte er. Aber er hörte sich nicht so an, als ob er es ernst meinte. »Ich gebe Ihnen ihre Nummer.«

Petras Wangen waren heiß geworden. Nicht aus Verlegenheit. Aus Zorn. Noch eine Burg zerbröckelt.

»Klar«, sagte sie.

»Sie hat ein Haus in Venice. Rennie Avenue, im Norden der Rose. Es ist ein Zweifamilienbungalow, das Studio ist im südlichen Teil.«

Petra notierte sich die Adresse und bedankte sich bei ihm.

»Ich glaube, sie ist nicht in der Stadt, Petra. Sie war einen großen Teil des letzten Jahres mit der Kill Famine Tour unterwegs.« Pause. »Sie hat einen Mann kennen gelernt.«

»Tut mir Leid«, platzte Petra heraus.

»So was kommt vor«, sagte er. »Wir haben beschlossen … unsere Unabhängigkeit auszuprobieren. Jedenfalls ist dieser Mann Gesangspädagoge, und er ist auch viel unterwegs. Sie sind in Vancouver. Ich weiß es, weil sie angerufen hat, um mir zu sagen, dass sie mit Spike dort zu einem Tierarzt geht. Zahnschmerzen.«

Petra erinnerte sich an den Hund. Eine süße französische Bulldogge. Eine Chance, das Thema zu wechseln. »Autsch. Ich hoffe, es geht ihm besser.«

»Ich auch … jedenfalls sind sie morgen wieder zurück, glaube ich.«

»Okay, danke.«

»Keine Ursache. Viel Glück bei dem Fall. Grüßen Sie Robin von mir.«

»Mach ich«, sagte Petra, die die Verbindung unbedingt beenden wollte. »Passen Sie gut auf sich auf.«

»Sie auch.«

Er legte auf. Petra blendete den Anruf aus und ging zum x-ten Mal die Einzelheiten von Baby Boys Ableben durch. Dann verließ sie das Revier und holte sich was zum Mittagessen. Einen fettigen Hamburger in einem Schuppen an der Vine Street, der mit Sicherheit eine Enttäuschung sein würde.

4

Als ich zum ersten Mal mit Allison Gwynn schlief, kam ich mir wie ein Ehebrecher vor.

Vollkommen irrational. Robin und ich lebten seit Monaten getrennt. Und inzwischen war sie mit Tim Plachette zusammen.

Aber wenn die Berührung, das Gefühl, der Geruch von jemandem in deinem Innersten eingebettet ist …

Falls Allison mein Unbehagen spürte, verlor sie kein Wort darüber.

Ich lernte sie kennen, kurz bevor sich das Ende meiner Zeit mit Robin ankündigte. Ich hatte Milo bei der Aufklärung eines zwanzig Jahre alten Mordfalls geholfen. Jahre zuvor, im Alter von siebzehn Jahren, war Allison von einem Mann sexuell missbraucht worden, der in dem Fall eine Rolle spielte. Ihr Mentor am College war ein alter Freund von mir, und er fragte sie, ob sie mit mir reden wolle. Sie dachte darüber nach und stimmte zu.

Sie gefiel mir sofort – ich bewunderte ihren Mut, ihre Aufrichtigkeit, ihre sanfte Art. Ihr Aussehen war so bemerkenswert, dass es nicht zu übersehen war, aber seinerzeit begrüßte ich es als abstrakte Qualität.

Eine Haut wie Elfenbein, prägnante Wangenknochen, ein breiter, kräftiger Mund, die herrlichsten hüftlangen schwarzen Haare, die ich je gesehen hatte. Riesige mitternachtsblaue Augen, die eine wache Neugier ausstrahlten. Sie war auch Psychologin. Diese Augen, nahm ich an, würden ihr gute Dienste erweisen.

Sie wuchs als einzige Tochter eines stellvertretenden Generalstaatsanwalts in Beverly Hills auf, ging zur Penn und machte dort ihren Abschluss als Dr. phil. In ihrem letzten Jahr lernte sie einen Wharton-Spezialisten kennen, verliebte sich in ihn, heiratete jung und zog nach Kalifornien zurück. Wenige Monate nachdem sie ihre Zulassung vom Staat erhalten hatte, wurde bei ihrem Mann ein seltenes Malignom diagnostiziert, und sie wurde Witwe. Allmählich bekam sie sich wieder in den Griff und baute eine Praxis in Santa Monica auf. Jetzt verband sie klinische Arbeit mit abendlichen Lehrveranstaltungen an der Uni und ehrenamtlicher Tätigkeit in einem Sterbehospiz.

Beschäftigungstherapie. Ich kannte das Lied.

Wenn sie saß, schienen ihre hohe Taille, ihre gertenschlanken Arme und ihr Schwanenhals auf eine gewisse Körpergröße hinzuweisen, aber sie war eine kleine, zierlich gebaute Frau, wie Robin – da tu ich's schon wieder, Vergleiche ziehen.

Anders als Robin neigte sie zu teurem Make-up, betrachtete den Einkauf von Textilien als Freizeitvergnügen, und das Glitzern von Diamantenschmuck strategisch einzusetzen stellte für sie kein Problem dar.

Bei einer Gelegenheit gestand sie, es liege daran, dass sie erst spät in die Pubertät gekommen sei und es während der gesamten Highschoolzeit gehasst habe, wie ein Kind auszusehen. Mit siebenunddreißig schien sie zehn Jahre jünger zu sein.

Ich war seit langer Zeit der erste Mann, mit dem sie zusammen war.

Als ich sie anrief, waren Monate seit unserem letzten Gespräch vergangen. Überraschung belebte ihre Stimme. »Oh, hallo.«

Ich redete um den heißen Brei herum, lud sie schließlich zum Abendessen ein.

Sie sagte: »Ein Rendezvous?«

»Ganz genau.«

»Ich dachte, es … gäbe da jemanden.«

»Ich auch«, sagte ich.

»Oh. Hat sich das kürzlich ergeben?«

»Ich will mich nicht über einen Verlust hinwegtrösten«, sagte ich. »Ich bin schon seit geraumer Zeit Single.« Ich hasste die peinliche Lage, in der ich mich befand, das Selbstmitleid.

»Sie haben sich Zeit genommen«, sagte sie.

Sie fand die richtigen Worte. War darin *ausgebildet*, die richtigen Worte zu finden. Vielleicht war das hier ein Fehler. Schon während des Graduiertenstudiums hatte ich es vermieden, mich mit Frauen meines Fachs zu verabreden, hatte andere Welten kennen lernen wollen und befürchtet, dass eine intime Beziehung zwischen zwei Psychotherapeuten zu großen Einschränkungen unterworfen wäre. Dann lernte ich Robin kennen, und es gab keine Notwendigkeit mehr, sich woanders umzuschauen …

»Nun ja«, sagte ich. »Wenn Sie zu viel um die Ohren haben –«

Sie lachte. »Klar, treffen wir uns.«

»Sind Sie immer noch eine Fleischfresserin?«

»Sie erinnern sich daran? Habe ich mich dermaßen übel voll gestopft? Beantworten Sie das nicht. Nein, ich bin keine Vegetarierin geworden.«

Ich nannte ein Steakhaus nicht weit von ihrer Praxis. »Wie wär's mit morgen Abend?«

»Ich habe Patienten bis acht Uhr, aber falls Sie nichts gegen ein spätes Abendessen haben, gern.«

»Um neun«, sagte ich. »Ich hole Sie in Ihrer Praxis ab.«

»Warum treffen wir uns nicht dort?«, sagte sie. »Dann brauche ich meinen Wagen nicht stehen zu lassen.«

Sie bereitete einen Fluchtplan vor.

Ich sagte: »Hervorragend.«

»Bis dann, Alex.«

Ein *Rendezvous*.

Wie lange war es her? Eine Ewigkeit … Obwohl Allison ihren eigenen fahrbaren Untersatz dabeihaben würde, wusch und saugte ich den Seville, bis mich der Ehrgeiz packte und ich schließlich mit einer Zahnbürste vor dem Kühlergrill saß. Eine Stunde später, dreckig, verschwitzt und nach Öl riechend, machte ich einen langen Lauf, anschließend Dehnungsübungen, duschte und rasierte mich, putzte ein Paar schwarze Halbschuhe und holte einen marineblauen Blazer aus dem Schrank.

Ein weiches, einreihiges italienisches Modell, Weihnachten vor zwei Jahren … ein Geschenk von Robin. Ich riss ihn mir vom Leib, zog stattdessen ein schwarzes Sportjackett an, beschloss, dass ich darin aussah wie ein Beerdigungsunternehmer, und kehrte zu dem blauen zurück. Nächster Schritt: Hose. Das war kein Problem. Die federleichte aus grauem Flanell, die ich normalerweise trug, wenn ich vor Gericht aussagte. Dazu ein gelbes Hemd mit Button-down-Kragen und eine Krawatte, und ich wäre – was für eine Krawatte? Ich probierte verschiedene an, entschied, dass ein Schlips zu steif für den Anlass wäre, nahm stattdessen einen leichten blauen Pullover mit rundem Halsausschnitt und beschloss, dass *der* zu verdammt hollywoodmäßig wäre.

Zurück zum gelben Hemd. Mit offenem Kragen. Nein, so sahen die runtergeknöpften Ecken nicht gut aus. Und das blöde Ding hatte schon Schweißflecken unter den Achseln.

Mein Herzschlag hatte sich beschleunigt, mein Magen drehte sich um. Das war lächerlich. Was würde ich einem Patienten in der gleichen Lage raten?

Seien Sie Sie selbst.

Wer immer das war.

Ich kam als Erster vor dem Restaurant an, dachte daran, im Seville zu warten und Allison zu begrüßen, während sie auf den Eingang zuschritt. Ich nahm an, das könnte sie beunruhigen, und ging hinein. Drinnen war es so hell wie in einem Grabmal. Ich setzte mich an die Bar, bestellte ein Bier, sah auf den Fernseher, in dem eine Sportsendung lief – ich kann mich nicht erinnern, welcher Sport –, und hatte mich kaum durch den Schaum getrunken, als Allison durch die Tür trat, eine Flut schwarzer Haare von ihrem Pullover schüttelte und sich umsah.

Ich kam in dem Moment bei ihr an, als der Oberkellner aufblickte. Als sie mich sah, weiteten sich ihre Augen. Keine rasche Musterung; ihr Blick ruhte nur auf meinem Gesicht. Ich lächelte, sie lächelte zurück.

»Nun ja, hallo.« Sie bot mir die Wange an, und ich gab ihr

ein Küsschen. Sie trug einen lavendelfarbenen Kaschmirpullover, und er passte zu dem Kleid, das sich vom Brustbein bis zu den Knien an sie schmiegte. Passende Schuhe mit hohen Absätzen. Diamantene Ohrringe, ein Diamantarmband, silberne Perlen um den weißen Hals.

Wir setzten uns. Sie bestellte ein Glas Merlot, und ich bat um einen Chivas. Die mit rotem Leder bezogene Nische war geräumig, und ich saß so weit von ihr weg, dass es nicht aufdringlich wirkte, und so nah, dass ich ihren Geruch wahrnahm. Sie roch großartig.

»Also«, sagte sie und richtete ihre blauen Augen auf die leere Nische neben uns.

»Ein langer Tag?«

Wieder auf mich. »Ja. Zum Glück.«

»Ich weiß, was Sie meinen«, sagte ich.

Sie spielte mit einer Serviette. »Was machen Sie so in letzter Zeit?«

»Nachdem es um den Ingalls-Fall ruhiger geworden war, hab ich mir ein bisschen frei genommen. Zuletzt habe ich als Gutachter fürs Gericht gearbeitet.«

»Bei Mordfällen?«

»Nein«, antwortete ich. »Körperverletzung und ein paar Sorgerechtsfälle.«

»Sorgerecht«, sagte sie. »Das kann hässlich werden.«

»Besonders wenn genug Geld da ist, um endlos Anwälte zu bezahlen, und man mit einem idiotischen Richter geschlagen ist. Ich versuche mich auf kluge Richter zu beschränken.«

»Finden Sie welche?«

»Einfach ist es nicht.«

Die Getränke kamen. Wir stießen mit den Gläsern an und tranken schweigend. Sie drehte den Stiel zwischen den Fingern, inspizierte die Karte, sagte: »Ich komme um vor Hunger und werde mich vermutlich wieder voll stopfen.«

»Tun Sie sich keinen Zwang an.«

»Was empfehlen Sie?«

»Ich bin seit Jahren nicht mehr hier gewesen.«

»Ach?« Sie schien amüsiert zu sein. »Haben Sie es ausgesucht, um meinen fleischfressenden Neigungen nachzugeben?«

»Ihren und meinen. Außerdem hab ich es als entspannt in Erinnerung.«

»Das ist es.«

Schweigen. Mein Gesicht wurde warm – Scotch und Verlegenheit. Sogar in dem schummrigen Licht konnte ich erkennen, dass sie Farbe angenommen hatte.

»Wie dem auch sei«, sagte sie. »Ich weiß nicht, ob ich mich je bei Ihnen bedankt habe, aber Sie haben es mir so leicht wie nur möglich gemacht, über meine Erfahrung zu sprechen. Also vielen Dank.«

»Vielen Dank für Ihre Hilfe. Es hat der Sache ein anderes Gesicht gegeben.«

Sie schenkte der Karte noch etwas Aufmerksamkeit, kaute auf ihrer Unterlippe, blickte auf, sagte: »Ich denke an ein T-Bone-Steak.«

»Klingt gut.«

»Und Sie?«

»Rib eye.«

»Das Treffen der Giganten«, sagte sie. Sie sah erneut in die leere Nische, richtete den Blick wieder auf das Tischtuch, schien meine Fingerspitzen zu studieren. Ich war froh, dass ich meine Nägel gefeilt hatte.

»Sie haben sich von Kriminalfällen ein wenig frei genommen«, sagte sie, »aber Sie werden wieder zu ihnen zurückkehren.«

»Wenn man mich darum bittet.«

»Wird man das?«

Ich nickte.

Sie sagte: »Ich bin nie dazu gekommen, Sie danach zu fragen. Was zieht Sie zu dieser Art von Arbeit?«

»Ich könnte einen Vortrag voll Edelmut darüber halten, dass ich Unrecht wieder gutmachen und die Welt nur ein kleines bisschen sicherer machen möchte, aber ich habe damit aufgehört, mir selbst etwas vorzumachen. In Wahrheit habe ich Gefallen an der Unvorhersehbarkeit und Neuheit gefunden. Von Zeit zu Zeit brauche ich einen Schuss Adrenalin.«

»Wie ein Rennfahrer.«

Ich lächelte. »Das gibt dem, was ich tue, einen glamourösen Anstrich.«

Sie trank einen Schluck Wein, hielt das Glas vor ihre Lippen, senkte es und offenbarte ihr eigenes Lächeln. »Also sind Sie nur ein weiterer Adrenalinjunkie.« Sie fuhr mit einem Finger um den Fuß ihres Glases. »Wenn es Ihnen bloß um den Nervenkitzel geht, warum fahren Sie dann nicht einfach mit Autos über die Rennstrecke oder springen aus Flugzeugen?«

Meine Arbeit war einer der Gründe für den Bruch mit Robin gewesen. Wären wir noch zusammen, wenn ich mich mit Fallschirmspringen zufrieden gegeben hätte?

Während ich mir meine Antwort zurechtlegte, sagte Allison: »Tut mir Leid, ich wollte Sie nicht in Verlegenheit bringen. Ich vermute bloß, dass es Ihnen um mehr als den Nervenkitzel geht. Ich glaube, es gefällt Ihnen wirklich, Dinge in Ordnung zu bringen.«

Ich antwortete nicht.

»Andererseits«, fuhr sie fort, »wer bin ich denn, Erklärungen ohne eine feste Datenbank abzugeben? Als Verhaltenspsychologin und so.«

Sie verlagerte ihr Gewicht, zupfte an ihren Haaren, trank

Wein. Ich versuchte, ihr das Unbehagen wegzulächeln, konnte sie aber nicht dazu bringen, dass sie mich ansah. Als sie ihr Glas abstellte, landete ihre Hand näher bei meiner. Zwischen unseren Fingern lagen nur wenige Millimeter.

Dann schloss sich die Lücke – wir bewegten uns beide im Gleichtakt. Berührten uns.

Taten so, als sei es Zufall, und zogen unsere Hände zurück.

Die Wärme von Haut an Haut.

Das blaue Hemd, das ich anstelle des verschwitzten gelben angezogen hatte, wurde allmählich nass.

Allison begann mit ihren Haaren zu spielen. Ich starrte in die Überreste meines Scotchs. Atmete den Alkohol ein. Ich hatte den ganzen Tag nicht viel gegessen, und Whisky auf nüchternen Magen hätte zumindest eine leichte Euphorie auslösen sollen.

Nichts.

Zu verdammt wachsam.

Wie würde das hier weitergehen?

Während des restlichen Abends gaben wir vorsichtig noch ein paar autobiografische Fragmente preis, aßen gut, tranken zu viel und machten einen langsamen Verdauungsspaziergang den Wilshire hoch. Nebeneinander, aber ohne Berührung. Ihre hohen Absätze klickten, und ihre Haare wehten im Takt ihrer Schritte. Ihre Hüften schwangen – nicht wie bei einem Vamp, es war nur die Art, wie sie sich bewegte, und gerade das machte es sexy. Männer sahen sie an. Auf halber Höhe des ersten Blocks legte sich ihre Hand um meinen Bizeps. Eine Ozeanbrise brachte Nebel auf die Straßen. Meine Augen taten mir weh. Unsicherheit.

Unser Gespräch verlief im Sande, und wir legten die nächsten Häuserblocks schweigend zurück, schützten einen

Schaufensterbummel vor. Als wir wieder vor unseren Autos standen, gab mir Allison einen zögerlichen Kuss auf die Lippen. Ehe ich mich's versah, war sie in ihren zehn Jahre alten Jaguar gestiegen und brauste davon.

Zwei Tage später rief ich sie an und lud sie wieder zum Essen ein.

Sie sagte: »Ich habe heute Nachmittag frei und wollte ihn in aller Ruhe zu Hause verbringen. Warum kommen Sie nicht vorbei, und wir essen hier etwas? Das heißt, falls Sie das Risiko eingehen wollen.«

»Ein großes Risiko?«

»Wen kümmert das? Sie sind der Adrenalin-Typ.«

»Gutes Argument«, erwiderte ich. »Kann ich etwas mitbringen?«

»Blumen sind immer eine gute Idee. Das soll allerdings nicht heißen – ich mache Witze, bringen Sie nur sich selbst mit. Und wir halten es ganz zwanglos, okay?«

Sie wohnte in einem spanischen Bungalow an der Fourteenth Street, südlich von der Montana, ein paar Minuten zu Fuß von ihrer Praxis entfernt. Das Schild auf ihrem Rasen, das auf die Alarmanlage hinwies, war nicht zu übersehen, und das schwarze Jaguar-Kabriolett war hinter einem Eisentor geparkt, das die Auffahrt von der Straße trennte. Als ich mich der Haustür näherte, ging das Licht eines Bewegungsmelders an. Vorkehrungen einer allein lebenden Frau. Vorkehrungen einer Frau, die vor zwanzig Jahren missbraucht worden war.

Als ich den Wagen abstellte, dachte ich über Robin nach, die allein zurück nach Venice gezogen war. Korrektur: nicht mehr allein … *hör auf, du Idiot*.

Ich klingelte an der Tür und wartete mit dem Blumenstrauß in der Hand. In der Annahme, dass Rosen zu voreilig wären, hatte ich ein Dutzend weiße Pfingstrosen ausgesucht. Zwanglos war auf ein olivgrünes Polohemd, Jeans und Turnschuhe hinausgelaufen.

Allison kam in einem limettengrünen Polohemd, Jeans und Turnschuhen an die Tür.

Sie warf einen Blick auf mich, sagte: »Ich *glaube* es einfach nicht.« Dann bekam sie einen Lachanfall.

Als ich in ihrer kompakten weißen Küche saß, machte sie Omeletts mit Pilzen und Hühnerleber und holte einen Salat aus dem Kühlschrank. Sauerteigbrot, Weißwein, ein Eiskühler und ein Sechserpack Cola Light vervollständigten das Menü.

Die Küche ging auf einen Garten im Westentaschenformat hinaus, und wir aßen draußen auf der Veranda unter einem Spalier. Der Garten bestand aus mit alten Ziegelsteinen gepflasterten Gehwegen und einem Flecken Gras, der von hohen Ligusterhecken umgeben war.

Ich probierte das Omelett. »Das war ja kein großes Risiko.«

»Es ist eins der wenigen Dinge, die ich hinkriege, ohne eine Katastrophe anzurichten. Grandmas Rezept.«

»Ein Applaus für Grandma.«

»Grandma war ein stures Biest, aber am Herd konnte man ihr nichts vormachen.« Sie sprach über ihre Familie, und schließlich offenbarte ich scheibchenweise Informationen über meine Wenigkeit. Als der Abend fortschritt, wurden meine Schultern lockerer. Allison hatte sich ebenfalls entspannt, machte es sich mit untergeschlagenen Beinen auf dem Sofa bequem. Lachte eine Menge, und die blauen Augen blitzten lebhaft.

Vergrößerte Pupillen; wer solche Dinge studiert, sagt, es sei ein gutes Zeichen. Aber kurz vor elf verkrampfte sich ihre Haltung, und sie schaute auf die Uhr und sagte: »Ich habe morgen früh einen Patienten.«

Sie stand auf und warf einen Blick zur Tür, und ich fragte mich, was schief gegangen war.

Als sie mich zur Tür brachte, sagte sie: »Tut mir Leid.«

»Was?«

»Dass ich so schroff bin.«

»Patienten haben ihre Bedürfnisse«, erwiderte ich und hörte mich wie ein Trottel an.

Sie zuckte mit den Schultern, als hätte es damit gar nichts zu tun. Aber sie sagte nichts mehr, als sie mir die Hand zum Abschied hinhielt. In ihrem Haus war es warm gewesen, aber ihre Haut war kalt und feucht. Barfuß war sie winzig, und ich wollte sie in den Arm nehmen.

Ich sagte: »Es war schön, Sie wiederzusehen.«

»Es war schön, Sie zu sehen.« Ich trat auf die vordere Veranda hinaus. Ihr Lächeln war schmerzlich, als sie begann die Tür zu schließen, dann kam sie nach draußen und küsste mich auf die Wange.

Ich berührte ihre Haare. Sie drehte ihren Kopf und gab mir noch einen Kuss, diesmal auf die Lippen, aber mit geschlossenem Mund. Hart, fast aggressiv. Ich versuchte sie noch einmal zu küssen, aber sie entzog sich mir und sagte: »Fahr vorsichtig«, und diesmal schloss sie die Tür.

Sie rief mich am nächsten Tag um die Mittagszeit an. »Ich hätt's mir ja denken können, mein früher Patient hat sich nicht blicken lassen.«

»Wie blöd«, sagte ich.

»Ja … ich … könnten wir … möchtest du … Ich hab heute Abend um sieben Uhr frei, falls du Lust hast.«

»Sieben ist prima. Soll ich was zum Essen machen?«

»Alex, könnten wir nicht etwas anderes machen als bloß

herumsitzen und essen? Vielleicht eine Fahrt mit dem Auto? Ich komme mir so eingezwängt vor. Fahren hilft mir beim Abschalten.«

»Mir auch.« Wie viele Hunderte von Meilen hatte ich mit dem Seville zurückgelegt, seit Robin weggegangen war? »Wir könnten eine Spritztour die Küste hoch nach Malibu machen.«

Meine Lieblingsstrecke. All diese nächtlichen Fahrten am Pazifik mit Robin – *halt's Maul.*

»Perfekt«, sagte sie. »Falls wir hungrig werden, gibt es dort viele Lokale, wo wir anhalten können. Bis um sieben.«

»Sollen wir uns irgendwo treffen?«

»Nein, hol mich bei mir zu Hause ab.«

Ich war um 7:02 bei ihr. Bevor ich die Tür erreichte, wurde sie geöffnet, und Allison kam mir auf halbem Weg entgegen, wobei sie das Licht des Bewegungsmelders auslöste. Sie trug ein ärmelloses schwarzes Baumwollkleid, keine Strümpfe, schwarze Sandalen mit niedrigen Absätzen. Keine Diamanten, nur einen dünnen Goldreif, der die Länge und das Weiß ihres Halses unterstrich. Ihre Haare waren zu einem Pferdeschwanz gebunden. Es ließ sie jünger wirken, unsicher.

»Ich muss das erklären mit gestern Abend«, sagte sie – sie redete schnell, klang atemlos. »Die Wahrheit ist, der frühe Patient hatte einen Termin um halb zehn. Ich hatte genug Zeit, musste nicht alles vermasseln. Ich war – nennen wir das Kind beim Namen: Ich war nervös. Mit dir zusammen zu sein hat mich äußerst nervös gemacht, Alex.«

»Ich –«

»Das lag nicht an dir.« Ihre Schultern hoben und senkten sich wieder. Ihr Lachen war schnell, fast brüchig, als sie meinen Arm nahm und mich in ihr Haus führte. Mit dem

Rücken zur Tür sagte sie: »Wenn meine Patienten mich jetzt sehen könnten. Ich bin eine große Expertin darin, anderen Übergänge zu erleichtern, habe aber selbst die größten Probleme.« Sie schüttelte den Kopf. »Übergänge. Jetzt werde ich anmaßend –«

»Hey«, sagte ich. »Das erste Mal, als wir ausgegangen sind, habe ich dreimal das Hemd gewechselt.«

Sie starrte mich von unten an. Ich fasste ihr unters Kinn und hob es an. Sie nahm meine Hand weg.

»Die richtigen Worte finden«, sagte sie. »Bei Leuten wie uns weiß man nie, ob es an der Ausbildung liegt.«

»Berufsrisiko«, erwiderte ich.

Sie schlang die Arme um mich und küsste mich heftig. Ihre Zunge war energisch und beweglich. Ich hielt sie fest, streichelte ihr Gesicht, ihren Hals, ihren Rücken, wagte es, tiefer zu gehen, und als sie mich nicht bremste, ließ ich beide Hände fallen und umfasste ihren Hintern. Sie führte meine rechte Hand auf ihre Vorderseite, umschloss sie mit zwei baumwollbedeckten Oberschenkeln. Ich erforschte ihre Hitze, und sie machte etwas mit ihren Hüften, das reine Absicht war. Ich hob das schwarze Kleid, zog ihr den Slip herunter und fühlte, wie sich der Winkel ihrer Beine spreizte. Ich küsste sie. Eine ihrer Hände war in meinen Haaren verheddert, packte fest zu. Die andere fummelte an meinem Reißverschluss. Schließlich befreite sie mich, und wir lagen auf dem Parkettboden in ihrem Wohnzimmer, und ich war in ihr, und sie umklammerte mich, und wir bewegten uns zusammen, als hätten wir unser ganzes Leben nichts anderes getan.

Sie küsste mein Gesicht und sagte: »Ich wage mich jetzt weit vor. Bei dir ist es nicht nur die Ausbildung. Du bist ein süßer Mann.«

Die Gefühle kamen später. Nachdem wir miteinander geschlafen und Reste gegessen und unsere dehydrierten Körper mit viel Wasser wieder erneuert hatten und schließlich auf dem Pacific Coast Highway nach Norden fuhren. In Allisons Jaguar, weil es ein Kabrio war. Ich saß am Steuer, und Allison hatte es sich auf dem zurückgestellten Beifahrersitz bequem gemacht, in einen großen weißen Pulli gewickelt, während die losen Haare wie eine ebenholzfarbene Standarte im Fahrtwind flatterten.

Eine Hand ruhte auf meinem Knie. Schöne Finger, lang und spitz zulaufend. Glatt und weiß.

Keine Narben. Robin verletzte sich von Zeit zu Zeit, obwohl sie meisterhaft mit ihren Werkzeugen umging.

Ich gab mehr Gas, flog an dem schwarzen Ozean und grauer Hügellandschaft, an den Scheinwerfern anderer Abenteurer vorbei. Warf verstohlene Blicke auf Allisons Gesicht, wenn die Straße gerade war. Meine Kopfhaut tat immer noch weh, wo sie an meinen Haaren gerissen hatte, und die Partie meiner Stirn, von der sie den Schweiß geleckt hatte, kribbelte wie elektrisiert.

Ich beschleunigte weiter, und sie streichelte mein Knie, und mein Schwanz wurde wieder hart.

Eine wunderschöne, eine sinnliche Frau.

Schnelles Auto, herrliche kalifornische Nacht. Vollkommen.

Aber die Freude dieses Idioten war gedämpft durch den drohenden Finger des Zweifels – eine Ahnung von Betrug.

Mehr als blöd. Robin ist mit Tim zusammen.

Und jetzt bin ich mit Allison zusammen.

Die Dinge ändern sich. Änderung ist gut.

Richtig?

5

Hundert Stunden waren vergangen, seit Baby Boy in der Gasse verblutet war, und Petra hatte nichts herausgefunden. Der klamme, säuerliche Geruch eines rätselhaften Kriminalfalls drang in ihre Nebenhöhlen. Sie ertappte sich dabei, dass sie nach einer simplen Messerstecherei in einer Kneipe verlangte, bekam aber keine anderen Fälle zugeschanzt. Das Sinken der Verbrechenszahlen, auf das das Department so stolz war, bedeutete ausreichende Stellenbesetzung. Es würde noch eine Weile dauern, bevor wieder ein Mordfall auf ihrem Schreibtisch landen würde.

Sie ging die Akte durch, bis ihr der Kopf brummte. Fragte ein paar der Jungs, ob sie irgendwelche Ideen hätten. Ein junger Detective namens Arbogast sagte: »Sie sollten sich seine Musik anhören.«

Petra hatte einige CDs gekauft und die frühen Morgenstunden mit Baby Boys rauer Stimme und seinen klagenden Improvisationen verbracht. »Um einen Hinweis zu bekommen?«

»Nein«, erwiderte Arbogast. »Weil er super war.«

»Der Typ war ein verdammtes Genie«, pflichtete ihm ein anderer Detective bei. Ein älterer – Krauss. Petra hätte ihn nie für einen Blues-Fan gehalten. Dann wurde ihr klar, dass er in Baby Boys Alter und möglicherweise mit dessen Musik aufgewachsen war.

Ein Genie stirbt, aber die großen Presseorgane hätten nicht weniger interessiert sein können. Nicht mal ein Telefonanruf der *Times* trotz einhellig guter Kritiken von Baby Boys Musik, auf die Petra beim Surfen im Internet stieß. Sie hinterließ für den Musikkritiker der Zeitung auf die unbestimmte Hoffnung hin eine Nachricht, dass etwas in Baby

Boys Vergangenheit ihren Ermittlungen eine neue Richtung geben könnte. Der Armleuchter rief nicht zurück.

Sie wurde allerdings von einer Hand voll selbst ernannter »Rock-Journalisten« belästigt, Typen, die sich jung anhörten und behaupteten, Blätter mit Namen wie *Guitar Buzz*, *Guitar Universe* und *Twenty-first-Century Guitar* zu vertreten, und allesamt Einzelheiten für den Nachruf haben wollten. Alle waren sie des Lobes voll über Lees Spiel. Das Wort »phrasieren« fiel immer wieder – Alex hatte den Ausdruck benutzt –, und Petra nahm an, das bedeutete, wie man Noten und Rhythmus miteinander verband.

Ihre Phrasierung in diesem Fall war miserabel.

Die Rockschreiberlinge verloren das Interesse, als sie Fragen stellte anstatt ihre zu beantworten. Außer einem Typen, der sie weiter nach Einzelheiten ausquetschte, ein Vogel namens Yuri Drummond, Herausgeber einer lokalen Zeitschrift mit dem Titel *GrooveRat*, die im vergangenen Jahr ein Porträt von Baby Boy gebracht hatte.

Drummond stieß Petra sofort vor den Kopf, indem er sie mit dem Vornamen ansprach, und vergrößerte ihren Ärger noch dadurch, dass er rüde nach gerichtsmedizinischen Details verlangte. *»Wie viele Stichwunden? Wie viel Blut hat er eigentlich verloren?«*

Der Typ hatte die makabre Neugier und die nasale Stimme eines hormonell gefluteten Teenagers, und Petra fragte sich schon, ob es sich bei dem Anruf um einen Streich handelte. Aber als er sie fragte, ob irgendetwas auf die Mauer in der Gasse geschmiert worden wäre, erstarrte sie.

»Warum fragen Sie das?«

»Nun ja, wissen Sie«, sagte Drummond. »wie bei den Manson-Morden – Helter Skelter.«

»Warum sollten die Manson-Morde etwas mit dem Mord an Mr. Lee zu tun haben?«

»Ich weiß nicht. Ich dachte bloß …«

»Haben Sie irgendwas über den Mord an Mr. Lee gehört, Mr. Drummond?«

»Nein.« Die Tonlage von Drummonds Stimme stieg an. »Was weiß ich schon?«

»Wann haben Sie Mr. Lee interviewt?«

»Nein, nein, ich habe ihn nie persönlich kennen gelernt.«

»Sie sagten doch, Sie hätten ein Porträt von ihm gebracht.«

»Wir haben ein ausführliches Porträt gebracht und seine Diskographie aufgelistet.«

»Sie haben ihn eingehend porträtiert, ohne ihn kennen zu lernen?«

»Genau.« Drummond klang großspurig. »Darum geht's doch gerade.«

»Worum?«

»*GrooveRat* interessiert sich für die psychobiosoziale *Essenz* von Kunst und Musik, nicht für den Persönlichkeitskult.«

»Psycho-bio-sozial«, sagte Petra.

»In einfachen Worten«, erwiderte Drummond herablassend, »es kümmert uns nicht, wen jemand vögelt, nur der Groove, den er produziert.«

»Daher der Titel Ihrer Zeitschrift.«

Schweigen.

Petra fragte: »Haben Sie Informationen darüber, wen Baby Boy vögelte?«

»Wollen Sie sagen, der Mord hat eine sexuelle Di-«

»Mr. Drummond, was genau stand im Mittelpunkt dieses Porträts?«

»Die *Musik*«, verkündete der kleine Frechdachs.

»Baby Boys Phrasierungen«, sagte Petra.

»Baby Boys gesamter Groove – die Mentalität, in die er

sich hineinversetzte, um den Sound zu bekommen, den er erzeugte.«

»Sie glaubten nicht, mit ihm zu reden würde dazu beitragen?« Petra ließ nicht locker, wobei sie sich fragte, warum sie ihre Zeit mit diesem Verlierer vergeudete. Und kannte die traurige Antwort: Sie hatte nichts Besseres zu tun.

»Nein«, antwortete Drummond.

»Hat Baby Boy ein Interview mit Ihnen abgelehnt?«

»Nein, wir haben ihn nie darum gebeten. Nun sagen Sie schon, von was für einer Art Klinge reden wir –«

»Was war Baby Boys Groove?«, fragte Petra.

»Schmerz«, antwortete Drummond. »Das ist der Grund, warum die Tatsache, dass er ermordet wurde, so – es passt einfach. Was können Sie mir dazu sagen, wie es sich abgespielt hat?«

Petra fragte: »Sie wollen blutige Details?«

»Richtig«, erwiderte Drummond.

»Haben *Sie* eine Ahnung, wer ihn umgebracht hat?«

»Wieso sollte ich? Hören Sie, Sie sollten uns wirklich helfen. Die Öffentlichkeit hat ein Recht auf Information, und wir sind der beste Überbringer.«

»Inwiefern, Mr. Drummond?«

»Weil wir ihn verstanden haben.«

»Waren Sie am Samstagabend im Snake Pit?«

»Nein.«

»Doch kein so großer Fan?«

»Ich war im Whiskey – Präsentation einer Anzahl von neuen Bands – hey, was wollen Sie damit sagen?« Drummonds Stimme war noch höher geklettert, und jetzt hörte er sich an wie zwölf. Petra sah vor ihrem geistigen Auge eine von Akne geplagte Vogelscheuche in einem verlotterten Zimmer. Die Art von Widerling mit zu viel Freizeit, die den Supermarkt um die Ecke anruft, den Hörer mit schweißigen Händen umklammernd: *»Entschuldigen Sie, haben Sie vielleicht Schweinsfüße?« »Ja, haben wir.« »Dann ziehen Sie Schuhe an, damit es niemand merkt. Ha ha ha.«*

Drummond sagte: »Falls ich gewusst hätte, was da passiert, wäre ich hingegangen. Auf jeden Fall.«

»Wieso?«

»Um seinen letzten Auftritt zu sehen. Wie nennt man das noch – einen Schwanengesang?«

»Yuri«, sagte Petra. »Was ist das, russisch?«

Drummond legte auf.

Am Freitag kurz nach 18 Uhr wurde Petra von dem Beamten im Parterre angepiept. »Hier ist eine Ms. Castagna, die Sie sprechen möchte.«

»Ich bin sofort unten«, sagte Petra.

Als sie unten ankam, stand Robin allein in der Eingangshalle, wandte Petra den Rücken zu und starrte einige Fahndungsplakate an. Ihre Haare waren länger, als Petra sie in Erinnerung hatte, eine Flut rotbrauner Locken, die sich über ihren Rücken ergoss. Alex' Haare waren auch lockig. Wenn die beiden sich fortgepflanzt hätten, hätten sie vielleicht eine weitere Shirley Temple gezeugt.

Dann dachte Petra: all die Jahre zusammen, und doch hatten sie keine Kinder bekommen. Auch nie den Bund fürs Leben geschlossen. Aufgrund ihrer eigenen Situation kamen ihr häufiger solche Dinge in den Sinn.

Sie ging auf Robin zu und registrierte deren Kleidung, wie es Frauen bei anderen Frauen tun. Ein schwarzer Cord-Overall über einem roten T-Shirt, Tennisschuhe aus schwarzem Wildleder. Ein rotes Taschentuch hing aus einer Gesäßtasche.

Am falschen Körper könnte der Overall grauenhaft wirken; Robins Kurven ließen ihn gut aussehen.

Als Petra bis auf wenige Schritte heran war, sagte sie: »Hallo.« Robin drehte sich um, und Petra sah, dass sie sich auf die Unterlippe gebissen hatte und ihre dunklen Augen feucht waren.

»Petra«, sagte sie. Sie umarmten sich. »Ich bin gerade wieder hier angekommen und habe Ihre Nachricht heute Morgen abgehört. Ich musste zu einer Aufnahme nach Hollywood, also dachte ich mir, ich komme einfach schnell vorbei. Das ist eine schreckliche Geschichte.«

»Tut mir Leid, es Ihnen auf diese Weise beizubringen, aber ich wusste nicht, wann Sie zurück sein würden.«

Robin schüttelte den Kopf. »Ich hab gestern davon erfahren, in Vancouver.«

»Haben die Zeitungen dort darüber berichtet?«

»Weiß ich nicht«, erwiderte Robin. »Ich hab's von der Backstagetruppe. Der Musiker-Nachrichtendienst. Ich war geschockt, wir waren alle geschockt. Ich hatte keine Ahnung, dass Sie damit zu tun haben.«

»Das habe ich allerdings«, erklärte Petra. »Können Sie mir irgendwas über ihn erzählen?«

»Was soll ich sagen? Er war ein Engel.« Robins Stimme begann zu zittern. Sie kämpfte mit den Tränen. »Ein großer, süßer Kerl und ein äußerst begabter Mann.«

»Sonst irgendwelche Erkenntnisse vom Nachrichtendienst? Zum Beispiel, wer ihm so was antun könnte? Auch das fadenscheinigste Gerücht.«

Robin schüttelte erneut den Kopf, strich über ihren glatten, braun gebrannten Arm. »Baby war der letzte Mensch, den ich mit einem Feind in Zusammenhang bringen würde, Petra. Jeder mochte ihn.«

Nicht jeder, dachte Petra. »Wie ich in der Nachricht sagte, taucht Ihr Name in seinem Buch auf. Was war das, ein Termin zur Reparatur von Gitarren?«

»Sie sind repariert. Er wollte sie abholen kommen.« Robin lächelte. »Ich bin überrascht, dass er das tatsächlich notiert hat. Zeit war ein ziemlich dehnbarer Begriff für Baby.«

»Sie haben schon seit einiger Zeit an seinen Instrumenten gearbeitet?«

»Seit Jahren. Und oft. Baby spielte so hart, dass seine Fingerspitzen Rillen im Bund hinterlassen haben. Ich hab immer wieder Bretter abgeschliffen, neue Bünde eingezogen, Hälse repariert. Diese beiden waren darüber hinaus, brauchten völlig neue Bretter.«

»Eine Fender Telecaster. Und eine J-45«, sagte Petra. »Jemand hat mir gesagt, das wäre eine Gibson.«

Robin lächelte. »Eine akustische Gibson. Ich hab ihr schon zweimal ein neues Finish gegeben, weil Baby sie zu trocken werden ließ und der Lack Risse bekam und abblätterte und sein Plektrum oben fast ein Loch reingemacht hätte. Diesmal hab ich den zweiten Ersatzbund reingezogen. Die Tele war einfacher. Ich hab beide früher fertig gemacht, unmittelbar bevor ich die Stadt verließ, weil ich immer versuchte, die Instrumente für Baby vorzeitig fertig zu kriegen.«

»Wieso?«, sagte Petra.

»Weil Baby seiner Gitarre Klänge entlockte wie kein Zweiter und ich meinen kleinen Beitrag dazu leisten wollte. Ich wusste, dass ich nach Vancouver gehen würde, und deshalb hab ich in seiner Wohnung eine Nachricht hinterlassen, er solle sie am Mittwoch abholen. Er hat mich nie zurückgerufen, aber das war nicht ungewöhnlich. Wie ich schon sagte, Baby und Pünktlichkeit waren kein harmonisches Paar. Die meisten von ihnen sind so.«

»›Ihnen‹ heißt Musiker.«

»Musiker«, wiederholte Robin und lächelte erneut.

Petra sagte: »Also rief er nicht zurück, aber er notierte sich den Termin.«

»Vermutlich. Normalerweise schneite Baby einfach so herein. Petra, was mache ich jetzt mit den Gitarren? Es sind keine Beweisstücke, oder?«

»Sind sie irgendwas wert?«

»Neu wären sie sehr teuer. Mit all den Modifizierungen … deutlich weniger.«

»Haben sie nicht an Wert zugelegt, weil Baby Boy auf ihnen gespielt hat?«, fragte Petra. »Ich hab gelesen, dass Eric Clapton einige Gitarren hat versteigern lassen, und sie haben eine Menge mehr als die Schätzpreise erzielt.«

»Baby war nicht Clapton.« Tränen rannen aus Robins Augen. Sie zog das rote Taschentuch hervor und tupfte sie weg. »Wie konnte jemand so etwas tun?«

»Die Sache stinkt«, sagte Petra. »Ich kann mir nicht vorstellen, dass die Gitarren als Beweisstücke angesehen werden, aber halten Sie sich bedeckt. Wenn ich sie brauche, melde ich mich bei Ihnen.«

Und dachte: Vielleicht sollte ich sie doch abholen. Auf die geringe Chance hin, dass sie den Täter schnappte und ihm der Prozess gemacht wurde und irgendein Strafverteidiger ein Theater machen wollte, weil …

Robin sagte gerade: »Ich hoffe, Sie kriegen den Kerl, der das getan hat.«

»Was können Sie mir sonst noch über Baby Boy erzählen?«, fragte Petra.

»Ein lässiger Typ. Ein großer Junge. Die Leute haben seine Gutmütigkeit ausgenutzt. Wenn er einen Dollar zu fassen kriegte, wurde er gleich wieder auf den Kopf gehauen.«

»Es sieht nicht so aus, als hätte er in letzter Zeit zu viele Dollars verdient.« Petra erinnerte sich daran, was Alex ihr über die Schuldscheine für Robin erzählt hatte. Kam zu dem Schluss, dass es keine gute Idee wäre, ihn gerade jetzt zu zitieren.

»Es ging ihm tatsächlich finanziell nicht besonders«, sagte Robin. »Schon eine ganze Weile. Es hat ihm Auftrieb gegeben, als eine neue Pop-Band ihn bat, auf ihrem Album zu spielen. Typen, die jung genug waren, um seine Kinder sein zu können, aber er war Feuer und Flamme. Dachte, jetzt käme vielleicht der große Durchbruch. Das Album ist großartig gelaufen, aber ich glaube nicht, dass sie ihm viel gezahlt haben.«

»Wieso?«

Robin trat mit einem Tennisschuh gegen den andern. »Er schien pleite zu sein – wie üblich. Er hatte mich seit langem nicht bezahlt. Er schrieb immer diese Schuldscheine aus – im Grunde Miniverträge. Wir gaben beide vor, richtige Geschäftsleute zu sein. Dann nahm er seine Instrumente und bot mir ein paar Dollar als Anzahlung an, und ich sagte, vergiss es, und er widersprach heftig, gab dann aber schließlich nach. Und das war's dann bis zum nächsten Mal. Das ging schon so lange so, dass ich nicht mehr damit rechnete, mein Geld zu bekommen. Aber als er die Platte mit diesen Kids machte, rief er mich an und versprach mir, sämtliche Schulden zu begleichen. ›Meine Rechnungen bei dir bezahlen, süßes Schwesterlein‹, wie er es formulierte. Er sagte immer, wenn er eine kleine Schwester gehabt hätte, dann hätte sie genauso sein müssen wie ich.«

Ein weiterer Einsatz des Taschentuchs.

»Aber die Rechnung wurde nie bezahlt«, sagte Petra.

»Nicht ein Penny. Deshalb weiß ich, dass der Gig ihm nicht wirklich Geld gebracht hat. Falls Baby flüssig gewesen wäre, hätte ich ganz oben auf seiner Liste gestanden, direkt hinter Miete und Essen.«

»Seine Miete war bezahlt, und in seinem Kühlschrank war Essen – kalorienarmes Essen.«

Robin zuckte zusammen. »Das schon wieder? Auf der

Bühne hat er sein Gewicht zur Schau gestellt – schüttelte seinen Bauch, wackelte mit dem Hintern, machte Witze über sein Gewicht. Aber der arme Kerl hasste es, dick zu sein, war immer fest entschlossen abzunehmen.« Sie schniefte. »Trotz allem, was er durchgemacht hatte, hörte er nie damit auf, sich besser machen zu wollen. Als er einmal ziemlich deprimiert war, sagte er zu mir: ›Gott hat Scheiße gebaut, als er mich erschaffen hat. Mein Job ist es, sauber zu machen.‹«

Sie brach in Tränen aus, und Petra legte ihr den Arm um die Schultern. Zwei Cops in Uniform marschierten durch den Eingang und stolzierten durch die Halle. Machten sich nicht die Mühe, die weinende Frau zur Kenntnis zu nehmen. Von denen sahen sie eine Menge.

6

Am Donnerstag nach dem Mord an Baby Boy Lee klingelte es an meiner Haustür. Ich hatte den ganzen Nachmittag Gutachten fürs Gericht getippt, bis mir Worte und Weisheit ausgegangen waren, und beim Chinesen Essen bestellt.

Ich schnappte mir Trinkgeld und trottete von meinem Arbeitszimmer zum Wohnzimmer, riss die Tür auf und stand vor Robin. Sie hatte mir ihren Schlüssel nie ausgehändigt, benahm sich aber wie ein Gast.

Was sie wohl auch war.

Sie sah das Trinkgeld und lächelte. »So leicht bin ich nicht zu kaufen.«

Ich steckte das Geld in die Tasche. »Hallo.«

»Komme ich ungelegen?«

»Natürlich nicht.« Ich hielt die Tür auf, und sie betrat das

Haus, das wir zusammen entworfen hatten. Ich sah zu, wie sie durch das Wohnzimmer wanderte, als wollte sie sich wieder mit dem Raum vertraut machen. Als sie sich auf die Sofakante setzte, ließ ich mich ihr gegenüber nieder.

»Du hast von Baby Boy gehört«, sagte sie.

»Petra rief mich an, weil sie nach dir Ausschau hielt.«

»Ich war gerade drüben im Polizeirevier und hab mit ihr gesprochen.« Sie starrte an die Decke. »Noch nie ist jemand ermordet worden, der mir nahe gestanden hat … all die Jahre, die ich mit dir zusammen war, bin ich immer am Rand geblieben.«

»Du hast nichts verpasst.«

Sie spielte mit einem Ohrring. »Es ist abscheulich – dieses Gefühl, dass er nicht mehr da ist. Es erinnert mich an den Tod meines Vaters. Es ist natürlich nicht das Gleiche. Ich mochte Baby gern, aber er gehörte nicht zur Familie. Trotzdem, aus irgendeinem Grund …«

»Baby war ein guter Mensch.«

»Ein großartiger Mensch«, sagte sie. »Wer würde ihm etwas antun wollen?« Sie stand auf und ging noch ein wenig umher. Hängte ein Bild gerade. »Ich hätte nicht so bei dir reinplatzen sollen.«

Ich sagte: »Geht Petra irgendwelchen Hinweisen nach?«

Sie schüttelte den Kopf.

»Irgendwas im Zusammenhang mit seinem Lebensstil? War Baby wieder drogenabhängig?«

»Nicht dass ich wüsste«, erwiderte sie. »Die letzten paar Male, als er vorbeikam, sah er clean aus, oder?«

»Soweit ich das sagen kann.« Dabei hatte ich Baby Boys Benehmen wenig Aufmerksamkeit gezollt. Das letzte Mal, als er eine Gitarre vorbeigebracht hatte, war Musik aus Robins Studio ins Haus gedrungen, und ich war rübergegangen, um zuzuhören. Baby Boy hatte die Tür zum Studio offen gelassen, und ich stand da und sah und hörte zu, während er seine alte akustische Gibson wie einen Säugling wiegte, ein paar Akkorde in d-Moll anschlug und leise, sanft und schmerzerfüllt dazu sang.

»Aber was weiß ich denn schon?«, sagte Robin. »Vielleicht war er wieder in die schlechten Gewohnheiten früherer Tage verfallen. Was wissen wir überhaupt über einen anderen Menschen?« Sie rieb sich die Augen. »Ich hätte nicht kommen sollen. Es war rücksichtslos.«

»Wir sind immer noch Freunde.«

»Richtig«, sagte sie. »So lautete die Abmachung, als Freunde auseinander gehen. Ist das für dich immer noch akzeptabel?«

»Wie kommst du damit zurecht?«

»Ganz gut.« Sie stand auf. »Ich muss jetzt los, Alex.«

»Dinge erledigen, Sachen ansehen?«, sagte ich. Warum war sie gekommen? Brauchte sie eine Schulter zum Ausweinen? War Tims Schulter defekt? Ich merkte, dass ich wütend war, aber auch auf seltsame Weise erfreut – sie hatte mich gewählt.

»Nichts Dringendes«, erwiderte sie. »Ich gehöre nicht hierher.«

»Du gefällst mir hier.« Warum hatte ich das gesagt?

Sie kam zu mir, fuhr mir durchs Haar, küsste mich auf die Stirn. »Es gab mal eine Zeit, da wären wir damit du-weißt-schon-wie fertig geworden.«

»Wie?«

Sie lächelte. »Es gab mal eine Zeit, da hätten wir das Tier mit den zwei Rücken gespielt. Auf diese Weise sind wir immer mit Stress umgegangen.«

»Ich kann mir schlechtere Methoden der Stressbewältigung vorstellen.«

»Absolut«, sagte sie.

Sie ließ sich auf meinem Schoß nieder, und wir küssten uns lange. Ich berührte ihre Brust. Sie gab einen leisen, traurigen Laut von sich, griff nach mir. Zwang sich aufzuhören.

»Es tut mir so Leid«, sagte sie, als sie zur Tür lief.

Ich stand auf, blieb aber, wo ich war. »Es gibt nichts, was dir Leid tun sollte.«

»Es gibt eine Menge, was mir Leid tun sollte«, entgegnete sie.

Erneuter Ehebruch.

»Wie geht's Spike?« Im Zweifelsfall nach dem Hund fragen.

»Prima. Du kannst ihn gern jederzeit besuchen.«

»Danke.«

Es klingelte an der Tür, und ihr Kopf fuhr herum.

»Ich hab Essen bestellt. Der Hunan-Laden im Village.«

Sie richtete ihre Frisur. »Gutes Lokal.«

»Scharf, aber nicht zu sehr.«

Sie lächelte ein schreckliches Lächeln und drehte am Türknauf. Ein hispanischer Junge, der wie zwölf aussah, hielt eine fettige Tüte in der Hand, und ich lief zur Tür, nahm das Essen, griff nach dem Geld in meiner Tasche, kriegte zu viele Scheine zu fassen und hielt sie ihm vor die Nase.

»Vielen Dank, Mann«, sagte er und hastete die Treppe hinunter.

Ich fragte: »Hungrig?«

»Ganz im Gegenteil«, sagte Robin. Als sie sich zum Gehen wandte, gingen mir Millionen Dinge durch den Kopf, die ich hätte sagen können.

Was herauskam, war: »Petra ist wirklich gut. Sie wird an der Sache dranbleiben.«

»Das weiß ich. Danke fürs Zuhören. Bye, Alex.«

»Jederzeit«, sagte ich.

Aber das stimmte nicht mehr.

7

Petra schob zwei Wochen lang Doppelschicht, wobei sie die meiste Zeit nicht als Überstunden geltend machte, und trieb sich fast in den Wahnsinn, indem sie versuchte, so viele Mitglieder von Baby Boys letztem Publikum wie nur möglich aufzuspüren. Großer Erfolg war ihr dabei nicht beschieden. Sie probierte es mit dem Inhaber des Snake Pit – einem Zahnarzt aus Long Beach –, befragte die Wächter, die Rausschmeißer, die Kellnerinnen, Lees Bandmitglieder – alle für diesen Anlass engagiert – und den kleinen, schlecht beschuhten Jackie True ein weiteres Mal. Alles fruchtlos.

Sie versuchte sogar, Kontakt zu den Mitgliedern von Tic 439 herzustellen, der Band, die bei Baby Boy Hoffnungen auf ein Comeback genährt hatte. Der Manager der Band, ein salbungsvoll klingender Kiffer namens Beelzebub Lawrence, ließ sich schließlich dazu herab – nachdem Petra ihn ein Dutzend Mal angerufen hatte –, mit ihr ein Telefongespräch zu führen. Musik dröhnte im Hintergrund, und Lawrence sprach leise. Das Zwei-Minuten-Gespräch strapazierte Petras Gehör und ihre Geduld.

Yeah, Baby Boy war brillant gewesen.

Nein, er hatte keine Ahnung, wer ihm etwas hätte antun wollen.

Yeah, die Jungs waren echt drauf abgefahren, mit ihm zu spielen.

Nein, sie hatten seit der Aufnahme keinen Kontakt mehr mit ihm gehabt.

Petra sagte: »Er hat wirklich etwas zu ihrem Sound hinzugefügt, nicht wahr?« Sie hatte die CD gekauft, hielt sie für eine abscheuliche Mischung aus weinerlichen Versen und schleppendem Rhythmus. Nur Baby Boys Gitarre, angenehm und kräftig, verlieh dem Mist in zwei Stücken eine Ahnung von Musikalität.

Beelzebub Lawrence sagte: »Yeah, er war cool.«

Der Gerichtsmediziner war mit Baby Boys Leiche fertig, aber niemand hatte sich gemeldet, um sie für sich zu reklamieren. Obwohl es nicht ihre Aufgabe war, betrieb Petra ein wenig genealogische Forschung, die sie zu Edgar Ray Lees nächster lebenden Verwandten führte. Eine Großtante namens Grenadina Bourgeouis, die sich uralt und schwach anhörte.

Senil auch, wie sich rasch herausstellte. Das Telefongespräch versetzte der alten Frau einen Schock, und Petra schwirrte der Kopf. Sie rief Jackie True an und brachte ihn auf den neuesten Stand.

Er sagte: »Baby wollte verbrannt werden.«

»Er hat über das Sterben geredet?«

»Tut das nicht jeder?«, erwiderte True. »Ich kümmere mich darum.«

Es war fast vier Uhr früh am Montag, und sie war geistig erschöpft, aber zu nervös, um schlafen zu gehen. Sie holte tief Luft, lehnte sich auf ihrem Stuhl zurück und nahm einen Schluck kalten Kaffee aus dem Becher, der seit Stunden vor ihr stand. Coffein – das ist genau das Richtige für die Nerven, du kluges Mädchen.

Das Großraumbüro war ruhig, nur sie und ein Detective II namens Balsam, der an einem alten Computer zugange war. Balsam war Petras Jahrgang, hatte jedoch die Haltung eines alten Mannes. Und den Musikgeschmack eines alten Mannes. Er hatte einen Ghettoblaster mitgebracht, aber er dröhnte nicht. War auf einen Sender mit Unterhaltungsmusik eingestellt. Der Song einer Rockband aus den Achtzigerjahren, der mit Streichern und einer Harfe neu arrangiert worden war. Petra fühlte sich in einen Kaufhaus-Fahrstuhl versetzt. *Dritter Stock, Damenoberbekleidung* …

Ihre Notizen über Baby Boy lagen ausgebreitet vor ihr, und sie sammelte sie ein und ordnete sie wieder in die Mappe ein. Achtete darauf, dass jedes Blatt an seinen Platz kam. Man konnte nicht vorsichtig genug sein …

Was machte es für einen Unterschied? Dieser Fall würde nicht in unmittelbarer Zukunft abgeschlossen werden.

Ihr Telefon klingelte. »Connor.«

»Detective?«, sagte eine Männerstimme.

»Ja, hier ist Detective Connor.«

»Gut, hier ist Officer Saldinger. Ich bin drüben am Western Ecke Franklin, und wir könnten jemanden von euch gebrauchen.«

»Wo liegt das Problem?«, fragte Petra.

»Ihr Zuständigkeitsbereich«, sagte Saldinger. »Jede Menge Blut.«

8

Nach Robins Stippvisite beschränkte sich unser Kontakt auf höfliche Telefongespräche und weitergeleitete Post, die von noch höflicheren Notizen begleitet wurde. Falls sie über Baby Boy oder irgendetwas anderes von Bedeutung sprechen musste, hatte sie ein anderes Publikum gefunden.

Ich dachte daran, Spike zu besuchen. Ich hatte ihn adoptiert, aber er verschmähte mich schließlich und buhlte um Robins Aufmerksamkeit. Kein Sorgerechtsstreit, ich kannte den Preis. Trotzdem vermisste ich dann und wann sein kleines Bulldoggengesicht, den komischen Egoismus, die Ehrfurcht gebietende Gefräßigkeit.

Vielleicht bald.

Ich hatte seit Petras erstem Anruf nichts von dem Mord gehört, und Wochen später stieß ich auf ihren Namen in der Zeitung.

Dreifacher Mord auf dem Parkplatz einer Diskothek am Franklin Boulevard. Um drei Uhr früh geriet eine Wagenladung armenischer Bandenmitglieder aus Glendale in den Hinterhalt einer rivalisierenden Bande aus East Hollywood. Petra und ein Partner, den ich nicht kannte, ein Detective namens Eric Stahl, hatten »nach langwierigen Ermittlungen« einen fünfzehnjährigen Schützen und einen sechzehnjährigen Fahrer verhaftet.

»Langwierig« hieß vermutlich, dass die Ermittlungen kurz nach Baby Boys Tod aufgenommen worden waren.

Hatte Petra ihre Zeit mit einem Fall verbracht, den sie nicht aufklären konnte?

Schon möglich, aber sie war eine Kämpfernatur; ein Versagen würde ihr keine Ruhe lassen.

In den nächsten Wochen beschränkte ich mich darauf, Zeit mit Allison zu verbringen, Kindern zu helfen, Geld auf meinem Konto anzusammeln. Eine Konsultation machte mir besonders zu schaffen: ein zweijähriges Mädchen, dem versehentlich von seinem vierjährigen Bruder ins Bein geschossen worden war. Viele familiäre Schwierigkeiten, keine leichten Lösungen, aber schließlich schien sich alles ein wenig zu beruhigen.

Ich überredete Allison, einige Zeit freizunehmen, und wir

verbrachten ein verlängertes Wochenende auf der San Ysidro Ranch in Montecito, tankten Sonne und großartiges Essen. Als wir zurück nach L.A. fuhren, gelangte ich selbst zu der Überzeugung, dass ich an allen Fronten zufrieden stellende Fortschritte machte.

Am Tag nach meiner Rückkehr rief Milo an und sagte: »Hörst du dich aber fröhlich an.«

»Ich arbeite dran.«

»Übertreib's nicht«, erwiderte er. »Ich fände es schade, wenn du die verdrießliche Untermauerung unserer Beziehung vergessen würdest.«

»Gott bewahre«, sagte ich. »Was liegt an?«

»Etwas entschieden Unfröhliches. Ich hab da einen schrägen Fall, also dachte ich naturgemäß an dich.«

»Schräg in welcher Hinsicht?«

»Anscheinend ohne Motiv, aber wir psychologisch gewitzten Typen wissen es besser, nicht wahr? Eine Künstlerin – eine Malerin –, die am Abend ihrer großen Vernissage ermordet wurde. Am letzten Samstag. Jemand hat sie erwürgt. Eine Strangulationsnarbe – dünn und gewellt, vermutlich ein gewundener Metalldraht.«

»Vergewaltigung?«

»Sie wurde in eine Art Pose gebracht, aber es gibt keinen Beweis für eine Vergewaltigung. Hast du Zeit?«

»Für dich immer.«

Er fragte mich, ob ich mich mit ihm zum Mittagessen im Café Moghul treffen könnte, einem indischen Restaurant am Santa Monica Boulevard, ein paar Häuserblocks vom Polizeirevier West L.A. entfernt. Das Lokal hatte ein großes Fenster, hinter dem goldgesprenkelte Madras-Vorhänge zugezogen waren. Ein nicht als Einsatzwagen erkennbarer Ford war in einer Ladezone in der Nähe des Eingangs geparkt, und eine billige Plastiksonnenbrille, die Milo gehörte, lag auf dem Armaturenbrett.

Das Lokal hatte tiefrote Wände, an denen maschinell hergestellte Bildteppiche mit großäugigen, muskatfarbenen Menschen und spitztürmigen Tempeln hingen. Eine Kopfstimme sang eine klagende Melodie. Die Luft roch nach einer Mischung aus Curry und Anis.

Eine etwa sechzigjährige Frau in einem Sari begrüßte mich. »Er sitzt dort drüben.« Sie zeigte auf einen Tisch an der Rückwand. Es wäre kein Hinweis nötig gewesen; Milo war der einzige Gast.

Vor ihm standen ein Literglas mit einer Flüssigkeit, die wie Eistee aussah, und ein Teller mit frittierten Gebäckstücken in verschiedenen geometrischen Formen. Sein Mund war voll, und er winkte mir zu und kaute weiter. Als ich am Tisch ankam, erhob er sich halb, wischte sich Fett vom Kinn, spülte einen baseballgroßen Bissen runter, der seine Wangen Orang-Utan-mäßig aufblähte, und schüttelte mir die Hand.

»Die gemischte Horsd'oeuvre-Kombi«, sagte er. »Greif zu. Ich habe Vorspeisen für uns beide bestellt – Chicken tali mit Reis und Linsen, Gemüse als Beilage, mit allem Drum und Dran. Das Gemüse ist Okra. Was normalerweise etwa so interessant ist wie Rotz auf Toast, aber die machen es gut hier. Auch ein bisschen Mango Chutney extra.«

»Hallo«, sagte ich.

Die schüchterne Frau brachte ein Glas, goss mir Tee ein und ging wieder.

»Eiskalt und gewürzt, jede Menge Nelken«, sagte er. »Habe ich mir gleichfalls erlaubt.«

»Wie schön, umsorgt zu werden.«

»Tatsächlich?« Er griff nach einem dreieckigen Stück Gebäck, murmelte: »Samosa«, und blickte mich aus halb verhangenen hellgrünen Augen an. Seitdem Robin ausgezogen war, hatte ich ihn davon zu überzeugen versucht, dass es mir gut ging. Er behauptete, er glaube mir, aber seine Körpersprache sagte, dass er sich ein endgültiges Urteil vorbehielt.

»Niemand umsorgt den armen Detective?«, sagte ich.

»Will ich nicht. Zu tough.« Er zwinkerte mir zu.

»Wie geht's dir so?«, fragte ich, vor allem, um zu verhindern, dass er sein Augenmerk auf meine Stimmung richtete.

»Die Welt fällt auseinander, aber mir geht's prima.«

»Macht die freiberufliche Arbeit immer noch Spaß?«

»So würde ich es nicht nennen.«

»Wie würdest du es nennen?«

»Bürokratisch sanktionierte Isolation. Man gestattet mir nicht, Spaß zu haben.« Er bleckte die Zähne zu einem Lächeln, wie mir klar war; ein anderer hätte es für ein Zeichen von Aggressivität halten können. Ich sah zu, wie er sich ein weiteres Appetithäppchen in den Rachen warf und mit Tee nachspülte.

Im letzten Jahr war er mit dem Polizeichef aneinander geraten, bevor dieser pensioniert wurde, hatte nicht ungeschickt taktiert und schließlich den Titel und das Gehalt eines Lieutenants bekommen, aber nicht den Schreibtischjob, der mit dieser Beförderung einherging.

Nachdem er effektiv aus dem Großraumbüro des Morddezernats verbannt war, wurde ihm ein eigenes fensterloses Büro im Korridor zugewiesen – ein modifiziertes Vernehmungszimmer, im übertragenen Sinn meilenweit von den anderen Detectives entfernt. Sein offizieller Titel lautete »Klärungsbeamter« für ungelöste Mordfälle. Das bedeutete im Wesentlichen, dass er entscheiden musste, welche kalten Fälle bearbeitet und welche ignoriert werden sollten. Das Gute daran war die relative Unabhängigkeit. Das Schlechte, dass er auf keinerlei Unterstützung durch das Department hoffen konnte.

Jetzt arbeitete er an einem aktuellen Fall. Ich nahm an, dafür gab es eine Erklärung und er würde sie mir geben, wenn er dazu bereit war.

Er sah fit aus, und die Klarheit seiner Augen ließ vermuten, dass er an seinem Entschluss festhielt, weniger Alkohol zu trinken. Er hatte auch beschlossen, zur körperlichen Ertüchtigung mit dem Gehen anzufangen, aber die letzten paar Male, als ich ihn sah, hatte er über Schmerzen in seinem Spann geklagt.

Heute trug er eine grobe braune Sportjacke mit Fischgrätmuster, die viel zu schwer für einen kalifornischen Frühling war, ein ehedem weißes bügelfreies Hemd und eine grüne, mit blauen Drachen bestickte Krawatte. Seine schwarzen Haare waren im üblichen Stil frisch geschnitten: oben lang und zottig, an den Schläfen kurz geschoren. Die inzwischen schneeweißen Koteletten gingen ihm bis zu den fleischigen Ohrläppchen. Er nannte sie seine Skunk-Streifen. Die Beleuchtung des Restaurants war gnädig zu seinem Teint und präsentierte manche seiner Aknenarben als kantige Gesichtszüge.

»Die Künstlerin hieß Juliet Kipper, genannt Julie«, erklärte er. »Zweiunddreißig, geschieden, malte in Öl. Wie man so sagt.«

»Wer sagt so?«

»Typen aus der Kunstszene. So reden die. Maler malen in Öl, Bildhauer arbeiten in Bronze, Grafiker in Kaltnadelradierung. Gemälde sind ›Bilder‹, man ›macht‹ Kunst, bla bla bla. Zu Julie Kipper: Offensichtlich war sie begabt, hat einen Haufen Preise am College gewonnen, hat an der Rhode Island School of Design den Magister gemacht und bald nach ihrem Abschluss die Aufmerksamkeit von New Yorker Galerien auf sich gezogen. Sie hat ein paar Bilder verkauft, schien Fortschritte zu machen, dann verschärfte sich die Situation, und sie bekam finanzielle Probleme. Sie ist vor sieben Jahren hierher gezogen und hat für Werbeagenturen kommerzielle Illustrationen gemacht, um ihren Lebensunterhalt zu verdienen. Vor einem Jahr hat sie sich wieder ernsthaft der Malerei zugewandt, eine Galerie gefunden, die sie vertritt, und recht erfolgreich an zwei Gruppenausstellungen teilgenommen. Am vergangenen Samstag war ihre erste Einzelausstellung, seit sie New York verlassen hat.«

»Welche Galerie?«

»Ein Laden namens Light and Space. Es ist eine Kooperative, gegründet durch eine Gruppe von Künstlern, die ihn hauptsächlich dazu benutzen, ihre eigenen Sachen auszustellen. Aber sie unterstützen auch Künstler mit unverkennbarem Talent, wie sie es nennen, und Julie Kipper wurde von ihrem Prüfungskomitee dieser Gruppe zugeordnet. Ich habe den Eindruck, als lebten diese Leute nicht von ihrer Kunst. Die meisten von ihnen arbeiten tagsüber. Julie musste für ihre eigene Party bezahlen – Käse und Kräcker und billiger Wein, ein Jazztrio. Rund fünfzig Leute sind während des Abends da gewesen, und sechs der fünfzehn Bilder hatten rote Punkte bekommen – das bedeutet ›verkauft‹ in der Kunstszene. Sie machen tatsächlich rote Pünktchen auf das kleine Schild an der Wand.«

»Hat einer der Künstler deine Antenne zum Vibrieren gebracht?«

»Sie wirken alle so, als könnten sie niemandem auch nur ein Haar krümmen, haben nur Gutes über Julie zu sagen, aber wer weiß?«

Julie. Er nannte das Opfer bereits jetzt bei seinem Vornamen. Irgendetwas verband ihn eindeutig mit ihr. Ich fragte: »Was ist passiert?«

»Jemand hat ihr auf der Damentoilette der Galerie aufgelauert. Nach der Party. Ein kleines Kabuff – nur ein Waschbecken, eine Toilette und ein Spiegel. Sie hatte eine Beule am Hinterkopf – der Gerichtsmediziner sagt, sie habe wahrscheinlich nicht das Bewusstsein verloren, aber die Haut war aufgeplatzt, und auf dem Waschbeckenrand hat man Blutspuren von ihr gefunden. Der Gerichtsmediziner vermutet, dass sie um sich geschlagen hat und mit dem Kopf dagegen geknallt ist.«

»Blutspuren von jemand anderem?«

»Das wäre zu schön, um wahr zu sein.«

»Ein Kampf«, sagte ich. »Wie groß war sie?«

»Klein«, sagte er. »Eins dreiundsechzig, fünfzig Kilo.«

»Hautreste unter ihren Fingernägeln?«

»Nicht ein Molekül, aber wir haben etwas Talkumpuder gefunden. Wie man ihn als Gleitmittel in Gummihandschuhen verwendet.«

»Falls es sich darum handelt«, sagte ich, »bedeutet das sorgfältige Vorbereitung. Wie lange nach der Vernissage ist es passiert?«

»Die Ausstellung war um zehn zu Ende, und Julie ist noch dageblieben, um aufzuräumen. Eine der Künstlerinnen hat ihr geholfen, eine Frau namens CoCo Barnes. Die in meinen Augen als Verdächtige nicht in Frage kommt, weil sie erstens Mitte siebzig und zweitens nicht größer als ein Gartenzwerg ist. Kurz nach elf ist sie nach hinten gegangen, um nachzusehen, und hat Julie gefunden.«

»Ist sie auch noch schwerhörig?«, fragte ich. »Wenn sie nichts von dem Kampf mitbekommen hat?«

»Das ist nicht schwer zu erklären. Die Galerie ist ein großer Raum an der Vorderseite, und die Toiletten liegen auf der Rückseite, hinter einer massiven Tür, durch die man in eine kleine Diele und einen Lagerraum mit einer Hintertür auf eine schmale Gasse kommt. Und die Klotür ist ebenfalls massiv. Hinzu kommt die Musik. Nicht die Jazzband, die hatte bereits zusammengepackt und war verschwunden. Aber Julie hatte ihre Stereoanlage und ein paar Kassetten mitgebracht, für den Fall, dass die Band mal Pause machte. Sie hatte die Musik angemacht, während sie den Laden wieder auf Vordermann brachten. Dass Barnes nichts gehört hat, ist völlig einleuchtend.«

Die lächelnde Frau brachte flache, runde Edelstahltabletts, auf denen viele kleine Teller standen, die wie Untertassen aussahen. Basmatireis, Linsen, grüner Salat, Okra, Nan-Brot, Tandoori Chicken. Ein Schälchen mit Mango Chutney.

»Nettes Sortiment, oder?«, sagte Milo und nahm sich einen Hähnchenflügel.

»Glaubst du, der Mörder ist durch die Gasse reingekommen? War die Hintertür mit Gewalt geöffnet worden?«

»Nein.«

»Wie bald nach zehn ist Julie nach hinten aufs Klo gegangen?«

»CoCo kann sich nicht entsinnen. Ihrer Erinnerung zufolge wurde ihr, kurz bevor sie nachsehen ging, klar, dass Julie schon eine Zeit lang weg war. Aber sie waren beide mit Saubermachen beschäftigt gewesen. Schließlich musste sie selbst mal, ging nach hinten, klopfte an die Klotür, und als Julie nicht antwortete, machte sie die Tür auf.«

»Eine Tür mit Schnappschloss?«

Er dachte nach. »Eins von diesen Druckknopf-Dingern.«

»Also hatte der Mörder nicht abschließen wollen.«

»Oder er hat's vergessen.«

»Jemand, der Handschuhe mitbringt und seinem Opfer auflauert, würde es nicht vergessen.«

Er rieb sich das Gesicht. »Okay, was für Schlüsse ziehst du daraus?«

»Er will angeben«, sagte ich. »Zur Schau stellen, was er getan hat. Du hast gesagt, das Opfer wäre in eine sexuelle Pose gebracht worden.«

»Slip auf die Knöchel heruntergezogen, Beine gespreizt, Knie auseinander gedrückt. Keine blauen Flecken, keine Penetration. Sie lag zwischen Toilette und Waschbecken auf dem Rücken. Sie muss dort hineingequetscht worden sein – hinfallen könnte man so nicht.« Er wischte sich Haare aus der Stirn und aß weiter.

»Wie war sie an diesem Abend gelaunt?«

»CoCo Barnes sagt, sie wäre bester Laune gewesen, weil der Abend ein solcher Erfolg war.«

»Sechs von fünfzehn Gemälden verkauft.«

»Offenbar ist das großartig.«

»Bester Laune«, sagte ich. »Mit oder ohne Unterstützung?«

Er legte seine Gabel hin. »Warum fragst du?«

»Du hast gesagt, Julies Karriere hätte nach den Anfangserfolgen einen Knick gehabt. Ich frage mich, ob irgendwelche schlechten Angewohnheiten dazwischengekommen sind.«

Er nahm die Überreste des Hähnchenflügels in die Hand, studierte sie und begann Knochen zu zerknacken. Er musste sie fein genug zermahlen haben, um sie schlucken zu können, denn es kam nichts mehr zum Vorschein. »Yeah, sie hatte Probleme. Und da wir schon mal dabei sind, Dr. Clairvoyance, haben Sie irgendwelche Börsentipps?«

»Stopf dein Geld in die Matratze.«

»Vielen Dank ... Yeah, in ihrer New Yorker Zeit hat sie sich jede Menge Kokain und Alkohol einverleibt. Hat offen darüber gesprochen, alle anderen Künstler der Kooperative wussten Bescheid. Aber jeder, mit dem ich bis jetzt gesprochen habe, sagt, dass sie clean war. Ich hab selbst ihre Wohnung auf den Kopf gestellt, und das härteste Rauschmittel in ihrem Arzneischränkchen war Midol. Das stärkste Medikament in ihrem Kreislauf zum Zeitpunkt ihres Todes war dem Gerichtsmediziner zufolge Aspirin. Es sieht also so aus, als ob sie die gute Laune ihrem Selbstvertrauen zu verdanken hatte.«

»Bis jemand sie zum Absturz gebracht hat«, sagte ich. »Und den Sturz sorgfältig geplant hat. Jemand, der mit der Galerie so vertraut war, dass er wusste, dass das Klo ein relativ sicherer Ort wäre, um erledigen zu können, was er sich vorgenommen hatte. Gibt es irgendwelche Anzeichen dafür, dass sie sich mit jemandem nach der Vernissage treffen wollte?«

»Sie hat niemandem gegenüber eine Verabredung erwähnt, und ihr Terminkalender war bis auf die Ausstellungseröffnung leer.«

»Posen, aber keine Vergewaltigung. Das könnte jemand sein, der wollte, dass es nach einem Sexualverbrechen aussieht.«

»Das ist auch mein Eindruck. Das Ganze ist für einen Sexualmord viel zu ausgeklügelt.«

»Fast wie ein Kunstwerk«, sagte ich. »Performance Art.«

Seine Kiefermuskeln traten hervor.

»Warum hast du diesen Fall übernommen?«, fragte ich.

»Aus persönlicher Gefälligkeit. Ihre Familie kannte meine Familie in Indiana. Ihr Dad hat mit meinem in derselben Fabrik gearbeitet. Eigentlich war er einer der Arbeiter, die mein Dad am Fließband beaufsichtigt hat. Er ist tot und Julies Mutter auch, aber der Bruder des Vaters – Julies Onkel – ist mit dem Flugzeug hierher gekommen, um die Leiche zu identifizieren, hat sich mit mir in Verbindung gesetzt und mich gebeten, den Fall zu übernehmen. Etwas mit einer persönlichen Beziehung war wirklich das Letzte, was ich wollte, aber ich hatte keine Wahl. Der Kerl hat so getan, als wäre ich ein gottverdammter Sherlock Holmes.«

»Du bist berühmt in Indiana.«

»Oh, wunderbar«, sagte er, spießte einen Klumpen Okra mit der Gabel auf, überlegte es sich anders und ließ das glitschige Zeug wieder auf den Teller gleiten.

»Ist der Metalldraht am Tatort gefunden worden?«

»Nein, das war die Vermutung des Gerichtsmediziners angesichts der Narbe an ihrem Hals. Die Haut ist eingeschnitten worden, aber der Mörder hat sich die Zeit genommen, ihn zu entfernen. Wir haben die Umgebung abgesucht und nichts gefunden.«

»Noch ein Hinweis auf sorgfältige Planung«, sagte ich. »Das ist ein kluger Kopf.«

»Was für ein Spaß.«

9

Wir beendeten unser Mahl und stiegen in mein Auto, und Milo dirigierte mich zu der Adresse von Light and Space an der Carmelina, knapp nördlich vom Pico. Ich kannte die Gegend: Lagerhallen, Karosseriewerkstätten und kleine Fabriken, nur einen Spaziergang von L.A.s Grenze zu Santa Monica entfernt. Wäre Julie Kipper zwei Häuserblocks weiter westlich erwürgt worden, hätte ihr Onkel vergeblich an Milo appelliert.

Während ich fuhr, balancierte Milo einen Zahnstocher zwischen den Spitzen seiner Zeigefinger und tastete die vorbeigleitende Welt mit den Radaraugen eines Cops ab. »Ist eine Weile her, dass wir das gemacht haben, oder?«

Während der letzten Monate hatten wir uns immer seltener gesehen. Ich hatte es auf den Überhang an kalten Fällen, die er bearbeiten musste, und auf meinen eigenen vollen Terminkalender zurückgeführt. Damit verschloss ich die Augen vor der Wahrheit: Es fand eine gegenseitige Isolierung statt. »Ich nehme an, du hattest keine schrägen Fälle.«

»Damit hast du sogar Recht«, erwiderte er. »Nur das Übliche, und mit dem Üblichen behellige ich dich nicht.« Eine Sekunde später: »Geht's dir gut? Im Allgemeinen?«

»Alles in Butter.«

»Gut.« Einen Häuserblock später: »Also … alles mit Allison … klappt es mit euch?«

»Allison ist wunderbar«, sagte ich.

»Nun ja, das ist schön.« Er stocherte in seinen Zähnen, behielt die Stadt im Auge.

Seine ersten Kontakte mit Allison waren beruflicher Natur gewesen: Es ging darum, die Ingalls-Akte abzuschließen. Sie erzählte mir, er wäre geschickt und voller Mitgefühl gewesen.

Seine erste Reaktion auf die Nachricht, dass wir miteinander ausgingen, war Schweigen gewesen. Dann: *Sie ist eine hinreißende Frau, das muss ich zugeben.*

Ich hatte gedacht: Was willst du *nicht* zugeben? Dann dachte ich mir, dass ich zu empfindlich wäre, und hielt den Mund. Ein paar Wochen später machte ich bei mir zu Hause ein Abendessen für vier Personen: ein milder Märzabend, Steaks, gebackene Kartoffeln und Rotwein auf der Terrasse. Milo und Rick Silverman, Allison und ich.

Die Überraschung war, dass Allison und Rick sich kannten. Einer ihrer Patienten war nach einem Autounfall in die Notaufnahme des Cedars-Sinai gebracht worden, und Rick war der Chirurg vom Dienst gewesen.

Sie redeten über ihre Arbeit, ich spielte den Gastgeber, und Milo aß und zappelte herum. Gegen Ende des Abends zog er mich beiseite. »Nette Frau, Alex. Soll nicht heißen, dass du meine Zustimmung nötig hättest.« Klang so, als ob ihn jemand zu dieser Ansprache angespornt hätte.

Seitdem hatte er sie selten erwähnt.

»Noch ein paar Querstraßen«, sagte er. »Wie geht's dem Hündchen?«

»Gut, soweit ich weiß.«

Einen Moment später: »Ich hab mich ein paar Mal mit Robin zum Kaffeetrinken getroffen.«

Überraschung, Überraschung.

»Daran ist nichts auszusetzen«, sagte ich.

»Du bist sauer.«

»Warum sollte ich sauer sein?«

»Du klingst sauer.«

»Ich bin nicht sauer. Wo biege ich ab?«

»An der übernächsten Kreuzung rechts«, antwortete er. »Okay, ich klebe meine Fresse mit Sekundenkleber zu. Obwohl du mir in all den Jahren immer wieder gesagt hast, ich sollte meinen Gefühlen Ausdruck verleihen.«

»Verleih ihnen Ausdruck«, erwiderte ich.

»Der Typ, mit dem sie zusammen –«

»Er hat einen Namen. Tim.«

»Tim ist ein Weichei.«

»Gib's auf, Milo.«

»Gib was auf?«

»Versöhnungsphantasien.«

»Ich –«

»Als du sie getroffen hast, hat sie sich da nach mir verzehrt?«

Schweigen.

»Wow«, sagte er.

»Hier rechts?«

»Yeah.«

Die Nachbarn von Light and Space waren ein Beschichtungsunternehmen und ein Großhändler für Plastikschilder. Dass es sich bei der Galerie ursprünglich um ein Lagerhaus gehandelt hatte, war offensichtlich: Ziegelsteinfassade, Teerdach, vorne ein dreiteiliges Rolltor statt eines Fensters. Über dem mittleren Tor stand in schwarzen Plastikbuchstaben: LIGHT AND SPACE: EIN ORT DER KUNST. Massive Kombinationsschlösser sicherten die äußeren Tore, aber das in der Mitte war nur mit einem einzelnen Riegelschloss versehen, das auf einen Schlüssel an Milos Bund reagierte. Er schob, und das Metalltor glitt nach oben.

»Sie haben dir einen Schlüssel gegeben?«, sagte ich.

»Mein ehrliches Gesicht«, erwiderte er, trat ein und schaltete das Licht ein.

Der Innenraum hatte rund fünfhundert Quadratmeter. Die Wände waren in dem Eierschalenweiß gestrichen, das das Beste aus Kunst herausholt. Ansonsten: grauer Zementboden, sieben Meter hohe Decke, unter der kreuz und quer Rohre und Leitungen verliefen, und mehrere Strahler, die ihr gebündeltes Licht auf einige große, ungerahmte Gemälde warfen.

Kein Mobiliar bis auf einen Schreibtisch im Eingangsbereich, auf dem Broschüren lagen und ein CD-Player stand. Die nächste Wand war mit den gleichen schwarzen Plastikbuchstaben beschriftet wie die Außenseite des Gebäudes.

Juliet Kipper
Air and Image

Derselbe Titel auf den Broschüren. Ich nahm mir eine, überflog ein paar Absätze Kunstjargon, blätterte um, bis ich auf ein Schwarz-Weiß-Porträt der Künstlerin stieß.

Juliet Kipper hatte in einem schwarzen Rollkragenpullover und ohne Schmuck posiert, ihr Gesicht wirkte bleich vor dem mattgrauen Hintergrund. Ein eckiges Gesicht, nicht unattraktiv unter kurz geschnittenem platinblondem Haar. Blasse, tief liegende und wachsame Augen forderten die Kamera heraus. Ihr Mund war grimmig – an den Winkeln heruntergezogen. Eine kurze, unregelmäßige Ponyfrisur entblößte eine gefurchte Stirn. Äußerst konzentriert. Oder gestresst. Entweder hatte sie sich Mühe gegeben, in die Rolle der geplagten Künstlerin zu schlüpfen, oder sie sah immer so aus.

Milos Schritte hallten von den Wänden der Galerie wider, während er sich von Bild zu Bild bewegte. Ich tat es ihm nach.

Eine süffisante Psycho-Vorhersage von Julie Kippers Kunst, die sich an der Freudlosigkeit ihres Porträts orientiert hätte, wäre in sich zusammengefallen. Sie hatte fünfzehn leuchtende Landschaften erschaffen, überschwänglich in Farbe und Textur, jede gekennzeichnet durch die meisterhafte Beherrschung von Komposition und Licht.

Ausgetrocknete Arroyos, nebelumhüllte, rasiermesserscharfe Berge, tosende Wasserfälle, die sich in spiegelglatte Flüsse ergossen, dunkelgrüne, von goldenen Eruptionen durchbohrte Wälder, die ferne Entdeckungen verhießen. Zwei Meeres-Nocturnes wurden von azurblauen Himmeln und einem zitronengelben Mondschein belebt, der die Brandung in Schaum verwandelte. Jedes Gemälde wies den selbstsicheren Pinselstrich eines Menschen auf, der gewusst hatte, wie man Pigmente auf einer Leinwand verteilt. Farbschichten schienen zu fluoreszieren; in weniger erfahrenen Händen wären die Bilder in Kitsch für Touristen abgeglitten.

Die Preise lagen zwischen zwei- und viertausend Dollar. Ich widmete den Gemälden einen zweiten Blick, suchte nach vertrauten Schauplätzen und fand keine. Dann las ich die Bildtitel: *Traum I, Traum II, Traum III …*

Juliet Kipper hatte sich ihr eigenes Terrain erschaffen.

»In meinen Augen war sie ein großes Talent«, erklärte ich. Meine Stimme hallte in dem nahezu leeren Raum wider.

Milo sagte: »Mir gefallen ihre Sachen auch, aber ich hab eigentlich keine Ahnung. Komm mit, ich will dir zeigen, wo sie gestorben ist.«

Die Toilette war für uns beide zu klein, und Milo wartete draußen, während ich die Stelle inspizierte, wo Julie Kipper erdrosselt worden war.

Ein hässlicher kleiner Raum, ohne Fenster, unangenehm feucht. Das Waschbecken hatte einen Sprung, die Wasserhähne waren oxidiert. Schwarze Schimmelfäden wanden sich in den Ecken.

Bei all dem Schmutz wären mir die schwachen braunen Flecken auf dem Zementboden nicht aufgefallen, wenn ich nicht Bescheid gewusst hätte.

Ich verließ die Toilette rückwärts, und Milo zeigte mir den Rest der hinteren Räumlichkeiten. Ein großer Lagerraum auf der linken Seite war mit ungerahmten Bildern und Büromaterialien und nicht zueinander passenden Billigmöbeln voll gestellt. Die Herrentoilette war weder großzügiger noch attraktiver.

Quer über die Hintertür der Galerie verlief ein Vorschieberiegel.

»Noch ein automatischer Schließmechanismus«, sagte ich. »Noch ein bewusster Versuch, zur Entdeckung einzuladen.«

»Ein Exhibitionist.«

»Aber er hat es unter Kontrolle. Jemand, der wohl überlegt vorgeht.«

Er schob den Riegel zurück, blockierte die Tür mit einem Holzstück, das zu diesem Zweck dort lag, und wir verließen das Gebäude. Hinter einem Asphaltstreifen erhob sich eine drei Meter hohe Mauer. Ein Müllcontainer stand in der Ecke am anderen Ende.

»Was ist hinter der Mauer?«

»Der Parkplatz einer Firma für Installationsbedarf. Der Boden auf deren Seite ist höher – ungefähr einen halben Meter, aber man müsste immer noch ganz schön klettern. Und es gäbe keinen Grund für den Mörder, drüberzusteigen, weil er einfach bloß hineinzugehen braucht.« Er führte mich um die Nordseite der Galerie herum und zeigte mir eine weitere geteerte Durchfahrt, die an der Beschichtungsfabrik vorbei verlief und auf die Straße führte. Aus der Fabrik stiegen Dämpfe auf; die Luft roch unangenehm.

»Keine großartigen Sicherheitsvorkehrungen«, sagte ich.

»Warum sollte ein Haufen Künstler welche brauchen?«

Wir kehrten zu der offen gehaltenen Tür zurück, und ich sah mir das Schloss genauer an.

»Derselbe Schlüssel wie an der Vordertür?«

»Ja.«

»Ich nehme an, alle Mitglieder der Kooperative haben einen.«

»Der Zugang ist kein Geheimnis, Alex. Das Motiv ist eins. Wie gesagt, ich habe schon mit allen Mitgliedern der Kooperative gesprochen, und keiner von ihnen bringt meine Antenne auch nur minimal zum Schwingen. Vierzehn von zwanzig sind Frauen, und von den sechs Männern sind drei aus CoCos Jahrgang. Die Jungen machen ganz den Eindruck des normalen kreativen Typs mit dem Kopf in den Wolken. Wir reden hier von der Venice-Clique. *Make art, not war.* Keiner macht Ausflüchte. Ich hab sie natürlich trotzdem überprüft. Sie sind sauber. Ich bin so oft an der

Nase herumgeführt worden, dass ich nicht glaube, es könnte nicht wieder vorkommen, aber ich empfange einfach keine ernsthaften Signale von diesem Haufen.«

Wir betraten wieder die Galerie, und ich sah mir Julie Kippers Gemälde noch einmal an.

Wunderschön.

Ich war mir nicht sicher, ob das in der Kunstwelt viel bedeutete, aber es bedeutete mir etwas, und ich spürte das Bedürfnis zu weinen.

»Wann wurde sie geschieden?«, fragte ich.

»Vor zehn Jahren. Drei Jahre, bevor sie hierher zog.«

»Wer ist ihr Exmann?«

»Ein Typ namens Everett Kipper«, sagte er. »Er war auch ein Künstler. Sie haben sich in Rhode Island kennen gelernt, aber er hat den Beruf gewechselt.«

»Sie hat seinen Namen behalten.«

»Julie hat den Leuten erzählt, dass es eine gütliche Trennung war. Und Kipper war bei der Eröffnung. Jeder, mit dem ich gesprochen habe, sagte, sie hätten gewirkt wie zwei Freunde.«

»Zu welchem Beruf hat er gewechselt?«

»Börsenmakler.«

»Von der Kunst- zur Finanzwelt«, sagte ich. »Zahlt er Unterhalt?«

»Ihre Kontoauszüge weisen monatliche Einzahlungen von zwei Riesen aus, und sie hat offensichtlich keine weiteren Einkünfte.«

»Also spart er vierundzwanzig Riesen im Jahr, wenn sie weg ist.«

»Ja, ja, wie jeder Ehemann ist er der erste Verdächtige«, sagte er. »Ich bin in einer Stunde zu einem Gespräch mit ihm verabredet.«

»Wohnt er hier in der Nähe?«

»In South Pasadena, und er arbeitet in Century City.«

»Warum hat es so lange gedauert, um an ihn ranzukommen?«

»Wir haben Nachlaufen am Telefon gespielt. Gleich als Nächstes fahre ich dort rüber.« Er befingerte den Knoten seiner Krawatte. »Sehe ich geschäftsmäßig genug für die Avenue of the Stars aus?«

»Kein Geschäft, mit dem ich was zu tun haben möchte.«

Als wir zu dem Seville zurückgingen, hielt ein alter blauer VW-Bus vor der Galerie. An der hinteren Stoßstange befand sich ein Aufkleber: RETTET DIE FEUCHTBIOTOPE. Darüber: KUNST IST LEBEN. Eine winzige weißhaarige Frau saß auf dem Fahrersitz. Ein gelbbrauner Hund auf dem Beifahrersitz starrte auf die Windschutzscheibe.

Die Frau winkte. »Hallo, Detective!«, rief sie, und wir näherten uns dem Wagen.

»Ms. Barnes«, sagte Milo. »Was liegt an?« Er stellte mich CoCo Barnes vor, und sie ergriff meine Hand mit etwas, das sich wie eine Spatzenkralle anfühlte.

»Ich hab nur vorbeigeschaut, um festzustellen, ob Sie gut reingekommen sind.« Ms. Barnes warf einen Blick auf die Vorderseite der Galerie. Der Hund blieb mit stumpfen Augen, aber zusammengebissenen Zähnen an seinem Platz. Ein großer Hund mit einer graubärtigen Schnauze. Laubpartikel hingen in seinem Fell.

Ich riskierte ihn zu streicheln. Er leckte mir die Hand.

Milo sagte: »Wir sind prima reingekommen.«

»Sind Sie drinnen jetzt fertig mit allem?« CoCo Barnes' Stimme war kratzig, fast scharf, was durch einen Südstaaten-Akzent gemildert wurde. Die weißen Haare waren in jungenhafter Fasson frisiert und zwanglos nachgeschnitten. Ihre Haut hatte die Farbe und die Konsistenz eines kross gebratenen Huhns. Schiefergraue Augen – schärfer als die des

Hundes, aber gleichwohl von einem Film überzogen – musterten mich.

»Wie heißt er?«, fragte ich.

»Lance.«

»Ein netter Hund.«

»Wenn er Sie mag.« CoCo Barnes wandte sich Milo zu. »Haben Sie Fortschritte in Sachen Julie gemacht?«

»Wir stehen noch am Anfang der Ermittlungen, Ma'am.«

Die alte Frau runzelte die Stirn. »Hab ich nicht irgendwo sagen hören, wenn man einen Fall nicht schnell löst, löst man ihn überhaupt nicht?«

»So einfach ist es nicht, Ma'am.«

CoCo Barnes kraulte Lance den Nacken. »Ich bin froh, dass ich Sie erwischt habe, da kann ich mir einen Anruf sparen. Erinnern Sie sich noch, wie Sie mich gefragt haben, ob am Samstagabend irgendwas Ungewöhnliches passiert wäre, und ich sagte, da wäre nichts gewesen, es wäre eine typische Eröffnung gewesen? Nun ja, ich hab noch ein bisschen darüber nachgedacht, und es gab doch etwas. Nicht am Abend und nicht bei der Eröffnung, wenn man es genau nimmt. Und ich bin mir nicht sicher, ob es tatsächlich das ist, was Sie interessiert.«

»Was ist passiert?«, fragte Milo.

»Das war *vor* der Eröffnung«, sagte Barnes. »Am Tag der Eröffnung, gegen vierzehn Uhr. Julie war noch nicht mal hier. Nur ich und Lance. Clark Van Alstrom war auch hier – der Mann, der diese Aluminium-Installationen macht.«

Milo nickte.

»Ich habe Clark mitgenommen, weil ich diese Metalltür nicht alleine heben kann. Sobald ich drinnen war, ist Clark gegangen, und ich hab mit den Vorbereitungen angefangen. Ich hab nachgesehen, ob alles in Ordnung war – vor ein paar Monaten hatten wir einen Stromausfall, und das war nicht so toll.« Sie lächelte. »Besonders weil der Künstler mit Neonröhren gearbeitet hat ... Jedenfalls hab ich nach dem Rechten gesehen, und dann hörte ich Lance bellen. Das passiert nicht oft. Er ist ein *sehr* ruhiger Junge.« Sie lächelte den Hund an. Lance gab ein tiefes, zufriedenes Brummen von sich. »Ich hatte ihm hinten eine Schüssel mit Wasser hingestellt, in dem Gang neben dem Raum, wo Julie ... direkt vor den Toiletten, aber ich hatte die Tür zu dem Vorraum offen gelassen, und deshalb konnte ich ihn bellen hören. Was man bei ihm als Bellen bezeichnen kann, wohlgemerkt, er ist vierzehn Jahre alt, und seine Stimmbänder sind ziemlich am Ende. Was er von sich gibt, ist eher ein Husten.« Sie demonstrierte es mit einer Reihe trocken rasselnder Laute. Lance' Augen richteten sich auf sie, aber er blieb bewegungslos sitzen. »Er machte einfach immer weiter damit, wollte nicht aufhören, also ging ich nach hinten, um nachzusehen, was nicht stimmte. Als ich dort ankam, stand er bereits und hatte sich vor die Hintertür geschleppt. Ich fragte mich, ob er vielleicht Ratten gehört hatte – vor einiger Zeit hatten wir Probleme mit ihnen, eine Eröffnung, die absolut katastrophal war, wo ist der Rattenfänger von Hameln nur, wenn man ihn braucht – also ... wo war ich stehen geblieben ... ach ja, ich machte die Tür auf und hab den Kopf rausgestreckt, doch da waren keine Ratten. Aber da war eine Frau. Wühlte in dem Müllcontainer herum. Offensichtlich obdachlos und offensichtlich ziemlich außer sich.«

»Außer sich vor Wut?«, fragte Milo.

»Außer sich, weil sie verstört war, psychotisch, geisteskrank. Ich verabscheue Etikettierungen, aber manchmal leisten sie gute Dienste. Diese Person war so verrückt.«

»Und woran konnten Sie das erkennen?«

»An ihren Augen, um damit anzufangen«, antwortete Barnes. »Wilde Augen – erschrockene Augen. Fuhren blitzschnell in alle Richtungen.« Sie versuchte es mit ihren grauen Augen zu demonstrieren, aber sie bewegten sich träge. Sie blinzelte mehrmals, drehte sich zu Lance um und kratzte ihn hinterm Ohr. »Ganz ruhig, du bist ein *guter* Junge ... Und dann war da noch ihr ganzes Auftreten, ihre Kleidung – nichts passte zusammen, die Sachen waren zu groß, zu viele verschiedene Schichten für das Wetter. Ich lebe seit dreiundfünfzig Jahren in Venice, Detective. Ich hab genug Geisteskranke gesehen, um zu wissen, wenn mir einer ins Gesicht starrt. Und dann war da natürlich das Herumstöbern. Sobald die Tür aufging, sprang sie zurück, verlor das Gleichgewicht und wäre fast hingefallen. Sie hatte solche Angst. Ich hab gesagt: ›Wenn Sie hier warten, bringe ich Ihnen was zu essen raus.‹ Aber sie hob die Hand an den Mund, kaute auf den Fingerknöcheln und rannte weg. Das tun sie oft, wissen Sie? Essen ablehnen. Einige von ihnen reagieren sogar richtig feindselig, wenn man ihnen zu helfen versucht. Sie hören Stimmen in ihrem Kopf, die ihnen alles Mögliche erzählen. Kann man es ihnen zum Vorwurf machen, dass sie einem nicht vertrauen?« Sie kraulte den Hund noch ein bisschen. »Wahrscheinlich hat es nichts zu sagen, aber wenn man bedenkt, was mit Julie passiert ist, können wir wohl nicht gründlich genug sein.«

»Nein, das können wir nicht, Ma'am. Was können Sie mir sonst noch über diese Frau erzählen?«, fragte Milo.

Die Augen der alten Frau funkelten. »Also glauben Sie, dass es wichtig ist?«

»Im gegenwärtigen Stadium ist alles wichtig. Es war richtig, dass Sie mir davon erzählt haben.«

»Nun ja, das ist gut zu wissen. Weil ich es Ihnen fast *nicht* erzählt hätte, da es sich um eine Frau handelte und ich davon ausgegangen war, dass es ein Mann war, der Julie getötet hat – danach zu urteilen, wie sie ...« Die alte Frau kniff die Augen fest zu und schlug sie mit flatternden Lidern wieder auf. »Ich versuche immer noch, diesen Anblick loszuwerden ... Nicht dass diese Frau Julie nicht hätte überwältigen können. Sie war groß – mindestens eins achtzig. Und kräftig gebaut. Obwohl es bei all den Sachen, die sie anhatte, eigentlich schwer einzuschätzen ist. Und wir standen uns nur eine Sekunde von Angesicht zu Angesicht gegenüber.«

»Große Knochen«, sagte Milo.

»Stämmig – fast maskulin.«

»Könnte es ein Mann gewesen sein, der sich als Frau verkleidet –«

Barnes lachte. »Nein, nein, die hier war eindeutig eine Frau. Aber eine große Frau. Viel größer als Julie. Was mich nachdenklich stimmt. Es muss überhaupt kein Mann gewesen sein, nicht wahr? Besonders wenn wir es mit jemandem zu tun haben, der nicht ganz richtig im Kopf ist.«

Milo hatte den Notizblock gezückt. »Wie alt war sie Ihrer Meinung nach?«

»Ich würde schätzen, Mitte dreißig, aber das ist wirklich eine Schätzung, weil diese Art Elend – Obdachlosigkeit und Geisteskrankheit –, sie setzt den Alterungsprozess außer Kraft, nicht wahr?«

»In welcher Hinsicht, Ma'am?«

»Was ich meine«, sagte Barnes, »ist, dass Leute wie sie *alle* alt und kaputt aussehen – es gibt einen Überzug von Verzweiflung. Die hier hat es aber geschafft, sich etwas von ihrer Jugend zu bewahren; unter dem Schmutz konnte ich einen Hauch von Jugend erkennen. Ich kann es nicht besser erklären.« CoCo Barnes dachte einen Moment lang nach. »Was andere Einzelheiten betrifft, sie trug eine dicke, wattierte Militärjacke über einem schwarzweißroten Flanellhemd über einem blauen UCLA-Sweatshirt. UCLA in weißen Buchstaben, das C war nur noch zur Hälfte da. Untenrum hatte sie eine graue Jogginghose an, und die war derart ausgebeult, dass sie mindestens noch eine Hose darunter trug. Weiße Tennisschuhe mit Schnürsenkeln an den Füßen und einen schwarzen Strohhut mit breiter Krempe auf dem Kopf. Die Krempe war vorne zerfetzt – einzelne Strohhalme guckten heraus. Ihre Haare waren unter dem Hut verborgen, aber ein paar hatten sich gelöst, und die waren rot. Und lockig. Lockiges rotes Haar. Fügen Sie all dem noch eine Schicht Schmutz hinzu, dann können Sie sich ein Bild machen.«

Milo kritzelte. »Haben Sie sie jemals zuvor gesehen?«

»Nein«, sagte Barnes. »Weder auf dem Fußweg noch irgendwo in den Gassen von Venice noch im Ocean Front Park oder irgendwo sonst, wo sich die Obdachlosen herumtreiben. Vielleicht gehört sie nicht zu den Einheimischen.«

»Gibt es sonst noch irgendwas an der Begegnung, woran Sie sich erinnern?«

»Es hatte nicht viel von einer Begegnung, Detective. Ich hab die Tür aufgemacht, sie hat sich erschrocken, ich hab ihr angeboten, was zu essen zu holen, sie ist weggelaufen.«

Milo überflog seine Notizen. »Sie haben ein großartiges Gedächtnis, Ms. Barnes.«

»Sie hätten mich vor ein paar Jahren kennen lernen sollen.« Die alte Frau tippte sich an die Stirn. »Ich bin daran gewöhnt, geistige Schnappschüsse zu machen. Wir Künstler betrachten die Welt durch ein scharfes Objektiv.« Sie blinzelte zweimal. »Wenn ich nicht davor gekniffen hätte, mich am grauen Star operieren zu lassen, wäre ich noch viel besser.«

»Eine Frage, Ma'am: Könnten Sie mir eine Zeichnung von dieser Frau machen? Ich bin sicher, sie würde besser als alles, was unser Zeichner im Präsidium zustande brächte.«

Barnes unterdrückte ein überraschtes Lächeln. »Ich hab

eine Zeit lang nicht gezeichnet. Vor ein paar Jahren habe ich mich auf Keramik verlegt, aber klar, warum nicht? Wenn ich damit fertig bin, melde ich mich bei Ihnen.«

»Sehr nett von Ihnen, Ma'am.«

»Bürgerpflicht und Kunst«, sagte Barnes. »Und das auch noch gleichzeitig.«

Als ich zurück zum Café Moghul fuhr, fragte ich: »Nimmst du das ernst?«

»Du nicht?«

»CoCo Barnes hat grauen Star, wer will also wissen, was sie wirklich gesehen hat. Ich glaube nach wie vor, dass der Mord von jemandem begangen wurde, der über Planungsvermögen und Intelligenz verfügt. Jemand, der geistig im Vollbesitz seiner Kräfte ist. Aber das ist nur eine Vermutung, keine Wissenschaft.«

Er runzelte die Stirn. »Wenn ich diese Rothaarige aufspüren will, muss ich die Streifenbeamten der Viertel auftreiben, wo die Obdachlosen rumhängen, mich mit dem Sozialamt und den Behandlungszentren in Verbindung setzen. Und falls Barnes Recht damit hat, dass die Rothaarige nicht von hier ist, kann ich mich nicht auf die Westside beschränken.«

»Ein Umstand ist positiv«, sagte ich. »Eine große rothaarige Frau ist nicht unauffällig.«

»Angenommen, ich finde sie, was dann? Was ich habe, ist eine vermutlich psychotische Frau, die sich fünf Stunden, bevor Julie erwürgt wurde, in der Gasse an einem Müllcontainer zu schaffen machte.« Er schüttelte den Kopf. »Nehme ich das ernst? Nicht sehr.«

Eine Querstraße später: »Auf der anderen Seite ...«

»Was?«

»Falls ich nicht bald auf etwas anderes stoße, kann ich es mir nicht leisten, dem *nicht* nachzugehen.«

Ich hielt neben der Ladezone. Ein Strafzettel wegen Falschparkens steckte zusammengefaltet unter dem Scheibenwischer seines Fords. Milo fragte: »Möchtest du Everett Kipper kennen lernen?«

»Klar.«

Er warf einen Blick auf den Strafzettel. »Fahr du – solange ich den Wagen miete, kann ich ihn auch stehen lassen.«

»Wird die Stadt mir die Auslagen erstatten?«

»Na klar. Ich werde dir ein Päckchen mit grenzenloser Dankbarkeit zustellen lassen.«

Everett Kipper arbeitete für eine Firma namens MuniScope im zweiundzwanzigsten Stock eines Hochhauses aus Stahl und Beton an der Avenue of the Stars unmittelbar südlich von Santa Monica. Die Parkgebühren waren happig, aber Milos Abzeichen beeindruckte den Parkwächter, und ich stellte den Seville umsonst ab.

Die Eingangshalle des Gebäudes hatte die Größe eines Stadions und wurde von einem Dutzend Aufzügen bedient. Wir fuhren in hermetischem Schweigen nach oben. Der Empfangsraum von MuniScope war eiförmig, in gebleichtem Ahornholz paneeliert, mit weichem Licht und Teppichboden ausgestattet, und ringsum standen safrangelbe Ledermodule. Milos Abzeichen löste bei der Rezeptionistin mit dem harten Gesicht und dem harten Körper Unruhe aus. Dann erholte sie sich wieder und befleißigte sich äußerster Liebenswürdigkeit.

»Ich rufe ihn sofort, meine Herren. Kann ich Ihnen etwas zu trinken bringen? Kaffee, Tee, Sprite, Cola Light?«

Wir lehnten ab und ließen uns in orangegelbes Leder sinken. Daunengefüllte Polster. Keine Ecken in dem ovoiden Raum. Ich kam mir vor wie ein privilegiertes ungeborenes Küken, das sich in eine teure Umgebung kuschelt.

Milo murmelte: »Gemütlich.«

Ich sagte: »Der Kunde soll sich wohl fühlen. Es wirkt. Ich bin bereit, mich durch die Schale zu picken und etwas zu kaufen.«

Ein Mann in einem schwarzen Anzug tauchte hinter einer konvexen Wand auf. »Detectives? Ev Kipper.«

Julie Kippers Ex war ein schlanker Mann mit einer kräftigen Stimme, einem graublonden Bürstenhaarschnitt und dem glatten runden Gesicht eines alternden Verbindungsstudenten. Um die vierzig, eins dreiundsiebzig, siebzig Kilo. Sein federnder Gang sprach für Gymnastik oder eine Ballettausbildung. Der Anzug war ein Modell mit vier Knöpfen, eng geschnitten, kombiniert mit einem saphirblauen Hemd, goldfarbener Krawatte, goldenen Manschettenknöpfen, goldener Armbanduhr. Seine Hände waren manikürt und glatt und verhältnismäßig groß, und als wir uns die Hand gaben, spürte ich eine kaum unterdrückte Kraft in seinem Griff. Trockene Handflächen. Klare braune Augen, die mich ansahen. Ein leichter Bronzeton in seinem Teint sprach für Sport an der frischen Luft oder die Sonnenbank.

»Gehen wir rein und reden miteinander«, sagte er. Selbstbewusster Bariton, keine Spur von Besorgnis. Falls er seine Exfrau ermordet hatte, war er ein höllischer Psychopath.

Er brachte uns zu einem leeren Sitzungssaal mit einem Blick bis nach Las Vegas. Austernfarbener Teppichboden und dazu passende Wände und ein Konferenztisch aus schwarzem Granit, der mehr als groß genug für die dreißig Neo-Biedermeier-Sessel war, die ihn umgaben. Wir drei drängten uns an einem Ende zusammen.

»Tut mir Leid, dass es so lange gedauert hat, bis wir uns treffen konnten«, sagte Kipper. »Womit kann ich Ihnen helfen?«

Milo fragte: »Gibt es irgendetwas im Zusammenhang mit Ihrer Exfrau, was wir wissen sollten? Irgendetwas, das uns dabei helfen würde herauszufinden, wer sie erwürgt hat?«

Wobei er *Frau* und *erwürgt* betonte und Kippers Gesicht beobachtete.

Kipper sagte: »Herrgott, nein, Julie war ein wunderbarer Mensch.«

»Sie haben trotz der Scheidung vor zehn Jahren den Kontakt nicht abreißen lassen.«

»Das Leben hat uns in verschiedene Richtungen geführt. Wir sind Freunde geblieben.«

»Verschiedene Richtungen in beruflicher Hinsicht?«

»Ja«, antwortete Kipper.

Milo lehnte sich zurück. »Haben Sie wieder geheiratet?«

Kipper lächelte. »Nein, ich halte immer noch nach der Richtigen Ausschau.«

»Und das war Ihre Exfrau nicht.«

»Julies Welt war die Kunst. Meine besteht darin, mich durch Aktienprospekte zu ackern. Wir sind am selben Ort gestartet, waren am Ende aber zu weit auseinander.«

»Haben Sie Malerei in Rhode Island studiert?«

»Bildhauerei.« Kipper berührte das Zifferblatt seiner Uhr. Das Chronometer war so dünn wie ein Fünf-Cent-Stück, und hinter den Zeigern bewegte sich das Skelett des Uhrwerks. Vier Diamanten in gleichmäßigem Abstand in den Rand eingelassen, Krokodillederarmband. Ich versuchte zu schätzen, wie viele Bilder Julie Kipper hätte verkaufen müssen, um sich die Uhr leisten zu können.

»Das klingt so, als hätten Sie mich in Ihre Ermittlungen einbezogen, Detective.«

»Ihre Ehe wurde erwähnt, als ich mit Leuten sprach, die Ms. Kipper kannten, Sir. Die Leute scheinen über Ihre künstlerischen Wurzeln orientiert zu sein.«

»Die Leute von Light and Space?«, erwiderte Kipper. »Ein trauriger Haufen.«

»Inwiefern, Sir?«

»Maximale Selbstauszeichnung, minimale Begabung.«

»Selbstauszeichnung?«

»Sie *nennen* sich selbst Künstler«, erklärte Kipper. Eine neue Schärfe lag in seiner Stimme. »Julie war tatsächlich eine Künstlerin, sie sind es nicht. Aber das trifft auf die Kunstwelt im Allgemeinen zu. Es gibt keine Kriterien – es ist nicht wie bei einem Chirurgen. Jede Menge So-tun-als-ob.« Die braunen Augen blickten hinunter auf seine überdimensionierten Hände. Gerade Finger, glänzende Nägel. Eine gepflegte Hand. Es war schwer, sich vorzustellen, dass sie mit einem Meißel umgingen, und der Blick in Kippers Augen verriet, dass er das wusste. »Das war meine Geschichte.«

»Sie haben so getan als ob?«, sagte Milo.

»Eine Zeit lang. Dann hab ich damit aufgehört.« Kipper lächelte. »Ich war grottenschlecht.«

»Sie waren gut genug, um an der Rhode Island School of Design aufgenommen zu werden.«

»Na ja, und was heißt das Ihrer Ansicht nach?«, entgegnete Kipper. »Wie ich schon sagte, es gibt keine Kriterien. Julie und ich hatten gemeinsam, dass wir beide Preise auf der High School und auf dem College gewonnen haben. Der Unterschied war, dass sie ihre verdiente. Ich kam mir immer wie ein Hochstapler vor. Ich will damit nicht sagen, dass ich ein totaler Reinfall war. Ich kann Sachen mit Holz, Stein und Bronze machen, die der Normalverbraucher nicht kann. Aber das hat nicht das Geringste mit Kunst zu tun. Ich war klug genug, das einzusehen, und hab mich auf etwas gestürzt, was zu mir passt.«

Milo ließ seinen Blick durch den Raum schweifen. »Liegt hierin irgendeine künstlerische Befriedigung?«

»Keine Spur«, sagte Kipper. »Aber ich mache ein Vermögen und fröne meinen Phantasien sonntags – in meinem Atelier zu Hause. Die meiste Zeit kommen meine Sachen aus dem Ton-Stadium gar nicht raus. Sie zu zerschlagen kann ziemlich befreiend sein.«

Sein Gesicht blieb faltenlos, aber seine Farbe war dunkler geworden.

Milo fragte: »Was hat Ihre Exfrau davon gehalten, dass Sie den Beruf gewechselt haben?«

»Das ist Jahre her. Wie kann das für Sie von Interesse sein?«, erwiderte Kipper.

»In diesem Stadium ist alles von Interesse, Sir. Bitte, tun Sie mir den Gefallen.«

»Was sie davon gehalten hat? Sie hat gar nichts davon gehalten und versucht, es mir auszureden. Was Ihnen etwas über Julie verrät – sie war integer. Wir haben wie Almosenempfänger in einem Loch auf der Lower East Side gewohnt, haben Gelegenheitsarbeiten gemacht. Julie hat versucht, am Telefon Zeitschriftenabonnements zu verkaufen, und ich habe Hausmeisterpflichten in unserem Gebäude übernommen, um die Miete zu verdienen. An dem Tag, als ich ins Finanzwesen einstieg, konnten wir zum ersten Mal mit einem festen Einkommen rechnen. Und mit keinem besonders hohen, muss ich dazusagen. Ich hab als besserer Laufbursche bei Morgan Stanley angefangen. Aber selbst das war ein Schritt nach oben. Jetzt konnten wir was zum Essen kaufen. Aber Julie war das so was von egal. Sie schrie mich weiterhin an – ich wäre begabt, ich hätte mich verkauft. Ich glaube, sie hat mir nie vergeben – erst als sie hierher zog und mich besuchte und wir wieder Kontakt aufnahmen. In dem Moment, glaube ich, konnte sie sehen, dass ich wirklich glücklich war.«

»Sie sind zuerst hierher gezogen.«

»Ein Jahr vor Julie. Nach unserer Scheidung.«

»Und sie hat Sie aufgesucht.«

»Sie hat mich im Büro angerufen. Sie war wirklich am Boden – weil sie es in New York nicht geschafft hatte, weil sie blöde Zeitungsanzeigen entwerfen musste. Pleite war sie auch. Ich hab ihr unter die Arme gegriffen.«

»Zusätzlich zu den Unterhaltszahlungen.«

Kipper atmete hörbar aus. »Nicht der Rede wert. Wie gesagt, ich verdiene sehr gut.«

»Können Sie es für mich in eine chronologische Reihenfolge bringen?«, bat Milo. »Heirat, Scheidung und so weiter.«

»Mein Leben in einem Satz zusammenfassen, wie?«

»In ein paar Sätzen, Sir.«

Kipper knöpfte sein Jackett auf. »Wir lernten uns direkt nach unserer Ankunft in Rhode Island kennen. Es hat sofort gefunkt zwischen uns, innerhalb einer Woche sind wir zusammengezogen. Nach dem Examen sind wir nach New York gezogen und haben geheiratet – vor vierzehn Jahren. Vier Jahre später haben wir uns scheiden lassen.«

»Nach der Scheidung, worin bestand da der Kontakt zu Ihrer Exfrau?« Milo vermied es in Kippers Gegenwart, Julies Namen zu nennen. Betonte die Trennung zwischen ihnen.

»Unser Kontakt bestand in gelegentlichen Telefongesprächen und noch selteneren Abendessen«, antwortete Kipper.

»Freundliche Telefongespräche?«

»Zum größten Teil.« Kippers Finger massierten das Zifferblatt seiner Uhr. »Ich sehe, worauf das hinausläuft. Aber es ist okay. Meine Kumpel haben mir gesagt, dass man mich als Verdächtigen betrachten würde.«

»Ihre Kumpel?«

»Ein paar der anderen Makler.«

»Haben die Erfahrungen mit der Justiz gemacht?«

Kipper lachte. »Noch nicht. Nein, sie sehen zu viel fern. Ich nehme an, es ist Zeitverschwendung, wenn ich Ihnen sage, dass ich nichts damit zu tun habe.«

Milo lächelte.

Kipper sagte: »Tun Sie, was Sie nicht lassen können, aber ich sage Ihnen Folgendes: Ich habe Julie geliebt – zuerst als Frau, später als Mensch. Sie war meine Freundin, und ich bin der Letzte, der ihr je wehtun würde. Ich habe keinen Grund, ihr wehzutun.« Er schob seinen Stuhl mehrere Zentimeter zurück und schlug die Beine übereinander.

»Freundliche Telefongespräche zu welchem Thema?«, fragte Milo.

»Einander mitzuteilen, was wir vorhatten«, sagte Kipper. »Und auch, was Sie vermutlich als geschäftliche Gespräche bezeichnen würden. Wenn es Zeit für die Steuererklärung wurde. Ich musste Buch führen über die Unterhaltszahlungen und das andere Geld, das ich Julie geschickt hatte. Und manchmal brauchte sie noch etwas darüber hinaus.«

»Wie viel darüber hinaus?«

»Hier ein bisschen, da ein bisschen – vielleicht weitere zehn, zwanzig Riesen im Jahr.«

»Zwanzig würde ihren Unterhalt fast verdoppeln.«

»Julie war nicht gut im Umgang mit Geld. Sie neigte dazu, in finanzielle Probleme zu geraten.«

»Hatte sie Schwierigkeiten, mit ihrem Budget auszukommen?«

Kippers große Hände senkten sich auf die Granitplatte des Tisches, bis sie flach auflagen. »Julie konnte nicht gut mit Geld umgehen, weil es ihr gleichgültig war.«

»Also haben Sie ihr alles in allem fast vierzigtausend pro Jahr gegeben. Großzügig.«

»Ich fahre einen Ferrari«, sagte Kipper. »Ich erwarte keine

Verdienstmedaillen.« Sein Körper schob sich nach vorn. »Ich will Ihnen Julies Vorgeschichte erklären: Direkt nach dem Examen hatte sie zunächst einen Riesenerfolg. Bekam einen Platz in einer qualitativ hochklassigen Gruppenausstellung einer Galerie mitten in Manhattan und verkaufte jedes einzelne Bild. Sie bekam auch großartige Kritiken, aber stellen Sie sich vor: Das hieß nicht, dass sie richtiges Geld verdient hätte. Ihre Gemälde lagen preislich zwischen achthundert und zwölfhundert Dollar, und nachdem der Galerist und ihr Agent und alle anderen Gierlappen sich ihren Anteil geholt hatten, war vielleicht noch genug übrig, um ein Mittagessen im Tavern on the Green zu bezahlen. Die Galerie hob ihren Preis auf fünfzehnhundert pro Bild an und forderte sie auf, die Produktion anzukurbeln. Die nächsten sechs Monate hat sie gearbeitet. Vierundzwanzig Stunden am Tag, oder zumindest kam es mir so vor.« Er verzog das Gesicht.

»Hartes Training«, sagte Milo.

»Eher eine Form von Selbstzerstörung.«

»Hat sie irgendwelche Hilfe in Anspruch genommen, damit ihre Energie sie nicht im Stich ließ?«

»Was meinen Sie damit?«, fragte Kipper.

»Wir wissen von ihrem Drogenproblem. War das die Zeit, als es begonnen hat? Kokain kann in dieser Hinsicht sehr effizient sein.«

»Koks«, sagte Kipper. »Damit hatte sie schon lange vorher angefangen – im College. Aber ja, es wurde heftiger, als die Galerie verlangte, dass sie Instant-Kunst in einem unmenschlichen Tempo fabrizierte.«

»Was für ein Tempo war das?«

»Ein Dutzend Bilder in vier Monaten. Ein Nichtskönner hätte das problemlos zusammenschmieren können, aber Julie war penibel. Sie hat eine Farbschicht nach der anderen aufgetragen, abwechselnd mit ihren eigenen Lasuren und

Lacken. War so wählerisch, dass sie manchmal ihre eigenen Pinsel gemacht hat. Konnte Wochen damit verbringen, Pinsel zu machen. Und Rahmen. Jeder Einzelne musste original sein – perfekt für das Gemälde. Alles musste perfekt sein. Alles wurde ein Projekt von immenser Bedeutung.«

»Ihre jetzigen Arbeiten haben keine Rahmen«, sagte ich.

»Das habe ich gesehen«, erwiderte Kipper. »Ich habe sie danach gefragt. Sie sagte, sie konzentriere sich auf das Bild selbst. Ich hab gesagt, das wäre eine gute Idee.« Eine Hand ballte sich zur Faust. »Julie war brillant, aber ich weiß nicht, ob sie jemals wirklich erfolgreich gewesen wäre.«

»Warum nicht?«

»Weil sie *zu* begabt war. Was heute so als Kunst durchgeht, ist reine Scheiße. Videoinstallationen, ›Performances‹, Mist, der zusammengesetzt ist aus ›gefundenen Materialien‹ – das ist Kunstjargon für Stöbern im Mülleimer. Wenn Sie heutzutage einen Dildo mit einer Limonadenflasche zusammenheften, sind Sie Michelangelo. Wenn Sie tatsächlich wissen, wie man zeichnet, sind Sie unten durch. Nehmen Sie dann noch Julies absoluten Mangel an Geschäftssinn und ...« Kipper ließ die Schultern hängen. Sein schwarzer Anzug warf kein Fältchen.

»Nicht von dieser Welt«, sagte ich.

»Genau«, erwiderte Kipper. »Sie befand sich nicht im Einklang mit ihrer Umwelt. Nehmen Sie zum Beispiel diese Geldsache. Ich habe versucht, sie dazu zu bringen, dass sie einen Teil der Unterhaltszahlungen in einen sicheren Fonds investiert. Wenn sie damit zum selben Zeitpunkt angefangen hätte wie ich, hätte sie jetzt schon eine schöne kleine Rücklage gehabt, und sie hätte ihrer Kunst auf eine Weise nachgehen können, die ihr zugesagt hätte. Stattdessen musste sie sich dazu herablassen, Aufträge aus der Werbung anzunehmen.«

»Werbegrafik hat sie nicht gemocht?«

»Sie hat es gehasst«, sagte Kipper. »Aber sie weigerte sich, Schritte zu unternehmen, die sie davon befreit hätten. Ich will nicht sagen, dass sie masochistisch veranlagt war, aber Julie hatte definitiv etwas dafür übrig, zu leiden. Sie war nie richtig glücklich.«

»Chronisch depressiv?«, fragte ich.

»Außer wenn sie malte.«

»Ich möchte einen Moment zurückgehen«, sagte Milo und blätterte in seinem Notizblock. »Die New Yorker Galerie, die sie vertrat – der Lebenslauf in ihrer Broschüre nennt The Anthony Gallery –«

»Das ist sie. Lewis Anthony, der Blutsauger.«

»Kein netter Mann?«

»Das sind nur wenige von denen«, antwortete Kipper.

»Von den Galeristen.«

»Galeristen, Agenten, Sammler.« Beide großen Hände waren jetzt zu Fäusten geballt. »Die so genannte Kunstszene. Wir reden von zutiefst unbegabten Menschen – Menschen, die so weit von einem persönlichen Talent entfernt sind, dass sie es nicht erkennen würden, wenn es sie in die Gonaden beißt –, die von den Früchten der Begabten leben. Blutegel am Leib der Kunst. So haben Julie und ich sie genannt. Talent ist ein Fluch. Verbrecher werden von ihresgleichen beurteilt, Künstler nicht.«

Sein glattes, rundes Gesicht war tief gerötet.

Milo sagte: »Also hat Lewis Anthony Julie genötigt, zu produzieren, und das hat ihr Kokainproblem verschärft.«

Kipper nickte. »Sie hat Koks und Speed genommen, um weiterarbeiten zu können, und Schnaps und Beruhigungsmittel, um sich wieder runterzubringen. Wenn ich sie nicht zum Schlafen und Essen gezwungen hätte, hätte sie es nicht getan. Es war die Hölle. Ich fing an, wegzubleiben. Was leicht war, weil ich meinen neuen Beruf hatte. Damit beschäftigt war, auf der Karriereleiter nach oben zu klettern.«

»Haben Sie Drogen genommen?«

Kipper zögerte. »Nur so nebenbei«, sagte er schließlich. »Das hat damals jeder gemacht. Aber ich wurde nie abhängig. Ich bin keine Suchtpersönlichkeit. Das hat wahrscheinlich etwas mit dem Mangel an Talent zu tun – nicht genug Intensität hier oben.« Er berührte seinen Bürstenschnitt.

»Die alte Verbindung von Genie und Wahnsinn?«, fragte Milo.

»Ich kann Ihnen sagen, das stimmt. Zeigen Sie mir einen brillanten Künstler, und ich zeige Ihnen einen ernsthaften Fall für die Klapsmühle. Und ja, ich schließe Julie da ein. Ich habe sie geliebt, sie war ein wunderbarer Mensch, aber ihr Ruhezustand war der Aufruhr.«

Milo klopfte auf seinen Block. »Erzählen Sie mir mehr von Lewis Anthony.«

»Was gibt's da zu sagen? Der Scheißkerl setzte Julie unter Druck, Julie warf Drogen ein, bis sie ihr bei den Ohren rauskamen, und produzierte drei Bilder. Anthony beschimpfte sie, verkaufte alle drei, gab Julie ein Almosen und sagte ihr, er könne sie nicht mehr vertreten, es sei denn, sie befleißigte sich einer besseren Arbeitsethik. Sie kam nach Hause, nahm sich eine Überdosis und endete in der Reha.« Kippers Hände öffneten sich und krallten sich in schwarzen Granit. »Ich hatte deswegen immer Schuldgefühle. Weil ich nicht da war, als sie mich brauchte. Als sie mit dem Scheck von Anthony nach Hause kam und ich sah, wie mickrig er war, bin ich durchgedreht – hab einfach die Fassung verloren. Sechs Monate hatte ich zugesehen, wie sie sich kaputtmachte – während der Vorbereitung auf diese Ausstellung verlor sie neun Kilo –, und alles, was sie dafür vorweisen konnte, waren zweitausend Dollar. Ich sagte ihr, sie wäre die größte Idiotin überhaupt, und ging ein Bier trinken. Als ich nach Hause kam, fand ich sie auf dem Bett vor und konnte sie nicht wiederbeleben. Ich dachte, sie wäre tot. Ich hab den Notarzt angerufen, und sie haben sie ins Beth Israel gebracht. Ein paar Tage später wurde sie in die Psychostation im Bellevue verlegt.«

»Unfreiwillige Einweisung?«, fragte ich.

»Während der ersten paar Tage, wie immer das Gesetz lautet. Aber sie blieb länger dort, als sie hätte bleiben müssen. Sie hat zu mir gesagt, es wäre besser, auf der Irrenstation zu sein, als mit jemandem zusammenzuleben, dem man egal ist. Was konnte ich da sagen? Ich hatte sie im Stich gelassen. Bellevue brachte sie wieder in Ordnung und schickte sie nach Hause, und ich versuchte, wieder mit ihr auf einen Nenner zu kommen. Ich hätte genauso gut zu einem Felsbrocken reden können. Sie konnte nicht arbeiten – keine Inspiration –, und das machte sie wahnsinnig. Sie fing wieder an, Drogen zu nehmen, und wir stritten uns deswegen. Schließlich bin ich ausgezogen. Ich habe die Scheidung eingereicht, aber Julie hat keinen Einspruch erhoben – hat absolut nichts unternommen, um sich finanziell abzusichern. Ich habe ihr freiwillig die Hälfte meines damaligen Einkommens als Unterhaltszahlung zur Verfügung gestellt, was sich auf tausend Dollar pro Monat belief. Mein Anwalt hat geglaubt, ich hätte nicht mehr alle Tassen im Schrank.« Kipper fuhr sich mit der Hand durch den Bürstenschnitt. »Als meine Situation sich verbesserte, habe ich sie erhöht.«

»Zweitausend Dollar pro Monat«, sagte Milo.

»Ich weiß«, sagte Kipper. »Für einen Typ mit einem Ferrari ist das ein Witz. Aber Julie weigerte sich, mehr Geld anzunehmen. Ich bot ihr an, ihr ein schönes Haus zu mieten –

wo sie ein Atelier hätte haben können. Aber sie bestand darauf, in diesem Loch zu wohnen.«

»Sie hingen beide nach wie vor aneinander.«

»Wie ich schon sagte, wir aßen gelegentlich zusammen zu Abend.« Kipper ließ den Kopf hängen. »Gelegentlich schliefen wir miteinander – ich weiß, das klingt merkwürdig, aber manchmal wurde die physische Anziehung einfach zu stark, als dass sie hätte ignoriert werden können. Vielleicht waren wir füreinander bestimmt. Wäre das nicht ein Lacherfolg?«

»Ein Lacherfolg?«

»In einer seltsamen Vorhölle zu leben«, erklärte Kipper. »Ich wollte sie nicht aus meinem Leben streichen, warum auch? Und jetzt ist sie fort. Und Sie verschwenden hier Ihre Zeit.«

»Sir –«

»Hey«, sagte Kipper, »ich gebe Ihnen eine Blankovollmacht. Kommen Sie in mein Haus und reißen Sie die verdammten Bodendielen heraus. Aber wenn Sie damit fertig sind, würden Sie mir dann einen Gefallen tun und sich ernsthaft daranmachen, den Scheißkerl zu schnappen, der es wirklich getan hat? Und falls Sie ihn zu fassen kriegen, sagen Sie ihm, er wäre ein beschissener Irrer, der ein Stück Schönheit aus dieser Scheißwelt herausgeschnitten hat.«

Er schrie. Knallrot im Gesicht, weiße Knöchel an den übergroßen Händen.

Kipper atmete aus und sackte in sich zusammen.

Milo sagte: »Ich habe noch ein paar Fragen.«

»Ja, ja, schon gut.«

»Sie waren bei der Eröffnung –«

»Ich war da und hab zwei Bilder gekauft.«

»Ihre Exfrau hatte nichts dagegen?«

»Warum sollte sie was dagegen haben?«

»Angesichts ihrer Unabhängigkeit«, sagte Milo, »haben

Sie sich da keine Sorgen gemacht, sie könnte das als Akt der Wohltätigkeit ansehen?«

»Ich hätte mir Sorgen gemacht, wenn Julie und ich uns nicht vor einiger Zeit über die Bilder unterhalten hätten. Ich hatte sie bei ihr zu Hause gesehen und ihr gesagt, ich wolle wirklich zwei davon haben. Sie hatte vor, sie mir umsonst zu geben, aber das wollte ich nicht. Ich sagte, sie sollte sie in der Ausstellung aufhängen, mit einem roten Punkt. Ein strategischer Schachzug – die Sachen sind heiß begehrt, greift sie euch.«

»Wie lange sind Sie bei der Eröffnung geblieben?«

»Bis eine halbe Stunde vor Schluss.«

»Und das wäre?«

»Halb zehn, zwanzig vor.«

»Wohin sind Sie danach gegangen?«

»Aha«, sagte Klipper. »Das Alibi. Nun ja, ich habe keins. Ich hab mich in meinen Wagen gesetzt und bin rumgefahren. Von der Sepulveda bis zum San Vicente, rüber zur Seventh und runter in den Santa Monica Canyon. Ich kenne die Gegend, weil es da eine Tankstelle gibt, die Benzin mit hundert Oktan und einen Zusatz verkauft, der es auf hundertvier erhöht. In Pasadena gibt es auch eine. Ich hatte vor, eine Fahrt am Strand entlang zu machen, und beschloss, dass ich mehr Kurven haben wollte – der Ferrari liebt Kurven –, hab gewendet und den Sunset bis zum Benedict Canyon genommen, eine kleine Spritztour.«

»Sprit mit hundert Oktan«, sagte Milo. »Wie viel zahlen Sie dafür?«

»Im Moment vier fünfzig die Gallone.«

Milo stieß einen Pfiff aus.

Kipper sagte: »Der Ferrari braucht das.«

»Welches Modell?«

»Ein Testarossa.«

»Ein Kunstwerk«, sagte Milo.

»Oh ja«, erwiderte Kipper. »Hohe Wartungskosten. Wie alles andere in meinem Leben.«

10

»Der trauernde Exmann«, sagte Milo, als wir Century City verließen und am ABC-Unterhaltungszentrum vorbeifuhren.

»Wütender Exmann. Große, starke Hände und ein aufbrausendes Temperament, und wenn er über die Kunstszene zu sprechen beginnt, gerät er in Rage.«

»Blutegel am Leib der Kunst.«

»Und Julie blieb *im* Leib der Kunst.«

»Er beschäftigt dich.«

»Es lohnt sich, ihn genauer unter die Lupe zu nehmen«, sagte ich. »Er ist klug und kräftig. Und er war in der Galerie. Sogar in seiner Zusammenfassung klang seine Beziehung zu Julie kompliziert. Eine Ehe voller Aufruhr, gelegentliche physische Intimität zehn Jahre nach der Scheidung. Wenn Sexualpartner eine Vergewaltigung vortäuschen wollen, schaffen sie es im Allgemeinen nicht ganz. Ziehen den Slip herunter und nicht aus. Kipper behauptet, er hätte Julie dazu überreden müssen, Geld von ihm anzunehmen, aber wer weiß. Er könnte auch ein sehr frustrierter Mensch sein. Er hat sich offenbar mal Hoffnungen auf eine Karriere als Künstler gemacht. Träume aufzugeben ist nicht immer leicht.«

»Auch nicht mit einem Ferrari, um die Depressionen abzumildern?«

»Woran er uns drei Mal erinnert hat. Ein Ferrari, den er

mit Sprit im dreistelligen Oktanbereich voll pumpt. Denk mal drüber nach: Er zahlt eine saftige Zulage, um einen bereits hochtourigen Motor aufzupeppen. Wir reden von einem aggressiven Typ. Leg noch eine schwierige Exfrau obendrauf, mit der er weiterhin schlief, und die Sache mit dem Geld –«

»Julie hat den anderen Künstlern erzählt, es wäre eine gütliche Trennung gewesen.«

»Wie gut haben sie Julie gekannt? Hat sie irgendjemandem von ihren Selbstmordversuchen erzählt?«

»Nein«, sagte Milo. »Sie hat von ihrer Entziehungskur erzählt, aber das andere hat sie nicht erwähnt. Was glaubst du also, dass Julie die Scheidungsvereinbarung angefochten und angefangen hat, Kipper um das große Geld anzuhauen?«

»Vielleicht war sie es leid, weiter die hungernde Künstlerin zu geben, hat gemerkt, wie gut es Kipper ging, und beschlossen, ihren eigenen Lebensstil zu verbessern. Kipper war vielleicht gerne großzügig, solange *er* die Bedingungen bestimmte. Wenn Julie die Dinge in die Hand nehmen wollte, hätte die Sache völlig anders ausgesehen. Julie hatte allen Grund, Bilanz zu ziehen. Sie kam allmählich in die Jahre, und auch mit ihrem zweiten Versuch, den Durchbruch als Künstlerin zu erzielen, war sie nicht in die Schlagzeilen gekommen. Ich weiß, sie hat Bilder verkauft, aber Light and Space ist keine Galerie in New York, und die Preise für ihre Bilder sind seit ihrer ersten Ausstellung nicht sonderlich gestiegen. Wenn man in Dollars von vor zwanzig Jahren rechnet, sind sie sogar gefallen. Also hat sie es schließlich vielleicht begriffen: Es allein als Malerin schaffen zu wollen würde ein harter Kampf werden, und sie war es leid, gerade so über die Runden zu kommen. Kipper deutete an, sie hätte in einem Loch gewohnt. Wie schlimm war es?«

»Nach seinen Maßstäben: ein Loch. Nach meinen: Grundausstattung. Dreizimmerwohnung in Santa Monica, im Osten neben dem Pico. Das Wohnzimmer war ihr Atelier. Obwohl sie Künstlerin war, hatte sie nicht viel für Inneneinrichtung übrig.«

»Das ist der harte Teil von Santa Monica«, sagte ich. »Straßengangs, Drogenhandel.« Ich dachte an Robins Haus an der Rennie. Tim Plachette war ein netter Mann, ein sanfter Mann, immer höflich zu mir. Würde er zu irgendetwas zu gebrauchen sein, wenn es hart auf hart kam?

Milo sagte gerade: »... werde ich noch mal mit den Nachbarn reden. Den Ehemann ein bisschen unter die Lupe nehmen.«

»Sieh mal, was du über seine finanzielle Situation in Erfahrung bringen kannst. Manchmal neigen Investment-Profis zu übergroßem Optimismus und werden leichtsinnig mit ihren Fonds. Falls Kipper bei einem Deal ein zu großes Rad gedreht und richtig viel Geld verloren hat, könnte er in Versuchung geraten sein, seine Verpflichtung Julie gegenüber abzustreifen.«

»Kräftige Hände«, sagte er. »Er ist ein kleiner Kerl, aber immer noch größer als Julie. Er wäre stark genug, sie auf der Toilette zu überwältigen.«

»Vielleicht musste er sie nicht überwältigen. Sie hat ihm vertraut. Das wäre zu dem Überraschungsmoment noch hinzugekommen.«

»Inwiefern vertraut?«

»Er hat uns erzählt, dass sie immer noch miteinander geschlafen haben.«

»Ein Stelldichein in diesem dreckigen Kabuff?«

»Ich hab schon von seltsameren Dingen gehört«, sagte ich.

»Ich auch, aber ... ich glaube, deine Phantasie ist noch übler geworden als meine.«

Ich wendete auf der Straße und fuhr zurück zum Santa Monica Boulevard. »Als Julies Onkel dich gebeten hat, den Fall zu übernehmen, hast du da mit ihm über sie gesprochen?«

»Klar.«

»Wusste er von ihrer Vergangenheit?«

»Für ihn war sie nur die süße, begabte Nichte, die nach New York gegangen war. Was ihre Familie anging, war sie Rembrandt.«

»Wie schön, wenn einen jemand zu schätzen weiß.«

»Yeah.« Einen Augenblick später sagte er: »Kräftige Hände. Wer auch immer Julie erwürgt hat, hat sich nicht auf seine Hände verlassen, sondern einen Draht benutzt.«

»Eine gute Methode, damit die Hände sauber bleiben«, erwiderte ich. »Zumal wenn man außerdem noch Handschuhe benutzt. Verringert das Risiko, Spuren zu hinterlassen.«

»Saubere Hände.«

»Sozusagen.«

Ich setzte ihn ab, fuhr nach Hause und schaltete den Computer ein. Ein halbes Dutzend Suchmaschinen ergaben sehr wenig in Bezug auf Everett und Julie Kipper.

Drei Treffer bei ihm: Reden, die er auf von MuniScope veranstalteten Seminaren für Privatkunden gehalten hatte. Jedes Mal das gleiche Thema: Steuerzahler mit hohem Einkommen, die beim Kauf steuerfreier Wertpapiere eher auf das Agio als auf Dividenden achteten, konnten auf lange Sicht tatsächlich Geld sparen.

Julies Name tauchte nur einmal auf: Vor sechs Monaten war eins ihrer frühen Bilder auf einer Arcade-Auktion von Sotheby's versteigert worden. Achtzehnhundert Dollar für ein zehn Jahre altes Ölgemälde mit dem Titel *Marie an ih-*

rem Küchentisch. Kein Begleitfoto. Die Versteigerung hatte Stücke im unteren Preisbereich gehandelt; nur wenige von ihnen waren abgebildet.

Die Provenienz des Gemäldes verriet mir wenig, was ich nicht hätte erraten können: von der Lewis Anthony Gallery an einen »privaten Sammler«.

Ich gab Anthony ein. Fünfzig Treffer. Er war vor fünf Jahren gestorben, aber die Galerie gab es immer noch.

Ich dachte über den Weg nach, den Julie Kippers Leben genommen hatte. Sie hatte sich mit Hilfe von Drogen durch eine selbstzerstörerische Produktionsphase gequält, um den Forderungen des Galeristen gerecht zu werden. Drei Bilder.

Und jetzt war eins dieser Bilder von seinem Besitzer für weniger Geld abgestoßen worden, als es ihn gekostet hatte.

Demoralisierend, falls sie davon gewusst hatte.

Ich würde wetten, dass sie es gewusst hatte. Irgendwie hatte irgendjemand es sie wissen lassen.

Trotzdem hatte sie beschlossen, ein Comeback zu versuchen. Vielleicht hatte die Auktion ihr Comeback *vorangetrieben.*

Hatte sie etwas geschaffen, was sie für ihre besten Arbeiten hielt, und auf eine zweite Chance mit einer anderen hochkarätigen Galerie gehofft, nur um sich dann mit Light and Space zufrieden zu geben?

Niedriger Output bedeutete: kein Markt zum Weiterverkauf.

Die geringe Nachfrage nach ihren Bildern schloss ein mögliches Motiv für den Mord aus: dass nämlich jemand versuchte, den Wert einer Investition zu erhöhen, weil tote Künstler oft höhere Preise erzielen als lebende. Das traf nur auf Künstler zu, die eine Rolle spielten. Was die Kunstszene betraf, hatte Juliet Kipper nie existiert, und ihr Tod würde kein Blinzeln hervorrufen.

Nein, dieser Mord hatte keinen kommerziellen Hintergrund. Dieser Mord hatte persönliche Motive.

Ein intelligenter Mörder. Vorausschauend und äußerlich gelassen, aber innerlich ... Wut, die gezügelt wurde, um eine kalte und kalkulierte Aktion durchzuführen.

Bei seinem ersten Anruf hatte Milo es als einen »schrägen Fall« bezeichnet, aber der Mörder würde es nicht so sehen. Einen Draht um Juliet Kippers Hals zu legen würde ihm äußerst vernünftig vorkommen.

Ich trank ein Bier, dachte über Julies leuchtende Bilder und ihr ausgelöschtes Talent nach und griff dann nach dem Telefon.

Die Lewis Anthony Gallery war mit einer Adresse in der Fifty-seventh Street in New York verzeichnet. Die Frau, die den Hörer abnahm, artikulierte die Wörter, wie eine Schere durch Nagelhaut schneidet.

»Mr. Anthony ist vor einigen Jahren verschieden.« Ihr Ton gab zu verstehen, dass sie die Kenntnis dieses Umstands als Voraussetzung für die amerikanische Staatsbürgerschaft betrachtete.

»Vielleicht können Sie mir helfen. Ich bin auf der Suche nach Arbeiten von Juliet Kipper.«

»Von wem?«

»Juliet Kipper, der Malerin. Sie wurde vor einigen Jahren von Ihrer Galerie vertreten.«

»Wie viel sind einige?«

»Zehn.«

Sie schnaubte. »Das ist eine Ewigkeit. Nie von ihr gehört. Guten Tag.«

Ich saß da und fragte mich, wie es wohl wäre, mit dieser Einstellung die ganze Zeit zu tun zu haben. Aufzuwachsen mit einem Kopf voller Schönheit und der Gabe der Interpretation, von Menschen, die dich liebten, gesagt zu bekommen, wie brillant du wärst – süchtig zu werden nach den Oohs und Aahs –, nur um dann einzutreten in das, was als »die wirkliche Welt« bezeichnet wurde, und zu erfahren, dass Liebe aber auch gar nichts bedeutete.

Julie Kipper war mit einem eiskalten Universum konfrontiert worden, das die Begabten als Futter betrachtete.

Die Freundlichkeit von Fremden, wie Blanche Dubois es genannt hatte.

Trotz alledem hatte sie erneut ihre inneren Reserven mobilisiert und Arbeiten von überragender Schönheit geschaffen.

Nur um in einer schmutzigen Toilette garrottiert und in einer anzüglichen Pose wie eine Puppe arrangiert zu werden.

Den Menschen zu finden, der das getan hatte, schien auf einmal sehr wichtig zu sein.

Erst mehrere Stunden später – nachdem ich Berichte abgeschlossen und gemailt, einige Rechnungen bezahlt hatte und zur Bank gelaufen war, um Schecks von Anwälten einzureichen – fiel mir etwas anderes im Zusammenhang mit Julie auf.

Ein begabter, beschädigter Mensch, der mit dem zarten Schimmer eines Comebacks vor Augen gewaltsam ausgelöscht worden war.

Das Gleiche konnte auch von Baby Boy Lee gesagt werden.

Ich verglich die beiden Fälle. Beide hatten sich Samstagnacht in oder an einer dunklen Gasse ereignet. Fünf Wochen waren zwischen ihnen vergangen. Weder Milo noch Petra – noch irgendjemand sonst – hatte irgendeine Verbindung gesehen, weil es keine auffälligen Ähnlichkeiten gab.

Und als ich die Unterschiede gegeneinander hielt, entstand eine nicht sehr kurze Liste auf meinem Notizblock.

Männliches vs. weibliches Opfer.
Ende vierzig vs. Mitte dreißig.
Single vs. geschieden.
Messerwunde vs. Strangulierung.
Tatort im Freien vs. Tatort im Haus.
Musiker vs. Malerin.

Ich kam zu dem Schluss, dass ich übertrieben analytisch vorging; es hatte keinen Sinn, Milo anzurufen. Ich ging vierzig Minuten laufen, was mein Herz und meine Lunge forderte, aber wenig dazu beitrug, meinen Kopf freizubekommen, setzte mich wieder an den Computer und suchte nach Morden an Menschen in schöpferischen Berufen während der letzten zehn Jahre.

Trotz dieser willkürlichen Begrenzung kam eine Menge irrelevantes Material zum Vorschein: massenhaft tote Rockstars, deren Ableben in den meisten Fällen, ja fast ausschließlich selbst verschuldet war. Der Tod von Sal Mineo, der in West Hollywood erstochen worden war. Das war 1976 passiert, lange vor Beginn der Zehn-Jahres-Grenze. Es hatte sich herausgestellt, dass der Mord an Mineo, der lange Zeit Gegenstand von wilden Mutmaßungen im Filmbusiness war und von dem man annahm, dass er in Zusammenhang mit seiner Homosexualität stand, ein Raubüberfall auf offener Straße gewesen war, der ein böses Ende genommen hatte.

Der Schauspieler war zur falschen Zeit am falschen Ort gewesen. Vielleicht würde sich das auch als Todesursache bei Baby Boy – und Julie – erweisen.

Ich suchte weiter und verfeinerte meine Kriterien und hatte am Ende, Stunden später, vier mögliche Fälle.

Vor sechs Jahren war eine Töpferin namens Valerie Brusco auf einem freien Feld hinter ihrem Atelier in Eugene, Oregon, erschlagen worden. Ich fand keine direkte Berichterstattung über das Verbrechen, aber Bruscos Name tauchte im Rahmen einer von einem Professor am Reed College verfassten Retrospektive über Keramikkünstler an der pazifischen Nordwestküste auf, bei der ihr gewaltsames Ende erwähnt wurde. Der Fall war gelöst worden: Bruscos Freund, ein Taxifahrer namens Tom Blascovitch, war verhaftet, verurteilt und eingekerkert worden. Aber Mörder kommen auch wieder aus Gefängnissen raus, und deshalb druckte ich die Daten aus.

Der zweite Fall war der Mord an einem Saxophonisten namens Wilfred Reedy, der vor viereinhalb Jahren vor einem Jazzklub am Washington Boulevard erstochen worden war; dokumentiert war er durch den Nachruf einer Zeitschrift der Musikergewerkschaft, in dem Reedys sanfter Charakter und sein Improvisationstalent gepriesen und darauf hingewiesen wurde, dass man anstelle von Blumen Spenden für die Witwe über die Gewerkschaft vornehmen könne.

Der sechsundsechzig Jahre alte Reedy war ein Freund von John Coltrane gewesen und hatte mit vielen der Großen zusammen gespielt – Miles Davis, Red Norvo, Tal Farlow, Milt Jackson. Ich loggte mich in das Archiv der *L.A. Times* ein und fand einen kurzen Artikel über das Verbrechen auf den hinteren Seiten und eine Fortsetzung von einem Absatz eine Woche später. Keine Spuren oder Festnahmen. Sachdienliche Hinweise an die Southwest Division erbeten.

Mord Nummer drei war ebenfalls mit einem Messer vor drei Jahren an der fünfundzwanzigjährigen Balletttänzerin Angelique Bernet in Cambridge, Massachusetts, begangen worden. Bernet war Mitglied einer New Yorker Tanztruppe auf Tournee gewesen, die ein Gastspiel in Boston gab, hatte ihr Hotel gegen zwei Uhr am frühen Freitagmorgen verlassen und war nicht wieder zurückgekehrt. Zwei Tage später war ihre Leiche hinter einem Haus an der Mt. Auburn Avenue entdeckt worden, nicht weit vom Campus der Harvard University. Querverweise auf den *Boston Herald* und den *Globe* ergaben kurze Berichte über das Verbrechen, aber keine Verhaftungen. Etwas anderes, das der *Globe* berichtete, fiel mir auf: Bernet war kurz zuvor zur Ersatztänzerin der Primaballerina befördert worden und hatte tatsächlich am Abend ihres Verschwindens ihr erstes Solo getanzt.

Der letzte Treffer hatte dreizehn Monate später stattgefunden – noch ein Hollywood-Mord. Während einer Aufnahme, die die ganze Nacht dauern sollte, hatte eine Punkrock-Sängerin namens China Maranga eine betrunkene Tirade gegen ihre Backup-Band vom Stapel gelassen, weil sie ihrer Ansicht nach langweilig und uninspiriert gespielt hätte, war aus dem Studio gestürmt und verschwunden. Zwei Monate später wurden Teile ihres Skeletts von Wanderern nicht weit vom Hollywood-Schild entdeckt, kaum von Gestrüpp verborgen. Sie wurde anhand ihrer zahnärztlichen Unterlagen identifiziert. Eine gebrochene Halswirbelsäule und die Abwesenheit von Schusslöchern und Stichwunden ließen als Todesursache eine Strangulation vermuten, aber das war so ziemlich alles, was der Gerichtsmediziner beisteuern konnte.

China Marangas Zähne waren leicht zu identifizieren gewesen – als Kind hatte sie eine umfangreiche kieferorthopädische Behandlung durchgemacht. Ihr eigentlicher Name war Jennifer Stilton, und sie war in einem großen Haus in Palo Verdes als Tochter des Geschäftsführers einer Lebensmittelkette und einer Innenarchitektin aufgewachsen. Sie hatte gute Noten in der Prep School bekommen, wo ihr ein lieblicher Sopran eine Hauptrolle im Schulchor eingetragen hatte. Sie wurde von Stanford angenommen, wählte englische Literatur als Hauptfach, wurde abhängig von alternativer Musik, Whiskey und Kokain, häufte eine Kollektion von Tattoos und Piercings an und stellte im zweiten Studienjahr eine Band von Kommilitonen mit ähnlichen Interessen zusammen, die mit ihr zusammen die Uni vorzeitig verließen. Die nächsten paar Jahre zog sie mit China Whiteboy durch das Land, sie spielten in kleinen Clubs und gewannen Kultstatus, schafften es aber nicht, einen Plattenvertrag an Land zu ziehen. Während dieser Zeit verwandelte China ihren lieblichen Sopran in ein abgehacktes atonales Schreien. Auf einer Tournee durch Deutschland und die Niederlande erreichten sie ein größeres Publikum und schlossen einen Vertrag mit einem alternativen Label in L.A. Der Verkauf der beiden CDs von China Whiteboy ließ sich überraschend lebhaft an, die Band weckte allmählich das Interesse von Leuten mit Einfluss, es wurde von einem Vertrag mit einer großen Plattenfirma gemunkelt.

Der Mord an China setzte all dem ein Ende.

China konnte kaum Gitarre spielen, aber sie schwang eine als Requisit – eine ramponierte alte Vox Teardrop, mit der sie nicht eben pfleglich umging. Ich wusste das, weil zwei Mitglieder der Band – ein Paar Gespenster mit schlechter Haltung und minimalem Wortschatz namens Squirt und Brancusi – keinen Spaß verstanden, was ihre Ausrüstung betraf, und wenn sie Reparaturen brauchten, dann kamen sie zu Robin. Als China den Hals der Vox bei einem ihrer überschwänglicheren Wutanfälle auf der Bühne zerbrach, gaben die Jungs Robins Nummer weiter.

Ich erinnerte mich an den Tag, als China vorbeikam. Ein besonders unerfreulicher Julinachmittag, der von einem Westküsten-Smog und einer Ostküsten-Luftfeuchtigkeit förmlich erwürgt wurde. Robin arbeitete hinten, und ich war in meinem Arbeitszimmer, als es an der Tür klingelte. Acht Mal hintereinander. Ich stapfte nach vorne, und als ich die Tür aufmachte, stand eine blasse, kurvenreiche Frau mit einem Igelschnitt davor, der so schwarz und glänzend war wie La-Brea-Teer. Sie trug eine Gitarre in einer weichen Segeltuchtasche und sah mich an, als wäre ich der Eindringling. Unterhalb der Terrasse war ein großer, staubiger Buick geparkt, der die Farbe von Billigsenf hatte.

Sie sagte: »Wer zum Teufel sind Sie, und hab ich mich so sehr verirrt, wie ich mir vorkomme?«

»Wo möchten Sie sein?«

»Im Paradies und jungfräuliche Knaben vernaschen – ist das hier das Haus der Gitarrenlady oder nicht?«

Sie klopfte mit dem Fuß auf den Boden. Rollte mit den Schultern. Ihr linkes Auge zuckte. Ihre Gesichtszüge waren wenig bemerkenswert, hätten aber angenehm sein können, wenn sie entspannter gewesen wäre. Die Blässe verdankte sich zum Teil der aschgrauen Theaterschminke, die sie dick aufgetragen hatte und die durch den kohlschwarzen Lidstrich noch betont wurde. Der Rest verriet ungesunde Gewohnheiten.

Tattoos aus schwarzer Tinte – schlangenförmige, abstrakte Bilder – bedeckten, was ich von ihrem linken Arm sehen konnte. Ein blauschwarzes Kreuz markierte die rechte Seite ihres Gesichts, wo der Unterkiefer das Ohrläppchen traf. Beide Ohren hatten schwer an einer Ansammlung von Ringen und Steckern zu tragen. All das und die gepiercten Augenbrauen und die Nasenstecker sagten: *Nimm mich zur Kenntnis*. Ihr blaues Oxford-Hemd mit den winzigen weißen Pünktchen und dem Button-down-Kragen sprach für einen Überfall auf Daddys Kleiderschrank. Das Hemd war in einen karierten Minirock gesteckt – die Art, wie sie Mädchen von Konfessionsschulen tragen müssen. Das gesamte

Ensemble, dessen Krönung weiße, in hohe, zugeschnürte Springerstiefel gestopfte Kniestrümpfe bildeten, sagte: *Versuch erst gar nicht, dir einen Reim darauf zu machen.*

»Die Gitarrenlady ist hinten«, sagte ich.

»Wo ist hinten? Ich spaziere hier nicht herum, ohne das zu wissen. Diese Gegend macht mich krank.«

»Warum?«

»Da könnten Kojoten sein und solche Scheiße.«

»Kojoten kommen erst nachts raus.«

»Ich auch – komm schon, Mann, mir tun die Augen weh, zeig's mir.«

Ich ging mit ihr die Treppe zur Terrasse hinunter, um die Seite des Hauses herum und durch den Garten. Sie hatte nicht viel Kondition und atmete schwer, als wir den Teich erreichten. Als wir uns dem Wasser näherten, überholte sie mich und rannte vor. Blieb dann stehen und starrte die Koi an.

»Große Fische«, sagte sie. »Für die große Sushi-Orgie – jeder isst, so viel er kann?«

»Wäre ein teures Essen«, erwiderte ich.

Ein Grinsen rückte ihren schiefen Mund gerade. »Hey, Mr. Yuppie, kein Grund zum Xanax zu greifen. Ich werde Ihnen Ihre kleinen Babys nicht stehlen. Ich bin Vegetarierin.« Sie beäugte den Garten und leckte sich die Lippen. »All dies leckere Yuppie-Grünzeug – wo ist sie also?«

Ich zeigte auf ihr Atelier.

Sie sagte: »Okay, Dollarboy, Sie haben Ihre gute Tat für heute hinter sich, kehren Sie zu Ihrem Börsenteil zurück«, und wandte mir den Rücken zu.

Als Robin einige Stunden später allein ins Haus kam, sagte ich: »Du hast wirklich charmante Kundschaft.«

»Ach, die«, erwiderte sie. »Das ist China Maranga. Sie schreit in einer Band.«

»In welcher?«

»China Whiteboy.«

»Squirt und Brancusi«, sagte ich, als ich mich an zwei magere Jungs mit billigen Elektrogitarren erinnerte.

»Das sind die, die mich an sie verpfiffen haben. Wir werden uns mal unterhalten müssen.«

Sie streckte sich und ging ins Schlafzimmer, um sich umzuziehen. Ich goss mir einen Chivas ein und brachte ihr ein Glas Wein.

»Danke, das kann ich brauchen.«

Wir setzten uns aufs Bett und nippten an unseren Gläsern. »Schreit die junge Dame gut?«, fragte ich.

»Sie hat eine große Bandbreite. Von Nägeln auf einer Schiefertafel bis zu noch härteren Nägeln auf einer Schiefertafel. Sie spielt nicht, schwingt ihre Gitarre nur durch die Luft, als wollte sie jemanden damit schlagen. In der vergangenen Nacht hat sie einen Mikrofonständer angegriffen, woraufhin der Hals abbrach. Ich hab ihr gesagt, die Reparatur lohne sich nicht, aber sie hat angefangen zu weinen.«

»Buchstäblich?«

»Richtige Tränen – sie hat mit den Füßen aufgestampft wie ein verzogenes kleines Kind. Ich hätte sie zu dir schicken sollen.«

»Das übersteigt meine Fähigkeiten.«

Sie stellte ihr Glas ab und fuhr mir mit den Fingern durchs Haar. »Ich berechne ihr mein höchstes Honorar, um einen dieser Fender-Hälse anzuschrauben, auf die ich Mengenrabatt bekomme, und lasse mir Zeit damit. Nächste Woche wird sie etwas zum Zerschlagen haben, was sogar noch hässlicher ist, und ich hoffe sehr, dass sie Bargeld dabeihat. Und jetzt genug von diesem Geschwätz, damit wir zur Sache kommen können.«

»Welche Sache ist das?«

»Etwas, was deine Fähigkeiten bestimmt nicht übersteigt.«

Als China eine Woche später vorbeikam, um die Gitarre abzuholen, war ich im Atelier und trank mit Robin Kaffee.

Dieses Mal trug sie eine speckige Motorradjacke über einem langen Spitzenkleid, das einmal weiß gewesen und jetzt suppenknochenbeige war. Rosafarbene Satinpumps. Eine schwarze Baskenmütze bedeckte die schwarzen Stacheln.

Robin holte die mit dem Fender-Hals gekreuzte Vox. »Da wären wir.«

China hielt das Instrument auf Armeslänge von sich. »Wie hässlich – wollen Sie dafür noch Geld von mir?«

»Das ist so üblich.«

China starrte sie an, richtete ihren funkelnden Blick auf mich und dann wieder auf Robin. Griff in eine Tasche der Lederjacke, zog ein Knäuel Geldscheine heraus und ließ es auf die Werkbank fallen.

Robin zählte das Geld. »Das sind vierzig Dollar zu viel.«

China marschierte zur Tür, blieb stehen und zeigte uns den Stinkefinger. »Kaufen Sie sich einen Scheißfisch.«

Der Mord an ihr hatte Robin ein Kopfschütteln und ein »Wie traurig« entlockt.

China unterschied sich von Baby Boy und Julie Kipper dadurch, dass sie nicht wirklich begabt war. Aber es verhielt sich dennoch so, dass ein im Aufstieg begriffener Stern auf halbem Weg ausgelöscht worden war.

Ich fragte mich, ob Robin eine Verbindung zwischen den beiden Morden hergestellt hatte. Zwei ihrer Kunden, der eine ihr lieb und teuer, die andere so ziemlich das Gegenteil.

Falls es so war, hatte sie mir nichts davon gesagt.

Warum sollte sie auch?

11

Juliet Kippers Haus war eine von zwei hässlichen grauen Kisten, die auf ein zu kleines Grundstück gequetscht worden waren. Die Vorderseite war ein öliger Tafelberg aus Beton. Sich wellende Dächer aus Teerpappe sorgten für das einzige Grün in Sichtweite.

Gitter vor den Fenstern. Ein verrosteter Eisenzaun blockierte den Zugang zu der Immobilie. Gelbes Absperrband vor der hinteren Wohneinheit flatterte in der Meeresbrise. Ich stieg aus. Das Tor im Zaun war verschlossen. Weder eine Türklingel noch eine Sprechanlage waren zu sehen. Ein etwa sechzehnjähriger Junge mit kahl geschorenem Schädel, der einen Pitbull mit roter Schnauze an einer Leine mit Stachelhalsband ausführte, schlenderte die Straße hinunter. Hund und Herrchen ignorierten mich, aber die beiden älteren kahl geschorenen Burschen, die wenige Augenblicke später in einem tiefer gelegten Chevy Nova vorbeifuhren, wurden langsamer und musterten mich gründlich.

Ich hatte keinen Grund, hier zu bleiben. Ich ging zum Wagen zurück, nahm den Pico bis zum Lincoln, fuhr nach Süden zur Rose Street in Venice, wo ich auf die gute Seite wechselte.

Robins Haus war ein weißes Cottage mit Schindeldach und Giebeln und äußerst niedlich. Die hübschen Blumen davor waren vor ein paar Monaten noch nicht da gewesen. Meines Wissens hatte Robin für Gartenarbeit nichts übrig. Vielleicht hatte Tim ein Händchen dafür.

Sein Volvo stand in der Zufahrt hinter Robins Ford Pickup. Ich überlegte, ob ich wieder fahren sollte.

»Zum Teufel damit«, sagte ich laut. »Ein Vater hat auch seine Rechte.«

Ich hatte die Hoffnung, dass sie an die Tür käme, aber als sie aufging, stand er da.

»Alex.«

»Tim.«

Allenthalben ein angespanntes Lächeln. Flüchtiger Händedruck. Er hatte seine übliche Kluft an: langärmliges kariertes Hemd, khakifarbene Dockers, braune Mokassins. Mr. Cool. Eine randlose Brille verlieh seinen blauen Augen – richtig blau, tiefer als meine grau getönte Iris – ein verträumtes Aussehen.

Er ist ein Jahr jünger als ich, aber ich denke gern, dass er älter aussieht, weil er seine Haare verliert. Die verbliebenen Strähnen sind dünn und karamellfarben und zu lang – eine offensichtliche Überkompensation. Sein Bart wird schon grau. Ausdrucksstark, diese Augen.

Dann ist da noch die Stimme. Der weichste, sonorste Bass, den Sie je hören werden. Jedes Wort gerundet und vornehm und gemessen. Wandelnde Reklame für sein Gewerbe.

Er ist Stimmbildner, einer der Besten, arbeitet mit Opernsängern und Rockstars und teuren Rednern, ist oft auf Reisen. Robin traf ihn einen Monat, nachdem wir uns getrennt hatten, bei einer Aufnahme. Er war gerufen worden, um einer Diva zu helfen, deren Kehlkopf plötzlich wie gelähmt war, und er und Robin waren ins Gespräch gekommen. Sie war ebenfalls einem Notruf gefolgt – mehrere Instrumente waren beim Transport beschädigt worden.

Ich dachte an die Art von Notfällen, mit denen die beiden zu tun hatten. Sie lebten beide in einer anderen Welt als ich.

Soweit ich sehen konnte, war Tim gelassen, geduldig, sprach selten, es sei denn, man sprach mit ihm. Er war von einer Stimmbildnerin geschieden worden und hatte eine zwanzigjährige Tochter, die an der Juilliard studierte und ihn anbetete.

Eine Woche, nachdem Robin ihn kennen gelernt hatte, rief sie mich an. Nachdem wir genug herumgedruckst hatten, begriff ich, dass sie um meine Erlaubnis bat.

Ich sagte ihr, dass sie die nicht bräuchte, wünschte ihr alles Gute und legte auf. Dann fiel ich in ein tiefes Loch. Innerhalb eines Monats zogen sie und Tim zusammen.

»So«, sagte er. Seine Stimme bewirkte, dass es profund klang. Vielleicht war er mit diesen Stimmbändern geboren worden, aber sie brachten mich auf die Palme.

»Wie geht's, Tim?«

»Gut. Und Ihnen?«

»Dito.«

Er lehnte sich an den Türpfosten. »Eigentlich bin ich auf dem Sprung.«

»On the road again?«

»In der Tat. Die Straße nach Burbank – hört sich an wie ein Film mit Bob Hope und Bing Crosby.«

»Viel Spaß.«

Er wich nicht von der Stelle. »Sie sind hier, um …«

»Spike zu besuchen.«

»Tut mir Leid«, sagte er. »Er ist beim Tierarzt. Kriegt die Zähne gereinigt.«

»Aha. Es gibt auch noch etwas, worüber ich mit Robin sprechen muss.«

Eine Sekunde lang keine Bewegung, dann trat er zur Seite.

Ich ging an ihm vorbei durch das kleine, dunkle Wohnzimmer, das mit seinen massiven Eichenmöbeln und den wenigen Sachen eingerichtet war, die Robin mitgenommen hatte. Ein alter Wandschrank in der Diele war in einen Durchgang zwischen den Wohnungen verwandelt worden. Durch die Tür konnte ich das Heulen einer Kreissäge hören.

»Alex?«

Ich blieb stehen und drehte mich um. Tim stand noch an der Tür. »Bitte, regen Sie sie nicht auf.«

»Ich hatte nicht die Absicht.«

»Ich weiß – sehen Sie, ich will offen zu Ihnen sein. Als sie das letzte Mal mit Ihnen gesprochen hat, war sie wirklich außer sich.«

»Das letzte Mal hat sie aus freien Stücken mit mir gesprochen. Sie ist bei mir vorbeigekommen.«

Er zeigte mir in einer besänftigenden Geste die Innenflächen seiner Hände. »Das weiß ich, Alex. Sie wollte mit Ihnen über Baby Boy Lee reden. Ich danke Ihnen.«

»Wofür?«

»Dass Sie ihr zugehört haben.«

»Und doch glauben Sie, dass ich sie aufrege?«

»Nein – sehen Sie, es tut mir Leid. Ich hätte nichts sagen sollen. Es ist bloß so, dass …«

Ich wartete.

Er sagte: »Vergessen Sie's«, und wandte sich zum Gehen.

Ich fragte: »Kannten Sie Baby Boy?«

Der plötzliche Themenwechsel ließ ihn zusammenzucken. »Ich hatte von ihm gehört.«

»Haben Sie je mit ihm gearbeitet?«

»Nie.«

»Was ist mit China Maranga?«

»Den Namen kenne ich nicht.«

»Sie war eine Sängerin«, sagte ich. »Eigentlich eher eine

Schreierin. Deshalb nahm ich an, sie hätte Sie vielleicht konsultiert.«

»Das tun die Schreier selten. Warum fragen Sie nach ihr?«

»Sie ist tot. Ermordet, wie Baby Boy.«

»Deswegen sind Sie hier? Alex, ich glaube wirklich nicht, dass Robin mit weiteren Horrorgeschichten –«

»Ich werde daran denken.« Ich setzte meinen Weg zu der Verbindungstür fort.

»Schön«, rief er hinter mir her. »Sie sind ein Sturkopf. Ich kapituliere. Was halten Sie denn davon, dieses Mal an Robin zu denken?«

Dieses Mal. Ließ den Köder vor mir baumeln. Ich schwamm vorbei.

Ich trat in die Wärme der Maschinen und den Geruch von Hartholz. Der Boden war mit Sägemehl bedeckt. Mehrere Arbeiten – Gitarren und Mandolinen in verschiedenen Stadien der Fertigstellung – hingen an der Wand. Robin hatte mir den Rücken zugewandt, während sie einen Block Rosenholz durch die schwirrende Schneide führte. Ihre Haare waren unter einem der Kopftücher zusammengefasst, die sie sammelt. Sie trug eine Schutzbrille und eine Staubmaske, hatte ein enges weißes Top, eine weit geschnittene Yogahose aus schwarzer Baumwolle und weiße Tennisschuhe an. Das dunkle Holz zischte und verspritzte etwas, das wie Schokostreusel aussah. Sie zu erschrecken wäre gefährlich gewesen, also stand ich bloß da und sah ihr zu und wartete, bis sie den Schalter umlegte und von der Säge zurücktrat und das Dröhnen zu einem Knurren erstarb.

»Hi«, sagte ich.

Sie fuhr herum, starrte mich durch die Brille an, zog die Maske herunter und legte das beschnittene Stück Rosenholz auf die Werkbank.

»Hi.« Sie wischte sich die Hände an einem Lappen ab.

»Ich hab gerade Tim auf dem Weg nach draußen getroffen. Er macht sich Sorgen, dass ich dich aufregen könnte.«

»Tust du's?«

»Vielleicht.«

Sie warf die Maske hinter sich und sagte: »Komm mit, ich hab Durst.«

Ich folgte ihr in die winzige alte Küche am hinteren Ende des Doppelhauses. Alte weiße Geräte und gelbe Fliesen, von denen mehrere ausgebessert waren. Der Raum war deutlich kleiner als die elegante neue Küche, die wir gemeinsam entworfen hatten. Aber wie in jener Küche war hier alles makellos und an seinem Platz.

Sie nahm einen Krug Eistee, goss zwei Gläser voll und brachte sie zu dem Resopaltisch, der kaum in den Raum passte. Es war nur Platz für zwei Stühle. Vermutlich hatten sie nicht viele Gäste. Wahrscheinlich hatten sie mit sich selbst genug zu tun …

»Cheers«, sagte sie. Sie machte keinen fröhlichen Eindruck.

Wir tranken Tee. Sie warf einen Blick auf ihre Armbanduhr.

Ich sagte: »Falls du viel zu tun hast –«

»Nein. Ich bin müde. Ich stehe seit sechs Uhr im Atelier; ich bin reif für mein Schläfchen.«

In den alten Tagen hätte ich ein gemeinsames Schläfchen vorgeschlagen. »Ich gehe«, sagte ich.

»Nein. Was macht dir zu schaffen, Alex?«

»China Maranga.«

»Was ist mit ihr?«

»Ich hab nachgedacht«, erwiderte ich. »Sie und Baby Boy. Es könnte Ähnlichkeiten geben.«

»China? In welcher Beziehung?«

Ich sagte es ihr und fügte die nackten Tatsachen von Juliet Kippers Ermordung hinzu.

Sie wurde blass. »Ich vermute … Aber wirklich, es gibt so viele Unterschiede.«

»Du hast wahrscheinlich Recht«, erwiderte ich.

»Man könnte sagen, dass Chinas Karriere abhob«, erklärte sie. »Ihre Platten verkauften sich besser, als alle gedacht hatten. Aber trotzdem … Alex, ich hoffe, du irrst dich. Das wäre grauenhaft.«

»Mord an der Kunst?«

»Mord an Künstlern, weil sie auf dem Weg nach oben sind.« Sie war immer noch blass.

»Da wäre ich wieder«, sagte ich, »und bringe das Böse in dein Leben.« Ich stand auf. »Ich hatte Unrecht. Tim hatte Recht.«

»In welcher Hinsicht?«

»Als du mich das letzte Mal gesehen hast, warst du aufgeregt. Ich hätte es besser wissen sollen.«

Sie runzelte die Stirn. »Tim versucht mich zu beschützen … Ich habe mich aufgeregt. Aber nicht über irgendwas, was du getan hast.«

»Worüber dann?«

»Über alles. Den Zustand der Welt – all diese Veränderungen. Ich weiß, dass wir das Richtige getan haben, aber … dann Baby Boy. An einem Tag rede ich mit ihm, am nächsten Tag gibt es ihn nicht mehr. Zu der Zeit war ich vermutlich besonders leicht zu verletzen. Jetzt geht es mir besser. Mit dir zu reden hat mir geholfen.«

»Bis jetzt.«

»Sogar jetzt.«

Sie packte mich an den Handgelenken. »Du warst für mich da.«

»Zur Abwechslung.«

Sie ließ los und schüttelte den Kopf. »Bei unserer ganzen Vorgeschichte musst du immer noch nach Komplimenten fischen?«

Die Stelle, wo sie mich angefasst hatte, juckte.

»Setz dich«, sagte sie. »Bitte. Trink noch ein bisschen Tee. Wir können uns wie zivilisierte Menschen benehmen.«

Ich setzte mich.

»Baby Boy war mein Freund«, sagte sie. »Ich hatte keine Beziehung zu China. Mein einziger Kontakt mit ihr war dieser eine Job, und sie war nicht glücklich damit. Erinnerst du dich, wie sie mir den Stinkefinger gezeigt hat?«

»Sie hat *uns* den Stinkefinger gezeigt«, erwiderte ich. »Ich glaube, ich war der, von dem sie nichts hielt. Sie hat mich nur Mr. Yuppie genannt.«

»Sie war unausstehlich … das ist etwas, das sie nicht mit Baby gemeinsam hatte. Er war der netteste Mensch auf der Welt. Ein weiterer Unterschied ist, dass er wirklich begabt war. Und ihre Leiche war verborgen – nein, ich sehe es nicht, Alex. Ich wette, sie hat sich vom Falschen mitnehmen lassen, vielleicht das Maul zu weit aufgerissen und die Quittung dafür bekommen.«

»Das ergibt einen Sinn«, sagte ich. »Sie hat die Aufnahme wütend verlassen. Was ist mit ihrer Band? Hat einer von denen jemals aggressive Neigungen zu erkennen gegeben?«

»Diese Typen?«, sagte sie. »Wohl kaum. Sie waren wie China. Jungs vom College, die einen auf unartig machten. Und warum sollten sie China töten? Als sie gestorben ist, war auch die Band gestorben. Was hält Milo davon?«

»Ich hab ihn noch nicht gefragt.«

»Du bist zuerst hierher gekommen?«

»Du siehst viel besser aus.«

»Ich schätze, das hängt davon ab, wen du fragst.«

»Nein«, sagte ich. »Sogar Rick würde sagen, dass du süßer

bist.« Ich stand wieder auf. »Vielen Dank, und es tut mir Leid, falls ich deinen Biorhythmus durcheinander gebracht habe. Leg dich ein bisschen hin.«

Ich machte mich auf den Weg zur Vorderseite des Hauses.

»Sie sind schwer, nicht wahr?«, rief sie hinter mir her.

»Wer?«

»Die Wechsel im Biorhythmus. Tim ist wundervoll zu mir, aber manchmal stelle ich immer noch fest, dass ich etwas zu *dir* sagen will ... geht es *dir* gut?«

»Mir geht's prima.«

»Behandelt sie dich gut?«

»Ja. Wie geht's Spike?«

»Zu dumm, dass er nicht hier ist«, sagte sie. »Eine Wurzelhautbehandlung.«

»Autsch.«

»Sie behalten ihn über Nacht da. Du kannst ihn besuchen. Ruf an, um sicherzugehen, dass jemand hier ist.«

»Danke.«

»Okay«, sagte sie und stand auf. »Ich bringe dich vor die Tür.«

»Nicht nötig.«

»Nicht nötig, aber höflich. Mama hat mich gut erzogen.«

Sie brachte mich bis zum Bordstein. »Ich werde noch über China nachdenken und höre mich ein bisschen um. Falls mir irgendwas einfällt, lasse ich es dich wissen.« Breites Grinsen. »Hey, sieh mich an: die Detektivin.«

»Denk nicht mal dran«, erwiderte ich.

Sie nahm meine Hand in ihre beiden. »Alex, was ich vorhin gesagt habe, stimmt. Du hast mich nicht aufgeregt. Damals nicht und jetzt nicht.«

»Großes hartes Mädchen?«

Sie blickte zu mir hoch und lächelte. »Ich bin immer noch ziemlich klein.«

Es gab mal eine Zeit, da hast du eine große Ecke meines Herzens eingenommen.

»Nicht für mich«, erklärte ich.

»Das konntest du schon immer«, sagte sie. »Dafür sorgen, dass ich mir wichtig vorkam. Ich bin mir nicht sicher, ob ich das für dich getan habe.«

»Natürlich hast du das getan«, sagte ich.

Sie ist wundervoll. Was zum Teufel ist passiert?

Allison ist wundervoll …

Ich ließ ihre Hand los, stieg in den Wagen, ließ den Motor an und drehte mich auf meinem Sitz, um ihr zuzuwinken. Sie war schon hineingegangen.

12

Ein *Partner*. Das Letzte, was Petra brauchen konnte.

Nicht dass sie eine Wahl gehabt hätte. Nach der Hälfte ihrer Schicht hatte Schoelkopf sie in sein Büro bestellt und ihr ein Stück Papier vors Gesicht gehalten. Den Versetzungszettel.

»Woher?«, fragte sie.

»Aus der Army. Er ist neu im Department, aber er hat ernsthafte Erfahrung als Ermittler beim Militär, also behandeln Sie ihn nicht wie einen blöden Anfänger.«

»Captain, ich hab allein sehr gute Ergebnisse –«

»Nun ja, das ist super, Connor. Ich bin froh, dass der Job Ihnen solche Befriedigung verschafft. Hier, bitte schön.«

Wedelte mit dem Stück Papier. Petra nahm es, las es aber nicht.

Schoelkopf sagte: »Gehen Sie. Er wird in zwei Stunden hier eintreffen. Besorgen Sie ihm einen Schreibtisch und sorgen Sie dafür, dass er sich wie zu Hause fühlt.«

»Soll ich ihm ein paar Plätzchen backen, Sir?«

Der große schwarze Schnurrbart des Captains dehnte sich aus, als er zu weiße Jacketkronen entblößte. Im letzten Sommer war er drei Wochen verschwunden und mit einer Furcht erregenden Bräune und einem neuen Gebiss und, wie es schien, vorne mehr Haaren zurückgekehrt.

Er sagte: »Wenn da Ihre fraulichen Talente liegen, Detective, tun Sie sich keinen Zwang an. Ich persönlich bevorzuge die Knusprigen aus Hafermehl.« Er winkte Petra aus dem Büro.

Als sie die Tür erreichte, sagte er: »Das Armenierding abgehakt?«

»So gut wie.«

»So gut wie?«

»Mit dem Staatsanwalt ist alles geregelt.«

»Was liegt jetzt auf Ihrem Tisch?«

»Der Nunes-Mord –«

»Was ist das für einer?«

»Manuel Nunes. Der Maurer, der seine Frau mit der Kelle –«

»Ja, ja, der blutige Mörtel. Haben Sie die Sache im Griff?«

»Das verlangt keine *Detektivarbeit*«, erwiderte Petra. »Als die Streifenbeamten eintrafen, hielt Nunes die Kelle in der Hand. Ich mache Tüpfelchen auf jedes t und Striche durch jedes i.« Sie widerstand der Versuchung, die Augen zu verdrehen und vor dem Mistkerl eine Fratze zu ziehen.

»Nun ja, tun Sie, was Sie nicht lassen können – apropos Detektivarbeit, sind Sie das kleinste bisschen bei diesem Musiker weitergekommen, dem fetten Burschen, Lee?«

»Nein, Sir.«

»Wollen Sie mir sagen, er ist eiskalt?«

»Leider ja.«

»Wie soll ich das verstehen?«, fragte Schoelkopf. »Irgendein Irrer ist einfach anmarschiert gekommen und hat ihm den Bauch aufgeschlitzt?«

»Ich kann Ihnen die Akte –«

»Nein«, unterbrach Schoelkopf sie. »Also stecken Sie fest. Soll ich Ihnen was sagen, das ist ab und zu mal ganz gut für Sie. Lehrt Sie ein bisschen Bescheidenheit.« Noch mehr Kronen. »Zum Glück für Sie war er keine große Berühmtheit. Wenn bei kleinen Fischen wie ihm die Ermittlungen im Sand verlaufen, ist es allen scheißegal. Was ist mit seiner Familie? Beklagt sich irgendjemand bei Ihnen?«

»Er hatte nicht viel Familie.«

»Noch mal Glück gehabt.« Schoelkopfs breites Lächeln wurde von unterdrückter Wut begleitet. Er und sie waren von Anfang an nicht gut miteinander ausgekommen, und egal was Petra tat, sie wusste, dass sich ihr Verhältnis nie verbessern würde. »Sie sind ein ziemlich glückliches Mädchen – Verzeihung, glückliche *Frau* –, nicht wahr?«

»Ich tue mein Bestes.«

»Klar tun Sie das«, sagte Schoelkopf. »Okay, das ist alles. Zeigen Sie G.I. Joe, wo's hier langgeht. Vielleicht stellt sich raus, dass er auch ein glücklicher Zeitgenosse ist.«

Sie kehrte ins Großraumbüro der Detectives zurück, beruhigte sich allmählich, warf einen Blick auf das Stück Papier. Erwartete knappe Hintergrundinformationen über ihren neuen Partner. Aber alles, was Schoelkopf auf das Formblatt gekritzelt hatte, war ein Name.

Eric Stahl

Eric. Klang irgendwie süß. Ein Mann vom Militär. Petra holte sich eine heiße Schokolade aus dem Automaten im Erdgeschoss und stieg die Treppe wieder hoch, wobei ihre Phantasie auf Hochtouren arbeitete. Sie stellte sich Eric schlank und muskulös vor, ein Typ wie Clint Eastwood, vielleicht mit einem dieser militärischen Kurzhaarschnitte. Ein Typ, der viel an der frischen Luft war, der surfte und Rad fuhr, mit dem Fallschirm sprang und Bungeejumping machte, all diese adrenalinzehrenden Dinge.

Ein Partner mit viel Energie war ihr ganz recht. Er konnte das Fahren übernehmen.

Zwanzig Minuten später war er da. Mit dem Haarschnitt hatte sie Recht gehabt, aber sonst mit nichts.

Eric Stahl war um die dreißig, höchstens eins achtundsiebzig groß, schrecklich dünn, mit gebeugten Schultern und schlaksigen Gliedmaßen. Der Bürstenschnitt war mittelbraun, stachlige Haare über dem schmalen, grüblerischen Gesicht eines hungernden Dichters. Herr im Himmel, war dieser weiße Junge weiß! Ein Teint, wie man ihn nach zu vielen Stunden in der Bibliothek bekommt. Bis auf zwei nicht dazu passende rosafarbene Münzen auf den Wangen – Fieberflecken.

Eingefallene Wangen. Spitzes Kinn, lippenloser Mund, die am tiefsten liegenden Augen, die Petra je gesehen hatte. Als ob jemand mit den Fingern hineingestochen und sie ihm in den Schädel zurückgeschoben hätte. Das gleiche matte Braun wie die Haare. Unveränderlich.

Er sagte: »Detective Connor? Eric Stahl«, ohne die Hand auszustrecken oder sich zu bewegen. Er stand nur neben ihrem Schreibtisch, trug einen schwarzen Anzug, ein weißes Hemd und eine graue Krawatte.

»Hi, nehmen Sie doch bitte Platz«, sagte Petra.

Und zeigte auf einen Stuhl neben ihrem Schreibtisch.

Stahl erwog das Angebot und akzeptierte es schließlich.

Sein schwarzer Anzug schien ihr eigenes Ensemble zu ergänzen: einen ebenholzfarbenen Hosenanzug von Vestimenta, den sie in der vorletzten Saison im Schlussverkauf bei Barney's gekauft hatte. Trübselig: Sie beide sahen aus wie das Empfangskomitee am Forest Lawn Cemetery.

Stahl verzog keine Miene. Viel Energie, von wegen. Dieses Gesicht ... wenn er die Haare lang wachsen ließ und schwarze Lederhosen und einen Haufen anderer Punk-Paraphernalien anzog, würde er genau zu den verlebten Strichjungen passen, die man über den Boulevard taumeln sah.

Keith Richards jüngerer Bruder. Keith selbst, in seiner schlimmsten Junkie-Zeit.

Sie fragte: »Was kann ich für Sie tun, Eric?«

»Mich einweisen.«

»Worin?«

»In alles, was Sie für wichtig halten.«

Aus der Nähe betrachtet, war Stahls Haut kalkig. Die Stimme des Mannes war tonlos. Nur eine pulsierende Ader an der linken Schläfe deutete darauf hin, dass seine Körperfunktionen in Gang waren.

»Sie können den Schreibtisch dort benutzen«, sagte sie. »Und das da ist Ihr Spind.«

Stahl rührte sich nicht. Er hatte nichts mitgebracht.

»Was halten Sie davon«, fragte Petra, »wenn wir ein bisschen herumfahren und ich Ihnen die Gegend zeige?«

Stahl wartete, bis sie aufgestanden war, bevor er sich erhob. Als sie die Treppe hinuntergingen, hielt er sich hinter ihr. Unheimlich.

Schoelkopf hatte ihr einen unheimlichen Roboter als Partner zugeteilt.

Sie glitten über den dunklen Boulevard. Hollywood war um vier Uhr morgens nur spärlich von Nachtschwärmern und Kreaturen, die im Schatten lungerten, bevölkert. Petra zeigte auf Drogenbars, illegale Clubs, Stammlokale von stadtbekannten Verbrechern, Tacobuden, wo sich Transvestiten und Nutten versammelten. Falls Stahl einen Eindruck gewann, ließ er es sich nicht anmerken.

»Anders als bei der Army«, sagte sie.

Keine Antwort.

»Wie lange waren Sie beim Militär?«

»Sieben Jahre.«

»Wo waren Sie stationiert?«

Stahl legte einen Daumen ans Kinn und machte ein nachdenkliches Gesicht.

Das war keine Fangfrage.

»Überall«, antwortete er schließlich.

»Überall in den Staaten oder überall im Ausland?«

»Beides.«

»Wie«, sagte Petra lächelnd, »waren Sie ein Geheimagent? Wenn Sie es mir sagen, müssen Sie mich dann töten?«

Sie warf im Weiterfahren einen Blick auf Stahl. Erwartete wenigstens einen minimalen Stimmungsaufschwung.

Nichts.

Stahl sagte: »Übersee war der Nahe Osten.«

»Wo im Nahen Osten?«

»Saudi-Arabien, Bahrain, Dschibuti, Dubai.«

»Die Emirate«, sagte Petra.

Ein Nicken.

»War's schön?«, fragte Petra.

Fünf Sekunden Verzögerung. »Nicht besonders. Sie hassen Amerikaner. Man konnte keine Bibel ins Land bringen oder irgendwas sonst, das belegte, dass man ein Christ war.«

Aha. Ein Wiedergeborener.

»Sind Sie religiös?«

»Nein.« Stahl wandte sich von ihr ab und starrte aus dem Fenster.

»Hatten Sie was mit dem Angriff auf die *Cole* zu tun?«, fragte sie. »Mit irgendwas dieser Art?«

»Mit nichts dieser Art.«

»Mit nichts dieser Art«, wiederholte Petra.

Stahl sagte: »Ich glaube, das Auto dort vorne ist gestohlen.«

Er zeigte auf einen weißen Mustang zwei Wagenlängen vor ihnen. Petra sah nichts Verdächtiges am Nummernschild oder an der Art, wie der Fahrer den Wagen lenkte.

»Wirklich?«, sagte Petra.

Stahl nahm das Funkgerät in die Hand und verlangte einen Streifenwagen. Vollkommen vertraut mit den Geräten und den Codes des LAPD. Als ob er seit Jahren für die Division arbeitete.

Petras Kiefermuskeln taten weh von der Anstrengung, ein Gespräch in Gang zu halten.

Sie fuhren noch eine halbe Stunde in völligem Schweigen herum, und als Petra auf den Parkplatz einbog, fragte Eric Stahl: »Gibt es irgendwas, das ich bis morgen tun sollte?«

»Lassen Sie sich blicken«, sagte sie und machte keinen Versuch, ihre Verärgerung zu verbergen.

»Das werde ich«, erwiderte Stahl. Er verließ den Parkplatz zu Fuß und verschwand in der Dunkelheit.

Was, hat er den Bus genommen? Oder er will nicht, dass ich sehe, was für einen Wagen er fährt?

Später, bevor sie ihren Schreibtisch abschloss, rief Petra bei den zuständigen Kollegen an und stellte fest, dass der weiße Mustang gestohlen worden war.

13

Nachdem ich Robins Haus verlassen hatte, fuhr ich nach Hause und setzte mich an den Computer, wo ich China Marangas Bandmitglieder aufzuspüren versuchte.

Der Gitarrist, der sich Squirt nannte, war nirgendwo im Cyperspace zu finden, aber der Drummer, der selbst ernannte Mr. Sludge, und der Bassist Brancusi waren leicht zu lokalisieren.

Vor einem Jahr war Sludge, geborener Christian Bangsley, auf der »Schimpf- und Schande-Seite« der Web Site eines Musikmagazins namens *misterlittle* verurteilt worden: *Heiße Kurzmeldung: Ehemaliger Chinawhiteboy verkauft sich, verhökert Drecksschlabber, endet als grooooßes Krebsgeschwür!!!!*

In den drei Jahren nach Chinas Ermordung hatte sich Bangsleys Lebensstil signifikant verändert: Er war nach Sacramento gezogen, hatte »eine kleine Erbschaft« investiert und war schließlich Mitinhaber einer kleinen Kette von Restaurants im »Familienstil« geworden, die *Hearth and Home* hieß. Das Fan-Magazin vermerkte Bangsleys Pläne, *»zu eitern und diesen Tumor eines scheißunechten Normanrockwellismus in ein bösartiges metastasierendes !!!Franchiseunternehmen!!! zu postulieren. Sludge gibt sich der Ilusion* (sic!) *hin, er wäre jetzt cleeeen, aber er ist schmieriger denn je.«*

Zusammen mit der Tirade brachte *misterlittle* Vorher- und Nachher-Fotos, und der Kontrast war so bemerkenswert, dass ich den Wahrheitsgehalt der Geschichte bezweifelte.

Während seiner Zeit in der Band war Sludge ein magerer Nachtschwärmer mit wütendem Blick gewesen.

Christian Bangsley war wohl genährt und trug ein weißes Hemd und Krawatte unter einem Beatles-Haarschnitt. Die Augen funkelten vor Zufriedenheit.

Brancusi fand ich auf seiner persönlichen Website. Sein wirklicher Name war – schockierenderweise – Paul Brancusi. Er kam von hier; er arbeitete als Animator für Haynes-Bernardo, ein Studio in Burbank, einer der großen Namen im Kinderfernsehen.

Brancusis Biografie listete zwei Jahre Kunststudium in Stanford auf und einen gleichen Zeitraum als Mitglied von China Whiteboy, dann ein weiteres Jahr an der CalArts, wo er sich Fertigkeiten in Computergrafik und Animation angeeignet hatte.

Er arbeitete an einer Vormittagsserie namens *The Lumpkins*, die folgendermaßen beschrieben wurden: *»Aufgedreht, aber freundlich. Imaginäre Kreaturen leben in einer Vorstadt, die etwas von dem Humor, der Nostalgie und den zwerchfellerschütternden Situationen eines menschlichen Wohnviertels heraufbeschwört. Aber in Lumpkinville herrschen Imagination und Phantasie unangefochten!«*

Der Firmensitz von Home and Hearth in Sacramento war verzeichnet. Ich rief an und fragte, ob ich Christian Bangsley sprechen könne.

Die Empfangssekretärin war fröhlich – ernährt von Mahlzeiten im Familienstil? »Mr. Bangsley ist gerade in einer Besprechung. Kann ich Ihnen helfen?«

»Ich rufe an wegen einer alten Freundin von Mr. Bangsley. China Maranga.«

»Könnten Sie das bitte buchstabieren?«

Das tat ich.

Sie fragte: »Und was soll ich Mr. Bangsley sagen, worum es sich handelt?«

»Vor ein paar Jahren hat Mr. Bangsley mit Ms. Maranga in einer Band gespielt. China Whiteboy.«

»Ach, das. Sie ist tot, stimmt's?«

»Ja.«

»Was soll ich Mr. Bangsley also sagen?«

Ich rasselte meinen Spruch von der Beratertätigkeit für die Polizei in L.A. herunter und erklärte ihr, dass ich Bangsley ein paar Fragen stellen wolle.

»Ich werde ihm mit Sicherheit Bescheid sagen.«

Ich erreichte Paul Brancusi an seinem Schreibtisch.

Er sagte: »Nach all dieser Zeit wird endlich etwas unternommen?«

»Sie haben den Eindruck, am Anfang sei nicht genug unternommen worden?«

»Die Cops haben nie herausbekommen, wer es gewesen ist, oder? Was mir zu schaffen gemacht hat, war, dass sie nicht mal mit uns reden wollten. Obwohl wir China nahe gestanden haben – näher als irgendjemand sonst, mit Ausnahme ihres Vaters vielleicht.«

»Nicht ihrer Mutter?«

»Ihre Mutter ist tot«, sagte er. »Sie ist ein Jahr vor China gestorben. Ihr Vater ist auch tot – Sie wissen nicht viel darüber, nicht wahr?«

»Ich fange gerade erst an. Was halten Sie davon, mich ins Bild zu setzen? Ich komme bei Ihnen vorbei.«

»Hab ich Sie richtig verstanden: Sie sind was – ein Seelenklempner?«

Ich gab ihm eine längere Erklärung als der Empfangsdame von Hearth and Home.

»Warum jetzt?«, fragte er.

»Chinas Tod könnte etwas mit einem anderen Mord zu tun haben.«

»Tatsächlich?«, sagte er. »Also spielt sie jetzt eine Rolle. Und ich soll mit Ihnen reden, weil ...«

»Weil ich wirklich daran interessiert bin, mit Ihnen zu sprechen.«

»Wie aufregend.«

»Nur ein kurzes Gespräch, Mr. Brancusi.«

»Wann?«

»Wann Sie wollen.«

»In einer Stunde«, sagte er. »Ich werde vor dem H-B-Gebäude stehen. Ich habe ein rotes Hemd an.«

Haynes-Bernardo Productions residierte in einem massiven Bau aus rosafarbenen Ziegeln und blauen Kacheln auf der Ostseite des Cahuenga Boulevard, unmittelbar vor den Universal Studios, wo Hollywood dem Valley Platz macht.

Das Gebäude hatte keine Ecken. Keine Symmetrie irgendwelcher Art. Nur Kurven und Schwünge und parabolische Verwegenheit, unterbrochen von merkwürdig geformten, willkürlich angeordneten Fenstern. Die Vision eines Trickzeichners. Kokospalmen flankierten eine trapezförmige Eingangstür in der Farbe von Traubengelee, und ein dreißig Meter langes, aus Ziegeln gemauertes Hochbeet mit Begonien im Überlebenskampf verlief an der Vorderfassade entlang.

Ein Mann in einem übergroßen roten Flanellhemd, ausgebeulter Bluejeans und dreckigen Freizeitschuhen saß auf dem Rand des Hochbeets und zog an einer Zigarette.

Als ich auf ihn zuging, sagte er: »Sie haben sich beeilt.«

»Ich bin motiviert«, erwiderte ich.

Er musterte mich eindringlich.

Paul Brancusi hatte sich weniger verändert als Christian Bangsley. Er war immer noch dürr und bleich und hatte seinen langen und ungekämmten Haaren, die von Natur aus die Farbe von Spülwasser hatten, eine Bronzetönung verliehen.

Seine Zigarette haftete an einer aufgesprungenen Unterlippe. Eine verkrustete Herpeswunde saß unter einer Hakennase. Ein blauschwarzes Kreuz war auf seine rechte Hand tätowiert, in seinem linken Ohrläppchen hing ein Edelstahlstecker. Mindestens ein halbes Dutzend verheilter Piercinglöcher offenbarten sich als kleine schwarze Flecken auf seiner Nase, den Augenbrauen und dem Kinn. Jemand, der nie gesehen hatte, wie er früher aussah, hätte sie für große Poren halten können.

Eine John-Lennon-Brille verlieh seinen Augen einen versonnenen Blick, sogar während er mich musterte.

Er zog eine Packung Rothman Filter aus der Tasche und bot sie mir an.

»Nein, danke.« Ich setzte mich neben ihn.

»Wer ist sonst noch ermordet worden?«, fragte er.

»Tut mir Leid, ich kann nicht ins Detail gehen.«

»Aber Sie wollen, dass ich mit Ihnen rede.«

»Sie wollen, dass der Mord an China aufgeklärt wird.«

»Was ich will und was dann passiert, stimmt nicht oft überein«, sagte er.

Die versonnenen Augen waren düster geworden. Sein Rücken wurde rund wie unter einem schrecklichen Gewicht. Sein Aussehen und seinen Tonfall kannte ich. Jahre akkumulierter Enttäuschung. Ich stellte ihn mir vornübergebeugt an seinem Zeichentisch vor, wie er die *Lumpkins* ins Leben rief. *Aufgedreht, aber freundlich. Zwerchfellerschütternde Situationen.*

Brancusi zog eine Zigarette heraus und zündete sie am Stummel der alten an. Seine Wangen wurden hohl, als er den Rauch verschlang. »Was wollen Sie wissen?«

»Zunächst einmal, haben Sie irgendwelche Theorien darüber, wer China getötet hat?«

»Klar«, sagte er. »Jemand, der die Schnauze voll hatte von ihr. Was auf rund zehn Millionen Leute zutrifft.«

»Sie war nicht gerade charmant.«

»China war ein Fünf-Sterne-Biest. Und wissen Sie was, Sie sind der erste Cop-Typ überhaupt, der mich nach Chinas Persönlichkeit fragt. Was ist los mit diesen Kerlen – sind die zurückgeblieben?«

»Was haben sie gefragt?«

»Wie im *Polizeibericht*. Die Fakten, nur die Fakten. Um welche Zeit hat sie das Studio verlassen, was hat sie in den letzten Tagen davor gemacht, mit wem hat sie Drogen eingeworfen, mit wem hat sie gefickt. Kein Versuch, sich wirklich damit zu befassen, wer sie *war*.«

Rauch drang aus seinen Nasenlöchern und verflüchtigte sich schnell in der versmogten Luft. »Es war offensichtlich, dass sie uns und sie verachteten und unserer ganzen Lebensweise die Schuld gaben.«

»Glauben Sie, dass Chinas Lebensweise irgendwas mit ihrem Tod zu tun hatte?«

»Wer weiß? Hören Sie, ich weiß wirklich nicht, was das hier soll.«

»Tun Sie mir den Gefallen«, sagte ich. »Ich muss mir ein bisschen Kontext verschaffen.«

»Zum Beispiel?«

»Zum Beispiel hab ich gehört, dass es für die Band bergauf ging. Es wurde von einem Vertrag mit einer großen Plattenfirma geredet. Stimmt das?«

Brancusi setzte sich aufrecht hin, von Nostalgie aufgerüttelt. »Mehr als nur geredet. Wir hatten eine echte Chance. Hatten gerade bei Madame Boo unsere neuen Sachen präsentiert, wo einige der besseren Artists & Repertoire-Typen im Publikum saßen. Wir waren toll an dem Abend – wir haben richtig abgerockt. Am nächsten Tag wurden wir zu einem Gespräch mit Mickey Gittleson gebeten – irgendeine Ahnung, wer er war?«

Ich schüttelte den Kopf.

»Eine ganz große Nummer unter den Managern. Wichtige Klienten.« Er rasselte eine Liste von Bands herunter. »Er war scharf darauf, China Whiteboy zu vertreten. Wenn er sich hinter uns gestellt hätte, wär die Post abgegangen.«

»Sie sagten, ›wer er war‹.«

»Er ist tot«, erwiderte Brancusi. »Letztes Jahr, Lungenkrebs. Der Idiot hat zu viel geraucht.« Er schnippte die Asche von der Zigarette und kicherte.

»Wie war das mit Gittleson?«

»China hat den ersten Termin platzen lassen – bekam einen regelrechten Tobsuchtsanfall, sagte, Gittleson repräsentierte alles, was am Musikbusiness faul sei, und sie würde sich nicht verkaufen. Was ganz lustig war, weil sie bei Madame Boo ausgeflippt ist, als sie Gittleson da sitzen sah, uns in der Garderobe erzählt hat, dass der Typ der Bringer wäre. Während der nächsten Nummer ging sie rüber zu seinem Tisch, quatschte ihn an und legte ihm fast auf dem Schoß einen Striptease hin. Was nicht geschadet hätte. Der Typ war ein geiler alter Bock, stand darauf, die jungen Talente zu ficken.«

»China und Flirten«, sagte ich und versuchte mir das vorzustellen.

Brancusi lachte. »China war zu etwas so Leichtem und Luftigem wie einem weiblichen Flirt nicht in der Lage. Aber sie konnte einen auf sexy machen, wenn sie wollte.«

»Nach Stanislawski?«

»Was meinen Sie damit?«

»War es real, oder hat sie so getan als ob? Wie aktiv war sie in sexueller Hinsicht?«

»Sie war sehr aktiv«, antwortete Brancusi. »Nur mit Frauen, sie stand auf Frauen.«

Er starrte in den Verkehr auf dem Cahuenga und schien das Interesse zu verlieren.

»Also war sie diejenige, die Gittleson in ihr Netz gezogen hat, aber dann hat sie ihre Meinung geändert«, sagte ich.

»Typisch China.«

»Launenhaft.«

Er schnippte die Zigarette auf den Bürgersteig. Sie lag qualmend da.

Ich sagte: »Sie haben von einem ersten Termin gesprochen. Gittleson hat Ihnen nicht die kalte Schulter gezeigt nach der ersten Absage?«

»Er ist ganz locker damit umgegangen, wir waren ein heißer Tipp, also hat er einen neuen Termin angesetzt. Aber einen Monat später war er in Europa und hat ein Treffen mit uns nach seiner Rückkehr organisiert. Er schlug vor, dass wir ein paar neue Sachen aufnehmen. Deshalb waren wir in dem Studio. Wir haben versucht, eine Auswahl-CD zu brennen, die Gittleson wirklich vom Stuhl hauen würde. Und wir waren mitten drin. Zogen an einem Strang. China hatte ihre Meinung geändert – jetzt war Gittleson cool. Sie war mit von der Partie, sie war motiviert. Das war das Gute an ihr. Selbst wenn sie high war, konnte sie sich auf das Wesentliche konzentrieren.«

»Richtig high?«

»Gibt's noch eine Art?«

»Und was ist dann passiert?«

»Die Aufnahme läuft großartig, und China flippt wegen irgendetwas aus – vielleicht etwas, was jemand gesagt hat, die Anlage –, wenn sie so drauf war, konnte es daran liegen, wie die Vorhänge aufgehängt waren. Sie kriegt einen Anfall, stürmt aus dem Studio und verschwindet.«

»Kein Wort darüber, wo sie hingehen wollte?«

»Nee. Nur ›Leckt mich‹ in alle Richtungen. Wir nahmen an, sie wäre bald wieder da, wie sie es immer gewesen ist. Wutanfälle waren normal bei ihr.« Er zog noch eine Zigarette heraus und steckte sie sich mit einem Donald-Duck-Feuerzeug an.

»Was ist mit den Nummern passiert, die Sie an diesem Abend aufgenommen haben?«, fragte ich.

»Sie sind wertlos. Ich hab versucht, sie zu verkaufen, aber ohne die Aussicht einer Tournee mit China wollte uns niemand – weder Gittleson noch einer von den anderen – kennen. Ein paar Monate später waren wir Schnee von gestern.« Erneutes Kichern. »Ernsthaftes Pathos, wie? Ich hätte ein Kandidat sein können? Wie dieses schwedische Schiff, die *Wasa*, haben Sie schon mal davon gehört?«

Ich schüttelte den Kopf.

»Ich war letztes Jahr in Schweden, 'ne Art Geschäftsreise, sie machen vielleicht ein Franchise von den *Lumpkins* da drüben. Also führt mich dieser schwedische Trickzeichner in Stockholm herum. Merkwürdige Stadt, all diese großen blonden Zombies taumeln da rum, als hätten sie seit Jahren kein Auge zugemacht. Wegen der Sache mit dem Licht, die sie da haben. Im Sommer wird's nie richtig dunkel, und im Winter ist es die ganze Zeit dunkel. Das war im Sommer, wir kommen um Mitternacht aus einem Club raus, und es ist immer noch hell. Jedenfalls nimmt mich dieser Typ am nächsten Tag mit zu diesem Schiff, der *Wasa*. Ein großes altes Wikinger-Kriegsschiff aus Holz, vor Hunderten von Jahren gebaut, riesiges Schiff, und die Schweden beluden es mit Kanonen für den Krieg, den sie mit den Dänen führten. Das Problem war, sie haben es mit den Kanonen *über*laden, also ist das Scheißding, als sie es vom Stapel ließen, direkt in der Nordsee gesunken. Vor vierzig Jahren haben sie es wieder geborgen, haben es völlig intakt aus dem Wasser gezogen und ein Museum drum herum gebaut. Man kann reinklettern und so tun, als wäre man Leif Erikson, sich betrinken und Hering essen, was man will. Jedenfalls dreht sich dieser Typ, der mich rumführt, als wir das Museum verlassen, zu mir um, ihm stehen die Tränen in den Augen, diese unglaubliche Schwermut, und sagt: ›Paul, mein Freund, wenn die *Wasa* nicht gesunken wäre, wäre Schweden jetzt eine Weltmacht.‹« Drei rasche Züge von dem frischen Glimmstängel. Er hielt den Atem an, schloss die Augen, bekam einen Hustenanfall. Danach schien er sich wohler zu fühlen. »Wir sind die musikalische *Wasa*. Wenn China nicht ermordet worden wäre, könnten wir Aerosmith sein, ha-ha-ha.«

»Was können Sie mir sonst noch über China sagen?«

»Sie hätte für *Sie* Verwendung gehabt. Geistig instabil. Das waren wir alle. Ich bin auf Lithium und Antidepressiva. Vier verkorkste Persönlichkeiten, und dann haben wir es mit Drogen noch verstärkt.«

Zwerchfellerschütternde Situationen.

Ich fragte: »Christian Bangsley auch?«

»Mr. Unternehmer? Chris ganz besonders. Er war weiter neben der Kappe als der Rest von uns. Kam aus einer reichen Familie und hatte kein Rückgrat. Im Gegensatz zu uns, deren moralisches Rückgrat allerdings schwach war.«

»Er hat sich verkauft?«

»Er hat sich nicht verkauft«, sagte Brancusi. »Das ist ein idiotisches Konzept. Was ist der Unterschied, wie man seinen Weg durchs Leben bestreitet – ob man nun Musik macht oder ein Steuerberater ist oder Lagerhäuser baut oder was auch immer? Es ist alles ein grauer Totenmarsch. Chris hat einen andern Gang eingelegt, das ist alles.«

»Wo ist Squirt?«

»Tot«, sagte er leichthin. »Ist nach Europa gegangen und an einer Überdosis Heroin gestorben. In irgendeinem Park in der Schweiz. Er hat wie ein Penner gelebt, deshalb hat es Wochen gedauert, bis man ihn identifiziert hat.«

»Sie sind nicht überrascht.«

»Squirt hat ziemlich heftig an der Nadel gehangen, bevor China getötet wurde. Danach hat er angefangen, das Zeug *reinzuschaufeln.*«

»Von Chinas Tod traumatisiert?«

»Vermutlich. Er stand am meisten unter Druck. Wenn man China nicht mitzählt.«

»Abgesehen von Chinas genereller Aggressivität, gab es irgendjemanden, mit dem sie in der Woche vor ihrem Tod einen Zusammenstoß hatte?«

»Nicht dass ich wüsste, aber es würde mich nicht überraschen. Sie war einfach von Natur aus unfreundlich, geriet in diesen Greta-Garbo-Modus – ›Ich will allein sein, und leck mich am Arsch, weil du meine Nähe suchst.‹«

»Was ist mit einem Fan, der sie möglicherweise belästigt hat?«

Er warf die Hände in die Luft. »Ich glaube, Sie *kapieren* einfach nicht. Wir waren keine *Stars*, niemand hat sich um uns *geschert*. Das war's, was China *wirklich* geärgert hat. Trotz all ihrem Gerede von Entfremdung, all diesem Eremitengehabe, war sie eine Palos-Verdes-Prinzessin, die als Kind Unmengen an Aufmerksamkeit genossen hatte und sich immer noch danach sehnte. Deshalb war es so unglaublich *blöd* von ihr, Gittleson abblitzen zu lassen. Ms. Schizo. In der einen Minute schäumte sie, weil die Band nicht die Beachtung erfuhr, die sie verdient hatte, in der nächsten beschimpfte sie jeden, der seine Aufmerksamkeit wirklich der Band zuwandte – Journalisten zum Beispiel. Sie gab sich regelrecht Mühe, sie vor den Kopf zu stoßen, nannte sie Arschkriecher, hat eine strikte Anweisung verhängt, keine Interviews zu geben.« Heraus kam die Rothmans-Packung. Wieder wurde eine Zigarette an der anderen angemacht. »Ich gebe Ihnen ein Beispiel: Da war dieses

Fan-Magazin, ein belangloses kleines Käseblatt, das eine Geschichte über uns machen wollte. China sagt dem Typen, er soll sich ins Knie ficken. Sie schreiben die Sache trotzdem, ohne mit uns zu reden. Was macht China also? Sie ruft den Herausgeber an und macht ihn zur Sau.« Er schüttelte den Kopf. »Ich stand daneben und hörte ihren Teil des Gesprächs. ›Deine Mutter fickt schorfige Nazischwänze und schlürft Hitlers kalten Samen.‹ Zugegeben, sie hatte Nein gesagt, aber was für eine Logik verbirgt sich hinter so was?«

»Erinnern Sie sich an den Namen des Magazins?«, fragte ich.

»Glauben Sie, ein *Journalisten*typ hat China ermordet, weil sie *gemeine Sachen* zu ihm gesagt hat? Jetzt machen Sie mal halblang.«

»Ich bin sicher, Sie haben Recht«, erwiderte ich. »Aber falls der Herausgeber ein Fan war, hat er vielleicht eine Idee.«

»Egal«, sagte er. »Sie haben offenbar viel Zeit … irgendwas mit *Groove – GrooveRut* oder *GrooveRat*. Er hat uns ein Heft geschickt, und wir haben es weggeschmissen. Billige kleine Desktopgeschichte, ist wahrscheinlich inzwischen schon eingegangen.«

»Was war der Tenor des Artikels?«

»Wir wären Genies.«

»Haben Sie den Ausschnitt aufgehoben?«

»Oh, natürlich«, sagte er. »Zusammen mit meinen Grammys und meinen Platinplatten.«

Er sprang auf, zog an der Zigarette, hustete und marschierte mit gebeugten Schultern zu der Traubengelee-Tür. Stieß sie auf und ging zurück an die Arbeit.

14

Ich fuhr zu einem Zeitungskiosk an der Selma Avenue und suchte nach *GrooveRat*. Fünfzehn Meter Kiosk mit jeder Menge alternativer Publikationen und Zeitungen in zwei Dutzend Sprachen, aber kein Zeichen von dem Blättchen. Ich fragte den Sikh-Inhaber, und er sagte, er hätte nie davon gehört, aber ich hätte vielleicht mehr Glück in dem Comicladen/Piercingstudio drei Häuserblocks den Hollywood Boulevard hoch.

Ich fuhr an dem Laden vorbei, entdeckte ein GESCHLOSSEN-Schild, das hinter einem Ziehharmonika-Gitter kaum sichtbar war, und fuhr nach Hause zurück, wobei ich mich fragte, ob Paul Brancusis Bemerkung über zu viel Zeit den Nagel auf den Kopf getroffen hatte.

Je länger ich darüber nachdachte, desto schwächer kamen mir die Verbindungen zwischen den beiden Fällen vor. Ich zog die anderen drei Fälle in Betracht, die ich beim Websurfen entdeckt hatte.

Der einzige andere Mordfall in L.A. war der des alten Saxophonisten Wilfred Reedy, und es hatte keine Hinweise darauf gegeben, dass er kurz vor einem Comeback oder einem Karriereaufschwung gestanden hätte. Der Mörder von Valerie Brusco, der Töpferin aus Oregon, war erwischt worden und ins Gefängnis gekommen, und Angelique Bernet, die Balletttänzerin – eine junge Frau, der tatsächlich eine Karrierechance angeboten worden war –, war dreitausend Meilen weit entfernt in Massachusetts umgebracht worden.

Zwischensumme: null. Immer noch kein Grund, Milo zu stören; er hatte alle Hände voll damit zu tun, gegen Everett Kipper zu ermitteln – nach meinem Dafürhalten der sicherste Kandidat für den Mord an Julie.

Es wurde Zeit fürs Abendessen, aber ich hatte keinen Hunger. Die Stimme eines anderen Menschen hätte lindernd gewirkt, aber Allison arbeitete heute Abend in dem Hospiz.

Vielleicht täte ich gut daran, ihrem Beispiel zu folgen und mich in klinische Arbeit zu stürzen, die mich von meinen Problemen ablenkte – die Art von Arbeit, die ich vor Jahren auf den Krebsstationen des Western Pediatric Hospital absolviert hatte.

Ich hatte fast zehn Jahre auf diesen Stationen verbracht, ein zu junger, frisch gebackener Psychologe, der vorgab zu wissen, was er tat. Der zu viel zu früh sah und sich nur wie ein Hochstapler vorkam.

Seine Verpflichtungen erfüllte. Aber das war Blödsinn; Onkologen und Schwestern auf der Onkologie widmen ihr ganzes Leben dieser Sache, wer zum Teufel glaubte ich also zu sein, wenn ich mich jetzt aufspielte?

Allisons Mann war an Krebs gestorben, und sie verbrachte einen Abend in der Woche mit den Todkranken.

Keine tröstliche Richtung für meine Gedanken. Ich lenkte sie wieder auf China Marangas Tod. Ihre verbalen Attacken waren ganz normal für sie gewesen, aber manche Leute vertragen Beschimpfungen nicht gut. Und als ich Robin gebeten hatte, Vermutungen über den Fall anzustellen, war ihr erster Gedanke gewesen, dass China sich von irgendjemandem hatte mitnehmen lassen und ihren Mund einmal zu oft weit aufgerissen hatte.

Obwohl Paul Brancusi die Möglichkeit abgetan hatte, war nicht auszuschließen, dass ihr ein Fan nachgestellt hatte. Man musste nicht berühmt sein, um irrationale Anhänglichkeit auszulösen. Und alternative Magazine waren manchmal wenig mehr als bessere Fanclub-Bulletins. *Fanatiker*-Club-Bulletins.

Hatte der Herausgeber China aus der Ferne verehrt? Hatte die Art, wie sie ihn behandelt hatte, seine Leidenschaften in eine Wut verwandelt, mit der sie schlecht umgehen konnte?

Ich ließ meiner Phantasie freien Lauf. Vielleicht hat er China eine letzte Chance geben wollen. Hat sie beobachtet und wartet vor dem Studio auf sie. China kommt nach draußen, stoned, labil, wütend auf ihre Band, und er folgt ihr.

Erfreut darüber, mit jemandem zusammen zu sein, der sie schätzt, begleitet sie ihn.

Dann wendet sich das Blatt.

Chinas eigentliche Natur bricht wieder durch.

Und ihm reicht's.

Ein bisschen spekulativ, aber besser als Introspektion.

Ich fuhr den Computer hoch und suchte nach *GrooveRat*. Kein einziger Treffer.

Das überraschte mich. Jeder Trivialitätenhändler mit Illusionen hat eine Website. Also war das Magazin mehr als obskur gewesen. Und, wie Brancusi vorhergesagt hatte, schon längst eingegangen.

Da ich schon mal online war, wollte ich mich überzeugen, dass es über die drei anderen Morde nichts weiter zu erfahren gab.

Wilfred Reedys Name tauchte fast hundert Mal auf, meistens in Diskographien und lobenden Besprechungen. Zwei Anspielungen auf seinen »tragischen Tod«. Keine Spekulation. Weder Valerie Brusco noch Angelique Bernet wurden über die Treffer hinaus erwähnt, die ich ursprünglich gefunden hatte.

Ich verließ die virtuelle Welt, rief in der Central Division an und fragte nach dem Detective, der Reedys Fall bearbeitet hatte. Der Mann in der Zentrale hatte keine Ahnung, wovon ich redete, und verband mich mit einem Sergeant, der sagte: »Warum wollen Sie das wissen?«

»Ich arbeite als Berater für das Department –«

»Was für ein Berater?«

»Als Psychologe. Ich arbeite mit Lieutenant Milo Sturgis in der West L.A. Division zusammen.«

»Dann lassen Sie ihn anrufen.«

»Ich will doch nur den Namen des Detective wissen.«

»Haben Sie ein Aktenzeichen?«

»Nein.« Ich wiederholte Reedys Name, gab ihm das Datum.

»Das ist vier Jahre her«, sagte er. »Da müssen Sie in der Registratur anrufen.«

Freizeichen.

Ich wusste, dass mir die Registratur nicht mal die Tageszeit sagen würde, und wechselte hinüber zur Polizei von Cambridge, Massachusetts, und Angelique Bernet. Ein Mann mit Südstaatenakzent unterrichtete mich, das neue Zeitalter der Sicherheit sei angebrochen und es gebe Formulare, die man aus-, und Anforderungen, die man erfüllen müsse. Als er mich nach meiner Sozialversicherungsnummer fragte, gab ich sie ihm. Er sagte, er werde sich wieder bei mir melden, und unterbrach die Verbindung.

Ein Telefonanruf im Oregon State Penitentiary, wo ich mich nach dem Status des Insassen Tom Blascovitch, Valerie Bruscos Exfreund, erkundigte, erregte ähnliches Misstrauen und vergleichbaren Widerstand.

Ich legte das Telefon hin. Die Stunde der Amateure war vorbei. Milo sollte sein Ding mit Everett Kipper durchziehen, aber wenn er nichts erreichte, würde ich vielleicht meinen Teil beisteuern.

Ich war kurz davor, den Kühlschrank zu plündern, als das Telefon klingelte.

»Morgen ist prima«, sagte Allison, »aber stell dir vor, heute Abend geht's auch. Das Hospiz hat für Unterhaltung gesorgt – ein Komiker und eine Bluegrass-Band. Was sagt dein Terminkalender?«

Ich wartete vor der Eingangstür meines Hauses, als sie in ihrem Jaguar vorfuhr. Sie hatte das Verdeck offen gehabt, und ihre Haare sahen wild aus. Als sie ausstieg, nahm ich sie in die Arme und küsste sie fest auf den Mund.

»Wow«, sagte sie lachend. »Ich freue mich auch, dich zu sehen.«

Sie legte mir ihren Arm um die Taille, und ich hängte ihr meinen über die Schulter, während wir die Treppe hoch ins Haus gingen.

Drinnen fragte sie: »Ist noch was von dem Bordeaux da?«

»Was wir beim letzten Mal nicht getrunken haben, ist noch da.«

Wir gingen in die Küche, und ich fand den Wein.

»Ach du meine Güte«, sagte sie, mich von oben bis unten musternd. »Du bist aber *wirklich* froh, mich zu sehen.«

»Du hast ja keine Ahnung«, erwiderte ich.

In der Dunkelheit liegend hörte ich den plötzlichen Atemzug Allisons.

»Ist alles okay?«

»Klar«, sagte sie zu schnell. Unter der Decke eingerollt, mit dem Rücken zu mir.

Ich griff nach ihr und berührte ihr Gesicht. Fühlte Feuchtigkeit auf ihrer Wange.

»Was ist los?«, fragte ich.

»Nichts.« Sie begann zu weinen.

Als die Tränen versiegten, sagte sie: »Sind wir an dem Punkt angelangt, wo es ungefährlich ist, dir alles zu sagen?«

»Natürlich.«

»Ich hoffe es«, erwiderte sie.

Aber sie sagte nichts.

»Allison?«

»Vergiss es. Mir geht es gut.«

»Okay.«

Einen Augenblick später: »Hier lag ich, ich fühlte mich so gut und dachte, was könnte besser sein als das hier, und da sehe ich auf einmal Grants Gesicht vor mir. Er sah glücklich aus – wohlwollend, glücklich für mich. Gott, wie sehr ich es *brauche*, ihn mir glücklich vorzustellen.«

»Natürlich.«

»Und dann kamen die Gedanken – alles, was er verpasst hat, was ich für ihn empfunden habe, wie jung er war. Alex, er fehlt mir so sehr! Und manchmal, wenn du mich auf bestimmte Weise berührst – die Art, wie du zärtlich zu mir bist, wenn ich es nötig habe –, dann muss ich an *ihn* denken.« Sie warf sich auf den Rücken. Bedeckte ihr Gesicht mit beiden Händen. »Ich komme mir so *untreu* vor. Ihm gegenüber, dir gegenüber. Es ist Jahre her, warum kann ich nicht *los*lassen?«

»Du hast ihn geliebt. Du hast nie aufgehört, ihn zu lieben.«

»Das stimmt«, bestätigte sie. »Vielleicht werde ich auch nie aufhören – kannst du damit umgehen? Weil es nichts mit dir zu tun hat.«

»Ich bin damit einverstanden.«

»Meinst du das ernst?«

»Das tue ich.«

»Ich verstehe, dass du an deinen Gefühlen für Robin festhältst.«

»Meine Gefühle«, sagte ich.

»Hab ich nicht Recht?«

Ich antwortete nicht.

»Ihr hattet mehrere Jahre miteinander«, sagte sie. »Du müsstest oberflächlich sein, um es einfach so abzutun.«

»Alles braucht seine Zeit«, sagte ich.

Sie nahm die Hände vom Gesicht. Starrte nach oben an die Decke. »Nun ja, ich hab vielleicht gerade eine Riesendummheit begangen.«

»Nein«, sagte ich.

»Ich wünschte, dessen könnte ich mir sicher sein.«

Ich rollte näher an sie heran und nahm sie in den Arm.

»Es ist alles prima«, sagte ich.

»Ich werde das glauben«, erwiderte sie. »Angesichts der Alternative.«

15

Zehn Tage später hörte ich von Milo. In der Zwischenzeit hatte ich bei der Polizei von Cambridge nicht lockergelassen und es fertig gebracht, mit einem Detective namens Ernest Fiorelle zu sprechen. Er begann damit, mich zu überprüfen, und wir zogen noch mal die alte Sicherheitsroutine durch. Schließlich befriedigte ich seine Neugier dadurch, dass ich ihm die Kopie eines alten Beratervertrags mit dem LAPD und ein paar Seiten meiner Zeugenaussage in dem Ingalls-Fall faxte. Trotz alledem stellte mir Fiorelle am Ende mehr Fragen, als er über Angelique Bernet beantwortete.

Keine ernst zu nehmenden Hinweise hatten sich ergeben, und der Fall war ungelöst geblieben.

»Mein Tipp ist ein Irrer«, sagte Fiorelle. »Sie sind der Psychofritze, sagen Sie's mir.«

»Ein sexueller Psychopath?«, sagte ich. »Gab es Beweise für eine Vergewaltigung?«

»Das hab ich nicht gesagt.«

Schweigen.

Ich fragte: »Was war verrückt daran?«

»Eine schöne junge Frau aufzuschlitzen und sie in einer Gasse abzuladen kommt mir ziemlich verrückt vor, Doc. Geht das dort draußen in L.A. als normal durch?«

»Kommt auf den Wochentag an.«

Sein Lachen war kurz und rau.

»Also geriet keiner von Bernets Mittänzern oder von den Musikern in Verdacht?«

»Nee, ein schlapper Haufen, vor allem Frauen und Schwule. Zu Tode erschrocken. Jeder hat behauptet, das Mädchen zu lieben.«

»Obwohl sie befördert worden war.«

»Na und?«, sagte er.

»Ich hatte mich gefragt, ob vielleicht Eifersucht im Spiel war.«

»Doc, wenn Sie am Tatort gewesen wären, würden Sie sich das nicht fragen. Das war kein … Knatsch. Das war hässlich.«

Da ich immer noch an Chinas mögliche Begegnung mit einem Fan dachte, der ihr nachstieg, fragte ich ihn nach Musikkongressen zur Zeit des Mordes.

»Machen Sie Witze?«, sagte er. »Das hier ist College-Town, Harvard und all die anderen. Wir haben die ganze Zeit Kongresse laufen.«

»Irgendetwas, was ganz spezifisch mit der Musikszene zu tun hatte? Eine Gruppe von Kritikern, Journalisten oder Fans?«

»Nein, ich erinnere mich an nichts in der Art. Und offen gestanden, Doc, ich weiß nicht, warum Sie unter diesem Baum bellen.«

»Weil ich keinen besseren habe.«

»Nun ja, vielleicht sollten Sie sich einen besorgen. Und behalten Sie all den psychopathischen Kram an der linken Küste. Nee, das klingt nicht nach irgendwelchen Übereinstimmungen zwischen der jungen Frau und Ihren Fällen. Ich hab tatsächlich einen Fall in Baltimore entdeckt, der besser dazu passt, und da hat sich auch nichts ergeben.«

»Wer war das Opfer in Baltimore?«

»Irgendeine Sekretärin, die so aufgeschlitzt worden war wie Ms. Bernet. Warum wollen Sie das wissen, ich hab Ihnen doch gerade gesagt, dass das eine Sackgasse war. Baltimore hat einen Irren hinter Schloss und Riegel gebracht, und der hat sich aufgehängt. Ich muss los, Doc. Ihnen einen schönen warmen Tag in L.A.«

Ich suchte im Internet nach Morden in Baltimore und fand nichts, was Angelique Bernet oder den anderen Morden auch nur im Entferntesten ähnlich war.

Nichts schien das entscheidende Wort zu sein.

Innerhalb derselben zehn Tage geschahen noch ein paar Dinge.

Eines Abends rief mich Tim Plachette an und sagte: »Ich möchte mich für das lächerliche kleine Handgemenge neulich entschuldigen.«

»Nicht nötig«, erwiderte ich. »Sie haben sich nicht danebenbenommen.«

»Ob ich das getan habe oder nicht, ich hätte meinen Mund halten sollen ... Sie liegt mir wirklich am Herzen, Alex.«

»Da bin ich mir sicher.«

»Sie wollen dieses Gespräch nicht führen«, sagte er.

Etwas in seiner Stimme – Verzweiflung, Besorgnis, die aus einer tiefen Liebe erwuchs – ließ meine Stimmung umschlagen.

»Ich begrüße es, dass Sie angerufen haben, Tim. Und ich werde Ihnen nicht im Weg sein.«

»Ich will mich nicht als Zensor aufspielen, es ist ein freies Land. Wenn Sie vorbeischauen möchten, sind Sie willkommen.«

Wieder schlug sie um: *Wow, vielen Dank für deine Erlaubnis, Kumpel.* Aber ich wusste, er hatte Recht. Das Leben wäre viel einfacher für uns alle, wenn ich Abstand hielt.

»Wir müssen uns alle weiterentwickeln, Tim.«

»Es ist gut, dass Sie das sagen ... Robin ... und dann ist da noch Spike – ich benehme mich manchmal wie ein Esel.«

»So kann es einem mit Frauen gehen«, erwiderte ich.

»Wie wahr.«

Wir gaben ein Y-Chromosom-Kichern von uns.

»Na ja«, sagte er.

»Machen Sie's gut, Tim.«

»Sie auch.«

Zwei Tage später rief Robin an. »Ich will dich nicht stören, aber ich will auch nicht, dass du es von jemand anderem erfährst. *Guitar Player* bringt ein Porträt von mir, und ich muss zugeben, dass ich das extrem cool finde. Ich weiß, dass du dir manchmal ein Heft kaufst, daher dachte ich, dass du es vielleicht siehst.«

»Mehr als cool«, sagte ich. »Nenn mir das Heft, und ich werde es mir sofort kaufen.«

»Es ist das nächste Heft, das erscheint«, erwiderte sie. »Sie haben mich schon vor einiger Zeit interviewt, aber nie gesagt, dass sie es auch veröffentlichen. Sie haben mich heute angerufen, um mir Bescheid zu sagen. Mein Leben wird dadurch vielleicht komplizierter, weil ich mehr Aufträge bekommen werde, wenn ich sie nicht brauchen kann, aber das ist egal. Ab und zu mal ins Rampenlicht zu geraten fühlt sich gut an. Ich bin ein solches Kind, oder?«

»Du hast es verdient«, sagte ich. »Freu dich.«

»Danke, Alex. Wie geht's so?«

»Es geht.«

»Irgendwas Neues, was Baby oder die Malerin angeht?«

»Nein«, sagte ich. Als wir zusammen waren, wollte sie nie etwas von diesen Dingen wissen. Vielleicht lag es an ihrer Zuneigung für Baby Boy. Oder an der Tatsache, dass es ihr Leben nicht mehr berührte, was ich mit meinem machte.

»Nun ja«, sagte sie. »Ich bin sicher, wenn irgendwer den Fall gelöst kriegt, dann du.«

»Was für 'n Quatsch, Ma'am.«

»Bye«, sagte sie, und das Lachen in ihrer Stimme machte meinen Tag ein bisschen sonniger.

Milo rief mich am darauf folgenden Donnerstag an, kurz nach 21 Uhr. Einsamer Abschluss eines einsamen Tages. Ich hatte den letzten meiner Berichte fertig gemacht, Belege für meinen Steuerberater zusammengestellt und ein paar handwerkliche Arbeiten im Haus erledigt. Als das Telefon klingelte, zog ich gerade die Couchpotato-Nummer ab, trug einen schmuddeligen Trainingsanzug, verschlang Spare Ribs zum Mitnehmen, zwei Flaschen Grolsch in Reichweite. Machte das Licht dunkler und drehte die Lautstärke auf, während ich mir *Magnolia* ansah. Und erneut dachte, dass der Film das Werk eines Genies war.

Die beiden vergangenen Nächte hatte ich bei Allison geschlafen, war in ihrem gemütlichen, mädchenhaften Schlafzimmer aufgewacht, Parfum und Frühstücksgerüche in der Nase, die Stacheln meines unrasierten Gesichts an weiche frische Bettwäsche pressend, und in meinem Kopf lagen Freude und Orientierungslosigkeit im Widerstreit.

Von Grant und Robin wurde nicht mehr geredet, und sie schien zufrieden zu sein – oder versuchte so zu tun. Sie verschob ein paar Termine und nahm sich einen Tag frei, und wir fuhren an der Küste entlang nach Norden, aßen in Montecito zu Mittag, im Stone House. Dann fuhren wir weiter nach Santa Barbara, gingen am Strand entlang und die State Street hoch zum Kunstmuseum, wo eine Ausstellung mit Porträts gezeigt wurde.

Schwarzäugige, zu kluge Kinder von Robert Henri, die sehnsüchtigen, verletzten Frauen von Raphael Soyer, die Dandys und aufgedonnerten Ladys aus John Kochs New Yorker Künstlerclique.

Blasse, gelangweilte, dunkelhaarige Schönheiten von Singer Sargent, die mich veranlassten, Allison mit neuen Augen anzusehen.

Ein spätes Abendessen im Harbor auf dem Pier, das sich bis 23 Uhr hinzog, und kurz vor 1 Uhr waren wir wieder in L.A. Die letzten zwanzig Meilen hatte ich darum kämpfen müssen, wach zu bleiben. Als ich vor Allisons Haus anhielt, hoffte ich, sie würde mich nicht hineinbitten.

Sie sagte: »Es war großartig – du bist großartig für mich. Willst du einen Pulverkaffee, bevor du abziehst?«

»Ich schaff es schon.«

Ich küsste sie und fuhr los. Jetzt gehörte die Nacht mir.

Am nächsten Vormittag lieh ich mir den Film aus.

Milo fragte: »Störe ich bei irgendwas?«

»Bier und Spare Ribs und *Magnolia*.«

»Der schon wieder? Wie oft hast du ihn gesehen, zehnmal?«

»Dreimal. Was gibt's?«

»Bist du allein?«

»Ja.«

»Schäm dich, du Mistkerl: Spare Ribs zu bunkern!«

»Schön«, sagte ich. »Komm her und iss mit.«

»Führe mich nicht in Versuchung, Satan. Nein, Rick beendet seine Schicht früher, und wir machen uns auf zur Jazz Bakery. Larry Coryell ist in der Stadt, und du kennst ja Rick. Jedenfalls hat CoCo Barnes ihre Zeichnung der Rothaarigen geschickt. Du hattest leider Recht. Es ist beinahe schon abstrakt – dieser graue Star macht sie als verlässliche Zeugin unbrauchbar. Außerdem habe ich das Neueste über Everett Kipper. Er ist nicht besonders beliebt.«

»Bei wem?«

»Bei seinen Nachbarn«, antwortete er. »Er wohnt in einem schönen Teil von Pasadena – an der Grenze zu San Marino. Ein großes Haus auf einem Grundstück von viertausend Quadratmetern, eine Menge Haus für einen Mann. Im Rest des Blocks leben Familien und ältere Leute. Die unmittelbaren Nachbarn von Kipper auf beiden Seiten gehören zu der letzteren Gruppe – vornehme alte Leute. Sie sagen, er sei unfreundlich, ein Einzelgänger, und sei immer spät in der Nacht in seine Garage gegangen und habe einen Höllenlärm gemacht, indem er auf Marmor herumhämmerte oder was auch immer. Schließlich riefen sie die Cops, die rausfuhren und mit Kipper sprachen. Danach wurde es etwas ruhiger, aber dafür wurde Kipper richtig unfreundlich – gab keine Antwort, wenn man ihn ansprach. Die Cops haben ihn aufgefordert, ab zehn Uhr Ruhe zu bewahren, und die Nachbarn sagen, Kipper lege Wert darauf, bis Punkt zehn zu hämmern. Ließe seine Garagentür auf, damit ihn auch bestimmt alle hören können.«

»Feindselig und rachsüchtig«, sagte ich. »Bildhauert und zerschlägt es wieder.«

»Ich hab mit den Cops aus Pasadena gesprochen, aber sie erinnern sich nur an den Anruf wegen Lärmbelästigung. Sie haben mir das Protokoll geschickt. Nicht sehr erhellend. Die Nachbarn haben auch gesagt, dass Kipper selten, wenn überhaupt, Besuch empfängt, dass aber hin und wieder eine blonde Frau bei ihm war. Ich hab ihnen Julies Bild gezeigt, und sie meinten, sie wäre es vielleicht gewesen.«

»Vielleicht?«

»Diese Leute sind in den Achtzigern, und niemand hat sie von nahem gesehen. Blond ist das, woran sie sich erinnern – ganz hellblondes Haar, Julies Haarfarbe. Sieht also so aus, als hätte Kipper die Wahrheit gesagt, als er uns erzählte, sie stünden noch miteinander in Kontakt.«

»Wie oft war sie da?«

»Unregelmäßig. Manchmal einmal im Monat, manchmal zweimal. Eine der alten Frauen erzählte mir, sie wäre sicher, dass die Blondine manchmal bei ihm übernachtete, weil sie Kipper und sie am nächsten Morgen in Kippers Ferrari steigen sah.«

»Gelegentliche Intimität«, sagte ich.

»Vielleicht kam sie vorbei, um die Unterhaltszahlung persönlich abzuholen, und sie haben vergessen, warum sie sich getrennt hatten. Dann hab ich darüber nachdenken müssen, was du gesagt hast – Julies Abhängigkeit. Wenn sie nun beschlossen hat, dass sie davon nichts mehr wissen wollte, Kipper das gesagt hat und die Dinge eine böse Wendung nahmen? Er würde sie nicht in seinem Haus töten. Nicht solange ihm die Nachbarn über die Schultern sahen und die Polizei bereits ein Protokoll zu den Akten genommen hatte. Du hast von einem klugen, berechnenden Typ geredet, und er ist ein heller Bursche. Habe ich eine Möglichkeit, es zu beweisen? *Njet.* Aber ich hab sonst nichts im Visier.«

»Wie sieht es mit Kippers finanzieller Situation aus?«

»Ich bin Lichtjahre davon entfernt, Einsicht in seine Konten nehmen zu dürfen, aber allem Anschein nach geht es ihm gut. Zusätzlich zu dem Testarossa hat er einen alten Porsche Speedster, einen alten MG und einen Toyota Land

Cruiser. Das Haus ist prächtig und gepflegt, er kümmert sich um den Garten und die Instandhaltung – vom Bordstein aus siehst du es funkeln. Die Nachbarn sagen, er ziehe sich elegant an, selbst wenn er zu Hause bleibt. Ein alter Knacker sagt, er sehe ›nach Hollywood‹ aus. Was in Pasadena einem Verbrechen verdammt nahe kommt. Eine alte Lady lässt sich darüber aus, dass Kipper gern Schwarz trägt. Beschrieb es als ›Uniform eines Bestattungsunternehmers‹. Darauf stimmt ihr Mann ein und sagt: ›Nein, er sieht aus wie eine der Leichen.‹ Einundneunzig Jahre und reißt Witze. Vielleicht hat der Gin Tonic aus ihm gesprochen – sie haben mich zu einer kleinen Erfrischung eingeladen. Ich glaube, ich war die aufregendste Sache in ihrer Umgebung seit dem letzten Rose Bowl.«

»Gin Tonic mit den alten Leuten«, sagte ich. »Raffiniert.«

»Queen Mom hat Gin Tonics getrunken, und sie ist hunderteins geworden. Aber ich hab eine Cola zu mir genommen. Ich sage dir, es war eine Versuchung – sie schenkten Bombay aus, und ich hatte in letzter Zeit nicht viel Spaß. Ein Triumph der Tugend. Gottverdammt. Jedenfalls ist Kipper immer noch auf meinem Bildschirm. Der feindselige, aggressive Einzelgänger. Außerdem hab ich mich auch umgehört nach hoch gewachsenen, rothaarigen obdachlosen Frauen. Auf der Westside und bei der Pacific Division sind ein paar mögliche Kandidatinnen aufgetaucht, aber sie stellten sich alle als die Falschen heraus. In einem der Obdachlosenasyle in Hollywood erinnert man sich an eine Frau namens Bernadine oder Ernadine, auf die die Beschreibung zutrifft. Hoch gewachsen, große Knochen, verrückt, ungefähr Mitte dreißig. Sie kommt gelegentlich vorbei, um trocken zu werden, aber man hat sie dort schon eine Zeit lang nicht mehr gesehen. Der Leiter des Asyls hatte den Eindruck, sie hätte einen ziemlichen Abstieg hinter sich.«

»Warum?«

»Wenn sie klar im Kopf war, hörte sie sich angeblich recht intelligent an.«

»Kein Familienname?«

»Anders als die öffentlichen Heime führen die privaten nicht immer genaue Unterlagen – es ist eine Kirchengruppe namens Dove House. Fragen werden dort nicht gestellt.«

»Wenn Bernadine intelligent klang«, sagte ich, »wovon hat sie dann geredet?«

»Keine Ahnung. Warum? Damit hab ich nur meine Zeit totgeschlagen, weil ich mit Kipper in einer Sackgasse steckte.«

»Ich hab mich bloß gefragt, ob sie ein Kunstfan war.«

»Auf einmal denkst du, es hat Sinn, dem nachzugehen?«

»Nicht wirklich.«

»Was?«

»Vergiss es«, sagte ich. »Ich will deine Zeit nicht unnötig in Anspruch nehmen.«

»Gerade jetzt ist meine Zeit nicht unbedingt wertvoll. Julie Kippers Onkel hat heute Morgen angerufen und sich höflich nach meinen Fortschritten erkundigt, und ich musste ihm sagen, es gebe keine. Was beschäftigt dich, Alex?«

Ich erzählte ihm von den anderen Morden, auf die ich gestoßen war, und gab mein Gespräch mit Paul Brancusi wieder.

»An Wilfred Reedy erinnere ich mich«, sagte er. »Noch einer von Ricks liebsten Jazzmusikern. Ich glaube, das war eine Rauschgiftsache. Reedy hat einen Dealer verärgert oder etwas in der Art.«

»Reedy war drogenabhängig?«

»Reedys Junge war drogenabhängig. Er ist an einer Überdosis gestorben, und Reedy regte sich über den Drogenhandel in der Nähe der Clubs in South Central auf und fing an, Radau zu machen. Ich könnte mich irren, aber das ist es, woran ich mich erinnere.«

»Also ist der Fall gelöst worden?«

»Weiß ich nicht, aber ich krieg's raus«, erwiderte er. »Also dann ... lautet das Motiv jetzt Eifersucht?«

»Das ist der einzige konsistente Punkt: Künstler werden in dem Moment umgebracht, als sie kurz vor einem Karriereaufschwung stehen. Vier, wenn du Angelique Bernet mitzählst. Aber die Unterschiede überwiegen jede Gemeinsamkeit.«

»Wilfred Reedy war nicht auf dem Weg nach oben. Er wurde seit Jahren bewundert.«

»Wie ich bereits sagte, reine Zeitverschwendung.«

Schweigen.

»Oberflächlich betrachtet ist es nicht viel«, erklärte er. »Trotzdem, auf die altmodische Weise kriege ich nichts auf die Reihe. Wie wäre es damit: Ich mache ein paar Anrufe und versuche, die Theorie zu widerlegen. Das ist die wissenschaftliche Methode, stimmt's? Ich jage die wie-heißt-sie-doch-gleich ...«

»Die Nullhypothese.«

»Exakt, die Nullhypothese in die Luft. Ich finde raus, wer Reedy bearbeitet hat, rede mit den Kollegen in Cambridge, sehe mal, was wirklich passiert ist. Ich kann auch überprüfen, ob der Freund dieser Keramikerin noch hinter Gittern sitzt. Wie waren ihre Namen?«

»Valerie Brusco und Tom Blaskovitch«, antwortete ich. »Er ist vor drei Jahren verurteilt worden.«

»Noch ein kreativer Typ?«

»Ein Bildhauer.«

»Genau wie Kipper – vielleicht noch ein rachsüchtiger Meißelmann. Ah, die Kunstszene. Wie ich zu meiner Mutter sage, man weiß nie, wann der Job dich auf ein höheres Niveau erhebt.«

16

In den nächsten Wochen schwanden unsere Hoffnungen allmählich. Es gab keine neuen Anhaltspunkte im Fall Kipper, und Milo erfuhr nichts über die anderen Morde, was ihn in Hochstimmung versetzt hätte. Er meldete sich bei Petra und hörte von ihr, dass sie mit Baby Boy nicht weiterkam.

Tom Blaskovitch, der Bildhauer-Mörder, war vor einem Jahr aus dem Gefängnis entlassen worden, weil er Punkte wegen guter Führung gesammelt hatte, indem er Kunstkurse für seine Mitinsassen organisierte. Aber er hatte sich in Idaho niedergelassen, einen Job als Mädchen für alles in einer Touristenranch bekommen, und sein Boss war sich sicher, dass er in den Nächten der Morde an Kipper und Lee auch gearbeitet hatte.

Detective Fiorelle von der Polizei in Cambridge erinnerte sich an mich als einen »penetranten Typ, einen von diesen Intellektuellen – ich kenne die Sorte, hier gibt's jede Menge von denen«. Die Fakten des Mordes an Angelique Bernet ließen keinen wirklichen Zusammenhang mit Baby Boy oder Julie erkennen: Die Leiche der Tänzerin wies ein halbes Dutzend Messerstiche auf und war in einer Gegend der Collegestadt abgeladen worden, die tagsüber gut besucht, aber nachts ruhig war. Keine Strangulation, keine sexuelle Pose; sie war vollkommen bekleidet gefunden worden.

Der Detective, der den Fall Wilfred Reedy bearbeitet hatte, war tot. Milo besorgte sich eine Kopie der Akte. Reedy war wie Baby Boy in einer Gasse der Bauch aufgeschlitzt worden, aber damals waren starke Indizien dafür aufgetaucht, dass es sich um einen Mord im Zusammenhang mit der Drogenszene handelte, den Namen des vermutlichen Täters inklusive: Celestino Hawkins, ein kleiner Dealer, der Reedys Sohn mit frischem Stoff versorgt hatte. Hawkins hatte bereits eine Gefängnisstrafe wegen Körperverletzung mit einem Messer verbüßt. Er war seit drei Jahren tot.

China Marangas Akte war dünn und kalt.

Milo rief Julie Kippers Onkel an und sagte ihm, er solle sich keine Hoffnungen auf eine rasche Lösung des Falles machen. Der Onkel blieb freundlich, und deshalb fühlte sich Milo noch schlechter.

Allison und ich verbrachten mehr Zeit im Haus des anderen. Ich kaufte die neue Ausgabe des *Guitar Player* und las das Porträt von Robin. Verbrachte lange Zeit damit, die Fotos anzustarren.

Robin in ihrer neuen Werkstatt. Kein Wort darüber, dass es je eine andere gegeben hatte. Herrlich gearbeitete Gitarren und Mandolinen sowie Empfehlungen von Prominenten und strahlende Gesichter. Die Kamera liebte sie.

Ich schrieb ihr einen kurzen Glückwunsch und erhielt eine Karte zur Antwort, auf der sie sich bedankte.

Zweieinhalb Monate nach Julie Kippers Ermordung wurde es wärmer, und ihre Mordakte fror ein. Milo fluchte und legte sie beiseite und begann wieder damit, kalte Fälle auszugraben.

Wenige von ihnen waren lösbar, und das hielt ihn auf Trab und sorgte für schlechte Laune. Bei unseren gelegentlichen Treffen kam er unweigerlich auf Julie zu sprechen –

manchmal mit dem bemüht unbekümmerten Ton, der verriet, dass ihm sein Misserfolg zu schaffen machte.

Kurz nach unserer letzten Begegnung fuhren Allison und ich zum Malibu Canyon, um einen Meteorregen zu beobachten. Wir fanden eine einsame Abzweigung, ließen das Verdeck ihres Jaguar herunter, stellten die Rückenlehnen nach hinten und sahen zu, wie kosmischer Staub Streifen zog und explodierte. Kurz nachdem wir wieder zu Hause waren, klingelte um 1:15 Uhr das Telefon. Ich überflog die Zeitungen, und Allison las V.S. Naipauls *Mimic Men.* Sie hatte ihre Haare aufgesteckt, und eine winzige Lesebrille mit schwarzem Gestell saß auf ihrer Nase. Als ich den Hörer abhob, warf sie einen Blick auf die Uhr auf dem Nachttisch.

Die meisten Anrufe um diese Zeit galten ihr. Notfälle.

Ich meldete mich.

Milo erklärte: »Noch einer.«

Ich formte seinen Namen mit den Lippen, und sie nickte.

»Klassischer Pianist«, fuhr er fort, »erstochen und stranguliert nach einem Konzert. Direkt hinter dem Ort der Veranstaltung. Und stell dir vor: Der Bursche war auf dem Weg nach oben, was seine Karriere anging. Plattenvertrag kurz vor dem Abschluss. Es war nicht mein Fall, aber ich hab über Polizeifunk davon gehört, bin hingefahren und hab ihn übernommen. Vorrecht eines Lieutenants. Ich bin hier am Tatort. Ich möchte, dass du es dir ansiehst.«

»Jetzt?«, fragte ich.

Allison legte das Buch hin.

»Gibt es ein Problem?«, sagte er. »Bist du keine Nachteule mehr?«

»Sekunde.« Ich bedeckte das Mundstück und sah Allison an.

»Fahr«, sagte sie.

»Wo?«, fragte ich Milo.

»Ein Katzensprung für dich«, antwortete er. »Bristol Avenue, Brentwood. Im Norden.«

»Eindeutig im Aufstieg begriffen, gesellschaftlich«, sagte ich.

»Wer, ich?«

»Der Übeltäter.«

Die Bristol Avenue war schön, mit alten Zedern bestanden, und die meisten Häuser waren die ursprünglichen im Tudor- und im spanischen Kolonialstil. Das Mordhaus war neu, ein neogriechisches Ding auf der Westseite der Straße. Drei Stockwerke, weiß und mit Säulen versehen, anderthalbmal so groß wie die benachbarten Villen, und man fühlte sich genauso herzlich willkommen geheißen wie von einer juristischen Fakultät. Ein kurz geschnittener grüner Rasen wies einen einzelnen, fünfzehn Meter hohen Sweet-Gum-Baum auf und sonst nichts. Hochspannungsbeleuchtung war nicht zu übersehen. Zu Fuß war es nicht weit zur Rockingham Avenue, wo O.J. Simpson auf seiner eigenen Zufahrt Blut vergossen hatte.

Ein Streifenwagen mit blinkendem Rotlicht blockierte die halbe Straße. Milo hatte dem uniformierten Cop meinen Namen genannt, und ich wurde lächelnd mit einem »Klar doch, Doc« durchgewinkt.

Das war eine Premiere. Vorrecht eines Lieutenants?

Vier weitere Streifenwagen standen neben zwei Lieferwagen der Spurensicherung und dem Auto des Gerichtsmediziners vor dem großen Haus. Der Himmel war mondlos und undurchdringlich. Alle Sternschnuppen waren verschwunden.

Der nächste Uniformierte, dem ich begegnete, präsentierte das standardmäßige Cop-Misstrauen, während er in sein Walkie-Talkie sprach. Schließlich: »Gehen Sie rein.«

Eine tonnenschwere Tür reagierte auf meine Fingerspitze – irgendeine pneumatische Hilfestellung. Als ich eintrat, sah ich Milo mit der Miene eines Tagesspekulanten auf mich zukommen, dessen Portefeuille gerade implodiert ist.

Im Eilschritt quer durch eine hundert Quadratmeter große marmorne Eingangshalle.

Das Foyer hatte eine sieben Meter hohe Decke, zehn Prozent davon Stuck und Schnörkelverzierung. Der Boden war aus weißem Marmor mit eingelassenen schwarzen Granitquadraten. Ein Kronleuchter aus Kristall verfeuerte genug Watt, um die Stromversorgung eines Dritte-Welt-Dorfes sicherzustellen. Die Wände waren aus grauem, mit aprikosenfarbenen Adern durchzogenen Marmor, der in faltenähnliche Tafeln geschnitten war. Drei Wände waren leer, eine war behängt mit einem ausgefransten braunen Gobelin – Jäger und Jagdhunde und üppige Frauen. Auf der rechten Seite schwang sich eine Marmortreppe mit Messinggeländer zu einem Korridor auf, an dessen Wänden Porträts von längst verstorbenen stoischen Menschen in vergoldeten Rahmen hingen.

Milo trug eine ausgebeulte Jeans und ein zu großes graues Hemd und eine zu kleine Sportjacke mit Fischgrätmuster. Er passte ins Ambiente wie ein Furunkel zu einem Supermodel.

Jenseits der Eingangshalle war ein viel größerer Raum. Holzboden, nackte weiße Wände. Reihen von Klappstühlen standen vor einem Podium, auf dem ein schwarzer Konzertflügel thronte. Mehrere schaufelförmige Apparate hingen an den Ecken der geschwungenen Holzdecke – eine Art akustischer Verstärkung. Keine Fenster. Flügeltüren verschmolzen im Hintergrund mit dem Putz.

Ein Schild auf einem Sockel links neben dem Flügel mahnte: BITTE RUHE. Die Klavierbank war unter das Instrument geschoben worden. Notenblätter waren auf dem Ständer verteilt.

Die Flügeltüren gingen auf, und ein gedrungener Mann Mitte sechzig kam zum Vorschein und trabte hinter Milo her.

»Detective! Detective!« Er winkte mit den Händen und bemühte sich, ihn einzuholen.

Milo drehte sich um.

»Detective, kann ich die Leute nach Hause schicken? Es ist furchtbar spät.«

»Haben Sie noch ein wenig Geduld, Mr. Szabo.«

Die Hängebacken des Mannes zitterten und kamen zur Ruhe. »Ja, natürlich.« Er warf einen Blick auf mich, und seine Augen verschwanden in Nestern aus Runzeln und Falten. Seine Lippen waren feucht und purpurfarben, und sein Teint war nicht gut – fleckig und kupferrot.

Milo stellte mich vor, ohne meinen Titel zu erwähnen. »Dies ist Mr. Szabo, der Eigentümer.«

»Schön, Sie kennen zu lernen«, sagte ich.

»Ja, ja.« Szabo nestelte an einem diamantenen Manschettenknopf und hielt mir die Hand hin. Seine Handfläche war warm, weich und feucht. Er war schlaff und pummelig und kahl bis auf rotbraunen Flaum über seinen Schlappohren. Sein Gesicht hatte die Form einer Aubergine aus guter Zucht, und die Nase in seinem Zentrum war eine kleinere Version des Gemüses – eine herabhängende, plumpe japanische Aubergine. Er trug ein formelles weißes Seidenhemd, das von halbkarätigen Diamantensteckern zusammengehalten wurde, einen rubinroten Kummerbund mit Paisleymuster, eine schwarze Smokinghose mit Satinstreifen und Lackslipper.

»Armer Vassily, das ist schrecklicher als schrecklich. Und jetzt werden mich alle hassen.«

»Sie hassen, Sir?«, fragte Milo.

»Die Publicity«, sagte Szabo. »Als ich das Odeon baute, habe ich mir solche Mühe gegeben, nirgendwo anzuecken. Habe persönliche Briefe an alle Nachbarn geschrieben und allen versichert, dass nur Veranstaltungen im engsten Kreis und sehr selten welche zur Spendenbeschaffung stattfinden würden. Und immer mit äußerster Diskretion. Meine Politik ist immer konsequent gewesen: rechtzeitige Vorankündigung allen Anwohnern innerhalb eines Radius von zwei Querstraßen gegenüber, ausreichende Parkmöglichkeiten. Ich habe mir *Mühe* gegeben, Detective. Und jetzt das.« Er hob die Hände gen Himmel. »Ich muss besonders vorsichtig sein wegen Sie-wissen-schon-wem. Während des Prozesses war das Leben hier die Hölle. Aber abgesehen davon bin ich ein loyaler Brentwoodianer. Und jetzt *das*.« Plötzlich quollen Szabo die Augen aus dem Kopf. »Hatten *Sie* mit dem Fall zu tun?«

»Nein, Sir.«

»Nun, das ist gut«, sagte Szabo. »Falls ja, hätte ich wohl kein großes Vertrauen in Sie gesetzt.« Er sog Luft durch die Nase ein. »Das arme Odeon. Ich weiß nicht, ob ich in der Lage bin, weiterzumachen.«

»Mr. Szabo hat einen privaten Konzertsaal gebaut, Alex. Das Opfer war der Pianist des heutigen Abends.«

»Das *Opfer*.« Szabo legte eine Hand auf sein Herz. Bevor er etwas sagen konnte, öffnete sich die Tür, und ein junger, geschmeidiger Asiate in einer engen schwarzen Satinhose, einem schwarzen Seidenhemd und mit einer roten Fliege eilte auf uns zu.

»Tom!«, sagte Szabo. »Der Detective meint, wir müssen uns noch ein wenig gedulden.«

Der junge Mann nickte. Er schien höchstens dreißig zu sein und hatte eine porenlose, straffe Haut, die unter einer dichten, blauschwarzen Zirruswolke von Haaren elfenbeinfarben glänzte. »Was immer erforderlich ist, Stef. Wie geht's dir?«

»Nicht besonders, Tom.«

Der junge Mann wandte sich mir zu. »Tom Loh.« Seine Hand war kühl, trocken und kräftig.

Szabo hakte sich bei Loh ein. »Tom hat das Odeon entworfen. Hat das Haus entworfen. Wir sind Partner.«

»Lebenspartner«, sagte Tom Loh.

Szabo fragte: »Tut die Frau vom Partyservice irgendwas, oder steht sie nur rum? Solange sie hier festsitzt, kann sie genauso gut aufräumen.«

Milo sagte: »Mr. Szabo, warten Sie bitte mit dem Saubermachen, bis die Leute von der Spurensicherung mit dem Tatort fertig sind.«

»Tatort«, murmelte Szabo. Seine Augen füllten sich mit Tränen. »Nie im Leben hätte ich gedacht, dass dieser Ausdruck für unser *Zuhause* eine Bedeutung haben würde.«

»Ist die – ist Vassily noch hier?«, fragte Tom Loh.

»Die Leiche wird entfernt werden, sobald wir hier fertig sind«, sagte Milo.

»Natürlich, klar. Gibt es sonst irgendwas, was ich Ihnen sagen kann? Über Vassily oder das Konzert?«

»Wir sind die Gästeliste bereits durchgegangen, Sir.«

»Aber ich habe Ihnen doch gesagt«, unterbrach Szabo, »die Gästeliste ist nur ein Teil des Publikums. Fünfundachtzig von hundertdreizehn Leuten. Und Sie können mir ruhig glauben: Jeder Einzelne dieser fünfundachtzig ist über jeden Zweifel erhaben. Fünfundzwanzig sind unsere treuen Abonnenten – Nachbarn, denen wir freien Zutritt gewähren.«

»Streicheleinheiten für die Nachbarn«, erklärte Loh. »Damit wir das Odeon in den Bebauungsplan bekommen konnten.«

»Fünfundachtzig von hundertdreizehn«, sagte Milo. »Bleiben achtundzwanzig Fremde.«

»Aber es ist doch sicher so«, sagte Szabo, »dass jeder, der an Chopin interessiert ist, zu kultiviert wäre, um ...«

»Lass sie ihren Job machen, Stef«, sagte Loh. Seine Hand ruhte auf der Schulter des älteren Mannes.

»Oh, ich weiß, dass du Recht hast. Ich versuche ja nur, die Welt zu einem etwas schöneren Ort zu machen, was verstehe *ich* schon von diesen Dingen?« Szabo lächelte wehmütig. »Tom liest Kriminalromane. Er schätzt diese Dinge.«

»Nur in Romanform«, erklärte Loh. »Das hier ist grauenhaft.«

Szabo schien das als Vorwurf zu verstehen. »Ja, ja, natürlich. Ich plappere vor mich hin, weiß nicht mehr, was ich sage. Tun Sie, was Sie tun müssen, Detective.« Er fasste sich an die Brust. »Ich muss mich hinsetzen.«

»Geh nach oben«, sagte Loh. »Ich bring dir einen kleinen Schnaps.« Er nahm Szabo beim Arm und führte den älteren Mann bis zum oberen Korridor; dann blieb er stehen, sah zu, wie Szabo sich den Rest des Wegs allein weiterschleppte, und kehrte zu uns zurück.

»Das ist ein schwerer Schock für ihn.«

»Wie lange haben Sie das Odeon schon?«, fragte Milo.

»Genauso lange wie das Haus«, antwortete Loh. »Drei Jahre. Aber die Fertigstellung des Projekts hat mehr als ein Jahrzehnt gedauert. Unmittelbar nachdem Stef und ich von New York hierher gezogen sind, haben wir damit begonnen. Davor waren wir zwei Jahre zusammen. Stef war im Strumpfwarengeschäft, und ich machte Stadtentwicklung, habe öffentliche und private Räume gestaltet. Wir haben uns bei einem Empfang für Zubin Mehta kennen gelernt. Stef war schon immer ein Fan klassischer Musik, und ich war dort, weil ich für einen der Freunde des Maestros gearbeitet hatte.« Dunkle mandelförmige Augen richteten sich auf Milo. »Glauben Sie, diese Sache bedeutet eine Gefahr für das Odeon?«

»Das kann ich nicht sagen, Sir.«

»Weil es für Stef lebenswichtig ist.« Loh zupfte an einem Ende seiner roten Fliege. »Ich glaube wirklich nicht, dass es irgendeine rechtliche Grundlage gibt, es zu schließen. Wir haben die Nachbarn auf unserer Seite. Stef kauft ihren Kindern Hunderte von Losen für die Schultombola, und wir beteiligen uns massiv an allen Projekten in der Nachbarschaft. Wir stehen auf gutem Fuß mit dem Planungsausschuss, und glauben Sie mir, das war nicht leicht.«

»Lose für die Planungsausschusstombola?«, sagte Milo.

Loh verdrehte die Augen und lächelte. »Fragen Sie mich nicht – das Problem ist, dass ich es ungern sähe, wie dem ein Riegel vorgeschoben wird. Es bedeutet eine Menge für Stef, und er bedeutet eine Menge für mich.«

»Wie oft schmeißen Sie ein Konzert?«

»Konzerte schmeißen«, sagte Loh, amüsiert von dem Bild. »Stef setzt vier pro Jahr an. Im letzten Jahr hatten wir zusätzlich eines zu Weihnachten, als Benefizveranstaltung für die John Robert Preston School.«

»Eine Schule in der Nachbarschaft?«

Lohs Lächeln wurde breiter. »Ich sehe schon, warum Sie ein Detective sind.«

Milo sagte: »Ich habe mir die Kasse angesehen und dreizehn Schecks von Leuten gezählt, die nicht auf der Gästeliste standen. Damit bleiben noch fünfzehn übrig, die bar bezahlt haben. Der Kassenbestand stimmt damit überein. Haben Sie eine Ahnung, wer diese fünfzehn waren?«

Loh schüttelte den Kopf. »Da müssen Sie Anita fragen – die junge Frau an der Tür.«

»Das hab ich getan. Sie erinnert sich nicht.«

»Tut mir Leid«, sagte Loh. »Es ist nicht so, als hätten wir damit gerechnet – als hätten wir das vorhersehen können.«

»Was können Sie mir über Vassily Levitch sagen?«

»Jung, ernsthaft. Wie alle von ihnen. Stefan könnte Ihnen mehr sagen. Musik ist seine Leidenschaft.«

»Und Sie?«

»Ich bin für die Organisation zuständig.«

»Gibt es irgendetwas, was Sie über Levitchs Benehmen sagen können?«

»Sehr still, nervös wegen der Aufführung. Er hat kaum etwas gegessen oder geschlafen, und ich hörte ihn unmittelbar vor dem Konzert in seinem Zimmer auf und ab gehen. Aber wirklich, Detective, das ist normalerweise immer so. Diese Leute sind begabt, und sie arbeiten härter, als man sich vorstellen kann. Vassily ist vor zwei Tagen angekommen und hat sieben Stunden pro Tag geübt. Wenn er nicht Klavier gespielt hat, hat er sich in seinem Zimmer verkrochen.«

»Keine Besucher?«

»Keine Besucher und zwei Telefonanrufe. Von seiner Mutter und seinem Agenten. Er war noch nie zuvor in L.A.«

»Begabt«, sagte Milo. »Und auf dem Weg nach oben.«

»Das ist Stefans Spezialität«, erklärte Loh. »Er sucht sich aufstrebende junge Talente und versucht ihnen beim Aufstieg zu helfen.«

»Indem er ihnen hier Konzerte ermöglicht?«

»Und durch Geld. Unsere Stiftung vergibt Stipendien. Nichts besonders Üppiges; jeder Musiker erhält fünfzehntausend Dollar.«

»Für mich klingt das großzügig.«

»Stef ist die Großzügigkeit in Person.«

»Wie macht Mr. Szabo die Musiker ausfindig – wie hat er beispielsweise Vassily Levitch gefunden?«

»Durch Vassilys Agenten in New York. Jetzt, wo die Konzerte einen gewissen Ruf erlangt haben, werden wir häufig kontaktiert. Der Agent hat Stefan ein Tonband geschickt, und Stefan hat es sich angehört und entschieden, dass Vassily perfekt wäre. Stefan bevorzugt in der Regel Solisten oder kleine Ensembles. Für ein Orchester sind wir nicht richtig ausgerüstet.«

»Wie lange vor dem Konzert wurden die Arrangements getroffen?«

»Eine ganze Zeit vorher«, antwortete Loh. »Monate. Wir brauchen ziemlich viel Zeit zur Vorbereitung. Die Akustik, die Beleuchtung, die Auswahl des Partyservice. Und natürlich die Vorabwerbung. Soweit man davon sprechen kann.«

»Worin besteht die?«

»Gelegentliche Erwähnung in ausgewählten Rundfunksendern. KBAK – der Klassiksender erwähnt uns zweimal täglich innerhalb der letzten beiden Wochen davor. Das passt zu unserem Budget und unseren Zielen. Eine große Anzahl von Zuschauern würde uns überfordern, in mehr als einer Hinsicht.«

»Fünfundachtzig auf der Gästeliste«, sagte Milo. »Warum nehmen Sie nicht nur geladene Gäste?«

»Stefan hält ein paar Plätze für andere Interessenten frei, um Gemeinschaftssinn zu beweisen. Musikstudenten, Lehrer, diese Art Leute.«

»Irgendwelche Werbung außerhalb des Radios?«

»Das versuchen wir erst gar nicht«, erwiderte Loh. »Selbst das bisschen Publicity, das wir bekommen, bedeutet eine größere Nachfrage nach Plätzen, als wir befriedigen können.«

»Traf das auch auf heute Abend zu?«

»Das nehme ich an.« Loh runzelte die Stirn. »Sie können nicht ernsthaft glauben, dass jemand aus dem Publikum für das hier verantwortlich ist.«

»In diesem Stadium bin ich keiner Theorie abgeneigt, Sir.«

»Hier ist meine: Es war ein Eindringling. Die Wahrheit ist, dass jeder hinter das Gartenhaus hätte gehen und Vassily erstechen können. Die Bristol ist eine offene Straße, und wir leben nicht gern hinter Mauern und Toren.«

»Was hat Levitch wohl dahinten gemacht?«

Loh zuckte mit den Schultern. »Vielleicht wollte er einen Spaziergang machen, um die Anspannung nach dem Konzert abzubauen.«

»Wissen Sie, wann er den Empfang verlassen hat?«

»Keine Ahnung. Es herrschte ein Kommen und Gehen. Stefan schlägt den Musikern immer vor, dass sie dableiben. Um ihrer selbst willen – damit sie Kontakte knüpfen können. Im Allgemeinen tun sie das auch. Offensichtlich ist Vassily hinausgeschlüpft.«

»Der schüchterne Typ?«, fragte Milo. »Der sich in seinem Zimmer verkriecht?«

»Ja. Aber nachts ist er gern im Garten herumspaziert. Als er mit dem Üben fertig war. Ganz allein.«

»Sind auch Gäste draußen rumgelaufen?«

»Wir raten davon ab, versuchen sie im Haus zu halten. Damit sie nicht über die Blumen trampeln und so. Aber wir stellen schließlich keine bewaffneten Wachen auf.«

»Keine bewaffneten Wachen«, sagte Milo. »Nur einen Mann vom Sicherheitsdienst.«

»Wegen der Nachbarn – sie ziehen es vor, dass sich auf der Bristol keine Gestapo-Atmosphäre breitmacht. Und eine Armee von Wächtern ist bisher nie nötig gewesen. Dies ist eines der sichersten Wohngebiete in der ganzen Stadt. Trotz Sie-wissen-schon-wem.«

»Der einzige Zaun ist an der hinteren Grundstücksgrenze.«

»Richtig, hinter dem Tennisplatz«, sagte Loh.

»Wie groß ist das Grundstück?«

»Weniger als ein Hektar.«

»Wie lautete der Auftrag des Sicherheitsmanns?«

»Für Sicherheit zu sorgen, was auch immer das heißen soll. Ich bin überzeugt, dass er nicht auf irgendwelche ... ernsten Ereignisse vorbereitet war. Das war nicht gerade ein Rapkonzert. Das Durchschnittsalter des Publikums muss bei fünfundsechzig gelegen haben. Wir reden von Leuten, die sich perfekt zu benehmen wissen.«

»Gilt das auch für die zahlenden Teilnehmer?«

»Wenn es um die Konzerte geht, kann Stefan ein kleiner Zuchtmeister sein. Er *besteht* auf absoluter Ruhe. Und sein Geschmack tendiert zu beruhigender Musik. Chopin, Debussy, Sachen dieser Art.«

»Teilen Sie Mr. Szabos Geschmack?«

Loh grinste. »Ich stehe mehr auf Technorock und David Bowie.«

»Sind Konzerte mit David Bowie für das Odeon geplant?«

Loh kicherte. »Mr. Bowie würde unseren finanziellen Rahmen sprengen. Und Stefans Empfindsamkeit würde diese Erfahrung nicht überstehen.« Er schob eine elegante schwarze Manschette zurück und zog eine elegante schwarze Armbanduhr zu Rate.

»Sehen wir uns Levitchs Zimmer an«, sagte Milo.

Als wir die Treppe hochgingen, erklärte Milo: »Ein großes Haus.«

Loh sagte: »Stefans Familie ist 1956 aus Ungarn geflohen. Er war ein Teenager, aber sie haben es fertig gebracht, ihn in einen großen Reisekoffer zu zwängen. Das bedeutete

Tage ohne Essen oder Toilette, nur ein paar Luftlöcher zum Atmen. Ich würde sagen, er hat ein Anrecht auf seinen Platz, finden Sie nicht?«

Die rechte Seite des Korridors wurde von zwei riesigen Schlafzimmern eingenommen – das von Szabo und das von Loh. Durch die offenen Türen konnte man Brokat und Damast, poliertes Holz und weiches Licht erkennen. Auf der linken Seite lagen drei Gästesuiten, die weniger prächtig, aber dennoch elegant eingerichtet waren.

Das Zimmer, in dem Vassily Levitch die letzten beiden Nächte verbracht hatte, war mit einem Klebeband versperrt. Milo zerriss das Band, und ich folgte ihm ins Zimmer. Tom Loh blieb im Türrahmen stehen und fragte: »Was soll ich tun?«

»Vielen Dank, dass Sie sich Zeit für uns genommen haben, Sir«, sagte Milo. »Sie können sich jetzt gern Ihren eigenen Angelegenheiten widmen.«

Loh ging wieder die Treppe hinunter.

Milo sagte: »Bleib da stehen, während ich hier alles durcheinander bringe, wenn es dir nichts ausmacht. Die Beweiskette und so weiter.«

»Man kann nicht vorsichtig genug sein«, erwiderte ich. »Besonders angesichts von Sie-wissen-schon-wem.«

Die mit roter Seide tapezierte Gästesuite war mit einem großen Himmelbett, zwei Regency-Nachttischen und einer verzierten italienischen Kommode mit Intarsien eingerichtet. Die Kommodenschubladen waren leer, der Wandschrank ebenfalls. Vassily Levitch hatte aus seinem schwarzen Nylonkoffer gelebt. Sogar seine Toilettenartikel waren in dem Koffer geblieben.

Milo untersuchte den Inhalt der Brieftasche des Pianisten

und ging die Taschen jedes Kleidungsstücks durch. In einem Reisenecessaire befanden sich ein Aftershave, ein Nassrasierer, Advil, Valium und Pepto-Bismol. Ein Papierumschlag in einer Seitentasche des Koffers enthielt fotokopierte Kritiken anderer Konzerte, die Levitch gegeben hatte. Die Kritiker priesen den Anschlag und die Phrasierung des jungen Mannes. Er hatte die Steinmetz Competition, die Hurlbank Competition und die Great Barrington Piano Gala gewonnen.

Kein Führerschein. Einem Ausweis zum Einlösen von Schecks zufolge war er siebenundzwanzig Jahre alt.

»Null plus null«, sagte Milo.

»Kann ich die Leiche sehen?«, fragte ich.

Eine Terrasse auf der Rückseite des Hauses, die so groß war wie das Odeon, ging in den von einer drei Meter hohen Ficushecke umgebenen welligen Rasen über, auf dem in weiten Abständen Birken angepflanzt waren. Ein in die Hecke geschnittener gotischer Bogen eröffnete den Weg zu einem fünfzehn Meter langen Pool, einem Tennisplatz, einem Kakteengarten, einem flachen Teich ohne Fische und, in der hinteren rechten Ecke versteckt, einer Garage für vier Wagen.

Ich konnte keine Zufahrt oder einen anderen direkten Zugang zu der Garage erkennen und fragte Milo danach.

»Sie benutzen es als Lagerraum – Antiquitäten, Kleidung, Lampen. Du solltest dir das Zeug mal ansehen; ich könnte von den Sachen leben, die sie ablegen.«

»Sie lassen ihre Autos vor der Tür?«

»Ihre beiden Mercedes 600er. An Konzertabenden parken sie die Wagen auf der Straße. Wollen, dass das Haus ›ästhetisch rein‹ aussieht. Schönes Leben, oder? Komm mit.«

Er führte mich hinter die Garage, wo ein weiblicher Cop

den toten Vassily Levitch bewachte. Die Leiche lag auf einem schmalen Streifen schmutzigen Betons, hinter dem sich noch eine hohe Ficushecke erhob, und teilte sich mit fünf Plastikmülleimern den verfügbaren Raum. Ein batteriebetriebener LAPD-Scheinwerfer tauchte alles in ein grünliches Licht. Milo sagte der Polizistin, sie solle eine Pause von fünf Minuten einlegen. Sie machte einen dankbaren Eindruck, als sie sich zum Kaktusgarten aufmachte.

Ich ließ die Einzelheiten auf mich wirken.

Ein schäbiger, ekelhafter Ort; selbst die prachtvollsten Anwesen haben einen, aber auf diesem musste man durch einen halben Hektar Schönheit gehen, um ihn zu finden.

Der beste Schauplatz für einen Mord auf dem ganzen Grundstück. Jemand, der schon mal hier gewesen war und die Anlage kannte?

Ich erwähnte diesen Punkt. Milo nahm es zur Kenntnis, sagte aber nichts.

Ich ging näher an die Leiche heran, trat in grünliches Licht.

Im Leben war Levitch ein gut aussehender junger Mann gewesen – buchstäblich ein Junge mit goldenen Haaren. Sein markantes Gesicht starrte aufwärts in die Nacht, oben bedeckt von einer Lockenmähne, die seine Schultern streichelte. Prägnante Nase, starkes Kinn, vorstehende Wangenknochen, eine aggressive Stirn. Langfingrige Hände waren zu einem Flehen mit erhobenen Handflächen erstarrt. Die Schöße seines Fracks waren unter ihm zerknittert. Ein gestärktes weißes Hemd, jetzt weitgehend karminrot, war aufgerissen worden und entblößte eine haarlose Brust. Ein Schlitz von siebzehn Zentimetern mit aufgewölbten Rändern verlief vertikal vom Nabel bis zu der Vertiefung unter dem Brustbein des Pianisten. Etwas Blasses, Wurmartiges schaute aus der Wunde heraus. Eine Darmschlinge.

Levitchs weiße Piqué-Fliege war ebenfalls blutbefleckt. Seine Augen waren aus den Höhlen getreten, eine aufgeblähte Zunge hing ihm aus dem Mundwinkel, ein blutiger Ring formte ein Halsband um seine Kehle.

Ich fragte: »Haben die Sanitäter das Hemd aufgerissen?«

Er nickte.

Ich starrte noch einen Moment lang auf die Leiche.

»Was denkst du?«

»Baby Boy wurde erstochen, Julie Kipper wurde erwürgt, und dieser arme Kerl hat beides erlitten. War der Schnitt prä- oder postmortal?«

»Der Gerichtsmediziner sagt, wahrscheinlich prä wegen all dem verspritzten Blut. Dann wurde ihm der Draht um den Hals geschlungen. Was würdest du also sagen? Eine Serie mit Eskalation?«

»Oder die Strangulation ist das Ziel des Mörders, und manchmal muss er Konzessionen machen. Sadisten und Sexualpsychopathen genießen es, ihre Opfer zu erwürgen, weil es intim ist und langsam geht und die Machtgier stufenweise befriedigt. Julie war ein leichtes Opfer, weil sie klein war und in dem beengten Raum der Toilette in der Falle saß, so dass der Mörder in der Lage war, direkt das zu tun, was ihm am meisten Spaß macht. Levitch wiederum war ein kräftiger junger Mann und musste zuerst kampfunfähig gemacht werden.«

»Was ist mit Baby Boy? Soweit ich gehört habe, war da nichts um seinen Hals.«

»Baby Boy war ein großer Mann. Ihn zu erwürgen wäre wirklich nicht leicht gewesen. Und der Tatort in seinem Fall war öffentlich – eine Gasse, auf der leicht jemand vorbeikommen konnte. Vielleicht war der Mörder vorsichtig. Oder irgendwas hat ihn aufgeschreckt, bevor er es zu Ende bringen konnte.«

»Wäre interessant zu wissen, ob Levitchs Stichwunden zu denen von Baby Boy passen. Ich werde mit Petra sprechen. Bis jetzt haben wir geglaubt, unsere Fälle hätten nichts miteinander zu tun.«

Er starrte mich an, schüttelte den Kopf. Sah sich Levitch noch mal an.

»Egal wie sich das entwickelt, ich muss nach dem Lehrbuch vorgehen, Alex. Was in diesem Fall Routinearbeit im großen Maßstab bedeutet: die Identität der Leute im Publikum feststellen, die Nachbarn befragen, ob irgendwelche verdächtigen Fremden gesichtet wurden, die Akten überprüfen, ob es in letzter Zeit Anrufe wegen irgendwelcher Herumtreiber gegeben hat. Zu viel für einen einsamen Kämpfer. Die Burschen, die den Fall anfangs erwischt haben, sind zwei Detectives I, grüne Jungs, keine Erfahrung mit Mordfällen, und sie behaupten, sie wären interessiert daran, sich die Füße nass zu machen. Sie scheinen tatsächlich dankbar für Onkel Milos Rat zu sein. Ich lade ihnen die Sklavenarbeit auf, hänge mich morgen ans Telefon, um Levitchs Agenten in New York anzurufen, und sehe zu, was ich über ihn in Erfahrung bringen kann.«

»Hey, Boss-Man«, sagte ich.

»Das bin ich«, erwiderte er. »Der Vorsitzende des Bluts. Genug gesehen?«

»Mehr als genug.«

Wir gingen zurück zum Haus, und ich dachte daran, dass Levitch seinen letzten Atemzug in der Gesellschaft von Mülleimern getan hatte. Baby Boy, liegen gelassen in einer Seitengasse neben einem Müllcontainer, Juliet Kippers Leben beendet auf einer Toilette.

»Es geht ihm darum, sie zu erniedrigen«, sagte ich. »Kunst auf Abfall zu reduzieren.«

17

Am nächsten Tag bat mich Milo zu einem Treffen. 17 Uhr im Hinterzimmer desselben indischen Restaurants.

»Ich werde kommen. Irgendetwas Neues?«

»Levitchs Agent und seine Mutter hatten nichts zu bieten. Sie hat die meiste Zeit geschluchzt, und der Agent konnte nur sagen, dass Vassily ein schöner Junge war, ein erstaunliches Talent. Ich will aus dem Grund, dass wir unsere Köpfe zusammenstecken, weil Petra gesagt hat, dass es sich so anhört, als sähe Levitchs Wunde genauso aus wie die von Baby Boy. Außerdem sagt mir der Gerichtsmediziner, dass der bei Levitch benutzte Draht in Durchmesser und Konsistenz der gleiche ist wie der, mit dem Julie erwürgt wurde. Und stell dir vor – deine Idee, Baby Boys Mörder wäre gestört worden, trifft vielleicht den Nagel auf den Kopf. Es hat sich rausgestellt, dass ein Zeuge in der Gasse war, irgendein Obdachloser. Ziemlich besoffen, und aus dem Grund und wegen der Dunkelheit gab seine Beschreibung nicht viel her. Aber vielleicht hat der Mörder seine Anwesenheit gespürt und ist abgehauen.«

»Wie lautet die Beschreibung?«

»Großer Mann in einem langen Mantel. Er ging auf Lee zu, plauderte mit ihm und schien ihn dann zu umarmen. Der Typ geht weg, und Lee fällt zu Boden. Der Mörder hat sich nicht an den Obdachlosen – Linus Brophy – rangemacht, aber man weiß ja nie.«

»Der Mörder würde nicht auf Brophy losgehen.«

»Warum nicht?«

»Der ist für ihn nicht interessant«, antwortete ich. »Wir reden über jemanden mit sehr spezifischen Zielen.«

Ich trug meine Notizen zusammen und fuhr zum Café Moghul. Dieselbe liebenswürdige Frau im Sari strahlte, während sie mich durch das Restaurant zu einer Tür ohne Aufschrift neben der Herrentoilette führte. »Er ist hier!«

Das fensterlose grüne Zimmer hatte wahrscheinlich mal als Lagerraum fungiert. Milo saß an einem Tisch, der für drei gedeckt war. Hinter ihm stand eine Schlafcouch, die man gegen die Wand geschoben hatte. Auf der Couch lagen ein zusammengerollter Schlafsack, ein Stapel indischer Zeitschriften und eine Schachtel Papiertücher. Currygerüche trieben durch ein Gitter in der Decke in den Raum.

Ich setzte mich, während er eine Art Waffel in eine Schüssel mit roter Sauce tunkte. Die Sauce färbte seine Lippen dunkelviolett.

»Unsere Wirtin scheint ziemlich beeindruckt von dir zu sein.«

»Ich gebe hohe Trinkgelder. Und sie glauben, meine Anwesenheit biete Schutz.«

»Haben sie Schwierigkeiten gehabt?«

»Nur das Übliche – Betrunkene, die hereinmarschiert kommen, unerwünschte Blumenverkäufer. Vor zwei Wochen war ich zufällig hier, als irgendein Idiot, der getrocknete Blumen für einen Nirwanakult verhökerte, aufmüpfig wurde. Ich habe mich als Diplomat betätigt.«

»Und jetzt haben die Vereinten Nationen deinen Lebenslauf angefordert.«

»Hey, diese Clowns könnten Hilfe gebrauchen – da kommt sie ja.«

Er stand auf und begrüßte Petra Connor.

Sie sah sich um und grinste. »Sie wissen wirklich, wie man eine Frau behandelt, Milo.«

»Für die Hollywood Division nur das Beste.«

Sie hatte wie üblich den schwarzen Hosenanzug an, trug

den bräunlichen Lippenstift und das unscheinbare, matte Make-up. Ihre kurzen schwarzen Haare glänzten, und ihre Augen leuchteten. Wie Milo hatte sie einen prall gefüllten Aktenkoffer mitgebracht. Seiner war rissig und grau, ihrer schwarz und eingeölt.

Sie winkte mir zu. »Hi, Alex.« Dann drehte sie sich halb zur Seite, als ein Mann mit gebeugten Schultern den Raum betrat. »Jungs, das ist mein neuer Partner, Eric Stahl.«

Stahl trug ebenfalls Schwarz. Ein ausgebeulter Anzug über einem gestärkten weißen Hemd und einer dünnen grauen Krawatte. Er hatte eingefallene Wangen und Augen, die so tief in seinem Kopf saßen wie bei einem Blinden. Sein stachliger Bürstenschnitt hatte eine dunkelbraune Schattierung, die einen halben Farbton heller war als Petras ebenholzfarbene Haare, aber es war eine schöne Nuancierung. Er war ein paar Jahre älter als Petra, aber wie sie war er schlank mit heller Haut. Stahls talgige Blässe wirkte kränklich im Kontrast zu Petras frischem, kosmetischem Kabuki-Gesicht. Wären nicht rosige Flecken auf seinen Wangen gewesen, hätte er aus Wachs geformt sein können.

Er musterte den Raum. Glanzlose, träge Augen.

Milo sagte: »Hey, Eric.«

Stahl sagte mit leiser Stimme: »Hey«, und richtete seinen Blick auf den Tisch.

Drei Gedecke.

Milo sagte: »Ich lasse für Sie decken.«

»Ein Stuhl reicht, Eric wird nichts essen«, erklärte Petra.

»Ach ja?«, sagte Milo. »Mögen Sie kein indisches Essen, Eric?«

»Ich hab schon gegessen«, erwiderte Stahl. Seine Stimme passte zu seinen Augen.

»Eric isst nicht«, sagte Petra. »Er behauptet es zwar, aber ich hab's nie gesehen.«

Die lächelnde Frau brachte volle Schüsseln herein. Milo schlang, Petra und ich bedienten uns zurückhaltend, Eric Stahl legte seine Hände flach auf den Tisch und studierte seine Fingernägel.

Stahls Gegenwart schien jeglichen Smalltalk zu unterbinden. Deshalb kam Milo direkt zur Sache, ließ Julie Kippers Akte herumgehen und fasste die wenigen Informationen zusammen, die er zu Vassily Levitch hatte.

Die beiden Detectives aus Hollywood hörten es sich kommentarlos an. Milo fragte: »Könnten Sie Baby Boy rekapitulieren?«

Petra sagte: »Klar.« Ihr Bericht war präzise, auf die wichtigen Einzelheiten konzentriert. Der knappe Vortrag machte deutlich, wie wenig sie zu Tage gefördert hatte, und als sie fertig war, machte sie einen besorgten Eindruck.

Stahl blieb stumm.

Milo sagte: »Hört sich zumindest so an, als passte er zu dem Mord an Levitch. Was sagt der Psycho-Weise dazu, Alex?«

Ich fasste die Mordfälle außerhalb L.A.s rasch zusammen, erwähnte Wilfred Reedy nur am Rande, weil der Mord an ihm mit der Drogenszene zusammenzuhängen schien, und kam auf China Maranga zu sprechen. Als ich der Vermutung Ausdruck verlieh, sie wäre vielleicht von jemandem verfolgt worden, ohne es zu wissen, hörten die drei mir aufmerksam zu, reagierten aber nicht.

Ein Trio ausdrucksloser Gesichter; wenn ich Recht hatte, türmten sich Berge von Arbeit vor ihnen auf.

»In der Nacht, als China verschwand«, sagte ich, »verließ sie das Studio in einer miesen Stimmung und wahrscheinlich stoned. Unter den besten Umständen konnte sie unangenehm werden, und sie war bekannt dafür, ohne jede Vorwarnung ihre Laune an Leuten auszulassen. Hier ein sehr gutes Beispiel: Sie weigerte sich, einem Fanmagazin ein Interview zu geben, aber der Herausgeber war hartnäckig und hat die Story trotzdem gebracht. Der Artikel war des Lobes voll, und zum Dank ruft China den Kerl an und beschimpft ihn. Auf üble Weise, wie mir ein Mitglied ihrer Band berichtete. Sie hatte kein Gefühl für ihre persönliche Sicherheit und lebte mit vollem Risiko. Das und ein großer Wutanfall in der falschen Umgebung könnten sich als tödlich erwiesen haben.«

»Wie hieß das Fanmagazin?«, fragte Petra.

»Irgendwas mit *GrooveRat*. Ich habe danach gesucht, konnte es aber –«

Ihre schlanken weißen Finger auf meinem Handgelenk ließen mich mitten im Satz innehalten.

»*GrooveRat* hat einen Artikel über Baby Boy geschrieben«, sagte sie. Sie öffnete ihren Aktenkoffer, zog eine blaue Mordakte hervor und blätterte darin. »Der Herausgeber ließ auch bei mir nicht locker. Eine richtige Nervensäge, rief immer wieder an, löcherte mich nach Einzelheiten ... hier haben wir ihn: Yuri Drummond. Ich hab ihn nicht ernst genommen, weil er sich wie ein unausstehlicher Bengel anhörte. Er hat mir erzählt, er hätte Baby Boy nie persönlich getroffen, aber ein Porträt von ihm gebracht.«

»Wie bei China«, sagte Milo. »Hat Baby Boy ihm auch einen Korb gegeben?«

»Das hab ich ihn nicht gefragt. Er behauptete, Interviews entsprächen nicht dem Stil der Zeitschrift, sie wären an der Essenz der Kunst interessiert, nicht an der Person, oder einen ähnlichen Blödsinn. Er klang, als wäre er zwölf.«

»Was wollte er von Ihnen?«, fragte ich.

»Die blutigen Details.« Sie runzelte die Stirn. »Ich hielt ihn für einen pubertären Jungen mit schaurigen Gelüsten und hab ihn abgewimmelt.«

Milo sagte: »Wäre interessant zu wissen, ob er je über Julie Kipper geschrieben hat.«

»Allerdings«, erwiderte Petra.

»Ich habe versucht, eine Ausgabe von *GrooveRat* an dem großen Zeitungskiosk auf der Selma zu finden«, sagte ich, »aber da gab es keine. Der Inhaber empfahl mir einen Comicladen auf dem Boulevard, aber der hatte zu.«

»Wahrscheinlich ein windiges kleines Unternehmen«, murmelte Milo.

»Genau das hat Chinas Bandkollege gesagt. Er hat auch kein Belegexemplar aufgehoben.«

»Yuri Drummond ... klingt wie ein erfundener Name. Was will er damit, Kosmonaut werden?«

»Alle erfinden sich selbst neu«, sagte Petra. »Das ist typisch für L.A.« Sie warf Stahl einen Blick zu. Er reagierte nicht.

»Besonders, wenn sie vor etwas davonlaufen«, erwiderte ich.

»*GrooveRat*«, sagte sie. »Was heißt das also? Ein Fan, der durchgedreht ist?«

»Jemand, der sich in die Karrieren der Opfer hineingesteigert hat. Vielleicht jemand, dessen Identität in die Kreativität anderer verstrickt ist. Als ›Blutegel am Leib der Kunst‹ beschrieb Julie Kippers Exmann Kritiker, Agenten, Galeristen und all die anderen Zulieferer der kreativen Welt. Das Gleiche kann man von fanatischen Anhängern sagen. Manchmal verwandelt sich Gefolgschaft in geschäftliche Arrangements – Präsidenten von Fanclubs, die Memorabilien verkaufen –, aber der Kern bleibt emotional: Berühmtheit durch Assoziation. Bei den meisten Leuten ist ihre Schwärmerei als Fan eine Affäre, die beendet ist, wenn sie erwachsen werden. Aber bestimmte Borderline-Persönlichkeiten werden nie erwachsen, und was als harmlose Ego-

Substitution beginnt – der Junge steht vor einem Spiegel, spielt eine imaginäre Gitarre und hält sich für Jimi Hendrix –, kann sich in ein psychologisches Kidnapping verwandeln.«

»Und was wird gekidnappt?«, fragte Milo.

»Die Identität des Bewunderten. ›Ich kenne den Star besser als er sich selbst. Wie kann er es wagen, zu heiraten/sich zu verkaufen/nicht auf meinen Rat zu hören?‹«

»Wie kann er es wagen, mein großzügiges Angebot eines Interviews auszuschlagen«, sagte Petra. »Pubertierende sind die größten Fanatiker, richtig? Und Yuri Drummond klang pubertär. Die Tatsache, dass er ein Fanmagazin veröffentlicht, macht ihn zu einem Angehörigen des harten Kerns.«

»Desktop-Publishing ist gehobener harter Kern«, sagte ich. »Kauf dir einen Computer und einen Drucker, und auch du kannst ein Medienzar sein. Ich weiß, dass sich die Opfer in demographischer Hinsicht stark voneinander unterscheiden, aber ich hab die ganze Zeit gedacht, dass das entscheidende Moment ihr Karrierestatus ist: sprungbereit. Wenn der Mörder nun Gefallen an ihnen fand, gerade *weil* sie keine Stars waren? Sich Rettungsphantasien hingab – er würde sie zu Stars machen, indem er über sie schrieb. Sie wiesen ihn zurück, also unterbrach er ihren Aufstieg. Vielleicht hat er sich selbst eingeredet, sie hätten sich verkauft.«

»Oder«, sagte Petra, »da wir über nachempfundenes Talent sprechen, vielleicht war er selbst ein aufstrebender Künstler und hat sich vor Eifersucht verzehrt.«

»Aufstrebender Gitarrist, Maler, Sänger und Pianist?«, sagte Milo.

»Ein echter Größenwahnsinniger«, erklärte sie.

Alle drei Detectives sahen mich an.

»Es wäre möglich«, sagte ich. »Ein Dilettant, der von Spiel zu Spiel hüpft. Vor einigen Jahren hatte ich einen Patienten, einen erfolgreichen Schriftsteller. Es verging kaum eine Woche, ohne dass er jemanden traf, der vorhatte, den großen amerikanischen Roman zu schreiben, wenn er nur dazu Zeit hätte. Dieser Mann hatte seine ersten vier Bücher geschrieben, während er zwei Jobs hatte. Etwas, das er zu mir gesagt hat, ist hängen geblieben: Wenn jemand sagt, er möchte ein Schriftsteller werden, wird er es nie schaffen. Wenn er sagt, er möchte schreiben, gibt es eine Chance. Das könnte zu unserem Drehbuch mit dem verbitterten Fan passen: jemand, der auf das äußere Drum und Dran der Kreativität abfährt.«

Petra lächelte. »Blutegel am Leib der Kunst.« Jahre zuvor hatte sie als Malerin gearbeitet. »Das gefällt mir.«

»Also reden wir von zwei Möglichkeiten«, sagte Milo. »Eine umgeschlagene Rettungsphantasie oder pathologische Eifersucht.«

»Oder beides«, erwiderte ich. »Oder ich liege völlig falsch.«

Petra lachte. »Sagen Sie das nicht im Zeugenstand, Doktor.« Sie nahm sich ein Stück Waffelbrot, biss mit ihren scharfen weißen Zähnen eine Ecke ab und kaute langsam. »Yuri Drummond sprach davon, dass sein Magazin die Essenz der Kunst einfinge. Als er begann, mich nach den blutigen Details zu löchern, hätte das – in psychologischer Hinsicht – bedeuten können, dass er den Tatort wieder aufsucht.«

»Ein Egotrip«, sagte Milo. »Wie ein Brandstifter, der herumsteht und den Flammen zuschaut.«

»Hat Drummond die Story über Baby Boy geschrieben?«, fragte ich.

»Ich glaube, er hat mir erzählt, ein Autor hätte das getan«, sagte Petra. »Alles, was ich mir aufgeschrieben habe, war der Name des Kerls. Zu dem Zeitpunkt schien es nicht relevant zu sein.« Sie legte ihre Serviette auf den Tisch. »Es wird Zeit, dass ich den Kerl überprüfe und mir mein Gehalt verdiene. Das war lecker, Milo. Ich möchte mir die Rechnung mit Ihnen teilen.«

»Vergessen Sie's.«

»Sind Sie sicher?«

»Ich bin ein Radscha«, sagte er. »Machen Sie sich auf die Suche. Und melden Sie sich.«

Petra berührte kurz Milos Schulter, bedachte mich mit einem Lächeln, drehte sich um und ging zur Tür.

Stahl stand auf und folgte ihr nach draußen. Während der gesamten Unterhaltung hatte er kein Wort gesagt.

18

Der schweigsame Typ. Manche Frauen glaubten, ihnen gefiele das.

Petra hatte geglaubt, ihr gefiele das. Aber mit Stahl zu arbeiten stellte sich als aufreibende Erfahrung heraus.

Der Mann sagte nie etwas, es sei denn, man sprach ihn an, und sogar dann hob er von seinem verbalen Bankkonto jedes Mal nur eine kleinliche Silbe ab.

Und jetzt saßen sie hier im Wagen und fuhren weg von dem Treffen mit Milo und Alex, während dort eine angeregte Diskussion hätte stattfinden sollen. Stahl starrte aus dem Beifahrerfenster und rührte sich nicht.

Was? Hielt er nach einem weiteren gestohlenen Wagen Ausschau? In einer Woche hatte er zwei entdeckt, und in dem zweiten hatte ein Beifahrer gesessen, der per Haftbefehl wegen Mordes gesucht wurde, was Pluspunkte für sie beide bedeutete. Aber wenn das Stahls Uhr zum Ticken brachte, hätte er sich für eine Versetzung ins Dezernat für Autodiebstahl bewerben sollen.

Warum er sich das Morddezernat ausgesucht hatte, war ihr unklar. Warum er die Sicherheit eines Jobs bei der Army für die Straßen von L.A. aufgegeben hatte, war ein noch größeres Fragezeichen.

Sie hatte ein paar höfliche Fragen zu stellen gewagt. Jeder Versuch, die Schale zu knacken, hatte ein Ei aus Granit offenbart.

Nicht dass Eric ein großer alter stoischer Macho mit offenkundigen Dominanzbedürfnissen oder Gier nach Ruhm gewesen wäre. Im Gegenteil, er hatte von Anfang an klargemacht, dass Petra die Seniorpartnerin war.

Und anders als die meisten Männer wusste er, wie man sich entschuldigte. Selbst wenn es nicht nötig war.

Sie waren seit zwei Tagen Partner, als Petra etwas zu früh ins Büro kam und Stahl an seinem Schreibtisch vorfand, wie er eine gefaltete Zeitung las und Kräutertee trank – das war ein weiterer Punkt, er trank keinen Kaffee, und wenn irgendetwas dem Moralkodex der Detectives zuwiderlief, dann war es eine Koffeinphobie.

Als er sie wahrnahm und hochschaute, spürte Petra ein gewisses Unbehagen – die leiseste Andeutung von Unruhe – in seinen ausdruckslosen braunen Augen.

»Hallo, Eric.«

»Das war nicht meine Idee«, sagte er und reichte ihr die Zeitung. Ein kurzer Artikel war mit schwarzem Filzstift eingekringelt.

Eine Zusammenfassung des Mordes unter den rivalisierenden armenischen Straßenbanden. Als Ermittlerin war sie angeführt. Neben Eric Stahl.

Der Fall war einige Zeit vor Stahls Ankunft unter Dach und Fach gebracht worden. Irgendjemand – vielleicht ein

PR-Trottel des Departments oder sogar Schoelkopf, der Petra eins auswischen wollte – hatte das Verdienst durch zwei geteilt.

»Machen Sie sich keine Gedanken deswegen«, sagte Petra.

»Es gefällt mir nicht«, erwiderte Stahl.

»Was gefällt Ihnen nicht?«

»Es war Ihr Fall.«

»Das ist mir egal, Eric.«

»Ich hab daran gedacht, die *Times* anzurufen.«

»Machen Sie sich nicht lächerlich.«

Stahl starrte sie an. »Okay«, sagte er schließlich. »Ich wollte das nur klarstellen.«

»Das haben Sie.«

Er wandte sich wieder seinem Tee zu.

Eine Meile vor dem Revier der Hollywood Division fragte Petra: »Was halten Sie davon?«

»Wovon?«

»Von Dr. Delawares Theorie.«

»Sie kennen ihn«, sagte Stahl. Als Feststellung, nicht als Frage.

»Falls Sie wissen wollen, ob er gut ist: Ja, das ist er. Ich habe schon mit ihm und Milo zusammengearbeitet. Milo ist der Beste – er liegt an der Spitze, was die Aufklärungsrate in West L.A., vielleicht im ganzen Department angeht.«

Stahl klopfte sich aufs Knie.

»Er ist schwul«, sagte Petra.

Keine Antwort.

»Delaware ist klug«, sagte sie. »Brillant. Normalerweise habe ich kein großes Vertrauen in Seelenklempner, aber er macht keine haltlosen Versprechungen.«

»Dann gefällt mir seine Theorie«, sagte Stahl.

»Was machen wir als Nächstes? Comicläden nach *GrooveRat* durchsuchen oder es per Telefon versuchen?«

»Beides«, erwiderte Stahl. »Wir sind doch zu zweit.«

»Was würden Sie vorziehen?«

»Entscheiden Sie.«

»Sagen Sie, was Sie lieber wollen, Eric.«

»Ich setze mich ans Telefon.«

Große Überraschung. Eric an seinem Schreibtisch, wo er wirklichen Menschen aus dem Weg gehen kann.

Sie setzte ihn ab und fuhr durch Hollywood, auf der Suche nach alternativen Buchhandlungen. Erkundigungen nach *GrooveRat* zogen verständnislose Blicke der Angestellten nach sich, aber die meisten von ihnen sahen von Anfang an nicht besonders aufgeräumt aus. Bei ihrem fünften Versuch zeigte der picklige Junge an der Kasse mit dem Daumen auf einen offenen Karton zu seiner Linken. Mit roter Tinte war auf eine Seite gekrakelt: ALTE HEFTE, EIN DOLLAR.

Der Karton roch modrig und war mit Papier und losen Blättern voll gestopft – geheftete und verstümmelte Magazine.

Petra fragte: »Ist *GrooveRat* bestimmt hier drin?«

Der Junge sagte: »Wahrscheinlich«, und starrte ins Leere.

Als Petra anfing, den Inhalt des Kartons durchzugehen, stieg Staub auf, der ihr schwarzes Jackett grau färbte. Die meisten Fanmagazine schienen wenig mehr als pubertärer Hobby-Schund zu sein. Mehrere waren auf Billigpapier gedruckt. Sie blätterte. Eine schwer verständliche Welt tat sich vor ihr auf, die zwischen gelangweilt und atemlos fluktuierte und sich in der Regel um Musik, Filme und schmutzige Witze drehte.

Fast am Boden des Stapels fand sie ein Exemplar von *GrooveRat*, dessen Umschlag fehlte. Zehn Seiten schlecht gesetzter Text und amateurhafte Cartoons. Das Datum im Impressum war der vergangene Sommer. Jahrgang oder Nummer waren nicht angegeben.

Auch zum Redaktionsstab waren die Angaben eher spärlich.

Yuri Drummond, Herausgeber und Verleger
Freie Mitarbeiter: Die übliche Schurkenbande

Die Unterzeile erinnerte Petra an etwas – sie war der Abklatsch einer Zeile aus dem *Mad*-Magazin. Ihre vier Brüder hatten *Mad* gesammelt. Irgendwas über die übliche Idiotenbande …

Also war Mr. Drummond nicht nur prätentiös, sondern auch unoriginell. Das passte zu Alex' Theorie.

Am Ende des Impressums stand eine Adresse, an die man die Schecks für das Abonnement schicken sollte. Das Magazin versprach eine »unregelmäßige Erscheinungsweise« und berechnete vierzig Dollar pro Jahr.

Illusionen machte er sich auch noch. Petra fragte sich, ob irgendjemand angebissen hatte. Sie vermutete, wenn Idioten bereit waren, drei Dollar pro Minute für Telefon-Tarot zu bezahlen, war nichts unmöglich.

Die Adresse war direkt hier in Hollywood – auf dem Sunset Boulevard im Osten der Highland Avenue, nur ein paar Minuten mit dem Auto.

Sie überflog das Inhaltsverzeichnis. Vier Artikel über Rockbands, von denen sie noch nie gehört hatte, und eine Kritik über einen Bildhauer, der mit plastiküberzogener Hundescheiße arbeitete.

Der Autor der Kunstkritik, dessen Pseudonym »Mr. Peach« lautete, wusste fäkale Kunst wirklich zu schätzen und bezeichnete sie als *»äußerst befriedigend und magenver-*

renkend (Duchamp-Dada-igittigitt, Kids)«. Petra war sicherer denn je, dass sie es mit einem pubertären Geist zu tun hatte, und das stimmte nicht mit der sorgfältigen Planung der Morde überein. Trotzdem, dass das Magazin in zwei Fällen auftauchte, hatte Beachtung verdient.

Eine sorgfältige Durchsicht der verbleibenden Seiten erbrachte nichts über Baby Boy Lee, Juliet Kipper oder Vassily Levitch. Auch nichts zu dem Fall in Boston, den Alex aufgetan hatte – Bernet, die Ballerina. Petra hatte ihre Zweifel, was das anging, aber es war nicht ratsam, Alex' Instinkt zu ignorieren.

Sie bezahlte für das Blatt und machte sich auf den Weg zum Sitz von *GrooveRat*.

Kleines Einkaufszentrum an der Ecke Gower und Sunset. Eine private Postfachagentur, Mailboxes N' Stuff. Großer Schock.

»Suite 248« war tatsächlich Postfach 248, das jetzt an Verna Joy Hollywood Cosmetics vermietet war. Petra wusste das, weil ihr zwei zusammengebundene Briefstapel am Schalter ins Auge gefallen waren, während sie darauf wartete, dass die Frau, die dahinter saß, aufhörte, ihre Nagelhaut zu bearbeiten, und sie zur Kenntnis nahm. Jede Menge Interesse an Verna Joy; zu viel für ein Postfach.

Der oberste Umschlag war pinkfarben und trug eine Rücksendeadresse in Des Moines. Säuberliche, feminine Kursivschrift zeigte an: »*Zahlung inliegend*«.

Die Frau von der Postfachagentur legte schließlich ihre Papiernagelfeile beiseite, entdeckte, dass Petra die Briefstapel studierte, schnappte sie sich und verstaute sie unter dem Schalter. Eine Wasserstoffblondine Mitte sechzig, die mit dem braunen Lidschatten und dem schwarzen Eyeliner zu viel des Guten getan und den Rest ihres müden, fleckigen

Trinkergesichts unbemalt gelassen hatte. Sie legte Nachdruck auf die Augen – brachte die Verzweiflung zum Vorschein.

Petra zeigte ihren Ausweis vor, und der Gesichtsausdruck der Frau wechselte von Verärgerung zu unverhohlener Verachtung. »Was wollen *Sie* denn?«

»Ein Magazin namens *GrooveRat* hat früher Postfach 248 gemietet. Wann wurde das Fach aufgegeben, Ma'am?«

»Ich weiß es nicht und würd's Ihnen nicht sagen, wenn ich's wüsste.« Die Frau reckte das Kinn vor.

»Und warum, Ma'am?«

»So lautet das Gesetz. Die Bill of Rights. Sie brauchen einen Durchsuchungsbefehl.«

Petra entspannte sich und versuchte es mit einem sanften Lächeln. »Sie haben vollkommen Recht, Ma'am, aber ich will das Postfach nicht durchsuchen. Ich möchte einfach gern wissen, wann der Mieter es aufgegeben hat.«

»Ich weiß es nicht und würd's Ihnen nicht sagen, wenn ich's wüsste.« Das Lächeln der Frau war schmallippig und triumphierend.

»Haben Sie hier gearbeitet, während *GrooveRat* das Postfach gemietet hat?«

Achselzucken.

»Wer hat die Post von *GrooveRat* abgeholt?«

Dito.

»Ma'am«, sagte Petra. »Ich kann mit einem Durchsuchungsbefehl wiederkommen.«

»Dann tun Sie das«, entgegnete die Frau mit plötzlicher Wildheit.

»Wo liegt das Problem, Ma'am?«

»Ich habe kein Problem.«

»Das hier könnte mit einem Mordfall in Zusammenhang stehen.«

Die verschmierten Augen blieben entschlossen. Petra fixierte sie, brachte ein hartes Starren zustande. Die Frau sagte: »Sie beeindrucken mich nicht.«

»Mord beeindruckt Sie nicht?«, fragte Petra.

»Es ist immer Mord«, sagte die Frau. »Alles ist Mord.«

»Was?«

Die Frau stieß mit einem Finger in Petras Richtung. »Das hier ist mein Laden, und ich muss nicht mit Ihnen sprechen.« Aber dem Satz schickte sie hinterher: »Schütze dich selbst, und es ist *Mord.* Tritt für deine Rechte ein, und es ist *Mord.«*

Schlacht der Blicke.

»Wie heißen Sie, Ma'am?«

»Ich muss Ihnen nicht sagen –«

»Das müssen Sie allerdings, oder Sie werden wegen Behinderung von Polizeiarbeit festgenommen.« Petra griff nach ihren Handschellen.

»Olive Gilwhite«, sagte die Frau mit bebenden Hängebacken.

»Sind Sie sicher, dass Sie nicht kooperieren wollen, Ms. Gilwhite?«

»Ich sage Ihnen gar nichts.«

Petra verließ die Postfachagentur und fuhr ins Revier zurück. Eric Stahl saß an seinem Schreibtisch, telefonierte und machte sich Notizen. Sie ignorierte ihn und spielte mit den Computern, gab Olive Gilwhites Namen und die Adresse der Postfachagentur ein und stieß schließlich auf etwas.

Zwei Jahre zuvor war der Inhaber von Hollywood Mailboxes N' Stuff, ein Mann namens Henry Gilwhite, wegen Mordes verhaftet worden.

Petra stöberte in den Akten und fand die Zusammenfassung des Falls. Gilwhite, dreiundsechzig, hatte einen neunzehnjährigen Transvestiten und Strichjungen namens Gervazio Guzman hinter der Postfachagentur erschossen. Gilwhite hatte sich auf Notwehr gegen einen versuchten Raubüberfall berufen, aber sein Sperma auf Guzmans Kleid erzählte eine andere Geschichte. Man hatte sich mit dem Staatsanwalt auf Totschlag geeinigt, und Gilwhite saß derzeit in Lompoc im Gefängnis. Fünf bis zehn Jahre, aber in seinem Alter konnte das durchaus lebenslänglich bedeuten.

Was bedeutete, dass Mrs. Gilwhite sich um das Geschäft kümmern und sich zu Tode trinken durfte.

Schütze dich selbst, und es ist Mord.

Petra beschloss, eine Methode zu finden, wie sie die böse alte Hexe unter Druck setzen konnte.

Während sie darüber nachdachte, erhob sich Stahl und kam zu ihrem Schreibtisch.

»Was ist los, Eric?«

»Ich hab ein paar mögliche Kandidaten für Yuri Drummond.«

»Kandidaten?«

»Es gibt keinen Yuri Drummond in ganz Kalifornien, also hab ich alle Drummonds in unseren Postleitzahlbezirken durchgesehen.«

»Warum haben Sie sich auf Hollywood beschränkt?«, fragte Petra.

»Ein guter Ort für den Anfang. Wenn Drummond auf der Jagd nach Stars ist, will er vielleicht mitten unter ihnen wohnen.«

»Eric, die Stars wohnen in Bel Air und Malibu.«

»Das war metaphorisch gemeint«, erwiderte Stahl. Er zog eine Karteikarte aus seiner Jackentasche. Er hatte immer noch sein schwarzes Jackett an. Jeder andere Detective lief in Hemdsärmeln herum.

Petra fragte: »Was haben Sie rausbekommen?«

»Die Kfz-Zulassungsstelle hat zwölf Drummonds aufgeführt, fünf davon Frauen. Von den sieben Männern sind vier älter als fünfzig. Das hier sind die drei, die übrig geblieben sind.«

Das war die längste Rede, die sie je von ihm gehört hatte. Seine ausdruckslosen Augen hatten einen trüben Glanz bekommen, und die Münzen auf seinen Wangen hatten einen zinnoberroten Ton angenommen – dieser Bursche fuhr auf *Langeweile* ab. Er reichte ihr die Karteikarte. Saubere Druckbuchstaben in grüner Tinte; eine Liste.

1. *Adrian Drummond, 16.* (Eine Adresse in Los Feliz, die Petra als mit einem Schlagbaum versehene Straße im Laughlin Park erkannte. Kind aus reicher Familie? Das passte, aber sechzehn schien jung für einen Verleger, selbst bei einem Fan-Magazin mit niedriger Auflage.)
2. *Kevin Drummond, 24.* (Ein Apartment an der North Rossmore.)
3. *Randolph Drummond, 44.* (Ein Apartment am Wilton Place.)

»Gegen die ersten beiden liegt nichts vor«, sagte Stahl. »Randolph Drummond hat eine fünf Jahre alte Vorstrafe wegen fahrlässiger Tötung und Alkohol am Steuer. Sollen wir mit ihm anfangen?«

»Schwerer Autounfall?«, fragte Petra. »Das ist nicht gerade Serienmord.«

»Es ist asozial«, erwiderte Stahl. Etwas Neues trat in seine Stimme – sie war härter, nachdrücklicher. Seine Augen waren schmal geworden.

Petra sagte: »Trotzdem setze ich mein Geld auf den zweiten – Kevin. Die Stimme, die ich gehört habe, war jünger als vierundvierzig, und das Blättchen hat einen Anstrich von Unreife. Immer vorausgesetzt, einer von diesen hier ist unser Mann. Er könnte genauso gut draußen im Valley wohnen.« Aber noch während sie das sagte, kamen ihr Zweifel. Das Postfach für *GrooveRat* war in Hollywood gemietet worden. Stahl lag richtig mit seinem Instinkt.

Er sagte: »Okay.«

»Er muss noch nicht mal Drummond heißen«, erklärte Petra. »Yuri ist vermutlich nicht sein richtiger Name, warum sollte also der Nachname richtig sein?« Der Zwischenfall mit Olive Gilwhite hatte sie aggressiv gemacht.

Stahl antwortete nicht.

»Gehen wir«, sagte Petra, hielt ihm die Karteikarte hin und griff nach ihrer Handtasche.

»Wohin?«

»Auf Drummond-Suche.«

19

Kevin Drummonds Rossmore-Adresse passte zu einem achtzig Jahre alten, dreistöckigen Haus im Tudor-Stil mit Ziegelsteinfassade direkt unterhalb der Melrose Avenue, wo sie zur Vine Street wurde und das kommerzielle Hollywood begann.

Die Villen vom Hancock Park lagen einen kurzen Spaziergang nach Süden, und zwischen diesen teuren Immobilien und Drummonds Häuserblock lagen das Royale und das Majestic und andere elegante, von Portiers bewachte Gebäude. Herrliche, elfenbeinfarbene Anwesen mit Blick auf die grünsamtenen Fairways des Wilshire Country Clubs, die errichtet worden waren, als Arbeitskräfte billig waren und Architektur Ornament bedeutete. Petra hatte gehört, dass Mae West ihre letzten Jahre in einem dieser Häuser verbracht hatte, in Gewänder aus Satin gekleidet und bis zum Ende von jungen Männern umgeben. Gott segne sie.

Aber jeder Anflug von Glamour war verblasst, wenn man zu Drummonds Straße kam. Die meisten Häuser waren hässliche Kästen, die während der Fünfzigerjahre hingeklotzt worden waren, und die verbliebenen älteren Gebäude schienen wie Drummonds schlecht in Schuss zu sein. Mehrere Steine in der Fassade fehlten, und ein gewelltes Stück Karton verdeckte ein Fenster im ersten Stock. Im Erdgeschoss boten rostige Gitter Schutz für die Eingangstür und die Fenster in Straßenhöhe. Das Schild für die Alarmanlage auf dem stoppligen kleinen Rasenstück war das einer schäbigen Firma, die es, wie Petra wusste, schon seit Jahren nicht mehr gab.

Auf der rechten Seite des Eingangs waren zwanzig Klingelknöpfe, die meisten ohne die dazugehörenden Namensschilder der Mieter. Auch Drummonds Apartment im ersten Stock war nicht mit seinem Namen gekennzeichnet. Die verbliebenden wiesen alle auf hispanische oder asiatische Herkunft hin.

Petra drückte auf Drummonds Klingel. Keine Reaktion. Sie versuchte es noch einmal, hielt den Finger lange auf dem Knopf. Nichts.

Apartment Eins war der Hausverwalter, *G. Santos*. Das gleiche Ergebnis.

»Versuchen wir's bei den anderen zwei«, sagte sie.

Randolph Drummonds Haus am Wilton Place war ein pinkfarbenes Stuckungeheuer mit sechzig Wohneinheiten, das um einen trüben Swimmingpool gebaut worden war.

Drummonds Apartment lag im Erdgeschoss mit Blick auf den Verkehr. Hier gab es keine Sicherheitsgitter, nicht mal ein symbolisches Tor vor dem Durchgang, der zu dem Komplex führte, so dass Petra und Stahl direkt hindurch bis zu Drummonds Tür gingen.

Petras Klopfen wurde von einem dröhnenden »Moment noch!« beantwortet. Der Türknauf drehte sich, die Tür ging auf, und ein Mann, der sich auf Aluminiumkrücken stützte, fragte: »Was kann ich für Sie tun?«

»Randolph Drummond?«

»Wie er leibt und lebt.« Drummonds Oberkörper neigte sich zur Seite. Er trug einen braunen Pullover mit V-Ausschnitt über einem gelben Hemd, eine fleckenlose khakifarbene Hose und Filzpantoffeln. Seine Haare waren weiß und sauber gescheitelt, ein schneeweißer Bart bedeckte den unteren Teil eines breiten Gesichts. Müde Augen, von Falten durchzogene Haut, leichte Bräune. Ein behinderter Hemingway.

Petra hätte sein Alter eher auf vierundfünfzig als auf vierundvierzig geschätzt.

Mächtige Unterarme ruhten auf den Krücken. Ein großer Mann oberhalb der Taille, aber schmächtige Beine. Hinter ihm lag ein Wohnschlafzimmer – das Bett war mit einem seidenen Überwurf bedeckt. Was Petra sehen konnte, machte einen militärisch peniblen Eindruck. Die Klänge klassischer Musik – irgendwas Romantisches – strömten den Detectives entgegen.

Zeitverschwendung. Dieser Mann war kein Typ für ein Fan-Magazin. Sie sagte: »Dürfen wir reinkommen, Sir?«

»Darf ich fragen, warum?«, erwiderte Drummond. Joviales Lächeln, aber er wich keinen Zentimeter zurück.

»Wir ermitteln in einem Mordfall und suchen nach einem Mann, der sich Yuri Drummond nennt.«

Drummonds Lächeln erlosch. Er verlagerte sein Gewicht auf den Krücken. »Mord? Herrgott, warum?«

Seine Reaktion ließ Petras Herz schneller schlagen. Sie lächelte. »Könnten wir uns bitte drinnen unterhalten, Sir?«

Drummond zögerte. »Klar, warum nicht? Seit den letzten Weltverbesserern hatte ich niemanden mehr zu Besuch.«

Er wich auf seinen Krücken ein Stück zurück und gab den Weg frei, so dass Petra und Stahl eintreten konnten. Drinnen war die Musik lauter, aber nicht viel. Eine akzeptable Lautstärke – sie kam aus einem tragbaren Stereogerät auf dem Boden. Ein Zimmer, wie Petra es sich gedacht hatte, das mit dem Bett und zwei Sesseln und einer kleinen Einbauküche ausgestattet war. Ein winziges Badezimmer war hinter dem Bogen in der hinteren Wand zu erkennen.

Zwei Bücherregale aus Sperrholz, die rechtwinklig zum Bett standen, waren mit gebundenen Büchern voll gestellt. Romane und juristische Fachliteratur. Drummond war wegen fahrlässiger Tötung verurteilt worden; ein Autodidakt mit Gefängnisbildung?

Petra fragte: »Weltverbesserer?«

»Sozialhilfe-Zuhälter«, sagte Drummond. »Staatliche Zuwendungen, private Stiftungen. Ihr Name kommt auf eine Liste, und Sie werden ein potenzieller Kunde. Kommen Sie, machen Sie es sich bequem.«

Petra und Stahl nahmen jeweils auf einem Sessel Platz, und Drummond ließ sich auf dem Bett nieder. Das Lächeln blieb während dieser Prozedur, die einen schmerzhaften Eindruck machte, wie angewachsen auf seinem Gesicht. »Wer wurde denn gemordet, und warum sollte ich etwas darüber wissen?«

Petra fragte: »Haben Sie schon mal von Yuri Drummond gehört?«

»Klingt russisch. Wer ist das?«

»Was ist mit einem Magazin namens *GrooveRat*?«

Drummonds massive Knöchel wurden weiß.

»Sie kennen es«, sagte Petra.

»Was für ein Interesse haben Sie daran?«

»Mr. Drummond, es wäre besser, wenn wir die Fragen stellen.«

»Ja, ich habe davon gehört.«

»Sind Sie der Verleger?«

»Ich?« Drummond lachte. »Nein, ich glaube nicht.«

»Wer dann?«

Drummond schob sich zentimeterweise zu den Kopfkissen zurück und brauchte ziemlich lange, um es sich bequem zu machen. »Ich bin der Polizei gern behilflich, aber Sie müssen mir wirklich sagen, was los ist.«

»Das müssen wir wirklich nicht«, sagte Stahl.

Stahls Stimme schien Drummond zu erschrecken. Er wurde blass und leckte sich die Lippen. Dann begannen seine Augen zornig zu funkeln. »Ich habe mich selbst in diese Lage gebracht.« Er klopfte auf seine Krücken. »Kleines Problem mit Alkohol am Steuer. Aber das wissen Sie wahrscheinlich.«

Keine Antwort von den Detectives. Petra streifte ihren Partner mit einem Blick. Stahl sah wütend aus.

»Unergründliche Diener der Allgemeinheit«, sagte Drummond. »Ich wurde festgenommen – Gott sei Dank. Ich habe meine Haftstrafe in einem Gefängniskrankenhaus verbracht, bin zu den Anonymen Alkoholikern gegangen.« Noch ein Klopfen. »Ich sage Ihnen das, weil ich darin ausgebildet wurde, zu bekennen. Aber auch damit Sie verstehen: Ich bin ein Narr, aber kein Idiot. Mein Kopf ist seit zehn Jahren klar, und ich weiß, dass ich nichts getan habe, was meine Rechte außer Kraft setzt. Also versuchen Sie nicht, mich einzuschüchtern.«

»Außer Kraft setzen«, sagte Stahl, streckte die Hand aus und berührte den Einband eines Gesetzbuchs. »Sie mögen juristische Fachausdrücke.«

»Nein«, erwiderte Drummond. »Im Gegenteil, ich verachte sie. Aber ich war mal Rechtsanwalt.«

»Ist Yuri Drummond Ihr Sohn?«, fragte Petra.

»Wohl kaum. Ich sagte Ihnen doch, ich hab den Namen noch nie gehört.«

»Aber Sie haben von *GrooveRat* gehört. Dem Magazin, das Yuri Drummond herausgibt.«

Drummond antwortete nicht.

»Mr. Drummond«, sagte Petra. »Wir haben Sie gefunden, wir werden ihn finden. Warum wollen Sie Ihren zahlreichen Fehlentscheidungen noch eine hinzufügen?«

»Autsch«, sagte Drummond und strich sich über den Bart.

»Sir?«

Drummond kaute auf seiner Wange. »Ich wusste nicht, dass er sich ›Yuri‹ nennt. Aber ja, ich habe von diesem so genannten Magazin gehört. Er ist der Sohn meines Bruders. Kevin Drummond. Also nennt er sich jetzt Yuri? Was hat er getan?«

»Vielleicht nichts. Wir wollen mit ihm über *GrooveRat* reden.«

»Nun ja, da sind Sie zum falschen Ort gekommen«, sagte Drummond.

»Wieso?«

»Ich sehe Kevin nicht«, antwortete Drummond. »Sagen wir, die Familienbande sind nicht besonders eng geknüpft.«

»Haben Sie eine Ahnung, warum er den Namen Yuri angenommen hat?«

»Keinen Schimmer – vielleicht hält er sich für subversiv.«

»Wann haben Sie das letzte Mal mit Ihrem Neffen gesprochen?«

»Ich spreche *nie* mit ihm.« Drummonds Lächeln war säuerlich. »Sein Vater – mein Bruder – und ich hatten gemeinsam eine Anwaltskanzlei, und mein Leichtsinn hat Frank einen ziemlich großen Teil seiner Klientel gekostet. Nachdem meine Reststrafe zur Bewährung ausgesetzt und ich aus der Reha entlassen worden war, hat er seiner Bruderpflicht Genüge getan, indem er mir dieses Apartment besorgte – zehn Wohneinheiten reserviert für staatlich geförderte Krüppel. Danach hat er mich völlig aus seinem Leben ausgeschlossen.«

»Woher wissen Sie von *GrooveRat*?«

»Kevin hat mir ein Heft geschickt.«

»Wie lange ist das her?«

»Jahre – zwei Jahre. Er hatte gerade das College abgeschlossen und verkündete, er wäre ein Verleger.«

»Warum hat er Ihnen eins geschickt?«, fragte Petra.

»Damals hat er mich gut leiden können. Vermutlich, weil es sonst niemand in seiner Familie tat – wilder Alkie-Onkel und so. Bruder Frank ist ein bisschen spießig. Bei ihm aufzuwachsen kann Kevin keinen Spaß gemacht haben.«

»Also waren Sie Kevins Mentor.«

Drummond kicherte. »Nicht im Entferntesten. Er hat mir das Blatt geschickt, und ich hab ihm zurückgeschrieben, es wäre grauenhaft, er solle Buchhaltung studieren. Der gemeine alte Onkel. Ich konnte den Jungen noch nie leiden.«

»Warum nicht?«, fragte Petra.

»Kein besonders einnehmender Bursche«, antwortete Drummond. »Nuschelnder Fünfundvierzig-Kilo-Schwächling, ein Eigenbrötler, immer irgendein Projekt in der Mache.«

»Verlegerische Projekte?«

»Augenblickslaunen. Tropische Fische, Eidechsen, Kaninchen, mit Karten handeln, Gott weiß was alles. Diese kleinen japanischen Roboter – natürlich musste er jeden Einzelnen haben. Er hat immer irgendwelchen Scheiß gesammelt – Spielzeugautos, Computerspiele, billige Uhren, was Sie wollen. Frank und seine Mutter haben ihn verwöhnt. Frank und ich sind ohne Geld aufgewachsen. Sport war unser Ding, wir haben beide Footballauszeichnungen in der Highschool und im College bekommen. Franks andere Söhne – Greg und Brian – sind Supersportler. Greg hat ein Stipendium an der Arizona State bekommen, und Brian spielt an der Universität in Florida.«

»Kevin ist unsportlich.«

Drummond grinste. »Sagen wir, Kevin ist kein Frischluftfanatiker.«

Im Gespräch über seinen Neffen war seine Grausamkeit zum Vorschein gekommen. Petra dachte: Betrunken wäre dieser Typ unangenehm. »Haben Sie selbst Kinder, Mr. Drummond?«

»Nein. Ich hatte mal eine Frau.« Drummonds Augen schlossen sich. »Sie saß neben mir im Auto, als ich gegen den Pfeiler fuhr. Mein Anwalt hat meine Trauer zu meiner Verteidigung benutzt, um mir ein milderes Urteil zu verschaffen.«

Er öffnete die Augen. Sie waren feucht.

Stahl beobachtete ihn. Streng. Unbeeindruckt.

Petra fragte: »Wann haben Sie Kevin also das letzte Mal gesehen?«

»Wie gesagt, vor Jahren, eine präzise Angabe wäre unmöglich. Nach meiner Kritik an seiner so genannten Publikation hat er mich nicht mehr besucht. Es war nicht wirklich ein Magazin. Einfach etwas, das Kevin in seinem Schlafzimmer fabriziert hat. Hat Frank vermutlich einen Haufen Geld gekostet.«

»Erinnern Sie sich an irgendwas Inhaltliches?«

»Ich hab's nicht gelesen«, sagte Drummond. »Ich hab reingeguckt, gesehen, dass es Mist war, und es weggeworfen.«

»Mist worüber?«

»Kevins Auffassung der Kunstszene. Leute, die er für Genies hielt. Warum?«

»Hat Kevin das ganze Ding allein geschrieben?«

»Das hab ich angenommen – was, Sie glauben, er hatte Mitarbeiter? Das war Dilettantenkram, Detective. Und was zum Teufel hat das mit Mord zu tun?«

Petra lächelte. »Also haben Sie Kevin nie gesehen. Trotz der Tatsache, dass er ganz in Ihrer Nähe wohnt.«

»Tatsächlich?« Drummond schien ehrlich überrascht zu sein.

»Direkt hier in Hollywood.«

»Hoch lebe Hollywood«, sagte Drummond. »Klingt plausibel.«

»Warum?«

»Der Junge war schon immer ein Starficker.«

Sie blieben noch eine Zeit lang in dem Apartment, gingen noch einmal dieselben Punkte durch, formulierten ihre Fragen neu, wie es Detectives tun, die auf der Suche nach Ungereimtheiten sind. Wiesen Randolph Drummonds Angebote alkoholfreier Getränke zurück, holten dem Mann aber eine Cola Light, als er begann, sich die Lippen zu lecken. Petra übernahm weitgehend das Reden. Die wenigen Male, wenn Stahl sprach, wurde Drummond unbehaglich zumute. Er machte keine Ausflüchte, soweit Petra das feststellen konnte. Stahls monotone Stimme schien dem Mann unheimlich zu sein, und Petra konnte es ihm nachfühlen.

Sie bekamen die Privat- und die Geschäftsadresse sowie

die Telefonnummern von Franklin Drummond, Rechtsanwalt, beide in Encino, und erfuhren, dass Kevin Drummond vor zwei Jahren sein Examen am Charter College gemacht hatte, einer kleinen, teuren privaten Universität in der Nähe von Eagle Rock.

»Sie haben mir eine Einladung geschickt«, sagte Drummond. »Ich bin nicht hingegangen. Die Einladung war nicht ernst gemeint.«

»Was meinen Sie damit?«, fragte Petra.

»Sie haben nicht angeboten, mich abzuholen. Ich wollte nicht den verdammten Bus nehmen.«

Es war fast 16 Uhr, als sie zu Kevin Drummonds Gebäude zurückkehrten. Immer noch war niemand zu Hause.

Zeit für Encino. Als sie über den Laurel Canyon nach Norden fuhren, fragte Petra: »Macht Ihnen Randolph D. zu schaffen?«

»Er kann seinen Neffen nicht ausstehen«, sagte Stahl.

»Er ist voller Zorn. Seiner ganzen Familie entfremdet. Aber ich kann keine Beziehung zu unserem Fall erkennen. Ich sehe nicht, wie er sich auf diesen Krücken durch die Stadt bewegt und Künstler aller Richtungen um die Ecke bringt.«

»Er hat seine Frau umgebracht.«

»Sehen Sie das als relevant an?«, fragte Petra.

Stahls blasse Finger verflochten sich ineinander. Ein schmerzerfüllter Ausdruck erschien auf seinem Gesicht und war so schnell wieder verschwunden, dass Petra sich fragte, ob sie ihn wirklich gesehen hatte.

»Eric?«, sagte sie.

Stahl schüttelte den Kopf. »Nein, er hat nichts mit unserem Fall zu tun.«

»Also zurück zu Kevin. Diese Bemerkung darüber, dass er

ein Starficker sei, würde gut zu Delawares Theorie passen. Auch die Geschichte mit seinen gescheiterten Projekten. Und die Anziehungskraft, die die neuesten Ticks und Maschen auf ihn ausübten. Er könnte ein erbärmlicher kleiner Verlierer sein, der es einfach nicht ertragen konnte, nicht begabt zu sein, und deshalb beschloss, sich an denen abzureagieren, die es waren.«

Stahl antwortete nicht.

»Eric?«

»Keine Ahnung.«

»Was sagt Ihre Intuition?«

»Ich verlasse mich nicht auf Intuitionen.«

»Tatsächlich?«, sagte Petra. »Mit gestohlenen Kraftfahrzeugen waren Sie ziemlich gut.«

Als verstünde er das als Aufforderung, drehte Stahl seinen Kopf zum Beifahrerfenster und studierte den fließenden Verkehr. In dieser Haltung blieb er während der gesamten Fahrt ins Valley.

Sie versuchten es zuerst in Franklin Drummonds Kanzlei am Ventura Boulevard. Er firmierte als Einzelanwalt im neunten Stock eines Hochhauses mit bronzierter Glasfassade. Das Wartezimmer war gemütlich und wurde von der gleichen Sorte romantischer Musik beschallt, die Randolph Drummond hatte laufen lassen. Die junge Empfangsdame war sehr freundlich, als sie ihnen mitteilte, dass Mr. Drummond bei Gericht sei. Auf ihrem Namensschild stand DANITA TYLER, und sie machte einen beschäftigten Eindruck.

»Auf welche Art von Recht hat sich Mr. Drummond spezialisiert?«, fragte Petra.

»Handelsrecht, Immobilien, Prozessrecht. Darf ich fragen, worum es geht?«

»Wir würden gern mit ihm über seinen Sohn Kevin sprechen.«

»Oh.« Tyler war verblüfft. »Kevin arbeitet nicht hier.«

»Kennen Sie Kevin?«

»Vom Sehen.«

»Wann haben Sie ihn das letzte Mal gesehen?«

»Ist er in Schwierigkeiten?«

»Nein«, sagte Petra. »Wir müssen mit ihm über sein Verlagsgeschäft reden.«

»Verlag? Ich dachte, er ist Student.«

»Er hat vor zwei Jahren seinen Collegeabschluss gemacht.«

»Ich meine, graduierter Student. Wenigstens hatte ich den Eindruck.« Die junge Frau wand sich. »Wahrscheinlich sollte ich nicht darüber reden.«

»Warum nicht?«

»Der Chef ist sehr auf die Wahrung seiner Privatsphäre bedacht.«

»Gibt's dafür einen besonderen Grund?«

»Er ist ein sehr zurückhaltender Mann. Ein guter Chef. Bringen Sie mich nicht in Schwierigkeiten, okay?«

Petra lächelte. »Großes Ehrenwort. Könnten Sie mir bitte sagen, an welcher Uni Kevin jetzt studiert?«

»Keine Ahnung – das ist die Wahrheit. Ich bin nicht mal sicher, *ob* er studiert. Ich weiß wirklich nicht viel über die Familie. Wie gesagt, Mr. Drummond achtet sehr auf seine Privatsphäre.«

»Wann war Kevin zum letzten Mal hier, Ms. Tyler?«

»Oje … das kann ich nicht sagen. Die Familie kommt fast nie hierher.«

»Wie lange arbeiten Sie schon hier, Ms. Tyler?«

»Zwei Jahre.«

»Ist Ihnen während dieser Zeit jemals Randolph Drummond begegnet?«

»Wer ist das?«

»Ein Verwandter«, antwortete Petra.

»Verlagsgeschäfte, ja?«, sagte Tyler. »Die Polizei ... was, eine Art Porno – Nein, antworten Sie nicht.« Sie lachte und fuhr sich mit dem Finger über den Mund. »Ich will es *nicht* wissen.«

Sie ließen Ms. Tyler Franklin Drummond auf seinem Mobiltelefon anrufen, aber der Anwalt ging nicht ran.

»Manchmal«, sagte sie, »stellt er es auf der Fahrt nach Hause ab.«

»Der Mann achtet sehr auf seine Privatsphäre«, sagte Petra.

»Der Mann arbeitet hart.«

Sie fuhren zum Ventura Boulevard. Petra war hungrig, und sie hielt nach einem halbwegs einladenden, billigen Esslokal Ausschau. Zwei Häuserblocks weiter im Westen entdeckte sie einen Falafel-Stand mit zwei Picknicktischen. Sie ließ den Wagen in einer Ladezone stehen und kaufte sich ein Lamm-Shawarma in einem weichen Pita-Brot und eine Cola und begann zu essen, während Stahl im Auto wartete. Als sie das Brot zur Hälfte gegessen hatte, stieg Stahl aus und nahm ihr gegenüber Platz.

Der Verkehr brauste vorbei. Sie kaute.

Stahl saß nur da. Sein Interesse am Essen passte zu seinem Bedürfnis nach Konversation. Wenn er aß, war es immer etwas Langweiliges auf weißem Brot, das er in einer sauberen braunen Tüte von zu Hause mitgebracht hatte.

Was auch immer für Eric zu Hause war.

Sie beachtete ihn nicht, genoss ihr Essen, wischte sich den Mund ab und stand auf. »Fahren wir.«

Zehn Minuten später hielten sie vor dem Haus, in dem

Kevin Drummond seinen häufig wechselnden Launen nachgegangen war.

Es war ein sehr gut gepflegtes, riesiges Ranchhaus auf dem am höchsten gelegenen Grundstück einer hügeligen Straße im Süden des Ventura Boulevard. Jacaranda-Bäume spendeten Schatten auf dem Bürgersteig. Wie in den meisten schönen Wohngegenden L.A.s war kein Mensch zu sehen.

Jede Menge fahrbare Untersätze. Drei oder vier Fahrzeuge für jedes Haus. Vor Franklin Drummonds stand ein neu aussehender Baby Benz, der sich die kreisförmige Zufahrt mit einem weißen Ford Explorer, einem roten Honda Accord und etwas Niedrigem unter einer beigefarbenen Autoplane teilte.

Der Mann, der die Tür aufmachte, lockerte seine Krawatte. Mitte vierzig, stämmig gebaut, ein breites Gesicht unter lockigen graubraunen Haaren und eine fleischige Nase, die so aussah, als hätte er einige Zeit im Boxring verbracht. Eine goldgerahmte Brille saß darauf. Hinter den Gläsern kühle braune Augen, die sie musterten.

Bei drei erwachsenen Söhnen müsste Franklin Drummond eigentlich älter als sein Bruder sein. Aber er sah jünger aus als Randolph.

»Ja?«, sagte er. Die Krawatte war aus königsblauer Seide. Der Knoten ließ sich leicht lockern, und Drummond drapierte die Krawatte über seiner breiten Brust. Petra bemerkte eine kleine goldene Kette auf der Rückseite. Brioni-Etikett. Drummonds Hemd war maßgeschneidert und hellblau mit einem gestärkten weißen Kragen, und seine Hose hatte graue Nadelstreifen.

Petra sagte ihm, dass sie nach seinem Sohn suchten.

Frank Drummonds Augen verengten sich zu schmalen Schlitzen, und seine Brust schwoll an. »Was ist los?«

»Haben Sie in letzter Zeit etwas von Kevin gehört, Sir?«

Drummond trat vor und schloss die Haustür hinter sich. »Worum geht es hier?«

Misstrauisch, aber gelassen. Dieser Mann war ein viel beschäftigter Anwalt. Eine Ein-Mann-Kanzlei, gewohnt, seine geschäftlichen Angelegenheiten selbst zu regeln. Irgendwelche Tricks würden mit Sicherheit an ihm abprallen, also hielt Petra den direkten Weg für den besten.

»Wir sind an Kevins Magazin interessiert«, sagte Petra. »*GrooveRat*. Ein paar Leute, über die er geschrieben hat, sind ermordet worden.«

Als sie das sagte, klang es weit hergeholt. Die ganze Zeit suchten sie nach einem verstörten kleinen Möchtegern, und wahrscheinlich würde nichts dabei herauskommen.

»Und?«, erwiderte Frank Drummond.

»Und wir würden gern mit ihm sprechen«, sagte Stahl.

Drummonds Augen schwenkten zu Stahl hinüber. Anders als sein Bruder war er von Stahls Zombie-Aussehen nicht beeindruckt. »Dieselbe Frage.«

»Dies sind allgemeine Ermittlungen, Sir«, erklärte Petra.

»Dann finden Sie ihn und ermitteln Sie, was das Zeug hält«, sagte er. »Er wohnt nicht mehr hier.«

»Wann haben Sie ihn zum letzten Mal gesehen?«, fragte Petra.

»Warum soll ich mich hierauf einlassen?«

»Warum nicht?«

»Allgemeine Prinzipien«, erwiderte Frank Drummond. »Wenn du den Mund nicht aufmachst, kommen keine Fliegen rein.«

»Wir sind keine Fliegen, Sir«, sagte Petra. »Wir tun nur unsern Job, und es wäre uns wirklich eine Hilfe, wenn Sie uns sagen könnten, wo wir Kevin finden.«

»Kevin hat eine eigene Wohnung.«

»In dem Haus an der Rossmore?«

Drummond sah sie verärgert an. »Wenn Sie das wissen, warum sind Sie dann hier?«

»Bezahlt Kevin seine Miete selbst?«

Drummond schürzte die Lippen. Er schnalzte mit der Zunge. »Ich kann nicht erkennen, inwiefern Kevins finanzielle Arrangements relevant für Ihre Ermittlungen sind. Falls Sie das Magazin lesen wollen, fragen Sie ihn, und ich bin sicher, er wird es Ihnen mit Freuden zur Verfügung stellen. Er ist stolz darauf.«

Eine leichte Betonung bei »das Magazin« und »stolz«.

»Er war nicht zu Hause«, sagte Petra.

»Dann versuchen Sie's noch mal. Es war ein langer Tag für –«

»Sir, wir dachten, wenn Sie seine Miete zahlen, dann wissen Sie vielleicht, zu welchen Zeiten er zu Hause ist.«

»Ich zahle«, sagte Drummond, »und das ist alles, was ich tue.«

Petra lächelte. »Die Freuden der Elternschaft.«

Drummond biss nicht an. Er streckte die Hand nach der Türklinke aus.

»Sir, warum nennt sich Kevin ›Yuri‹?«

»Fragen Sie ihn.«

»Keine Ahnung?«

»Er denkt vermutlich, es klänge cool. Wen kümmert das?«

»Also sehen Sie Ihren Sohn überhaupt nicht?«, fragte Petra.

Drummond zog seine Hand zurück und verschränkte die Arme vor der Brust und änderte seine Meinung. »Kevin ist vierundzwanzig. Er führt sein eigenes Leben.«

»Sie haben nicht zufällig die eine oder andere Ausgabe von *GrooveRat*, oder?«

»Wohl kaum«, sagte Drummond. Die beiden Worte troffen vor Hohn – der gleiche Anflug von Verachtung, den Petra gerade von Onkel Randolph vernommen hatte.

Die Abfuhr, die der Macho-Mann Kevins letztem Unsinn erteilt.

Der Vater hier, der Onkel dort, zwei Brüder und Sportskanonen. Als unsportlicher und exzentrischer Junge aufzuwachsen dürfte für den armen Kevin nicht leicht gewesen sein. War es so traumatisch, dass er auf die schlimmstmögliche Weise verkorkst wurde?

»›Wohl kaum‹?«, sagte Petra.

»Kevin hat alle seine Sachen mitgenommen, als er ausgezogen ist.«

»Wann war das?«

»Nach dem Examen.«

Randolph Drummond hatte ein Heft des Magazins um diese Zeit erhalten. Beim Erscheinen des ersten Hefts hatten sich die Wege von Junior und Dad getrennt. Kreative Differenzen, oder war Dad es leid gewesen, weiter den Eskapaden seines Sohnes zuzusehen?

»Geht Kevin zur Universität, Sir?«

»Nein.« Frank Drummonds Mund wurde schmal.

»Warum beunruhigen Sie diese Fragen, Sir?«

»*Sie* beunruhigen mich. Weil ich glaube, dass Sie mir etwas vormachen. Wenn Sie hinter dem Magazin her sind, warum dann all diese Fragen nach Kevin? Wenn er irgendeiner Sache verdächtigt wird – nun ja, das ist einfach Quatsch. Kevin ist ein sanfter Junge.«

Aus seinem Mund klang das wie ein Charakterfehler.

Vierundzwanzigjähriger *Junge*.

Petra fragte: »Haben Sie eine Ahnung, wer außer Kevin für *GrooveRat* geschrieben hat?«

Drummond schüttelte den Kopf und bemühte sich, gelangweilt auszusehen.

»Wie hat Kevin sein Baby finanziert?«

Drummonds rechte Hand wanderte zu der schönen blauen Krawatte, quetschte sie zusammen und ließ sie wieder los. »Ich bin sicher, Kevin hat ein paar Hefte in seinem Apartment, falls Sie welche haben wollen. Wenn Sie ihn sehen, sagen Sie ihm, er soll seine Mutter anrufen. Sie vermisst ihn.«

»Im Gegensatz zu«, sagte Stahl, als sie wegfuhren.

»Was meinen Sie damit?«

»Seine Mutter vermisst ihn. Sein Vater nicht.«

»Funktionsgestörte Familie«, sagte Petra. »Kevin war die Haustunte. Was bringt uns das?«

»Frank Drummond ist Ihnen mehrfach ausgewichen.«

»Oder nur ein Anwalt, der lieber Fragen stellt, als sie zu beantworten. Wir haben kaum Zweifel daran gelassen, dass wir hinter mehr her sind als hinter alten Heften. Was mir ganz recht ist. Ein bisschen Bewegung in die Angelegenheit bringen und zusehen, was passiert.«

»Was könnte denn passieren?«, fragte Stahl.

»Ich weiß nicht. Mir macht Sorgen, dass wir die ganze Zeit damit verbringen, einem Jungen und seinem blöden Magazin nachzujagen.«

»Sie haben gesagt, er wäre ein Junge mit schaurigen Gelüsten.«

»Hab ich das?«

»Bei dem Treffen«, erklärte Stahl. »Sie sagten, Yuri hätte die blutigen Details haben wollen. Wäre ein Junge mit schaurigen Gelüsten.«

»Richtig«, sagte Petra. »Und?«

Einen halben Häuserblock lang Schweigen.

Stahl sagte: »Versuchen wir's noch mal bei seinem Apartment.«

Es war kurz vor 18 Uhr. Petra, die daran gewöhnt war,

nachts zu arbeiten, duschte sonst oft um diese Zeit und schlang dann eine Schüssel Müsli hinunter. Der ganze Papierkram und die Meetings in dem Armenier-Fall und das Einarbeiten Stahls und das Mittagessen mit Milo und Alex und dieser gesamte fruchtlose Nachmittag hatten ihren Biorhythmus völlig durcheinander gebracht. Ihr war leicht übel, und sie fühlte sich erschöpft.

»Klar«, sagte sie. »Warum nicht?«

Kevin Drummond war noch immer nicht da, aber nachdem Petra auf die Klingel des Hausverwalters gedrückt hatte, war ein hohes »Ja?« zu hören.

Petra sagte, wer sie waren, und die Tür öffnete sich mit einem Summton, und die Detectives standen einer kleinen, untersetzten Frau Mitte fünfzig gegenüber, die eine weiße Bluse über schwarzen Leggings und Turnschuhen trug. Eine Brille baumelte an einer Kette um ihren Hals. Ein riesiger Lockenwickler saß oben auf einer Fülle von zu schwarzem Haar. Frisch gewellte Locken hingen ihr bis auf die Schultern. Sie fragte: »Ist alles okay?«

»Mrs. Santos?«

»Guadalupe Santos.« Ein offenes Lächeln. Jemand, der freundlich war. Endlich.

»Wir sind auf der Suche nach einem Ihrer Mieter, Mrs. Santos. Apartment vierzehn, Kevin Drummond.«

»Yuri?«, sagte Santos.

»Nennt er sich so?«

»Ja. Ist alles okay?«

»Was für ein Mieter ist Yuri?«

»Netter Junge. Still. Warum wollen Sie ihn sprechen?«

»Wir würden gern im Zusammenhang mit einer Ermittlung mit ihm reden.«

»Ich glaube, er ist nicht hier. Ich hab ihn … hmm … vielleicht vor zwei, drei Tagen gesehen. Ich hab ihn hinten getroffen, als ich den Müll raustrug. Er ist gerade in seinen Wagen gestiegen. Seinen Honda.«

Die Zulassungsstelle hatte einen fünf Jahre alten Civic angegeben. Aber Petra erinnerte sich an den roten Accord auf der Zufahrt vor Frank Drummonds Haus und fragte: »Welche Farbe?«

»Weiß«, antwortete Guadalupe Santos.

»Also ist Mr. Drummond seit drei Tagen nicht hier gewesen?«

»Vielleicht geht er rein und raus, wenn ich schlafe, aber ich sehe ihn nicht.«

»Keine Probleme mit ihm?«

»Angenehmer Mieter«, sagte Santos. »Er zahlt seine Miete sechs Monate im Voraus, macht keinen Lärm. Ich wünsche, sie wären alle so.«

»Hat er irgendwelche Freunde? Regelmäßige Besucher?«

»Er hat keine Freundin, wenn Sie das meinen. Oder einen Freund.« Santos lächelte gequält.

»Ist Yuri schwul?«

Santos lachte. »Nein, ich mach nur Spaß. Hier ist Hollywood, wissen Sie.«

Stahl fragte: »Überhaupt keine Besucher?«

Santos wurde ernst. Stahls ansteckende Liebenswürdigkeit. »Jetzt, wo ich darüber nachdenke, Sie haben Recht. Niemand. Und er kommt und geht nicht oft. Nicht der ordentlichste Junge, aber das ist seine Angelegenheit.«

Petra sagte: »Sie waren in seinem Apartment.«

»Zweimal. Er hatte eine undichte Toilette. Und ein anderes Mal musste ich ihm zeigen, wie man die Heizung bedient – er ist technisch nicht sehr begabt.«

»Ein Ferkel, oder?«, sagte Petra.

»Er ist nicht schmutzig«, erwiderte Santos. »Er ist nur einer von diesen Leuten, die sich von nichts trennen können, verstehen Sie?«

»Er leidet an Sammelwut?«

»Genau. Es ist nur ein Zimmer, und er hat es voll gestellt mit Kartons. Ich kann Ihnen nicht sagen, was in denen drin ist, es sieht bloß so aus, als würde er nie was wegwerfen – oh ja, bei einem hab ich gesehen, was drin ist. Diese kleinen Autos – Matchbox. Mein Sohn hat sie mal gesammelt, aber nicht so viele wie Yuri. Nur ist Tony jetzt zu groß dafür. Er ist bei den Marines, drüben in Camp Pendleton. Er ist Ausbildungssergeant, war einige Zeit in Afghanistan, mein Tony.«

Petra bekundete mit einem anerkennenden Nicken Respekt für Sergeant Tony Santos. Dann sagte sie: »Also sammelt Yuri Zeug.«

»Eine Menge Zeug. Aber wie ich sagte, er ist nicht schmutzig.«

»Was für eine Arbeit hat er?«

»Ich glaube, er arbeitet gar nicht«, antwortete Guadalupe Santos. »Wo sein Daddy die Miete zahlt und so, da hab ich mir gedacht, er … Sie wissen ja.«

»Was?«

»Jemand mit … ich will nicht sagen Probleme. Jemand, der nicht regelmäßig arbeiten kann.«

»Was für Probleme?«, fragte Petra.

»Ich will nicht sagen … er ist einfach so still. Geht mit dem Kopf nach unten. Als ob er nicht reden will.«

Großer Unterschied zu dem penetranten Kerl, der Petra zugesetzt hatte. Kevin besaß offenbar eine ziemliche Bandbreite.

Sie zeigte Santos Kevin Drummonds Foto von der Zulassungsstelle. Verschwommenes Bild, fünf Jahre alt. Magerer Junge mit dunklen Haaren und einem unauffälligen Gesicht. *Braun und braun; 1,88; 62; Sehhilfe erforderlich.*

»Das ist er«, sagte Santos. »Groß – er trägt eine Brille. Seine Haut ist nicht besonders gut – hier und hier hat er ein paar Pickel.« Sie tippte sich an die Wange und an die Schläfe. »Als wenn er es schlimm gehabt hätte, als er jünger war, wissen Sie, und es ist nicht alles verheilt.«

Eins achtundachtzig passte zu Linus Brophys Beschreibung von Baby Boys Mörder. Wäre ein magerer Junge in der Lage gewesen, Vassily Levitch zu überwältigen? Bestimmt, wenn man das Überraschungsmoment einkalkulierte.

»Schüchtern«, sagte Petra. »Was noch?«

»Er ist wie einer von diesen – jemand, der gerne Computer hat, ungestört sein will, wissen Sie? Er hat auch riesige Mengen von Computerzeug dort oben. Ich verstehe nicht viel von diesen Sachen, aber es sieht teuer aus. Wo er die Miete im Voraus zahlt, hab ich nur gedacht … er ist jedenfalls ein guter Mieter. Keine Probleme. Ich hoffe, er steckt nicht in Schwierigkeiten.«

»Sie würden ihn nicht gern als Mieter verlieren«, sagte Stahl.

»Auf keinen Fall«, erwiderte Santos. »In diesem Geschäft weiß man nie, was man reinbekommt.«

Auf dem Weg zurück zum Revier, als die Sonne gerade begann unterzugehen, erblickte Petra einen alten Mann und eine alte Frau, die langsam die Fountain Avenue entlang gingen, gefolgt von einer großen weißen Ente mit gelbem Schnabel.

Sie blinzelte, um sicherzugehen, dass sie keine Halluzination hatte, hielt an und fuhr rückwärts, bis sie auf einer Höhe mit dem Paar war. Sie trotteten weiter, und Petra hielt mit ihnen Schritt. Zwei Zwerge in schweren Mänteln und Strickmützen, die dabei waren, sich zu androgynen Zwillingen zu entwickeln, wie es sehr alte Leute manchmal tun. Neunzig oder kurz davor. Jeder Schritt war mühsam. Die Ente trug keine Leine und ging wenige Zentimeter hinter ihnen her.

Der Mann schaute herüber, berührte die Frau am Arm, und beide blieben stehen. Lächelten nervös. Wahrscheinlich hatten sie irgendeine Vorschrift verletzt, was die Haltung von Haustieren anging, aber wer kümmerte sich schon um so etwas?

»Nette Ente«, sagte Petra.

»Das ist Horace«, erklärte die Frau. »Er ist seit langem unser Baby.«

Der Enterich hob einen Fuß und kratzte sich am Bauch. Kleine schwarze Augen schienen sich in Petras zu bohren. Ein Beschützer.

Sie sagte: »Hallo, Horace.«

Der Enterich plusterte sich auf.

»Einen schönen Tag noch«, sagte sie und fuhr weiter.

Stahl fragte: »Was war das?«

»Die Realität.«

20

Zwei Tage nach dem Treffen mit Petra und Stahl bat Milo mich, ihn zu einem zweiten Gespräch mit Everett Kipper zu begleiten.

»Diesmal schauen wir einfach vorbei«, sagte er. »Ich habe vorher angerufen, aber Kipper hat den ganzen Tag Besprechungen.«

»Warum das erneute Interesse?«, sagte ich.

»Ich will mit ihm über *GrooveRat* reden und sehen, ob Yuri Drummond je ein Interesse daran geäußert hat, Julie zu interviewen. Petra und Stahl haben noch keine aktuellen

Hefte in die Finger bekommen, aber Drummond sieht immer interessanter aus. Er ist ein vierundzwanzig Jahre alter Einzelgänger, heißt mit Vornamen eigentlich Kevin und wohnt in einer Einzimmer-Bude in einem schäbigen Abschnitt der Rossmore. Ist seit mehreren Tagen nicht gesehen worden – ist das nicht bemerkenswert? Das Magazin klingt nach einem Unternehmen aus Eitelkeit, nach jemandem, der sich Illusionen macht. Daddy ist Anwalt, zahlt die Miete und wahrscheinlich die Druckkosten. Petra hat kaum etwas aus ihm rausgekriegt.«

»Er ist Anwalt«, sagte ich.

»Petra hat eindeutige interfamiliäre Spannungen festgestellt. Kevin klingt wie der Familienspinner, und Daddy war definitiv nicht erfreut, mit anderen über ihn zu diskutieren.«

»Ein Einzelgänger«, sagte ich.

»Was für ein Schock, nicht? Er ist bekannt dafür, von einem Projekt zum anderen zu springen – von Obsession zu Obsession. Genau die fanatische Persönlichkeit, die du beschrieben hast. Außerdem ist er ein leidenschaftlicher Sammler. Seine Vermieterin sagt, dass sein Apartment mit Kartons voll gestellt ist. Einschließlich Spielzeug. Also sind vielleicht auch Mordtrophäen Teil seiner Sammlung. Mit dem Magazin hat er in seinem letzten Jahr auf dem College angefangen. Petra hat ein unvollständiges Heft ausfindig gemacht, und Drummond hat sich im Impressum als gesamtes Redaktionsteam aufgeführt. Er verlangte eine exorbitante Summe für das Abonnement, aber es gibt keine Anzeichen dafür, dass jemand bezahlt hat.«

»Wo hat er studiert?«

»Am Charter College, das ziemlich wählerisch ist, also ist er vermutlich ein schlauer Bursche – wie du gesagt hast. Und er ist groß – eins achtundachtzig –, was dazu passen würde, was der Penner gesehen hat. Alles in allem kein schlechter

Kandidat. Stahl überwacht sein Apartment, und Petra versucht immer noch, mehr über *GrooveRat* herauszubekommen – festzustellen, ob jemand für den Vertrieb zuständig war. Wenn wir alte Ausgaben ausfindig machen und die Artikel über Baby Boy und China und eventuell auch über Julie finden können, werden wir einen Durchsuchungsbefehl beantragen und keinen kriegen. Aber es ist ein Anfang.«

Die Art, wie die Morde in Szene gesetzt worden waren, hatte mich an einen Mörder zwischen Anfang dreißig und Ende vierzig denken lassen, und vierundzwanzig schien jung zu sein. Aber vielleicht war Kevin Drummond frühreif. Und zum ersten Mal seit Julie Kippers Ermordung klang Milos Stimme unbeschwert. Ich hielt den Mund. Und fuhr nach Century City.

Derselbe eiförmige Empfangsraum, dieselbe Frau mit den vielen weißen Zähnen am Empfang. Diesmal keine anfängliche Besorgnis, nur ein kühles Lächeln. »Mr. Kipper ist zum Mittagessen gegangen.«

»Wohin, Ma'am?«

»Das weiß ich nicht.«

Milo fragte: »Sie haben keinen Tisch für ihn reserviert?«

»Keine Reservierung«, sagte sie. »Mr. Kipper zieht einfache Lokale vor.«

»Geschäftsessen in einfachen Lokalen?«

»Mr. Kipper zieht es vor, allein zu essen.«

»Was ist mit den Leuten, mit denen er den ganzen Vormittag Besprechungen hatte?«

Die Empfangsdame biss sich auf die Unterlippe.

»Das ist okay«, sagte Milo. »Er zahlt Ihr Gehalt, und Sie müssen tun, was er Ihnen sagt. Die Stadt zahlt meins, und ich bin genauso fest entschlossen.«

»Es tut mir Leid«, sagte sie. »Es ist nur so ...«

»Dass er nicht mit uns reden will. Gibt es einen Grund?«

»Er hat keinen genannt. Er ist nun mal so.«

»Wie?«

»Er redet nicht viel.« Sie biss sich erneut auf die Unterlippe. »Bitte ...«

»Ich verstehe«, sagte Milo. Und klang so, als meinte er es ernst.

Wir verließen das Büro, nahmen den Aufzug bis zum Erdgeschoss. Dunkel gekleidete Männer und Frauen strömten in das Gebäude und aus ihm heraus.

»Falls sie mit dem einfachen Lokal die Wahrheit gesagt hat«, erklärte er, »tippe ich auf einen der Imbissstände in der Century City Mall im nächsten Block. Das hieße, dass er wahrscheinlich zu Fuß gegangen ist und auf diesem Weg zurückkommen wird.«

Drei schwere Granittöpfe mit Gummibäumen standen auf dem Platz vor Kippers Bürogebäude. Wir suchten uns einen aus und setzten uns auf den Rand.

Zwanzig Minuten später erschien Everett Kipper, zu Fuß und allein. Diesmal hatte sein Anzug die Farbe eines brünierten Revolvers, war knapp geschnitten und hatte ebenfalls vier Knöpfe. Weißes Hemd, rosafarbene Krawatte, ein goldenes Blitzen an den Manschetten, während er mit diesem federnden Schritt auf das Gebäude zuging. Die Zahl der Leute davor hatte zugenommen, und er ging an uns vorbei, ohne uns zu bemerken.

Wir standen auf und liefen hinter ihm her. Milo sagte: »Mr. Kipper?«, und Kipper wirbelte mit der geübten Anspannung eines Mannes herum, der Kampfsporterfahrung gesammelt hatte.

»Was ist?«

»Noch ein paar Fragen, Sir.«

»Wozu?«

»Können wir uns oben in Ihrem Büro unterhalten?«

»Ich glaube nicht«, sagte Kipper. »Cops im Büro sind schlecht fürs Geschäft. Wie lange wird das dauern?«

»Nur ein paar Augenblicke.«

»Kommen Sie hier rüber.« Er führte uns hinter einen der Gummibäume. Die Pflanze warf löffelförmige Schatten auf sein rundes, glattes Gesicht. »Nun?«

Milo fragte: »Haben Sie jemals von einem Magazin namens *GrooveRat* gehört?«

»Ncin. Warum?«

»Wir versuchen irgendwelche Artikel zu finden, die vielleicht über Julie geschrieben worden sind.«

»Und in diesem Magazin hat einer gestanden?« Kipper schüttelte den Kopf. »Julie hat es nie erwähnt. Warum ist das wichtig?«

»Wir führen eine sorgfältige Ermittlung durch«, erklärte Milo.

Kipper sagte: »Die Antwort ist immer noch nein. Nie davon gehört.«

»Ist Ihnen irgendwelche Publicity bekannt, die Julie in letzter Zeit erfahren hat?«

»Sie hat keine bekommen, und das hat sie gewurmt. Als sie damals in New York ihre Ausstellung bei Anthony hatte, ist viel über sie geschrieben worden. Die *New York Times* hat die Ausstellung in ihrem Kunstteil besprochen, und ich glaube, einige der anderen Zeitungen haben es auch getan. Unbekannt zu sein war ein Teil dessen, was danach schmerzlich für sie war.«

»Was war außerdem schmerzlich für sie?«

»Misserfolg.«

»Fand die Ausstellung bei Light and Space überhaupt keine öffentliche Beachtung?«

Kipper schüttelte den Kopf. »Sie erzählte mir, Light and

Space hätte eine Ankündigung der Ausstellung an die *L.A. Times* geschickt, aber die Typen hätten sich nicht dazu herabgelassen, sie zu bringen … Einen Moment, es gab ein Magazin, das ein Interview haben wollte – nicht das, das Sie erwähnt haben. Nichts mit *Rat* im Titel … wie war das noch … Scheiße. Nicht dass es eine Rolle spielen würde. Julie war ziemlich aufgeregt deswegen, aber am Ende haben sie gekniffen.«

»Abgesagt?«

»Sie hat gewartet, aber der Journalist hat sie versetzt. Sie war alles andere als glücklich, hat den Herausgeber angerufen und sich beschwert. Schließlich haben sie doch einen Artikel gebracht – etwas Kurzes, wahrscheinlich um sie zu besänftigen.«

»Eine Kritik der Ausstellung?«, fragte ich.

»Nein, das war vor der Ausstellung, vielleicht ein Monat vorher. Julie hat versucht, für sich die Trommel zu rühren. Für ihr Comeback.« Kipper kniff sich in die Nase. »Sie glaubte wirklich, sie hätte eine Chance.«

»Sie hatte keine?«

Kipper sah aus, als wollte er ausspucken. »Die Kunstszene, ich … wie war gleich der Name des Magazins … irgendwas mit *Scene*, ein oberschlauer Name … sie hat mir ein Heft gezeigt. Kam mir platt und uninteressant vor, aber ich habe nichts gesagt, weil Julie so begeistert war … *Scene* … *SeldomScene* oder so. Und jetzt muss ich weg.«

Er drehte sich um und ging davon. Die Schöße seines Jacketts blähten sich. Kein Lüftchen regte sich auf dem Platz. Er sorgte für seine eigenen Turbulenzen.

SeldomSceneAtoll war mit einer Adresse in West Hollywood aufgeführt, auf dem Santa Monica unweit des La Cienega Boulevard, und das Haus stellte sich als ein echtes Bürogebäude heraus – zweistöckig, schokoladenbraune Ziegel, eingezwängt zwischen einem Blumenladen und einem Einkaufszentrum mit vielen Autos und gereizten Menschen davor. Milo stellte den zivilen Einsatzwagen auf einem Lieferantenparkplatz des Einkaufszentrums ab, und wir betraten das Gebäude durch eine Tür, auf der ein Schild mit der Aufschrift KEINE BITTSTELLER prangte.

Das Firmenverzeichnis führte Theateragenturen, Ernährungswissenschaftler, eine Yogaschule, Betriebswirte und in einer Suite im ersten Stock JAGUAR TUTORIEN/SSA auf.

»Eine Bürogemeinschaft«, sagte ich. »Kein Medienimperium.«

»Jaguar-Tutorien«, sagte Milo. »Was heißt das, sie bilden dich zu einem Raubtier aus?«

Das Ambiente sprach nicht dafür, dass einer der Bewohner es zu Starruhm/Gesundheit/Reichtum gebracht hatte: schäbige graue Flure, schmutziger grauer Teppichboden, ausgedörrte Sperrholztüren, ein Geruch, der auf eigenwillige sanitäre Anlagen schließen ließ, ein Aufzug, dessen Lichter auf einen Knopfdruck nicht reagierten.

Wir nahmen die Treppe, atmeten Insektizide ein und tanzten um Überreste toter Kakerlaken herum.

Milo klopfte an die Jaguar/SSA-Tür, wartete nicht auf eine Antwort und drehte den Knauf. Auf der anderen Seite war ein kleiner einzelner Raum, in dem vier bewegliche Arbeitsplatzstationen verteilt waren. Niedliche kleine Computer in vielfarbigen Gehäusen, Scanner, Drucker, Fotokopierer, Geräte, die ich nicht identifizieren konnte. Stromführende Linguine schlängelten sich auf dem Vinylboden.

Die Wände waren mit Vergrößerungen von gerahmten SSA-Umschlägen bedeckt, die alle von der gleichen Art waren: bösartig ausgeleuchtete Fotos von jungen, unterernährten, schönen Menschen, die sich in körperbewusster Kleidung herumlümmelten und Verachtung für das Publikum ausstrahlten. Jede Menge Vinyl und Gummi; die Klamotten sahen billig aus, erforderten wahrscheinlich aber eine Hypothek.

Männliche und weibliche Models, Nofretete-Augenmake-up für beide. Purpurfarbenes Rouge auf den Wangen der mageren Frauen, Viertagebärte bei ihren männlichen Pendants.

Ein dunkelhäutiger Mann Ende zwanzig mit Dreadlocks, der ein schwarz und hummelgelb gestreiftes T-Shirt und gelbe Cargohosen trug, hockte vor dem nächsten PC und tippte nonstop. Ich warf einen Blick auf seinen Bildschirm. Grafik; Escher via Tinkertoys. Er beachtete uns nicht oder hatte uns nicht bemerkt. Minikopfhörer produzierten etwas, das seine Aufmerksamkeit fesselte.

Die beiden mittleren Stationen waren nicht besetzt. Am letzten Computer saß eine junge Frau Mitte zwanzig, die ebenfalls aural verstöpselt war, und las *People*. Sie war pummelig und milchgesichtig, trug einen schwarzen Lackleder-Overall und rote Moonwalker-Schuhe und nickte zu etwas, das ein Dreivierteltakt zu sein schien. Ihre Haare waren von einem unauffälligen Braun und mit Haarspray zu einer Fünfzigerjahre-Frisur aufgebauscht. Sie drehte sich zu uns um, zog eine Augenbraue hoch – eine tätowierte Augenbraue –, und der dicke Stahlring, der durch die Mitte des Bogens gepierct war, schnellte nach oben und fiel mit einem Klick wieder nach unten. Die Schlaufe in ihrer Oberlippe blieb an ihrem Platz. Ebenso die zahlreichen Stecker in ihren Ohrläppchen und das schmerzhaft aussehende kleine Knöpfchen in der Mitte ihres Kinns.

»Was ist?«, rief sie. Dann riss sie die Kopfhörer herunter, nickte aber weiter mit dem Kopf. Eins zwei drei, eins zwei drei.

»Was ist?«, wiederholte sie.

Milos Abzeichen entlockte ihr tätowierte Zwillingsbögen. Der Umriss ihres Mundes war ebenfalls permanent eingefärbt worden.

»Und?«, sagte sie.

»Ich suche nach dem Verleger von *SeldomSceneAtoll.*«

Sie klopfte sich auf die Brust und gab Affenlaute von sich. »Sie haben ihn gefunden.«

»Wir suchen nach Informationen über eine Künstlerin, Juliet Kipper.«

»Was ist mit *ihr* los?«

»Kennen Sie sie?«

»Hab ich nicht gesagt.«

»Mit ihr ist nichts mehr los«, erwiderte Milo. »Sie ist ermordet worden.«

Der Augenbrauenring senkte sich, aber das Gesicht darunter blieb leer.

»Wow wow wow«, sagte sie und stand auf, ging hinüber zu dem Grafiker und tippte ihm auf die Schulter. Mit einem Ausdruck des Bedauerns zog er seine Kopfhörer herunter.

»Juliet Kipper. Haben wir etwas über sie gebracht?«

»Über wen?«

»Kipper. Tote Künstlerin. Sie ist ermordet worden.«

»Hmm«, sagte er. »Was für eine Künstlerin?«

Die junge Frau sah uns an.

Milo sagte: »Sie war Malerin. Man hat uns gesagt, Sie hätten über sie geschrieben, Ms. …«

»Patti Padgett.« Breites Lächeln. Ein nicht eben kleiner Diamant war in ihren linken oberen Schneidezahn eingelassen.

Milo erwiderte das Lächeln und holte seinen Notizblock heraus.

»Da haben wir's«, sagte Patti Padgett. »Ich wollte schon

immer eine Rolle in einer offiziellen Polizeiakte spielen. Wann haben wir angeblich über die verstorbene Ms. Kipper geschrieben?«

»Innerhalb der letzten Monate.«

»Nun, dadurch wird die Auswahl kleiner«, sagte sie. »Wir haben in sechs Monaten nur zwei Hefte herausgebracht.«

»Erscheinen sie vierteljährlich?«

»Wir sind pleite.« Patti Padgett kehrte an ihren Schreibtisch zurück, zog eine Schublade auf und begann zu stöbern. »Mal sehen, ob Julie sich unserer Aufmerksamkeit ... wie ist sie gestorben?«

»Sie wurde erwürgt«, antwortete Milo.

»Ooh. Haben Sie eine Ahnung, wer es getan hat?«

»Noch nicht.«

»Noch«, sagte Padgett. »Mir gefällt Ihr Optimismus – die größte Generation und so weiter.«

Hummelhemd sagte: »Das war der Zweite Weltkrieg, Patricia, er ist Vietnam.« Er schaute zu uns hinüber, als wartete er auf eine Bestätigung. Empfing ausdruckslose Blicke, setzte seine Kopfhörer wieder auf und nickte mit wippenden Dreadlocks.

»Egal«, sagte Padgett. »Da wären wir. Vor drei Monaten.« Sie legte das Heft auf ihren Schoß und begann zu blättern. Nicht viele Seiten zwischen den Umschlägen. Es dauerte nicht lange, bis sie sagte: »Oka-ay! Hier ist sie, direkt in unserer ›Mama/Dada‹-Abteilung ... klingt so, als hätte sie jemandem gefallen.«

Sie brachte uns den Artikel.

»Mama/Dada« war ein Kompendium kurzer Artikel über lokale Künstler. Juliet Kipper teilte sich die Seite mit einem emigrierten kroatischen Modefotografen und einem Hundetrainer, der nebenbei als Videokünstler arbeitete.

Der Artikel über Julie Kipper bestand aus zwei Absätzen,

erwähnte das viel versprechende Debüt in New York, das Jahrzehnt »persönlicher und künstlerischer Enttäuschungen«, die »angestrebte Wiedergeburt als nihilistische Vermittlerin kalifornischer Träume und ökologischer Schäume«. Nichts von dem, was ich in Kippers Landschaften gesehen hatte, suggerierte in meinen Augen Nihilismus, aber was wusste ich schon?

Kippers Arbeit, schloss der Autor, »macht deutlich, dass ihre Vision mehr von einem Päan auf den paradoxen Holismus eines Wunschdenkens hat als von einem ernsthaften Versuch, die photosynthetische Dissonanz, den Aufruhr und die Mulch-Agitation zu konkretisieren und zu kartographieren, die andere Westküstenmaler in ihren Bann geschlagen hat.«

Autorenkürzel: *FS*

»Mulch-Agitation«, murmelte Milo und warf mir einen Blick zu.

Ich schüttelte den Kopf.

Patti Padgett sagte: »Ich glaube, es bedeutet, Dreck herumzuschieben oder etwas in der Art. Total nebulosa, stimmt's?« Sie lachte. »Das meiste Kunstzeug, das wir drucken, ist so wie das hier. Möchtegern-Kritiker ohne die Fähigkeit, auf den Talentzug aufzuspringen.«

Milo sagte: »›Blutegel am Leib der Kunst.‹«

Padgett starrte mit unverhüllter Bewunderung zu ihm hoch. »Möchten Sie einen Auftritt?«

»Nicht in dieser Rotation.«

»Hindu?«

»*Wo*du.«

Padgett wandte sich an Hummelhemd: »Sei gewarnt, Todd. Ich bin verliebt.«

Milo fragte: »Wenn Ihnen die Schreibe nicht gefällt, warum drucken Sie's dann?«

»Weil es *da* ist, *mon gendarme*. Und ein Teil unserer Leserschaft steht drauf.« Sie stieß erneut ein Lachen aus und setzte ein metallenes Ringelspiel in Gang. »Mit unserem Budget sind wir nicht gerade der *New Yawker*, Schätzchen. Unser Schwerpunkt – *mein* Schwerpunkt, denn was mir gefällt, erblickt das Licht der Welt – ist eine Menge Mode, etwas Innenarchitektur, ein bisschen Film, ein bisschen Musik. Wir werfen den Kunstszenescheiß mit hinein, weil manche Leute ihn für cool halten, und in unserer Marktnische ist cool das Größte.«

»Wer ist FS?«, fragte Milo.

»Hmm«, sagte Padgett. Sie ging zu Hummelhemd und hob einen Kopfhörer an. »Todd, wer ist FS‹?«

»Wer?«

»Der Autor der Sache über Kipper. Sein Kürzel lautet ›FS‹.«

»Woher soll ich das wissen? Ich konnte mich nicht mal an Kipper erinnern.«

Padgett wandte sich an uns. »Todd weiß es auch nicht.«

»Haben Sie keine Unterlagen über Ihre Mitarbeiter?«

»Wow«, sagte Padgett, »das wird ja richtig *investigativ*. Worum geht's hier, um einen Vampirserienmörder?«

Milo schmunzelte. »Wie kommen Sie denn darauf?«

»Ich stehe auf *Akte X*. Los, erzählen Sie's Patti.«

»Tut mir Leid, Patti«, erwiderte er. »Nichts Exotisches, wir sammeln nur Informationen.« Er lächelte sie an. »Ma'am.«

»Ma'am«, sagte sie und legte eine Hand mit schwarzen Fingernägeln auf eine großzügige Brust. »Sei still, mein pochendes Herz – hey, wie wär's, wenn ihr Jungs mich mitnähmt und ich darüber schreibe, was ihr macht – ein Tag im Leben und so weiter. Ich bin eine scharfe Autorin, Magister in Yale. Todd ebenfalls. Wir sind als Duo so dynamisch, wie Sie nicht zu hoffen wagen.«

»Eines Tages vielleicht«, sagte Milo. »Haben Sie Unterlagen über Ihre Mitarbeiter?«

»Haben wir welche, Todd?«

Wieder wurden die Ohrhörer abgenommen. Padgett wiederholte die Frage. Todd sagte: »Nicht wirklich.«

»Nicht wirklich?«, sagte Milo.

»Ich hab etwas in der Art«, erklärte Todd. »Aber nicht systematisch – die Daten werden eingegeben, wie sie reinkommen, nicht alphabetisch.«

»In Ihrem Computer?«, fragte Milo.

Todds Blick sagte: *Wo sonst?*

»Könnten Sie sie bitte aufrufen?«

Todd wandte sich an Padgett. »Ist das nicht ein Fall für den Ersten Verfassungszusatz?«

»Todd, mein Schatz«, sagte Padgett. »Diese Herren werden mit uns in der Gegend rumfahren, wir machen eine scharfe Polizeinummer – nehmen dieses hypernervöse kambodschanische Model für den Titel, stecken die Lady in eine *knappe* blaue Uniform, geben ihr eine Reitpeitsche, eine Pistole, das ganze Drum und Dran. Dann geht die *Post* ab.«

Todd räumte die Grafik von seinem Bildschirm.

Es dauerte eine Sekunde. »Hier ist es. FS – Faithful Scrivener.«

Milo lehnte sich vor und starrte auf den Bildschirm. »Das ist alles? Kein anderer Name?«

»Das ist alles«, sagte Todd. »So ist der Artikel reingekommen, und so speichere ich ihn ab.«

»Als Sie bezahlt haben, welchen Namen haben Sie da auf den Scheck geschrieben?«

»Natürlich«, sagte Todd.

»Ha-ha-ha«, sagte Padgett.

»Sie zahlen nicht.«

Padgett erklärte: »Wir zahlen den Models auf dem Titel und den Fotografen so wenig, wie wir können. Manchmal, wenn wir jemanden mit echten Referenzen bekommen – einen Drehbuchautor mit Filmerfahrung –, können wir etwas zusammenkratzen – zehn Cent pro Wort oder so. Hauptsächlich zahlen wir nicht, weil niemand uns bezahlt. Die Vertriebsfirmen weigern sich, uns den Großhandelspreis vorzuschießen, bevor die Remittenden berechnet sind – wir kriegen nur für die verkauften Hefte Geld, und das dauert Monate.« Sie zuckte mit den Achseln. »Traurige Zeiten für das freie Unternehmertum.«

Todd sagte: »Vor ihrem Examen am Brown hat sie im Hauptfach Betriebswirtschaft studiert.«

»Als Trostpflaster für Daddy«, sagte Padgett. »Er leitet Ge-em-be-has.«

»Wie lange haben Sie den Verlag schon?«, fragte ich.

»Seit vier Jahren«, antwortete Todd. Und fügte stolz hinzu: »Wir stehen derzeit mit vierhunderttausend in der Kreide.«

»Bei meinem Daddy«, sagte Padgett. »Um ihn bei Laune zu halten, haben wir auch einen richtigen Job.«

»Jaguar-Tutorien«, sagte Milo. »Und dabei handelt es sich um was?«

»Vorbereitung auf die Standardtests«, sagte Padgett, nahm eine Geschäftskarte von ihrem Schreibtisch hoch und hielt sie uns hin.

Patricia S. Padgett, M.A. (Brown) MFA (Yale)
Leitende Beraterin, Jaguar-Tutorien

»Unsere Berufung, falls wir sie akzeptieren sollten«, sagte sie, »besteht darin, die Sprösslinge von sorgenzerfressenen sozialen Aufsteigern in den Feinheiten der College-Aufnahmeprüfungen zu unterweisen.«

Milo sagte: »Und Jaguar wegen …«

»Die Assoziation«, erklärte Todd, »liegt in meisterhafter Beherrschung und Geschwindigkeit.«

»Außerdem«, sagte Padgett, »hat es Stil. Wir können uns keine Beverly-Hills-Miete leisten, aber wir wollen die Kids aus B.H. anziehen.«

Todd sagte: »Die Sache mit den Elite-Unis ist da nicht schlecht.«

Padgett erklärte: »Todd hat sein Examen in Princeton gemacht.«

»Also«, sagte Milo und wandte sich wieder dem Bildschirm zu, »hat Ihnen dieser Faithful Scrivener einen Artikel unter einem Pseudonym geschickt, und Sie haben es gedruckt und nie bezahlt.«

»Sieht so aus«, erwiderte Todd. »Diese Anmerkung – UE – bedeutet: unverlangt eingesandt.«

»Das heißt«, sagte Padgett, »wir haben den Artikel nicht in Auftrag gegeben, er ist einfach reingekommen.«

»Davon kriegen Sie eine Menge?«

»Viele. Meistens Mist. Richtiger Mist – ich rede von Analphabeten.«

»Hat ›FS‹ irgendwelche anderen Sachen für Sie geschrieben?«

»Mal sehen«, sagte Todd. Er scrollte. »Hier ist einer. Ganz am Anfang.« Zu Padgett: »In Heft Zwei.«

Milo las das Datum. »Vor dreieinhalb Jahren.«

Sie sagte: »Die halkyonischen Tage – sieh dir das an: Beweise, Indizien, falsche Spuren – wir entwerfen und entdecken, Todd. Hey, Officer, können wir auch so coole Abzeichen haben?«

Sie besorgte uns eine Ausgabe von Heft Zwei. Der erste

Artikel von Faithful Scrivener stand in einer Rubrik mit der Überschrift »Tops und Flops«. Brutale Kritiken wechselten sich mit gedankenloser Schwärmerei ab.

Dieser war ein Top. Zwei Absätze sangen ein Loblied auf eine viel versprechende junge Tänzerin namens Angelique Bernet.

Kritik eines Ballettkonzerts im Mark Taper in L.A. Ein experimentelles Stück eines chinesischen Komponisten mit dem Titel »Die Schwäne vom Tianmen«.

Zwei Monate vor Bernets Ermordung in Boston.

Die Truppe war zuerst in L.A. gewesen.

Angelique war Teil eines Trios von Ballerinen gewesen, das im letzten Akt gezeigt wurde. FS hatte sie herausgegriffen, weil »ihre unmittelbare cygnische Grazie so vollkommen mit dem Duktus der Komposition übereinstimmt, dass es einem das Skrotum zusammenzieht. Das ist TANZ in seiner paläo-instinktuo-bioenergetischen Form, so stimmig, so wirklich, so schamlos erotisch. Durch ihre Kunst hebt sie sich ab von den Lähmungserscheinungen der Pseudotänzer, die den Rest der *compagnie allegement* ausmachen.«

»Aua«, sagte Padgett. »Wir müssen wirklich etwas wählerischer sein.«

»›Cygnisch‹«, sagte Milo.

Todd erklärte: »Das bedeutet schwanengleich. Es steht auf der fortgeschrittenen Vokabelliste für Standardtests.«

»›Zusammengezogenes Skrotum‹«, sagte Padgett. »Er war für sie entflammt. Womit haben wir es hier zu tun, einer Art Sexualpsycho?«

Milo sagte: »Könnten Sie mir beide Artikel ausdrucken? Und da wir schon mal dabei sind: Haben Sie je etwas von jemandem namens Drummond veröffentlicht?«

Padgett zog einen Schmollmund. »Ich frage ihn, und er gibt mir keine Antwort.«

»Bitte?«, sagte Milo und lächelte sie an, sprach aber in den tiefen, bedrohlichen Tönen eines Bären, der aus seiner Höhle auftaucht.

Padgett sagte: »Ja, ja, schon gut.«

»Vorname?«, fragte Todd.

»Sehen Sie nach irgendeinem Drummond.«

»Sieh nach Bulldog«, sagte Padgett.

Niemand lachte.

Kein Nachweis für Kevin oder Yuri oder irgendeinen anderen Drummond tauchte in der Mitarbeiterdatei von SSA auf. Keine Artikel über Baby Boy Lee oder China Maranga, aber Todd fand die Kritik eines Konzerts, das Vassily Levitch gegeben hatte. Noch ein Artikel unter »Tops und Flops«, vor einem Jahr erschienen. Levitch hatte ein Stück bei einem Gemeinschaftskonzert in Santa Barbara gespielt.

»Noch ein Unverlangt Eingesandt«, sagte Milo.

Der Autor: E. Murphy.

Die hyperbolische, sexuell überladene Prosa gemahnte an Faithful Scrivener: Levitch war »geschmeidig wie eine Huri aus dem Harem«, während er »Bartoks anschwellende Etüde streichelte« und »jeden Tropfen aus Zeit/Raum/Unendlichkeit zwischen den Noten presste«.

Padgett drehte an ihrem Kinnstecker. »Junge, was drucken wir für einen Mist; dieser Ausflug in die Vergangenheit macht mich nicht gerade stolz.«

Todd sagte: »Du musst die Dinge in der richtigen Perspektive sehen, Patti. Dein alter Herr bringt toxische Chemikalien auf den Markt.«

Patti Padgett fotokopierte die Artikel und brachte uns an die Tür. Hielt sich neben Milo.

»Haben Sie schon mal von *GrooveRat* gehört?«, fragte er.

»Nee. Ist das eine Band?«

»Ein Fan-Magazin.«

»Von denen gibt's Hunderte«, sagte sie. »Jeder mit einem Scanner und einem Drucker kann eins machen.«

Ihr Lächeln begann frisch und endete alt, traurig, niedergeschlagen. »Jeder mit einem reichen Dad kann es eine Stufe höher heben.«

21

Als wir wieder in den Wagen stiegen, zwitscherte Milos Mobiltelefon die ersten sieben Noten von *Für Elise*. Er klatschte es an sein Ohr, grunzte und sagte: »Yeah, ich bin so schnell wie möglich da, sei nett zu ihr.«

Zu mir: »Vassily Levitchs Mutter ist letzte Nacht aus New York hergeflogen und wartet im Revier auf mich. Vielleicht weiß sie etwas, das Levitch mit Drummond über ›E. Murphy‹ hinaus verbindet – was hat es bloß *damit* auf sich? Benutzt Drummond Pseudonyme? Und wenn er sein eigenes Magazin hat, warum soll er dann Sachen zu Patti und Todd schicken?«

»Der Artikel über Bernet ist geschrieben worden, bevor *GrooveRat* aus der Taufe gehoben wurde – falls Kevin ihn geschrieben hat, war er im zweiten Jahr auf dem College. Vielleicht hat er die beiden anderen geschickt, weil Patti und Todd Verbreitung fanden und er nicht.«

»Das Bedürfnis nach Publicity«, sagte er. »Jede Menge Sex in der Prosa. Er will sie vögeln.«

»Er will sie *besitzen*«, sagte ich. »Und er ist zu diesem Zweck herumgereist. Levitchs Konzert war in Santa Barbara. Angelique Bernet wurde in L.A. besprochen, aber in

Boston ermordet. Wenn du seine Anwesenheit in Boston verifizieren könntest, hättest du eine Begründung für einen Gerichtsbeschluss.«

»Ja«, sagte er, »aber wie verifiziere ich *ohne* einen Gerichtsbeschluss? Die Fluggesellschaften haben ihre Anforderungen extrem verschärft, und Kevins Familie wird die entsprechenden Informationen nicht freiwillig rausrücken.«

Wir fuhren auf dem Santa Monica Boulevard nach Westen. Als er die Doheny erreichte, sagte ich: »Wenn Drummond als freier Mitarbeiter für *SeldomScene* geschrieben hat, dann könnte er auch anderen Magazinen Beiträge geschickt haben.«

Milos Hände umklammerten das Lenkrad fester. »Was ist, wenn der Mistkerl ein Dutzend Pseudonyme benutzt? Was soll ich tun – einen Experten finden, der bei allen abseitigen Magazinen im ganzen Land eine linguistische Analyse vornimmt?«

»Ich würde mit Faithful Scrivener und E. Murphy anfangen und sehen, wie weit ich damit komme.«

»Lesen in der Freizeit. In der Zwischenzeit wartet eine trauernde Mutter.«

Ein paar Querstraßen weiter fragte er: »Irgendwelche anderen Einsichten? In Bezug auf diese merkwürdige Sprache?«

»Es ist die Sorte aufgeblähter Prosa, der man in Referaten auf dem College begegnet. Schreiben, um zu beeindrucken. Falls es Kevin ist, mit dem wir's zu tun haben: Er bekam keine Streicheleinheiten zu Hause, hat seine Energie in Projekte kanalisiert, sah sich schließlich als Kenner der Kunstszene. Ich würde seine College-Zeitung nach Kritiken durchsuchen und nachsehen, ob der Stil derselbe ist.«

»›Falls es Kevin ist.‹ Das sagst du häufiger.«

»Etwas beunruhigt mich«, gab ich zu. »Selbst mit vierundzwanzig kommt Kevin mir jung für diese Morde vor. Falls Angelique Bernet auf sein Konto geht, hat er das im Alter von einundzwanzig getan. Bei Bernet gibt es Details, die zu einem Anfänger passen: zahlreiche Stichwunden, die auf einen blitzartigen Überfall schließen lassen, die Leiche blieb im Freien liegen. Aber dreitausend Meilen von dem Bereich wegzufahren, in dem er sich wohl fühlt, kommt mir merkwürdig vor.«

»Wie wär's damit«, sagte er. »Er sieht Bernet in New York tanzen, ist von ihr begeistert, schreibt die Kritik, sieht sich den Reiseplan der Balletttruppe an und macht einen Trip nach Boston. Vielleicht weiß er nicht mal genau, warum. Alle möglichen Gefühle schwirren in seinem Kopf herum. Dann verfolgt er sie, stellt den Kontakt zwischen ihnen her – er könnte sie sogar angemacht haben, und sie weist ihn zurück. Er dreht durch und bringt sie um. Fliegt nach Hause. Sitzt da und denkt darüber nach – begreift, was er getan hat. Dass er damit durchgekommen ist. Endlich hat er mit etwas *Erfolg* gehabt. Dreizehn Monate danach verschwindet China. Der Mörder nimmt sich die Zeit, sie zu verbergen, und man findet sie erst nach Monaten. Weil er jetzt sorgfältig vorgeht. Die Sache plant. Und er ist nicht weit von zu Hause weg. Ergibt das einen Sinn?«

»Falls er ein begabter Junge ist.«

»Ein leicht erregbarer Junge«, sagte er. »Wie in diesem Song von Warren Zevon.«

»Die jüngsten Morde passen gut zu gestiegenem Selbstvertrauen«, erklärte ich. »Alle drei sind direkt an den Veranstaltungsorten begangen worden. In Baby Boys und Levitchs Fall noch bei Anwesenheit des Publikums, bei Julie, während CoCo Barnes im Nebenraum war. Das riecht nach Unverfrorenheit. Es könnte sein, dass er sein

Handwerk praktiziert hat und sich wie ein Virtuose vorkommt.«

»Praktiziert – das bedeutet andere Morde, von denen wir nichts wissen.«

»Dreizehn Monate liegen zwischen Angelique Bernet und China, dann eine Pause von fast zwei *Jahren* bis zu Baby Boy. Danach haben wir sechs Wochen bis zu Julie und neun Wochen bis zu Levitch.«

»Großartig«, sagte er.

»Die Alternative ist, dass er seinen Drang jahrelang unterdrückt hat, und jetzt verliert er die Kontrolle.«

»Wie könnte er ihn unterdrücken?«

»Indem er sich auf ein neues Projekt stürzt.«

»GrooveRat.«

»Ein Verleger zu sein könnte ernsthafte Machtphantasien nähren. Vielleicht hat er schließlich begriffen, dass das Fan-Magazin ein Fehlschlag ist. Ein weiterer.«

»Daddy hat ihm den Boden unter den Füßen weggezogen?«

»Soweit ich Petra verstanden habe, war Daddy zu keinem Zeitpunkt begeistert.«

»Die Kunstszene enttäuscht ihn«, sagte Milo. »Also lässt er es an den Künstlern aus. Zurück zu dem sexuellen Aspekt. Wir haben männliche und weibliche Opfer. Was bedeutet das? Ein bisexueller Mörder?

»Oder ein sexuell verwirrter Mörder«, erklärte ich. »Mit Sicherheit ein sexuell unzulänglicher Mörder. In keinem Fall ist es zu einer Penetration gekommen. Er ist eingeschüchtert vom Zusammenprall der Geschlechtsteile, setzt stattdessen auf die Erotik des Talents. Indem er im Aufstieg begriffene Talente aufs Korn nimmt, bemächtigt er sich ihrer Essenz auf dem Gipfel. Wie gefällt dir das als freudianischer Schnellschuss?«

»Du redest von einem künstlerischen Kannibalen«, sagte er.

»Ich rede«, erwiderte ich, »von dem ultimativen Kritiker.«

Ich war wieder zu Hause, allein.

Allison war auf einer Konferenz in Boulder, Colorado. Danach würde sie weiterfahren, um am Geburtstag ihres ehemaligen Schwiegervaters teilzunehmen.

Ich hatte sie zum Flughafen gefahren, und sie hatte die Nacht davor bei mir verbracht. Nachdem ich ihre Koffer im Wagen verstaut hatte, nahm sie etwas aus ihrer Handtasche und gab es mir.

Eine kleine, verchromte Selbstladepistole. Als ich sie nahm, sagte sie: »Hier ist das Magazin«, und gab es mir ebenfalls. »Ich hab vergessen, sie zu Hause zu lassen«, erklärte sie, »und kann sie nicht mit ins Flugzeug nehmen. Könntest du sie für mich aufbewahren?«

»Klar.« Ich steckte die Pistole in meine Tasche.

»Sie ist auf mich zugelassen, aber ich habe keine Erlaubnis, sie bei mir zu führen. Falls du dir Sorgen machst, kannst du sie ins Haus bringen.«

»Das Risiko gehe ich ein. Abfahrbereit?«

»Ja.«

Als wir uns dem Highway 405 South näherten, sagte sie: »Willst du nicht danach fragen?«

»Ich nehme an, du hast einen Grund.«

»Der Grund ist, dass ich, nachdem mir das zugestoßen ist und ich schließlich wieder klar denken konnte, mir gesagt habe, dass ich mich nie wieder so hilflos fühlen wollte. Ich hab mit dem üblichen Zeug angefangen – Kurse zur Selbstverteidigung, Sicherheitshandbücher. Dann hab ich Jahre später, nach meiner Promotion, eine Frau behandelt, die zweimal vergewaltigt worden war. Zwei verschiedene Vorfälle mit mehreren Jahren dazwischen. Das erste Mal hat sie sich selbst die Schuld gegeben. Sie war besinnungslos betrunken und hat sich von einem üblen Zeitgenossen in einer Kneipe mitnehmen lassen. Das zweite Mal war es irgendein Ungeheuer, das es geschafft hat, ein geschlossenes Schlafzimmerfenster aufzustemmen. Ich hab für sie getan, was ich konnte, hab mir die Waffengeschäfte in den Gelben Seiten angesehen und meine kleine verchromte Freundin gekauft.«

»Klingt gut.«

»Tut es das?«

»Du hast sie behalten.«

»Sie gefällt mir«, sagte sie. »Ich denke wirklich als meine Freundin an sie. Ich bin eine ziemlich gute Schützin. Hab eine Schießausbildung für Anfänger und Fortgeschrittene gemacht. Und ich gehe immer noch einmal im Monat auf den Schießstand. Allerdings hab ich zwei Monate ausfallen lassen, weil wir zusammen waren.«

»Tut mir Leid, wenn ich dich abgelenkt habe.«

Sie berührte mein Gesicht. »Macht es dir was aus?«

»Nein.«

»Bist du sicher?«

Innerhalb von zehn Jahren hatte ich zwei Männer erschossen. Beide hatten die Absicht gehabt, mich zu töten. Üble Typen, Notwehr, keine Alternative. Manchmal träumte ich immer noch von ihnen und wachte schweißgebadet auf.

Ich sagte: »Am Ende haben wir unsere eigenen Interessen im Auge.«

»Das stimmt«, erwiderte sie. »Ich habe nicht wirklich vergessen, sie zu Hause zu lassen. Ich wollte, dass du es weißt.«

22

Eric Stahl saß da und trank Wasser.

Leitungswasser aus einer Zweiliterflasche Sprite, die er von zu Hause mitgebracht hatte.

Und beobachtete Kevin Drummonds Apartment in der Rossmore.

Er war vor Sonnenaufgang angekommen und hatte die Rückseite des Hauses überprüft. Leise wie eine Katze, in alten Freizeitschuhen, die bestimmt nicht quietschten.

Kein Zeichen von Kevin Drummonds Wagen.

Keine Überraschung.

Er suchte sich eine gute Stelle, schräg gegenüber dem schmuddeligen Ziegelsteinhaus. Er konnte den Hauseingang beobachten, ohne den Kopf verdrehen zu müssen, ein Passant hätte keine Ahnung, worauf er aus war.

Nicht dass ein Passant ihn ohne weiteres bemerken würde. Hier standen viele Fahrzeuge auf der Straße, und Stahl hatte seinen eigenen fahrbaren Untersatz benutzt: ein beigefarbener Chevy-Transporter mit Fenstern, die erheblich dunkler getönt waren, als das Gesetz es vorsah.

Während der ersten Stunde war ein Blauhäher herabgestoßen und hatte einen Schatten quer über das Haus geworfen. Seitdem sehr wenige Anzeichen von Leben.

Sieben Stunden und zweiundzwanzig Minuten auf Beobachtungsposten.

Für jemand anderen eine Qual; Stahl war so zufrieden, wie er sein konnte.

Sitzen. Wasser aus der Flasche trinken. Sitzen. Starren.

Die Bilder aus dem Kopf vertreiben.

Ihn klar behalten, alles klar behalten.

23

Ich meldete mich freiwillig.

Ein Besuch am Charter College, wo ich versuchen würde, eine Kostprobe von Kevin Drummonds Prosa zu finden.

»Danke«, sagte Milo. »Gute Idee, wo du professoral bist und so.«

»Ich bin professoral?«

»Du kannst es sein – es ist ein Kompliment. Ich habe großen Respekt vor Akademikern.«

Bevor ich losfuhr, kümmerte ich mich um eine unerledigte Sache: zweiter Versuch, Christian Bangsley zu erreichen, vormals Sludge, inzwischen Geschäftsführer der Restaurantkette Hearth and Home. Seit meinem ersten Anruf waren Monate vergangen. Diesmal stellte mich die Sekretärin, die sich jung anhörte, durch. Als ich mich vorstellte, unterbrach mich Bangsley.

»Ich hab Ihre erste Nachricht bekommen«, erklärte er. »Ich hab nicht zurückgerufen, weil ich Ihnen nichts zu sagen habe.«

»Ist irgendjemand China nachgestiegen?«

Schweigen.

Er fragte: »Warum dieses Interesse nach all den Jahren?«

»Der Fall ist immer noch offen. Was können Sie mir sagen?«

»Ich hab nie gesehen, dass jemand China belästigt hat.«

Eine gewisse Anspannung in seiner Stimme ließ mich nachfragen. »Aber sie hat Ihnen etwas erzählt?«

»Scheiße«, sagte er. »Hören Sie, all das liegt hinter mir. Aber es gibt Arschlöcher da draußen, denen das nicht recht ist.«

Ich erinnerte mich an die Empörung im Internet – *»ehemaliger Chinawhiteboy verkauft sich … endet als grooooßes Krebsgeschwür«* – und fragte: »Werden Sie selbst belästigt?«

»Nicht regelmäßig, aber manchmal bekomme ich Briefe. Leute, die behaupten, sie wären Fans, und denen nicht gefällt, was ich mache. Leute, die in der Vergangenheit leben.«

»Haben Sie die Polizei eingeschaltet?«

»Meine Anwälte sagen, es lohne sich nicht. Dass Leute mir sagen, sie wären nicht glücklich damit, wie ich mein Leben führe, ist kein Verbrechen. Freies Land und das alles. Aber ich will *keine* Publicity. Ich rede jetzt nur aus dem Grund mit Ihnen, weil meine Anwälte gesagt haben, das sollte ich, wenn Sie wieder anrufen. Wenn ich es nicht täte, würden Sie glauben, ich hätte was zu verbergen. Das hab ich nicht. Ich kann Ihnen nur nicht helfen. Okay?«

»Es tut mir Leid, dass man Sie belästigt. Und ich verspreche Ihnen, alles, was Sie mir sagen, geheim zu halten.«

Schweigen.

Ich sagte: »Was mit China passiert ist, ging weit über Belästigung hinaus.«

»Ich weiß, ich weiß. Herrgott – okay, hier ist es: China hat sich einmal darüber beschwert, dass jemand ihr auf den Wecker geht. Ihr nachsteigt. Ich hab es nicht ernst genommen, weil sie immer wegen irgendwas paranoid war. Nervös. In der Band kursierte der Witz, sie wäre als Baby mit Chilischoten ernährt worden.«

»Wann hat sie angefangen sich zu beklagen?«

»Ein oder zwei Monate, bevor sie verschwunden ist. Als ich es den Cops erzählte, haben sie mich abgewimmelt und gesagt, sie bräuchten mehr Details, so wäre es wertlos.«

»Worüber genau hat sich China beklagt?«

»Sie war überzeugt, sie würde heimlich beobachtet, verfolgt, was auch immer. Aber sie hat nie wirklich jemanden gesehen, konnte niemanden beschreiben. Also hatten die Cops vielleicht Recht. Sie sprach davon als von einem *Gefühl*, aber China hatte eine Menge Gefühle. Besonders wenn sie high war, und das war sie die meiste Zeit. Sie konnte wegen nichts paranoid werden, einfach explodieren.«

»Sie ist nie zur Polizei gegangen.«

»Richtig«, sagte Bangsley. »China und die Polizei. Die Sache ist die, sie war nicht *ängstlich*, sie war *sauer*. Sie sagte immer, wenn das Arschloch je sein Gesicht zeigte, würde sie ihm die Augen auskratzen und in die Höhlen scheißen. Das war China. Immer aggressiv.«

»War das echt?«, fragte ich.

»Was meinen Sie damit?«

»War sie wirklich so furchtlos, oder war das ein Schutz?«

»Ich weiß es nicht«, antwortete er. »Ich weiß es wirklich nicht. Sie war schwer einzuschätzen. Hatte diese Mauer um sich gezogen. Drogen waren der Mörtel.«

Paul Brancusi hatte nichts von einem Fan erwähnt, der China nachgestiegen wäre. Ich fragte: »Hat China sonst jemandem etwas davon erzählt, dass sie verfolgt würde? Den anderen Bandmitgliedern?«

»Das bezweifle ich.«

»Warum?«

Er zögerte. »China und ich … wir standen uns näher. Sie war offiziell lesbisch, aber eine Zeit lang hatten wir was miteinander – Scheiße, das ist genau das, was ich nicht wollte. Ich bin jetzt verheiratet, meine Frau erwartet ihr zweites Kind –«

»Niemand ist an Ihrem Liebesleben interessiert«, sagte ich. »Nur an dem, was Sie über den Mann wissen, der hinter China her war.«

»Ich weiß nicht mal, ob es überhaupt einen *gab*. Wie ich Ihnen sagte, sie hat nie wirklich etwas gesehen.«

»Haben Sie ihr damals geglaubt?«

»Ich habe geschwankt. Sie konnte überzeugend sein. Einmal waren wir spät in der Nacht in den Hügeln, rauchten Gras und machten andere gute Sachen, und plötzlich verkrampfte sie sich, ihre Augen weiteten sich, und sie packte mich an den Schultern – fest, es tat weh. Dann steht sie auf und sagt: ›Scheiße, er ist *hier*! Ich kann ihn *fühlen*!‹ Dann fängt sie an, im Kreise herumzugehen, wie ein Geschützturm auf einem Panzer – als ob sie mit ihrem Körper auf etwas zielt. Und sie fängt an, in die Dunkelheit zu schreien. ›*Fick dich, du beschissenes Arschloch, komm raus und zeig deine verschissene Fresse.*‹ Schwenkte ihre Faust und kauerte sich hin, als wäre sie bereit, ihren Gegner anzuspringen. In dem Moment hab ich ihr geglaubt – die Dunkelheit, die Stille, wie *sicher* sie war, das hat mich überzeugt. Später sagte ich zu mir: ›Was war *das* denn?‹«

»Was geschah, nachdem sie geschrien hatte?«

»Nichts. Ich machte mir Sorgen, jemand würde sie hören, versuchte sie von dem Hügel und in meinen Wagen zu bekommen. Sie ließ mich warten, bis sie sich überzeugt hatte, dass derjenige, der da oben gewesen war, sich verzogen hatte. Wir haben bei mir gepennt. Am nächsten Morgen war sie weg. Sie hatte alles Essbare in meinem Kühlschrank vertilgt und war abgehauen. Ein oder zwei Monate später verschwand sie, und als man sie schließlich fand, bin ich ausgeflippt. Denn die Stelle, an der sie lag, war nicht weit von der entfernt, wo wir in jener Nacht gesessen hatten.«

»Haben Sie das den Cops erzählt?«

»Nachdem sie mich so behandelt hatten?«

»China wurde neben dem Hollywood-Schild gefunden.«

»Genau«, sagte er. »Da waren wir. Unter dem Schild. China liebte das Schild, ihr gefiel die Geschichte von dieser Schauspielerin, die sich da runtergestürzt hatte. Da oben war früher ein Reiterhof, so eine Ranch, wo man Pferde mieten konnte. China hat mir erzählt, dass sie sich gerne nachts reingeschlichen hat, um mit den Pferden zu reden, die Pferdescheiße zu riechen und einfach so herumzuwandern. Sie sagte, sie bekäme einen Kick davon, auf den Grundstücken anderer Leute rumzulaufen. Sie fühlte sich dann wie ein Manson-Girl. Sie machte diese Phase durch, wo sie auf die Manson Family *stand*, davon sprach, einen Song zu schreiben, den sie Charlie widmen wollte, aber wir haben ihr gesagt, den würden wir nicht spielen. Selbst damals hatten wir gewisse Grundsätze.«

»Verliebt in Serienkiller.«

»Nein, nur in Manson. Und sie meinte das nicht ernst. Das war nur eine weitere Besonderheit von China – irgendwas kam ihr in den Sinn, und sofort kam es aus ihrem Mund wieder raus. Es ging ihr darum, Aufmerksamkeit zu erregen, sie liebte Aufmerksamkeit. Worum es ja auch Manson ging, stimmt's? Ich erinnere mich daran, gedacht zu haben, wie unheimlich es war, dass sie vielleicht von einem Typ wie Manson ermordet wurde. Eine Ironie des Schicksals, verstehen Sie?«

Das Charter College stand auf einem Grundstück von sechzig Hektar in der Nordostecke von Eagle Rock und grenzte sich von dieser hauptsächlich von Latinos bewohnten proletarischen Schlafstadt durch efeubedeckte Stuckwände und herrliche Bäume ab.

Das College war vor hundertzwölf Jahren gegründet worden, als Eagle Rocks Höhenlage und seine saubere Luft Immobilienmakler dazu gebracht hatten, es als »Die Schweiz des Westens« anzupreisen. Mehr als ein Jahrhundert später war die umliegende Hügellandschaft an dem ungewöhnlich klaren Tag schön anzusehen, aber mit seinen Motels diverser Ketten kam Eagle Rock nicht wirklich an einen Ferienort heran.

Ich fuhr den Eagle Rock Boulevard hoch, eine breite, sonnengebleichte Zuflucht für Werkstätten und Fahrzeugersatzteilläden, bog in die College Road ein und gelangte in ein Wohnviertel aus kleinen Bungalows und kompakten Stuckhäuschen. Durch einen Bogen, auf dem das Schulwappen prangte, kam man auf die Emeritus Lane, eine breite, fleckenlose Fahrbahn, begrenzt von einem schildförmigen Blumenbeet, das den Namen des Colleges in roten und weißen Petunien buchstabierte.

Die Campusgebäude waren vom Monterey-Kolonialstil geprägt, alle in demselben Graubraun gestrichen und wie Edelsteine in die Schmuckschatulle alten Baumbestands platziert. Ich hatte über die Jahre ein paar Charter-Studenten behandelt und war vertraut mit dem grundsätzlichen Geschmack der Universität: wählerisch, teuer, von Kongregationalisten gegründet, aber mittlerweile entschieden weltlich, mit einem Hang zu aktivistischer Politik und Engagement für die Gemeinschaft.

Parkplätze für Besucher waren zahlreich und umsonst. Ich nahm mir eine Campuskarte aus einem der Ständer und machte mich auf den Weg zur Anna Loring Slater Library. Viele der gut aussehenden Kids, an denen ich vorbeikam, lächelten. Als wenn das Leben köstlich schmeckte und sie für den nächsten Gang bereit wären.

Die Bibliothek war ein zweistöckiges Meisterwerk aus den Zwanzigerjahren mit einem mediokren, viergeschossigen Anbau aus den Achtzigern, den man an den Südflügel angeheftet hatte. Im Erdgeschoss saßen rund hundert Studenten, die schweigend vor ihren Bildschirmen klebten. Ich fragte einen Bibliothekar nach dem Namen der Schulzeitung und wo ich alte Nummern finden könnte.

»Der *Daily Bobcat*«, sagte er. »Ist alles online.«

Ich fand einen Computer und loggte mich ein. Die *Bobcat*-Akte umfasste zweiundsechzig alte Jahrgänge. In den ersten vierzig Jahren war die Zeitung wöchentlich erschienen.

Kevin Drummond war vierundzwanzig, was bedeutete, dass er sich vermutlich vor sechs Jahren eingeschrieben hatte. Ich ging zur Vorsicht ein Jahr weiter zurück und machte mich daran, Tausende von Seiten durchzuscrollen und die Autorenzeilen zu überfliegen. Nichts mit Drummonds Namen darunter tauchte in den ersten drei Jahren auf. Auch keine Artikel von Faithful Scrivener und E. Murphy. Dann, im März von Drummonds vorletztem Studienjahr, wie sich herausstellen sollte, landete ich meinen ersten Treffer.

Kevin Drummond, Kommunikationswissenschaften, hatte die Kritik einer Talentprobe im Roxy auf dem Sunset verfasst. Sieben neue Bands, die sich alle Hoffnungen auf einen Durchbruch machten. Eine Kurzkritik zu jedem Auftritt; Kevin Drummond hatten drei gefallen, vier nicht. Seine Prosa war geradlinig, uninspiriert, ohne all die Schwärmerei oder Sexualmetaphorik der *SeldomScene*-Artikel.

Ich fand weitere elf Artikel, die sich über anderthalb Jahre verteilten, zehn Besprechungen von Rockkonzerten, ähnlich nichts sagend.

Die Ausnahme war interessant.

Im Mai von Drummonds letztem Jahr. Namenszeile Faithful Scrivener. Ein retrospektiver Blick auf Baby Boys Karriere.

Dieser Artikel war länger, überschwänglich und nannte Baby Boy »eine Ikone, deren elefantenähnliche Schultern sich vielleicht wie die von Atlas unter dem gewichtigen Umhang von Robert Johnson, Blind Lemon Jackson und dem gesamten Pantheon der magenwunden Majestäten aus dem

Delta und aus Chicago beugen mögen, aber deren Seele ganz ist und nie zum Verkauf stehen wird. Baby Boy verdient das Gewicht und den Schmerz der erdrückenden Last des Genies. Er ist ein Künstler mit zu viel emotionaler Integrität und Psychopathologie, um jemals langfristige populäre Anerkennung zu erreichen.«

Der Essay zitierte gegen Ende Zeilen aus »der totemistischen, aortabelastenden Klage ›A Cold Heart‹« und schloss damit, dass »für einen Bluesmann die Welt immer ein kaltherziger, abweisender, verräterischer Ort sein wird. Nirgendwo trifft die Wendung ›kein Gewinn ohne Schmerz‹ mehr zu als in dem dunklen Universum verrauchter Bars und leichter Mädchen, in dem es kein Happy End gibt und das den Genius jedes skorbutkranken Baumwollpflückers und süchtigen Saitenzupfers seit undenklichen Zeiten genährt hat. Baby Boy mag niemals ein glücklicher Mann sein, aber seine Musik, roh und vital und entschieden unkommerziell, wird weiterhin die Herzen von vielen wärmen.«

Ein Jahr später hatte Lee diese These Lügen gestraft, indem er bei den Aufnahmen mitgewirkt hatte, aus denen der Monster-Pophit von Tic 439 hervorging.

Kognitive Dissonanz, aber auf den ersten Blick kein überzeugendes Motiv für einen Mord.

Ich musste mehr über Kevin Drummond in Erfahrung bringen.

Der Fachbereich Kommunikationswissenschaften des Charter College war in Frampton Hall untergebracht, einem majestätischen Bau mit dorischen Säulen, der von der Bibliothek etwa fünf Minuten entfernt lag. Innen hatte er abgenutzte Mahagoniwände, ein Kuppeldach und Korkböden, die die Schritte dämpften. Das Gebäude beherbergte außerdem die Fachbereiche Englische Literatur, Geschichte, Humanwissenschaften, Genderstudien und Romanische Sprachen. Kommunikationswissenschaften teilten sich den zweiten Stock mit den beiden letzteren.

Drei Mitglieder des Lehrkörpers waren auf der Anzeigetafel aufgeführt: Professor E.G. Martin, Lehrstuhlinhaberin; Professor S. Santorini; Professor A. Gordon Shull.

Oben anfangen.

Vor dem Eckzimmer von Professor Martin befand sich ein leerer Empfangsbereich. Die Tür zu einem dahinter liegenden Büro stand fünfzehn Zentimeter weit auf, und das Klick-klack einer Tastatur strömte in das Vorzimmer. Sepiafarbene Fotos des Charter College in den Kinderschuhen schmückten die Wände. Große, saubere Gebäude, die zierliche Setzlinge überragten; ernste Männer mit Zelluloidkrägen und bis obenhin zugeknöpfte Frauen mit dem entschlossenen Blick der vom Himmel Gesandten. Ein Schild über der nächsten Ablage buchstabierte den vollen Namen der Lehrstuhlinhaberin. Dr. phil. ELIZABETH GALA MARTIN.

Ich näherte mich der offen stehenden Tür. »Professor Martin?«

Weitere Anschläge auf der Tastatur, dann Stille. »Ja?«

Ich nannte meinen Namen, fügte meinen akademischen Titel an der Medizinischen Fakultät Downtown hinzu und schob die Tür weitere fünf Zentimeter auf.

Professoral.

Eine sehr dunkle Schwarze in einem wadenlangen Kleid aus topasgelber Seide und passenden Pumps kam um ihren Schreibtisch herum. Sie hatte wassergewellte, hennagefärbte Haare, trug eine Perlenkette und dazu passende Ohrringe. Um die vierzig, mollig, hübsch, verwirrt. Scharfe Lakritzaugen über einer goldenen Lesebrille musterten mich prüfend.

»Professor der Pädiatrie?« Ein Alt, der unter anderen Umständen vielleicht voll und weich geklungen hätte, unterteilte jedes Wort in präzise Silben. »Ich kann mich nicht an einen Termin erinnern.«

»Ich habe keinen«, sagte ich und zeigte ihr meinen Ausweis als Berater des LAPD. Sie kam näher, las das Kleingedruckte, runzelte die Stirn.

»Polizei? Was hat das zu bedeuten?«

»Nichts Beunruhigendes, aber wenn Sie so nett wären, mir ein paar Minuten Ihrer Zeit zu schenken?«

Sie trat zurück und musterte mich erneut. »Das ist ungewöhnlich, um es milde auszudrücken.«

»Ich bitte um Entschuldigung. Ich habe in Ihrer Bibliothek recherchiert, und Ihr Name tauchte auf. Falls Sie lieber einen Termin mit mir –«

»Inwiefern tauchte mein Name auf?«

»Als Lehrstuhlinhaberin der Kommunikationswissenschaften. Ich ermittle gegen einen Ihrer ehemaligen Studenten. Einen Mann namens Kevin Drummond.«

»Sie ermitteln *gegen* ihn«, sagte sie. »Das heißt, die Polizei ermittelt.«

»Ja.«

»Welcher Straftat wird Mr. Drummond verdächtigt?«

»Kennen Sie ihn?«

»Ich kenne den Namen. Wir sind ein kleiner Fachbereich. Was hat Mr. Drummond getan?«

»Vielleicht nichts«, erwiderte ich. »Vielleicht Mord.«

Elizabeth G. Martin nahm ihre Brille ab. Dumpfes Pochen ertönte aus dem Korridor. Schuhe auf Kork. Jugendliches Geschnatter schwoll an und verklang wieder.

»Stehen wir nicht länger hier draußen«, sagte sie.

Ihr Büro war mit Perserteppichen ausgelegt, an den Wänden standen Bücherregale und es gab zwei große Fenster, die auf üppige Rasenflächen hinausblickten. Impressionistische kalifornische Landschaften, vermutlich wertvoll, vermutlich Collegebesitz, hingen überall dort, wo die Bücherregale aufhörten. Elizabeth Martins Promotionsurkunde von Berkeley und zahlreiche akademische Ehrungen waren an der Wand hinter ihrem geschnitzten Doppelschreibtisch aufgehängt. Auf dem Schreibtisch standen ein rauchgrauer Laptop und ein Sortiment von Büroutensilien aus Kristall. Ein offener Kamin aus grünem Marmor beherbergte einen Rost mit kalten, angekohlten Scheiten.

Sie setzte sich und forderte mich mit einer Handbewegung auf, es ihr gleichzutun. »Was genau ist passiert?«

Ich versuchte mit so wenig Details wie möglich mitteilsam zu erscheinen.

»Nun ja, das ist alles schön und gut, Professor Delaware, aber es handelt sich hier um Dinge, die im Ersten Verfassungszusatz geregelt sind, ganz zu schweigen von akademischer Freiheit und simpler Höflichkeit. Sie erwarten nicht ernstlich, Sie könnten hier hereinspazieren und uns dazu bringen, unsere Akten offen zu legen, nur weil das Ihren Ermittlungen zum Vorteil gereicht. Worum immer es dabei angeblich geht.«

»Ich bin nicht an vertraulichen Informationen über Kevin Drummond interessiert. Nur an Dingen, die für Ermittlungen in einem Mordfall relevant sein könnten, wie beispielsweise disziplinarische Probleme.«

Elizabeth Martin blieb unbeeindruckt.

»Wir reden von mehrfachem Mord«, sagte ich. »Falls sich herausstellt, dass Drummond in kriminelle Aktivitäten verwickelt war, wird das an die Öffentlichkeit dringen. Falls er hier Probleme verursacht und Charter es vertuscht hat, wird das College mit hineingezogen werden.«

»Ist das eine Drohung?«

»Nein«, erwiderte ich. »Nur eine Feststellung dessen, welchen Lauf solche Dinge nehmen.«

»Polizeiberater … Fühlt sich Ihr akademischer Fachbereich wohl bei Ihren Aktivitäten? Informieren Sie ihn über alle Einzelheiten?«

Ich lächelte. »Ist das eine Drohung?«

Martin rieb sich die Hände. Ein Foto in einem Silberrahmen auf dem Kaminsims zeigte sie in einem roten Abendkleid neben einem zehn Jahre älteren, grauhaarigen Mann im Smoking. Auf einem anderen Foto stand sie in Freizeitkleidung neben demselben Mann. Hinter ihnen Häuser mit goldenen und rotbraunen Ziegeln auf den Dächern. Ein diagonales Stück grünblauer Kanal, der geschwungene Bug einer Gondel. Venedig.

»Egal wie die möglichen Konsequenzen aussehen«, sagte sie, »ich kann mich damit nicht einverstanden erklären.«

»Das ist nur recht und billig«, erwiderte ich. »Aber wenn es etwas gibt, was ich wissen sollte – was die Polizei wissen sollte –, und Sie schließlich eine Möglichkeit finden, uns zu helfen, wird das das Leben einer Menge Leute leichter machen.«

Sie nahm einen goldenen Füllfederhalter aus einem Lederetui und trommelte damit auf den Schreibtisch. »Ich kann Ihnen Folgendes sagen: Ich kann mich nicht erinnern, dass Kevin Drummond irgendwelche Probleme im Fachbereich verursacht hat. Es war überhaupt nichts … Mörderisches an ihm.« Der Federhalter klopfte gegen ihren Eingangskorb. »Wirklich, Professor Delaware, das klingt alles ziemlich bizarr.«

»Haben Sie Kevin persönlich unterrichtet?«

»Wann hat er sein Examen gemacht?«

»Vor zwei Jahren.«

»Dann muss ich Ja sagen. Vor zwei Jahren habe ich noch

mein Seminar über Massenmedien abgehalten, und für jeden Studenten mit Kommunikationswissenschaften im Hauptfach war der Schein obligatorisch.«

»Aber Sie haben keine spezifische Erinnerung daran, ihn unterrichtet zu haben?«

»Es war eine gut besuchte Veranstaltung«, sagte sie ohne Überheblichkeit. »Kommunikationswissenschaften sind in Charter ein Zweig des humanwissenschaftlichen Grundstudiums. Unsere Studenten belegen Pflichtseminare in anderen Fachbereichen und vice versa.«

»Ich nehme an, Kevin Drummond hatte einen Fachbereichsmentor.«

»Ich war nicht seine Mentorin. Ich arbeite mit den ausgezeichneten Studenten.«

»Kevin war nicht ausgezeichnet worden?«

»Wenn das der Fall gewesen wäre, hätte ich eine spezifische Erinnerung.« Sie begann auf ihrem Laptop zu tippen.

Ich war entlassen.

Wenn ich den Gang hinunterging, um die Professoren Santorini und Shull aufzusuchen, würde das ihrer Aufmerksamkeit vermutlich nicht entgehen. Ich würde eine andere Möglichkeit finden müssen, um mit ihren Kollegen in Kontakt zu treten. Oder es Milo tun lassen.

Ich war aufgestanden, als sie sagte: »Sein Mentor war Gordon Shull. Was ein Glück für Sie ist, weil Professor Susan Santorini auf einer Forschungsreise in Frankreich ist.«

Überrascht angesichts der plötzlichen Wendung sagte ich: »Kann ich mit Professor Shull sprechen?«

»Nur zu«, erwiderte sie. »Falls er hier ist. Sein Büro ist zwei Türen weiter auf der linken Seite.«

Draußen auf dem Mahagonikorridor standen mehrere Studenten herum. Ein Stück entfernt bei den Romanisten. Niemand versammelte sich bei den Kommunikationswissenschaftlern.

A. Gordon Shulls Bürotür war verschlossen, und mein Klopfen wurde durch Schweigen beantwortet. Ich war dabei, eine Nachricht zu schreiben, als eine herzliche Stimme sagte: »Kann ich Ihnen helfen?«

Ein Mann mit einem Rucksack war gerade die Hintertreppe hochgekommen. Er war Mitte dreißig, ungefähr eins dreiundachtzig, gut gebaut und hatte kurz geschorene rötliche Haare und ein kantiges, wettergegerbtes Gesicht mit einer hohen Stirn. Er trug ein rot-schwarz kariertes Hemd, schwarze Krawatte, schwarze Jeans, braune Wanderschuhe. Der Rucksack war armeegrün. Blassblaue Augen, ein Fünftagebart; auf eine raue Weise gut aussehend. Ein Fotograf für *National Geographic* oder ein Naturforscher, der in der Lage ist, Stipendien zum Studium seltener Arten zu ergattern.

»Professor Shull?«

»Ich bin Gordie Shull. Was liegt an?«

Ich wiederholte den kurzen Vortrag, den ich Elizabeth Martin gehalten hatte.

A. Gordon Shull sagte: »Kevin? Es ist wie lange … zwei Jahre her. Was ist das Problem?«

»Vielleicht gibt es gar keins. Sein Name ist im Zusammenhang mit Ermittlungen aufgetaucht.«

»Was für Ermittlungen?«

»In einem Mordfall.«

Shull trat zurück, nahm den Rucksack ab und kratzte sich an seinem kräftigen Kinn. »Sie machen Witze. Kevin?« Er ließ seine Schultern kreisen. »Das ist völlig verrückt.«

»Als Kevin Ihr Student war, hat er Ihnen da irgendwelche Probleme bereitet?«

»Probleme?«

»Disziplinäre Probleme?«

»Nein. Er war ein bisschen … wie kann ich das ausdrücken … exzentrisch?«

Er zog einen großen verchromten Schlüsselring aus der Jeans und schloss die Tür auf. »Ich sollte vermutlich nicht mit Ihnen reden. Vertrauliche Informationen … und so weiter. Aber Mord … ich glaube, ich sollte das mit meiner Chefin besprechen, bevor wir weitermachen.« Seine Augen wanderten den Gang hinunter zu Elizabeth Martins Büro.

»Professor Martin hat mich zu Ihnen geschickt. Sie ist es, die mir gesagt hat, Sie wären Kevin Drummonds Mentor.«

»Hat sie das? Hmm … nun ja, dann ist es okay … nehme ich an.«

Sein Büro hatte ein Drittel der Größe von dem seiner Vorgesetzten, schokoladenbraune Wände und war düster, bis er die Jalousie an einem einzelnen schmalen Fenster hochzog. Der Blick durch die Scheiben wurde von einem dicken, knorrigen Baumstamm blockiert, und Shull musste das Licht anknipsen, um das Zimmer aufzuhellen.

Der Status innerhalb des Fachbereichs war im Charter College klar markiert. Shulls Schreibtisch und Bücherregale kannten Holz nur als Furnier, seine Stühle waren aus grau lackiertem Metall. Hier gab es keinen kalifornischen Impressionismus, nur zwei Poster von Ausstellungen zeitgenössischer Kunst in New York und Chicago.

Zwei schwarz gerahmte Diplome hingen schief hinter seinem Schreibtisch. Eine fünfzehn Jahre alte Magisterurkunde vom Charter College und ein Diplomzeugnis von der University of Washington.

Shull warf seinen Rucksack in eine Ecke und setzte sich. »Kevin Drummond … wow.«

»In welcher Hinsicht war er exzentrisch?«

Er schwang die Füße auf seinen Schreibtisch und legte die Hände hinter seinen Kopf. Sein Grundausbildungshaarschnitt offenbarte einen großen Schädel unter den rötlichen Stoppeln. »Sie sagen nicht wirklich, dass der Junge ein Mörder ist?«

»Ganz und gar nicht. Nur dass sein Name im Zusammenhang mit Ermittlungen aufgetaucht ist.«

»Wie?«

»Ich wünschte, ich könnte es Ihnen sagen.«

Shull grinste. »Nicht fair.«

»Was können Sie mir über ihn sagen?«

»Sie sind Psychologe? Man hat Sie geschickt, weil jemand glaubt, Kevin sei psychisch gestört?«

»Manchmal hat die Polizei den Eindruck, ich wäre für eine bestimmte Aufgabe der Richtige.«

»Unglaublich ... aus irgendeinem Grund kommt mir Ihr Name vertraut vor.« Ich lächelte. Er erwiderte das Lächeln. »Okay, Kevin Drummonds exzentrisches Benehmen ... Zunächst einmal war er ein Einzelgänger – zumindest soweit ich das mitbekommen habe. Keine Freunde, keine Teilnahme an studentischen Aktivitäten. Aber kein beängstigender Junge. Still. Nachdenklich. Von mittlerer Intelligenz, in sozialer Hinsicht nicht allzu begabt.«

»Wie viel Kontakt hatten Sie mit ihm?«

»Von Zeit zu Zeit trafen wir uns zu curricularen Beratungen, Dinge dieser Art. Er schien sich treiben zu lassen ... schien die College-Erfahrung nicht zu genießen. Was nichts Ungewöhnliches ist, eine Menge Kids lassen den Kopf hängen.«

»Depressiv?«, fragte ich.

»Sie sind der Psychologe«, erwiderte Shull. »Aber ja, das würde ich sagen. Wenn ich jetzt darüber nachdenke, habe ich ihn nie lächeln sehen. Ich habe versucht, ihn aus der Reserve zu locken. Er hatte nicht viel für beiläufige Konversation übrig.«

»Angespannt.«

Shull nickte. »Eindeutig angespannt. Ernsthafter Junge, scheinbar kein Sinn für Humor.«

»Wo lagen seine Interessen?«

»Hmm«, machte Shull. »Ich würde sagen in der Popkultur. Was auf die Hälfte unserer Studenten zutrifft. Sie sind Produkte ihrer Erziehung.«

»Was meinen Sie damit?«

»Der Zeitgeist«, erwiderte Shull. »Wenn Ihr Elternhaus irgendeine Ähnlichkeit mit meinem hatte, haben Sie ein Grundwissen in Büchern, Theater, Kunst vermittelt bekommen. Die heutigen Studenten wachsen wahrscheinlich in Familien auf, wo zufälliger Fernsehgenuss die bevorzugte Unterhaltung ist. Es ist nicht gerade einfach, sie für Qualität zu begeistern.«

Meine Kindheit war in Schweigen und Gin begründet gewesen. Ich fragte: »Welche Aspekte der Popkultur haben Kevin interessiert?«

»Alle. Musik, Kunst. In dieser Hinsicht hat er perfekt in den Fachbereich gepasst. Elizabeth Martin schreibt uns einen holistischen Ansatz vor. Kunst als generelle Rubrik, in der alle Aspekte zur Sprache kommen.«

»Von mittlerer Intelligenz.«

»Ein Dilettant. Fragen Sie mich nicht nach seinen Noten. Das ist definitiv nicht drin.«

»Wie wäre es mit einer ungefähren Einschätzung?«

Shull ging zu dem baumgefüllten Fenster, rieb sich den Kopf, lockerte seine Krawatte. »Wir bewegen uns hier auf dünnem Eis, mein Freund. Das College ist unerbittlich, wenn es um die Vertraulichkeit von Noten geht.«

»Wäre es fair, ihn als mittelmäßig zu bezeichnen?«

Shull lachte leise. »Okay, so viel wird man sagen können.«

»Gab es im Lauf der Zeit eine Änderung in seinem Notendurchschnitt?«

Shull zögerte. »Ich erinnere mich möglicherweise an ein leichtes Nachlassen seiner Bemühungen gegen Ende seines Aufenthalts hier.«

»Wann?«

»In den letzten beiden Jahren.«

Direkt nach dem Mord an Angelique Bernet. Irgendwann vor seinem Examen hatte Kevin Drummond *Groove-Rat* konzipiert.

Ich fragte: »Ist Ihnen bewusst, dass Kevin sich als Verleger versucht hat?«

»Ach, das«, sagte Shull. »Sein *Magazin*.«

»Haben Sie es gesehen?«

»Er hat mit mir darüber geredet. Das war in der Tat das einzige Mal, dass ich ihn lebhaft werden sah.«

»Er hat Ihnen das Magazin nie gezeigt?«

»Er hat mir ein paar Artikel gezeigt, die er geschrieben hatte.« Shulls Lächeln war schief, reuevoll. »Er wollte gelobt werden. Ich habe versucht, seinem Wunsch zu entsprechen.«

»Aber seine Art zu schreiben war nicht lobenswert.«

Shull zuckte mit den Achseln. »Er war ein Student. Er schrieb wie ein Student.«

»Soll heißen?«

»Grundstudiumsmäßig – hauptstudiumsmäßig, examensmäßig. Das gehört zu meiner ständigen Ernährung. Was völlig in Ordnung ist. Jede Technik braucht ihre Zeit zur Entwicklung. Der einzige Unterschied zwischen Kevin und Hunderten anderer Kids besteht darin, dass er glaubte, er wäre bereit für den großen Wurf.«

»Haben Sie ihm gesagt, dass er es nicht ist?«

»Um Himmels willen, nein«, erwiderte Shull. »Warum sollte ich sein Selbstvertrauen erschüttern, bei einem gestörten Jungen wie ihm? Ich wusste, dass die Welt ihm das ganz von selbst antun würde.«

»Ein gestörter Junge?«, fragte ich.

»Sie sagen mir, er ist in einen Mordfall verwickelt.« Shull kam zu seinem Stuhl zurück. »Ich will ihn wirklich nicht schlecht machen. Er war ruhig, ein bisschen seltsam, machte sich Illusionen, was sein Talent betraf. Das ist alles. Ich möchte ihn nicht wie einen Irren erscheinen lassen. Er hat sich nicht sehr von anderen kleinen Freaks unterschieden, die mir über den Weg gelaufen sind.« Er stützte sich mit den Ellbogen auf den Tisch und sah mich ernst an. »Es besteht keine Chance, dass Sie mir irgendwelche Einzelheiten mitteilen, oder? Meine alten journalistischen Instinkte kommen wieder zum Vorschein.«

»Tut mir Leid«, sagte ich. »Dann sind Sie also vom Journalismus in die akademische Welt gewechselt.«

»Die akademische Welt hat ihre Vorzüge«, erwiderte Shull.

»Was können Sie mir noch über Kevin sagen?«

»Das ist wirklich alles. Und in wenigen Minuten beginnt meine Sprechstunde.«

»Ich werde nicht mehr viel von Ihrer Zeit in Anspruch nehmen, Professor. Was können Sie mir noch über Kevins Verlegerträume erzählen?«

Shull zog an seinem Kinn. »Sobald er für diese Verlagsidee Feuer gefangen hatte – in seinem letzten Studienjahr –, war das alles, worüber er reden wollte. Kids sind nun mal so.«

»Wie?«

»Besessen. Wir lassen sie zum College zu und nennen sie Erwachsene, aber in Wirklichkeit sind sie noch Heranwachsende, und Heranwachsende sind obsessiv. Ganze Industrien sind aufgrund dieser Tatsache entstanden.«

»Wovon war Kevin besessen?«

»Vom Erfolg, nehme ich an.«

»Nahm er einen bestimmten Standpunkt ein?«

»Im Hinblick auf was?«

»Auf Kunst.«

»Kunst«, wiederholte Shull. »Erneut reden wir von den Haltungen Heranwachsender. Kevin hielt an dem grundlegenden studentischen Glauben fest.«

»Und der wäre?«

»Antikommerzialismus. Wenn es sich gut verkauft, ist es Scheiße. Fundamentaler Stoff für Wohnheim-Debatten.«

»Das hat er Ihnen gesagt.«

»Mehr als einmal.«

»Sie denken anders darüber?«

»Mein Job ist es, die kleinen Entlein zu füttern, nicht, sie mit den Schrotkörnern der Kritik zu beharken.«

»Wenn Kevin Ihnen seine Artikel zeigte, haben Sie sie dann redigiert?«

»Nicht seine Artikel. Bei Referaten, die ich ihm zugewiesen hatte, schlug ich kleinere Änderungen vor.«

»Wie ist er mit Kritik umgegangen?«

»Gut.« Shull nickte. »Sehr gut sogar. Manchmal bat er um mehr. Ich nehme an, er sah zu mir auf. Ich gewann den Eindruck, dass er nirgendwo sonst viel Unterstützung fand.«

»Wissen Sie, dass Kevin Kunstkritiken für den *Daily Bobcat* geschrieben hat?«

»Ach die«, sagte Shull. »Er war ziemlich stolz darauf.«

»Er hat sie Ihnen gezeigt?«

»Er hat damit angegeben. Ich vermute, er hat schließlich Vertrauen zu mir gefasst. Was nicht Pizza und Bier außerhalb der Dienstzeit bedeutete. Dieser Typ Junge war Kevin nicht.«

»Welcher Typ ist das?«

»Der Typ, mit dem man gern ein Bier trinken würde.«

»Hat er Ihnen von seinen Pseudonymen erzählt?«, fragte ich.

Shull zog die Augenbrauen in die Höhe. »Was für Pseudonyme?«

»›Faithful Scrivener‹«, sagte ich. »›E. Murphy‹. Er benutzte sie, um für sein Magazin und andere Kunstzeitschriften zu schreiben.«

»Tatsächlich«, erwiderte Shull. »Wie merkwürdig. Warum?«

»Ich hatte gehofft, Sie könnten mir das sagen, Professor.«

»Schluss mit dem Titel. Nennen Sie mich Gordie ... Pseudonyme ... Wollen Sie damit andeuten, dass Kevin irgendetwas verheimlichte?«

»Kevins Motive sind immer noch mysteriös«, sagte ich.

»Nun ja, ich weiß nichts von irgendwelchen Pseudonymen.«

»Sie sagten, Kevins Noten hätten im Lauf der Zeit nachgelassen. Haben Sie irgendwelche Änderungen in seinem Stil bemerkt?«

»Inwiefern?«

»Er scheint von einfach und direkt zu wortreich und prätentiös übergegangen zu sein.«

»Autsch«, sagte Shull. »Sie sind der Kritiker, nicht ich.« Er zog die Krawatte herunter und öffnete den Kragen seines karierten Hemds. »Prätentiös? Nein, im Gegenteil. Das wenige, was ich von Kevins Entwicklung sah, schien eine Verbesserung anzudeuten. Ein wenig mehr Eleganz. Aber ich nehme an, das ergäbe einen Sinn. Wenn Sie Recht damit haben, dass Kevin gestört ist. Falls sein Geisteszustand sich verschlimmerte, würde sich das auch in seinem Stil zeigen, nicht wahr? So, es tut mir Leid, aber ich habe einen Termin.«

Als wir an der Tür ankamen, sagte er: »Ich weiß nicht, was Kevin Ihrer Ansicht nach getan hat – wahrscheinlich will ich es gar nicht wissen. Aber ich muss sagen, dass er mir Leid tut.«

»Warum?«

Anstatt zu antworten, öffnete er die Tür, und wir traten in den Gang. Eine hübsche junge Asiatin saß ein paar Schritte entfernt auf dem Boden. Als sie Shull sah, stand sie auf und lächelte.

Er sagte: »Gehen Sie schon rein, Amy. Ich bin sofort bei Ihnen.«

Als das Mädchen verschwunden war, fragte ich: »Warum tut Kevin Ihnen Leid?«

»Trauriger Junge«, erwiderte er. »Lausiger Schreiber. Und jetzt sagen Sie mir, er wäre ein irrer Killer. Ich würde sagen, damit kann er als bemitleidenswert angesehen werden.«

24

Ich verließ das College, fuhr auf den 134 East und war auf dem Rückweg nach L.A., als mein Mobiltelefon läutete.

Milo sagte: »In den letzten paar Stunden hätte ich dich brauchen können. Trauerarbeit mit Levitchs Mom. Vassily war ein wundervoller Sohn, ein Wunderkind, totales Genie, Mamas Augapfel, wer um alles in der Welt hätte ein Interesse daran, ihm wehzutun. Dann bekam ich einen vorläufigen Bericht meiner Detectives. Das Klinkenputzen in der Umgebung der Bristol Street hat nichts ergeben, und niemandem aus dem Publikum, mit dem sie geredet haben, ist etwas Außergewöhnliches aufgefallen. Das Gleiche gilt für den Sicherheitsmann und die Männer, die die Wagen eingeparkt haben. Wer auch immer Levitch umgebracht hat, hat sich entweder völlig der Umgebung angepasst, oder er hat sich unbemerkt Zutritt verschafft.«

»Du hast gesagt, das Publikum sei älter gewesen. Wäre ein junger Bursche wie Kevin Drummond dann nicht aufgefallen?«

»Vielleicht hat er sich verkleidet. Vielleicht hat er sich in der Dunkelheit in eine der hinteren Reihen gesetzt. Hinzu kommt, wenn du in ein Klavierkonzert gehst, hältst du nicht unbedingt nach verdächtigen Gestalten Ausschau. Es müssen immer noch ein paar Leute aus dem Publikum überprüft werden. Bist du schon im College gewesen?«

»Ja. Kevin Drummond hat ein paar Musikkritiken für die Studentenzeitung geschrieben, zum größten Teil nichts Erhellendes. Aber in seinem letzten Studienjahr – kurz bevor er mit *GrooveRat* anfing – hat sich sein Stil plötzlich verändert. Von geradliniger Prosa zu dem, was wir in den Artikeln für *SeldomScene* vorgefunden haben. Vielleicht hat er zu dieser Zeit auch eine psychologische Verwandlung durchgemacht.«

»Er ist schizophren geworden?«

»Nicht, wenn er unser Mann ist. Diese Verbrechen sind für einen Schizophrenen zu gut organisiert. Aber eine Gemütsstörung – Manie – würde zu der überhitzten Prosa und dem Größenwahn passen. So hat Drummonds Fachbereichsmentor sein Verlagsvorhaben charakterisiert. Manie kann eine Lockerung von Grenzen – und Hemmungen – bedeuten. Und periodische Abweichungen vom üblichen Verhalten. Der Mentor beschreibt Kevin als ruhig und ohne Selbstbewusstsein. Er hatte keine Freunde, war sehr ernsthaft, ein mittelmäßiger Student mit hohen Zielen. Nicht gerade gesellig. Was alles die depressive Komponente einer bipolaren Psychose sein könnte. Noch ein Faktor, der zur Manie passt, wäre die Sammelwut, die seine Hausverwalterin beschreibt. Sein Flattern von einem Hobby zum nächsten kann sehr gut einem manischen Durchbruch vorausgegangen sein. Manie tritt nicht oft zusammen mit Gewalttätigkeit auf, aber wenn sie es tut, kann die Gewalttätigkeit ziemlich heftig sein.«

»Also haben wir jetzt eine Diagnose«, sagte er. »Aber keinen Patienten.«

»Versuchsweise Diagnose. Der Mentor sagte auch, Kevin wäre fest davon überzeugt gewesen, dass kommerzieller Erfolg und Qualität nicht miteinander vereinbar seien. Für sich betrachtet, heißt das nicht viel – er bezeichnete es als Wohnheim-Doktrin, und er hat Recht. Aber die meisten College-Studenten überwinden die Wohnheim-Phase und entwickeln Autonomie. Kevin scheint keine großen Schritte in dieser Richtung gemacht zu haben.«

»Entwicklungshemmung ... Erfolg ist korrupt, also erstick ihn im Keim. Zwischenzeitlich ist nichts von ihm zu sehen, und es sieht mehr und mehr so aus, als hätte er die Kurve gekratzt. Petra sagt, Stahl überwacht das Apartment rund um die Uhr und hat nichts von ihm zu Gesicht bekommen. Ich schreibe Drummonds Honda zur Fahndung aus, aber ohne dass ich ihn offiziell zum Verdächtigen erkläre, landet sie ganz unten auf der Dringlichkeitsliste.«

»Trotz des fehlenden Wagens ist es möglich, dass Drummond sich in seinem Apartment verkrochen hat«, sagte ich. »Ein Einzelgänger wie er kann mit Dosensuppen und einem Laserdrucker eine ganze Weile durchhalten. Hat Stahl das überprüft?«

»Er hat die Verwalterin klopfen lassen. Keine Antwort, keine Geräusche auf der anderen Seite der Tür. Stahl dachte daran, sie ihren Hauptschlüssel benutzen zu lassen – unter dem Vorwand einer undichten Gasleitung reinzugehen.

Aber dann hat er es sich überlegt, hat Petra angerufen, sie hat mich angerufen, und zusammen haben wir entschieden zu warten. Nur für den Fall, dass die Durchsuchung irgendwas Wichtiges zutage fördert. Kevins Daddy ist Anwalt. Wenn wir den Jungen je verhaften, wird er von einem Spitzenmann verteidigt werden, da hat es keinen Sinn, voreilig zu handeln und beweistechnisch ein Chaos zu riskieren. Nur um sicherzugehen, hab ich ein Schwätzchen mit einer stellvertretenden Bezirksstaatsanwältin gehalten, die zur Permissivität neigt, was die Grundlage für einen Durchsuchungsbefehl angeht. Sie hörte sich an, was ich zu bieten hatte, und fragte mich, ob ich mit meiner Nummer als Komiker auftreten möchte.«

»Wie sieht der Plan also aus?«

»Stahl bleibt auf seinem Beobachtungsposten, und Petra überprüft weiterhin Hollywood-Adressen, Clubs, alternative Buchläden, um festzustellen, ob irgendjemand Kevin kennt. Ich gehe die Akte zum Fall Julie Kipper durch, um zu sehen, ob mir irgendwas entgangen ist. Ich hab auch Fiorelle in Cambridge angerufen und vorgeschlagen, dass er die Gästebücher der Hotels nach Drummond durchforstet. Er hat gesagt, er würde es versuchen, aber es wäre ziemlich viel verlangt.«

»Noch etwas«, sagte ich. »Ich habe mit Christian Bangsley gesprochen, dem anderen noch lebenden Bandmitglied von China Maranga. Er sagt, China sei sicher gewesen, dass ihr jemand nachsteigt.« Ich schilderte ihm den Vorfall in der Nähe des Hollywoodschilds. »Es hat sie zornig gemacht, sie war nicht erschrocken. In der Nacht, als sie verschwunden ist, war sie wütend auf die Band. Nimm noch Drogen und ihre aggressive Persönlichkeit hinzu, und es könnte sich eine brisante Situation ergeben.«

»Mit einem Kerl wie Kevin?«

»Mit jedem Kerl, der ihr gegen den Strich ging. Dass China in der Nähe des Schilds gefunden wurde, passt dazu, dass jemand sie verfolgt hat. Sie hatte eine Schwäche für das Schild, ist regelmäßig dort hochgegangen. Irgendjemand hat sie beobachtet, hat sich ihr Verhaltensmuster eingeprägt. Vielleicht wurde sie nicht mitgenommen, während sie auf der Straße unterwegs war. Vielleicht wollte sie in dieser Nacht ein bisschen rumwandern, wurde verfolgt und überfallen. Oben in den Hügeln wären die Geräusche eines Kampfes gedämpft gewesen.«

»Warum hatte sie eine Schwäche für das Schild?«

»Ihr gefiel die Geschichte dieses Starlets, das sich in den Tod gestürzt hat.«

»Unerfüllte Träume«, sagte er. »Klingt so, als hätten sie und Drummond etwas gemeinsam gehabt.«

»Klar«, erwiderte ich. »Bis sie es nicht mehr hatten.«

25

Nach einer Doppelschicht, in der sie Hollywood vergeblich nach jemandem durchgekämmt hatte, der Kevin Drummond kannte, ging Petra um drei Uhr morgens ins Bett, war um neun Uhr wieder wach und erledigte Telefonarbeit von ihrer Wohnung aus, während sie mit hoch gestecktem Haar im Bett lag, immer noch in T-Shirt und Slip.

Milo hatte sie über Alex' Besuch in Drummonds College in Kenntnis gesetzt. Über die Charakterisierung, die Drummonds Professor geliefert hatte und die das Profil untermauerte.

Der klassische Einzelgänger, klar.

Ein Supereinzelgänger – kein Clubbesitzer oder Rausschmeißer oder Dauergast oder Buchhandlungsangestellter erinnerte sich an sein Gesicht.

Die einzigen Leute, die überhaupt auf Drummonds Foto von der Zulassungsstelle ansprachen, waren der Besitzer eines Waschsalons in der Nähe von Drummonds Apartment und der Angestellte eines unweit gelegenen 7-Eleven, der glaubte, yeah, vielleicht ist der Kerl dann und wann hier reingekommen und hat Sachen gekauft.

»Was für Sachen?«

»Vielleicht Slim Jims?« Der Angestellte war ein Skinhead mit ungesundem Teint, der mit der nervösen Bereitwilligkeit eines Spielshow-Kandidaten reagierte.

»Vielleicht?«, fragte Petra.

»Vielleicht Schweineschwarte?«

Der Waschsalonbesitzer war ein Chinese, der kaum Englisch sprach und viel lächelte. Alles, was Petra aus ihm herausholte, war: »Yeah, villeich wasch.« Sie widerstand dem Impuls zu fragen, ob Drummond einen Haufen blutiger Klamotten durch die Maschine geschickt hatte, trottete zu ihrem Wagen zurück und fuhr ins Revier, wo sie beschloss, Drummonds Pseudonyme zu überprüfen.

Keine Chance, dass ein Faithful Scrivener sich etwas hatte zuschulden kommen lassen, aber sie fand viele verbrecherische E. Murphys. Es war zu spät, sich jetzt noch mit ihnen abzugeben, also verschob sie es auf morgen.

Und da lag sie nun, ganz gemütlich und bequem, und arbeitete mit dem Telefon.

Zwei Stunden später: Keiner der E. Murphys sah viel versprechend aus.

Sie überprüfte Henry Gilwhite, den Transsexuellen-mordenden Gatten der unausstehlichen Olive, der Postfach-Lady, und um 12 Uhr 35 wusste sie, dass Gilwhite seine Haftstrafe im Staatsgefängnis in San Quentin angetreten hatte und innerhalb eines Jahres nach Chino verlegt worden war. Durch ein dreiminütiges Gespräch mit einem stellvertretenden Gefängnisdirektor erfuhr sie, warum.

Sie dankte dem Mann, brühte sich einen Kaffee auf, aß einen Bagel, duschte, zog sich an und fuhr nach Hollywood.

Sie fand einen Platz für ihren Wagen auf dem Parkplatz des Einkaufszentrums, der ihr einen unverstellten Blick auf die Postfachagentur bot. Ein paar schäbige Typen gingen hinein und wieder hinaus, dann passierte zehn Minuten lang nichts. Petra trat lächelnd ein und erntete einen wütenden Blick von Olive.

»Hallo, Mrs. Gilwhite. Haben Sie in letzter Zeit von Henry gehört?«

Olive wurde knallrot, die Flecken in ihrem Gesicht wuchsen zu einer Maske zusammen. »Sie.«

Nie hatte ein Pronomen feindseliger geklungen.

»Haben Sie was gehört?«, fragte Petra.

Olive murmelte etwas Anstößiges vor sich hin.

Petra steckte die Hände in die Taschen und trat näher an den Schalter. Briefmarkenrollen lagen neben Olives mit Grübchen versehenem Ellbogen. Sie schnappte sie sich und drehte Petra den Rücken zu.

»Schön für Sie, dass Henry verlegt wurde, Olive. Chino ist ein ganzes Stück näher als San Quentin, leichter zu besuchen. Und Sie besuchen ihn regelmäßig. Alle zwei Wochen, wie ein Uhrwerk. Wie geht es ihm also? Ist der Blutdruck unter Kontrolle?«

Olive drehte sich halb um, offenbarte ein schwabbeliges Profil. Ihre Lippen bebten. »Was geht Sie das an?«

»Chino ist auch viel sicherer«, sagte Petra. »Wo mit Armando Guzman doch ein Cousin von Henrys Opfer in Quentin sitzt und er zusätzlich noch eine große Nummer in der Vatos Locos Gang ist. Tja, und in Quentin gibt es eine große Gruppe von V.L.s, aber in Chino sind es nur wenige, so dass es leichter ist, jemanden wie Henry dort abzusondern. Man hat mir jedoch gesagt, dass Chino allmählich überfüllt ist. In einer solchen Situation kann man nie wissen, wann sich die Dinge ändern.«

Olive fuhr herum. Blass. »Das *können* Sie nicht machen.« Die Feindseligkeit war aus ihrer Stimme verschwunden und von einem an den Nerven zerrenden Winseln ersetzt worden.

Petra lächelte.

Olive Gilwhites Wangen zuckten. Der wasserstoffblonde Schopf über ihrem Säufergesicht vibrierte. Mit dieser alten Hexe zu leben musste ein Vergnügen für Henry gewesen sein. Andererseits waren immer Transvestitenstricher für ein Stelldichein in einer Seitengasse verfügbar.

Olive Gilwhite sagte: »Das können Sie nicht.«

»Die Sache ist die«, erklärte Petra, »dass Henry als verurteilter Mörder, selbst in seinem Alter und selbst mit dem Bluthochdruck, nicht viel Mitleid von der Gefängnisverwaltung zu erwarten hat. Die Tatsache, dass er jede psychologische Beratung abgelehnt hat, wird ihm auch keine großen Pluspunkte einbringen. Ein störrischer Bursche, Ihr Henry.«

Olive zupfte nervös an ihrem Haar herum. »Was wollen Sie?«

»Postfach 248. Woran erinnern Sie sich?«

»Ein Verlierer«, sagte Olive. »Okay? Wie sie alle. Mit was für einer Kundschaft hab ich Ihrer Ansicht nach hier zu tun? Mit Filmstars?«

»Nennen Sie mir Details von dem Verlierer«, forderte Petra. »Wie sah er aus? Wie hat er für das Postfach bezahlt?«

»Er sah aus wie … jung, dünn, groß. Große Brille.

Schlechte Haut. Einer von diesen so genannten Freaks. Ein Homofreak.«

»Er ist schwul?«, fragte Petra.

»Das hab ich gesagt.«

»Was lässt Sie das annehmen?«

»Ich nehme das nicht an, ich weiß es. Er kriegt Homokram mit der Post«, erklärte Olive. Das höhnische Lächeln war zurückgekehrt.

»Schwulenmagazine?«

»Nein, eine Einladung vom Papst. Ja, Magazine. Was glauben Sie, wofür die sind?« Sie gestikulierte in Richtung der Postfächer. »So viele Bibeln kommen hier nicht rein.« Olive lachte, und selbst auf diese Distanz konnte Petra Wacholderbeeren in ihrem Atem riechen. Gin zur Mittagszeit.

»Hat er Ihnen seinen Namen genannt?«

»Er musste ein Formular ausfüllen.«

»Wo ist es?«

»Weg«, sagte Olive. »Sobald jemand anders das Postfach mietet, werfe ich die alten weg. Glauben Sie, ich hätte genug Platz, um sie alle aufzubewahren?«

»Praktisch.«

»Ich bin praktisch durch und durch. Sie können mir drohen, so viel Sie wollen, aber die Fakten werden Sie nicht ändern.« Olive schimpfte leise vor sich hin, und Petra konnte *verdammtes Biest* heraushören. »Sie sollten sich was schämen, eine so genannte Vertreterin des so genannten Gesetzes, mir zu drohen. Ich sollte Sie anzeigen. Vielleicht tu ich's auch.« Olive verschränkte die Arme vor ihrem Busen, aber sie machte einen Schritt zurück, als rechnete sie mit einem Schlag.

»Von welcher Drohung reden wir?«, erwiderte Petra.

»Ah ja«, sagte Olive. »Überfüllung. Dinge ändern sich.«

»Ich höre da keine Drohung, Ma'am, aber wenn Sie sich

bei jemandem über mich beschweren wollen, tun Sie sich keinen Zwang an.« Petra klappte ihren Ausweis auf. »Hier ist meine Nummer.«

Olive beäugte einen Kugelschreiber, bewegte sich aber nicht in seine Richtung.

»Was für einen Namen hat Ihnen der Typ genannt?«, fragte Petra.

»Ich erinnere mich nicht – irgendein Russenname. Aber er war keiner. Ich hab ihn für einen Irren gehalten.«

»Hat er sich wie ein Irrer benommen?«

»Klar«, erwiderte Olive. »Er kam hier sabbernd und zitternd rein und hat Marsmenschen gesehen.«

Petra wartete.

»Er war ein verrückter *Typ*«, sagte Olive. »Kapiert? Was ist, soll ich jetzt noch so 'ne Art Psychiaterin sein? Er war ein Homofreak, hat nicht viel gesagt, hat den Kopf gesenkt gehalten. Was mir durchaus recht war. Zahl die Miete, hol deine schmutzigen kleinen Geheimnisse ab, mach, dass du hier rauskommst.«

»Wie hat er gezahlt?«

»Bar. Wie die meisten.«

»Monatlich?«

»Auf keinen Fall«, sagte Olive. »Ich habe ein Platzproblem. Wenn man einen Platz haben will, garantiert man mir drei Monate. Das ist also das Mindeste, was ich von ihm bekommen habe.«

»Das Mindeste?«

»Bei manchen verlange ich mehr.«

»Bei wem?«

»Bei denen, wo ich glaube, ich kann mehr bekommen.«

»War er einer von denen?«

»Wahrscheinlich.«

»Wie lange hatte er das Postfach?«

»Lange. Ein paar Jahre.«

»Wie oft ist er reingekommen?«

»Ich hab ihn fast nie gesehen. Wir haben rund um die Uhr geöffnet. Er ist nachts gekommen.«

»Haben Sie keine Angst, es könnte was gestohlen werden?«

»Ich mache die Kasse leer, schließe alles ab. Wenn sie ein paar Stifte stehlen wollen, bitte sehr. Wenn zu viel geklaut wird, erhöhe ich die Mietgebühren, und das wissen sie. Also benehmen sie sich. Das ist Kapitalismus.«

Henry Gilwhites transsexuelle Begegnung hatte spät in der Nacht stattgefunden. Petra stellte sich Olive zu Hause in Palmdale in dem extrabreiten Wohnmobil vor. Was für eine Geschichte hatte Henry ihr wohl als Vorwand erzählt? Dass er ein Bier in der Kneipe um die Ecke trinken wollte?

Auf einmal tat ihr die Frau Leid.

»Ich will Sie nicht länger aufhalten –«

»Sie haben mich schon lange genug aufgehalten.«

»– war der Russenname Yuri?«

»Ja, das war er«, sagte Olive. »Yuri. Klingt so ähnlich wie Urin. Was hat er getan, Sie angepisst?« Sie kicherte, schlug mit der flachen Hand auf den Schalter. Ihr verschleimtes Lachen verwandelte sich in einen unkontrollierbaren Hustenanfall.

Scheußlich klingendes Keuchen begleitete Petra, als sie die Postfachagentur verließ.

26

Um vier Uhr früh, zwei Tage, nachdem er mit der Überwachung von Kevin Drummonds Mietshaus begonnen hatte, verließ Eric Stahl seinen Lieferwagen und schlich sich auf die Rückseite des Gebäudes. Die Nacht war düster, gepeitscht von flüchtigen, schneidenden Windstößen aus dem Osten. Der Neonschein im Norden – der Schein Hollywoods – lag unter einem Schleier.

In Drummonds Block war bereits seit einiger Zeit alles ruhig. Fast zwei Stunden blieben noch bis zum Sonnenaufgang.

Stahl hatte lange darüber nachgedacht, bevor er beschloss, dass es das Richtige war. Seit beinahe fünfzig Stunden hatte er nichts anderes getan, als dazusitzen und nachzudenken. Er hatte über das Mobiltelefon dreimal mit Connor gesprochen. Sie hatte nichts in Erfahrung gebracht.

Während der fünfzig Stunden hatte Stahl viele Leute kommen und gehen sehen, einschließlich eines Hundeprüglers, den er gern bestraft hätte, eines verschlagen dreinblickenden Typen, der ein Auge auf einen fast neuwertigen, einen halben Block entfernt abgestellten Toyota geworfen hatte – den hätte er gemeldet, aber der Kerl überlegte es sich noch mal anders und ging –, und ein paar verstohlene Rendezvous zwischen Drogendealern und ihren Kunden.

Der Dealer, der am meisten zu tun hatte, wohnte in dem Haus nördlich von Drummonds Haus. Stahl notierte seine Adresse für eine spätere Meldung beim Rauschgiftdezernat. Ein anonymer Tipp; das wäre am einfachsten.

Die meisten Nachbarn Drummonds schienen gesetzestreue Latinos zu sein.

Ruhig. Das letzte Fahrzeug, das vorbeigebraust war, war ein gelbes Taxi gewesen, vor zwölf Minuten.

Stahl zog den Reißverschluss seines schwarzen Anoraks hoch, verstaute sein Werkzeug in einer Knopftasche seiner schwarzen Cargohose, stieg aus dem Auto, widmete der Straße einen prüfenden Blick, streckte sich, atmete tief durch und rannte auf gut gepolsterten schwarzen Laufschuhen zu dem Haus hinüber.

Der Platz zwischen Drummonds Gebäude und seinem südlichen Nachbarn war ein wildes Durcheinander von Unkraut, angenehm weich unter den Füßen. In keinem der Apartments brannte Licht.

Während die Stadt schlief …

Er ging weiter zur Rückseite, überprüfte die Parkbuchten. Nur zur Sicherheit – er war schon mehrfach dort hinten gewesen. Von dem weißen Honda war nichts zu sehen. Drummonds Platz war leer.

Stahl eilte weiter zum Hintereingang des Hauses.

Abgeschlossen, einzelnes Sicherheitsschloss. Ein Alarmanlagenhinweis war auf das Holz geklebt, aber Stahl wusste von vorhergegangenen Recherchen, dass die Warnung nicht hielt, was sie versprach. Keine Kabel, kein Konto bei der Alarmanlagenfirma. Er holte sein Werkzeug heraus, zog die kleine, starke Taschenlampe mit dem gebündelten Strahl hervor, inspizierte seine Sammlung von Schlüsseln, starrte den Schlitz in dem Schloss an. Zwei Dietriche sahen viel versprechend aus. Der Erste passte.

Die Army hatte ihm beigebracht, wie man mit Schlössern spielte. Und alle möglichen anderen Fertigkeiten.

Diese besonderen Fertigkeiten hatte er nur einmal angewandt. In Riad, wo die Hitze und der Sand beinahe unerträglich waren und die unbarmherzige Sonne seine Netzhaut gebleicht hatte. Trotz all der Hochhäuser und Prestigekäufe, trotz der Verfügbarkeit amerikanischer Nahrungsmittel auf dem Stützpunkt war die Stadt in Stahls Augen nie etwas anderes als ein grässliches Wüstenloch gewesen.

Der Auftrag, in Riad ein Schloss zu knacken, war Teil einer größeren Operation gewesen: in das Penthouse eines saudiarabischen Prinzen einzubrechen, der die achtzehnjährige Tochter eines Militärattachés an der US-Botschaft verführt hatte.

Ein mageres, unscheinbar aussehendes blondes Mädchen mit einem niedrigen IQ und einem unterirdischen Selbstbewusstsein. Der gut aussehende, reiche Prinz hatte sie mit seiner angenehmen Stimme und süßen Worten dazu gebracht, ihm in seiner Wohnung Sex auf Anforderung zu gewähren, und sie mit Rauschgift versorgt. Jetzt sträubten sich Federn. Federn der königlichen *Familie*: Mit einem Mädchen von derart offensichtlicher Minderwertigkeit zu verkehren könnte sich als abträglich für das Image des Prinzen erweisen, aber die Saudis würden auf keinen Fall gegen ihren Goldjungen vorgehen. Die Drecksarbeit blieb immer den Ausländern überlassen.

»Sie müssen es so sehen«, hatte Stahls befehlshabender Offizier zu ihm gesagt. »Als Amerikanerin kommt sie glimpflich davon. Wenn sie Araberin wäre, würde sie gesteinigt werden.«

Offiziell wohnte der Prinz mit seiner Familie in einem Palast. Seine Fickbude war ein Paradies aus weißem Marmor in einem der höchsten Hochhäuser, dessen Lieferanteneingang in einer bestimmten Nacht zufällig offen gelassen worden und unbewacht geblieben war.

In derselben Nacht war der Prinz mit zwei Arschkriechern aus dem State Department zum Abendessen verabredet, die niemand leiden konnte. Begleitet wurde er von einer seiner drei Frauen, aber am gleichen Nachmittag hatte er die Amerikanerin in der F-Bude untergebracht, sie mit Pillen abgefüllt und sie, von einem philippinischen Dienstmädchen beaufsichtigt, dort gelassen, damit sie zur Verfügung stand, wenn er auf ein sexuelles Betthupferl vorbeischaute.

Stahl überwachte das Hochhaus und sah zu, wie der

Prinz seine Schlampe ablieferte: Ein gelber Bentley Azure fuhr vor dem Lieferanteneingang des Gebäudes vor. Der Prinz, in ein weißes Seidenhemd und eine cremefarbene Hose gekleidet, stieg aus dem Wagen und ließ die Fahrertür offen stehen. Ein Angestellter eilte hinzu, um sie zu schließen, aber der Wagen rührte sich nicht vom Fleck. Fünf Minuten später ging die linke Beifahrertür auf, und zwei Männer in Anzügen stiegen mit einer verhüllten Gestalt aus, die sie eilig in das Gebäude schafften. Derselbe Angestellte stand für sie bereit und hielt ihnen die Tür auf.

Eine Stunde später setzte sich der Prinz, bekleidet mit einem langen, weißen arabischen Gewand und einem *Keffijeh* mit Goldband, hinter das Lenkrad des Azure und raste davon.

Zwanzig Minuten später verließen die beiden Männer in den Anzügen das Gebäude zu Fuß, stiegen in einen in der Nähe geparkten Mercedes und fuhren davon.

Kurz nach Einbruch der Dunkelheit war Stahl im Innern des Hochhauses, hob den Saum seines eigenen Gewands und stieg achtundzwanzig Stockwerke zu der Wohnung des Prinzen hinauf.

Ein müder Wächter war auf der anderen Seite der Tür zum Treppenhaus platziert. Stahl ging zu ihm, murmelte ein paar auswendig gelernte arabische Sätze, drehte den Kerl herum, nahm ihn in den Würgegriff, zog ihn ins Treppenhaus und fesselte ihn an Armen und Beinen mit Plastikstreifen. Dann zog er seine Dietrichsammlung hervor und knackte das Schloss. Teure Wohnung, billiges Schloss. Talal hatte keinen Grund, um seine Sicherheit besorgt zu sein.

Das Mädchen fiel ihm sofort ins Auge; es räkelte sich nackt und stoned auf einem purpurfarbenen Brokatsofa und hatte die Augen starr auf einen Satellitenfernseher gerichtet, in dem MTV lief.

»Hallo, Cathy.«

Das Mädchen streichelte ihre Brüste und leckte sich die Lippen.

Die Filipina erschien. Stahl stäubte sie mit dem Zeug aus dem kleinen blauen Inhalator ein, den ihm der Militärarzt zugesteckt hatte, und sie verlor das Bewusstsein. Er setzte sie in einen Sessel, er schälte sich aus dem arabischen Gewand und machte in seinem schwarzen T-Shirt und der schwarzen Jeans weiter. Wickelte Cathy in dieselbe Decke, die die Männer des Prinzen benutzt hatten, warf sie sich über die Schulter und verließ eilig die Wohnung.

Er trug das Mädchen achtundzwanzig Stockwerke nach unten. Ein Wagen wartete hinter dem Hochhaus. Kein Bentley, nicht mal ein Mercedes, nur ein einfacher alter Ford. Wäre sie wach gewesen, hätte Cathy es als Abstieg angesehen. Talal vögelte sie gerne in dem Bentley, und sie hatte ihrer Schwester erzählt, dass sie es himmlisch fand.

Riad war ein einziger Betrug gewesen … bleib am Ball, lass dich nicht ablenken.

Das Schlossknacker-Werkzeug war eines der wenigen Dinge, das Stahl bei seiner Rückkehr ins Zivilleben mitgenommen hatte.

Soweit man davon reden konnte.

Er betrat das Erdgeschoss des Mietshauses. Drummonds Apartment lag im hinteren Bereich des ersten Stocks, aber eine Treppe führte von der Vorderseite aus nach oben. Er ging über einen mit dünnem Teppichboden ausgelegten Korridor.

Das Haus roch nach Insektenspray und scharfer Sauce. Unter dem Teppich befand sich ein alter Holzfußboden, der durchhing und knarrte; er trat vorsichtig auf. Zwei Lampen waren an der Decke angebracht, aber nur die vordere war in

Betrieb. Die Treppenstufen bestanden aus Fliesen auf Zement und blieben still unter seinen Gummisohlen.

Innerhalb von Sekunden stand er unbemerkt vor Drummonds Apartment. Werkzeug raus, Taschenlampe aufs Schlüsselloch. Das gleiche Fabrikat wie an der Hintertür, mit demselben Hauptschlüssel ging das Schloss auf.

Er machte die Tür zu, verschloss sie, zog die Glock aus dem schwarzen Nylonholster an seiner Hüfte, blieb in der Dunkelheit stehen und wartete auf ein winziges Lebenszeichen – die Spur einer Anwesenheit –, das das Schweigen stören würde.

Nichts.

Er trat einen Schritt vor. Flüsterte: »Kevin?«

Schweigen.

Er musterte eilig den Raum. Ein Zimmer, nicht groß. Zwei kleine Fenster, beide mit Jalousien davor, blickten hinaus auf das benachbarte Gebäude. Wenn er das Licht im Zimmer einschaltete, würde es die Jalousien gelb färben, also beschränkte sich Stahl auf seine andere Taschenlampe, die schwarze Stablampe mit dem breiteren Strahl.

Er ließ ihn durch das Zimmer gleiten und vermied dabei sorgfältig die Fenster.

Kevin Drummonds Wohnraum enthielt ein ungemachtes Einzelbett, einen schäbig aussehenden Nachttisch und einen mitten vor einen niedrigen, breiten Schreibtisch gestellten Klappstuhl. Eine nähere Untersuchung ergab, dass es sich bei dem Schreibtisch um eine ungestrichene Tür auf zwei Sägeböcken handelte. Jede Menge Platz zum Arbeiten. Auf der rechten Seite, die ans Bett angrenzte, stand eine Kochplatte mit Vorräten. Drei Dosen Chili, eine Tüte Kartoffelchips, ein Glas milde Salsasauce, zwei Sechserpacks Pepsi. Eine Zahnbürste in einem Wasserglas.

Links standen drei Computer mit flachen Neunzehn-

Zoll-Bildschirmen, zwei Farbdrucker, ein Scanner, eine Digitalkamera, ein Stapel Druckerpatronen, weißes Papier.

Hinter den Geräten führte eine Tür ins Badezimmer. Um dorthin zu gelangen, musste Stahl sich einen Weg um Zeitschriftenstapel herum bahnen. Fast jeder freie Quadratzentimeter Fußboden war mit Kartons bedeckt.

Zuerst untersuchte er das Bad. Dusche, Waschbecken, Toilette, keine Zeichen kürzlicher Benutzung, aber der Raum roch muffig. Schimmel in der Dusche, Schmutzränder um den Abfluss des Waschbeckens herum, und die Toilette hätte Stahl auch für Geld nicht benutzt. Kein Arzneischrank, nur ein einzelnes Glasbord über dem Waschbecken. Eine nachlässig ausgedrückte Tube Zahnpasta, rezeptfreie Nasentropfen, eine Frauenhandcreme – möglicherweise ein Hilfsmittel zur Masturbation –, Aspirin, Pepto-Bismol, verschreibungspflichtige Tabletten gegen Akne, die vor drei Jahren von einer Apotheke in Encino abgegeben worden waren. Drei Tabletten waren übrig. Kevin hatte aufgehört, seiner Haut Aufmerksamkeit zu widmen.

Keine Seife in der Dusche, kein Shampoo, und Stahl fragte sich, wann Kevin das letzte Mal hier gewesen war.

Hatte er eine andere Bleibe?

Stahl kehrte in das vordere Zimmer zurück, trat vorsichtig zwischen die Kartons. Alles, was er heute Nacht erreichen würde, wäre nutzlos – schlimmer als nutzlos –, wenn der Einbruch ans Licht käme, denn dann hätte er die Ermittlungen kompromittiert.

Er begann sich den Inhalt der Kartons anzusehen.

Erwartete, Drummonds Lager von alten *GrooveRat*-Ausgaben zu finden.

Falsch; in dem ganzen Apartment befand sich kein einziges Heft des Magazins. Der Bursche war ein leidenschaftlicher Sammler, aber er sammelte die Kreationen anderer.

Soweit Stahl erkennen konnte, ließ sich der Ramsch in zwei Kategorien aufteilen: Spielzeug und Zeitschriften. Die Spielzeuge waren Autos von Hotwheel, einige noch in ihren Schachteln, Figuren aus *Star Wars* und anderen Actionfilmen, Sachen, die er nicht kannte. Bei den Zeitschriften handelte es sich um *Vanity Fair*, *The New Yorker*, *InStyle*, *People*, *Talk*, *Interview*. Und schwule Pornographie. Jede Menge davon, einschließlich einige Bondage- und Sado-Maso-Sachen.

Die Frau von der Postfachagentur hatte Petra erzählt, Drummond wäre schwul. Stahl fragte sich, ob Petra es Sturgis erzählt hatte. Wie Sturgis damit umgehen würde, wenn er von Kevins Vorlieben erfuhr.

Sie hatte *ihm* von *Sturgis'* Vorlieben erzählt. Vermutlich um dafür zu sorgen, dass er nicht irgendwelche homophoben Bemerkungen fallen ließ.

Was lächerlich war, weil er nie irgendwelche Bemerkungen über irgendwas machte; selbst in diesem frühen Stadium ihrer Partnerschaft hätte sie das sehen können.

Er machte sie nervös; wenn sie zusammen im Auto saßen, war sie schreckhafter als ein Kaninchen.

Dieser Fall entwickelte sich gut. Sie waren beide glücklich, ihrer eigenen Wege gehen zu können.

Connor war in Ordnung. Eine Karrierefrau. Keine familiären Bindungen.

Nach außen hin zäh, aber ungewohnte Situationen machten sie zappelig.

Er machte sie zappelig.

Er wusste, dass er diese Wirkung auf Menschen hatte.

Es kümmerte ihn nicht im Geringsten.

Er setzte die Durchsuchung von Kevin Drummonds Apartment fort, fand keine persönlichen Papiere oder Trophäen, nichts, was strafbar gewesen wäre oder auf ein Verbrechen hingewiesen hätte. All dieses Papier zu horten stimmte mit der Vermutung überein, die der Seelenklempner aufgestellt hatte: Drummond war äußerst obsessiv. Die Art der Zeitschriften, die er ausgewählt hatte, besagte, dass seine Obsession sich auf Persönlichkeiten richtete, auf Prominente.

Mit dem Einbruch hatte Stahl zwei Dinge erreicht: Er wusste jetzt, dass es ihnen nicht schadete, keinen Durchsuchungsbefehl erwirken zu können. Alles, was diese Durchsuchung erbracht hätte, wäre die Bestätigung von Drummonds Homosexualität gewesen, und er konnte nicht erkennen, was das mit dem Fall zu tun hatte ... vielleicht das Sado-Maso-Zeug?

Die andere Sache: Nachdem er Zeit in Drummonds Bude verbracht und die kalte Einsamkeit gespürt hatte, war er bereit darauf zu wetten, dass Drummond schon vor einer ganzen Weile die Fliege gemacht und nicht die Absicht hatte, zurückzukommen. Auch wenn er die ganze Computerausrüstung im Stich lassen musste.

Daddys Knete – wie gewonnen, so zerronnen.

Dass keine Hefte von *GrooveRat* hier herumlagen, sprach dafür, dass Kevin noch einen Lagerraum hatte. Oder das Verlagsgeschäft interessierte ihn nicht mehr.

Hatte er sich ein neues Hobby gesucht?

Er knipste die Stablampe aus, stand in Drummonds erbärmlichem kleinen Zimmer und überzeugte sich davon, dass niemand etwas von seiner Anwesenheit mitbekommen hatte. Für alle Fälle zog er die Maske aus der Tasche und streifte sie sich über das Gesicht. Aus Army-Beständen, schwarzes Lycra, zwei Löcher für die Augen. Auf diese Weise würde sich jeder, dem er bei seinem Abgang über den Weg lief, nur an einen klassischen nächtlichen Einbrecher erinnern, der direkt einem Film entsprungen zu sein schien.

Die Maske würde jeden vernünftigen Menschen abschrecken und das Risiko einer Konfrontation verringern.

Stahl würde alles tun, um sich selbst zu schützen. Aber er zog es vor, niemanden verletzen zu müssen.

27

Der Anruf kam, als Milo und ich an der Third Street Promenade in Santa Monica unser Frühstück einnahmen. Ein grauer Himmel verhieß Regen, und nur wenige Passanten kamen an unserem Tisch im Freien vorbei. Das Wetter hielt einen dürren Mann allerdings nicht davon ab, für ein bisschen Kleingeld schlecht Gitarre zu spielen. Milo steckte ihm einen Zehner zu und sagte ihm, er solle sich einen anderen Platz suchen. Der Mann zog sieben Meter weiter und fuhr mit seinem Geheul fort. Milo wandte sich wieder seinem Denver-Omelett zu.

Es war zwei Tage nach meinem Besuch im Charter College, Kevin Drummond war immer noch nicht in seinem Apartment aufgetaucht, und Eric Stahl hatte den Eindruck, er würde so bald nicht zurückkehren.

»Warum nicht?«, fragte ich.

»Stahls rein gefühlsmäßiger Eindruck, laut Petra«, sagte er.

»Ist der was wert?«

»Wer weiß? In der Zwischenzeit ist die einzige neue Information über Drummond, dass er schwul ist. Petra hat herausgefunden, dass er sein Postfach hauptsächlich dazu benutzt hat, sich schwule Pornographie schicken zu lassen.« Er legte seine Gabel hin. »Glaubst du, das ist relevant?«

»Wir haben von jemandem gesprochen, der sexuell verwirrt –«

»Dann hat er seine Verwirrung vielleicht überwunden. Was ist mit Szabo und Loh? Reiche Schwule, die ein schönes Leben führen. Das wäre ein mögliches Ziel für Eifersucht.«

»Szabo und Loh waren nicht im Visier, und ihr Haus war nur Schauplatz eines Mordes. Wer immer Levitch getötet hat, war hinter dem her, was Levitch hatte.«

»Talent.« Er warf einen Blick auf den heulenden Gitarristen. »Da ist ein Kerl, der nicht in Gefahr schwebt.«

»Gibt es was Neues über Kipper?«, fragte ich.

»Er hat eine Freundin. Viel jünger – Ende zwanzig, sehr gut aussehend, heißt Stephanie. Sie arbeitet als Anwaltsgehilfin für eine Kanzlei in seinem Gebäude. In den letzten Tagen hat Kipper sie in der Öffentlichkeit begleitet. Sie ist auch blond, daher war vielleicht gar nicht Julie bei Kipper zu Besuch. Wenn ich nicht die Artikel in *SeldomScene* hätte, die Julie mit den anderen verbinden, und eine vorläufige Übereinstimmung zwischen den bei ihr und Levitch benutzten Drähten, würde ich mich fragen, ob Kipper nicht eine zweite Heirat in Erwägung zieht. Exfrauen können sich da als problematisch erweisen, sowohl in finanzieller wie in emotionaler Hinsicht. Und wir wissen von Kippers Nachbarn, dass er rachsüchtig sein kann.«

»Julie macht Ärger, und er bringt sie zum Schweigen.«

»Genau«, sagte er. »Zu dumm. Ich kann den Kerl nicht leiden – irgendwas an ihm …«

Er schob sich ein Stück Omelett in den Mund, schluckte Kaffee hinunter.

»Stephanie«, sagte ich. »Hast du mit ihr gesprochen?«

»Ich hörte, wie ihre Freundin sie so nannte, als sie auf die Damentoilette gingen.«

»Du hast dich in dem Gebäude rumgetrieben?«

»Zu dem Zeitpunkt schien es eine sinnvolle Maßnahme zu sein.« Er zuckte mit den Achseln. Sein Telefon klingelte.

»Sturgis … hallo … *wirklich?* … Ja, okay, Alex ist hier bei mir, ich bring ihn am besten gleich mit …« Er schaute auf seine Timex. »Von da, wo wir sind, fünfundvierzig Minuten. Ja. Danke. Bye.«

Er schaltete das Telefon aus, steckte es in die Tasche und sah auf meinen halb aufgegessenen Toast. »Das war Petra. Wie wäre es, wenn du das mitnimmst?« Er schob Geld unter den Teller, winkte dem Kellner zu und stand auf.

»Was ist los?«, fragte ich, als ich ihm auf die Promenade hinaus folgte.

»Eine tote Frau«, sagte er. »Eine tote Rothaarige.«

Der Obduktionsraum, der von fleckenlosen Fliesen und Edelstahl dominiert wurde, war ruhig und angenehm kühl. Petra, Milo und ich standen neben einer von einem Tuch bedeckten Leiche auf einem Edelstahltisch, während eine leise sprechende Assistentin namens Rhonda Reese irgendwelche Unterlagen überprüfte. Reese war Mitte dreißig, hatte kastanienbraune Haare, eine kurvenreiche Figur und das offene Gesicht einer Fremdenführerin.

Ich war auf dem Highway 10 nach Boyle Heights gegondelt, aber die Interstate 5 war von einem Sattelschlepper, der sich quergestellt hatte, blockiert worden, und der Rückstau hatte die Fahrt zum Büro des Gerichtsmediziners zu einer einstündigen Tortur werden lassen. In dieser Zeit hatte Milo gedöst und ich über Frauen nachgedacht. Petra kam uns in der Eingangshalle entgegen.

»Ich hab uns schon angemeldet«, sagte sie. »Gehen wir.«

Rhonda Reese zog das Laken zurück und faltete es ordentlich am Fuß des Tisches. Der Leichnam war groß, knochig und weiblich, wachsartiges Fleisch mit jener einzigartigen graugrünen Färbung. Augen und Mund geschlossen.

Friedlicher Gesichtsausdruck, keine offensichtlichen Anzeichen von Gewalt. Vereinzelte Pickel und fibröse Knoten füllten ein flaches Stück Brustkorb zwischen kleinen, schlaffen Brüsten. Eingedrückte, gewellte Brustwarzen, scharf hervortretende Hüftknochen, ein breites Becken und magere Beine, die mit gekräuseltem rotbraunem Flaum bedeckt waren. Die Fußknöchel waren mit roter Haut verkrustet, die wie der Panzer eines Alligators aussah.

Straßenknöchel.

Die Fußsohlen der Frau waren so schwarz wie die schmutzigen, eingerissenen Fuß- und Fingernägel. Pilz wuchs zwischen den Zehen. Ein ungebärdiges rostrotes Büschel Schambehaarung war mit Schuppen übersät.

Oben waren ebenfalls rote Haare, nur viel heller. Lang, schmutzig und verfilzt umrahmten sie ein verquollenes Gesicht, das vielleicht einmal hübsch gewesen war.

Keine Einstichnarben.

»Irgendwelche Vermutungen?«, fragte Milo.

»Ich kann nicht für Dr. Silver sprechen«, sagte Rhonda Reese, »aber wenn Sie ihr die Lider hochziehen, sehen Sie punktförmige Blutungen.«

»Strangulation.« Er trat näher an die Leiche heran, überprüfte die Augen, blinzelte. »Der Hals ist auch ein bisschen rosa, aber es gibt keine Ligaturnarbe.« Er warf Petra einen Blick zu, und sie nickte. Nicht wie bei den anderen.

Ich sagte: »Sanfte Strangulation?«

Petra starrte mich an. Milo zuckte mit den Achseln. Der Begriff war widerwärtiger, aber fest etablierter Jargon für einen mörderischen Trick, bei dem man ein breites, weiches Band benutzte, um die äußeren Merkmale einer Strangulierung abzuschwächen. Einige Leute würgen sich selbst auf diese Weise, um ihr sexuelles Vergnügen zu erhöhen, und sterben bei dieser Gelegenheit.

Milo und ich hatten vor ein paar Jahren den Fall einer sanften Strangulation bearbeitet. Kein Unfall, ein Kind …

»Wann ist die Autopsie, Rhonda?«, fragte er.

»Da müssen Sie Dr. Silver fragen. Wir sind ziemlich ausgebucht.«

»Dave Silver?«, fragte Petra.

Reese nickte.

»Ich kenne ihn«, sagte Petra. »Ein guter Mann. Ich rede mit ihm.«

Milo betrachtete erneut die Leiche. »Wann ist es passiert?«, fragte er Petra.

»Gestern in den frühen Morgenstunden. Zwei unserer Streifenpolizisten haben sie neben dem Boulevard auf der Südseite der Straße gefunden. Eine Gasse hinter einer Kirche, die mal ein Theater war.«

»Diese salvadorianische Pfingstkirche?«, fragte Milo. »Am östlichen Ende?«

»Genau die. Sie war sitzend gegen die Wand gelehnt worden, und als die Müllabfuhr kam, blockierte sie den Weg für den Laster, so dass der nicht nahe genug an den Container ranfahren konnte. Die Leute dachten zunächst, sie würde schlafen, und versuchten sie zu wecken.« An Reese gewandt: »Erzählen Sie ihnen von den Klamotten.«

»Wir haben Schichten abgetragen«, sagte Reese. »Jede Menge Schichten. Alter Plunder, wirklich schmutzig.« Sie rümpfte die Nase. »Dieser Ausschlag auf ihren Beinen, Sie wissen, was das ist, oder? Durchblutungsstörungen. Alles mögliche Zeug ist in Mengen auf und in ihr gewachsen – an ihren Füßen, an der Nase, in ihrer Kehle. Zusätzlich zu dem Körpergeruch konnte man den Alkohol riechen, der ganze Raum stank danach. Ihre Blutwerte werden erst später reinkommen, aber ich gehe jede Wette ein, dass sie mindestens drei Promille hatte.«

Der Vortrag war nicht ohne Mitgefühl, aber die Tatsachen verloren nichts von ihrer Brutalität.

Milos Miene blieb ausdruckslos, während er die Leiche erneut inspizierte. »Keine Narben, soweit ich sehe.«

»Es gibt keine«, sagte Reese. »Scheint so, als wäre der Alkohol ihre Hauptdroge gewesen, aber wir werden sehen, was die toxikologische Untersuchung ergibt.«

»Haben Sie eine Liste der Kleidungsartikel gemacht?«

»Natürlich«, sagte Reese. »Zwei Damenunterhosen, zwei Boxershorts, drei T-Shirts, darüber ein BH, ein blaues UCLA-Sweatshirt.«

»War das C auf dem Sweatshirt nur noch zur Hälfte da?«, fragte Milo.

»Steht hier nicht«, antwortete Reese. »Ich werd mal nachsehen.«

Ein Pappkarton stand auf einer Edelstahlablage. Reese zog Handschuhe an, beugte sich über den Karton und holte eine große Papiertüte heraus, die sie aufmachte.

Sie rümpfte erneut die Nase, als sie ein blaues Sweatshirt herauszog, an dem Erde und Blätter hingen. »Ja, stimmt, ein halbes C.«

Milo wandte sich an Petra. »Die alte Lady von Light and Space sagte, ihre Müllcontainer-Wühlerin hätte das angehabt. Die Zeichnung, die sie gemacht hat, war unbrauchbar, daher dachte ich, es läge am grauen Star. Ich schätze, sehen konnte sie schließlich doch ganz gut, sie ist nur eine lausige Künstlerin. Ist das hier offiziell Ihr Fall?«

»Nein«, sagte Petra, »Digmond und Battista haben ihn bekommen, ich hab sie nur zufällig darüber reden hören und erinnerte mich, was Sie über eine große rothaarige Obdachlose gesagt hatten, die an Ihrem Tatort rumschnüffelte. Bisher gibt's noch keine Identifizierung, ihre Fingerabdrücke werden im Moment überprüft.«

Rhonda Reese fragte: »Kann ich das hier zurücklegen?«

Milo sagte: »Klar, danke. Wo sind die Fotos vom Tatort?«

»Dig und Harry haben einen Satz«, erwiderte Petra, »und hier ist eine Kopie.«

»Rhonda, wir könnten ein paar Duplikate gebrauchen, wenn es keine Mühe macht.«

»Kein Problem«, sagte Reese. Sie verließ den Raum und kehrte nach einer Weile mit einem weißen Umschlag zurück.

Milo dankte ihr, und sie sagte: »Viel Glück, Detectives.«

»Haben Sie Lust, ein paar 187er für uns zu lösen, Rhonda?«

Reese lachte. »Klar, warum nicht. Darf ich dann auch mit jemandem reden, der noch lebt?«

Wir hielten Kriegsrat auf dem Parkplatz der Leichenhalle.

»Werden Digmond und Battista Sie ein bisschen an diesem Fall teilhaben lassen?«, fragte Milo.

»Sie haben alle Hände voll zu tun und wären *begeistert*, wenn sie ihn mir überlassen könnten. Aber ich will abwarten, ob er tatsächlich was mit den anderen zu tun hat. Nach allem, was wir wissen, ist es nicht mal Mord.«

»Die Blutungen im Auge?«

»Sie könnte erstickt sein oder einen Schlaganfall bekommen oder sich heftig erbrochen haben. Alles, was ihre Augen stark genug hervortreten ließ, hätte gereicht, und Sie wissen, wie anfällig Obdachlose für Katastrophen sind. Wenn Zungen- oder Schildknorpel beschädigt sind, wäre das eine andere Geschichte. Das Sweatshirt bedeutet, sie war an der Galerie, aber wenn sie in Zusammenhang mit den anderen Opfern steht, warum gibt es dann keinerlei Anzeichen für Aggression an ihrer Leiche? Keine Schnitte, nicht mal ein Kratzer. Und wenn eine Strangulierung vorliegt, dann passt es nicht zu dem, was wir an Kipper und Levitch gesehen haben. Diese tiefen Ligaturmale – ein Draht, der sich in den Hals frisst, jemand, der wirklich wütend ist. Serienkiller werden im Lauf der Zeit gewalttätiger, nicht umgekehrt, nicht wahr, Alex?«

Ich sagte: »Dieser Mord könnte mit den anderen zusammenhängen, aber auf einem anderen Motiv beruhen. Dieses Opfer könnte etwas anderes für den Mörder bedeuten.«

»Was zum Beispiel?«, fragte Milo.

»Sie war hinter der Galerie, um die Örtlichkeiten für den Mörder zu inspizieren.«

»Weibliches Vorauskommando?«, sagte er. »Drummond sucht sich eine Obdachlose als Komplizin? Und jetzt schafft er sie sich vom Hals?«

»Das würde er tun, falls sie zum Risiko wird. Eine Obdachlose, Alkoholikerin, möglicherweise geistesgestört, könnte einen Zweck für ihn erfüllt haben, solange keine Gefahr für ihn bestand. Aber wenn er weiß, dass er Gegenstand von Ermittlungen ist, könnte er beschlossen haben, seine Spuren zu verwischen.«

»Er könnte sehr wohl wissen, dass man hinter ihm her ist«, sagte Petra. »Wir haben mit seiner Familie und mit der Hausverwalterin gesprochen. Er ist seit Tagen nicht gesehen worden, und alle Indizien sprechen dafür, dass er sich aus dem Staub gemacht hat.«

Ich sagte: »Manchmal hat man es mit einer sanften Ligatur zu tun, wenn der Mörder eine gewisse Sympathie für das Opfer empfindet. Außerdem ist sie eine große Frau. Wenn sie sich besinnungslos betrunken hat, würde das seinen Job sehr viel leichter machen, weil eine Konfrontation oder ein Kampf nicht nötig wäre. Die Art, wie sie angelehnt wurde, ist fast respektvoll. Waren ihre Beine gespreizt?«

Milo öffnete den Umschlag, zog Farbfotos heraus und

sah sie durch, bis er eine Aufnahme mit der Leiche in voller Länge fand.

»Beine eng zusammen«, sagte Petra.

»Keine sexuelle Haltung, aber es könnte trotzdem eine Pose sein«, sagte ich. »Auch eine Strangulierung ohne Kampf kann Krämpfe auslösen. Das hier sieht für mich zu ordentlich aus, um natürlich zu sein.«

Die beiden studierten das Foto. »Für mich sieht das nach einer Pose aus«, sagte Milo.

Petra nickte.

Ich sagte: »Hier besteht keine Absicht, sie zu erniedrigen. Im Gegenteil, er *beschützt* ihre Sexualität.«

»Kevin ist schwul«, sagte Milo. »Vielleicht sind Frauen keine Sexualobjekte für ihn.«

»Julie war in eine sexuelle Pose gebracht worden. Kevin neigt vielleicht dazu, schwul zu sein, aber wenn er unser Mann ist, ist er trotzdem ziemlich verwirrt.«

»Das ergibt einen Sinn«, sagte Petra. »Sein Dad und seine Brüder sind Machos, legen allen Nachdruck auf Sport und Männlichkeit. Es kann nicht leicht für ihn gewesen sein.«

Sie warf einen Blick auf Milo, und ich bemerkte ein winziges Unbehagen in ihren dunklen Augen.

Er nickte, als wollte er sie ermuntern.

»Aus welchem Motiv auch immer«, sagte ich, »jedenfalls hat der Mörder Wert darauf gelegt, dieses Opfer in eine bequeme Haltung zu bringen. Im Verhältnis zu den anderen Fällen ist es ein Anzeichen für Respekt.«

»Komplizin, aber keine Freundin?«, fragte Milo.

»Selbst wenn Kevin ein Interesse an Mädchen hat«, sagte Petra, »selbst wenn er auf eine Weise verdreht ist, die wir nicht kennen, kann ich mir nicht vorstellen, dass ein junger Mann sich mit einer kranken Obdachlosen einlässt. Welches Motiv könnte er haben, sich mit ihr abzugeben?«

»Kevin ist ein Einzelgänger«, erwiderte ich. »Sieht sich wahrscheinlich schon seit langer Zeit als Ausgestoßener. Zusätzlich zu seinen sexuellen Anliegen hat er sich als edler Ritter etabliert, der einen einsamen Kampf für die Kunst in ihrer reinen Form ausficht. Bei dieser Art von Entfremdung kann ich mir vorstellen, dass er sich zu anderen Außenseitern hingezogen fühlt.«

»Was bedeutet, ich sollte mich besser unter den Obdachlosen umhören als in den Buchläden.«

Milo sagte: »Mit den Obdachlosen rumhängen und die Talentierten umbringen. Das ist wie ein Krieg gegen die helle Seite des Lebens.«

»Da ist noch etwas anderes, das ich interessant finde«, sagte ich. »Diese Leiche ist hinter einem ehemaligen Theater aufgetaucht. Was ist, wenn das eine heimliche kleine Anspielung auf den Tod der darstellenden Künste sein soll?«

»Es sind immer noch Darsteller dort«, erwiderte Milo. »Die Kirche. Ist Predigen denn was anderes? Oder vielleicht will er ein Sakrileg begehen.«

Petra sagte: »Das driftet jetzt aber ernsthaft in schräge Gefilde ab.« Sie kaute auf ihrer Unterlippe. »Okay, was machen wir als Nächstes?«

Milo sagte: »Wir sind zu neunundneunzig Prozent sicher, dass das hier die Rothaarige ist, die CoCo Barnes gesehen hat, aber ich versuche eine positive Identifizierung von der alten Lady zu bekommen. Die Hauptsache ist rauszufinden, wer sie ist; über eine Frau wie sie muss es irgendwo was in den Akten geben. Wann kommen die Ergebnisse von den Fingerabdrücken rein?«

»Sie wissen doch, wie das mit Fingerabdrücken ist. Könnte heute oder nächste Woche sein. Ich rede mit Dig und Harry, mal sehen, ob wir die Dinge beschleunigen können.«

»Sobald wir wissen, wer sie ist, verfolgen wir ihre Bewegungen zurück. Und vielleicht brauchen wir gar nicht auf die Fingerabdrücke zu warten. Nachdem Barnes mir erzählt hatte, was sie gesehen hat, hab ich mich ein bisschen umgehört und ein Asyl in Ihrem Bezirk gefunden – Dove House –, wo sie eine große Rothaarige kennen, die von Zeit zu Zeit vorbeigekommen ist. Bernadine Soundso. Sie haben auch gesagt, dass sie glauben, diese Frau hätte mal bessere Zeiten gesehen, weil sie intelligent geredet hätte, wenn sie einen klaren Kopf bekam.«

»Vielleicht ist das die Seite, die der Mörder sah«, erklärte ich. »Er wusste, um sie hilflos zu machen, musste er dafür sorgen, dass sie stockbetrunken war.«

Petra sagte: »Ich kenne Dove House, ich hab Kids dorthin gebracht. Sie haben eine ziemlich hohe Erfolgsquote.«

Milo blickte auf das Foto der Toten. »Niemand ist perfekt.«

28

Wir trafen CoCo Barnes dabei an, wie sie ein formloses Etwas in ihrem Garagenatelier auf einer Töpferscheibe kreisen ließ.

Sie brauchte nur einen Blick, um zu sagen: »Das ist sie – genau wie meine Zeichnung. Armes Ding, was ist mit ihr geschehen?«

»Das wissen wir noch nicht, Ma'am«, erwiderte Milo.

»Aber sie ist tot.«

»Ja, Ma'am.«

»Oh, Mann«, sagte Barnes und wischte sich Ton von den Fingern. »Tun Sie mir einen Gefallen. Sollten wir uns je wiedersehen, nennen Sie mich CoCo, nicht Ma'am. Sie sorgen dafür, dass ich mir wie jemand aus dem Paläolithikum vorkomme.«

Milo rief Petra an und erreichte sie draußen im Valley. Als er sie fragte, ob wir ohne sie in dem Asyl vorbeischauen könnten, war sie sofort einverstanden.

»Was macht sie?«, fragte ich.

»Wirft ein Auge auf das Haus von Kevins Familie. Stahl beobachtet immer noch das Apartment, aber das scheint ziemlich sinnlos zu sein.«

Ich wendete den Wagen und bemerkte, dass mein Tank fast leer war.

»Das ganze Hin und Her«, sagte er. »Ich spendiere dir eine Tankfüllung.«

»Lad mich lieber zum Abendessen ein.«

»Wo?«

»Irgendwo, wo's teuer ist.«

»Zu viert?«, fragte er.

»Klar.« Ich bog in eine Tankstelle auf dem Lincoln ein.

Er sprang aus dem Wagen, benutzte seine Kreditkarte, um die Tanksäule zu aktivieren, steckte den Zapfhahn in den Einfüllstutzen und ließ die Augen umherwandern, immer der Detektiv. Ich fühlte das Bedürfnis, mich zu bewegen, also putzte ich die Fenster.

»Und wie geht's Allison?«, fragte er.

»Sie ist in Boulder.«

»Skifahren?«

»Psychotagung.«

»Oh ... Okay, voll.« Er hängte den Schlauch wieder zurück. »Wann kommt sie zurück?«

»In ein paar Tagen. Warum?«

»Wir müssen auf sie warten«, sagte er. »Um einen Termin für das Abendessen festzulegen.«

Dove House residierte in einem heruntergekommenen wolkenfarbigen Mietshaus auf der Cherokee, unmittelbar nördlich des Hollywood Boulevard. Kein Schild oder sonst eine namentliche Kennzeichnung. Die Haustür stand offen, und die Wohneinheit auf der linken Seite im Erdgeschoss war als BÜRO markiert.

Der Leiter war ein junger, glatt rasierter Schwarzer namens Daryl Witherspoon, der allein an einem ramponierten Schreibtisch saß. Straff geflochtene Zöpfe verliefen parallel über seinen Schädel. Ein silbernes Kruzifix geriet in Schwung, als er aufstand und auf uns zukam. Sein grauer Trainingsanzug roch frisch gewaschen.

Milo zeigte ihm das Bild, und Witherspoon legte eine Hand an seine Wange. »Ach du meine Güte. Arme Erna.«

»Wie hieß sie weiter?«

»Ernadine«, sagte Witherspoon. »Ernadine Murphy.«

»E. Murphy«, sagte ich.

Witherspoon sah mich neugierig an. »Was ist mit ihr passiert?«

Milo sagte: »Ich bin hier vor etwa einer Woche vorbeigekommen und habe mit einer Frau gesprochen, die Ms. Murphy zu kennen glaubte.«

»Das war vermutlich meine Assistentin Diane Pirello. War Erna – ist das hier vor einer Woche passiert?«

»Gestern Nacht. Was können Sie uns über sie erzählen?«

»Setzen wir uns«, sagte Witherspoon.

Milo und ich nahmen auf der Vorderkante eines durchgesessenen Sofas Platz, das nach Tabak stank. Witherspoon bot uns Kaffee aus einer blubbernden Maschine an, aber wir lehnten ab. Von oben waren Schritte zu hören. Der Raum war in einem knalligen Gelb gestrichen, das in den Augen brannte. An den Verputz waren inspirierende Botschaften geklebt worden.

Witherspoon zog sich einen Stuhl heran und fragte: »Sind Sie in der Lage, mir zu sagen, was passiert ist?«

»Die Sache ist noch nicht geklärt«, antwortete Milo. »Sie ist in einer Gasse nur ein paar Häuserblocks entfernt gefunden worden. Hinter der Pfingstkirche.«

»Die Kirche ... sie war nicht religiös«, erklärte Witherspoon. »Das kann ich Ihnen jedenfalls sagen.«

»Sträubte sie sich dagegen?«, fragte ich.

Er nickte. »Sehr. Nicht dass wir starken Druck ausüben. Aber wir versuchen zu ihnen durchzudringen. Ernie hatte nicht das Bedürfnis, den Herrn zu umarmen. Sie war wirklich nicht regelmäßig hier, ist nur von Zeit zu Zeit vorbeigekommen, wenn sie in schlechter Verfassung war. Wir schicken niemanden weg, der nicht gewalttätig ist.«

»War sie je gewalttätig?«

»Nein, nie.«

Milo fragte: »Woran lag es, wenn sie in schlechter Verfassung war?«

»Es lief alles auf Alkohol hinaus. Sie hat sich allmählich zu Tode getrunken. Wir haben sie in den letzten zwei Jahren dann und wann gesehen, und in letzter Zeit war eine deutliche Verschlechterung festzustellen.«

»Inwiefern?«

»Gesundheitliche Probleme – hartnäckiger Husten, krankhafte Gewebeveränderungen der Haut, Verdauungsprobleme. Einmal hat sie hier übernachtet, und am nächsten Morgen war ihr Bettlaken voller Blutflecken. Zuerst haben wir uns gedacht, es wäre ... Sie wissen schon, die entsprechende Zeit des Monats. Tampons haben wir hier genug, aber einige Frauen vergessen es. Wie sich herausstellte, blutete Erna aus ...« – Witherspoon zuckte leicht zusammen – »... ihrem Hintern. Innere Blutungen. Wir riefen eine unserer ehrenamtlichen Ärztinnen an und überzeugten

Erna schließlich, sich untersuchen zu lassen. Die Ärztin meinte, es wäre nichts Ernstes, aber Ernie hätte ein paar Fissuren, die genauer untersucht werden sollten. Sie sagte auch, es gäbe wahrscheinlich Probleme im Darmbereich. Wir haben Erna angeboten, sie zu einem Spezialisten zu schicken, aber sie ist gegangen und mehrere Monate nicht wiedergekommen. Das war ihr Verhaltensmuster. Rein und raus. Für viele von ihnen sind wir eine Art Bahnhof.«

»Was ist mit Problemen mentaler Natur?«, fragte Milo.

»Das muss eigentlich nicht ausdrücklich erwähnt werden«, erwiderte Witherspoon. »Für die meisten unserer Leute sind die selbstverständlich.«

»Welche besonderen mentalen Probleme hatte Ernadine Murphy?«

»Wie gesagt lief alles auf das Trinken hinaus. Ich nahm an, sie wäre schließlich zu weit gegangen – organisches Gehirnsyndrom nennt man es. Abstumpfen. Und wenn sie hier schlief, wurde sie manchmal wach und halluzinierte. Korsakoffs Syndrom, das ist eine Vitamin-B-Mangelerscheinung, die sie bekommen.« Er runzelte die Stirn. »Die Leute machen Witze über rosarote Elefanten, aber da ist nichts lustig dran.«

»Wie war sie, bevor sich ihr Zustand verschlechterte?«, fragte ich.

»Hmm … ich kann nicht sagen, dass sie jemals wirklich … normal war. Ich will nicht sagen, dass sie dumm war. Das war sie nicht. Ab und zu, wenn wir sie lange genug ohne Alkohol hier halten konnten und sie redete, konnte man sehen, dass sie einen guten Wortschatz hatte – unser Eindruck war, dass sie eine gewisse Bildung genossen hatte. Aber wenn wir versuchten, sie danach zu fragen, sagte sie keinen Ton mehr. In letzter Zeit gab es immer weniger nüchterne Phasen. Das ganze letzte Jahr war sie ziemlich gestört.«

»Aggressiv?«, sagte Milo.

»Ganz im Gegenteil – passiv, weggetreten, sie verschliff die Wörter miteinander und hatte Schwierigkeiten, Dinge klar zu sehen. Ihre Motorik war ebenfalls in Mitleidenschaft gezogen. Sie stolperte, fiel hin – ist das mit ihr geschehen? Ist sie gestürzt und hat sich den Kopf aufgeschlagen?«

»Sieht nicht so aus«, erwiderte Milo.

»Hat jemand ihr das angetan?«

»Das wissen wir noch nicht, Sir.«

»Oh, Herr im Himmel«, sagte Witherspoon.

Milo holte seinen Notizblock heraus. »Wer war die Ärztin, die sie untersucht hat, als die Blutungen bei ihr auftraten?«

»Wir haben verschiedene, alle ehrenamtlich. Ich glaube, zu der Zeit war es Hannah Gold. Sie hat ihre Praxis in der Highland Avenue. Es war nur dieses eine Mal, sie hat keine Beziehung zu Erna aufbauen können. Das konnte niemand. Wir kamen nie an sie ran.« Witherspoon zog die Schultern hoch und ließ sie wieder sinken. »Gott gibt, und er nimmt auch wieder, aber da ist eine Menge, was wir Menschen in der Zwischenzeit tun und was die Reise beeinflusst.«

»Was wissen Sie über Ms. Murphys Familie?«

»Nichts«, antwortete Witherspoon. »Sie ist nie gesprächiger geworden.«

»Hatte sie irgendwelche Freunde?«, fragte ich. »Hat sie sich mit anderen Ihrer Gäste zusammengetan?«

»Nicht dass ich wüsste. Um ehrlich zu sein, die meisten anderen Frauen hatten Angst vor ihr. Sie war groß und konnte einen bedrohlichen Eindruck machen, wenn man nicht Bescheid wusste.«

»Wieso?«

»Sie taumelte herum«, sagte Witherspoon. »Murmelte vor sich hin. Sah bestimmte Dinge.«

»Was hat sie gesehen?«, fragte Milo.

»Sie hat es nie in Worte gefasst, aber danach, wie sie sich benahm – sie stand da und zeigte mit der Hand auf etwas und bewegte die Lippen –, konnte man erkennen, dass sie Angst hatte. Sie sah etwas, das ihr Angst machte. Aber sie wollte sich nicht beruhigen lassen.«

»Also hatten die anderen Frauen Angst vor ihr.«

»Vielleicht habe ich übertrieben«, sagte Witherspoon. »Es war eher Nervosität als Angst. Sie hat nie Schwierigkeiten gemacht. Manchmal zog sie sich in eine Ecke zurück, geriet außer Fassung, begann zu murmeln und die Faust zu schütteln. Wenn sie das tat, gingen ihr alle aus dem Weg. Aber sie ist nie irgendjemandem gegenüber aggressiv geworden. Manchmal schlug sie sich an die Brust, klopfte sich mit den Knöcheln gegen den Kopf. Nichts Ernstes, aber Sie sehen sicher, dass man das als bedrohlich empfinden konnte. Bei einer Frau ihrer Größe.«

»Diese lichten Augenblicke«, sagte ich. »Was veranlasste Sie zu der Annahme, dass sie eine gute Erziehung genossen hatte?«

»Ihr Wortschatz«, erwiderte Witherspoon. »Die Art, wie sie mit Wörtern umging. Ich wünschte, ich könnte mich an ein Beispiel erinnern … Es ist eine Weile her, dass ich sie gesehen habe.«

»Wie lange?«, wollte Milo wissen.

»Vielleicht drei, vier Monate.«

»Könnten Sie bitte in Ihren Unterlagen nachsehen und etwas genauer sein, Sir?«, sagte Milo.

»Tut mir Leid. Die einzigen Unterlagen, die wir führen, sind für die Regierung. Weil wir keine Abgaben zahlen müssen und das alles. Dieser Papierkram nimmt einen großen Teil meiner Zeit in Anspruch, und daher halte ich ihn in Grenzen.«

»Ein guter Wortschatz«, sagte ich.

»Es war mehr als das – eine gute Diktion. Etwas an der Art, wie sie redete, konnte ... anspruchsvoll sein.«

»Während ihrer lichten Augenblicke, worüber redete sie da?«

Witherspoon fummelte an einem seiner Zöpfe herum. »Ich frage besser Diane.« Er ging zu seinem Schreibtisch, gab die Nummer eines Nebenanschlusses ein, sprach leise in den Hörer und sagte dann: »Sie kommt sofort runter.«

Diane Petrello war Mitte sechzig, klein und stämmig, hatte kurz geschnittene graue Haare und trug eine große, runde Hornbrille, die sogar noch breiter war als ihr Gesicht. Sie trug ein pinkfarbenes Sweatshirt mit der Aufschrift *Compassion*, einen langen Jeansrock und Freizeitschuhe.

Als Milo ihr von Erna Murphy erzählte, sagte sie mit einer leisen, hohen Stimme: »Oh, mein Gott.« Tränen liefen ihr über die Wangen, während er noch ein paar Details hinzufügte. Als sie uns gegenüber Platz genommen hatte und sich die Augen auswischte, machte Daryl Witherspoon ihr eine Tasse Tee.

Sie wärmte ihre Hände an der Tasse und sagte: »Ich hoffe, das arme Ding findet endlich ein wenig Frieden.«

»Eine gequälte Seele«, sagte Milo.

»Oh, ja«, erwiderte Diane Petrello. »Sind wir das nicht alle?«

Er ging mit ihr dieselben Punkte durch, die wir mit Witherspoon besprochen hatten, und wiederholte dann meine Frage nach Erna Murphys lichten Augenblicken.

»Worüber sie redete«, sagte Petrello. »Hmm, ich würde sagen, vor allem Kunst. Sie konnte Stunden damit verbringen, sich in Kunstbüchern Bilder anzusehen. Einmal bin ich rausgegangen und habe in einem Trödelladen ein paar alte Kunstbücher für sie gekauft, aber als ich wieder zurückkam, war sie verschwunden. So war sie. Ruhelos, blieb nicht lange an einem Ort. Übrigens war das das letzte Mal, dass ich sie gesehen habe. Sie hat die Bücher nie zu Gesicht bekommen.«

»Was für eine Art von Kunst gefiel ihr?«, fragte Milo.

»Nun ja … ich glaube, das kann ich Ihnen nicht sagen. Schöne Bilder, nehme ich an.«

»Landschaften?«

Julie Kippers schöne Bilder.

Diane Petrello sagte: »Alles, was schön war. Es schien sie zu beruhigen. Aber nicht immer. Wenn sie richtig aufgedreht war, dann wirkte nichts wirklich bei ihr.«

»Sie konnte ziemlich erregt sein«, sagte Milo.

»Aber sie hat nie Schwierigkeiten gemacht.«

»Hatte sie irgendwelche Freundinnen hier im Dove House?«

»Nicht wirklich, nein.«

»Irgendjemand draußen?«

»Ich habe nie jemanden gesehen.«

»Hat sie über irgendwelche Freunde draußen geredet?«

Petrello schüttelte den Kopf.

Milo sagte: »Insbesondere, Ma'am, wäre ich an einem jungen Mann Anfang zwanzig interessiert. Groß, dünn, dunkle Haare, schlechte Haut, Brille.«

Petrello sah Witherspoon an. Sie schüttelten beide den Kopf.

Witherspoon sagte: »Ist er derjenige, der ihr das angetan hat?«

»Wir wissen nicht, ob irgendjemand irgendwas getan hat, Sir. Was können Sie uns noch über Ms. Murphy sagen?«

»Das ist alles, was mir einfällt«, erwiderte Petrello. »Sie war so allein. Wie so viele von ihnen. Das ist wirklich das

Hauptproblem. Das Alleinsein. Ohne die göttliche Gnade sind wir alle allein.«

Milo fragte, ob wir Erna Murphys Bild auch den anderen im Haus Anwesenden zeigen könnten, und Daryl Witherspoon runzelte die Stirn.

»Diese Woche sind nur sechs Frauen bei uns«, sagte Diane Petrello.

»Keine Männer?«, fragte Milo.

»Acht Männer sind hier.«

Witherspoon sagte: »Es waren zwei harte Wochen, alle, die wir hier haben, sind ein wenig labil. Diese Bilder, die Sie mir gezeigt haben, wären zu viel für sie.«

»Wie wäre es damit«, sagte Milo, »wir zeigen ihnen kein Bild, wir reden nur. Und Sie kommen mit uns, um dafür zu sorgen, dass wir es richtig machen.«

Noch ein Blickwechsel zwischen Witherspoon und Petrello. Er sagte: »Ich schätze, das wird gehen. Aber beim ersten Anzeichen von Schwierigkeiten hören wir auf, okay?«

Witherspoon kehrte an seinen Schreibtisch zurück, während Milo und ich hinter Diane Petrello laut protestierende Treppenstufen hinaufgingen. Die oberen Stockwerke waren in einzelne Zimmer aufgeteilt, die an einem langen, türkisgrünen Gang lagen. Die Frauen waren im ersten Stock untergebracht, die Männer im zweiten. Jedes Zimmer war mit einem Etagenbett ausgestattet. Bibeln auf dem Kopfkissen, ein kleiner Schrank, religiöse Poster.

Die Hälfte der Frauen war schläfrig. Erna Murphys Name löste nur ausdruckslose Blicke aus, bis eine junge dunkelhaarige Frau namens Lynnette mit dem Gesicht eines Fotomodells und alten Einstichnarben in den Armbeugen sagte: »Big Red.«

»Sie kennen sie?«

»War zweimal mit ihr in einem Zimmer.« Lynnettes Augen waren riesig und schwarz und wirkten verletzt. Ihre Haare waren lang, dunkel und fettig. Ein tätowierter Stern von der Größe eines Sheriff-Abzeichens zierte die linke Seite ihres Halses. Eine Ader verlief durch die Mitte des Tattoos und ließ die blaue Tinte pulsieren. Ein langsamer Puls, stetig, gelassen. Sie saß auf der Kante eines unteren Betts, die Bibel neben einem Arm, eine Tüte Fritos neben dem andern. Ihr Rücken war gekrümmt wie der einer alten Frau. Die heruntergezogenen Mundwinkel verrieten, dass sie auf ihre persönliche Sicherheit keinen Wert mehr legte. »Was ist mit ihr passiert?«

»Sie ist leider tot, Ma'am.«

Lynnettes Pulsschlag blieb schleppend. Dann wirkten ihre Augen auf einmal amüsiert.

»Ist irgendwas lustig, Ma'am?«, fragte Milo.

Lynnette grinste ihn schief an. »Das einzig Lustige ist Ihr ›Ma'am‹. Was ist, hat sie jemand umgebracht?«

»Wir sind nicht sicher.«

»Vielleicht war es ihr Freund.«

»Welcher Freund wäre das?«

»Weiß ich nicht. Sie hat mir nur erzählt, sie hätte einen und dass er richtig schlau wäre.«

»Wann hat sie Ihnen das erzählt?«, fragte Milo.

Lynnette kratzte sich am Arm. »Muss lange her sein.« An Petrello gewandt: »Kann nicht das letzte Mal gewesen sein, als ich hier war, vielleicht ein paar Mal davor?«

»Vor Monaten«, sagte Petrello.

»Ich war auf Reisen«, erklärte Lynnette. »Muss Monate her sein.«

»Auf Reisen«, sagte Milo.

Lynnette lächelte. »Quer durch die Staaten. Ja, muss Monate her sein – könnten sechs oder sieben sein, weiß nich! Ich erinnere mich nur daran, weil ich dachte, es wär Quatsch. Weil wer würde die schon wollen? Sie war ein Stinktier.«

»Sie konnten sie nicht leiden?«

»Was war da schon zu leiden?«, entgegnete Lynnette. »Sie war durchgeknallt, fing ein Gespräch mit dir an, dann war sie ganz woanders, fing an rumzulaufen und mit sich selbst zu reden.«

»Was hat sie sonst noch über diesen Freund gesagt?«, wollte Milo wissen.

»Nur das.«

»Schlau.«

»Yeah.«

»Kein Name?«

»Nee.«

Milo trat näher an das Bett heran. Diane Petrello stellte sich zwischen ihn und Lynnette, und er zog sich zurück. »Wenn es *irgendetwas* gibt, was Sie uns über den Freund erzählen können, würde ich es wirklich zu schätzen wissen.«

Lynnette sagte: »Ich weiß rein gar nichts.« Eine Sekunde später: »Sie hat gesagt, er wäre schlau, das war's. Gab an damit. Als würde sie sagen: *Er* ist schlau, also bin *ich* schlau. Sie hat gesagt, er würde kommen und sie hier rausholen.« Sie schnaubte verächtlich. »Na klar.«

»Aus dem Dove House?«

»*Hier* raus. Aus diesem *Leben*. Der *Straße*. Und vielleicht hat er's ja getan. Schauen Sie mal, was mit ihr passiert ist.«

Wir stiegen wieder ins Auto. »Was hältst du davon?«, fragte Milo.

»Erna Murphy mochte schöne Kunst«, sagte ich. »Das wäre ein Punkt, wo sie sich mit jemandem wie Kevin treffen könnte, dem selbst ernannten Kunstrichter. Julie Kippers Bilder können durchaus als schön bezeichnet werden. Erna hätte sich von ihnen angezogen gefühlt. Vielleicht hat er sie auf die Ausstellung aufmerksam gemacht. Und sie als eine Form der Ablenkung benutzt.«

»CoCo Barnes öffnet die Hintertür und vergisst vielleicht, sie wieder zu schließen.« Er rieb sich das Gesicht. »Eine Psychotikerin als Vorhut. Glaubst du, er könnte Erna für mehr als nur das verwendet haben? Was wäre, wenn er sie Julie hätte umbringen lassen? Erna war groß genug, um jemanden wie Julie zu überwältigen, besonders in den beengten Räumlichkeiten der Toilette. Eine Frau würde auch erklären, warum es keine Spermaspuren gab und es nicht zu einer Vergewaltigung gekommen ist. Und wir haben gerade gehört, dass sie lichte Augenblicke haben konnte.«

»Relativ lichte Augenblicke«, erwiderte ich. »Der Mord an Julie war zu gut geplant und durchdacht für jemanden mit einer Psychose. Nicht ein winziges forensisch verwertbares Indiz ist am Tatort zurückgeblieben. Man hätte bei Erna nicht mit einer solch peniblen Sorgfalt rechnen können. Nein, das kann ich mir nicht vorstellen. Hier läuft was anderes ab – ›E. Murphy‹ hat vor einem Jahr eine Kritik über Vassily Levitch geschrieben. Die Prosa war schwülstig, aber nicht verworren genug, um von Erna stammen zu können. Ihr Name wurde enteignet. Es ist eine Art Identitätsdiebstahl.«

»Schlauer Freund«, sagte Milo. »Lynnette war überzeugt, dass sich Erna in dieser Hinsicht Illusionen hingab.«

»Bezüglich einer romantischen Beziehung hat sie das wahrscheinlich getan. Ernas ästhetische Interessen, die Tatsache, dass sie eine gewisse Erziehung genossen hatte, sich zwischenzeitlich gut ausdrücken konnte, könnten sie für jemanden wie Kevin Drummond anziehend gemacht haben.

Einige Idioten glauben immer noch, verrückt zu sein sei schick. Aber welches Band auch zwischen ihnen bestand, Kevin hat darauf geachtet, sie auf Abstand zu halten. Seine Hausverwalterin hat sie nie in der Nähe seiner Wohnung gesehen, und niemand, mit dem Petra sprach, hat die beiden miteinander in Verbindung gebracht.«

»Er idealisiert sie, dann tötet er sie.«

»Sie hörte auf, in sein Weltbild zu passen, und wurde zu einer Bedrohung.«

»Kalt«, sagte er. »Das ist eine Sache, die zu allem passt. Kaltherzig. Wie in Baby Boys Song. Ich habe eine seiner CDs gekauft und sie mir angehört, versucht, ein paar Einsichten zu gewinnen.«

»Mit Erfolg?«

»Er war ein verdammt guter Gitarrist; sogar ein unmusikalischer Typ wie ich kann hören, dass er seine Seele mit diesem Instrument verströmt. Wusstest du, dass dein Name auf dem Album ist?«

»Wovon redest du?«

»Klein gedruckt, ganz unten, wo er jedem dankt von Jesus Christus bis Robert Johnson. Eine lange Liste, Robin steht auch drin. Er nennt sie ›die schöne Gitarrenlady‹ und dankt ihr dafür, dass sie seine Instrumente glücklich macht. Dann kommst du. Irgendwas in der Art von ›Ich danke Dr. Alex Delaware dafür, dass er die Gitarrenlady glücklich macht.‹«

»Ist eine Weile her, dass das zutraf.«

»Tut mir Leid«, sagte er. »Ich dachte, du würdest es lustig finden.«

Ich startete den Wagen und fuhr auf dem Hollywood Boulevard nach Westen. Bauarbeiten brachten uns bald zum Stillstand. Männer mit Schutzhelmen liefen hektisch umher. Ein paar Meilen weiter im Norden, in den Bergen, stand das Hollywood-Schild, wo ein Starlet vor einigen

Jahrzehnten ihrem Leben ein Ende gesetzt hatte und China Marangas Leiche der Verwesung preisgegeben worden war. Ich schlug nicht vor, dort hochzufahren, und Milo tat es ebenfalls nicht. Es war zu lange her, um noch von Bedeutung zu sein.

Wir krochen zur Vine Street. Er sagte: »Erna. Eine enteignete Seele.«

»Jemand, der Menschen benutzt«, erklärte ich. »Das ist es, worum sich hier alles dreht.«

29

Encino. Petra verdaute die Einzelheiten von Milos Anruf. Die Identifizierung als E. Murphy bedeutete, dass der Mord an der Rothaarigen ebenfalls in ihrem Korb landen würde.

Sie rief Eric Stahl an und brachte ihn auf den neuesten Stand.

»Okay«, sagte er mit dieser tonlosen Stimme, die einen zur Raserei bringen konnte. *Nichts beeindruckt mich.*

»Wollen Sie weiter nach Kevin Ausschau halten?«, fragte sie.

»Wahrscheinlich Zeitverschwendung.«

»Wieso?«

»Ich glaube nicht, dass er hier bald vorbeikommen wird«, antwortete Stahl.

»Ich beobachte nach wie vor das Haus seiner Eltern. Bis jetzt ist noch nichts passiert, aber ich will dabeibleiben. In der Zwischenzeit sollten wir uns wohl in Erna Murphys Vorgeschichte vertiefen. Wenn Sie wirklich glauben, dass Kevins Bude nichts bringt, fangen Sie ruhig damit an.«

»Klar.«

Schweigen.

Petra hatte den längeren Atem. Er fragte »Gibt es einen Punkt, wo ich Ihrer Ansicht nach anfangen sollte?«

»Die üblichen Datenbanken – Moment mal, eine Frau ist gerade vor dem Haus vorgefahren, könnte Kevins Mutter sein – sieht nicht gerade glücklich aus. Tun Sie einfach das Übliche, Eric, ich melde mich später wieder bei Ihnen.«

Sie blieb in ihrem Accord sitzen und beobachtete, wie die Frau aus ihrer babyblauen Corvette stieg. Das niedrige, mit einer Plane versehene Ding, das sie und Stahl bei ihrem ersten Besuch vor Franklin Drummonds Haus gesehen hatten.

Der rote Honda war auf Anna Martinez zugelassen – ein hispanisches Dienstmädchen, das offenbar im Haus wohnte; die anderen drei Fahrzeuge waren auf Franklin Drummond eingetragen. Sein Auto für jeden Tag war der graue Baby Benz, die Corvette war das Spielzeug der Missus, und um den weißen Explorer schien sich niemand zu kümmern. Vielleicht das Ersatzauto für die beiden jüngeren Söhne, wenn sie vom College zu Besuch kamen.

Kevin fuhr ein billiges Auto. Er war nicht das bevorzugte Kind.

Die Frau warf die Haare zurück, wackelte mit dem Hintern und schaltete an der Corvette die Alarmanlage ein. Sie war mittleren Alters, hoch gewachsen, schlank und hatte lange Beine. Großes, volles Gesicht. Hausbacken, aber auf eine nicht unattraktive Weise. Die Haare bildeten einen leuchtenden orangefarbenen Helm – die gleiche Farbe wie Erna Murphys Haare, wenn das nicht interessant war, Dr. Freud. Sie trug einen weißen, mit Rheinkieseln bestickten Jersey-Sweater, die an ihren großen Brüsten baumelten, schwarze Leggings und Sandaletten mit bleistiftdünnen Absätzen.

Fick-mich-Schuhe. Alternde Diva?

Vögelte Kevins Mom mit jemand anderem als mit Kevins Daddy?

Petra sah zu, wie sie zur Haustür ging, in ihrer Gucci-Handtasche herumfummelte und einen Schlüsselbund hervorzog.

Definitiv Kevins Mom. Er hatte seine schlaksige Figur nicht vom Hydranten Franklin geerbt.

Der Wagen, die Absätze und der Rest verrieten, dass Mama kein Kind von Traurigkeit war. Eine Frau, die mit ihrer Sexualität im Reinen war. Kaum vorstellbar, wie Kevins Kindheit ausgesehen hatte, wenn man diese Daten der Familienmischung hinzufügte.

Heute Nachmittag sah Mama Mitleid erregend aus. Angespannt, steifer Hals, ein Mund wie ein Krockettor. Sie ließ den Schlüsselbund fallen, bückte sich und hob ihn wieder auf.

Petra stieg aus dem Wagen, als die Frau mit dem Schlüssel auf das Schloss zielte. Stand neben ihr, bevor sie ihn hineinstecken und umdrehen konnte.

Die Frau sah sie an. Petra zeigte ihr Abzeichen.

»Ich habe nichts zu sagen.« Stimme einer Raucherin. Die Kleidung der Rothaarigen verströmte Tabak, vermischt mit Chanel Nr. 19.

»Sie sind Mrs. Drummond«, sagte Petra.

»Ich bin Terry Drummond.« Angst in der Stimme.

»Haben Sie einen Moment Zeit, um über Kevin zu reden?«

»Auf keinen Fall«, erwiderte Terry Drummond. »Mein Mann hat mich davor gewarnt, dass Sie vorbeikommen würden. Ich bin nicht dazu verpflichtet, mit Ihnen zu reden.«

Petra lächelte. Die Rheinkiesel auf Terrys Pulli bildeten

den groben Umriss zweier Terrier. Die sich küssten. Süß.

»Sicher nicht, Mrs. Drummond. Aber ich bin nicht hier, um Sie zu belästigen.«

An Terry Drummonds Arm mit dem Schlüssel traten Sehnen hervor. »Nennen Sie es, wie Sie wollen. Ich gehe jetzt rein.«

»Ma'am, man hat Kevin seit fast einer Woche nicht mehr gesehen. Als Mutter machen Sie sich doch bestimmt Sorgen.«

Sie musterte die Frau nach Anzeichen dafür, dass Kevin sich mit ihr in Verbindung gesetzt hatte.

Tränen traten in Terry Drummonds Augen. Sanfte braune, mit Gold gesprenkelte Augen. In der Tat herrliche Augen trotz der überaus großzügigen Applikation von Lidschatten und Mascara. Petra revidierte ihre erste Einschätzung. Trotz des vollen Gesichts war Terry Drummond mehr als attraktiv; sie verströmte Sinnlichkeit. Als junge Frau war sie vermutlich richtig sexy gewesen.

Wie wäre es gewesen, eine solche Mutter zu haben?

Petra hatte keine Ahnung von Müttern; ihre war bei ihrer Geburt gestorben.

Sie nahm eine entspanntere Haltung ein, gab Mrs. Drummond Zeit zum Nachdenken. Terry trug schweren Goldschmuck und einen dreikarätigen Klunker am Ringfinger. Aus der Nähe sah die Gucci-Tasche echt aus.

Petra sah in ihr eine Frau, die mit ihrer Wärme und ihrem atemberaubenden Aussehen einen aufstrebenden Anwalt in ihren Bann geschlagen hatte. Eine Frau, die in gesellschaftlicher Hinsicht einige Stufen nach oben geklettert war, wahrscheinlich die von ihr eingeschlagene berufliche Laufbahn aufgegeben, drei Jungs aufgezogen und sich den Pflichten vorstädtischer Mutterschaft gewidmet hatte, nur um festzustellen, dass ihr ältester Sohn … *anders* wurde.

Jetzt war sie außer sich vor Sorge. Kevin hatte nicht zu Hause angerufen.

Petra sagte: »Es muss einfach beunruhigend sein, Ma'am. Niemand sagt, dass Kevin sich irgendwas hat zuschulden kommen lassen, er ist nur jemand, mit dem wir sprechen müssen. Er könnte in Gefahr sein. Denken Sie darüber nach: Ist er je zuvor auf diese Weise verschwunden? Halten Sie es nicht für wichtig, dass wir ihn finden?«

Terry Drummond biss sich auf die Unterlippe. »*Ich* habe nicht von ihm gehört, wie wollen *Sie* ihn also finden können?«

»Wie lange ist es her, Ma'am?«

Terry schüttelte den Kopf. »Das ist alles, was ich Ihnen sage.«

»Haben Sie eine Ahnung, warum wir an ihm interessiert sind?«

»Irgendwas mit einem Mord. Was lächerlich ist. Kevin ist sanftmütig.« Terrys Stimme wurde bei dem letzten Wort etwas höher, und sie zuckte zusammen. Petra hatte den Eindruck, dass jemand es in Bezug auf Kevin als Beleidigung benutzt hatte.

Der Sanftmütige.

»Ich bin überzeugt, dass er das ist, Mrs. Drummond.«

»Warum machen Sie dann Jagd auf uns?«

»Das tun wir gar nicht, Ma'am. Ich bin sicher, Sie kennen Kevin besser als irgendjemand sonst. Ihnen liegt er mehr am Herzen als sonst jemandem. Wenn er sich also bei Ihnen meldet, werden Sie ihm sicher einen guten Rat geben.«

Terry Drummond weinte. »Ich brauche das nicht, ich brauche das kein bisschen. Wenn mein dämlicher Schwager Kevin nicht angeschwärzt hätte, müsste ich mich hiermit nicht abgeben – warum schauen Sie sich *ihn* nicht näher an? Er *hat* bereits zwei Menschen umgebracht.«

»Randolph?«

»Seine Frau und sein Kind, der dreckige Säufer«, fauchte Terry. »Frank hat Randy immer gesagt, er solle mit dem Trinken aufhören. Er hat uns fast ruiniert – die ganzen Prozesse. Nur weil Frank so schlau ist, hat er es geschafft, wieder an die Spitze zu kommen. Sie können also sehen, warum Randy nicht gut auf uns zu sprechen ist.«

»Ihr Schwager hat nichts anderes gemacht als zu bestätigen, dass er Kevins Onkel ist«, erklärte Petra. »Und das hätten wir auch so herausgefunden.«

»Warum?«, fragte Terry. »Warum schikanieren Sie meinen Sohn? Er ist gut, er ist nett, er ist klug, er ist sanftmütig, er würde niemandem was zuleide tun.«

Der gesamte Körper der Frau hatte sich versteift, und Petra wechselte die Richtung.

»Hatte Kevin eine Freundin namens Erna Murphy?«

»Wie bitte?«

Petra wiederholte den Namen.

»Nie von ihr gehört. Kevin hatte nie irgendwelche – ich kenne seine Freunde nicht.«

Der ungesellige Kevin. Dieses Eingeständnis ließ Terry erbleichen, und sie versuchte den Eindruck zu verwischen: »Sie ziehen aus und gehen ihrer eigenen Wege. Besonders kreative Menschen brauchen ihren Raum.« Das klang wie eine eingeübte Rationalisierung für Kevins Merkwürdigkeit.

»Ja, das brauchen sie«, erwiderte Petra.

»Ich male«, erklärte Terry Drummond. »Ich habe angefangen, Kunstunterricht zu nehmen, und jetzt brauche *ich meinen Raum*.«

Petra nickte.

»Bitte«, sagte Terry. »Lassen Sie mich in Ruhe.«

»Hier ist meine Karte, Ma'am. Denken Sie darüber nach, was ich Ihnen gesagt habe. Um Kevins willen.«

Terry Drummond zögerte, dann nahm sie die Karte.

»Noch eine letzte Frage«, sagte Petra. »Könnten Sie mir vielleicht sagen, warum Kevin sich Yuri genannt hat?«

Terrys Lächeln war unvermittelt, strahlend, und es ließ sie phantastisch aussehen. Sie berührte ihre Brust, als ob sie sich daran erinnerte, was sie genährt hatte. »Er ist so süß. So klug. Ich erzähle es Ihnen, und dann werden Sie sehen, wie weit Sie danebenliegen. Vor vielen Jahren, als Kevin klein war – ein ganz kleiner Kerl, aber er war immer schon intelligent –, hat Frank ihm von dem Wettlauf im All erzählt. Vom Sputnik, der eine große Sache war, als *Frank* ein kleiner Kerl war. Die Russen waren als Erste dort und haben uns Amerikanern gezeigt, wie weich und träge wir geworden waren. Frank hat früher die ganze Zeit so mit Kevin gesprochen. Kevin war Franks Erstgeborener, und er hat wirklich viel Zeit mit ihm verbracht, hat ihn überallhin mitgenommen. In Museen, in Parks, sogar in die Kanzlei, jeder nannte Kevin einen kleinen Anwalt, weil er so toll geredet hat. Jedenfalls hat Frank Kevin von den Russen und dem Sputnik und diesem russischen Astronauten – wie nannten sie die noch gleich, Kosmo-sonstwie …«

»Kosmonauten.«

»Kosmonauten, die die Astronauten in diesem Wettlauf geschlagen haben, und der Erste war ein Mann namens Yuri Soundso. Und Kevin hat Frank nur zugehört, klein wie er war, und als Frank fertig war, machte Kevin sich bemerkbar: ›Daddy, *ich* will der Erste sein. *Ich* will ein Yuri sein.‹« Terrys Tränen flossen von neuem. Eine Hand mit langen Fingernägeln zupfte an einem Rheinkiesel-Terrier. »Von da an hab ich ihn immer Yuri genannt, wenn er etwas gut gemacht hatte, eine gute Note in einer Klassenarbeit oder so etwas. Ihm gefiel das. Es bedeutete, dass er gute Arbeit geleistet hatte.«

30

Zwei Nachrichten auf meinem Anrufbeantworter.

Eine von Allison, vor zwei Stunden. Eine von Robin, ein paar Minuten später. Beide baten mich, zurückzurufen, wenn ich die Möglichkeit dazu hätte. Ich rief Allison im Hotel an. Sie nahm beim vierten Läuten ab, klang außer Atem.

»Du bist es, großartig. Du hast mich vor der Tür erwischt.«

»Schlechter Zeitpunkt?«

»Nein, nein, hervorragender Zeitpunkt. Bin auf dem Sprung zu einem anderen Seminar.«

»Wie ist die Tagung?«

»Boulder ist hübsch«, sagte sie. »Dünne Luft.«

»Dünne heiße Luft?«

Sie lachte. »Eigentlich sind hier ein paar gute Vorträge gehalten worden, Sachen, die dir gefallen hätten. Posttraumatische Stressbewältigung bei Terrorismusopfern, ein guter Überblick über Depression bei Jugendlichen ... Wie geht es mit deinem Fall voran?«

»Nicht viele Fortschritte«, antwortete ich.

»Tut mir Leid ... Ich wünschte, du wärst hier. Wir hätten uns ein bisschen auf den Hängen amüsieren können.«

»Liegt immer noch Schnee?«

»Keine Spur. Ich habe Philadelphia abgesagt und werde morgen nach Hause kommen. Sollen wir uns morgen Abend treffen?«

»Auf jeden Fall.«

»Ich habe Grants Familie nicht vor den Kopf gestoßen«, erklärte sie. »Um die Wahrheit zu sagen, sie schienen erleichtert zu sein. Jeder weiß, dass es Zeit ist, die Verbindung zu kappen. Soll ich direkt ein Taxi vom Flughafen nehmen?«

»Ich kann dich abholen.«

»Nein, mach weiter mit dem Fall. Ich müsste gegen acht bei dir sein.«

»Soll ich was zum Essen machen?«

»Wenn du willst, aber es ist nicht wichtig. Auf die eine oder andere Weise werden wir uns Nahrung verschaffen.«

Ich schob es vor mir her, Robin anzurufen. Als ich es schließlich tat und die Anspannung in ihrer Stimme hörte, bedauerte ich die Verzögerung.

»Vielen Dank für den Rückruf.«

»Was ist los?«

»Ich wollte dich nicht stören, aber ich fand, du solltest es wissen – du hättest es ohnehin erfahren. Jemand ist bei mir eingebrochen, hat die Werkstatt verwüstet und ein paar Instrumente mitgehen lassen.«

»Mein Gott, das tut mir Leid. Wann?«

»Gestern Nacht. Wir waren ausgegangen, und als wir gegen Mitternacht zurückkamen, brannten die Lichter, und die Tür zum Atelier stand offen. Es dauerte drei Stunden, bis die Polizei eintraf und ein Protokoll aufnahm, dann wurden Detectives gerufen, die noch ein Protokoll schrieben. Techniker kamen und suchten nach Fingerabdrücken. Fremde in meinem Haus – all die Prozeduren, von denen ihr immer redet, du und Milo.«

»Hat sich jemand gewaltsam Zutritt verschafft?«

»Die Hintertür ist vergittert und verriegelt, aber sie wurde einfach aus den Angeln gehoben. Sieht so aus, als wären sie verrostet gewesen. Die Alarmanlage war eingeschaltet, aber die Detectives sagten, das Leitungskabel müsse abgenutzt gewesen sein, es hätte keinen richtigen Kontakt gehabt. Es ist ein altes Haus … Ich hätte es überprüfen sollen, aber der Vermieter wohnt in Lake Havasu, und es zieht sich alles lange hin.«

»Wie groß ist der Schaden?«

»Es wurde ein Haufen Zeug mitgenommen, aber schlimmer ist, dass alles zerschlagen wurde, was auf der Werkbank lag. Wunderschöne alte Sachen, eine Martin mit einem Steg aus Elfenbein, Clyde Buffums Mandoline von Lyon & Healy; eine zwölfsaitige Stella. Meine Versicherung kommt dafür auf, aber für meine armen Kunden haben diese Instrumente mehr bedeutet als Geld ... Du musst dir das nicht anhören, ich weiß nicht, warum ich angerufen habe. Tim hat eine neue Tür eingebaut, und dann musste er nach San Francisco fliegen.«

»Bist du allein?«

»Nur ein paar Tage.«

»Ich bin sofort bei dir.«

»Tu's nicht, Alex ... Doch, komm.«

Sie wartete auf dem winzigen Rasen vor ihrem Haus auf mich, gekleidet in einen grünen Pulli und Jeans.

Sie schlang die Arme um mich, bevor ich ihr die Hand geben konnte.

»Sie haben Baby Boys Gitarren mitgenommen«, sagte sie. Sie zitterte am ganzen Körper. »Ich habe mit Jackie True darüber gesprochen, dass ich sie kaufen möchte, damit ich sie dir geben kann, Alex. Er hat mit Christie's telefoniert, und sie haben ihm gesagt, dass keine von beiden einen hohen Preis erzielen würde. Er war so gut wie einverstanden.« Sie sah hoch zu mir. »Ich wusste, sie würden dir gefallen. Sie wären mein Geburtstagsgeschenk für dich gewesen.«

Ihr Geburtstag war in einem Monat. Ich hatte nicht daran gedacht.

Ich fuhr ihr durch die Locken. »Eine reizende Idee.«

»Und das ist es, was zählt, richtig?« Sie lächelte und schniefte. »Gehen wir rein.«

Ihr Wohnzimmer sah bis auf ein paar fehlende Stücke Porzellan unverändert aus. »Hatten die Detectives irgendwelche Ideen?«

»Jugendbande. Es waren offensichtlich keine Profis. Haben ein paar hervorragende Sachen dagelassen – eine herrliche D'Angelico Excel und eine F-5 aus den Vierzigerjahren – Gott sei Dank hatte ich die in einem Schrank. Von Babys Gibson abgesehen haben sie sich die elektrischen geschnappt. Zwei Fenders aus den Siebzigern, eine Standell-Bassgitarre, eine Neuauflage der Les Paul mit Golddach.«

»Die standen auf den Glitzerkram«, sagte ich. »Kids.«

»Das und all die mutwillige Zerstörung verrät Unreife, den Detectives zufolge. So ähnlich wie das, was Kids tun, wenn sie in Schulen einbrechen. Die Banden sind aktiv im Süden der Rose Street. Bis jetzt haben wir nichts davon mitbekommen.«

Im Süden der Rose war zwei Querstraßen weiter. Noch eine willkürliche Grenze in L.A., so echt wie ein Film.

Vielleicht begriff Robin das auf einmal, denn sie begann zu zittern, hängte sich fester an mich und vergrub ihren Kopf in den Falten meines Hemdes.

»War Tims Reise in den Norden ein Notfall?«, fragte ich.

»Er wollte nicht fahren, ich habe darauf bestanden. Er hat einen Vertrag, wonach er verpflichtet ist, mit den Kids in einer neuen Produktion von *Les Misérables* zu arbeiten. Zwei Wochen Vorbereitung bis zur Premiere. Bei Teenagern muss man aufpassen, dass man die Stimmbänder nicht zu stark belastet.«

»Ich dachte, du wärst nur ein paar Tage allein.«

»Ich fliege hoch, sobald ich das hier erledigt habe.«

Ich sagte nichts.

»Vielen Dank, dass du gekommen bist, Alex.«

»Brauchst du Hilfe beim Aufräumen?«

»Ich will da nicht mal reingehen.«

»Wie wär's dann mit einer Pause? Gehen wir irgendwohin und trinken einen Kaffee.«

»Ich kann hier nicht weg«, sagte sie. »Der Mann vom Schlüsseldienst kommt.«

»Wann?«

»Er wollte vor einer Stunde hier sein. Bleib einfach bei mir. Bitte.«

Sie holte zwei Colas, und wir setzten uns einander gegenüber hin und tranken.

»Ein paar Kekse?«

»Nein, danke.«

»Ich bin egoistisch. Ich bin sicher, du hast viel zu tun.«

Ich fragte: »Wo wirst du heute Nacht schlafen?«

»Hier.«

»Fühlst du dich wohl bei dem Gedanken?«

»Ja«, sagte sie. »Ich weiß nicht.«

»Warum machen wir nicht Folgendes: Sobald die neuen Schlösser drin sind, räumen wir auf, bringen die Instrumente zur Sicherheit in mein Haus, und dann kannst du heute Nacht nach San Francisco fliegen.«

Sie legte die Hände in den Schoß.

»Das könnte ich machen«, sagte sie.

Dann fing sie an zu weinen.

Als sie bereit war, sich der Verwüstung zu stellen, gingen wir in ihr Atelier. Wir kehrten zusammen und schafften Ordnung, sammelten Bruchteile geschändeter Instrumente, Stimmwirbel, Stege, retteten, was wir konnten, und warfen den Rest weg.

Entwirrten verdrehte Gitarrensaiten oder musterten sie aus. Zweimal verletzte ich mich an den scharfen Enden der

Drähte, weil ich schnell arbeitete und nicht viel nachdachte.

Für Robin war die Arbeit eine Tortur, und schließlich konnte sie nicht mehr. Sie staubte die Werkbank ab, setzte sich darauf, sagte: »Es ist gut, hör jetzt auf damit«, und streckte den Arm aus.

Ich stand mit dem Besen in der Hand da.

»Komm her«, sagte sie.

Ich legte den Besen hin und ging auf sie zu. Als ich nahe genug war, legte sie eine Hand in meinen Nacken, zog mich an sich und küsste mich.

Ich drehte den Kopf weg, und ihre Lippen streiften meine Wange.

Ihr Lachen war trocken. »All die Male, die du in mir warst«, sagte sie. »Und jetzt ist es falsch.«

»Grenzen«, erwiderte ich. »Ohne sie ist an der Zivilisation nicht viel dran.«

»Und du kommst dir zivilisiert vor, nicht wahr?«

»Nicht besonders«, antwortete ich.

Sie packte mich und küsste mich fester. Diesmal erlaubte ich ihrer Zunge, in meinen Mund vorzudringen. Mein Schwanz fühlte sich wie ein Eisenbolzen an. Meine Gefühle hinkten in weitem Abstand hinterher.

Sie wusste es. Berührte meine Wange mit der flachen Hand, und einen Moment lang dachte ich, sie würde mich ohrfeigen. Stattdessen zog sie sie zurück.

»Im tiefsten Innern«, sagte sie, »warst du immer ein guter Junge.«

»Warum hört sich das nicht wie ein Kompliment an?«

»Weil ich Angst habe und allein bin und keine Verwendung für Grenzen habe.«

Sie behielt die Arme an ihrer Seite. Ihr Blick war kühl und verletzt zugleich, eine seltsame Mischung.

»Tim sagt, er liebt mich«, sagte sie. »Wenn er nur wüsste – Alex, ich benehme mich schlecht. Bitte, glaub mir: Als ich dich angerufen habe, wollte ich nur getröstet werden. Und dir von Babys Gitarren erzählen. Herrgott, ich glaube, das macht mir am meisten zu schaffen bei dem Einbruch. Ich wollte wirklich, dass du sie hast. Ich wollte etwas für dich *tun.*« Sie lachte. »Und das Komische daran ist, ich weiß wirklich nicht, warum.«

»Was wir hatten«, sagte ich, »wird sich nicht einfach in Luft auflösen.«

»Denkst du manchmal an mich?«

»Natürlich.«

»Weiß sie das?«

»Allison ist klug.«

»Ich versuche mit aller Kraft, nicht an dich zu denken«, sagte sie. »Meistens habe ich Erfolg. Ich bin häufiger glücklich, als du vielleicht denkst. Aber manchmal klebst du an mir. Wie eine Klette. Meistens komme ich sehr gut damit zurecht. Tim ist gut zu mir.«

Sie ließ den Blick durch das verwüstete Atelier schweifen. »Hochmut, der Fall. Ich bin gestern wirklich nicht mit dem Gedanken wach geworden: ›Hey, Mädchen, wie wär's mit ein bisschen Verzweiflung.‹« Sie lachte erneut und berührte sanft meine Wange. »Du bist immer noch mein Freund.«

»Das bin ich.«

»Wirst du es ihr erzählen? Dass du hierher gekommen bist?«

»Ich weiß nicht.«

»Vermutlich solltest du es nicht tun«, sagte sie. »Da Unkenntnis doch ein Segen ist und so weiter. Nicht, dass du etwas Falsches getan hättest. *Au contraire.* Also gibt es nichts zu erzählen. Das ist mein Rat. Als Mädchen.«

Eine Jugendbande. Gar keine schlechte Theorie. Ich wollte sie trotzdem in San Francisco wissen.

Meine Erektion hatte nicht nachgelassen. Ich drehte mich so, dass sie es nicht sehen konnte, und ging auf den Schrank zu, in dem sie die teuersten Instrumente aufbewahrte. »Schaffen wir alles hinaus zu deinem Pick-up.«

31

»Eine Gitarrensaite«, sagte ich.

Milo, Petra und Eric Stahl starrten mich an.

Das zweite Gruppentreffen. Kein indisches Essen, ein kleines Konferenzzimmer in der West L.A. Division. 19 Uhr, und die Telefone klingelten.

Beim Saubermachen von Robins Atelier – beim Anfassen der Saiten – war mir die Idee gekommen. Als ich Milo von dem Einbruch erzählte, hatte er gesagt: »Scheiße. Ich spreche mit der Pacific Division und sorge dafür, dass sie es ernst nehmen.«

Ich fuhr fort: »Die Größe, die Windungen. Lasst eine tiefe E- oder eine A-Saite mit den Würgemalen an Juliet Kippers und Vassily Levitchs Hals vergleichen. Es passt außerdem zu der Idee, dass unser Junge sich als Möchtegern-Künstler sieht.«

»Er spielt auf ihnen«, sagte Petra.

Milo knurrte, öffnete die Aktenordner, fand die Fotos, ließ sie herumgehen. Stahl inspizierte die Bilder ohne Kommentar. Petra sagte: »Das ist hiermit schwer festzustellen. Ich gehe ein paar Saiten kaufen und bringe sie zur Gerichtsmedizin. Irgendeine bestimmte Marke?«

Ich schüttelte den Kopf.

»Künstler«, sagte Milo. »Ich frage mich, ob Kevin Gitarrensaiten in seiner Bude hat.«

Stahls Augen wanderten kurz über den Boden.

Petra sagte: »Ich habe mit Kevins Mom gesprochen. Sie ist sehr nervös, aber es gab keine neuen Erkenntnisse. Kevin ist sanftmütig und so weiter. Dass sie sich solche Sorgen macht, kann bedeuten, dass sie keine Ahnung hat, wo ihr Sohn ist. Oder dass sie es doch weiß. Eins ist mir aufgefallen: Sie hat leuchtend rotes Haar.«

»Wie Erna Murphy«, sagte Milo. »Interessant. Was hältst du davon, Alex? Die alte Ödipus-Beziehung?«

»Wie sieht die Mutter aus?«, fragte ich.

»Kurvenreich, sinnlich, auffällig angezogen«, erwiderte Petra. »Hat in ihrer Jugend vermutlich klasse ausgesehen. Und sieht jetzt nicht wirklich schlecht aus.«

»Verführerisch?«

»Das könnte sie mit Sicherheit sein. Ich habe nichts mitbekommen, was auf ein merkwürdiges Verhältnis zwischen ihr und Kevin hindeutet, aber es war nur ein Gespräch von drei Minuten. Die Lady wollte definitiv *nicht* mit mir reden.«

»Es ist möglich, dass Erna Murphys rote Haare irgendetwas in Kevin ausgelöst haben«, erklärte ich.

»Eine Gitarrensaite«, sagte Milo. »Was kommt als Nächstes, dass er sie mit einem Geigenbogen ersticht? Kevin hat in der Vergangenheit häufiger irgendwas angefangen und wieder fallen lassen. Ich frage mich, ob er es auch als Gitarrist versucht hat.«

Petra sagte: »Gehen wir in sein Apartment rein – riechen eine undichte Gasleitung und bringen die Hausverwalterin dazu, nachzusehen. Währenddessen sind wir dabei, ihre Sicherheit zu gewährleisten.«

»Ich mache das«, erklärte Stahl.

»Was den Einbruch betrifft«, sagte Milo. »Robins Name

tauchte in dem Covertext zu Baby Boys CD auf, und seine Gitarren wurden mitgenommen.«

Er fasste in Worte, was an mir genagt hatte.

»Dein Name wurde auch erwähnt, Alex.«

»Es war eine lange Liste«, erwiderte ich. »Und selbst wenn es eine Verbindung gibt, habe ich nichts zu befürchten. Ich bin kein Künstler. Wirst du Robin anrufen?«

»Ich will ihr keinen Schreck einjagen, aber ich möchte, dass sie sich vorsieht. Es ist gut, dass sie in San Francisco ist ... Ja, ich rufe sie an. Wo übernachtet sie dort?«

»Keine Ahnung. Ihr Freund arbeitet mit ein paar Kids an einer Produktion von *Les Miz*, das sollte sich leicht feststellen lassen.«

Seine Lippen verzogen sich, und er spielte mit dem Umschlag des Notizblocks.

Ihr Freund.

Die Uhr an der Wand stand auf zehn nach sieben. Falls Allisons Flug pünktlich war, würde sie in zwanzig Minuten landen.

»Gibt es irgendwas Neues über Erna Murphy?«, fragte Milo.

Stahl sagte: »Keine Vorstrafen, keine Einweisung in ein staatliches Krankenhaus.«

»Wir sind nicht in der Lage gewesen, ein Mitglied der Familie aufzuspüren, das wir benachrichtigen könnten«, erklärte Petra.

»Die meisten staatlichen psychiatrischen Kliniken sind vor Jahren geschlossen worden«, sagte ich. »Sie hätte eingewiesen worden sein können, ohne dass wir etwas davon erfahren.«

»Ich bin offen für Vorschläge, Doktor«, sagte Stahl.

Milo sagte: »Selbst wenn sie in irgendeine Klinik dieser Art eingewiesen wurde, verrät uns das nichts. Wir wissen bereits, dass sie psychisch nicht gesund war. Wir brauchen irgendwas aus letzter Zeit, eine Verbindung zu Drummond. Taucht sie wirklich nirgendwo auf?«

Stahl schüttelte den Kopf. »Nicht mal ein Verkehrsverstoß. Sie hat nie einen Führerschein gehabt.«

»Das bedeutet vermutlich, dass sie schon eine ganze Weile schwer beeinträchtigt ist«, sagte ich.

»Schwer beeinträchtigt, aber intelligent und gebildet?«, erwiderte Milo.

»Autofahren kann für gestörte Menschen beängstigend sein.«

»Manchmal ist Autofahren für mich beängstigend«, sagte Petra.

»Was für Papiere *hat* sie denn?«, fragte Milo.

Stahl sagte: »Eine Sozialversicherungsnummer, und die staatliche Fürsorge sagt, sie ist vor rund acht Jahren bei ihnen registriert worden, hat aber keine Sozialhilfe beantragt. Der einzige Beschäftigungsnachweis, den ich finden konnte, liegt acht Jahre davor. Sie hat von Juni bis August in einem McDonald's gearbeitet.«

»Vor sechzehn Jahren«, sagte Milo, »war sie siebzehn. Ein Ferienjob in der Highschool. Wo?«

»In San Diego. Sie ist dort auf die Mission High gegangen. Als ihre Eltern führt die Schule Donald und Colette Murphy in ihren Unterlagen, aber ohne andere Angaben. Laut Grundbuchamt des San Diego County wohnten Donald und Colette einundzwanzig Jahre in demselben Haus, bis sie es vor zehn Jahren verkauften. Keine Hinweise darauf, wohin sie gezogen sind. Keine Unterlagen darüber, ob sie ein neues Haus gekauft haben. Ich bin dorthin gefahren. Das Viertel ist von Arbeitern bewohnt, von Zivilangestellten und von pensionierten Unteroffizieren. Niemand erinnert sich an die Murphys.«

»Vielleicht sind sie in einen anderen Staat gezogen, als Daddy pensioniert wurde«, sagte Milo. »Es wäre nett für *sie*, wenn wir sie ausfindig machen würden.« Eine Grimasse von einer halben Sekunde verzerrte sein Gesicht; ein weiterer Telefonanruf mit schlechten Nachrichten. »Aber ich gewinne allmählich den Eindruck, dass Erna den heimischen Herd schon lange verlassen hat und es daher unwahrscheinlich ist, dass sie uns irgendwas sagen können, was von Bedeutung ist.« Mit einem Blick bat er mich um Bestätigung.

»Das Fehlen sozialer Bindungen«, sagte ich, »würde Erna Murphy zu einer perfekten Bekanntschaft für unseren Jungen machen. Jemand, mit dem er reden konnte, ohne befürchten zu müssen, dass er seine Geheimnisse einem anderen Bekannten anvertraut. Jemand, den er dominieren und dessen Identität er sich ausborgen konnte.«

»Das Fehlen von sozialen Bindungen«, sagte Petra, »hat sie zu einem leichten Opfer gemacht.« Sie wischte eine nicht vorhandene Fluse vom Revers ihres schwarzen Hosenanzugs. An Milo gewandt: »Was jetzt?«

»Vielleicht noch ein Besuch bei Kevins Eltern?«, erwiderte Milo. »Ein bisschen am Familienbaum schütteln und sehen, was herunterfällt?«

»Nicht sofort«, sagte sie. »Dad ist unverhohlen feindselig; es ist völlig klar, dass er nichts mit uns zu tun haben will. Möglicherweise könnten wir Mrs. D. weich klopfen, aber er bestimmt, was läuft. Und dass er Rechtsanwalt ist, macht die Sache riskanter als normalerweise. Bei der kleinsten falschen Bewegung macht er juristischen Lärm, und die Beweiskette geht den Bach runter. Wenn wir genug Leute hätten, würde ich ihr Haus überwachen lassen. Was ich mir als Alternative für die reale Welt überlegt habe, läuft auf ein wenig mehr Arbeit auf der Straße hinaus. Nach jemandem suchen, der sich an Erna oder Kevin erinnert.« Sie warf einen

Blick auf Stahl. »Es würde nichts schaden, wenn wir wüssten, was aus den Eltern geworden ist.«

Er sagte: »Donald und Colette. Ich werde mich darum kümmern.«

»Eine Gitarrensaite«, murmelte Milo. »Bis jetzt spielen wir in der falschen Tonart.«

»Bis jetzt«, sagte Petra, »wissen wir nicht mal, wie das Lied heißt.«

32

Allison kam anderthalb Stunden später mit dem Taxi an, und sie sah trotz frisch aufgetragenem Make-up erschöpft aus. Ich hatte zwei Steaks auf dem Grill liegen, Spaghetti mit Olivenöl und Knoblauch in der Sauteuse und machte gerade einen Kopfsalat an.

»Ich hatte Unrecht«, sagte sie. »Essen scheint eine großartige Idee zu sein.«

»Gab's keine Erdnüsse im Flugzeug?«

»Wir hatten Glück, dass wir *landen* konnten. Ein Typ hat sich betrunken und machte Krawall. Einen Moment sah es so aus, als würde es unangenehm werden. Ein paar von uns haben ihn überwältigt, und schließlich ist er eingeschlafen.«

»Ein paar von uns?«, sagte ich.

»Ich hab einen Knöchel zu fassen bekommen.«

»Sheena, Königin des Dschungels.«

Sie spannte einen Bizeps an. »Ich war Furcht erregend.«

»Tapferes Mädchen«, sagte ich und nahm sie in den Arm.

»Wenn es passiert, denkt man nicht mal nach«, erklärte sie. »Man handelt einfach ... Ich muss mich hinsetzen. Steht Wein auf dem Programm?«

Wir ließen uns viel Zeit zum Essen und Plaudern und glitten allmählich in die Unschärfe eines leichten Rauschs. Später lagen wir ausgezogen im Bett, hielten uns nur im Arm und schliefen irgendwann ein. Ich wachte um vier Uhr morgens auf, fand Allisons Seite des Betts leer vor und ging sie suchen.

Sie war in der Küche, saß im Halbdunkel da, trug eins meiner T-Shirts und trank eine Tasse koffeinfreien Pulverkaffee. Die Haare achtlos hochgebunden, das Gesicht abgeschminkt, die nackten Beine glatt und weiß vor dem dunklen Eichenboden.

»Mein Biorhythmus muss durcheinander sein«, sagte sie.

»Wegen Colorado?«

Sie zuckte mit den Achseln. Ich setzte mich.

»Ich hoffe, du hast nichts dagegen«, sagte sie, »aber ich bin ein bisschen rumgelaufen, um müde zu werden. Was hat es mit all diesen Gitarrenkoffern im Gästeschlafzimmer auf sich?«

Ich erzählte es ihr.

»Arme Robin«, sagte sie. »Was für ein Schock. Nett von dir.«

»Es schien das einzig Richtige zu sein«, erwiderte ich.

Ein Haufen schwarzer Haare löste sich, und sie schob ihn sich hinters Ohr. Ihre Augen waren blutunterlaufen. Ohne Make-up sah sie ein wenig blass, aber jünger aus.

Ich beugte mich vor und küsste sie auf die Lippen. Säuerlicher Atem, bei uns beiden.

»Also ist sie jetzt in San Francisco?«

»Ja.«

»Ihr zu helfen war das einzig Richtige«, sagte sie. »Und jetzt tu was für mich.«

Sie stand auf, und zog das T-Shirt von ihrem schmalen weißen Oberkörper.

Ich war um sieben auf, geweckt von ihrem leisen Schnarchen. Ich sah zu, wie ihre Brust sich hob und senkte, und musterte ihr zwischen zwei Kissen gedrücktes blasses, schönes Gesicht. Ihr Mund stand weit offen, ein Ausdruck, der unter anderen Umständen komisch hätte sein können. Langfingrige Hände umklammerten die Bettdecke.

Ein fester Griff. Heftige Bewegung hinter ihren Lidern. Träume. Nach der Anspannung ihres Körpers zu urteilen, vielleicht keine angenehmen.

Ich schloss die Augen. Sie hörte auf zu schnarchen. Fing wieder an. Als sie die Augen öffnete und mich sah, wirkte sie einen Moment lang verwirrt.

Ich lächelte.

Sie sagte: »Oh«, richtete sich auf und starrte mich an wie einen Fremden. Dann: »Guten Morgen, Baby.« Sie rieb sich die Augen. »Hab ich geschnarcht?«

»Kein bisschen.«

Sie hatte am Vormittag einige Patienten und verließ das Haus um acht. Ich räumte auf, dachte an Robin in San Francisco, an Baby Boy Lees verschwundene Gitarren und was das möglicherweise zu bedeuten hatte.

Drei Häuserblocks weiter im Süden waren die Banden aktiv …

Aber Baby Boys Gibson war das einzige akustische Instrument gewesen, das man mitgenommen hatte.

Das Telefon klingelte. Milo sagte: »Die Ligaturmale an Julie und Levitch passen perfekt zu einer tiefen E-Gitarrensaite von geringer Stärke. Was soll das jetzt bedeuten?«

»Das bedeutet, nichts an diesen Morden bleibt dem Zufall überlassen«, antwortete ich. »Und das beunruhigt mich. Schon mit den anderen Detectives von Pacific über den Einbruch bei Robin gesprochen?«

»Nach ihrer Ansicht ist es ein Routine-Einbruchdiebstahl.«

»Sind sie gut?«

»Durchschnitt«, sagte er. »Aber es gibt keinen Grund zu der Annahme, dass sie Unrecht haben. In Robins Viertel kommt so was häufig vor.«

Ich dachte daran, wie Robin mit mir zusammen oben im Glen gewohnt hatte. Teureres Viertel. Sicherer. Außer wenn es das nicht war. Vor ein paar Jahren hatte ein mörderischer Psychopath das Haus niedergebrannt.

Unser Haus ...

Milo sagte: »Ich habe sie gebeten, in den nächsten Wochen einen Streifenwagen vorbeizuschicken.«

»Die normalen zwei Fahrten pro Tag?«

»Ja, ich weiß, aber es ist besser als nichts. Ich habe ihnen außerdem Kevin Drummonds Fahrzeug und Nummernschilder genannt und gesagt, danach sollten sie speziell Ausschau halten. Währenddessen ist Robin in San Francisco, also mach dir keine Sorgen. Stahl und die Hausverwalterin sind gestern Abend in Drummonds Apartment gewesen. Er sammelt Spielzeug und Zeitschriften, hat einen Haufen Computer und Druckerausrüstung. Keine Gitarren, keine Saiten, keine widerwärtigen Trophäen. Und kein einziges Heft von *GrooveRat*. Das finde ich interessant.«

»Er verwischt seine Spuren«, sagte ich. »Oder er hat irgendwo noch ein Lager.«

»Stahl ruft bei Firmen an, die Lagerräume vermieten.«

»Ich frage mich, ob es Stahls zweiter Besuch in Drummonds Apartment war.«

»Was meinst du damit?«

»Normalerweise hat er die Haltung einer Statue. Als du gestern davon sprachst, in das Apartment zu gehen, wurden seine Augen unruhig, und er schaute zu Boden.«

»Tatsächlich ... er ist ein merkwürdiger Bursche, so viel steht fest ... Unter den Zeitschriften waren auch schwule Pornomagazine. Hartes Zeug. Stahl sagte, Kevin habe spartanisch gelebt, nur ein paar Kleidungsstücke, keine persönlichen Gegenstände von Bedeutung. Das könnte daran liegen, dass er endgültig das Weite gesucht hat, oder es gibt noch ein anderes Versteck.«

»Es könnte auch für eine Verschlechterung seines psychologischen Zustands sprechen«, erklärte ich. »Rückzug nach innen. Er spuckt auf die Werte seiner Eltern.«

»Petra hat beschlossen, es noch einmal mit den Eltern zu versuchen – besonders mit dem Vater. Ich fahre rüber zu Ev Kippers Bürogebäude und schau mal, ob ich mehr über seine Freundin rauskriegen kann. Weil einer seiner Nachbarn mich angerufen hat. Er behauptet, der alte Ev würde einen besonders wütenden Eindruck machen. Hämmert spät am Abend, was das Zeug hält. Sie haben Angst, die Cops zu rufen. Außerdem sah die Freundin in den letzten Tagen ziemlich niedergeschlagen aus, und sie hat allein gegessen. Ich kann zwar keine nahe liegende Verbindung zu unseren Fällen erkennen, aber ich habe keine Spur in einer anderen Richtung. Je mehr ich über Erna Murphy nachdenke, desto mehr will ich über sie wissen, aber Petra hat bislang nur ein paar Geschäftsinhaber gefunden, die sich vage an Erna erinnern. Keine Kumpels oder Freunde, sie war immer allein unterwegs.«

»Was ist mit der Ärztin, die von den Leuten im Dove House gerufen wurde? Könnte Erna nicht mit ihr geredet haben?«

»Die Leute vom Dove House haben gesagt, die Ärztin hätte Erna nur einmal gesehen.«

»Die Leute vom Dove House gaben zu, dass sie nicht mit den Frauen in Verbindung bleiben, sobald sie das Asyl verlassen. Und Erna war mehr draußen als drinnen. Wenn sie wieder krank wurde, ist sie vielleicht zu dem Menschen gegangen, der sich schon mal um sie gekümmert hat.«

»Nun ja«, sagte er, »da sonst nichts viel versprechend aussieht, kann man es ebenso gut überprüfen – hast du Lust dazu? Ich bin auf dem Weg nach Century City.«

»Klar«, sagte ich. »Wie heißt die Ärztin?«

»Lass mich in meinem Block nachsehen ... Hier ist sie ... Hannah Gold.«

»Ich werde mich sofort mit ihr in Verbindung setzen.«

Ich rief Dr. Gold an, bekam eine männliche Sprechstundenhilfe an den Apparat, benutzte meinen Titel.

Er sagte: »Sie hat gerade eine Patientin, Doktor.«

»Es geht um eine Patientin. Ernadine Murphy.«

»Handelt es sich um einen Notfall?«

»Es ist wichtig.«

»Bleiben Sie bitte dran.«

Wenig später: »Dr. Gold möchte wissen, worum es geht.«

»Ernadine Murphy wurde ermordet.«

»Oh. Bleiben Sie bitte dran.«

Diesmal musste ich länger warten. Derselbe Mann kam an den Apparat. »Dr. Gold hat heute Mittag um zwölf Zeit. Dann können Sie vorbeikommen.«

Die Praxis befand sich in einem sandfarbenen Bungalow neben einer Fiat-Werkstatt. Auf einem schwarzen Plastikschild rechts neben der Tür stand:

Dr.med Vrinda Srinivasan
Dr.med. Hannah R. Gold
Dr.med. Angela B. Borelli
Innere Medizin, Geburtshilfe – Gynäkologie
Gesundheitsprobleme von Frauen

Ich traf um zwölf ein, aber Dr. Gold war nicht frei. Drei Patientinnen saßen im Wartezimmer – zwei ältere Frauen und ein hungriges Mädchen von ungefähr fünfzehn Jahren. Sie schauten alle hoch, als ich hereinkam. Der Teenager starrte mich an, bis mein Lächeln sie veranlasste, empört die Stirn zu runzeln, und dann zupfte sie weiter an ihrer Nagelhaut herum.

Ein kleines, überheiztes Wartezimmer, das mit sauberen, aber verblassten Möbeln vom Sperrmüll eingerichtet war. Gerahmte Fotos – Machu Picchu, Nepal und Angkor Wat – hingen an den Wänden. Enya sang lieblich vom Band.

Auf einem handgeschriebenen Schild, das am Schreibtisch der Sprechstundenhilfe klebte, stand:

Wir nehmen Ihren Krankenschein –
und manchmal kriegen wir sogar Geld vom Staat.
Bargeld wird nicht abgelehnt – zahlen Sie, was
Sie können, oder lassen Sie es bleiben.

Kein Glas trennte den Empfangsbereich ab, wo ein junger Mann Anfang zwanzig mit ordentlich geschnittenen, vorzeitig ergrauten Haaren saß. Er war in *Grundsätze der Buchhaltung* vertieft, als handelte es sich um einen Thriller. Einem Namensschild auf seinem karierten, kurzärmligen Hemd zufolge hieß er ELI.

Als ich vor ihn trat, legte er das Buch widerwillig beiseite.

»Ich bin Dr. Delaware.«

»Sie ist spät dran.« Er senkte die Stimme: »Sie ist ziemlich außer sich wegen dem, was ich ihr erzählt habe. Sie werden es vielleicht nicht merken, aber es stimmt. Sie ist meine Schwester.«

Fünfundzwanzig Minuten später waren alle drei Patientinnen gegangen, und Eli verkündete, dass er zum Mittagessen gehe.

»Sie kommt gleich raus«, sagte er, klemmte das Lehrbuch unter seinen Arm und verließ den Bungalow.

Fünf Minuten danach betrat eine Frau in einem zugeknöpften weißen Kittel mit einem Krankenblatt in der Hand das Wartezimmer. Junges, fuchsartiges Gesicht, bronzefarbene Haut. Nicht viel älter als dreißig, aber ihre dicken, buschigen schulterlangen Haare waren schneeweiß. Die Gene; Eli würde auch bald so weit sein. Sie hatte blasse grüne Augen, die etwas Ruhe hätten gebrauchen können.

»Ich bin Dr. Gold.« Sie hielt mir die Hand hin und ergriff meine defensiv, wie es zartgliedrige Frauen zu tun lernen, um nicht die Finger gequetscht zu bekommen. Ihre Haut war trocken und kalt.

»Vielen Dank, dass Sie bereit waren, sich mit mir zu treffen.«

Die meerfarbenen Augen wirkten offen und neugierig. Breiter Mund, kräftiges, markantes Kinn. Eine ausnehmend hübsche Frau.

Sie schloss das Wartezimmer ab, setzte sich auf einen abgenutzten olivgrünen Sessel mit Fischgrätmuster, der zu nichts anderem in dem Raum passte, und schlug die Beine übereinander. Unter dem weißen Kittel trug sie eine schwarze Jeans und graue Stiefel. Enyas Stimme klagte auf Gälisch.

»Was ist mit Erna passiert?«, fragte sie.

Ich nannte ihr die wesentlichen Fakten.

»Oh, mein Gott. Und Sie sind hier, weil …?«

»Ich berate die Polizei. Sie haben mich gebeten, mit Ihnen zu reden.«

»Soll heißen, der Mord hat psychologische Untertöne im Gegensatz zu einem simplen Verbrechen auf der Straße.«

»Zu diesem Zeitpunkt schwer zu sagen«, erwiderte ich. »Wie gut kannten Sie sie?«

»Man kennt jemanden wie Erna nicht wirklich. Ich hab sie ein paar Mal gesehen.«

»Hier oder im Dove House?«

»Einmal dort, zweimal hier.«

»Sie ist nach dem Notruf ins Asyl zu Ihnen gekommen?«

»Ich hab ihr meine Karte gegeben«, sagte sie. »Ich war schockiert, als ich feststellte, dass sie sie tatsächlich behalten hat.« Sie klappte das Krankenblatt auf. Innen lag eine einzige Seite. Ich konnte eine kleine, säuberliche Handschrift erkennen. »Beide Male ist sie einfach so vorbeigekommen. Das erste Mal war etwas mehr als zwei Wochen, nachdem ich sie im Dove House gesehen hatte. Ihre Fissuren im Analbereich hatten wieder zu bluten angefangen, und sie klagte über Schmerzen. Das überraschte mich nicht. Im Dove House hatte ich nur eine oberflächliche Untersuchung vorgenommen. Bei jemandem wie ihr kann man nur Vermutungen anstellen, was innerlich los ist. Ich drängte sie, eine Proktoskopie machen zu lassen, bot ihr an, eine für sie umsonst im County Hospital zu arrangieren. Sie weigerte sich, also gab ich ihr Salbe und ein Analgeticum und den Einführungsvortrag in Hygiene – nicht mit erhobenem Zeigefinger. Man muss sich nach seinem Publikum richten.«

»Ich weiß, was Sie meinen«, erwiderte ich. »Ich hab meine Ausbildung am Western Peds gemacht.«

»Tatsächlich?«, sagte sie. »Ich bin am County ausgebildet worden, bin aber auch einige Zeit am W. P. gewesen. Kennen Sie Ruben Eagle?«

»Ich kenne ihn gut.«

Wir tauschten Namen, Orte und andere belanglose Gemeinsamkeiten aus, und dann wurde Hannah Golds Gesicht ernst. »Das zweite Mal, als Erna hierher kam, war sehr viel beunruhigender. Es war abends. Sie platzte hier herein, als ich gerade dabei war, Schluss zu machen. Alle anderen waren schon nach Hause gegangen, und ich schaltete die Lichter aus, als die Tür aufging, und da stand sie und wedelte mit den Händen, wirklich nicht ganz bei sich. Dann bekamen ihre Augen einen panischen Ausdruck, und sie streckte die Arme nach mir aus.« Sie schüttelte sich. »Sie wollte getröstet werden. Ich muss leider gestehen, dass ich vor ihr zurückwich. Sie war eine große Frau, und mein erster Reflex war Angst. Sie sah mich mit diesem Blick an und brach einfach auf dem Boden zusammen und fing an zu weinen. Ich half ihr auf die Beine und brachte sie nach hinten in mein Sprechzimmer. Sie hatte Muskelstarre und plapperte unverständliches Zeug. Ich bin keine Psychiaterin und wollte nicht mit Thorazin oder irgendeinem anderen schweren Medikament zuschlagen. Den Notdienst zu rufen wäre einem Verrat gleichgekommen – ich fühlte mich nicht mehr bedroht. Sie war bemitleidenswert, nicht gefährlich.« Sie schloss das Krankenblatt. »Ich gab ihr Valium und etwas Kräutertee, saß dort mit ihr zusammen – es muss etwa eine Stunde gewesen sein. Schließlich beruhigte sie sich wieder. Falls es nicht dazu gekommen wäre, hätte ich den Notdienst doch noch angerufen.«

»Haben Sie eine Idee, was sie so verstört hatte?«

»Das wollte sie nicht sagen. Sie wurde ganz ruhig – fast stumm. Dann entschuldigte sie sich dafür, mich beunruhigt zu haben, und bestand darauf zu gehen.«

»Fast stumm?«

»Sie antwortete auf einfache unverfängliche Fragen mit Ja oder Nein. Aber nichts dazu, was sie veranlasst hatte, in die Praxis zu kommen, oder zu ihren physischen Problemen. Ich wollte sie untersuchen, aber das ließ sie nicht zu. Trotzdem entschuldigte sie sich weiter – ihr war klar, dass ihr Benehmen nicht einwandfrei gewesen war. Ich schlug vor, dass sie zum Dove House zurückkehrte. Sie sagte, das wäre eine klasse Idee. Das waren genau ihre Worte. ›Das ist eine klasse Idee, Dr. Gold!‹ Als sie das sagte, klang sie fast … keck. Das machte sie manchmal, sie wurde fröhlich ohne Vorankündigung. Aber es war eine beunruhigende Fröhlichkeit – gekünstelt. Sie benutzte Wendungen, die zu … kultiviert für den Anlass waren.«

»Die Leute vom Dove House hatten das Gefühl, sie hätte eine gute Erziehung genossen.«

Hannah Gold dachte darüber nach. »Oder sie hat so getan.«

»Wie meinen Sie das?«

»Haben Sie noch nie erlebt, wie Psychotiker das tun? Sie merken sich bestimmte Redewendungen und spucken sie wieder aus – wie autistische Kinder.«

»Hat Erna diesen Eindruck auf sie gemacht?«

Sie presste die Lippen zusammen. »Ich kann nicht wirklich behaupten, einen Eindruck von ihr zu haben.« Ihre Augen verengten sich. »Haben Sie eine Ahnung, wer ihr das angetan hat?«

»Es könnte jemand gewesen sein, dem sie vertraut hat. Jemand, der sie benutzt hat.«

»In sexueller Hinsicht?«

»War sie sexuell aktiv?«

»Nicht im klassischen Sinn«, sagte sie.

»Was meinen Sie damit?«

Sie leckte sich die Lippen. »Als ich sie untersuchte, war sie wund im Vaginalbereich, und sie hatte Läuse am Körper und alte Narben – fibröses Gewebe. Das sind Dinge, die man bei einer Obdachlosen erwartet. Aber dann hab ich eine Beckenuntersuchung vorgenommen und konnte nicht glauben, was ich da fand. Ihr Hymen war intakt. Sie war immer noch Jungfrau. Frauen, die auf der Straße leben, werden auf die schlimmste nur vorstellbare Weise missbraucht. Erna war eine große Frau, aber ein gewalttätiger Mann – eine Gruppe von Männern – hätte sie überwältigen können. Ich fand den Umstand bemerkenswert, dass sie nie penetriert worden war.«

Es sei denn, ihr Gefährte hatte kein Interesse an heterosexuellem Geschlechtsverkehr.

»Ihr Genitalbereich war wund«, sagte ich. »Sie könnte ohne Penetration vergewaltigt worden sein.«

»Nein«, erwiderte sie. »Das hatte mehr mit schlechter Hygiene zu tun. Es gab keine Risswunden, keine Gewalteinwirkung irgendeiner Art. Und sie geriet nicht außer sich, als ich sie untersuchte. Ganz im Gegenteil. Stoisch. Als wäre sie von diesem Teil ihrer selbst völlig abgeschnitten.«

»Wenn sie ... kultiviert war«, sagte ich, »wovon redete sie da?«

»Als sie das erste Mal hier war, brachte ich sie dazu, über Dinge zu reden, die ihr gefielen, und sie begann über Kunst zu sprechen. Dass es die beste Sache der Welt wäre. Dass Künstler Götter wären. Sie kannte die Namen von Malern – Franzosen, Flamen, Künstler, von denen ich nie gehört hatte. Sie könnte sie auch erfunden haben. Aber sie hörten sich authentisch an.«

»Hat sie jemals Freunde oder Familie erwähnt?«

»Ich hab versucht, sie nach ihren Eltern zu fragen, wo sie herkam, wo sie zur Schule gegangen war. Darüber wollte sie nicht reden. Das Einzige, wozu sie sich bekannte, war ein Cousin. Ein wirklich kluger Cousin. Er mochte Kunst auch. Darauf schien sie stolz zu sein. Aber das ist alles, was sie über ihn erzählte. Sie sagten, vielleicht habe jemand sie ›benutzt‹, dem sie vertraute. Dann gibt es wirklich einen Cousin? Ich nahm an, er wäre ein Produkt ihrer Einbildung.«

»Ich habe noch von keinem gehört«, sagte ich. »Die Polizei glaubt, sie wäre vielleicht von jemandem, den sie kannte, in eine Falle gelockt worden. Wann fanden die beiden Besuche statt?«

Sie konsultierte das Krankenblatt. Erna Murphy war das erste Mal vor fünf Monaten hier gewesen. Das zweite Mal an einem Donnerstag, zwei Tage vor dem Mord an Baby Boy.

»Der Cousin«, sagte sie. »Sie redete von ihm, als ob sie wirklich beeindruckt wäre. Wenn ich nur gewusst hätte …«

»Sie hatten keinen Grund, etwas zu wissen.«

»Gesprochen wie ein wahrer Psychologe. Als ich Medizin studierte, war ich mit einem Psychologen zusammen.«

»Ein netter Kerl?«

»Ein schrecklicher Kerl.« Sie unterdrückte ein Gähnen. »Ent*schuld*igen Sie! Tut mir Leid, ich bin völlig kaputt. Und das ist wirklich alles, was ich Ihnen sagen kann.«

»Ein Cousin zum Küssen«, sagte Milo über sein Mobiltelefon.

»Und zu mehr als Küssen kam es nicht.« Ich nannte ihm das Ergebnis von Erna Murphys Beckenuntersuchung.

»Die letzte Jungfrau in Hollywood. Wenn es nicht so Mitleid erregend wäre …« Er telefonierte beim Autofahren, und der Empfang war mal besser, mal schlechter.

»Eher ein Jungfrauenopfer«, sagte ich. »Sie wurde benutzt und fallen gelassen.«

»Wozu benutzt?«

»Gute Frage.«

»Irgendwelche Theorien?«

»Bewunderung, Unterwürfigkeit – seinen Phantasien lauschen. Kleinere Aufgaben erledigen – zum Beispiel potenzielle Tatorte ausforschen und Meldung erstatten. Eine asexuelle Beziehung passt zu Kevins Homosexualität. Das Interesse an Kunst brachte sie zusammen. Vielleicht nannte sie ihn ihren Cousin, weil er ihre Ersatzfamilie darstellte. Sie weigerte sich, ein Wort über ihre richtige Familie zu sagen.«

»Oder«, sagte er, »Kevin ist wirklich ihr Cousin.«

»Das ist auch drin«, erwiderte ich. »Rote Haare, genau wie seine Mutter.« Ich lachte.

»Hey, manchmal ist es hilfreich, wenn man nicht allzu brillant ist.«

»Woher willst du das wissen?«, fragte ich.

»Pah. Bis jetzt noch kein Glück mit Ernas Eltern. Stahl hat sich mit dem Militär in Verbindung gesetzt. Aber stell dir vor: Kevins Honda ist aufgetaucht. Die Inglewood Police Division hatte ihn auf ihrem Hof stehen. Er war falsch geparkt und ist vor zwei Tagen abgeschleppt worden.«

»Inglewood«, sagte ich. »In der Nähe des Flughafens?«

»Nicht weit davon. Ich fahre gerade dorthin. Ich will Kevins Foto bei den einzelnen Fluglinien vorzeigen; mal sehen, ob sich jemand an ihn erinnert.«

»Willst du LAX ganz allein abklappern?«

»Nein, meine Detective-Babys unterstützen mich, aber es bleibt trotzdem die Nadel im sprichwörtlichen Du-weißt-schon-was. Der Honda wird zur Spurensicherung gebracht, aber er ist schon ziemlich gründlich begrapscht worden. Was dieser Fund allerdings bestätigt: Kev scheint unser böser Bube zu sein. Er hat schlimme Dinge getan, herausbekommen, dass wir nach ihm suchen, und die Stadt verlassen. Es waren keine Trophäen in seiner Bude, weil er sie mitgenommen hat.« Seine Stimme wurde von Rauschen eingehüllt. »… irgendwelche Ideen, mit welcher Fluglinie ich anfangen soll?«

»Geh zur Passkontrolle, um Flüge ins Ausland auszuschließen.«

»Mein erster Halt«, sagte er, »obwohl es kein Klacks sein

wird, die Typen lieben ihren Papierkram. Gehen wir aber mal vom Inland aus. Wo würdest du anfangen?«

»Warum nicht mit Boston?«, sagte ich. »Da war er schon mal. Im Ballett.«

33

Eric Stahl verbrachte zwei Tage damit, mit den verschiedenen Dienststellen der bewaffneten Streitkräfte der Vereinigten Staaten zu verhandeln. Es gab Tausende von Donald Murphys in den Unterlagen der Sozialversicherung. Militärdienst würde ihre Zahl deutlich verringern, aber die Bürohengste im Pentagon wollten die Informationen nicht herausrücken, ohne ihn durch die übliche Mangel zu drehen.

Der Umstand, dass er die Subsprache beherrschte, machte es ein bisschen leichter.

Wie er über das Militär dachte, war eine andere Sache.

Er hatte mit Ernas Mutter begonnen, weil Colette ein weniger häufiger Name war. Einhundertachtzehn SV-Nachweise, von denen dreiundvierzig in die ungefähre Altersklasse passten. Er fing mit den Staaten im Westen an, ohne Erfolg. Und fragte sich die ganze Zeit, ob diese rückwärts gerichtete Suche nicht fruchtlos war, selbst wenn er Ernas Familie fände.

Und wenn schon; er würde tun, was man ihm gesagt hatte.

Er arbeitete sich langsam nach Osten vor, fand eine Colette Murphy in St. Louis, deren ausweichender Tonfall und wiederholtes Leugnen ihn misstrauisch machten. Ihrem Akzent nach vermutete Stahl, dass es sich um eine Schwarze handelte. Er fragte nicht. Das machte man nicht mehr.

Die Army hatte ihn in Rassenfragen Sensibilität gelehrt. Ein Beispiel? Behandle die Saudis wie Götter und lächle, während sie auf dich scheißen.

Er sprach über Colette aus St. Louis mit der Polizei vor Ort, fand raus, dass sie wegen Diebstahls vorbestraft war – was ihre Verschlossenheit erklärte – und dass sie nie mit einem Donald verheiratet gewesen war.

Um 20:30 Uhr erreichte er eine Colette Murphy in Brooklyn.

Nach ihrer Zeit halb zwölf. »Sie haben mich geweckt«, sagte sie.

»Tut mir Leid, Ma'am.« Ohne viel zu erwarten, sagte Stahl sein Sprüchlein auf – auf der Suche nach Donald in einer Routineermittlung, keine namentliche Erwähnung Ernas.

»Herrgott, um diese Uhrzeit?«, sagte sie. »Das bin ich nicht, das ist meine Schwägerin. Der Bruder meines Mannes hat sie geheiratet, und sie hatten ein verrücktes Kind. Ich heiße Colette, und Donald findet auch eine Colette für sich. Verrückt, stimmt's? Nicht dass es irgendwas Tolles wäre, zu dieser Familie zu gehören. Beide sind sie Penner. Mein Ed und sein Bruder.«

»Donald?«

»Wer sonst?«

»Wo ist Ihre Schwägerin?«

»Sechs Fuß unter der Erde«, erwiderte Brooklyn-Colette.

»Wo ist Donald?«

»Wer weiß, wen kümmert's?«

»Kein netter Kerl?«

»Ein Penner«, sagte sie. »Wie Ed.«

»Könnte ich mit Ed reden?«

»Könnten Sie, wenn Sie sechs Fuß drunter wären.«

»Tut mir Leid«, sagte Stahl.

»Nicht nötig. Wir standen uns nicht nahe.«

»Sie und Ihr Mann?«

»Ich und die beiden. Als Ed noch lebte, hat er mich dauernd verprügelt. Endlich hab ich ein wenig Frieden gefunden. Bis Sie mich geweckt haben.«

»Irgendeine Ahnung, wo ich Donald finden kann?«

»Vielen Dank für die Entschuldigung«, sagte sie.

»Tut mir Leid, dass ich Sie geweckt habe, Ma'am.«

»Ich glaube, er ist in Kalifornien. Was hat er getan?«

»Es geht um seine Tochter Erna.«

»Die Verrückte«, sagte Brooklyn-Colette. »Was hat sie getan?«

»Sich ermorden lassen«, antwortete Stahl.

»Oh. Wie schade. Nun ja, viel Glück bei der Suche nach ihm. Überprüfen Sie Sammelpunkte von Pennern. Er hat gesoffen wie ein Loch. Genau wie Ed. Die Navy hat's nie gestört. Hat ihn zum Sergeant befördert oder wie man das in der Navy nennt. Kein großer Kriegsheld, eher ein Bürohengst. Hat aber so getan, als wäre er ein Held. Hat gern diese Uniform getragen, ist in Kneipen gegangen und hat versucht, Frauen abzuschleppen.«

»Das tun sie gern, die Typen vom Militär.«

»Das sagen Sie mir?«, erwiderte Brooklyn-Colette. »Ich war vierunddreißig Jahre mit einem verheiratet. Ed war bei der Küstenwache. Dann ist er zur Port Authority gegangen, saß an einem Schreibtisch und hat so getan, als wäre er ein Admiral.« Sie lachte. »Ich geh jetzt wieder schlafen –«

»Noch eine Sache, Ma'am«, sagte Stahl. »Bitte.«

»Es ist spät«, bellte sie. *»Was?«*

»Erinnern Sie sich, in welchem Stützpunkt der Navy Ihr Schwager stationiert war?«

»Irgendwo in Kalifornien. San Diego oder so. Ich erinnere mich, dass wir sie mal im Sommer besucht haben. Schöne Gastgeber waren das, haben nur rumgesessen und nichts gemacht. Danach sind sie nach Hawaii gegangen – die Navy hat sie nach Hawaii geschickt, können Sie sich das vorstellen? Wie ein bezahlter Urlaub.«

»Wie lange waren sie in Hawaii?«

»Ein Jahr oder so, dann ist Donald ausgeschieden, hat seine Pension gekriegt, und sie sind zurück nach Kalifornien gezogen.«

»Nach San Diego?«

»Nee, irgendwo in der Nähe von L.A., glaube ich. Wir haben uns aus den Augen verloren. Ich wär in Hawaii geblieben.«

»Warum sind sie nicht dort geblieben?«

»Woher soll ich das wissen? Sie waren blöd. Über den Teil der Familie zu reden bringt schlechte Erinnerungen zurück. Gute Na–«

»Irgendeine Ahnung, wo in der Nähe von L.A.?«, sagte Stahl.

»Sind Sie *schwer*hörig, Mister? Was ist in Sie gefahren, all diese Fragen zu stellen, mitten in der Nacht! Als hätten Sie ein Recht dazu. Sie klingen nach dem Militär – Sie haben Zeit beim Militär verbracht, hab ich Recht?«

»Ich habe gedient, Ma'am.«

»Na ja, prima für Sie, aber mir reicht's jetzt mit Ihnen. Lassen Sie mich in Ruhe.«

Von San Diego nach Hawaii. Also zurück zur SV-Liste. Donald Arthur Murphy, neunundsechzig Jahre alt.

Irgendwo in der Nähe von L. A. Trotz ihrer Probleme hatte Erna sich nicht weit von zu Hause wegbewegt.

Es war zu spät, um sich Zugang zu den Akten der Navy oder des Grundbuchamts der Countys zu verschaffen, also fuhr Stahl in seine Einzimmerwohnung an der Franklin, zog seine Sachen aus, faltete sie ordentlich zusammen, legte sich aufs Bett, masturbierte kurz, während er an nichts dachte, duschte und schrubbte sich gründlich ab. Dann legte er bereits gewaschene und klein geschnittene Salatblätter auf einen Pappteller, fügte Thunfisch aus der Dose hinzu, weil er Proteine brauchte, aß schnell, ohne etwas zu schmecken, und ging schlafen.

Am nächsten Morgen benutzte er sein Telefon zu Hause.

Donald Arthur Murphy besaß keinen Grundbesitz im L.A. County. Das Gleiche galt für Orange, Riverside, San Bernardino, alle Bezirke im Süden bis zur mexikanischen Grenze. Stahl arbeitete sich durch die Countys im Norden bis nach Oregon. Immer noch keine Treffer.

Ein Mieter.

Er rief die Navy-Verwaltung in Port Hueneme an und bekam schließlich die Adresse genannt, an die jeden Monat der Scheck mit Murphys Pension geschickt wurde.

Sun Garden Convalescent Home. Palms Avenue in Mar Vista.

Eine Autofahrt von einer halben Stunde. Connor hatte ihn eine Zeit lang nicht angerufen, aber er wollte, dass die Dinge ihren geordneten Gang nahmen, und meldete sich daher im Revier. Wohl wissend, dass sie nicht dort sein würde. Er hinterließ eine Nachricht, versuchte sie zu Hause zu erreichen, und niemand meldete sich.

Schlief sie heute länger und ließ das Telefon klingeln? Oder war sie schon draußen und hörte sich auf der Straße um? Vielleicht weder noch, und sie erholte sich – war mit jemandem verabredet, süß genug war sie ja. Eine junge Frau mit ausgefülltem Privatleben.

Intellektuell hatte er Verständnis für das Bedürfnis nach Vergnügen.

Auf emotionaler Ebene ließ es ihn kalt.

34

Petra stand früh auf, um die Straßen abzuklappern. Die letzte Nachtschicht hatte sie mit Leuten verbracht, die sich nach Einbruch der Dunkelheit dort rumtrieben: Nachtschwärmer, Rausschmeißer, Parkwächter, Boulevardprediger, Rauschgiftzombies, Bordsteinschwalben, diverse andere Kreaturen der Nacht. Auch Verrückte. Hollywood war um diese Zeit eine Freiluft-Irrenanstalt.

Sie starrte in tote Augen, roch ranzigen Atem, empfand Ekel, Mitleid und Vergeblichkeit. Das waren Erna Murphys Seelenverwandte, aber niemand, der der Sprache mächtig war, gab zu, die große Rothaarige zu kennen.

Heute würde es langweiliger zugehen: Geschäftsleute befragen, die sie beim ersten Durchgang verpasst hatte. Es war zu hoffen, dass sich ein braver Mitbürger an Erna erinnerte.

Es war ein Schurke, der sich als hilfreich erwies. Ein bleicher zweiundzwanzigjähriger Speedfreak und Pillenverticker namens Strobe mit verfilzten hellblonden Haaren, die ihm bis über die Schulterblätter gingen. Richtiger Name: Duncan Bradley Beemish. Ein Junge vom Land, irgendwo aus dem Süden, Petra erinnerte sich nicht woher. Er war vor Jahren von zu Hause abgehauen, nach Hollywood gekommen und vor die Hunde gegangen wie so viele andere auch.

Petra hatte ihn einmal als kleinen Spitzel benutzt. Beemish war ihr über den Weg gelaufen, als sie in einer Kneipenschießerei ermittelte, und der Speedfreak hatte zweideutige Informationen beigesteuert, die Petra zu jemandem führten, der jemanden kannte, der *vielleicht* etwas über irgendetwas gehört hatte, das *vielleicht* abgegangen war, aber dann doch nicht.

Dieses Fiasko hatte sie siebzig Dollar gekostet, und sie hatte von Strobe die Nase voll gehabt. Aber er fand sie, als sie mit dem Inhaber eines Imbisslokals auf der Western sprach, das »mediterrane Küche« anpries. Auf der Western hieß das Kebabs und Falafel und Schwaden von Holzkohlenrauch, die auf den Bürgersteig strömten.

Der Inhaber war ein Mann aus dem Nahen Osten mit einem großen goldenen Schneidezahn und einer allzu freundlichen Art – der schmierige Typ, dessen Stimmung rasch umschlagen konnte. Der Imbissstand hatte eine B-Note des Gesundheitsamts bekommen, was hieß, dass die Zahl der Nagetierkötel das akzeptable Maß überschritten hatte. Goldzahn leugnete, Erna Murphy je gesehen zu haben, und bot Petra ein Kebab-Sandwich an. Als sie ablehnte und sich zum Gehen wandte, sagte eine durchdringende Stimme: »Ich nehm das Sanwich, 'tective Connor.«

Sie drehte sich um und sah in Strobes nervöses Gesicht. Der junge Mann konnte nicht stillstehen, und seine langen Haare vibrierten wie Glühfäden.

Der dunkle Teint des Falafel-Manns wurde purpurrot. »Duu!« An Petra gewandt: »Schaafen Se ihn aussa meim Laaden, er klaute imma meine schaarf Sohß.«

»Leck mich, Osama«, entgegnete Strobe.

»Sie müssen an Ihrem Charme arbeiten, Duncan«, sagte Petra.

Strobe hustete trocken, blies ihr Tabakatem ins Gesicht und schlug sich aufs Knie. »'tective Connor! Wassis los – wassis *das*?« Nervöse Finger berührten das Foto in Petras Hand.

»Eine tote Frau.«

»Cool. Lassen Sie mal sehn.«

Der Falafel-König befahl: »*Sie. Polizei.* Schaafen Se ihn aussa meim Laaden.«

Strobe ging in die Hocke, und seine schmutzigen Haare schwangen um seinen Kopf wie Ranken, als er seine körpersprachlichen Fähigkeiten in einen fulminanten Einfinger-Gruß legte. Bevor er die Geste vollenden konnte, brachte Petra ihn aus dem Laden, weg von Goldzahns Rufen und hinüber zu ihrem Wagen.

»Bekackter Kameltreiber«, sagte Strobe plötzlich mit einer unheimlichen Stimme. »Wenn ich zurückkomme und ihn absteche, machen Sie sich dann die Mühe und ermitteln?« Bevor Petra antworten konnte, waren die Kojotenaugen des Freaks dank seiner speedgeschwächten Konzentrationsspanne wieder zu Erna Murphys Foto zurückgewandert. Fröhlichkeit lag in den Augen – von der niederträchtigen Sorte. Die kalte Seite des jungen Mannes lauerte direkt unter der Oberfläche. »Hey – ich kenne sie.«

»Soso«, sagte Petra.

»Yeah, yeah, yeah, yeah, yeah, hab sie gesehn – was – mal sehn – muss ’n paar Tage her sein.«

»Wo, Duncan?«

»Wie viel isses wert?«

»Ein Sandwich«, sagte Petra.

»Ha. Hahahahahahaha. Jetzt mal im Ernst, ’tective Connor.«

»Wie kann ich wissen, was es wert ist, bevor Sie mir sagen, was Sie wissen, Duncan?«

»Wie kann ich Ihnen sagen, was ich weiß, bevor Sie mich bezahlen, ’tective Connor?«

»Duncan, Duncan«, sagte Petra, öffnete ihre Handtasche und zog einen Zwanziger heraus.

Strobe schnappte sich den Geldschein wie ein Tier im Zoo, das nach einer Erdnuss greift. Er steckte das Geld in die Tasche, musterte das Foto mit zusammengekniffenen Augen. »Muss ’n paar Tage her sein.«

»Das sagten Sie bereits. Wann genau? Und wo?«

»Wann genau war vor … drei Tagen. Vielleicht drei … könnten zwei sein … könnten drei sein.«

»Entscheiden Sie sich, Duncan.«

»Oh, Mann«, sagte Strobe. »Zeit … wissen Sie. Manchmal macht sie …« Er kicherte. Beendete den Satz in seinem Kopf und fand es witzig.

Zwei oder drei: ein entscheidender Unterschied. Erna Murphy war vor drei Tagen getötet worden. Zwei würde bedeuten, dass man Strobe als Zeugen vergessen konnte.

»Zwei oder drei, suchen Sie sich eine Zahl aus«, sagte Petra.

»Dann würd ich sagen drei.«

»Wo haben Sie sie gesehen, Duncan?«

»Nähe Bronson, Ridgeway, da in der Nähe, wissen Sie.«

Nicht weit von der Stelle, wo Ernas Leiche gefunden worden war. Petra warf einen Blick auf Strobe, musterte seine magere Gestalt, seine doppelten Tränensäcke, die ersten Falten. Der Bursche hatte vielleicht noch wie viel, fünf Jahre?

Strobe wurde zappelig unter ihrem prüfenden Blick, verlagerte sein Gewicht auf die Fersen, verdrehte seine Haare. Eine mädchenhafte Geste, aber an diesem Jungen war nichts Feminines. Er war ein Opfer, das zum Raubtier mutiert war. Auf einer dunklen, abgelegenen Straße hätte sich Petra ihm nicht ohne Rückendeckung genähert.

»Um welche Zeit war das?«, fragte sie.

»Wie ich gesagt hab … spät.« Noch ein Kichern. »Oder früh, je nachdem.«

»Welche Zeit?«

»Zwei, drei, vier.«

»Nachts?«

Strobe starrte sie an, fassungslos angesichts der Dummheit der Frage. »Yeah«, sagte er.

»Was haben Sie dort gemacht, Duncan?«

»Abgehangen.«

»Mit wem?«

»Mit niemand.«

»Ganz allein abgehangen.«

»Hey«, sagte Strobe, »wenigstens war ich in guter Gesellschaft.«

Hollywood Nähe Bronson war nur einen kurzen Spaziergang von der Hospital Row am Sunset entfernt. Der perfekte Ort, um sich ein paar Pillen von einem korrupten Arzt oder Apotheker oder auch von einer Krankenschwester zu beschaffen und sie dann auf dem Boulevard wieder zu verkaufen. Petra wusste, dass Kollegen vom Drogendezernat einen Krankenhauschirurgen verhaftet hatten, der sich als Großhändler versuchte. Der Idiot absolviert ein dermaßen schwieriges Studium und bringt es so weit, um sich dann alles zu versauen.

»Ich nehme an, Sie haben ein bisschen Handel getrieben«, sagte sie.

Strobe wusste genau, was sie meinte, und ließ ein zahnlückenhaftes Grinsen aufscheinen. Grünes Zeug wuchs auf seinem Zahnfleisch. Herr im Himmel.

»Sagen Sie mir genau, was Sie gesehen haben«, verlangte Petra.

»Sie ist 'ne Irre, stimmt's?«

»War.«

»Yeah, yeah, yeah. Das ist, was ich gesehen hab, 'ne Irre, die sich irre benimmt, irre auf und ab marschiert und mit sich selbst redet. Wie jeder andere Irre. Dann hat sie 'n Wagen mitgenommen. Ein Freier.«

»Sie wollen sagen, sie ist auf den Strich gegangen?«

»Was sonst tun Schlampen nachts, wenn sie auf und ab gehen.« Strobe lachte. »Und dann, hat er sie abgestochen? Haben wir einen Jack Ripper oder was?«

»Sie finden das alles amüsant, Duncan?«

»Hey, man nimmt sich seine Lacher, wo man sie kriegen kann.«

»Wissen Sie genau, dass sie auf den Strich gegangen ist?«

»Na ja … klar. Warum nicht?«

»Es gibt entweder ›klar‹ oder ›warum nicht‹«, sagte Petra. »Muss ich mir wieder eins aussuchen?«

»Lassen Sie den Scheiß, Duncan. Wenn Sie mir sagen, was Sie genau wissen, ist noch ein Zwanziger für Sie drin. Wenn Sie so weitermachen, nehme ich Ihnen den ersten wieder ab und buchte Sie wegen irgendwas ein.«

»Hey«, sagte Strobe mit derselben unheimlichen Stimme. Petra nahm an, dass sie wahrscheinlich eine hässliche Szene zwischen ihm und dem heißblütigen Falafel-Mann verhindert hatte. Fürs Erste.

Strobes Augen musterten hektisch die Umgebung, und seine abgemagerte Gestalt wirkte angespannt. Hielt er nach einem Fluchtweg Ausschau?

Oder plante er irgendwas Aggressives?

Dann streifte er Petras Handtasche mit einem Blick.

Ihre Pistole war darin, ganz oben. Ihre Handschellen waren an ihrem Gürtel.

So verrückt wäre er doch nicht – oder doch?

Sie lächelte, sagte: »Duncan, Duncan«, packte ihn, drehte ihn herum, bog ihm den Arm nach oben, griff nach den Handschellen, bekam ein Handgelenk zu fassen, dann das andere.

»Au, 'tective!«

Eine Schnelldurchsuchung förderte eine halb leere Packung Salem, einen Beutel Pillen und Kapseln und ein verrostetes Taschenmesser zutage.

»Au«, wiederholte er. Dann begann er zu heulen wie ein Baby.

Sie setzte ihn hinten in ihren Wagen, stopfte ihm die Zigaretten in die Brusttasche seines Hemds, warf die Drogen in einen Gully – tut mir Leid, Pazifik –, steckte das Messer ein, setzte sich nach vorn, öffnete den Reißverschluss ihrer Handtasche und legte ihre Hand auf die Pistole.

Tränen tröpfelten aus den Augen des jungen Mannes.

»Tut mir wirklich Leid, 'tective Connor«, sagte er mit der Stimme eines Zwölfjährigen. »Ich versuche, Sie nicht zu verarschen, ich bin nur hungrig, dassis alles, brauch 'n Sandwich.«

»Läuft das Geschäft schlecht?«

Strobe sah in die Richtung des Gullys. »Jetzt bestimmt.«

»Sehen Sie«, sagte sie, »ich habe keine Zeit für solche Spielchen. Sagen Sie mir genau, was Sie über Erna Murphy wissen und was Sie vor drei Nächten gesehen haben.«

»Ich weiß gar nix von ihr, weiß nich' mal ihren Namen«, erwiderte Strobe. »Ich hab sie nur gesehen, wie ich Ihnen gesagt hab, ich weiß, dass sie eine von den Irren is' –«

»Hat sie sich mit anderen Irren rumgetrieben?«

»Wollen Sie mich festnehmen?«

»Nicht, wenn Sie mit mir zusammenarbeiten.«

»Nehmen Sie die hier ab?« Er bewegte die Arme. »Die tun weh.«

Seine Gelenke waren schmal, und sie hatte die Handschellen fest angezogen. Aber sie konnten ihm unmöglich wehtun. Sie war vorsichtig gewesen, war immer vorsichtig. Jeder war ein Schauspieler …

»Ich nehme Sie Ihnen ab, wenn wir fertig sind.«

»Ist das nicht illegal?«

»Duncan.«

»Tut mir Leid, tut mir Leid – okay okay okay, was ich weiß … wie war die Frage?«

»Hat sie sich mit anderen Irren rumgetrieben?«

»Ich hab keinen gesehen. Es is' nich' so, als wär sie die ganze Zeit da, ein Teil der Szene. Sie war da und dann wieder nich'. Verstehn Sie, was ich meine? Ich hab nie mit ihr geredet, niemand hat mit ihr geredet, sie hat mit niemand geredet. Sie war irre.«

»Wissen Sie genau, dass sie auf den Strich ging?«

Strobes pelzige Zunge fuhr über den spärlichen, ausgetrockneten Streifen grauen Gewebes, der als seine Unterlippe durchging. »Nein. Das kann ich nich' sagen. Hab ich nur vermutet. Weil sie in den Wagen gestiegen is'.«

»Was für ein Wagen?«

»Nur ein Wagen«, erwiderte er. »Nix Ausgefallenes – kein BMW oder Porsche.«

»Farbe?«

»Hell.«

»Groß oder klein?«

»Klein, glaube ich.«

Kevin Drummond fuhr einen weißen Honda. Milos Anruf, dass der Wagen in Flughafennähe aufgetaucht sei, machte es noch wahrscheinlicher, dass Kevin ihr Mann war. Der Plan lautete, zu warten, bis das Fahrzeug freigegeben wurde, und dann würde sie sich Kevins Eltern noch mal vorknöpfen.

Strobes Geschichte gab der ganzen Sache erheblichen Auftrieb. Zeit und Ort passten perfekt.

Kevin beschließt, dass Erna entbehrlich ist, liest sie auf, fährt mit ihr ein paar Querstraßen weiter, versorgt sie mit Alk, vollbringt die Tat, lässt den Wagen in Inglewood stehen, macht die kurze Wanderung nach LAX und fährt himmelwärts.

Milo hatte sie heute früh angerufen, bevor sie das Haus verließ. Bis jetzt hatte er noch niemanden gefunden, der Kevin am Flughafen gesehen hatte.

»Der Wagen«, sagte sie. »Gib mir eine Marke, Duncan.«

»Ich weiß nich', 'tective Connor.«

»Nissan, Toyota, Honda, Chevy, Ford?«

»Ich weiß nich'«, wiederholte Strobe. »Das ist die Wahrheit, ich will nich' irgendeinen Mist verzapfen, und dann stellen Sie fest, dass es nich' stimmt, und denken, ich hab gelogen, und kommen mich holen – können Sie bitte diese Dinger abnehmen, ich kann's nich' *ertragen*, gefesselt zu sein.«

Irgendetwas am Tonfall des jungen Mannes – eine echte Traurigkeit, die frühere Demütigungen verriet – rührte ihr Herz. Ausreißer kamen nicht ohne Grund nach Hollywood. Einen furchtbaren Moment lang sah Petra einen jüngeren Duncan Beemish mit rosigen Wangen vor sich, der zu Hause von einem Perversen festgebunden worden war.

Als könne er ihr Unbehagen spüren, brach Strobe zusammen und weinte noch lauter.

Petra blendete ihn vor ihrem geistigen Auge aus. »Kein Lieferwagen? Bestimmt ein Pkw?«

»Ein Pkw.«

»Kein Geländewagen?«

»Ein Pkw.«

»Farbe?«

»Hell.«

»Weiß, grau?«

»Ich weiß nich', ich lüg Sie nich' an –«

»Warum haben Sie vermutet, sie ginge auf den Strich, Duncan?«

»Weil sie auf der Straße war und der Wagen bei ihr anhielt und sie eingestiegen ist.«

»Wie viele Leute waren in dem Wagen?«

»Weiß nich'.«

»Wie sah der Fahrer aus?«

»Hab ihn nich gesehn.«

»Wie weit waren Sie von dem Wagen entfernt?«

»Hm hm hm, vielleicht einen halben Block.«

»Ist das direkt am Boulevard passiert?«

»Nein, eine Nebenstraße.«

»Welche?«

»Hm … Ridgeway, yeah, ich glaube, es war Ridgeway, yeah yeah Ridgeway. Es ist richtig dunkel da, gehn Sie hin und schaun Sie nach, all die kaputten Straßenlaternen.«

Ridgeway war einen Block von der Stelle entfernt, wo man den Chirurgen verhaftet hatte. Die Stadt hatte die Laternen wahrscheinlich repariert, und sie waren prompt wieder von den freiberuflichen Apothekern zerschlagen worden.

Petra fragte: »Bevor sie in den Wagen stieg, hat sie da mit dem Fahrer gesprochen?«

»Nein, sie ist einfach eingestiegen.«

»Sie hat nicht verhandelt? Nicht festzustellen versucht, ob es sich um einen Undercover-Cop handelt? Das klingt nicht nach einer Nutte, Duncan.«

Strobe riss die Augen weit auf. »Yeah, Sie haben Recht!« Er krümmte sich erneut zusammen. »Können Sie die abnehmen? Bitte?«

Sie bearbeitete ihn noch etwas länger, ohne Erfolg, stieg aus, kehrte zu dem Falafel-Mann zurück und bestellte eine Jumbo-Kebab-Kombi mit einer doppelten Portion Chilisauce und eine Cola XL. Erneut versuchte er, sie einzuladen, erneut bestand sie darauf, ohne Rabatt zu bezahlen, und die Augen des Goldzahns verdüsterten sich.

Zweifellos eine ethnische Beleidigung. »Ich geb Ihne Chili *dazu*.«

Als sie zu dem Honda zurückkam, stellte sie das Sandwich und die Cola auf dem Kofferraum ab, zog Strobe aus dem Wagen, nahm ihm die Handschellen ab, ließ ihn zwei Schritte weiter auf dem Bordstein Platz nehmen. Er gehorchte bereitwillig, und sie brachte ihm das Essen und einen weiteren Zwanzigdollarschein.

Goldzahn stand ein paar Schritte weiter und warf ihnen böse Blicke zu.

Strobe schlug seine Zähne in das Sandwich, bevor Petra Luft holen konnte. Er schmatzte hörbar. Machte animalische Geräusche.

Mit einem Mund voll Fleisch und Brot und Tahina am Kinn sagte er: »Danke, ’tective.«

»*Bon appétit,* Duncan.«

35

Milo folgte der Blonden. Er hatte ihr Bürogebäude eine Stunde überwacht, hatte sich an sie gehängt, als sie und eine Gruppe von Kolleginnen herauskamen und einen Block nach Westen zur Century City Mall gingen. Ihre Begleiterinnen waren drei Frauen, die wie die Blonde Kostüme in dunklen Farben trugen. Alle waren sie älter als die Blonde, die ungefähr fünfundzwanzig zu sein schien.

Everett Kippers junge Freundin Stephanie.

Sie war wohlproportioniert und von mittlerer Größe, ein großer Teil davon Bein. Sie machte keinen Versuch, daraus Kapital zu schlagen, ihr Rock war knielang. Aber sie konnte die natürliche Anmut ihrer Bewegungen nicht verhehlen.

Die blonden Haare waren lang und glatt, Platin mit einem goldenen Überzug. Von hinten sah sie aus wie der Traum eines jeden Heteros.

Milo wusste ihre Figur zu schätzen, wie er sich an einem guten Gemälde erfreute.

Er folgte den vier Frauen zum Food Court, wo die Kolleginnen in das Labyrinth der Fast-Food-Stände abbogen, nachdem eine von ihnen gefragt hatte: »Bist du sicher, Steph?«

Stephanie nickte.

Ihre Freundin sagte: »Bis später.«

Sie ging weiter an der Buchhandlung von Brentano's und dem Multiplex-Kino vorbei, blieb stehen, um sich die Schaufenster von Bloomingdale's und mehreren Boutiquen anzusehen, und setzte ihren Spaziergang dann fort, bis sie einen Platz am Südende des Einkaufszentrums erreichte. Bänke und Imbissstände waren auf einem großen Rechteck aus sonnenhellen Steinen verteilt.

Der gesamte Komplex war gerammelt voll mit Kauflustigen und Touristen und Angestellten aus den umliegenden Bürogebäuden, die ihre Mittagspause machten. Milo kaufte einen Jumbo-Eistee, verschmolz mit der Menge und schlenderte entspannt umher, während er den hübschen Blondschopf nicht aus den Augen ließ.

Als Stephanie in der Mitte des Platzes stehen blieb und sich einen Moment nicht bewegte, hielt er sich zunächst hinter einer Ecke verborgen und wagte sich dann hinaus und stand, Tee durch einen Strohhalm schlürfend, mit dem Rücken zu ihr. Seine Position erlaubte es ihm, ihr Spiegelbild in einem Schaufenster zu beobachten.

Sie warf ihre Haare nach hinten, strich sie über den Ohren glatt. Nahm ihre Sonnenbrille ab, setzte sie wieder auf.

Wartete sie auf ihren Freund? Milo war neugierig, warum Kipper so wütend ausgesehen hatte.

Er behielt den Gehweg im Auge. Auf dem sich Kipper vermutlich nähern würde.

Stephanie kaufte sich eine warme Brezel mit Senf und ein Getränk in einem Becher von einem Mann mit Handkarren, setzte sich auf eine Bank und begann zu essen.

Mampfte vor sich hin und warf den Tauben Krumen zu.

Schlug diese langen Beine übereinander.

Als sie die Brezel fast aufgegessen und ihren Becher geleert hatte, stand sie auf, kaufte sich ein Eis von einem anderen Karren und setzte sich wieder an denselben Fleck.

Kein einziger Blick auf die Uhr.

Fünfzehn Minuten vergingen, und sie sah kein bisschen ungeduldig aus.

Weitere fünf. Sie gähnte, streckte sich und schaute in die Sonne.

Sie nahm die Brille wieder ab. Ließ ihr Gesicht Mittagshitze tanken.

Mit geschlossenen Augen. Ausspannen.

Auf niemanden warten.

Milo überquerte den Platz, machte einen langen, großen Bogen und näherte sich ihr von hinten. Sie würde ihn erst sehen, wenn er bereit war.

Sein Abzeichen lag in seiner Hand, von seinen Fingern verborgen. Sie würde mit Sicherheit aufschrecken angesichts eines großen Mannes, der auf sie zuhielt, und er hoffte, der Ausweis würde sie von ihm ablenken und so verhindern, dass es zu einer Szene kam.

Sie hörte ihn nicht kommen und schaute nicht hoch, öffnete ihre Augen erst, als er um die Bank herumgegangen war und beinahe vor ihr stand.

Dunkle, überraschte Augen. Er sah daran vorbei auf die Schwellung an ihrem linken Wangenknochen. Sie hatte ihr Make-up gut eingesetzt und die purpurne Verfärbung fast abgedeckt, aber ein bisschen schaute noch hindurch – ein rosiger Fleck, der die sanfte Bräune ihres Teints vertiefte. Die gesamte linke Seite ihres Gesichts war vergrößert. Mit Kosmetik bekam man keinen Bluterguss unter Kontrolle.

Das Abzeichen machte ihr Angst, und er steckte es in die

Tasche. »Tut mir Leid, Sie zu stören, Ma'am. Besonders heute.«

»Ich verstehe nicht«, sagte sie mit leiser Stimme. »Heute?«

Er setzte sich neben sie und sagte seinen Titel auf, betonte all die Reizwörter. *Lieutenant. Polizei. Morddezernat.*

Das trug nicht dazu bei, Stephanies Angst zu mindern, aber es brachte ihre Besorgnis auf den Punkt.

»Es geht um Julie, stimmt's?«, sagte sie. Ihre Lippen zitterten. »Das kann nicht Ihr Ernst sein.«

»Was kann nicht mein Ernst sein, Ms. ...«

»Cranner. Stephanie Cranner. Ev hat mir erzählt, dass Sie ihm eine Menge Fragen über Julie gestellt haben. Dass Sie ihn wahrscheinlich verdächtigen, weil er ihr Exmann war.« Ihre Hand hob sich zu der verfärbten Wange, blieb einen Moment in der Luft hängen und fiel dann in ihren Schoß. »Das ist lächerlich.«

»Er hat Ihnen erzählt, dass wir ihn verdächtigen?«, fragte Milo.

»Es stimmt, nicht wahr?«, erwiderte Stephanie Cranner. Angenehme Stimme – jugendlich, beschwingt, aber angespannt vor Sorge. Alles an ihr strahlte Jugend und Gesundheit aus. Bis auf den Bluterguss.

»Hat Mr. Kipper das getan?«

Die braunen Augen senkten sich. »Ich möchte nicht viel Aufhebens davon machen. Es hat nichts mit Julie zu tun – jedenfalls nichts mit ihrer Ermordung.«

Milo sank in sich zusammen, machte sich so klein wie möglich, um keine Bedrohung darzustellen.

Stephanie Cranner richtete sich auf. »Ich muss zurück ins Büro.«

»Sie sind gerade erst hier angekommen«, sagte Milo. »Normalerweise dauert Ihre Mittagspause vierzig Minuten.«

Ihr blieb der Mund offen stehen. »Sie haben mich beobachtet?«

Er zuckte mit den Achseln.

»Das ist ungeheuerlich«, sagte sie. »Ich habe nichts getan. Ich habe mich nur zufällig in Ev verliebt.« Kurze Pause. »Und er liebt mich.«

Milo schaute auf die geschwollene Wange. »Hat er das zum ersten Mal gemacht?«

»Ja. Absolut.«

»Ach.«

»Es stimmt«, sagte sie. »Absolut das erste Mal. Deswegen will ich kein Aufhebens machen. Bitte.«

»Klar«, sagte Milo.

»Vielen Dank, Lieutenant.«

Er rührte sich nicht vom Fleck.

Sie fragte: »Kann ich jetzt gehen, Lieutenant? Bitte.«

Milo drehte sich herum, schob sich ein bisschen näher, sah ihr in die Augen. »Ms. Cranner, ich habe absolut nicht den Wunsch, Ihr Leben komplizierter zu machen. Ich bin im Morddezernat und kümmere mich nicht um Fälle von häuslicher Gewalt. Obwohl ich Ihnen sagen muss, dass die beiden manchmal miteinander einhergehen.«

Stephanie Cranner starrte ihn mit offenem Mund an. »Das ist unfassbar. Sie wollen sagen …«

»Ich würde mir weniger Sorgen um Ihr Wohlbefinden machen, wenn ich wüsste, was passiert ist.«

»Passiert ist, dass Ev und ich … eine Auseinandersetzung hatten. Einen Streit. Es war mein Fehler, ich hab mich vergessen. Ich wurde rabiat und hab angefangen, ihn zu schubsen, hab ihn immer wieder gestoßen, richtig fest. Er hat es eine Zeit lang hingenommen, und schließlich hat er mich zurückgestoßen.«

»Mit der Faust?«

»Mit der Hand«, sagte sie und zeigte Milo eine glatte Handfläche. Sie trug zwei Ringe an jeder Hand. Billiges Zeug – dünnes Gold, Halbedelsteine. Kein Solitärbrillant.

»Das hat seine offene Hand getan?«

»Ja, das hat sie, Lieutenant. Weil ich auf ihn losging und die Bewegung – die ganze Wucht, wir sind zusammengestoßen. Glauben Sie mir, er war sehr viel mehr außer sich als ich. Ist auf die Knie gegangen und hat um Verzeihung gebeten.«

»Haben Sie sie gewährt?«, fragte Milo.

»Natürlich habe ich das. Es gab nichts zu verzeihen.« Sie stieß mit dem Daumen gegen ihre Brust. »Ich hab angefangen. Er hat sich verteidigt.«

Milo nippte an seinem Eistee und ließ ein paar Augenblicke verstreichen.

»Heute allein in der Mittagspause?«, fragte er dann.

»Er hat eine Besprechung.«

»Ach.« Benutzte wieder das alte Wort der Seelenklempner. Nachdem er Alex jahrelang damit aufgezogen hatte, sah er es jetzt als brauchbares Hilfsmittel an.

»Es stimmt«, sagte Stephanie Cranner. »Wenn Sie mir nicht glauben, können Sie es überprüfen.«

»Und Ihnen war eher nach Alleinsein zumute.«

»Ist das ein Verbrechen?«

»Was hat Sie so aufgebracht, dass Sie ihn gestoßen haben, Ms. Cranner?«

»Ich kann nicht erkennen, warum ich darüber reden müsste.«

»Sie müssen nicht.«

»Dann tu ich's auch nicht.«

Milo lächelte.

Sie sagte: »Sie werden das nicht auf sich beruhen lassen.«

»Ich habe einen Job zu erledigen.«

»Sehen Sie«, sagte sie, »wenn Sie es wissen *müssen*, bei dem Streit ging es um Julie. Und das ist auch genau der Grund, warum Sie Ihre Zeit verschwenden, wenn Sie Ev in Verdacht haben.«

Sie verschränkte die Arme vor der Brust und blickte selbstgefällig drein. Als wenn das alles erklärte.

»Da komme ich nicht mit, Ms. Cranner«, sagte Milo.

»Ich *bitte* Sie«, erwiderte sie. »Begreifen Sie denn nicht? Ev *liebte* Julie. Liebt sie immer noch. Das hat mich aus der Fassung gebracht. Er liebt mich, aber er – er kann sich Julie nicht aus dem Kopf schlagen. Selbst jetzt, wo sie ... seit sie gestorben ist, kann er nicht ...« Eine Rötung stieg von ihrem Hals bis zum Haaransatz, eine derart plötzliche und heftige Reaktion, dass sie aussah wie in einer Comiczeichnung.

»Seit sie gestorben ist, kann er was nicht?«, fragte Milo.

Stephanie Cranner murmelte etwas.

»Wie bitte?«

»Sie wissen schon.«

Milo sagte nichts.

»Scheiße«, sagte Stephanie Cranner. »Ich und meine große Klappe.« Ihre Fingerspitzen streiften seinen Ärmel. Sie klimperte mit den Wimpern, schüttelte ihre Haare aus und warf ihm ein mattes Lächeln zu. »Bitte, Lieutenant, sagen Sie ihm nicht, dass ich etwas über ... bitte, sagen Sie es ihm nicht, er würde ...«

Sie brach ab.

Und dann unterdrückte Milo sein mattes Lächeln, weil er wusste, wie der Satz weiterging. *Er würde mich umbringen.*

»Er würde unglücklich sein«, sagte sie mit zu viel Nachdruck. »Ich hatte kein Recht, es Ihnen zu erzählen, Sie bringen mich dazu, Dinge zu sagen, die ich nicht meine.«

»Belassen wir es dabei: Seit Julies Tod hat sich Mr. Kipper verändert.«

»Nein. Ja. Nicht nur in dieser Hinsicht. Vor allem emotional. Er – er ist distanziert. Es gehört alles zu derselben Geschichte.«

»Emotional«, sagte er. Ein anderer Trick aus der Seelenklempnerkiste. Ein Echo sein.

Sie sagte: »Ja! Ev hat so sehr an Julie gehangen, dass er sie sich nicht aus dem Kopf schlagen kann und … sich hingeben kann.«

Sie holte mit dem Arm aus und warf das übrig gebliebene Stück Brezel über den Platz. Eher ein Angriff als Altruismus; Tauben stoben auseinander. Das Gebäck rollte vor sich hin, taumelte und blieb schließlich liegen.

»Ich wusste über Julie Bescheid«, sagte sie, »als ich anfing mit ihm zu gehen.«

»Was wussten Sie?«

»Dass sie sich dann und wann immer noch trafen. Damit konnte ich umgehen. Ich dachte mir, das geht vorüber. Und Ev hat es versucht. Er wollte sich mir hingeben, aber …«

Sie blinzelte Tränen weg, setzte ihre Sonnenbrille auf, zeigte Milo ihr Profil.

»Sie trafen sich weiterhin«, sagte er.

»Da war nichts Heimlichtuerisches dran, Lieutenant. Ev hat offen darüber geredet. Es war immer Teil unserer Abmachung.« Sie drehte sich abrupt um und sah Milo wieder an. »Ev hat Julie so sehr geliebt, dass er sie nicht loslassen konnte. Auf gar keinen Fall hätte er irgendetwas getan, das sie verletzt hätte, geschweige denn sie getötet.«

Er sprach weitere fünfzehn Minuten mit ihr, verlagerte das Thema auf ihre Arbeit und erfuhr, dass sie ein Examen an der Uni gemacht hatte und jetzt als Sekretärin arbeitete, während sie nachts für ein Betriebswirtschaftsdiplom an der Pepperdine büffelte. Klug, mit hochfliegenden Plänen.

Sah sich und Kipper als potenzielles Power-Paar in der Finanzwelt.

Über Kipper und Julie hatte sie ihm weiter nichts zu sagen. Er gab ihr seine Karte.

Sie sagte: »Ich kann Ihnen wirklich nicht mehr erzählen.«

In der Annahme, sie würde die Karte wegwerfen, sobald er weg war, verließ er den Platz und wunderte sich, dass jemand, der so jung und klug war und so gut aussah, die Eventualitäten akzeptierte, die Kipper ihr aufhalste.

Das hatte wahrscheinlich mit ihrer Erziehung zu tun, aber das war Alex' Ressort. Als er wieder in seinem Wagen saß, rief er Alex zu Hause an und schilderte ihm das Gespräch.

»Ich neige dazu, ihr beizupflichten«, sagte Alex.

»Ein solches Maß an Leidenschaft? Julie und Kipper lassen sich scheiden, aber neun Jahre später kann Kipper nicht loslassen? Seine Gefühle für sie sind so stark, dass er ihn nicht mehr hochkriegt, seit sie tot ist? Deutet das nicht alles auf eine ungesunde emotionale Situation hin, Alex? Wenn du noch Kippers cholerische Natur hinzunimmst – und jetzt wissen wir, dass er sich auch körperlich abreagiert –, addiert sich das dann nicht zu einer explosiven Situation? Wie ich zu Cranner sagte, häusliche Gewalt und Mord sind nicht unvereinbar.«

»Ich will nicht sagen, dass Kipper nicht hätte durchdrehen und Julie gegenüber gewalttätig werden können. Aber das gibt unser Tatort nicht her. Der Mord an Julie war durchdacht, kalt und kalkuliert wie all die andern. Dem Opfer nachsteigen, optimaler Schauplatz des Verbrechens, Gebrauch einer vorher ausgesuchten Waffe, pseudosexuelle Positionierung. Falls Kipper der Täter gewesen wäre, hätte er Julie nicht erniedrigt. Im Gegenteil, er hätte ihre Leiche so würdevoll wie nur möglich arrangiert. Das Einzige, was mich umstimmen könnte, wäre eine Verbindung zwischen Kipper und Erna Murphy. Außerdem wurde bei Julie und Levitch die gleiche Art von Gitarrensaite benutzt. Das würde bedeuten, dass Kipper Levitch ermordet hat, um den Mord an Julie zu vertuschen. Und das klingt wie in einem schlechten Film.«

»Manchmal imitiert das Leben schlechte Kunst«, sagte Milo. »Warum nicht? Ein gut gekleideter Mann wie Kipper würde unter dem Konzertpublikum bei Szabo und Loh nicht auffallen. Und Julie und Levitch waren die Einzigen, bei denen die Saite benutzt wurde.«

»Zweifelst du an dem Psychokannibalen-Szenario? Was ist mit Faithful Scrivener? Den ganzen Kritiken unserer Opfer?«

»Künstler werden nun mal kritisch gewürdigt ... Es ist keine Frage von Zweifeln, ich denke Alternativen durch.«

»Okay«, sagte Alex.

»Ich bin sicher, du hast Recht. Aber dass Kipper angesichts von Julies Tod derart ausflippt, macht mir Sorgen. Nicht nur die Impotenz – er widersetzt sich den Cops, indem er spät in der Nacht noch rumhämmert. In meinen Augen spricht das dafür, dass sich Grenzen lockern. Ich möchte nicht in Stephanies Haut stecken. Ich bin mir nicht sicher, ob sie die Gefahr erkennt.«

»Dein Instinkt ist gut. Falls du glaubst, sie ist in Gefahr, warnst du sie eben.«

»Im Grunde genommen hab ich das getan ... Okay, ich höre mal, was Petra erreicht hat, und dann setze ich mich mit der Spurensicherung in Verbindung, um zu erfahren, was bei der Untersuchung von Kevin Drummonds Honda rausgekommen ist. Vielen Dank fürs Zuhören.«

»War mir ein Vergnügen.«

»Ist Robin noch in San Francisco?«

»Soweit ich weiß«, sagte Alex.

Seine Stimme klang gleichmütig, aber Milo wusste, die Frage ging zu weit. Keine Zeit für Abschweifungen. Bleib am Ball.

Wenn er nur entscheiden könnte, was »am Ball« bedeutete.

Er entschuldigte sich nicht, das hatte keinen Sinn. Stattdessen sagte er: »Wenn sich irgendwas tut, lasse ich dich's wissen.«

»Das würde ich begrüßen«, erwiderte Alex mit freundlicher Stimme. »Dieser Fall hat's in sich, nicht wahr?«

Immer der Therapeut.

36

Eric Stahl machte fünfzig Liegestütze auf einer Hand, gefolgt von vierhundert normalen. Dieses Maß an Anstrengung brachte ihn selten ins Schwitzen, aber diesmal war er völlig durchnässt – in Vorwegnahme seines Besuchs bei Donald Murphy?

Blöd, er sollte in der Lage sein, das unter Kontrolle zu bringen. Aber der Körper log nicht.

Er duschte, zog eine seiner vier Kombinationen aus schwarzem Anzug, weißem Hemd und grauer Krawatte an und fuhr zum Sun Garden Convalescent Home in Mar Vista.

Das Heim war ein milchkaffeefarbenes zweistöckiges Gebäude, dessen Fenster und Türen dunkelbraun abgesetzt waren. Die Wände der Eingangshalle im Innern waren mit grüner Velourstapete bedeckt. Uralte Leute saßen in Rollstühlen herum.

Dann: der Krankenhausgeruch.

Ein Schwindelgefühl überfiel Stahl. Er kämpfte gegen den Drang an, die Flucht zu ergreifen, nahm die starre Haltung eines Rekruten ein, zog mit einem Ruck seine Aufschläge zurecht und ging zum Empfang.

Die Frau dahinter war eine Filipina mittleren Alters, die einen weißen Kittel über ihrem geblümten Kleid trug. In Saudi-Arabien waren viele Hausangestellte Filipinas gewesen – in Wirklichkeit wenig mehr als Sklaven. Menschen in einer schlechteren Lage als er.

Das Namensschild dieser hier besagte CORAZON DIAZ, ABTEILUNGSASSISTENTIN.

Krankenhausjargon für Sekretärin.

Stahl lächelte sie an, bemühte sich, ganz normal zu erscheinen, und sagte ihr, weshalb er hier war.

»Polizei?«, fragte sie.

»Nichts Ernstes, Ma'am. Ich muss nur mit einem Ihrer Patienten sprechen.«

»Wir nennen sie Gäste.«

»Der Gast, nach dem ich suche, heißt Donald A. Murphy.«

»Lassen Sie mich nachsehen.« Computerklicks. »Erstes Obergeschoss.«

Er fuhr mit einem sehr langsamen Aufzug in den ersten Stock. Weitere Velourswände, aber man konnte dies hier unmöglich für etwas anderes halten, als es war: eine Krankenstation. Ein Schwesternzimmer lag in der Mitte, und ein paar Frauen in roten Uniformen standen herum und plauderten. Dann ein langer Korridor, von dem auf beiden Seiten Türen abgingen. Zwei fahrbare Betten im Gang. Zerknitterte Bettwäsche auf einem.

Stahl kämpfte darum, aufrecht zu bleiben.

Auch als er sich den Schwestern näherte, hörten sie nicht

auf zu reden. Er wollte sie schon nach Donald Murphys Zimmernummer fragen, als er eine weiße Tafel neben der Tür entdeckte. Namen waren mit blauem Filzstift eingetragen, nicht unähnlich der Liste mit den Fällen auf dem Revier.

Zweihundertvierzehn.

Er ging weiter den Gang hinauf, vorbei an Zimmern mit sehr alten Menschen darin, manche in Rollstühlen, andere bettlägerig. Wellen von Fernsehlärm schwappten über ihn hinweg. Das Klick-klick medizinischer Geräte.

Der Geruch, noch stärker hier oben. Der undefinierbare chemische Gestank vermischt mit Erbrochenem, Fäkalien, Krankenschweiß und einer Fülle anderer Gerüche, die er nicht benennen konnte.

Seine Haut war feucht geworden, und eine weitere Attacke von Gleichgewichtsstörungen ließ ihn fast zusammenklappen. Er blieb auf halber Strecke im Korridor stehen, presste eine Handfläche gegen die flauschige Tapete, atmete ein, aus, ein, aus. Fühlte sich immer noch schwindlig, aber ein bisschen besser und setzte seinen Weg zu 214 fort.

Offene Tür. Er ging hinein und schloss sie hinter sich. Der Mann auf dem Bett wurde von Schläuchen versorgt, die in seine Nase und Arme hineinführten. Eine Reihe von Monitoren über seinem Kopfkissen bewies, dass er am Leben war. Ein Katheterschlauch führte unter der Bettdecke hervor zu einer Flasche auf dem Boden, die mit bernsteinfarbener Flüssigkeit gefüllt war.

Die Navy sagte, Chief Petty Officer Donald Arthur Murphy (pens.) sei neunundsechzig Jahre alt, aber dieser Typ sah wie hundert aus.

Stahl überprüfte das Armband des Patienten. D. A. MURPHY, das korrekte Geburtsdatum.

Mit laut pochendem Herzen drängte er die Angst zurück und musterte den Mann auf dem Bett. Ernas Vater hatte ein verschrumpeltes, dreieckiges Gesicht unter trockenen, ungebärdigen weißen Haaren. Ein paar der Haare wiesen noch Überreste ihrer ursprünglichen Farbe auf: ein schwaches Rotbraun an den Wurzeln. Murphys Hände waren groß und dick und voller Leberflecken. Seine Nase trug die Spuren eines lebenslangen Alkoholmissbrauchs. Sein zahnloser Mund war eingefallen.

Augen geschlossen. Reglos wie eine Mumie. Keine Atmung, die Stahl erkennen konnte, aber die Monitore wussten es besser.

Er sagte: »Mr. Murphy?«

Keine Reaktion von dem Körper auf dem Bett oder den Geräten.

Die ganze Mühe umsonst. Er stand da und überlegte, mit wem er sprechen sollte, als ihn ein erneuter Schwindelanfall traf und ihm am ganzen Körper der Schweiß ausbrach – zu stark, um ihn unter Kontrolle zu bringen, Scheiße, dieser würde ihn umhauen.

Er erblickte einen Sessel. Schaffte es gerade noch bis dorthin. Schloss die Augen …

Ein Nebelhorn brachte ihn schlagartig zurück ins Leben.

»Wer *sind* Sie und was *tun* Sie hier?«

Stahl öffnete die Augen, ließ sie zu der Uhr über den Monitoren wandern. Er war nur ein paar Minuten ohne Bewusstsein gewesen.

»Antworten Sie«, verlangte dieselbe Stimme. Blechern, weiblich – eine schmetternde Tuba.

Er drehte sich um, fasste die Quelle ins Auge.

Ältere Frau – Mitte bis Ende sechzig. Groß, breitschultrig, stämmig.

Ihr Kopf war eine fast vollkommene Kugel, gekrönt von einer bauschigen, eingesprayten Knolle champagnerfarbener Wellen. Dick aufgetragenes Make-up, viel zu viel Rouge und Lidschatten. Burgunderroter Lippenstift trug wenig dazu bei, ihre wulstigen Lippen zu verschönern. Sie hatte ein grasgrünes Strickkostüm mit großen Kristallknöpfen und weiß eingefassten Aufschlägen an, das teuer gewesen sein musste. Zu eng für ihre Linebacker-Figur, sie schien regelrecht herauszuplatzen. Schuhe und Handtasche aufs Kostüm abgestimmt. Krokodillederhandtasche mit einem massiven Rheinkieselverschluss. Der Klunker an ihrem wurstähnlichen Ringfinger war kein Rheinkiesel. Blendend weiß, ein Riesending. Diamantohrringe, ein Paar Steine in jedem. Eine große schwarze Perlenkette umgab einen Hals mit Truthahnfalten.

»Nun?«, schmetterte sie. Funkelte ihn wütend an, während sie beide Hände auf scheunenbreite Hüften pflanzte. Ein weiterer massiver Ring glitzerte an ihrer rechten Hand. Ein Smaragdsolitär, der noch größer als der Diamant war. An ihr war genug Schmuck, um Stahls Pension mehrfach zu finanzieren.

»Ich werde jetzt sofort den Sicherheitsdienst rufen.« Ihre Hängebacken zitterten, und ihr Busen sympathisierte sichtlich mit ihnen.

Stahl tat der Kopf weh; der Klang dieser erbarmungslosen Stimme war zerstoßenes Glas in einer offenen Wunde. Er fummelte in seiner Tasche, zeigte sein Abzeichen vor.

»Sie sind von der Polizei?«, sagte sie. »Was machen Sie dann schlafend in Donalds Zimmer?«

»Tut mir Leid, Ma'am. Mir ist nicht gut. Ich habe mich hingesetzt, um zu Atem zu kommen, und muss eine Sekunde lang weg gewesen –«

»Wenn Sie nicht gesund sind, dann sollten Sie ganz *sicher*

nicht hier sein. Donald ist sehr krank. Sie haben ihn hoffentlich nicht angesteckt. Das ist ungeheuerlich!«

Stahl stand auf. Kein Schwindelgefühl mehr. Der Ärger darüber, dass er sich mit diesem Drachen abgeben musste, hatte seine Ängste bezwungen.

Interessant …

»In welcher Beziehung stehen Sie und Mr. Murphy?«, fragte er.

»Nein, nein, nein.« Ein Finger bewegte sich hin und her. Diamanten glitzerten. »*Sie* sagen *mir*, warum *Sie* hier sind.«

»Mr. Murphys Tochter wurde ermordet«, sagte Stahl.

»Erna?«

»Sie kannten sie?«

»Kannte sie? Ich bin ihre Tante. Donalds kleine Schwester. Was ist mit ihr passiert?« Ärgerlich, fordernd, keine Spur von Mitleid. Oder Schock.

»Sie sind nicht überrascht?«, fragte Stahl.

»Junger Mann, Ernadine war psychisch gestört, und zwar schon seit Jahren. Donald hatte keinen Kontakt mehr zu ihr und ich auch nicht. Niemand in der Familie.« Sie betrachtete den Mann auf dem Bett. »Wie Sie sehen können, hat es keinen Sinn, Donald zu behelligen.«

»Wie lange ist er schon in diesem Zustand?«

Ihr Gesichtsausdruck besagte: *Was geht Sie das an?* »Monate, junger Mann, Monate.«

»Liegt er im Koma?«

Die Frau lachte. »Sie müssen ein Detective sein.«

»Was fehlt ihm, Ms. …«

»*Mrs*. Trueblood. Alma F. Trueblood.«

Murphys *kleine Schwester*. Stahl konnte sich nicht vorstellen, dass diese Frau jemals klein gewesen war.

Er sagte: »Ma'am, gibt es irgendwas, was Sie mir über –«

»Nein«, blaffte Alma Trueblood.

»Ma'am, Sie haben die Frage nicht gehört.«

»Brauch ich nicht. Es gibt nichts, was ich Ihnen über Ernadine sagen könnte. Wie ich gerade sagte, sie war seit Jahren gestört. Ihr Tod war schon lange fällig, wenn Sie mich fragen. Sie lebte auf der Straße. Donald hatte sie seit mehreren Jahren nicht gesehen. Das können Sie mir glauben.«

»Seit wie vielen Jahren?«

»Viele. Sie haben sich aus den Augen verloren.«

»Sie sagen, ihr Tod sei schon lange fällig gewesen?«

»Das sage ich allerdings. Ernadine wollte sich nicht helfen lassen, ist ihren eigenen Weg gegangen. Lebte auf der *Straße*. Sie war früher schon ein seltsames kleines Mädchen. Wild, mürrisch, merkwürdiges Verhalten. Seltsame Essgewohnheiten – Kreide, Dreck, verdorbenes Essen. Sie zog an ihren Haaren, lief im Kreis herum und führte Selbstgespräche. Sie zeichnete den ganzen Tag Bilder, aber sie hatte nicht einen *Hauch* Talent.«

Alma Trueblood richtete sich zu voller Größe auf. »Ich hatte sie nie gern um mich. Sie hatte einen schlechten Einfluss auf meine Kinder, und ich muss Ihnen sagen, Officer, ich lasse es nicht zu, dass meine Familie in irgendetwas Schmutziges hineingezogen wird.«

»Wow«, sagte Stahl.

»Was soll *das* denn heißen, junger Mann?«

»Sie machen einen ziemlich wütenden Eindruck.«

»Ich bin nicht wütend! Ich bin *besorgt*. Mein Bruder *muss* umsorgt werden – sehen Sie ihn sich *an*. Erst sein Herz, dann seine Leber und seine Nieren. Alles versagt. *Ich* zahle die Rechnung für diesen Laden, und glauben Sie mir, es beläuft sich auf eine ganz schöne Summe. Wenn ich das nicht täte, würde Donald in irgendeinem Krankenhaus für Veteranen landen. Nein, davon will ich nichts hören. Der Herrgott hat es gut mit mir gemeint, und mein großer Bruder wird hier so lange seine Ruhe haben, wie es dauert. Jetzt halten Sie mich nicht für grausam. Ich bedaure es, das von Ernadine zu hören. Aber sie hat die Familie vor Jahren verlassen, und ich lasse nicht zu, dass sie für Unruhe sorgt.«

»Für Unruhe sorgt, indem sie stirbt?«

»Indem sie … uns in Verbindung mit dem schmutzigen Leben bringt, das sie geführt hat. Wir – ich und mein Mann, William T. Trueblood – sind angesehene Mitglieder der Gesellschaft. Wir unterstützen viele lobenswerte Einrichtungen, und ich werde nicht zulassen, dass Mr. Truebloods Name in irgendeine unappetitliche Geschichte hineingezogen wird. Ist das klar?«

»Sehr.«

»Dann darf ich Sie jetzt bitten zu gehen.« Alma Trueblood ließ den Verschluss der grünen Krokotasche aufschnappen und gewährte Stahl Einblick in den Inhalt. Jede Menge Zeug darin, aber alles säuberlich geordnet – Päckchen in hauchdünne Papiertücher eingewickelt. Das erste Mal, dass er eine derart ordentliche Handtasche sah.

»Haben Sie je Zeit beim Militär verbracht, Mrs. Trueblood?«

»Wie kommen Sie denn darauf? Lächerlich.« Dicke Finger gruben sich zum Boden der Handtasche, fanden ein kleines goldenes Etui, das sie öffnete. Heraus kam eine cremefarbene Visitenkarte. »Geben Sie mir Bescheid, wenn die Umstände von Ernadines Beisetzung geklärt sind. Ich werde für die Rechnung aufkommen. *Natürlich*. Guten Tag, junger Mann.«

Stahl ließ die Karte in eine Jackentasche gleiten. Tolles Papier, schwer, Seidenglanz.

Die kleine Schwester war gesellschaftlich aufgestiegen.

Er strebte zur Tür.

»Sie tun besser etwas gegen Ihre Narkolepsie«, sagte Alma

Trueblood. »Ich bin sicher, Ihre Vorgesetzten wären nicht erfreut, davon zu hören.«

37

Milo rief am späten Nachmittag an. »Petra und ich sind der Ansicht, es wäre an der Zeit, Drummonds Eltern einen weiteren Besuch abzustatten. In dem Honda fanden sich nur Fingerabdrücke von Kevin auf dem Lenkrad und dem Griff an der Fahrertür und an verschiedenen Stellen ein paar verschmierte Abdrücke von diversen Leuten in Inglewood, die das abgeschleppte Auto angefasst haben. Kein Blut, keine Körperflüssigkeiten, keine Waffen. Auch keine Verbindung zu Erna Murphy, aber Petra hat jemanden gefunden, der gesehen hat, wie sie in der Nacht, in der sie getötet wurde, in einen kleinen, hellen Wagen gestiegen ist. Nahe der Stelle, wo sie ermordet wurde. Kevins Wagen wurde erst am nächsten Tag abgeschleppt.«

»Wer ist der Zeuge?«, fragte ich.

»Ein Speedfreak und Pillendealer«, antwortete er. »Es ist nicht hieb- und stichfest, aber es bestätigt den zeitlichen Rahmen: Kevin liest sie auf, bringt sie um, macht die Fliege.«

»Nachdem er Ernas Fingerabdrücke von seinem Wagen abwischt. Ist er in letzter Zeit gewaschen worden?«

»Schwer zu sagen, nachdem er die ganze Zeit auf dem Hof gestanden hat. Die Leute vom Labor sagen, die Beifahrertür sei zu sauber gewesen, so als wäre sie abgewischt worden. Das ist ein Zeichen für verbrecherischen Vorsatz, was der Grund dafür ist, dass wir Mommy und Daddy noch mal auf die Pelle rücken möchten. Deine Vorschläge und deine

Anwesenheit wären willkommen. Von wegen psychologischer Strategie und so weiter.«

»Wann?«, fragte ich.

»Nach Einbruch der Dunkelheit. Ich hole dich ab. Petra wird uns dort treffen.«

»Stahl nicht?«

»Petra hat ihn an den Computer gesetzt. Ich bin in zwei Stunden bei dir. Lass schon mal die alte Durchblick-Maschine anlaufen.«

Wenn es darum geht, mit Menschen zu verhandeln, kann man nicht viel proben. Aber wir drei versuchten es, als wir in Petras Accord in einer ruhigen Straße in Encino saßen. Der Wagen stand zwei Querstraßen westlich von Franklin und Teresa Drummonds Haus im Schatten eines struppigen Pfefferbaums. Das Mondlicht war schwach und reichte gerade, um Zweige in habgierige Arme zu verwandeln. Von Zeit zu Zeit fuhr ein Wagen vorbei, aber niemand nahm von uns Notiz.

Petra informierte uns über die Drummonds. »Klingt irgendwas davon nach einer Brutstätte für einen Psychokiller, Alex?«

»Bis jetzt«, sagte ich, »klingt es nach vorstädtischem Leben der oberen Mittelschicht.«

Sie nickte reumütig. »Ich denke, wir konzentrieren uns auf Frank Drummond – da er der Dominante ist und so weiter. Wenn wir ihn ignorieren, gehen wir das Risiko ein, ihn von Anfang an gegen uns aufzubringen.«

»Er wird schon aufgebracht an die Tür kommen«, sagte ich. »Sie können zunächst durchaus höflich sein, sollten aber vielleicht nach einer gewissen Zeit energischer werden.«

»Mit Drohungen arbeiten?«, fragte Milo.

»Wenn sie wissen, wo Kevin hingegangen ist, müssen sie mit einer Klage wegen Beihilfe rechnen«, erwiderte ich. »Drummond ist Anwalt. Er versucht vielleicht, es lautstark abzustreiten, aber ich würde auf Anzeichen von Besorgnis achten. Genauso wie auf zu viel Feindseligkeit – eine Überreaktion kann auch der Tarnung dienen.«

»Was schlägst du also vor, wir bitten sie, ihren Sohn preiszugeben, um ihren eigenen Arsch zu retten?«

»Wie auch immer sie zu Kevin stehen, sie sind vielleicht nicht bereit, sich strafbar zu machen. Von einem gewissen Punkt an würde ich auch den finanziellen Standpunkt berücksichtigen. Sie haben Kevin bei seinem Magazin unter die Arme gegriffen, also tragen sie indirekt die Verantwortung für alles, was dadurch losgetreten wurde. Zumindest ist es Drummonds Kanzlei nicht förderlich. In dieser Hinsicht bietet sich auch die Mutter als Angriffsfläche an. Macht euch ihre Schuldgefühle zunutze, indem ihr Ernas Fotos vorzeigt.«

»Die möglicherweise Cousine Erna ist«, sagte Milo. An Petra gewandt: »Stahl hat da immer noch keine Verbindung gefunden?«

»Nein«, antwortete sie. »Wie ich Ihnen sagte, er hat Ernas Dad ausfindig gemacht, aber der liegt im Koma, ist dabei, sich zu verabschieden. Während er in diesem Pflegeheim war, ist ihm zufällig eine Verwandte über den Weg gelaufen. Donald Murphys Schwester, ein echter Drachen namens Alma Trueblood. Sie sagt, Erna wäre ihr ganzes Leben merkwürdig gewesen, hätte es abgelehnt, sich von der Familie helfen zu lassen.« Sie wandte sich an mich: »Also achten wir auf ihre Reaktionen. Da wir zu dritt und sie zu zweit sind, sollte das machbar sein. Sagen wir ihnen, dass Alex Psychologe ist?«

»Wozu?«, fragte Milo.

»Um ihnen klarzumachen, dass der Fall inzwischen ein anderes Niveau erreicht hat, Kevin als Psychofall betrachtet wird.«

Sie warteten beide auf meine Antwort.

»Nein«, sagte ich, »ich bleibe lieber im Hintergrund. Falls ihr nichts dagegen habt, mir etwas Spielraum zu geben, schalte ich mich ein, wenn meiner Ansicht nach die Zeit gekommen ist.«

»Nichts dagegen«, erwiderte Petra.

Milo nickte.

Sie sagte: »Seid ihr bereit, Jungs?«

Ein stämmiger Mann in einem zu knappen roten Lacoste-Hemd, ausgebeulter Khakihose, schwarzen Socken und Pantoffeln kam zur Tür. Fleischiges Gesicht, breite Nase, lockiges, grau werdendes Haar, wache, zornige Augen. Ein äußerst angespannter Mann, bereit, loszuschlagen.

Petra sagte: »Abend, Mr. Drummond.«

Ein Zucken lief durch die untere Hälfte seines Gesichts. Er sah Milo und mich an.

»In Bataillonsstärke? Was ist los?«

Petra sagte: »Wir haben Kevins Wagen gefunden.«

Franklin Drummond blinzelte. Ich hielt mich im Hintergrund, versuchte, mich hinter Milos breitem Rücken zu verstecken, studierte Drummond aber aufmerksam. Er musste es gespürt haben, weil er mich mit seinem Blick fixierte, und bewegte die Lippen.

»Wo?«, fragte er.

»Er ist abgeschleppt worden, Sir«, antwortete Petra. »Im Parkverbot unweit vom LAX abgestellt. Im Augenblick befragen wir verschiedene Fluggesellschaften, um herauszufinden, wohin Kevin geflogen ist. Falls Sie wissen –«

»LAX«, sagte Drummond. Am Haaransatz bildeten sich

kleine Schweißtropfen. Die Lider der braunen Augen zuckten mehrfach rasch hintereinander. »Gottverdammt.«

»Dürfen wir bitte reinkommen?«

Drummond rollte seine fleischigen Schultern und richtete sich zu voller Größe auf. Nahm wieder die Haltung eines Anwalts ein. »Ich habe keine Ahnung, wo Kevin ist.«

Petra sagte: »Das muss Sie beunruhigen, Sir.«

Drummond antwortete nicht. Sie fuhr fort: »Zu diesem Zeitpunkt betrachten wir Kevins Verschwinden als strafbaren Tatbestand.«

»Sie machen sich lächerlich.«

Petra rückte näher an Drummond heran. Milo und ich folgten. Erhöhten den Druck. »Falls Sie wissen, wo Ihr Sohn jetzt ist, liegt es in seinem und in Ihrem Interesse, dass Sie es uns sagen.«

Drummonds Kiefermuskeln traten hervor.

Eine Stimme hinter ihm rief: »Frank?« Rasche Schritte.

»Es ist schon gut«, sagte er. Aber die Schritte hörten nicht auf, und Terry Drummonds Gesicht erschien über der rechten Schulter ihres Mannes. Ihr halbes Gesicht. Sie war etwa drei Zentimeter größer als er. Erhöht durch Sandaletten mit zehn Zentimeter hohen Absätzen.

Ich warf rasch einen zweiten Blick auf die Absätze. In ihrem eigenen Heim unterzog sie ihre Füße dieser Qual.

»Geh wieder rein«, befahl Frank Drummond.

»Was ist?«, verlangte sie zu wissen.

Petra erzählte ihr von dem Honda.

»Oh, nein!«

Frank sagte: »Terry.«

»Frank, bitte –«

»Ma'am, Kevin könnte in Gefahr sein«, erklärte Petra.

Frank hielt ihr einen Finger vors Gesicht. »Jetzt hören Sie mal –«

»Frank!« Terry Drummond langte um ihn herum, ergriff seine Hand, drückte sie nach unten.

»Das ist unverzeihlich«, sagte Frank Drummond.

»Dürfen wir reinkommen?«, fragte Petra. »Zu diesem Zeitpunkt ist das Revier die einzige Alternative.«

Drummond presste die Fäuste zusammen und verzog das Gesicht. »Was meinen Sie mit ›diesem Zeitpunkt‹?«

»Wir haben in Kevins Wagen Beweise für verbrecherischen Vorsatz gefunden.«

»Was für Beweise?«

»Reden wir drinnen darüber«, sagte Petra.

Drummond antwortete nicht.

Seine Frau sagte: »Das reicht, Frank. Lass sie rein.«

Drummonds Nasenflügel blähten sich. »Machen Sie's kurz«, sagte er.

Aber all sein Kampfgeist hatte ihn verlassen.

Das Wohnzimmer verriet finanziellen Erfolg, der sich eher eigenem Einsatz als einer Erbschaft verdankte. Die Kassettendecke war ein ganzes Stück zu hoch für die bescheidenen Raumverhältnisse darunter. Eine Appretur mit Marmoreffekt versah die Wände mit ihrem Glanz. Vorgefertigte Stuckelemente waren aufgetragen worden wie Schlagsahne. Die Möbel waren schwer, Fabrikware, hell, gebleicht von zu vielen Kristallleuchtern. Maschinell gefertigte Kopien von Persern waren willkürlich auf einer Unterlage von dickem, beigefarbenem Teppichboden arrangiert.

Drei Gemälde: ein Harlekin, eine Ballerina, eine zu stark leuchtende Wiedergabe eines imaginären Arroyo unter einem lachsrosa Himmel. In dem Landschaftsbild sollten Silberflecken Reflexionen suggerieren. Grauenhaft. Kevin Drummond war nicht mit gehobener Kunst aufgewachsen.

Und er war geflohen. Das schäbige Hollywood-Apartment war weniger als eine Stunde entfernt, aber im Grunde sprachen wir von verschiedenen Welten.

Sein Vater ließ sich schwer in ein tief gepolstertes Sofa fallen. Terry ließ sich dreißig Zentimeter entfernt nieder, schlug lange Tänzerinnenbeine in einer hautengen Caprihose übereinander, warf ihre flammend roten Haare zurück und ließ keine Befangenheit erkennen, als ihre Brüste ungehindert auf und ab tanzten.

Hohe Absätze, kein BH. Der Geruch von Spaghetti aus der Dose zog aus der Küche herüber.

Ich dachte noch ein wenig über Kevins Kindheit nach.

Frank Drummond atmete aus und setzte sich aufrecht hin. Terry Drummonds Gesicht war stark geschminkt, aber die kosmetischen Maßnahmen konnten ihren Kummer nicht verdecken. Und doch blieb ihre Körperhaltung entspannt – Kleopatra auf einer Nilbarkasse.

Eine Handbreit zwischen ihnen. Keine Berührung.

Petra sagte: »Ich weiß, dass dies schwer für Sie ist –«

»Und Sie machen es noch erheblich schwerer«, blaffte Frank Drummond.

Seine Frau neigte ihm ihr Gesicht zu, blieb aber still.

»Was sollten wir Ihrer Ansicht nach tun, Sir?«, fragte Petra.

Keine Antwort.

Milo sagte: »Es sieht so aus, als wäre Kevin irgendwohin geflogen. Irgendwelche Vermutungen, wohin?«

»Sie sind die Detectives«, sagte Frank Drummond.

Milo lächelte. »Wenn ich in Ihrer Situation wäre, würde ich gern wissen, wo sich mein Sohn aufhält.«

Weiteres Schweigen. Ich musterte ihre Gesichter, suchte nach dem kleinsten Anzeichen einer Täuschung. Der abschweifende Blick, das unwillkürliche Zucken, die winzige körpersprachliche Verschiebung.

Alles was ich sah, war Qual. Ein Schmerz, den ich schon viel zu oft gesehen hatte.

Eltern von schwer kranken Kindern. Eltern von Ausreißern. Eltern von Jugendlichen, deren Benehmen seit langem aufgehört hat, vorhersagbar zu sein.

Die Qual, es nicht zu wissen.

Terry Drummonds Augen begegneten meinen. Ich lächelte, und sie lächelte zurück. Ihrem Mann fiel es nicht auf, er saß steif da, mit stumpfem Blick – weit weg an einem einsamen Ort.

Milo sagte: »Es gibt einen positiven Aspekt an der Sache. Für uns und vielleicht für Sie. Kevin hat nie einen Pass bekommen, also besteht die Chance, dass er immer noch im Land ist.«

Terry Drummond sagte: »Das darf nicht wahr sein.«

»Schatz«, sagte Frank.

»Das *darf* einfach nicht *wahr* sein – *bitte*. Was *wollen* Sie von uns?«

»Informationen über Kevins Aufenthaltsort«, erwiderte Milo.

»Ich *kenne* seinen Aufenthaltsort nicht! Deshalb verliere ich fast den Verstand!«

»Terry«, sagte Frank.

Sie beachtete ihn nicht, veränderte ihre Sitzposition und zeigte ihm den Rücken. »Glauben Sie denn nicht, dass ich es Ihnen sagen würde, wenn ich wüsste, wo er ist?«

»Tatsächlich?«, erwiderte Petra.

Terry sah Petra voller Verachtung an. »Sie sind offensichtlich keine Mutter.«

Petra wurde weiß im Gesicht, dann lächelte sie. »Weil …«

»Mütter haben einen Beschützerinstinkt, junge Lady. Glauben Sie tatsächlich, ich will, dass Kevin von Leuten wie Ihnen gehetzt wird? Vielleicht, was Gott verhüten möge, *erschossen* wird, weil er Sie falsch *angesehen* hat? Ich *weiß*, wie Sie vorgehen. Schießwütig. Falls ich wüsste, wo er ist, würde ich ihn gern in Sicherheit wissen, und außer Verdacht!«

Frank Drummond betrachtete seine Frau, wie es aussah, mit neuem Respekt.

Niemand sprach.

Schließlich sagte Terry: »Das ist absolut lächerlich – Kevin wegen irgendeiner Sache zu verdächtigen. Eine Mutter weiß das. Hat irgendjemand von Ihnen ein Kind?«

Schweigen.

»Ha. Das dachte ich mir. Und jetzt hören Sie mir mal zu: Kevin ist ein guter Junge, er hat nichts Unrechtes getan. Deshalb *würde* ich Ihnen sagen, wo er ist, wenn ich es wüsste. Weil ich seine *Mutter* bin.« Ein Blick auf Frank verriet, dass sie diesen Umstand erheblich höher bewertete als seine Vaterschaft.

»Okay?«, sagte er mit sanfter Stimme. »Würden Sie jetzt bitte gehen?«

Milo fragte: »Warum sollte Kevin die Stadt verlassen?«

»Sie wissen nicht, ob er das getan hat«, sagte Terry.

»Sein Wagen stand in der Nähe des Flughafens –«

»Dafür kann es zahlreiche Gründe geben«, unterbrach Frank. Kämpferischer Tonfall. Wieder im Anwalts-Modus.

Seine Frau warf ihm einen angewiderten Blick zu und wandte sich an Petra. »Falls Sie wirklich daran interessiert wären, Ihre Arbeit zu erledigen, würden Sie damit aufhören, meinen Sohn als Verbrecher anzusehen, und nach ihm suchen wie nach einem ganz normalen Menschen.«

»Und das soll heißen?«, fragte Petra.

»Das soll heißen – ich weiß nicht, was das heißen soll. Das ist Ihr Job – *Ihre* Welt.«

»Ma'am–«

Terry hob die Hände. »Wir sind ganz normale Menschen, wir wissen nicht, wie man sich in dieser Situation verhält!«

»Unsere Fragen zu beantworten wäre ein guter Anfang«, sagte Petra.

»Was für Fragen?«, rief Terry. Rot lackierte Fingernägel fuhren durch die Luft. Versuchten, eine unsichtbare Grenze niederzureißen. »Ich habe noch keine intelligente Frage gehört! Was? *Was?*«

Milo und Petra warteten, bis sie sich beruhigt hatte, und stellten dann ihre Routinefragen. Zwanzig Minuten später hatten sie wenig mehr in Erfahrung gebracht als das ungefähre Datum von Kevins letztem Anruf bei seinen Eltern.

Vor fast einem Monat.

Franks Eingeständnis. Terry wurde blass, als er es aussprach.

Ein Monat zwischen Anrufen sprach Bände über die Eltern-Kind-Beziehung.

»Kevin brauchte Freiraum«, sagte sie. »Er war immer der Kreative unter meinen Söhnen.«

Frank machte Anstalten, etwas zu sagen, hielt sich zurück und begann Flusen vom Sofa zu zupfen.

Terry murmelte: »Hör auf damit, du machst es noch kaputt.«

Frank gehorchte, schloss die Augen und lehnte seinen Nacken gegen ein Kissen.

»Kevin ist vierundzwanzig«, sagte Terry. »Er hat sein eigenes Leben.«

»Wann haben Sie ihm das letzte Mal Geld geschickt?«, fragte ich.

Das Thema Geld verjüngte Frank; seine dunklen Augen öffneten sich mit einem Ruck. »Seit langem nicht mehr. Er wollte keins mehr annehmen.«

»Kevin hat Geld abgelehnt?«

»Schließlich«, sagte er.

»Schließlich«, wiederholte ich.

Terry sagte: »Er war immer unabhängig. Wollte nie auf uns angewiesen sein.«

»Aber Sie haben *GrooveRat* finanziert?«, fragte ich.

Bei der Erwähnung des Magazins zuckten beide zusammen.

Frank sagte: »Ich habe es in der Anfangsphase finanziert.«

»Und danach?«

»Nichts«, sagte er zu mir. »Sie haben Unrecht, wenn Sie annehmen, wir wären an allem beteiligt gewesen, was er unternahm.«

»An seinem Leben *waren* wir beteiligt«, entgegnete seine Frau. »Er ist unser Sohn, wir werden immer ein Teil seines Lebens sein, aber …« Sie verstummte.

Ich sagte: »Kevin musste seine eigene Identität etablieren, und das haben Sie respektiert.«

»Genau«, erwiderte sie. »Kevin hatte immer seine eigene Identität.«

Frank blinzelte, und ich sprach ihn an: »Also haben Sie ihm Geld geschickt, damit er das Magazin herausbringen konnte, und dann haben Sie damit aufgehört.«

»Ich habe ihm Geld geschickt, wann immer er welches brauchte«, sagte Frank. »Es war nicht speziell für das Magazin.«

»Was hielten Sie von dem Magazin?«

Er zuckte mit den Achseln. »Nicht mein Ding.«

Terry sagte: »Ich fand es süß. Sehr gut geschrieben.«

»Und nach den ersten paar Monaten …?«, sagte ich.

Franks Augen wurden schmal. »Hat er sich nicht mehr gemeldet –«

»Sag es nicht so«, unterbrach ihn Terry. »Wir haben uns

schließlich nicht gestritten. Du und er –« An uns gewandt: »Frank ist ein dominanter Mann. Meine anderen Söhne können damit umgehen. Kevin musste seinen eigenen Weg finden.«

»Großartig«, sagte Frank, »es ist mein Fehler.«

»Es ist niemandes *Fehler*, Frank, wir reden nicht von *Fehlern*, niemand hat irgendwas getan, was ein *Fehler* ist. Wir versuchen ihnen ein klares Bild von Kevin zu vermitteln, so dass sie ihn als einen *Menschen* sehen können, nicht als ... *Verdächtigen*.«

Frank verschränkte die Arme vor seiner Brust.

»Es geht hier nicht um dich, Frank«, sagte Terry.

»Gott sei Dank.«

Sie rückte ein Stück weiter von ihm weg. Griff sich ein Kissen und hielt es auf ihrem Schoß wie ein Haustier.

Er warf einen Blick zur Küche. Machte mahlende Bewegungen mit seinem Unterkiefer. »Wissen Sie was? Mir reicht's jetzt. Ich war den ganzen Tag im Gericht und denke, ich hab ein verdammtes Recht auf mein Abendessen. Sie haben unser Abendessen unterbrochen.«

Aber Terry unterstützte ihn nicht, und er blieb sitzen.

Ich fragte sie: »Wie hat Kevin seinen Lebensunterhalt bestritten, nachdem er nicht mehr um Geld gebeten hat?«

»Er hat nie darum gebeten«, erwiderte Terry. »Nicht mal zu Anfang. Wir haben es ihm *angeboten*, und Kevin hat es *akzeptiert*.«

»Hat uns einen großen Gefallen getan«, sagte Frank.

»Kevin ist nicht materialistisch«, erklärte Terry. »Nach seinem Examen haben wir ihm angeboten, ihm einen schönen Wagen zu kaufen. Er hat sich eine alte Kiste besorgt.« Ihr Gesicht verdüsterte sich. Bei dem Gedanken an den Honda neben dem Flughafen.

Ich dachte: Wollte er ein unauffälliges Auto für seine Verbrechen haben? Und dann: Falls ja, warum hat er sich dann nicht einen dunklen Wagen ausgesucht?

Ich sagte: »Zu einem bestimmten Zeitpunkt hat Kevin Geld aktiv zurückgewiesen.«

Terry sagte: »Ja.«

Frank sagte: »Es gibt verschiedene Arten zu bitten.« Er ließ die Arme sinken, knackte mit den Fingerknöcheln. »Ich habe seine Hobbys jahrelang finanziert.«

»Das *tut* ein Vater nun mal, Frank.«

»Das bin ich«, sagte Drummond. »Ein Vater.«

Terry funkelte ihn an. Ihre Fäuste waren klein und weiß. »Jetzt haben Sie uns so erlebt, wie wir schlimmer nicht sein könnten. Ich hoffe, Sie sind glücklich.«

Die Beschämung in ihrer Stimme ließ ihren Mann zusammenzucken. Er rutschte näher an sie heran. Legte eine Hand auf ihr Knie. Sie rührte sich nicht.

Milo sah erst Petra an, dann mich. Sie nickte kaum erkennbar. Ich widersprach nicht.

Er griff in seine Aktentasche, holte ein Foto von Erna Murphys Leiche hervor und hielt es den Drummonds hin.

»Oh mein Gott«, sagte Terry.

»Wer zum Teufel ist das?«, fragte Frank. Dann: »So viel zum Abendessen.«

Milo und Petra hielten sie weiterhin auf dem Sofa, während der Spaghettigeruch allmählich nachließ. Stellten mehrere Male die gleichen Fragen. Formulierten sie neu, zwischen Mitgefühl und Distanziertheit wechselnd. Bohrten nach Details, forschten nach einer Verbindung zwischen Murphy und Drummond.

Die Drummonds stritten sie ab – stritten alles ab. Keine Besorgnis. Ich glaubte ihnen. Glaubte, dass sie wenig über ihren Sohn wussten.

Ab einem gewissen Zeitpunkt wurde das Gespräch entspannter. Leise Stimmen in der Runde.

Entmutigung in der Runde. Wir hatten nichts Wichtiges erfahren, und sie hatten einen vermissten Sohn.

Terry sagte: »Diese arme Frau. Sie sagen, sie war obdachlos?«

»Ja, Ma'am«, erwiderte Milo.

»Warum um alles in der Welt sollte Kevin so jemanden kennen?«

»Er wohnte in Hollywood, Ma'am«, erklärte Petra. »In Hollywood laufen einem alle möglichen Leute über den Weg.«

Bei *alle möglichen Leute* verzog Frank Drummond das Gesicht. Dachte er an Kevins sexuelle Orientierung?

Er sagte: »Mir hat es nie gefallen, dass er dort wohnte.«

Terry sagte: »Er brauchte etwas *Neues*, Frank.« An uns gewandt: »Kevin würde nicht – ich meine, er ist vielleicht zu so jemandem freundlich gewesen und hat ihm Geld gegeben, aber das war's dann auch. Er ist nie an Geisteskranken oder etwas in der Richtung interessiert gewesen.«

»Nur die Kunst«, sagte ich.

»Ja, Sir. Kevin liebt die Kunst. Das hat er von mir, ich hab früher getanzt.«

»Tatsächlich?«, sagte Petra. »Ballett?«

»Ich habe Ballettunterricht genommen«, erklärte Terry, »aber ich hab mich auf modernen Tanz spezialisiert. Rock' n' Roll, Disco, Jazztanz. Ich bin im Fernsehen gewesen.« Sie berührte ihr Haar. »*Hullabaloo, Hit List,* die ganzen Tanzshows. In grauer Vorzeit. Damals hab ich viel gearbeitet.«

Franks Augen wurden glasig.

Während ich sie über ihre Karriere reden hörte, fiel mir etwas ein. Ich fragte: »Haben Sie je von Baby Boy Lee gehört?«

Sie biss sich auf die Unterlippe. »Er ist Musiker, stimmt's?«

»Haben Sie ihn je kennen gelernt?«

»Mal sehen«, sagte sie. »Nein, ich glaube nicht, dass er bei einer meiner Tanzshows war. Ich hab The Dave Clark Five und die Byrds kennen gelernt, Little Richard –«

Franks lautes Ausatmen unterbrach sie.

»Warum haben Sie danach gefragt?«, sagte sie.

Jetzt brauchte ich die Zustimmung der anderen. Milo und Petra nickten.

»Baby Boy Lee wurde ermordet«, antwortete ich. »Kevin hat ein Porträt von ihm in *GrooveRat* gebracht, und er hat die Polizei angerufen und sich nach forensischen Details erkundigt.«

»*Darum* geht es also?«, erwiderte Frank. Sein Lachen war rau. »Mein Gott. Was für ein absoluter und kompletter Blödsinn.« Noch ein Lachen. »Ein *Telefon*anruf? Ich kann einfach nicht glauben, dass Sie das ernst meinen!«

Milo sagte: »Das ist nicht alles, Mr. Drummond.«

»Was denn noch?«

Milo schüttelte den Kopf.

»Wunderbar«, sagte Drummond.

Ich schaltete mich ein: »Wie viel Geld haben Sie Kevin gegeben?«

»Warum ist das wichtig?«

»Warum ist das ein Geheimnis?«

»Weil –«

Terry sagte: »Zehntausend Dollar.«

»Wunderbar«, wiederholte Frank.

»Es *ist* kein Geheimnis, Frank.«

Ich fragte: »Auf einmal oder in Raten?«

»Auf einmal«, antwortete er. »Geschenk zum Examen. Ich wollte es aufteilen, aber sie … Ich bezahle außerdem seine Kfz-Versicherung und seine Krankenversicherung. Ich dachte mir, zehn würden eine Jahresmiete und Lebenshaltungskosten abdecken, wenn er es nicht übertrieb.«

»Wie hat Kevin das Magazin und den Rest seiner Ausgaben über zwei Jahre hinweg finanziert?«

»Keine Ahnung«, erwiderte Drummond. »Ich nahm an, er hätte sich irgendeinen Job besorgt.«

»Hat er einen Job erwähnt?«

»Nein, aber er hat mich um nichts gebeten.«

Terry sagte: »Kevin ist immer unabhängig gewesen.«

»In was für Jobs hat er früher gearbeitet?«, fragte ich.

»Als College-Student hat er nicht gearbeitet«, erwiderte sie. »Ich habe davon abgeraten. Er hat sich auf sein Studium konzentriert.«

»Ein guter Student?«

»Oh ja.«

Kevins Mentor – Shull – hatte es anders gesehen: ein mittelmäßiger Student.

Ich sagte: »Also hat er vor dem College gearbeitet?«

»Oh, allerdings«, antwortete sie. »Er hat in einem Laden mit tropischen Fischen gearbeitet, Zeitschriftenabonnements verkauft, Gartenarbeit für uns erledigt.« Sie fuhr sich mit der Zunge über die Lippen. »Mehrere Sommer hat er Frank in der Kanzlei ausgeholfen.«

»Als Anwaltsgehilfe?«, fragte ich Drummond.

»Er hat für mich Akten abgelegt.« Sein Gesichtsausdruck verriet, dass es keine gute Kombination gewesen war.

Terry war das nicht entgangen. »Kevin war immer ... er hatte immer seine eigenen Ideen.«

Frank sagte: »Er mag die Büroroutine nicht. In meiner Kanzlei, in jeder Anwaltskanzlei gibt es eine Menge Routine. Ich wette, er hat etwas ... Unkonventionelles für sich gefunden.«

»Zum Beispiel?«, fragte Petra.

»Schreiben, etwas in der Art.«

»Es geht ihm gut«, sagte Terry. »Ich weiß es einfach.« Ihre Stimme zitterte. Frank griff nach ihrer Hand und versuchte, sie festzuhalten, aber sie entzog sie ihm und brach in Tränen aus.

Er lehnte sich empört nach hinten.

Als sie ruhiger wurde, sagte ich: »Sie machen sich Sorgen um Kevin.«

»Natürlich mache ich mir Sorgen – ich weiß, dass er niemandem etwas getan hat. Aber das – das Bild, das Sie uns gezeigt haben ...«

Weitere Schluchzer.

»Hör auf«, sagte Frank Drummond in barschem Ton. Dann zwang er sich, leiser zu sprechen. »Um deinetwillen, Ter. Du musst das nicht tun, Schatz.«

»Warum?«, entgegnete sie. »Weil du es mir *sagst*?«

»Also, wie sieht der Befund aus, von der grundlegenden Funktionsstörung mal abgesehen?«, fragte Milo, während Petra uns zu seinem zivilen Einsatzfahrzeug brachte.

»Kevin ist vor zwei Jahren zu Hause ausgezogen«, sagte ich, »aber er war schon lange davor ein Fremder für sie. Sie haben keine Ahnung, was in seinem Kopf vorgeht. Wenn sie damit die Wahrheit sagen, dass er ihr Geld abgelehnt hat, würde ich gern wissen, woher er das Geld für sein Verlagsunternehmen bekommen hat.«

»Irgendwas Illegales«, erklärte Milo. »Irgendwas auf der Straße. So hat er Erna kennen gelernt.«

»Die nicht seine Cousine ist«, sagte Petra.

»Sieht nicht so aus.«

Ich sprach das Fahrzeug-Thema an. Kevin hatte sich für einen weißen Honda entschieden und nicht für irgendeinen dunklen Wagen.

»Er ist naiv«, sagte Petra. »Am Telefon klang er wie ein Junge.«

»Ein böser Junge«, erwiderte Milo. »Mommy macht sich Sorgen, dass er ein Opfer ist.«

»So denken Mommys«, sagte Petra. Sie klang fast so traurig wie Terry Drummond.

38

Petra und Milo wollten sich weiter unterhalten, daher suchten wir uns ein durchgängig geöffnetes Café auf dem Ventura Nähe Sepulveda und bestellten Kaffee und Kuchen bei einer Kellnerin, die einen Blick auf unsere Gesichter warf und Abstand hielt.

»Du hast Recht mit dem Geld«, sagte er. »Zehn Riesen haben vielleicht Kevins Computerausrüstung abgedeckt – und möglicherweise nicht mal das. Bleiben Druckkosten, Vertrieb des Magazins, Miete und Essen.«

Petra sagte: »Kevins Hausverwalterin hat gesagt, er hätte sechs Monate im Voraus bezahlt. Die Monatsmiete beträgt fünfhundert, also sind das drei Riesen. Er hat auch für die Miete des Postfachs sechs Monate im Voraus bezahlt. Kein großer Betrag, aber er hat Daddys Geld offenbar am Anfang ausgeben wollen. Daddy hat gerade gesagt, Kevin bevorzugte ›unkonventionelle‹ Jobs.«

Sie hatte Boston-Sahnetorte bestellt, schob die Sahne beiseite und stocherte in der Schokolade herum.

Milo vertilgte die Hälfte seines Apfelkuchens *à la mode deluxe* (zwei Kugeln Vanilleeis), und ich merkte, dass ich Hunger hatte, und attackierte mein Stück Pecannusstorte.

»Die Sache ist die«, sagte sie, »ich bin jetzt seit drei Tagen auf der Straße und kann niemanden finden, der ihn auch nur kennt, geschweige denn eine Spur von einem kriminellen Unternehmen.«

»Was vermuten Sie?«, fragte ich. »Drogen?«

»Kind reicher Eltern mit reichlich Bargeld. Das passt.«

Milo sagte: »Zehn Riesen machen kein Kartell aus ihm, aber es ist mehr als genug, um eine Anfangsmenge zu finanzieren, die er dann in Portionen aufteilt und vertickt, um den Gewinn für einen weiteren Einkauf zu benutzen.«

Petra sagte: »Die Stelle, wo er Erna aufgegabelt hat, ist ein bekannter illegaler Tablettenmarkt. Vielleicht kannte Kevin ihn aus Erfahrung.«

Milo war fertig mit seinem Kuchen und begann mit dem Eis. »Du hast vor langer Zeit mal in einem Krankenhaus gearbeitet, Alex. Hast du hier irgendwas beizusteuern?«

»Ich hab nie einen Hinweis auf einen Schwarzmarkt für Tabletten aufgeschnappt.«

»Hast du immer noch Kontakt zu jemandem am Western Peds?«

»Dann und wann.«

»Was ist mit den benachbarten Krankenhäusern?«

»Ich kenne da ein paar Leute.«

Er sah Petra an. »Was halten Sie davon, wenn er Kevins Bild ein paar Weißkitteln zeigt?«

»Kann nicht schaden«, erwiderte sie. »Vielleicht legen sie sich weniger Zurückhaltung auf, wenn sie mit einem Kollegen sprechen. Was dagegen, Alex?«

»Nein«, sagte ich, »aber wenn jemand mit Pillen handelt, wird er es mir gegenüber nicht beichten. Oder zugeben, dass er irgendwelche Dealer kennt.«

»Aber du könntest Reaktionen studieren«, erklärte Milo, »sehen, ob dir irgendjemand merkwürdig vorkommt. Dann würden wir übernehmen.«

»Okay.«

»Ich denke, ein Tag sollte reichen. Es ist weit hergeholt, aber man weiß ja nie.«

»Ich mach's morgen«, sagte ich. »Aber wir sollten in Bezug auf Kevin auch über andere Einkommensquellen nachdenken. Die ganze Computerausrüstung, die Drucker, die Scanner. Und Kevin hat Pornographie gesammelt.«

Sie starrten mich beide an.

Petra sagte: »Daran hätte ich denken sollen. Als wir Frank Drummonds Kanzlei besuchten, fragte mich seine Sekretärin, ob das etwas mit Pornos zu tun hätte. Herrgott, direkt vor meiner Nase – vielleicht wusste sie, dass der Junge schon mal was damit zu tun hatte.«

»Die Sommer in Daddys Kanzlei«, sagte Milo. »Schien keine glückliche Erinnerung für Daddy zu sein.«

»Kevin, der Kreative«, sagte Petra. »Vielleicht auf eine Art, die Daddy nicht gefiel. Das Zeug, das Junior sammelt, ist harter Sado-Maso-Stoff.«

»Oder Kevin war nicht der Einzige in dem Geschäft, und sie hatten kreative Differenzen«, erklärte ich. »Was ist, wenn Franks Feindseligkeit nicht nur von väterlicher Fürsorge herrührt?«

Sie waren beide still. Petra spielte mit ihrer Gabel. »Ein Familienunternehmen ... wisst ihr, Terry sieht so aus, als hätte sie in ihrer Jugend Pornofilme machen können.« Sie tippte mit den Zinken der Gabel auf den Tisch. »Ich überprüfe das bei der Sitte.«

Ich verbrachte den ganzen Tag damit, mit freundlichen Gesichtern am Western Peds und in anderen Krankenhäusern am Sunset Boulevard zu sprechen. Niemand kannte Kevin. Ich versuchte es mit ein paar weniger freundlichen Gesichtern, erntete ausdruckslose Blicke und Kopfschütteln.

Ich fuhr an der Stelle vorbei, wo Erna Murphy aufgegabelt worden war. Tagsüber war die Straße ruhig, sonnig, von alten Mietshäusern gesäumt. Nicht der geringste Hinweis darauf, was nach Einbruch der Dunkelheit hier los war.

Ich sah eine junge hispanische Frau, die Zwillingsbabys in einem Doppelkinderwagen vor sich herschob. Lächelnd. Die Säuglinge dösten.

Ein paar Meilen weiter westlich trüge sie eine Uniform, und die Babys würden nicht ihr gehören. Hier kümmerten sich die Mütter selbst um ihre Kinder.

Und schlossen sie nachts ein.

Bevor ich nach Hause fuhr, rief ich Milo an, um ihm mitzuteilen, dass ich nichts erreicht hatte. Er sagte: »Danke gleichfalls, mein Freund. Keine Fortschritte bei den Fluglinien, und ich hab den ganzen Vormittag mit Boston telefoniert und versucht herauszufinden, ob Kevin dort irgendwo eingecheckt hat – sowohl jetzt als auch zu der Zeit, als Angelique Bernet erstochen wurde. Nichts im ersteren Fall, und was den letzteren betrifft, ist es schwer zu sagen, weil die meisten kleineren Herbergen behaupten, sie würden ihre Gästebücher nicht länger als ein Jahr aufbewahren. Ein paar Häuser haben in ihren Computern nachgesehen, aber wenn Kevin sich in einem von ihnen aufhält, dann nicht unter seinem Namen. Die größeren Hotels sagen, sie wären in der Woche von Bernets Ermordung ausgebucht gewesen – viele Kongresse –, und sie heben ihre Unterlagen auf. Auch hier kein Kevin.«

»Was für Kongresse?«

»Mal sehen … es gab sechs ziemlich große Veranstaltungen in dieser Woche. Drei in Harvard – Rehabilitationsmedizin, Medien und Politik und Wissenschaftsgeschichte –, einer über Plasmaphysik am MIT, ein Jura-Symposion am

Tufts und etwas über den Nahen Osten an der Brandeis University. Klingt davon irgendwas nach dem Geschmack unseres Jungen?«

»Nein«, sagte ich, »und ein Student mit begrenztem Budget würde nicht im Four Seasons oder im Parker House übernachtet haben.«

»Deswegen habe ich mich zunächst auf Motels und günstige Hotels beschränkt. Außerdem habe ich Autovermietungen angerufen und die Polizei in Boston und Cambridge genervt, sie mögen doch ihre Verkehrsakten durchsehen für den Fall, dass Kevin einen Leihwagen genommen und einen Strafzettel wegen Falschparkens bekommen hat. So ist der Son of Sam überführt worden, und warum soll ich nicht auch mal Glück haben?« Langer Atemzug. »*Nada.* Und Petra hat rausgefunden, dass der Drummond im Pornobusiness nicht Kevin ist, sondern sein Daddy. Franklin D. hat mehr als ein Dutzend Produzenten von Pornofilmen vertreten. Das Valley ist eine Pornozentrale, also ist es durchaus sinnvoll, ein Sprachrohr in Encino zu haben.«

»Verfassungsrechtliche Sachen?«

»Ganz alltägliche Zivilsachen: überfällige Rechnungen, Vertragsangelegenheiten, arbeitsrechtliche Probleme. Frank wirkt wie der klassische, hart arbeitende Einzelanwalt. Ich schätze, er wird nicht leicht rot. Angesichts all dieser nicht ganz jugendfreien Typen, die in der Kanzlei ein und aus gehen, kann ich verstehen, dass sich seine Sekretärin fragt, ob Kevin sich nasse Füße geholt hat. Sozusagen.«

»Aber kein Indiz dafür, dass Kevin etwas damit zu tun hat?«

»Bis jetzt nicht. Die Sitte wusste von Frank, hatte aber von Kevin noch nie gehört. Sie haben für mich alle einschlägigen Firmeneintragungen überprüft. Erneut *nada.*«

»Was ist mit Terry?«, fragte ich.

»Nichts. Aber selbst angenommen, Mommy hat ein paar Pornos gemacht – vielleicht haben sie und Frank sich sogar dabei kennen gelernt –, was bringt das, wenn Kevin nicht ins Familienunternehmen eingestiegen ist?«

»Das Familienunternehmen könnte zu Kevins sexueller Verwirrung beigetragen haben«, sagte ich. »Für sich genommen bedeutet es nichts, aber wenn du es auf den großen Haufen wirfst, hilft es dabei, Kevin etwas besser zu definieren. Ich kann verstehen, dass er sich davon distanzieren will. Besessen wird von der Kunst um der Kunst willen. Wütend wird auf Leute, die sich seiner Ansicht nach verkaufen – sich prostituieren. Aber in seinen eigenen vier Wänden sammelt er schmutzige Bilder.«

»Sexuelle Verwirrung«, sagte er. »Netter Euphemismus. Er ist schwul, Alex.«

»Für mich ist es kein Euphemismus. Er könnte hetero sein und gleichzeitig verwirrt sein.«

»Vermutlich. Okay: Die Drummonds sind äußerst verkorkst. Aber wie zum Teufel finde ich Kevin, bevor er seine Verwirrung dazu einsetzt, noch einen armen, ahnungslosen Künstler auszulöschen?«

Darauf hatte ich keine Antwort.

Er sagte: »Wir haben den Erna-Murphy-Aspekt noch nicht ad acta gelegt. Auf den Verdacht hin, dass Frank und Terry sie entgegen ihrer Aussage doch kennen, oder in der vagen Hoffnung, dass Ernas kluger, kunstinteressierter Cousin wirklich existiert. Stahl arbeitet im Internet, durchforscht den Stammbaum der Familie, indem er den Namen der herben Tante benutzt – Trueblood. Es hat sich rausgestellt, dass sie wirklich im Geld schwimmt. Sie hat einen Haushaltsgeräte-Magnaten geheiratet, wohnt in einem großen Haus in Pasadena.«

»Eine Nachbarin von Everett Kipper«, sagte ich.

Eine kleine Pause entstand. »Daran hab ich nicht gedacht … Nun gut, mal sehen, was Stahl rauskriegt. Währenddessen haben Petra und ich uns für die Showbusiness-Methode entschieden: Hast du keine Ideen, veranstalte ein Meeting. Das nächste ist heute Abend, einundzwanzig Uhr, ihr Revier: Gino's auf dem Boulevard. Du bist herzlich eingeladen, aber ich kann dir keine Spannung versprechen.«

»Du solltest dich schämen«, erwiderte ich. »Keinen Rosengarten, und jetzt auch noch das.«

39

Allison hatte eine Pause zwischen ihrem letzten Hausbesuch des Tages und einem an Muskelatrophie sterbenden Mann, den sie im Hospiz besuchte. Ich kaufte ein paar Leckereien in einem Deli und holte sie auf der Montana Avenue vor ihrer Praxis ab, und wir fuhren nach Ocean Park und aßen, während wir den Sonnenuntergang betrachteten. Ein paar Windsurfer lungerten, von unverbesserlichem Optimismus beseelt, am Strand herum. Pelikane schlugen mit den Flügeln und suchten das Wasser nach ihrem Abendessen ab.

Allison attackierte ihr Sandwich, wischte sich den Mund ab und beobachtete die Vögel. »Ich liebe sie. Sind sie nicht herrlich?«

Pelikane sind immer Lieblingstiere von mir gewesen. Unbeholfene Flieger, aber effektive Fresser. Das sagte ich ihr, legte den Arm um sie und trank mein Bier aus. »Meine Idee von herrlich ist eher wie du.«

»Schamloser Schmeichler.«

»Manchmal wirkt's.«

Sie legte ihren Kopf an meine Schulter.

»Du hast eine harte Nacht vor dir?«, fragte ich. Sie hatte ein paar Mal mit mir über den im Sterben liegenden Patienten gesprochen. Ein guter Mann, ein freundlicher Mann, er würde die fünfzig nie erreichen. Sie betreute ihn seit vier Monaten. Und während er nun dahinschwand, war mit Allisons Gefühl, nützlich zu sein, das Gleiche passiert.

»Dieser Job, den wir uns ausgesucht haben«, hatte sie vor ein paar Wochen gesagt. »Wir sollen Experten sein, aber welcher Gott hat uns dazu ernannt?«

»Der Baal der akademischen Welt.«

»Genau. Hol dir gute Noten, besteh die richtigen Examina. Es ist nicht gerade eine spirituelle Ausbildung.«

Lange Zeit sprach keiner von uns. Ich hörte sie seufzen.

»Was ist?«

»Bist du bereit für ein weiteres Geständnis?«

Ich drückte ihre Schulter.

»Meine kleine verchromte Freundin«, sagte sie. »Ich habe sie einmal benutzt.«

»Wann?«

»Bald nachdem ich sie bekommen hatte. Bevor ich in eigenen Räumen praktizierte, hatte ich eine Praxis in Culver City angemietet. Ich habe wirklich lange gearbeitet. Weil ich nichts hatte, was mich gereizt hätte, nach Hause zu gehen. An einem Abend war ich in der Praxis und erledigte bis nach Mitternacht Papierkram. Ich kam auf den Parkplatz raus, und ein paar Kids – Punks – hingen da rum, rauchten Gras und tranken Bier. Als ich zu meinem Wagen kam, gingen sie auf mich los. Sie waren zu viert – fünfzehn, sechzehn, sie schienen nicht hart drauf zu sein, aber sie waren deutlich hinüber. Bis zum heutigen Tag bin ich mir nicht sicher, ob sie mehr im Sinn hatten, als mich zu schikanieren. Aber als der Anführer vor mich hintrat – er stand buchstäblich vor meiner Nase –, lächelte ich mein schönstes mädchenhaftes Lächeln, zog die Pistole aus meiner Handtasche und hielt sie ihm vor *seine* Nase. Er hat sich in die Hose gepinkelt, ich konnte es riechen. Dann wich er zurück, rannte los, sie rannten alle. Als sie verschwunden waren, stand ich bloß da, das Lächeln immer noch in mein Gesicht gekleistert – es fühlte sich falsch an zu lächeln, aber einen Moment lang konnte ich meine Gesichtsmuskeln nicht bewegen. Dann fing ich an zu zittern, konnte nicht aufhören damit, die Pistole wackelte hin und her. Sie reflektierte den Mondschein – die Lichtblitze wirkten wie Sternschnuppen. Als wir oben im Canyon den Himmel beobachteten, kam mir dieses Bild wieder zu Bewusstsein ... Ich hielt die Waffe so fest umklammert, dass mir die Finger wehtaten. Als ich mich schließlich beruhigte, war meine Hand immer noch angespannt. Ich hatte den Abzug tatsächlich teilweise durchgedrückt.«

Sie senkte den Kopf, schwarze Locken breiteten sich fächerförmig aus.

»Danach dachte ich daran, die Pistole wegzuwerfen. Aber ich beschloss, dass das nicht die richtige Reaktion wäre. Ich musste sie in den Griff bekommen – mehr von meinem Leben in den Griff bekommen ... und jetzt kommt das wahre Geständnis: Ein Teil dessen, was ich an dir so attraktiv fand, war der Umstand, dass du mit Kriminalfällen zu tun hast. Ich hatte irgendwie das Gefühl, wir wären verwandte Geister. Ich habe viel an dich gedacht. Als du mich schließlich anriefst, war ich regelrecht aus dem Häuschen.«

Sie berührte meine Hand. Ihr Fingernagel kitzelte meine Handfläche. Meine Erektion war unvermittelt, körperlos.

Erst mit Robin, jetzt dies. Reagierte auf alles mit dem kleinen Köpfchen.

»Natürlich«, sagte sie, »war das nur ein kleiner Teil. Dass du gut aussiehst und klug bist, war kein Fehler.«

Sie sah zu mir hoch.

»Ich sage dir das nicht, um Robin zu übertrumpfen, weil sie Schwierigkeiten mit deiner Arbeit hatte und ich der große, tapfere verwandte Geist sein will. Es ist einfach so.« Sie packte meine Finger. »Klingt das alles verdreht?«

»Nein.«

»Verändert das, was ich gerade gesagt habe, die Dinge zwischen uns? Das will ich wirklich nicht. Ich bin so glücklich darüber, was wir an uns haben – ich gehe ein großes Risiko ein. Indem ich dich wissen lasse, wer ich wirklich bin.«

»Nichts hat sich geändert«, erwiderte ich. »Mir gefällt, was ich weiß.«

»Lieb von dir, das zu sagen.«

»Es ist die Wahrheit.«

»Die Wahrheit«, sagte sie, rollte sich auf die Seite und drückte sich an mich. »Das sollte fürs Erste reichen.«

Ich setzte sie vor ihrer Praxis ab und machte mich auf den Weg zu Gino's, als Milo anrief.

»Abgesagt. Noch eine Leiche ist aufgetaucht. Ähnlich wie unsere, aber insofern anders, als sie nicht in der Nähe eines Veranstaltungsorts gefunden wurde. Unter freiem Himmel abgeladen, im Marschland in der Nähe der Marina. Lediglich halb verborgen von Sumpfpflanzen. Ein paar Radfahrer haben eine Schar von Vögeln an einer Stelle gesehen und sind hingegangen. Fortgeschrittene Verwesung, der Gerichtsmediziner schätzt, dass sie bereits zwei, drei Tage dort lag.«

»Direkt nachdem Erna mitgenommen wurde«, sagte ich. »Genau um die Zeit, als Kevins Auto in Flughafennähe stehen gelassen wurde. Die Marina ist nicht weit vom Flughafen entfernt.«

»Der Fundort der Leiche liegt direkt am Weg. Sieht so aus, als hätte Kevin sich ein Abschiedsgeschenk gemacht.

Das Opfer ist eindeutig ein Künstler, ein Bildhauer namens Armand Mehrabian. Er lebte in New York und war hergekommen, um für ein großes Unternehmensprojekt in der Downtown vorzusprechen. Arbeiten mit Stein und Bronze und fließendem Wasser – kinetische Skulptur nennt man das. Er hat im Loews in Santa Monica übernachtet und wurde vermisst gemeldet. Jung, begabt, wurde gerade von der Kunstszene zur Kenntnis genommen. Hatte eine gute Chance, diesen Unternehmensauftrag zu bekommen. Er wurde genau wie Baby Boy aufgeschlitzt, und sein Hals war von einem gewundenen Draht aufgerissen worden. Ich habe der Technikerin des Gerichtsmediziners gesagt, es sei vermutlich die tiefe E-Saite einer Gitarre gewesen. Sie war sehr beeindruckt.«

»Bei einem Fundort neben der Marina ist Pacific für den Fall zuständig.«

»Zwei Detectives I, die ich nicht kenne«, erklärte er. »Schlesinger und Small. Petra sagt, Small sei früher in Wilshire gewesen und habe schon mit ihr zusammengearbeitet, er sei okay. Wir verschieben das Meeting auf einen späteren Zeitpunkt, damit sie dabei sein können. Ich denke an morgen Vormittag, damit Schlesinger und Small Zeit für eine vorläufige Aufbereitung der Mehrabian-Daten haben. Nicht bei Gino's, sondern ihnen zuliebe auf der Westside. Bei meinen indischen Freunden, sagen wir um zehn. Klappt das bei dir?«

»Ja, kein Problem.«

40

Dasselbe kleine Hinterzimmer im Café Moghul, dieselben Gerüche nach heißem Öl und Curry.

Zwei weitere Leute, die sich um den Tisch drängten, verliehen dem Raum Ähnlichkeit mit einer Zelle.

Die Detectives der Pacific Division waren Männer in den Vierzigern. Dick Schlesinger war groß und dunkelhaarig und hatte ein längliches, nachdenkliches Gesicht und einen dunkelbraunen Schnurrbart, der sein Gesicht wie ein Freeway durchzog. Marvin Small war kleiner, rundlich und graublond; bei seinem Tribut an Gesichtsbehaarung handelte es sich um eine silberne Bürste, die unter einer Boxernase hervorspross. Er kicherte viel, auch wenn nichts lustig war.

Die Frau im Sari brachte *chai* und Eiswasser und lächelte Milo an, als sie den Raum verließ.

Marvin Small fragte: »Dieser Clown, Drummond, könnte er irgendwo anders hin abgehauen sein als nach Boston?«

»Wir sind genauso auf Vermutungen angewiesen wie Sie«, erwiderte Milo.

Dick Schlesinger schüttelte den Kopf. »Noch ein Whodunit.«

»Hatten Sie in letzter Zeit ein paar?«, fragte Petra.

»Zwei andere, noch in der Mache. Ein kleines Mädchen verschwindet aus einem Supermarkt, wo es mit seiner Mutter einkaufen ist. Wir haben einen der Ladenjungen in Verdacht, er hat eine Vorstrafe wegen Missbrauchs. Aber keine Leiche, keine Beweise, und für einen Dummkopf ist er ziemlich schlau. Außerdem haben wir einen Mord auf dem Lincoln Boulevard, eine der Nutten, die auf dem Stück zwischen Rose und LAX arbeiten. Derjenige, der sie erschossen hat, hat sie mit einer Handtasche voller Drogen und

Bargeld liegen lassen, und diesmal haben wir einen Zuhälter, dem es tatsächlich etwas auszumachen scheint. Sie hatte drei Kinder von ihm. Ein paar städtische Angestellte sind kürzlich dort festgenommen worden, hauptsächlich Pfeifen von der Cal Trans und Typen von der Busgesellschaft, die auf dem Heimweg von der Nachtschicht zu einem Quickie rechts ranfahren. Wir hoffen, es ist nicht der Anfang einer weiteren Mordserie. Noch dazu mit einem städtischen Angestellten als Killer.«

Small sagte: »Aber *don't cry for me, Argentina.* Klingt so, als hättet ihr selbst viel zu tun gehabt.«

Es klopfte an der Tür. Die lächelnde Frau trat mit einem Tablett voller Appetithäppchen ein, das sie auf den Tisch stellte. Milo dankte ihr, und sie ging wieder hinaus.

»Die ist in Sie verschossen«, sagte Marvin Small.

»Meinem Charme ist schwer zu widerstehen«, erwiderte Milo.

Petra grinste.

Jeder versuchte, der Frustration mit Frohsinn zu begegnen. Bis auf Stahl; er saß bloß da.

Detective Small musterte das Tablett mit einer gewissen Besorgnis. »Die Multikulti-Zeit ist gekommen. Das ist eine Kultur, die ich noch nie ausprobiert habe, essensmäßig.«

»Ist nicht schlecht, Marve«, sagte Schlesinger. »Meine Frau ist Vegetarierin, wir gehen häufig in indische Restaurants.« Er griff sich ein Samosa, hielt es hoch und sagte, wie es hieß. Petra, Milo und Marvin Small nahmen sich etwas zu essen. Stahl nicht.

Die Reste eines Pastrami-Sandwiches hatten sich in meinem Bauch eingenistet, weshalb ich mich auf den gewürzten Tee beschränkte.

Stahl schien sich in einer anderen Welt zu befinden. Er war mit einem großen weißen Umschlag eingetroffen und hatte ihn vor sich hingelegt. Hatte seit Beginn des Meetings weder etwas gesagt noch sich gerührt.

Die anderen aßen, während Small und Schlesinger den Fall Armand Mehrabian zusammenfassten. Fotos des Toten herumgehen ließen, während Kaugeräusche ertönten. Ich blätterte sie schnell durch. Die Bauchwunde war ein grässlicher Schlitz. Gemahnte an Baby Boy Lee und Vassily Levitch.

Dass die Leiche im Freien abgeladen wurde, passte zu Angelique Bernet und China Maranga.

Flexibilität. Kreativität.

Ich teilte ihnen meine Gedanken mit. Sie hörten zu, kommentarlos. Aßen noch etwas. Gingen zwanzig Minuten lang alte Fakten durch. Dann fragte Milo: »Was ist denn mit dem Stammbaum der Familie Murphy, Eric?«

Stahl öffnete den weißen Umschlag und zog den Computerausdruck einer genealogischen Tafel heraus. »Die habe ich aus dem Internet, aber sie scheint zuverlässig zu sein. Erna Murphys Vater, Donald, hatte einen Bruder und eine Schwester. Der Bruder, Edward, heiratete eine Frau namens Colette Branigan. Ihre gemeinsame Tochter nannten sie Mary Margaret. Edward ist tot, Colette lebt in New York, Mary Margaret ist eine Nonne in Albuquerque.«

»Da habt ihr eine heiße Spur«, sagte Small. »Mary, die manische Schwester.«

»Murphys Schwester heißt Alma Trueblood«, sagte Stahl. »Ich bin ihr in dem Pflegeheim begegnet, wo Murphy stirbt. Sie hat zwei Söhne aus einer früheren Ehe, einer ist gestorben. Ihr erster Mann ist tot, aber sie hat sich von ihm scheiden lassen, bevor er starb. Ich hab ein paar Cousins zweiten und dritten Grades gefunden, aber keiner wohnt hier in der Nähe, und keiner heißt Drummond. Ich konnte keine Verbindung zu Kevin entdecken.«

»Die ganze Cousin-Geschichte war vermutlich Spinnerei«, sagte Small.

»Ein Cousin, dem Kunst gefällt«, sagte Schlesinger. »Und wenn schon.«

Milo nahm den Ausdruck in die Hand, überflog ihn geistesabwesend, machte keinen glücklichen Eindruck.

Ich warf einen Blick darauf.

»Wer ist das hier?«, fragte ich und zeigte auf einen Namen.

Stahl lehnte sich über den Tisch und las ihn umgekehrt ab. »Alma Truebloods erster Mann. Er war Immobilienmakler in Temple City.«

»Alvard G. Shull«, sagte ich. »Kevins Fachbereichsmentor am Charter College ist ein Mann namens A. Gordon Shull. Die beiden Söhne, die Sie hier stehen haben, sind Bradley – verstorben – und Alvard junior.«

»A. Gordon«, sagte Petra. »Wenn mein erster Name Alvard wäre, würde ich den mittleren benutzen.«

»Verdammt«, sagte Marvin Small. »Mag dieser Professor Kunst?«

»Allerdings«, erwiderte ich.

Absolute Stille im Raum.

Ich sagte: »Shull erzählte mir, er habe in seiner Erziehung ›ein Grundwissen‹ in Kunst, Literatur und Theater vermittelt bekommen. Außerdem hat er rotes Haar.«

»Ist er groß und stark genug?«, fragte Milo.

»Auf jeden Fall«, sagte ich. »Eins dreiundachtzig, fast neunzig Kilo. Naturbursche. Extrovertiert. Und alles andere als um Kevins Schutz besorgt, wie man es von einem Mentor erwarten sollte. Zuerst war er überrascht, dass Kevin in Verdacht stand, irgendetwas getan zu haben. Aber während unserer Unterhaltung erwärmte er sich für das Thema von Kevins Exzentrizität. Ich erinnere mich an eine Bemerkung von ihm: ›Kevin war nicht der Typ Junge, mit dem man gern ein Bier trinken würde.‹ Zu dem Zeitpunkt habe ich mir nicht viel dabei gedacht, aber im Rückblick finde ich es grausam. Eine der letzten Sachen, die er zu mir sagte, war, dass Kevin ein lausiger Schreiber wäre.«

»Oh, Mann«, murmelte Petra.

Milo rieb sich das Gesicht.

»Noch etwas«, sagte ich. »Zu Beginn meines Gesprächs mit Shulls Fachbereichsleiterin über Kevin hat sie völlig abgeblockt. Hat sich auf akademische Freiheit und Vertraulichkeit berufen. Genau was man von einer Fachbereichsleiterin erwarten würde. Dann bekam sie heraus, dass Shull Kevins Mentor gewesen war, und ihre Haltung war plötzlich eine ganz andere. Ich habe mir nicht viel dabei gedacht, aber möglicherweise hatte sie einen Grund. *Wollte*, dass Shull Probleme bekam.«

»Ist Shull vielleicht ein böser Bube gewesen?«, sagte Petra.

»Als Professor«, sagte Small, »wäre man vielleicht schon ein böser Bube, wenn man dem falschen Studenten eine schlechte Note gibt. Was liegt tatsächlich gegen diesen Typ vor, außer dass er die Kunst mag und eine bekloppte Cousine hatte?«

»Eine Cousine, die erwürgt wurde«, betonte Petra. »Und am Tatort eines unserer 187er gesehen wurde.«

Small kratzte sich an seinem Schnurrbart. »Was tun wir jetzt, denken wir an zwei Übeltäter? Lehrer und Schüler? Wie Buono und Bianchi, Bittaker und Norris, zwei psychopathische Drecksäcke, die sich als Duo versuchen?«

»Wir haben es hier *buchstäblich* mit Lehrer und Schüler zu tun«, erwiderte Petra. »Vielleicht haben sie ihren Wirkungsbereich aus dem akademischen Leben verlagert.« An Stahl gewandt: »Sie sagten, Shulls Mommy hätte Knete. Das könnte die Lösung für Kevins Finanzproblem sein.«

Ich sagte: »Shulls Einfluss könnte auch die Veränderung

von Kevins Schreibstil erklären. Kevin schrieb zunächst einfach, aber Shull führte ihn zu größerer Komplexität. Ich sagte zu Shull, Kevins Stil wäre prätentiös geworden. Er lachte und sagte ›Autsch‹. Aber vielleicht fand er es nicht komisch.«

»Zeigte er irgendwelche Anzeichen von merkwürdigem Verhalten, Alex?«

»Nicht wirklich. Sehr selbstbeherrscht. Aber ich habe von Anfang an gedacht, dass unser Mann keinen sonderbaren Eindruck machen würde. Jemand, der bei künstlerischen Veranstaltungen aus und ein gehen kann, ohne Verdacht zu erregen. Jemand, der klug genug ist, um zu planen.«

»Jemand, der älter ist als Kevin«, sagte er. »Sein Alter hat dich von Anfang an gestört.«

»Wie alt ist Shull?«, fragte Petra.

»Mitte dreißig bis vierzig.«

»Genau in der richtigen Altersklasse.«

Schlesinger fragte: »Woher kommt das Geld der Familie?«

»Vom zweiten Mann«, antwortete Stahl.

Ich sagte: »Einiges davon hat vielleicht den Weg zu ihrem einzigen lebenden Kind gefunden. Irgendeine Ahnung, wie Shulls Vater und Bruder gestorben sind?«

Stahl schüttelte den Kopf.

»Gute Arbeit, Eric«, sagte Petra.

Ein winziges Aufflackern von Gefühl belebte Stahls Augen. Dann wurden sie wieder ausdruckslos.

»So ist das Leben«, sagte Marvin Small. »Ganz plötzlich ändern sich die Dinge.«

»Ein Philosoph«, sagte Schlesinger mit der guten Laune einer seit langem leidenden Ehefrau. »Ich hätte nichts gegen eine Änderung zum Guten. Zur Abwechslung. Werdet ihr noch mehr über diesen Professor in Erfahrung bringen?«

Petra sagte: »Sobald wir hier raus sind, lasse ich seinen Namen durch die Datenbanken laufen.«

Stahl sagte: »Ich würde davon abraten, mit Mommy zu reden.«

»Keine nette Lady?«, sagte Milo.

»Niemand, mit dem ich gern ein Bier trinken würde.«

Das erste bisschen Humor, das ich von ihm gehört hatte. Aber kein komischer Tonfall. Mechanische Stimme. Der abgestumpfte Ton von jemandem, der unterdrückt worden war. Oder vielleicht hatte er nur eine sonderbare Persönlichkeit.

Er schob die Tafel zurück in den weißen Umschlag und blickte auf seinen leeren Teller.

Milo drehte sich zu mir um. »Wie war der Name dieser Fachbereichsleiterin?«

41

Alvard Gordon Shull war durch die Datenbanken der Polizeibehörden gelaufen. Keine Vorstrafen, aber Guadalupe Santos, Kevin Drummonds Hausverwalterin, glaubte Shull von dem Foto der Zulassungsstelle, das Petra ihr zeigte, wiederzuerkennen.

»Hmm ... vielleicht.«

»Vielleicht was, Ma'am?«

»Einmal hab ich gesehen, wie Yuri auf der Straße mit einem Typ sprach. Könnte er gewesen sein.«

»Wo auf der Straße, Mrs. Santos?«

»Nicht weit von hier, auf der Melrose, zwei Häuserblocks in der Richtung.« Sie zeigte nach Westen. »Ich dachte mir, Yuri wäre einkaufen gegangen oder so was.«

Petra schüttelte den Kopf, als sie Milo und mir davon berichtete. *Sie hat nie daran gedacht, das zu erwähnen?* »Ma'am, hat er eine Tasche getragen, die hätte erkennen lassen, dass er einkaufen war?«

Santos dachte nach. »Es ist eine Weile her – vielleicht.«

»Aber Sie glauben, das hier war der Mann, mit dem er zusammen war?«

»Ich bin mir nicht sicher … wie gesagt, es ist lange her.«

»Wie lange?«

»Ich würde sagen … Monate. Es ist mir nur deshalb aufgefallen, weil ich Yuri nie mit jemandem gesehen habe. Aber es war nicht so, als hätten sie rumgehangen oder so.«

»Was haben sie getan?«

»Nur geredet. Als wenn der Mann Yuri vielleicht nach dem Weg gefragt hätte oder so. Dann ist Yuri allein nach Hause gegangen.«

»Der Mann ist zu Fuß weggegangen?«

»Hmm, ich glaube ja. Aber ich könnte das unmöglich bezeugen. Ich kann wirklich nicht sagen, dass ich mich an Einzelheiten erinnere. Wer ist er?«

»Vielleicht niemand. Vielen Dank, Ma'am.«

Als Santos ihre Tür zumachte, sah sie bekümmert aus.

Shull wohnte in einem Haus am Aspen Way in den Hollywood Hills, und Stahl hatte das Haus die ganze Nacht beobachtet und nichts zu berichten.

»Wie weit ist der Aspen Way von dem Hollywood-Schild entfernt?«, fragte ich Milo.

»Direkt den Berg runter und nach Osten. Auch nicht weit von Kevin.« Er war kurz nach dem Meeting vorbeigekommen, hatte viel telefoniert und sich schließlich an den Küchentisch gesetzt, um die Dinge von allen Seiten zu beleuchten.

»Nicht weit von dem Studio, wo China mit ihrer Band die Aufnahme gemacht hat«, sagte ich. »Oder dem Snake Pit.

Ich würde sagen, Shull fühlt sich in Hollywood wohl, aber wir haben auch drei Morde auf der Westside, von Boston ganz zu schweigen. Dieser Bursche ist schwer festzulegen.«

»Wie schätzt du die Verbindung zwischen Shull und Kevin ein? Lehrer-Schüler-Beziehung, die üble Formen angenommen hat?«

»Das ist eine Möglichkeit. Ich besuche Shull, er wird nervös, sagt Kevin, er solle sich rar machen. Einer von ihnen oder beide gabeln Erna auf und schaffen sie sich vom Hals, dann fährt Shull Kevin zum Flughafen, stellt den Wagen ab und nimmt ein Taxi zurück.«

»Ich lasse meine Detectives bei den Taxiunternehmen nachfragen.« Er machte noch einen Anruf, erteilte den entsprechenden Auftrag. »Was ist die andere Möglichkeit?«

»Terry Drummond hat Recht, und ihr Sohn ist unschuldig.«

»Falls er das ist, ist er wahrscheinlich auch tot.« Er ging zum Kühlschrank, goss sich Milch ein und kam damit zurück. »Falls Kevin abgehauen ist, bezweifle ich, dass er nach Boston gegangen ist. Shull wäre schlau genug, Kevin dort nicht haben zu wollen.«

Ich wusste, was er jetzt dachte: Wie viele andere Städte? Wie viele andere Leichen?

Sein Piepser ertönte. Das Büro des Gerichtsmediziners. Er rief an, und ich ging in mein Arbeitszimmer und ließ alle allgemeinen Suchmaschinen nach A. Gordon Shull fahnden.

Ein Link zu Shulls persönlicher Website führte zu einem Hinweis: inaktiv. Einunddreißig weitere Treffer, ein Drittel davon Wiederholungen. Zwölf der ursprünglichen zwanzig waren Erwähnungen von Shulls Namen in Veröffentlichungen des Charter College. Vorsitzender von Symposien des Fachbereichs Kommunikationswissenschaften, Vorträge, die er gehalten hatte.

Die Rolle des Künstlers in der zeitgenössischen Gesellschaft
Gefälligkeitsjournalismus: Akzeptables Mittel zur Veränderung oder Täuschung?
Liebesgurren im Rock 'n' Roll: Sexualität als Metapher in zeitgenössischer Musik
Linguistik als Schicksal: Warum Noam Chomsky Gott sein könnte

Ein Titel schnürte mir die Kehle zu:

Ein kaltes Herz: Der ultimative Fatalismus künstlerischen Strebens

Keine Zusammenfassung des Texts, kein Nachweis. Shull hatte den Vortrag in einem Café in Venice gehalten. Eine Feier zu Ehren von Ezra Pound.

Ich sah mir die Veranstaltungsorte seiner anderen Vorträge an. Alle waren informelle Zusammenkünfte in Cafés und ähnlichen Häusern. War das der Grund, warum Dr. Martin diesem Mitglied ihres Lehrkörpers ablehnend gegenüberstand? Oder ging es vielleicht darüber hinaus?

Ich erinnerte mich an Shulls lockere Art mit der Studentin, die vor seinem Arbeitszimmer gewartet hatte. Cooler Prof? Überfreundlicher Schleimer? Wie die Politik bot die akademische Welt alle Möglichkeiten für einen amoralischen Typ.

Ein Café in Venice. Was für eine Relevanz hatte in L.A. schon ein Stadtteil, in dem man sich wohl fühlte? Wenn man hier ein Auto hatte, meisterte man sein Schicksal.

Dann dachte ich an etwas anderes …

Milo kam zurück. »Die Stichwunden an Mehrabian entsprechen denen von Baby Boy. Und die Ligaturwunde an seinem Hals ebenfalls. Und stell dir vor: Diesmal hat unser böser Bube Spuren hinterlassen. Zwei kurze Barthaare, rotgrau. Mehrabian hatte auch einen Bart, aber der ist lang und schwarz. Der Mörder ist ihm praktisch ins Gesicht gesprungen. Buchstäblich.«

»Shull hat einen dieser Fünf-Tage-Bärte. Rötlich grau.«

»Hey, Sherlock, der Gerichtsmediziner schätzt, dass die Haare fünf, sechs Tage alt waren.«

»Und was jetzt?«, sagte ich. »Du befragst ihn und besorgst dir einen Gerichtsbeschluss, um ihm ein paar Haare ausreißen zu dürfen?«

»Davon sind wir noch meilenweit entfernt.«

»Sogar mit den Haaren?«

»Ich habe mit jemandem von der Staatsanwaltschaft telefoniert. Sie wollen mehr haben. Deutlich mehr.«

»Spielt es eine Rolle, dass Shull reiche Eltern hat?«

Er lächelte. »Der Bezirksstaatsanwalt würde schaudern bei dem Gedanken.«

»Das hier könnte hilfreich sein.« Ich zeigte ihm den Hinweis auf den »Kaltes Herz«-Vortrag auf meinem Bildschirm.

»Ach du meine Güte«, sagte er.

»Wirst du jetzt einen Gerichtsbeschluss gegen Shull beantragen können?«

»Wahrscheinlich nicht. Literarische Prahlerei gilt nicht als triftige Begründung.«

»Was ist dann damit: Es gab in Boston sechs Kongresse in der Woche von Angelique Bernets Ermordung. Du hast einen genannt, der mit den Medien zu tun hatte. Das klingt wie etwas, an dem Shull interessiert sein könnte.«

Er zückte seinen Notizblock, blätterte Seiten um. »Medien und Politik, Harvard.«

»Wer hat ihn geleitet?«

»Das ist alles, was ich habe.«

»Soll ich mir das mal näher ansehen?«

»Ja«, sagte er. »Mach guten Gebrauch von diesem Dr. phil. Bitte.«

Er versprach, innerhalb einer Stunde wiederzukommen, und ging. Es dauerte fast so lange, aber schließlich hielt ich eine Liste der Teilnehmer an der Massenmedien-Veranstaltung in der Hand.

Vertraulichkeit und all diese Dinge verlangsamten den Prozess, aber einer meiner Kommilitonen während des Graduiertenstudiums lehrte in Harvard, und ihn rief ich an, stellte Verbindungen her, kombinierte schamloses Namedropping mit meiner akademischen Vertrauenswürdigkeit und erfand die Geschichte eines Symposiums zum Thema Medien und Gewalt, das ich auszurichten plante. Wollte die Liste haben, um »die richtigen Leute ansprechen zu können«.

Der endgültige Adressat dieser Lüge war einer der Mitveranstalter des Symposiums, ein schnell redender Professor für Journalismus an der University of Washington namens Lionel South.

»Das war allerdings meins. Harvard gestattete uns, das K-College zu benutzen – das Kennedy-College –, und deshalb haben wir ein Mitglied ihres Lehrkörpers zum Mitveranstalter ernannt. Aber Vera Mancuso – sie ist am Clark – und ich waren die eigentlichen Leiter. Sie sagen, dass Ihres an der medizinischen Fakultät stattfindet? Mit einer psychiatrischen Tendenz?«

»Ziemlich eklektisch«, erwiderte ich. »Im Moment stelle ich Verbindungen zwischen der medizinischen Fakultät, dem Fachbereich Psychologie und der Jurafakultät her.« Manchmal fiel mir die Unwahrheit so leicht. In müßigen Augenblicken dachte ich über dieses Phänomen nach.

»Mediengewalt«, sagte South. »Da stehen die Geldgeber sicher Schlange.«

»Sieht nicht schlecht aus«, sagte ich.

»Noch ein paar Schießereien auf Schulhöfen, und Sie haben wirklich ausgesorgt.«

Ich rang mir ein kollegiales Lachen ab. »Wie sieht es mit Ihrer Teilnehmerliste aus?«

»Ich maile sie Ihnen sofort. Halten Sie uns bitte auf dem Laufenden. Und falls Sie noch jemanden fürs Podium brauchen …«

Ich fand ihn auf der dritten Seite, etwa in der Mitte des Buchstabens »S«:

Shull, A. Gordon, Prof. Komm., Charter College.

Ein bisschen Selbstverherrlichung; Shull war Dozent.

Das passte zu ihm.

Milo kam zurück, und ich zeigte es ihm.

»Oh, ja! Gute Arbeit … Hat Shull einen Vortrag gehalten?«

»Nein, er war nur anwesend. Oder hat sich zur Anwesenheit verpflichtet.«

»Du meinst, er hat geschwänzt?«

»Das wäre nicht schwer gewesen. Sobald er eingetragen war, hätte niemand überprüft, ob er tatsächlich bis zum Ende der Diskussionen dabeiblieb. Shull hatte einen freien Terminkalender.«

»Zeit genug, sich das Ballett anzusehen.«

»Ballett könnte sehr gut sein Ding sein«, sagte ich. »Wo er doch umgeben von Kultur aufgewachsen ist und so.«

»Kaltes Herz … der Hurensohn.« Er sah seine Notizen durch, fand die Liste der Hotels in Boston und setzte sich ans Telefon. Vierzig Minuten später hatte er die Bestätigung. Shull hatte in der Woche von Angelique Bernets Ermordung im Ritz-Carlton übernachtet.

»Nicht weit vom Ballett«, sagte er. »Er nimmt sie in Boston mit, fährt nach Cambridge, wo er sie umbringt und abladt. Weil es weit weg von seinem Hotel und nahe bei dem Symposium ist … Schlitz ein Mädchen auf und sei rechtzeitig wieder zu einem weiteren blödsinnigen Vortrag zurück.« Seine Augen funkelten.

»Zeit für einen Gerichtsbeschluss«, sagte ich.

Er fluchte leise. »Ich habe mir die verständnisvollste Richterin ausgesucht, die ich finden konnte. Sie fühlt mit mir, aber sie will handfeste Beweise.«

»Wie die Barthaare in Mehrabians Bart«, sagte ich. »Aber du kannst nicht verifizieren, dass es sich um Shulls Haare handelt, bevor du einen Grund hast, ihn um eine Vergleichsprobe zu bitten.«

»Leider wahr«, erwiderte er. »Wenigstens haben wir ein Ziel vor Augen. Petra geht jetzt mit Shulls Foto bewaffnet denselben Weg wieder zurück. Außerdem habe ich mit Small und Schlesinger über die Haare gesprochen. Sie sagten, wir sollen sie weiter informieren. Meinem Gefühl nach würden sie uns Mehrabian liebend gern überlassen. Meinem Gefühl nach wird Mehrabian schließlich auch genau dort landen.« Er betrachtete meinen Computer. »Sonst noch was Interessantes im Cyberspace?«

»Shull hatte eine Website, aber sie ist außer Betrieb.«

»Verwischt er seine Spuren?«

»Oder technische Probleme«, sagte ich. »Bei einem solchen Ego würde er dort zu finden sein wollen. Ich würde gern wissen, was er in letzter Zeit so gemacht hat. Dr. Martin könnte uns da weiterhelfen.«

»Glaubst du, sie würde mit uns zusammenarbeiten?«

»Wie ich bei unserem Meeting sagte, ich habe den Eindruck, dass Shull nicht ihr liebster Mitarbeiter ist, also vielleicht schon.«

»Dann tun wir's auch«, sagte er. »Bei ihr zu Hause, nicht am College.«

»Warum?«

»Damit sie sich nicht mehr in dem Bereich befindet, in dem *sie* sich beruflich am wohlsten fühlt.«

Elizabeth Gala Martins Arbeitszimmer war voller Antiquitäten gewesen, aber zu Hause zog sie das Moderne vor.

Ihr Haus bestand aus einer grauen Ansammlung von Würfeln, die auf einem großen Grundstück in einem der besseren Teile Pasadenas untergebracht waren. Die Landschaftsgestaltung war unauffällig, japanisch inspiriert, und strategisch geschickt platzierte Strahler sorgten für die Beleuchtung. Ein großer Gong stand seitlich versetzt auf einer weiten, makellosen Rasenfläche. Zwei Wagen teilten sich die extrabreite Zufahrt: eine silberne BMW-Limousine jüngeren Baujahrs und ein etwas älteres Mercedes-Coupé der gleichen Farbe.

Jeder Grashalm an seinem Platz. Als wenn draußen regelmäßig staubgesaugt würde.

Achthundert Meter von Everett Kippers Haus entfernt, aber das schien jetzt nicht mehr relevant. Es war 20 Uhr, als Milo an die Haustür klopfte.

Martin kam selbst in einem langen grünen Seidenkaftan an die Tür, der mit goldenen Drachen bestickt war. Ihre Füße steckten in goldenen Sandalen. Ihre Zehennägel waren rosa lackiert. Ihr hennagefärbtes Haar schien frisch frisiert zu sein, und sie trug große, sechseckige goldene Ohrringe. Hinter ihr lag eine große weiße Eingangsdiele mit einem Travertinboden.

Ihre anfängliche Überraschung wich einem harten, prüfenden Blick. »Professor Delaware.«

»Vielen Dank, dass Sie sich an mich erinnern«, sagte ich.

»Sie haben einen … Eindruck hinterlassen.« Sie musterte Milo. Ich stellte ihn vor.

»Die Polizei«, sagte sie gelassen. »Noch mehr Fragen zu Mr. Drummond?«

»Mehr Fragen über Mr. Shull«, erwiderte Milo.

Martins Hände ballten sich zu Fäusten, dann ließ sie sie sinken.

»Kommen Sie rein«, sagte sie.

Das Haus war weitläufig, stimmungsvoll beleuchtet, und ins Dach waren Oberlichter eingelassen. Eine Rückwand mit Fenstern zeigte hinaus auf einen sanft illuminierten Garten und einen langen, schmalen Pool, der den Windungen einer hohen weißen Mauer angepasst war. Messingvitrinen waren mit modernen Gläsern gefüllt, und an den Wänden hingen große, abstrakte Gemälde.

Elizabeth Martin ließ uns auf einer niedrigen schwarzen Wildledercouch Platz nehmen und setzte sich in einen schwarzen Ledersessel.

»Okay«, sagte sie. »Erzählen Sie mir, worum es hier geht.«

»Professor Martin«, sagte Milo, »wir untersuchen mögliche kriminelle Aktivitäten durch A. Gordon Shull. Es tut mir Leid, dass ich Ihnen nicht mehr sagen kann.«

Geräusche waren von der anderen Seite des Esszimmers zu hören. Schritte und Klappern hinter einer weißen Flügeltür. Klirren von Utensilien, laufendes Wasser. Jemand in der Küche.

»Sie können mir nicht mehr sagen, aber es würde Ihnen gefallen, wenn ich Ihnen alles sagte, was Sie wissen wollen.«

Milo lächelte. »Genau.«

»Nun ja, das erscheint mir fair.« Grüne Seide raschelte, als Martin die Beine übereinanderschlug. Sie hatte Parfum aufgelegt – etwas Grasartiges –, und es trieb zu uns herüber.

Aktivierte Körperwärme? Sie machte einen gelassenen Eindruck, aber man konnte nie wissen.

»Professor Martin«, sagte Milo, »dies ist eine sehr ernste Angelegenheit, und ich kann Ihnen versprechen, dass die Information schließlich ans Licht kommen wird.«

»Um welche Information handelt es sich?«

»Mr. Shulls Probleme.«

»Oh«, sagte sie. »Gordon hat tatsächlich Probleme?«

»Sie wissen, dass er welche hat«, erwiderte ich.

Sie wandte sich an mich. »Professor Delaware, als Sie zu mir kamen, sagten Sie, Kevin Drummond hätte etwas mit einem Mord zu tun. Das passiert einer langweiligen Akademikerin nicht alle Tage. Deshalb haben Sie einen Eindruck hinterlassen.« Wieder an Milo gerichtet: »Wollen Sie jetzt sagen, dass Gordon Shull verdächtigt wird, jemanden ermordet zu haben?«

»Sie scheinen nicht überrascht zu sein«, sagte er.

»Ich versuche, Überraschungen zu vermeiden«, erwiderte sie. »Aber bevor wir fortfahren, müssen Sie mir eines sagen: Steht meinem Fachbereich eine äußerst peinliche Enthüllung bevor?«

»Ich fürchte ja, Ma'am.«

»Das ist zu dumm«, sagte Martin. »Ein Mörder.« Ihr Lächeln war unvermittelt, wild, beunruhigend. »Nun ja, ich nehme an, wenn der Müll sich zu hoch auftürmt, schafft man ihn am besten nach draußen. Also reden wir über Gordon. Vielleicht sind Sie ja in der Lage, mich von ihm zu befreien.« Sie stellte die Beine nebeneinander. Schien amüsiert zu sein. »Ein Mörder .... Ich muss gestehen, dass ich an Gordon nie in diesen Begriffen gedacht habe.«

»In welchen Begriffen haben Sie an ihn gedacht, Ma'am?«

»Mangel an Substanz«, antwortete Martin. »Gordon ist ein Scharlatan. Nur Worte, keine Taten.«

Die Küchentür ging auf, und ein Mann kam herein, der ein dickes Sandwich auf einem Teller trug. »Liz?«

Derselbe grauhaarige Mann, den ich auf den Fotos in Martins Arbeitszimmer gesehen hatte. Er trug ein weißes Polohemd, eine beigefarbene Leinenhose und braune Halbschuhe. Groß und gut gebaut, aber mit Bauchansatz. Mindestens zehn Jahre älter als Martin.

»Es ist okay, Schatz«, sagte sie. »Nur die Polizei.«

»Die Polizei?« Er kam näher. Das Sandwich war ein Dreifachdecker, voll mit Grünzeug und Truthahn.

»Es hat etwas mit Gordon Shull zu tun, Liebling.«

»Hat er was geklaut?« Er stellte sich neben Martins Sessel.

»Das ist mein Mann, Dr. Vernon Lewis. Vernon, das ist Detective …«

»Sturgis«, sagte Milo. An Lewis gewandt: »Sind Sie auch ein Professor, Sir?«

»Nein«, sagte Martin. »Vernon ist Arzt. Ein Orthopäde.«

»Diese Bemerkung übers Stehlen, Doktor«, sagte Milo. »Klingt so, als würden Sie Gordon Shull auch kennen.«

»Hauptsächlich durch seinen Ruf«, erwiderte Vernon Lewis. »Ich bin ihm auf Partys des Lehrkörpers begegnet.«

Elizabeth Martin sagte: »Schatz, warum ruhst du dich nicht aus?«

Lewis warf ihr einen fragenden Blick zu. Sie lächelte ihn an. Seine Augenbrauen stiegen nach oben, und er sah auf sein Sandwich. »Wie lange wird das dauern, Liz?«

»Nicht sehr lange.«

»Okay«, sagte er. »War nett, Sie beide kennen zu lernen. Halten Sie meine Liebste nicht zu lange auf.« Er setzte seinen Weg durch das Zimmer fort, ging um eine Ecke und war verschwunden.

»Auf welchen Ruf bezog sich Dr. Lewis eben?«, fragte Milo.

»Allgemeine Unmoral«, sagte Martin. »Gordon ist von Anfang an ein Problem – mein Problem – gewesen.«

»Schließt Unmoral Diebstahl ein?«

»Wenn das alles wäre.« Martin runzelte die Stirn. »Gott allein weiß, was ich mir antue, indem ich mit Ihnen rede, aber die Wahrheit ist, dass ich die Nase voll habe von diesem Mann. Ich leite einen Fachbereich mit drei Dozenten und sollte entscheiden dürfen, wen ich einstelle.«

»Sie wurden gezwungen, Shull zu verpflichten?«

»›Gezwungen‹ wäre ein zu … grobes Wort.« Sie sah aus, als hätte sie etwas Verdorbenes heruntergeschluckt. »Mir wurde dringend *empfohlen*, Gordon zu verpflichten.«

»Weil seine Familie Geld hat.«

»Genau«, sagte sie. »Es geht immer um Geld, nicht wahr? Vor sechs Jahren wurde ich ans Charter College geholt, um einen erstklassigen Fachbereich für Kommunikationswissenschaften zu gründen. Mir wurden Versprechungen gemacht. Ich hatte verschiedene andere Angebote – größere Universitäten, bessere Einrichtungen. Aber alle waren in anderen Städten, und ich hatte gerade Vernon kennen gelernt, und seine Praxis war nun einmal hier etabliert. Ich habe mich für die Romanze entschieden, nicht für die vernünftige Lösung.« Schiefes Lächeln. »Die richtige Entscheidung, aber … jede Entscheidung hat ihre Konsequenzen.«

»Charter hat sein Versprechen gebrochen«, sagte ich.

»Gebrochene Versprechungen sind in der akademischen Welt der Normalfall. Die Frage ist das Verhältnis von Wahrheit zu Blödsinn. Verstehen Sie mich nicht falsch. Die meiste Zeit bin ich nicht unglücklich. Charter ist ein gutes College. In seinem Rahmen.«

»Der darin besteht …«

»Dass es ein kleines College ist. Ein sehr kleines College. Das gibt einem die Gelegenheit, eng mit Studenten zu arbeiten, was anfangs attraktiv war und immer noch ist. Alles in allem sind die Kids eine nette Truppe. Nach fünf Jahren in Berkeley und all dem linken Unsinn schien Charter auf angenehme Weise idyllisch. Aber manchmal hat es seine Grenzen.«

»Welche Versprechungen wurden nicht eingehalten?«, fragte ich.

Sie nahm ihre Finger zu Hilfe. »Mir wurde ein Lehrkörper von fünf Mitgliedern zugesichert, und ich bekam drei; mein Budget wurde um dreißig Prozent gekürzt, weil verschiedene jährliche Zuwendungen versiegten – die Rezession hatte zu dieser Zeit ihren Höhepunkt erreicht, Aktienfonds der Spender hatten rapide an Wert verloren und so weiter. Mein geplantes Curriculum war erheblich beeinträchtigt, weil ich jetzt einen kleineren Lehrkörper hatte.«

»Welche Zusagen haben sie gehalten?«

»Ich habe einen schönen Schreibtisch bekommen.« Sie lächelte. »Ich hätte gehen können. Vernons Praxis ist mehr als adäquat, was die finanzielle Unterstützung betrifft. Aber ich war nicht dreiundzwanzig Jahre an der Universität, um Golf zu spielen und mir die Nägel maniküren zu lassen. Also beschloss ich, das Beste aus der Situation zu machen, und wollte mich mit Freude der einen Sache widmen, bei der sie keinen Rückzieher gemacht hatten: den ›weiten Spielraum‹ bei der Einstellung der weiteren Mitglieder meines Lehrkörpers zu nutzen. Ich hatte das Glück, Susan Santorini zu erwischen, weil sie ebenfalls in Südkalifornien bleiben wollte, ihr Partner ist Filmagent. Dann machte ich mich daran, das dritte Mitglied unserer kleinen Gruppe zu finden, und wurde vom Dekan informiert, dass sich ein aussichtsreicher Kandidat gemeldet habe und dass mir ausdrücklich empfohlen würde, seine Bewerbung wohlwollend zu beurteilen.« Sie berührte einen Ohrring. »Gordon Shull ist ein Witz.

Sein Stiefvater ist allerdings einer unserer reichsten Ehemaligen. Gordon ist ebenfalls ein ehemaliger Student.«

»Ein Witz in Sachen Gelehrsamkeit?«, fragte ich.

»Überhaupt ein Witz. Als seine Bewerbung auf meinem Tisch landete und mir auffiel, dass er sein Examen in Charter gemacht hatte, ließ ich mir seine Studienunterlagen heraussuchen.«

»Sie waren misstrauisch?«

Sie lächelte. »Ich war ziemlich verstimmt darüber, dass man mir etwas *empfahl.* Als ich seine Abschriften las, verwandelte sich meine Verstimmung in Zorn. Zu sagen, Gordon wäre ein durchschnittlicher Student gewesen, wäre zu freundlich. Mehrere Semester stand er kurz vor der Relegation, hat einen Durchschnitt von C-minus geschafft, indem er Micky-Maus-Seminare besuchte, und fünf Jahre für sein Examen gebraucht. Irgendwie hat er es danach fertig gebracht, sich ein Diplom zu besorgen.« Ihre Lippen verzogen sich. »Ich habe in Berkeley promoviert und im Anschluss daran an der London University und an der Columbia gelehrt. Susan Santorini hat ihren Doktor an der Columbia gemacht und war anschließend in Florenz und an der Cornell, bevor ich sie mir geangelt habe. Wie es derzeit auf dem Arbeitsmarkt für Akademiker aussieht, hätten wir unter klugen Dr. phil.s von Spitzenunis unsere Wahl treffen können. Stattdessen waren wir gezwungen, uns mit diesem Clown einzulassen.«

»Was dem Budget nützt«, sagte ich.

»Oh ja«, erwiderte sie. »Jedes Jahr erhält der Fachbereich einen Scheck vom Trueblood Endowment – der Stiftung des Stiefvaters. Gerade genug, damit unsere … Motivation nicht nachlässt.«

»Akademischer Würgegriff«, sagte Milo.

»Sehr gut formuliert, Detective. Und um die Wahrheit zu

sagen, Ihr Besuch heute Abend hat manchen Dingen für mich eine klarere Form gegeben. Falls Gordons Sünden meine wildesten Vorstellungen übertroffen haben, muss ich vielleicht ernsthaft überlegen, meinem Leben eine neue Wendung zu geben. Aber bevor ich Ihnen mehr sage, brauche ich etwas von Ihnen: Sie müssen mich so früh über die weitere Entwicklung informieren, dass ich mich rechtzeitig vor dem Sturm verabschieden kann, um zu vermeiden, dass ich in strafrechtliche Ermittlungen hineingezogen werde.«

»Sie wollen kündigen, Ma'am?«

»Warum nicht, wenn der Fallschirm hinreichend vergoldet ist?«, erwiderte Martin. »Vernon hat davon geredet, beruflich zurückzustecken, und wir beide haben große Lust, häufiger auf Reisen zu gehen. Vielleicht ist das hier ein Werk der Vorsehung. Wenn Sie also mehr über Gordons Charakterfehler wissen wollen, *müssen* Sie mich ins Bild setzen.«

»Das ist nur recht und billig«, sagte Milo. »Was für Probleme hatten Sie mit Shull?«

»Kleinere Diebstähle, schlampige Spesenabrechnungen, unregelmäßige Anwesenheit als Dozent, schludrige Notengebung«, antwortete Martin. »Seine Lehrveranstaltungen – wenn er zu erscheinen geruht – sind grässlich. Diskurse auf niedrigstem Niveau über Popkultur mit schwachsinnigen Leselisten. Alles dreht sich um Gordons momentane Einsichten, und Gordons Aufmerksamkeitsspanne ist äußerst beschränkt.«

»Ein Dilettant«, sagte ich. Shull hatte den Begriff auf Kevin Drummond angewandt.

»Er müsste daran *arbeiten*, wenn er ein Dilettant sein wollte«, entgegnete Martin. »Gordon verkörpert alles, was ich am zeitgenössischen akademischen Lehrbetrieb verabscheue. Er hält sich für eine Inkarnation der Popkultur. Das Orakel vom Berg, das sein Urteil über die kreative Welt fällt.

Zweifellos weil er sich selbst als Künstler betrachtet, aber kläglich versagt hat.«

Milo richtete sich auf. »Inwiefern?«

»Gordon hält sich für einen Renaissancemenschen. Er malt schreckliche Klecksbilder – Gartenszenen, die vorgeben, impressionistisch zu sein, aber auf einem Kompetenzniveau, das die meisten Mittelschulkinder hinter sich lassen. Kurz nachdem er hier aufgenommen worden war, brachte er mir mehrere Gemälde und bat um eine Einzelausstellung, die vom Fachbereich gesponsert werden sollte.« Sie schnaubte. »Ich habe ihn hingehalten, und er ist zum Dekan gegangen. Selbst Gordons Verbindungen konnten ihm dabei nicht helfen.«

»Renaissancemensch«, sagte Milo. »Was sonst noch?«

»Er spielt sehr schlecht Schlagzeug und Gitarre. Ich weiß das, weil er dauernd von Gigs oder Riffs redet, egal was. Letztes Jahr hat er sich bereit erklärt, auf einer Party zu spielen, die Vernon und ich für die ausgezeichneten Studenten gaben. Diesmal war ich dumm genug zuzustimmen.« Sie verdrehte die Augen. »Und als ob er sich noch nicht genug Selbsttäuschungen hingäbe, behauptet er außerdem, an einem Roman zu arbeiten – irgendein Opus magnum *in progress*, mit dem er angibt, seitdem ich ihn kenne. Ich hab nie eine Seite des Manuskripts zu Gesicht bekommen.«

»Große Klappe und nichts dahinter«, sagte Milo.

»Der Kerl passt so gut nach Kalifornien«, sagte Martin. »Ohne das Geld der Familie würde er kellnern und Lügengeschichten über sein nächstes großes Vorsprechen erzählen.«

»Sie sagten, er wäre nicht regelmäßig anwesend«, sagte Milo.

»Er ist dauernd auf irgendwelchen Spritztouren unterwegs, die sein Stiefvater finanziert.«

»Was für Spritztouren?«

»Angebliche Forschungsreisen, Symposien, Kongresse. Zusätzlich zu seinen anderen Anmaßungen sieht er sich als Abenteurer, war schon in Asien, Europa, was Sie wollen. Es ist alles Teil dieser Macho-Nummer, die er abzieht – karierte Hemden mit Krawatten, Wanderstiefel, der Arafat-Bart. Er behauptet immer, er würde an einem tief schürfenden Essay arbeiten, aber auch da hat er noch nie irgendwelche Nägel mit Köpfen gemacht.« Sie stach mit einem Finger in die Luft. »In einem gewissen Sinn kann sich die Welt glücklich schätzen, dass er seinen Worten nie Taten folgen lässt. Weil Gordon grauenhaft schreibt. Unzusammenhängend, aufgeblasen, pompös.«

»Faithful Scrivener«, sagte ich.

Ihre Augen weiteten sich. »Sie wissen davon?«

»Wovon weiß ich?«

»Gordon spricht gerne von sich in der dritten Person. Schmückt sich mit einem Haufen widerwärtiger Spitznamen. Der Gordster, der Furchtlose Mr. Shull, Faithful Scrivener.« Sie bleckte die Zähne. »Er ist immer schon ein *Witz* gewesen. Leider ist er *mein* persönlicher *geschmackloser* Witz. Und jetzt sagen Sie mir, dass er jemanden umgebracht hat … und unsere Büros liegen nur wenige Schritte auseinander … das ist beunruhigend. Bin ich in Gefahr?«

»Ich denke nicht, Professor«, erwiderte Milo.

»Wen hat er umgebracht?«

»Künstler.«

Martins Augen wurden groß wie Untertassen. »Mehr als einen?«

»Leider ja, Professor.«

Sie seufzte. »Ich werde ganz bestimmt etwas Urlaub nehmen.«

»Was können Sie uns über Kevin Drummond erzählen?«, fragte Milo.

»Was ich Professor Delaware erzählt habe, stimmte: Ich habe keine besondere Erinnerung an den Jungen. Nach dem Besuch habe ich mir seine Abschriften angesehen. Mittelmäßiger Student, absolut nichts Außergewöhnliches.«

»Sie haben keine Erinnerung daran, dass er privat mit Shull verkehrt hat?«

»Tut mir Leid, nein. Studenten gehen in Gordons Büro ein und aus. Für einen bestimmten Typ ist er attraktiv. An Mr. Drummond speziell erinnere ich mich nicht.«

»Welcher Typ Student findet ihn attraktiv?«, fragte Milo.

»Gordon ist immer gut informiert über die letzten Trends, und das beeindruckt diejenigen, die sich leicht beeindrucken lassen. Ich bin sicher, dass er am liebsten Moderator einer Show bei MTV wäre.«

Ich fragte: »Hat Shull sexuell mit Studenten verkehrt?«

»Wahrscheinlich«, erwiderte sie.

»Wahrscheinlich?«, sagte Milo. »Einfach so?«

»Es hat keine Klagen gegeben, aber es würde mich wirklich nicht überraschen. Die meisten Studierenden, die Gordons Sprechstunden wahrnehmen, scheinen weiblich zu sein.«

»Aber es hat keine direkten Klagen wegen sexueller Belästigung gegeben?«

»Nein«, sagte Martin. »Sex zwischen Studenten und Dozenten ist ein fester Bestandteil des Lebens am College, und es kommt sehr selten zu Beschwerden. In den meisten Fällen handelt es sich um einvernehmlichen Sex. Ist es nicht so, Professor Delaware?«

Ich nickte.

»Kevin Drummond ist schwul«, sagte Milo. »Sollten wir uns das näher ansehen?«

»Sie fragen mich, ob Gordon bisexuell ist?«, erwiderte

Martin. »Nun ja, davon habe ich nichts bemerkt, aber die Wahrheit sieht so aus, dass mich nichts überraschen würde, was Sie mir über ihn erzählen. Er ist jemand, den man früher als Bengel bezeichnet hätte. Ein hübsches Wort. Zu dumm, dass es nicht mehr benutzt wird. Er ist der Prototyp des verzogenen Balgs, hüpft munter umher und tut genau das, wozu er Lust hat. Haben Sie schon seine Mutter kennen gelernt?«

»Noch nicht.«

Martin lächelte. »Das sollten Sie aber. Besonders Sie, Professor Delaware. Wie für Sie geschaffen.«

»Ein Quell der Psychopathologie?«, fragte Milo.

Martin betrachtete ihn mit einem langen, amüsierten Blick. »Begriffe wie ›Höflichkeit‹ und ›gesunder Menschenverstand‹ sind mit dieser Frau absolut unvereinbar. Jedes Jahr bei dem Stiftungsbankett geht sie auf mich los und erinnert mich daran, wie viel Geld ihr Mann hat springen lassen, und dann hält sie mir einen Vortrag über die wunderbaren Leistungen ihres süßen Jungen. Gordon ist auf ehrliche Weise an seine Angeberei gekommen. Sie präsentiert sich selbst als bessere Gesellschaft, aber nach dem, was ich mitbekommen habe, war ihr erster Mann – Gordons leiblicher Vater – ein Säufer. Ein erfolgloser Immobilienmakler, der eine Gefängnisstrafe wegen Betrugs abgesessen hat. Er und Gordons Bruder sind bei einem Brand ihres Hauses ums Leben gekommen, als Gordon jung war, und ein paar Jahre später hat sich die Mutter einen alten Knacker mit viel Geld geschnappt.«

Milo kritzelte in seinen Notizblock.

Martin sagte: »Das war sehr aufschlussreich, aber ich bin müde. Wenn das alles ist –«

»Es würde hilfreich für uns sein, falls Sie irgendwas Schriftliches von Shull hätten.«

»In meinem Büro«, sagte sie. »Ich habe seinen letzten Jahresbericht. Jedes Mitglied des Lehrkörpers ist verpflichtet, einen abzuliefern – aufzulisten, was man erreicht hat, was man plant. Gordons Bericht ist reine Formalität, weil wir beide wissen, dass er seine Stelle auf Lebenszeit hat.«

»Vielleicht nicht«, erwiderte Milo.

»Was für ein wundervoller Gedanke«, sagte Martin. »Ich gehe morgen ganz früh ins College und schicke es Ihnen sofort zu.«

Sie brachte uns an die Tür, und Milo bedankte sich bei ihr.

»War mir ein Vergnügen«, sagte sie. »Wirklich … wissen Sie, jetzt, wo ich darüber nachdenke, überrascht es mich doch nicht so sehr, dass Gordon ein Mörder ist.«

»Und warum, Ma'am?«

»Jemand, der dermaßen falsch und oberflächlich ist, würde *alles* fertig bringen.«

42

Petra hatte eine halbwegs anständige Nacht.

Die Luft war kühl, der Himmel hatte eine samtige, schwarzpurpurne Färbung, wo Hollywood-Neon ihn nicht grau bleichte, und A. Gordon Shull war in Clubs und Kneipen und alternativen Buchläden ein bekanntes Gesicht.

Die Erinnerungen eines verkaterten Barkeepers im Screw, einer ranzig riechenden Trash-Metal-Höhle an der Vermont, waren typisch:

Yeah, ich hab ihn gesehen. Trägt Schwarz und versucht, junge Bräute abzuschleppen.

Mit Erfolg?

Manchmal vielleicht.

Irgendein besonderes Mädchen?

Sie sind alle gleich.

Was können Sie mir sonst über ihn erzählen?

Nur ein alter Typ, der versucht, cool zu sein – verstehn Sie?

Was verstehe ich?

So ist es nun mal.

Eine völlig andere Sache als ihre vergeblichen Versuche, irgendwelche Hinweise auf Kevin Drummond zu finden. Aber etwas machte ihr zu schaffen: Keiner ihrer Gewährsleute hatte Shull mit Kevin zusammen gesehen. War der jüngere Mann überhaupt in die üblen Geschichten verwickelt?

Trotz der Identifizierungen blieben ihre Versuche, Shull mit Drogen, gewalttätigen Neigungen, anomalem Sex und Erna Murphy in Verbindung zu bringen, erfolglos. Bei Schichtende stellte sie fest, dass ihre Bemühungen sehr wenig erbracht hatten, was sie kurzfristig nutzen konnten, und sie fühlte, wie ihre Stimmung sich verschlechterte. Dann wurde ihr ein kleines Gottesgeschenk zuteil: Als sie das erste Mal auf ihrem Weg über die Fountain Avenue am Snake Pit vorbeigekommen war, war der Club geschlossen gewesen – HEUTE ABEND KEINE VORSTELLUNG –, aber auf dem Rückweg zum Revier sah sie Autos auf dem Parkplatz davor und eine Tür, die ein wenig offen stand.

Sie ging hinein und stieß auf einen fetten Rausschmeißer mit Pferdeschwanz, der sich an einem Gin Tonic festhielt. Der Laden roch wie eine Toilette.

»Geschlossen«, sagte der fette Kerl. »Gebäudereinigung.«

Außer ihm war noch ein kleiner Mann anwesend, der aussah wie ein Indianer aus dem Regenwald und den klebrigen Boden aufwischte. Musik – bassbetonter Chicago-Blues –

dröhnte aus den Lautsprechern. Nackte Sperrholztische waren willkürlich verteilt. Ein Schlagzeug stand auf der Bühne. Ein Mikrofonständer ohne Mikrofon sah aus, als wäre er enthauptet worden. Nichts ist trauriger als eine Spelunke ohne Gäste.

Petra trat weiter hinein, sah sich weiter um und lächelte den Rausschmeißer an.

»Yeah?« Er verschränkte oberschenkelgroße Unterarme über seinem Sumobauch. Seine Haut hatte die rosa-graue Farbe von roher Schweinewurst. Ein Besatz von Tattoos verwandelte die Arme in Kimonoärmel. Gefängniskunst und feinere Arbeiten. Ein Hakenkreuz zierte seinen Hals.

Er gehörte nicht zu denen, die sie im Zusammenhang mit Baby Boys Ermordung befragt hatte. Sie zeigte ihm sein Abzeichen und fragte ihn danach.

»Ich hatte in der Nacht keinen Dienst.«

Sie hatte vom Geschäftsführer eine vollständige Liste der Angestellten verlangt. So viel dazu. Sie zeigte ihm Shulls Foto.

»Yeah, der kommt hierher.« Schweinewurst trank sein Glas leer, watschelte hinter die Bar und machte sich noch einen Gin Tonic. Er nahm sich viel Zeit, eine Limette aufzuschneiden, presste sie in das Glas, warf sich dann den Schnitz in den Mund, kaute darauf herum und schluckte ihn hinunter.

»Wie oft kommt er hierher?«, fragte Petra.

»Manchmal.«

»Wie heißen Sie?«

Die Frage gefiel ihm nicht, aber er war nicht im Geringsten eingeschüchtert. »Ralf Kvellesenn.«

Sie ließ ihn den Namen buchstabieren und schrieb ihn auf. Ralf mit einem »F«. Irgendein Wikingervorfahre drehte sich im Grab herum. »Seien Sie etwas präziser als ›manchmal‹, Ralf.«

Kvellesenn zog die Augenbrauen zusammen, und seine fettige Stirn legte sich in Falten. »Der Typ kommt eher selten rein. Er ist kein Stammgast. Ich kenne ihn nur, weil er wirklich einen auf *freundlich* macht.«

»Ihnen gegenüber?«

»Den Musikern gegenüber. Der Typ findet es scharf, mit denen zu reden. Zwischen den Sets. Er steht darauf, hinter die Kulissen zu gehen.«

»Darf er das?«

Kvellesenn zwinkerte. »Wir sind nicht die Hollywood Bowl.«

Das hieß, ein paar Dollar öffneten Türen.

»Also ist er eine Art Groupie.«

Kvellesenn stieß ein feuchtes Lachen aus. »Ich hab nie gesehen, wie er einen Schwanz lutscht.«

»Ich meinte das nicht wörtlich, Ralf.«

»Egal.«

»Sie scheinen gar nicht neugierig zu sein, warum ich Sie nach ihm frage.«

»Ich bin nicht neugierig«, erwiderte Kvellesenn. »Neugier bringt einen in Schwierigkeiten.«

Sie schrieb sich Kvellesenns Adresse und Telefonnummer auf, setzte sich an einen Tisch, während er sie anstarrte, ließ sich Zeit damit, ihre Notizen zu studieren, und fand den Namen des Rausschmeißers, der an dem Abend von Baby Boys Ermordung Dienst gehabt hatte.

Val Bove.

Sie verließ den Club, rief Bove zu Hause an, weckte ihn auf und beschrieb ihm Shull.

»Yeah«, sagte er.

»Yeah, was?«

»Ich kenne den Typ, den Sie meinen, aber ich erinnere

mich nicht, ob er an dem Abend da war, als Baby umgebracht wurde.«

»Warum nicht?«

»Der Laden war gerammelt voll.«

»Aber Sie wissen bestimmt, von wem ich rede.«

»Yeah, der Professor-Typ.«

»Woher wissen Sie, dass er Professor ist?«

»Er nennt sich selber so«, sagte Bove. »Er hat mir erzählt, dass er Professor ist. Als wollte er mich beeindrucken. Als wenn es mich 'nen Scheiß interessiert.«

»Was hat er Ihnen noch erzählt?«

»Im Grunde meint er: ›Ich bin cool‹. ›Ich schreibe Bücher‹, ›Ich spiele auch Gitarre‹. Als wenn es mich 'nen Kack interessiert.«

»Ein Künstler«, sagte Petra.

»Egal was.« Ein lautes Gähnen ertönte im Hörer, und Petra hätte schwören können, dass sie den faulen Atem des Mannes riechen konnte.

»Was können Sie mir sonst noch über den Professor-Typ erzählen?«

»Das war's, Baby. Und ruf nächstes Mal nicht um diese Zeit an.«

Sie machte sich ausführliche Notizen und war kurz davor, Milo anzurufen und einen sinnvoll verbrachten Tag zu beenden, fuhr stattdessen aber zum Dove House. Die stellvertretende Leiterin, Diane Petrello, saß an dem Schreibtisch im Erdgeschoss. Petra hatte ein paar Leute zu ihr gebracht.

Diane lächelte. Ihre Augen waren rot gerändert, und ihr Gesichtsausdruck sagte: *Was denn jetzt noch?*

»Harter Tag?«, fragte Petra.

»Schrecklicher Tag. Zwei unserer Frauen sind letzte Nacht an einer Überdosis gestorben.«

»Tut mir Leid, das zu hören, Diane. Haben sie sich zusammen einen Schuss gesetzt?«

»Verschiedene Vorfälle, Detective. Was es irgendwie noch schlimmer macht. Bei einer ist es direkt um die Ecke passiert, sie war gerade zu einem Spaziergang aufgebrochen und wollte zum Abendgebet wieder zurück sein. Die andere war auf dem großen Parkplatz hinter dem neuen Kodak Center. All diese Touristen ... wir haben es nur deshalb so schnell rausgefunden, weil beide Frauen unsere Karten in ihrer Handtasche hatten, und Ihre Beamten waren so freundlich, uns in Kenntnis zu setzen.«

Petra zeigte ihr Shulls Foto. Diane schüttelte den Kopf.

»Hat er was mit Erna zu tun?«

»Wissen wir noch nicht, Diane. Könnte ich es bitte Ihren derzeitigen Gästen zeigen?«

»Natürlich.«

Sie gingen zusammen nach oben, und Petra begann mit den Männern – sechs stark Betrunkenen, von denen niemand Shull erkannte. Auf dem Frauenflur fand sie nur drei in einem Zimmer, darunter Lynnette, die magere, schwarzhaarige Rauschgiftsüchtige, mit der Milo über Erna gesprochen hatte.

»Süß«, sagte sie. »Wie in einer Anzeige für Banana Republic.«

»Haben Sie ihn schon mal gesehen, Lynnette?«

»Ich wünschte es.«

Hinter verschmierten Brillengläsern schloss Diane Petrello fest ihre Augen und öffnete sie dann wieder. »Lynnette«, sagte sie leise.

Bevor Lynnette etwas erwidern konnte, fragte Petra: »Sie wünschten es?«

»Wie gesagt, er ist süß«, erklärte Lynnette. »Ich könnt's

ihm so gut machen, dass er mir hübsche Sachen kaufen würde.« Sie grinste und enthüllte unregelmäßige, bemooste Zähne. Gelbe Augen, vermutlich Hepatitis. Petra wäre am liebsten zurückgewichen, blieb aber stehen.

»Lynnette, haben Sie diesen Mann je mit Erna gesehen?«

»Erna war ein Stinktier. Er ist viel zu süß für sie.«

Eine der beiden anderen Frauen war älter und hatte Barthaare am Kinn, sie lag ausgestreckt auf dem Bett und schlief. Die andere war um die vierzig, groß, schwarz und hatte dicke Beine. Petra warf einen Blick auf die Schwarze, und sie kam herüber, glitt auf abgetretenen Pantoffeln über fadenscheinigen Teppichboden und machte Geräusche wie eine kleine Trommel.

»*Ich* hab ihn mit Erna gesehen.«

»Na klar«, sagte Lynnette.

»Wann haben Sie ihn gesehen, Ms. ...?«, fragte Petra.

»Devana Moore. Ich hab ihn hier und da gesehen – hat geredet.«

»Mit Erna?«

»Ja, mit Erna.«

»Na klar«, sagte Lynnette erneut.

Devana Moore sagte: »Wirklich.«

»Hier und da?«, fragte Petra.

»Nich hier ... Sie wissen schon – *hier*«, sagte Devana Moore. Redete langsam. Undeutlich. Sätze zu formen war eine Qual. »Hier und ... *da*.«

»Nicht in dem Haus«, sagte Petra, »aber in der Nähe.«

»Genau!«

»Sie lügt«, sagte Lynnette.

»Ich lüg nich«, erwiderte Devana Moore ohne eine Spur von Groll. Eher wie ein Kind, das seine Unschuld beteuert. Petra war keine Expertin, aber sie war bereit zu wetten, dass der IQ dieser Frau eine katastrophale Zeugin aus ihr machen würde. Trotzdem, man musste mit dem arbeiten, was man hatte …

Lynnette kicherte.

Devana Moore sagte: »Mädchen, tät ich lügen, könnt ich fliegen.«

»Wann haben Sie diesen Mann zum letzten Mal mit Erna gesehen, Ms. Moore?«, fragte Petra.

»*Mizz* Moore«, sagte Lynnette und lachte meckernd.

Diane Petrello sagte: »Komm mit, Lynnette. Trinken wir eine Tasse Kaffee.«

Lynnette wich nicht vom Fleck. Die alte Frau schnarchte laut. Devana Moore starrte Petra an.

Petra wiederholte die Frage, und Moore sagte: »Muss … ein paar Tage her sein.«

»Wie viele Tage?«

Schweigen.

»Ungefähr«, sagte Petra.

»Weiß nich – vielleicht … weiß nich.«

»Die nehmen dich fest, weil du gelogen hast, *Mizz* Moore«, sagte Lynnette. An Petra gewandt: »Sie ist zurückgeblieben.«

Moore ließ die Schultern hängen und zog einen Schmollmund, und Petra dachte, sie würde in Tränen ausbrechen. Stattdessen machte sie einen Satz auf Lynnette zu, und die beiden Frauen schlugen wild und ohne Wirkung um sich, bis Petra zwischen sie trat und rief: *»Hört sofort auf!«*

Schweigen. Gesenkte Blicke. Lynnette meckerte wieder, und Diane Petrello führte sie aus dem Zimmer. Devana Moore weinte tatsächlich. »Sie will nur gemein sein«, sagte Petra. »Ich weiß, dass Sie mir die Wahrheit sagen.«

Schniefen. Moore schaute zu Boden.

»Sie helfen mir wirklich, Ms. Moore. Ich weiß das zu schätzen.«

»Verhaften Sie mich nich«, sagte Moore. »Bitte.«

»Warum sollte ich Sie verhaften?«

Moore trat sich selbst gegen den Knöchel. »Manchmal hure ich. Es ist ’ne Sünde, und ich will es nich, aber manchmal tu ich’s.«

»Das ist Ihre Sache, Ms. Moore«, sagte Petra. »Ich bin beim Morddezernat, nicht bei der Sitte.«

»Wer ist ermordet worden?«, fragte Devana.

»Erna.«

»Yeah«, sagte Devana. »Das stimmt.« Sie entspannte sich, als ob die Bestätigung Petras Glaubwürdigkeit erhöhte. Sie blinzelte, kratzte sich am Kopf, zeigte auf Shulls Bild. »Hat er Erna umgebracht?«

»Vielleicht. Wo haben Sie ihn und Erna gesehen?«

»Ähm … ähm … es war drüben an der Highland.«

»Highland und wo?«

»Sunset.«

»Im Norden oder Süden vom Sunset?«

»Diese Richtung.« Devana presste ihre Hand gegen die Brust, was Petras Vermutung nach Süden bedeuten sollte. Zwei weitere Versuche zur genaueren Ortsbestimmung schlugen fehl.

Egal welche Richtung, Highland und Sunset ergab einen Sinn. In unmittelbarer Nähe der Praxis von Ernas Ärztin – Hannah Gold. »Was haben sie gemacht, Ms. Moore?«

»Geredet.«

»Wütend geredet?«

»Nein, nur geredet – fragen Sie das, weil er Erna umgebracht hat?«

»Vielleicht«, erwiderte Petra. »Was können Sie mir sonst noch über ihn sagen, Ms. Moore?«

»Das war’s«, antwortete Devana. Sie bekreuzigte sich. »Wenn er Erna umgebracht hat, ist er ein *sündhafter* Mann.«

Petra kam um 4 Uhr früh ins Revier zurück. Stahls Schreibtisch war nicht besetzt. Er überwachte immer noch Shull; er hatte direkt nach Einbruch der Dunkelheit damit begonnen. All diese Stunden dort zu sitzen. Der Kerl hatte eine tolle Konzentrationsspanne, so viel stand fest.

Sie überprüfte ihre Mailbox. Stahl hatte nicht angerufen. Das tat er selten.

Das bedeutete: keine Fortschritte. Wie hielt er diese Untätigkeit nur aus?

Sie vermutete, Stahls Bereitwilligkeit, sich nicht vom Fleck zu rühren, machte ihn zum perfekten Partner für diesen Fall. Wie es bei Fällen aussah, die mehr Teamarbeit erforderten, war eine andere Sache … Es hatte keinen Sinn, darüber nachzudenken, sie musste sich unbedingt auf das Hier und Jetzt konzentrieren.

Vier Uhr früh war keine Zeit, einen Freund zu stören, also rief sie in Milos Büro in West L.A. an und hinterließ eine Nachricht. Sie wusste, dass er sie wahrscheinlich wecken würde, wenn er zurückkam, aber das war okay. Sie wollte ihn informieren, dass Shull ein regelmäßiger Besucher des Snake Pit war. Gerne hinter die Kulissen ging.

Sie war durstig, stand auf und goss sich grässlichen Polizeikaffee ein und trank ihn, während sie allein in der Ecke des Großraumbüros der Detectives stand. Und über Shull nachdachte.

Stammgast der Nachtszene in Hollywood.

Der Professor.

Zu dumm, dass keiner der beiden Rausschmeißer seine Anwesenheit in der Nacht des Mordes an Baby Boy bestätigen konnte. Vielleicht würde sie ihre Zeugenliste noch einmal durchgehen, die meisten von ihnen noch einmal mit dem Foto aufsuchen und feststellen, ob sich irgendjemand an ihn erinnerte.

Ja, das würde sie machen müssen. Die ganz große Langeweile. Der harte Kern der Detektiv-Arbeit.

Da Shull unter Beobachtung stand, konnte das bis morgen warten. Sie war erschöpft, musste sich duschen und ausstrecken und ein paar Stunden traumlos schlafen. Warum schüttete sie dann so viel Koffein in sich hinein?

Sie goss die trübe Brühe aus, kehrte an ihren Schreibtisch zurück, nahm sich ihre Jacke. Blieb erneut stehen. Stellte sich bildlich vor, wie es vermutlich zwischen Shull und Baby Boy abgelaufen war.

Shull zahlt seinen Eintritt, bestellt genug Getränke, um sich einen schönen, dunklen Platz hinten im Lokal zu sichern. Er konzentriert sich auf die Darbietung, beobachtet, hört zu.

Applaudiert.

Der Beifall gilt eher ihm selbst als Baby Boy.

Baby Boy beendet seinen zweiten Set und geht hinaus. Shull hat ihn früher beobachtet, weiß um seine Gewohnheit, durch den Hintereingang auf die Gasse zu gehen, um zu rauchen.

Er bleibt noch einen Moment sitzen, trinkt einen Schluck, plant, überzeugt sich, dass niemand hinsieht, während er heimlich den Club verlässt.

Linus Brophy hatte gesagt, der Mörder habe einen langen, dunklen Mantel getragen. Shull trug gewohnheitsmäßig nur Schwarz auf seinen nächtlichen Streifzügen.

Ein langer schwarzer Mantel wäre perfekt geeignet, ein langes, scharfes Messer zu verstecken.

Bereit für sein Vorhaben, macht sich Shull auf den Weg zu der Gasse und verbirgt sich in den Schatten.

Wartet.

Baby Boy taucht auf, zündet sich eine Zigarette an. Shull studiert ihn, lässt sich Zeit.

Genießt den Augenblick.

Schließlich nähert er sich Baby Boy. Ist sich Brophys Anwesenheit nicht bewusst, aber der Penner stellt sich als irrelevant heraus.

Baby Boy schöpft keinen Verdacht. Ein netter Mann, ein herzlicher Mann. Er ist an die Bewunderung von Fans gewohnt, und hier ist noch einer. Shulls Verhalten untermauert die Täuschung: Mit breitem Lächeln gibt er das aufrichtige Lob des wahren Fans von sich.

Der Professor. Schmeichelt sich ein, wie er es schon bei vielen Künstlern getan hat.

Von denen keiner weiß, dass er sich *selber* für den ultimativen Künstler hält.

Ein Verlierer im wirklichen Leben, eine Legende in seiner Vorstellung. Wie Alex gesagt hatte, psychischer Kannibalismus.

Wenn du sie nicht schlagen kannst, friss sie auf.

Petra schauderte.

Baby Boy, ein argloser Mann, ein naiver Mann, erwidert das Lächeln.

Beide lächeln sie, als Shull mit dem Messer zustößt.

Sie zog ihre Jacke an und ging.

Als sie zu Hause ankam, war eine Nachricht von Milo auf ihrem Anrufbeantworter. »Rufen Sie mich an, ich bin wach.«

Sie erreichte ihn auf seinem Handy. »Sie sind spät auf.«

»Die bösen Jungs schlafen nicht, warum sollte ich es dann tun. Was ist los?«

Sie gab ihm einen Bericht über ihre Fortschritte.

»Gute Arbeit«, sagte Milo, »sehr gut. Wir ziehen das Netz allmählich zu.«

»Soll heißen?«

»Soll heißen, dass Sie Ihren Schlaf verdient haben, und

ich bin um neun morgen früh am Gericht und stelle fest, ob Richter Davison ein wenig aufgeschlossener ist.«

»Sagen Sie mir Bescheid.«

»Auf jeden Fall. Danke, Kleine.«

»Gern geschehen. Paps.«

43

Sobald Eric Stahl das Haus sah, wusste er, dass es keine ideale Situation war.

Von der Straße aus war nicht mehr sichtbar als ein von gemauerten Pfosten flankiertes Tor aus gebleichtem Holz. Jenseits der Pfosten befand sich eine ein Meter achtzig hohe, efeubedeckte Mauer. Hinter der Mauer ragten Wacholderbäume und Zypressen empor, und dazwischen wucherte irgendein Rebengewächs.

Ein hübsches Anwesen. Shull hatte Geld.

Es kam immer aufs Geld an.

Nachdem er seine Position auf der leicht ansteigenden Straße bezogen hatte, gab sich Stahl einem kurzen Wachtraum hin: Er stieg über die Mauer, brach ins Haus ein, traf Shull an, wie er irgendetwas Schlimmes tat, und erledigte den Mistkerl auf die Weise, wie solche Mistkerle verdientermaßen erledigt wurden.

Netter Film. Die Realität sah so aus, dass er hier saß und beobachtete und wartete.

In dieser Nacht wurde aus irgendeinem Grund seine Begabung für das Nichtstun auf eine harte Probe gestellt. Um 21 Uhr 30 – zwei Stunden nach seiner Ankunft – kehrte die Phantasie seiner Heldentat zurück.

Er stellte sich vor, wie er Shull tötete: indem er ihm das Genick brach oder, falls Shull sich zur Wehr setzte, mit dem Messer.

Eric Stahl, der große Held, sorgte für einen *Schlusspunkt*.

Hässliches Wort, hässliches Konzept dahinter.

Gerechtigkeit war fast genauso hässlich. Er fragte sich, wie lange er diesen Job machen konnte.

Vielleicht für immer. Vielleicht bis morgen.

Die Lage des Hauses hatte drei positive Aspekte: Es befand sich am Ende einer Sackgasse, was bedeutete, dass es einen Weg hinein und einen Weg hinaus gab. Parken war auf der Westseite der Straße erlaubt, was es Stahl gestattete, sich einen unauffälligen Platz zwischen zwei anderen Fahrzeugen zu suchen.

Am allerbesten: Dies war eine abgelegene Straße, ohne Karte schwer zu finden, keine Bürgersteige, kein Grund für einen Fußgänger, hier vorbeizuschlendern.

Nett für einen bösen Jungen …

Um 21 Uhr 45 war er immer noch nicht sicher, ob Shull überhaupt zu Hause war. Der Typ hatte die Dienststunden eines Professors und, Sturgis zufolge, nicht viele davon. Shull hätte den ganzen Tag im Haus verbringen können und war nur noch nicht zum Vorschein gekommen. Oder der Mistkerl war noch nicht nach Hause gekommen, war irgendwo in Hollywood unterwegs.

Auf der Suche nach *Kunst*.

Seit Stahl angekommen war, waren nur zwei Autos aufgetaucht, und beide hatten deutlich unterhalb seines Beobachtungspostens angehalten. In beiden Fällen waren junge Frauen mit tollen Figuren aus den ausländischen Kompaktwagen ausgestiegen. Stahl sah zu, wie sie Lebensmittel zu ihren niedlichen kleinen Häusern am Berg trugen.

Nicht die beste Wohngegend für allein stehende Frauen. Zu isoliert, zu weit entfernt von Hilfe in Notfällen. Nicht, dass man in einer Menschenmenge sicher wäre …

Er fragte sich, wie die Frauen mit den schönen Körpern reagieren würden, wenn sie erführen, dass sie Nachbarn eines wirklich schlimmen Typen gewesen waren. Er malte sich die üblichen entsetzten Zitate in den Zeitungen aus: *»Ich hatte keine Ahnung.« »Ich kann es einfach nicht glauben, er schien ein netter Mann zu sein.«*

Glaubt es, Ladys. Alles ist möglich.

Der Nachthimmel gelierte und wurde glänzend – schwarzpurpurfarben, wie Brombeermarmelade. Schwarzes Napalm. Stahl aß ein Schinkensandwich, trank Espresso aus seiner Thermoskanne und riskierte zwei Ausflüge über die Straße, um in die Büsche zu pinkeln.

Dann wieder zurück in seinen Wagen, wo er die Augen nach einem der beiden auf Shull registrierten Fahrzeuge offen hielt: einen ein Jahr alten BMW und einen zwei Jahre alten Ford Expedition.

Der BMW war vermutlich Shulls fahrbarer Untersatz zum Angeben. Der Geländewagen wurde für Erkundungsfahrten benutzt. Kein Lieferwagen – Typen wie Shull liebten Lieferwagen, weil man sie leicht in ein Gefängnis auf Rädern verwandeln konnte. Aber ein schicker Typ wie Shull, der hier oben in den Hügeln wohnte, würde einen Lieferwagen als vulgär ansehen, und der übergroße Geländewagen hatte einige derselben Vorzüge: groß, unauffällig.

Viel Stauraum.

Hundert zu eins, dass Shull die Fenster schwarz getönt hatte.

Scheinwerfer erleuchteten Stahls Rückfenster und veranlassten ihn, sich zu ducken und den Kopf zu drehen.

Kleines Fahrzeug.

Ein dunkler Wagen – da war er, der BMW-Kühlergrill, wie er zum Ende der Sackgasse flitzte. Der BMW fuhr so schnell vorbei, dass Stahl den Fahrer in der Dunkelheit nicht erkennen konnte, aber als er vor dem gebleichten Tor anhielt, richtete Stahl sich auf und schaute hin.

Elektrisches Tor. Der Wagen fuhr hindurch. Exakt dreißig Sekunden später schloss sich das Tor wieder – eine Art zeitgesteuerter Mechanismus.

Stahl wartete bis 23 Uhr, bevor er aus dem Wagen stieg. Er nahm an, dass selbst ein cooler Typ wie Shull den Tag wahrscheinlich ausklingen ließ. War er allein gekommen? Oder hatte er jemanden mitgebracht?

Nachdem er die Straße überprüft und festgestellt hatte, dass niemand zu sehen war, überquerte Stahl wieder die Straße, pinkelte und ging weiter. Hielt sich nahe an den Sträuchern; falls jemand auftauchte, konnte er sich darin verstecken.

Er ging langsam weiter, fühlte sich locker; die Zen-Stimmung, die ihn stets auf seinen Streifzügen überkam, hatte eingesetzt. Gute Fährtensucher und Scharfschützen wurden damit geboren.

Eine derart abgelegene Wohngegend hätte still sein sollen, aber ein beständiges Summen stieg vom Fuß der Berge empor. Die Geräusche Hollywoods, des realen Hollywood, dröhnten zwei Meilen weiter unten.

Er näherte sich dem gebleichten Tor auf wenige Schritte. Durch die großen Bäume auf dem vorderen Teil von Shulls Grundstück funkelten und blinkten Lichter in der Ferne. Ein paar Sterne am Himmel bemühten sich ebenfalls darum, durch den Smog hindurch bemerkt zu werden.

Der Kerl hatte einen herrlichen Blick.

Das gute Leben.

Stahl ging bis zum Tor, nahm erneut die Straße in Augenschein und inspizierte dann das Tor aus der Nähe, ohne seine Taschenlampe hinzuziehen zu müssen. Fünf-mal-Zehner-Bretter mit Nut und Feder, in einem schönen Winkeldesign arrangiert und von schwereren Brettern eingefasst. Der untere Teil der Einfassung war fest und solide und bot den Fußspitzen einen brauchbaren Halt. Er setzte den Fuß dorthin und schob sich weit genug nach oben, um hinübersehen zu können.

Auf der anderen Seite war ein runder, gepflasterter Innenhof, der von Grün umgeben war. Pflanzen in Töpfen. Ein gefliester Springbrunnen auf der linken Seite; kein Tropfen. Sanfte Beleuchtung brachte das Haus im spanischen Stil mit versetzten Geschossen, Ziegeldach und schönen Bogenfenstern zum Vorschein.

Sehr gutes Leben.

Kein Zeichen von dem BMW oder dem Expedition, aber der Innenhof hörte vor einer angebauten Garage für drei Wagen auf, die sich unter einem Flügel des Hauses befand. Eine Birne mit niedriger Wattzahl ließ ein Trio aus gebleichten Holztüren mit Winkelmuster erkennen, die zu dem Tor passten. Auf der rechten Seite führte eine Treppe mit Eisengeländer zum – wie Stahl annahm – Haupteingang des Hauses hoch. Schwer zu sagen, wie groß es war; es machte einen geräumigen Eindruck.

Er dachte über den Grundriss nach. Die Tür an der Treppe wäre die, wo man die Gäste eintreten ließ, wenn man Eindruck machen wollte. Das Erste, was sie sähen, wäre ein Fenster voll mit den Lichtern der Stadt.

Wenn er niemanden zu beeindrucken hatte, würde Shull in die Garage fahren und auf einer Innentreppe ins Haus gehen. Kein BMW in Sicht bedeutete, dass er das heute Abend getan hatte. Was wiederum hieß, dass er allein war.

Oder jemanden dabeihatte, den er nicht beeindrucken wollte.

Stahl stand auf der Einfassung des Tores und vermutete, dass ihm eine weitere ereignislose Nacht bevorstand. Dann bewirkte ein Rascheln von Blättern – wiederholtes Rascheln –, dass sich seine Nackenhaare aufrichteten, und er stieg herunter und presste sich gegen die efeubedeckte Mauer.

Mehr Geräusche. Mehr als ein scharrendes Nagetier. Jemand zog Luft durch die Nase ein.

Stahl wartete. Nichts geschah.

Dann wiederholte sich das Geräusch, lauter, und in sieben Meter Entfernung teilte sich das Gebüsch, und ein Reh – ein kleines Schmaltier – begann über die Straße zu tänzeln.

Das Tier blieb in der Mitte stehen, stand da, während ein Zucken über sein Fell lief. Stahls Herzschlag war sehr langsam – so wie er immer war, nachdem man ihn hochgejagt hatte. Schnelle Erholung … von manchen Sachen …

Das Reh erwog seine Alternativen, machte schließlich einen Satz und lief eine Zufahrt hinunter, verschwand zwischen zwei Häusern.

Ein Stammgast; das Tier wusste, wer zu Hause war und wer nicht. Jetzt würde der Garten eines Anwohners für einen späten Imbiss herhalten. Und schließlich würde das Schmaltier zum Abendessen eines Kojoten werden. Oder vielleicht würde ein Puma es erwischen. Stahl hatte gehört, dass die Berglöwen ein großes Comeback hatten – generell kamen die wilden Tiere dem urbanen Dschungel langsam näher. Das hatte in der Nähe des Stützpunkts auf jeden Fall gestimmt. Alle Arten von Getier waren an den merkwürdigsten Orten aufgetaucht – sein Liebling war die Schlange, die sich das Bidet der Frau eines Colonels als Trinkwasserspender ausgesucht hatte. Die Frau hockt sich im Dunkeln hin, wo eine schlüpfrige Überraschung auf sie wartet …

Stahl spürte, wie ein Lächeln seine Mundwinkel verzog.

Ein Geräusch auf der anderen Seite von Shulls Tor wischte es von seinem Gesicht.

Ein Anlasser drehte sich.

Er lief zum Tor, nahm seinen Platz auf dem Vorspung wieder ein und riskierte einen schnellen Blick. Die mittlere Garagentür glitt auf, und er sprang nach unten und sprintete zurück zu seinem Wagen.

Er erreichte ihn in dem Moment, als das Tor zurückschwang.

Scheinwerfer, ein neues Paar, höher als das des BMW.

Der Expedition schlich heraus, blieb stehen, raste los.

Schwarzer Geländewagen, schwarz getönte Fenster.

Beschattungen durch einen Mann waren unpraktisch, oft unmöglich, aber bei einem arroganten Kerl wie Shull war es einfacher. Warum sollte der Mistkerl auch nur daran denken, dass ihm jemand folgte?

Stahl fuhr mit ausgeschaltetem Licht, während Shull den Berg viel zu schnell hinunterraste. Auf dem Cahuenga fuhr der Expedition nach Norden und hinüber zu einem Jazzclub direkt im Süden vom Valley. Nicht weit von Baby Boys Apartment entfernt. Shull übergab den Expedition einem Parkhelfer, blieb vierzig Minuten drinnen und ließ sich seinen Wagen dann wieder bringen. Jetzt war es fast 1 Uhr, und da der Verkehr nachgelassen hatte, musste Stahl Abstand halten.

Shull fuhr nicht weit, nur einen kurzen Abstecher nach Studio City, wo er Kaffee und einen Hamburger in einem die ganze Nacht geöffneten Imbiss am Ventura in der Nähe der Lankershim zu sich nahm. Stahl fuhr auf den halb leeren Parkplatz und beobachtete das Fenster.

Vier Tassen Kaffee, schwarz. Shull vertilgte seinen Hamburger.

Tankte auf.

Shull zahlte bar und stieg wieder in den Geländewagen.

Zurück in die Stadt, dann am Sunset nach rechts. Ein paar Querstraßen weiter hielt Shull vor einer Bar namens Bambu. Neo-Tikihütten-Design, gelangweilter Türsteher.

Stahl fuhr eine Straße weiter, wendete rasch und beobachtete von der anderen Straßenseite des Sunset, wie Shull mit einer Zigarre im Mund aus seinem Wagen stieg.

Er trug ein schwarzes Lederjackett, schwarze Jeans, schwarzes T-Shirt. Angeberisch, plauderte mit dem Parkwächter.

Nicht nervös; offensichtlich hatte ihn Delawares Besuch in seinem Büro nicht beunruhigt. Ganz im Gegenteil: Shull hatte Delawares Fragen nach Drummond als Beweis dafür angesehen, dass er in Sicherheit war.

Falls Drummond Shulls Komplize gewesen war – falls Drummond irgendwas gewusst hatte –, hatten Delawares Fragen nach ihm wahrscheinlich etwas anderes erreicht: Drummond war nun zu einer ernsten Belastung geworden, bye-bye, Kev.

Sturgis hatte bei dem letzten Meeting mehr oder weniger diese Meinung geäußert. Drummonds Wagen in der Nähe des Flughafens bedeutete vermutlich, dass Shull sich des jungen Mannes angenommen und den Honda benutzt hatte, um Erna Murphy aufzugabeln, und ihn anschließend dort stehen ließ, um den Schluss nahe zu legen, dass Drummond sich weiträumig aus dem Staub gemacht hatte. Und es hatte funktioniert. All die Tage, die sie darauf verschwendet hatten, Passagierlisten durchzugehen. All die Zeit, die Stahl damit vertan hatte, Drummonds Apartment zu beobachten.

Und währenddessen vermoderte Drummond wahrscheinlich irgendwo.

Auch wenn Drummond nicht in die schlimmen Sachen eingeweiht gewesen war, war er wahrscheinlich eine Leiche. Weil sein Verschwinden für Ablenkung sorgte – eine großartige Tarnung für Shull.

Und weil Shull gerne Leute tötete.

Moderne Kunst.

Die falsche Grastür des Bambu schwang auf, und Shull kam mit einer umwerfenden Blondine am Arm heraus. Ende zwanzig, toupierte goldblonde Haare, eine richtige Barbie. Sie trug ein rotes Glitzertop unter einem kurzen schwarzen Jackett, eine zerfetzte hautenge Jeans und hochhackige Stiefel. Brüste, die viel zu hoch und zu groß waren, um echt zu sein, zu viel Make-up; Stahl korrigierte seine Altersschätzung: deutlich über dreißig.

Das klassische Partygirl vom Sunset Boulevard, deren beste Zeit hinter ihr lag. Aber keine Nutte, sie sah an Shulls Lederarm zu glücklich aus, als dass es sich um Arbeit hätte handeln können.

Kichernd. Schwankend. Beschwipst.

Shull lächelte sie an, wirkte vollkommen gelassen.

Das Leben meint es so gut mit mir.

Stahl saß in seinem Wagen und sah zu, wie die beiden flirteten. Auf Shulls Macho-Gehabe fixiert, fühlte er fast den Kolben des Scharfschützengewehrs an seiner Schulter.

Der Expedition fuhr vor, und Shull hielt Barbie die Beifahrertür auf. Hielt währenddessen ihre Hand. Sie küsste ihn zum Dank.

Sobald die Blondine im Auto saß, wechselte Shull mit dem Parkhelfer einen verschwörerischen Blick.

Jemand wird heute Nacht glücklich sein, Bruder.

Nicht das Mädchen.

Shull blieb auf dem Sunset und setzte seine Fahrt nach Westen fort, ließ den Strip hinter sich und kam nach Beverly Hills und dann ins noch protzigere Bel Air. An der Hilgard bog er nach Süden ab, fuhr durch Westwood Village, und am Wilshire Boulevard nahm er seine Fahrt in westlicher Richtung wieder auf.

Er machte es Stahl leicht, weil der hell erleuchtete Boulevard selbst um diese Zeit – 2 Uhr nachts – ziemlich stark befahren war. Er hielt sich drei Wagenlängen hinter dem Expedition, begleitete Shull und die Blondine auf dem ganzen Weg durch Brentwood und Santa Monica.

Bis zum Pacific Coast Highway. Der Strand. Hier war kaum noch Verkehr, und der Job wurde schwieriger. Stahl ließ sich weiter zurückfallen, konzentrierte sich auf die Rücklichter des Geländewagens. Shull wurde schneller, fuhr fast hundertzehn – dreißig Stundenkilometer über der Geschwindigkeitsbegrenzung –, während er die Grenze von Pacific Palisades überquerte und nach Malibu hineinbrauste.

Machte jetzt hundertzwanzig pro Stunde, hundertdreißig, hundertfünfunddreißig. Große Eile. Keine Sorge, wegen der Geschwindigkeitsübertretung angehalten zu werden, weil er sich für einen Mann hielt, dem unangenehme Dinge nicht zustießen.

Oder weil ein Strafzettel nur Geld bedeutete, und davon hatte er genug.

Hieß das auch, dass sich in dem Geländewagen nichts mehr befand, was vor Gericht verwertbar gewesen wäre?

Eine perfekte Reinigung war schwer zu bewerkstelligen; ein verirrtes Härchen oder ein Fleck Körperflüssigkeit konnte eine Geschichte erzählen. Shull transportierte seine Opfer nicht, er ließ sie am Tatort liegen, aber dennoch – seine eigene Kleidung, der Fahrersitz, irgendwo könnte etwas hängen geblieben sein.

Und trotzdem spielte er hier Daytona 500. War der Typ wirklich derart arrogant?

Stahls gedankliche Abschweifungen fanden ein jähes Ende, als der Expedition abrupt nach rechts auf den Parkplatz eines Motels mit weißen Schindeln und blauen Fensterläden abbog. Das Sea Arms.

Stahl, der darauf nicht gefasst gewesen war, setzte seine Fahrt noch eine Viertelmeile fort, fuhr rechts an die Böschung heran, wendete und fuhr wieder zurück.

Er parkte auf der Strandseite des PCH und musterte das Sea Arms.

Zweistöckiges Haus im Cape-Cod-Stil, vor dem ein offener Parkplatz lag. Keine Freifläche dahinter, das Motel schien sich direkt an die Berge zu schmiegen. Die übliche Empfehlung des Automobilclubs, ein pinkfarbenes ZIMMER-FREI-Schild auf einer hohen Stange.

Sechs Zimmer auf jedem Stockwerk, das Büro des Verwalters unten auf der rechten Seite.

Dreizehn Wagen auf dem Parkplatz, einschließlich des Expedition. Zwölf Gäste und der Verwalter.

A. Gordon Shull, Glückskind, das er war, hatte das letzte freie Zimmer ergattert.

Stahl vergeigte es.

Schlief in seinem Wagen ein. Wurde rüde geweckt von einem Klopfen am Fenster. Blendendes Licht in seinen Augen.

Er öffnete das Fenster, und eine Stimme bellte: »Ich will einen Ausweis sehen.«

Stahls Hand hatte sich instinktiv zu der Neunmillimeter in ihrem Holster bewegt, das unter seiner Jacke verborgen war, aber glücklicherweise begann sein Gehirn zu arbeiten, sobald er die Robocop-Visage eines Highway-Troopers erblickte.

Schließlich war alles geklärt, und der Typ von der Californian Highway Patrol brauste in seinem Streifenwagen davon.

Stahl saß gedemütigt da. Wie lange hatte er geschlafen? 3 Uhr 40 bedeutete fast eine halbe Stunde.

Der Pazifik rauschte in seinem Kopf. Der Strandhimmel war voller Sterne; das Meer war aschgrau und mit goldenen Pünktchen getüpfelt.

Elf Fahrzeuge standen auf dem Parkplatz. Shulls Expedition war einer von ihnen.

Stahl stieg aus, ließ sich Salzluft um den Kopf wehen, streckte sich, verfluchte seine Dummheit, stieg wieder ins Auto und nahm seine Beobachtung wieder auf.

Um 4 Uhr 20 Uhr trat A. Gordon Shull aus einem Zimmer im Erdgeschoss. Allein, keine Blondine. Trug seine schwarze Lederjacke über der Schulter, rieb sich die Augen. Er stieg in den Expedition, verließ den Parkplatz und bog illegal nach links auf den Highway ab, wobei er eine gelbe Doppellinie überfuhr. Brauste zurück in die Stadt. Wo war die Highway Patrol, wenn man sie brauchte?

Schnelle Entscheidung: dem Mistkerl folgen oder die Blondine überprüfen?

Passte die Blondine in Shulls Muster? Eine Art Künstlertyp? Eine Möchtegern-Schauspielerin? Erfüllte das die Bedingungen? Oder war sie vielleicht eine Tänzerin? Mit diesen Beinen?

Shull hatte bereits eine Tänzerin umgebracht. Würde er sich wiederholen?

Die in Boston war eine Ballerina gewesen. Die hier sah mehr nach dem Typ aus, der auf dem Schoß eines Mannes tanzt. Kam es ihm vor allem auf die Abwechslung an?

Er geht mit ihr rein, kommt ohne sie wieder raus. Das konnte bedeuten, dass das Zimmer einen schönen Anblick bot.

Stahl fuhr über den Highway direkt auf den Parkplatz des Sea Arms. Parkte ganz am Ende, weil er die Stelle untersuchen wollte, wo der Expedition gestanden hatte.

Nur ein Ölfleck. Stahl ging zur Tür von Zimmer Fünf, klopfte an die meerblaue Tür, bekam keine Antwort, versuchte den Türknauf zu drehen. Abgeschlossen.

Ein lauteres Klopfen – ein Donnern in der Stille des frühen Morgens – löste immer noch keine Reaktion aus, und Stahl warf einen Blick auf das Büro des Verwalters. Lichter aus. Sollte er den Verwalter wecken und sich einen Schlüssel geben lassen, oder sollte er sich selbst der Tür annehmen? Das Schloss war ein mittelmäßiges Zylinderschloss, und sein Werkzeug war im Wagen. Er konnte ja sagen, die Tür wäre offen gewesen.

Er erwog seine Alternativen, sprach in der gestelzten Cop-Sprache mit sich, die man vor Gericht zur Rechtfertigung benutzte.

Ein des Serienmords Verdächtiger betrat das Zimmer mit einer Begleiterin und verblieb … eine Stunde und zweiundfünfzig Minuten an Ort und Stelle, bevor er allein herauskam. Ich versuchte zunächst, mir durch Klopfen Zugang zu verschaffen, und als ich nach einer angemessenen Zeitspanne keine Antwort erhielt, gewann ich den Eindruck, die Situation erfordere …

Die meerblaue Tür ging auf.

Die Blondine stand da in ihrem roten Top und ihrer zerrissenen, engen Jeans. Reißverschluss halb hochgezogen, die leiseste Andeutung eines Bäuchleins über einem pinkfarbenen Spitzenslip; mehrere platinblonde Schamhaare kräuselten sich über dem Gummiband.

Sie blinzelte, schwankte, schaute zu der Stelle, wo der Expedition gestanden hatte, sah dann Stahl an.

Mehrere Takte der anrollenden Brandung liebkosten den Morgen. Die Luft war kalt und feucht und roch nach Treibholz.

Stahl sagte: »Miss –«

Die Blondine trug kein Make-up, hatte verschlafene Augen, ihre Haare waren steif wie ein Vogelnest, wie eingesprayte Haare eben aussahen, wenn man darauf schlief.

Tränenspuren zogen Streifen über ihre perfekten Wangenknochen.

Das Gesicht war nicht so hart, wie Stahl gedacht hatte – gereinigt von Fettschminke sah sie jünger aus. Verletzlich.

»Wer zum Teufel sind Sie?«, wollte sie mit einer Stimme wissen, mit der man Rost aus einer Regenrinne hätte entfernen können.

So viel zur Verletzlichkeit.

Stahl zeigte ihr sein Abzeichen und drängte sich ins Zimmer.

Trotz der Strandlage war das Sea Arms nur ein weiteres heruntergekommenes Motel, und das Zimmer war lediglich eine weitere schäbige, tageweise gebuchte Zelle. Niedrige Decke, zerwühltes Doppelbett mit Massageautomat, auf Holz getrimmte Beistelltische aus Kunststoff und festgeschraubte Plastiklampen. Über einem kleinen, an der Wand befestigten Fernseher hing eine Tabelle mit Filmen, für die man stundenweise bezahlte und von denen mindestens die

Hälfte nicht jugendfrei war. Ein schlammbrauner Teppichboden war von Flecken verunziert, die nicht mehr zu entfernen waren.

Stahl entdeckte weiße Körnchen auf dem Nachttisch. Ein gefaltetes Stück steifes Papier – die Koksröhre. Ein zusammengeknülltes Kleenex war steif vom Rotz.

Kyra Montego wusste, dass Stahl die Rauschgiftutensilien gesehen hatte, doch sie tat so, als hätte sie nichts davon bemerkt.

»Ich verstehe nicht«, sagte sie, mit angespanntem Hintern auf der Bettkante hockend. Der Reißverschluss war jetzt ganz hochgezogen. Ihr BH hing über einem Stuhl, und ihre Brustwarzen drückten sich durch das rote Top.

Sie machte mit ihrem Haar herum und hatte wenig Erfolg damit, Ordnung in den wilden blonden Schopf zu bringen.

Stahl sagte: »Der Mann, mit dem Sie zusammen waren –«

»So war es nicht«, unterbrach ihn Montego.

Kyra Montego. Auf keinen Fall stand das auf ihrem Geburtsschein.

Stahl fragte nach ihrem Ausweis, und sie sagte: »Was gibt Ihnen das Recht dazu? Sie wollen damit sagen, dass ich eine Nutte bin oder so was, und das ist Quatsch – Sie haben kein Recht.«

»Ich muss Ihren richtigen Namen kennen, Ma'am.«

»Dazu brauchen Sie einen Gerichtsbeschluss!«

Alle sahen sie zu viel fern.

Stahl nahm ihre Handtasche von der Kommode, fand drei Joints in einer Plastiktüte und legte sie neben sie aufs Bett. Ein langes blondes Haar kräuselte sich auf einem zerdrückten Kopfkissen.

»Hey«, sagte sie.

Er nahm ihre Brieftasche heraus, fand ihren Führerschein.

Katherine Jean Magary, Adresse an der Van Nuys, eine Apartment-Nummer mit drei Ziffern, die verriet, dass es sich um einen großen Komplex handelte.

»Katherine Magary ist ein schöner Name«, sagte er.

»Finden Sie?«, erwiderte sie. »Mein Agent hat gesagt, er wäre zu unelegant.«

»Ein Filmagent?«

»Schön wär's. Ich bin Tänzerin – yeah, die Sorte, an die Sie denken, aber ich habe auch richtiges Theater gemacht, also ziehen Sie keine voreiligen Rückschlüsse auf meine Moral.«

»Ich halte ihn nicht für unelegant«, sagte Stahl.

Sie starrte ihn an, und ihre Augen wurden weicher – große, feuchte Iris, tiefbraun, fast schwarz. Irgendwie sah das okay aus zu dem hellblonden Haar.

»Glauben Sie wirklich?«

»Wirklich.« Stahl schob die Brieftasche wieder in die Handtasche zurück. Legte auch die Joints wieder zurück.

Magary/Montego bog ihren Rücken durch, schob ihre Haare nach hinten und sagte: »Sie sind cool.«

Er redete zwanzig Minuten mit ihr, aber nach fünf glaubte er ihr bereits.

Sie hatte Shull noch nie zuvor gesehen, hatte zu viel Wein getrunken (zwinker, zwinker), Shull hatte süß gewirkt. Maskulin. Lustig. Irgendwie klug. Aus seiner Kleidung hatte sie geschlossen, dass er Geld hatte.

»Seiner Kleidung?«, fragte Stahl.

»Seine Jacke war von Gucci.« Magary/Montego lächelte. »Ich hab einen Blick auf das Etikett werfen können.«

Stahl erwiderte das Lächeln auf eine Weise, der sie entnehmen konnte, dass das schlau gewesen war, und die sie weiterreden ließ.

Shull hatte ihr eine gute Geschichte erzählt, von wegen er

wäre Kunstprofessor und Landschaftsmaler, hätte Ausstellungen in der ganzen Welt gehabt und würde vertreten von Galerien in New York und Santa Fe.

»Landschaften.« Stahl erinnerte sich an die Beschreibung, die Sturgis von den Gemälden der Kipper-Frau gegeben hatte. Sturgis war ins Detail gegangen, mehr als nötig gewesen wäre. Ihm hatten die Bilder eindeutig gefallen.

»Das hat er gesagt.«

»Hat er den Namen der Galerie genannt?«

»Ähm … ich glaube nicht.« Katherine Magary – er hatte beschlossen, mit ihrem richtigen Namen an sie zu denken – leckte sich die Lippen, lächelte und legte eine Hand auf sein Knie. Er ließ sie dort liegen. Es hatte keinen Sinn, eine Zeugin vor den Kopf zu stoßen.

»War das alles Mist?«, fragte sie. »Was er mir erzählt hat?«

»Er ist keiner von den Guten«, erwiderte Stahl.

»O Mann.« Katherine seufzte, schlug sich mit der Faust gegen die blonden Fransen. »Ich muss damit aufhören – mich zu betrinken, mich mitnehmen zu lassen. Selbst wenn sie süß sind.«

»Es ist gefährlich«, sagte Stahl.

»Ich wette, was das angeht, wissen Sie Bescheid. Wo Sie doch ein Detective sind. Sie könnten mir tolle Geschichten erzählen.«

»Leider ja.«

»Yeah«, sagte Katherine. »Es muss faszinierend sein. Ihre Arbeit.«

Stahl antwortete nicht.

»War ich wirklich in Gefahr?«, fragte sie. »Mit ihm zusammen?«

»Ich würde nicht noch mal mit ihm ausgehen«, erwiderte Stahl.

»Mein Gott … es tut mir Leid.«

Sie entschuldigte sich bei *ihm*? Er sagte: »Wenn Sie allein leben, müssen Sie auf Ihre Sicherheit bedacht sein.«

»Ja, das tue ich … Ich bin gestresst. Hab eine Zeit lang nicht gearbeitet.«

»Das muss hart sein«, sagte Stahl.

»O Mann. Man lernt Tanzen, wenn man ein Kind ist; ich kann Ihnen sagen, es ist hart, es ist wirklich harte Arbeit. Ein Sportler würde für die Olympischen Spiele nicht härter trainieren. Und dann ist alles, was sie wollen … Sie wissen schon.«

Stahl nickte. Dreckige Vorhänge mit Brandflecken von Zigaretten blockierten das einzige Fenster des Motelzimmers. Durch das Glas und den Stoff konnte er das Rauschen der Brandung kaum noch wahrnehmen.

Er fragte: »Hat er Sie gut behandelt?«

Katherine Magary antwortete nicht. Stahl drehte sich zu ihr um. Sie wurde rot.

»War er komisch zu Ihnen, Katherine?«

»Nein. Das war das Problem. Er konnte nicht … Sie wissen schon … er machte einen auf Sexprotz, und dann konnte er nicht … also haben wir stattdessen – hat er … Ich will mich wirklich nicht selbst belasten.«

»Das tun Sie nicht«, erwiderte Stahl.

Sie blieb still.

Er sagte: »Er war impotent, also konzentrierte er sich darauf, sich den Schädel vollzudröhnen.«

»Wie ein Schwein. Er wollte, dass ich mitmache, aber das hab ich nicht. Ehrlich. In dem Moment wollte ich nur ein bisschen schlafen, aber ich war nervös. Weil er echt unruhig wurde, als er nicht konnte – rastlos, er ging auf und ab. Und das Kokain machte es nur noch schlimmer. Ich beruhigte ihn schließlich, indem ich ihn massierte. Das ist die andere Sache, die ich gut kann, ich bin eine staatlich geprüfte Masseuse – richtige Massage, nicht … Sie wissen schon was. Ich hab ihn richtig gut durchgewalkt, und er entspannte sich. Aber irgendwas an ihm – selbst als er schlief, war er verkrampft. Knirschte mit den Zähnen und hatte diesen wirklich … unangenehmen Ausdruck auf seinem Gesicht.«

Sie kniff die Augen zusammen, schob den Unterkiefer vor, verzog das Gesicht.

»Verkrampft«, sagte Stahl.

»Als ich ihn traf, war er gut gelaunt und locker. Wirklich lässig. Das hat mir an ihm gefallen. Ich hatte genug Stress in meinem Leben, wer will schon noch tiefer runtergezogen werden.« Sie zuckte mit den Achseln. »Ich dachte, er baut mich auf. Ich schätze, das war blöd.«

Stahls Oberschenkel war warm geworden, wo ihre Hand ruhte. Er tätschelte sacht ihre Finger. Nahm ihre Hand weg und stand auf.

»Wo wollen Sie hin?«, fragte sie.

Unruhe in ihrer Stimme. Stahl sagte: »Ich muss mich mal strecken.«

Er trat näher ans Bett, stand neben ihr.

»Als ich aufwachte«, sagte sie, »als Sie mich aufgeweckt haben, war ich völlig fertig, als mir klar wurde, dass er verschwunden war. Wie soll ich wieder zurück nach Hause kommen?«

»Ich nehme Sie mit«, erwiderte Stahl.

»Sie sind wirklich cool«, sagte sie. Streckte die Hand nach seinem Reißverschluss aus, zog ihn sehr langsam herunter.

»Nett«, sagte sie. »Ein netter Mann.«

Stahl ließ sie gewähren.

44

Ich legte die Fotokopien hin. »Es ist ziemlich offensichtlich.«

Es war 22 Uhr, und Milo war vorbeigekommen, um mir die Jahresberichte zu zeigen, die Elizabeth Martin Shulls Akte entnommen hatte. Als ich die Seiten überflog, sprangen mir aufgeblasene Absätze regelrecht entgegen. Sätze zusammengewürfelt wie Pendler in Tokio. Durcheinander, pompös, unelegant. Shull konnte einen Mord schlau und entschieden planen und ausführen, aber wenn er mit dem geschriebenen Wort konfrontiert wurde, verlor sein Verstand die Bodenhaftung.

Er hatte ein Seminar vorgeschlagen, das er entwickeln wollte. *»Die Kartographie von Dissonanz und Aufruhr: Kunst als paläo-bioenergetisches Paradox.«*

Ich griff in meinen Aktenkarton und fand, was ich suchte: die Kritik von Julie Kippers Ausstellung in *SeldomScene*, die »FS« verfasst hatte. Da waren die Worte: *paradox*, *kartographieren* und *Dissonanz*. Ich suchte weiter. Als FS sich Angelique Bernet aus *»la compagnie«* herausgepickt hatte, hatte er geschwärmt: *»Das ist TANZ in seiner paläo-instinktuo-bioenergetischen Form, so stimmig, so wirklich, so schamlos erotisch.«*

Ich zeigte es Milo. »Er recycelt. Begrenzte Kreativität. Das muss frustrierend sein.«

»Also ist er ein Schreiberling«, sagte er. »Warum konnte er dann nicht einfach für den Film schreiben, anstatt Leute umzubringen?« Murmelnd malte er rote Kreise um die sich entsprechenden Wendungen.

»Nachdem wir nun wissen, dass er es ist«, sagte ich, »gewinnt die Auswahl seiner Opfer eine neue Qualität für mich. Bis jetzt hatte ich rein psychologisch gedacht: Er schnappt sich Stars im Aufstieg, schluckt ihre Identität, bevor sie sich korrumpieren lassen.«

»Psychischer Kannibalismus«, sagte Milo. »Es fing gerade an mir zu gefallen. Und jetzt denkst du das nicht mehr?«

»Doch, schon. Aber ein anderer Faktor ist die Diskrepanz zwischen Shulls übersteigerter Selbsteinschätzung und seinen Errungenschaften. Der große Künstler, der in Musik und bildender Kunst versagt hat. Er hat bis jetzt keine Schriftsteller umgebracht, also hält er sich vermutlich nach wie vor für einen brauchbaren Autor.«

»Der Roman, von dem er spricht.«

»Vielleicht liegt ein Manuskript in einer Schublade«, sagte ich. »Das Entscheidende ist, dass Shull höchstwahrscheinlich von Bitterkeit und pathologischer Eifersucht geprägt ist, aber das ist dennoch nur ein Teil. Ich glaube, er denkt praktisch: Wenn man jemanden umbringt, der wirklich berühmt ist, löst man eine ungeheure Publicity und eine beharrliche Fahndung aus. Eine derart grandiose Sache durchzuziehen wäre eine Versuchung für Shull, aber er ist zu diesem Zeitpunkt schlau genug, sich von dem Risiko abschrecken zu lassen. Also senkt er seine Ansprüche, sucht sich Leute wie Baby Boy, Julie Kipper und Vassily Levitch als Opfer, die noch nicht richtig berühmt sind. Ihre Geschichten schaffen es nicht auf die Titelseite.«

»Willst du damit sagen, dass er sich am Ende prominente Opfer aussuchen wird?«

»Wenn er weiter Erfolg hat. Mord ist die einzige Sache, in der er je gut war.«

»Du hast Recht. Bei einem berühmten Opfer hätte ich schon längst einen Gerichtsbeschluss erwirkt.«

»Immer noch kein Glück?«

»Ich hab's bei den drei gnädigsten Richtern versucht, die ich kenne. Bin zum Bezirksstaatsanwalt gegangen und hab ihn um Unterstützung gebeten – keine Chance. Alle sagen das Gleiche: Im Ganzen leuchtet es ein, aber mit der Begründung hapert's.«

»Was wollen sie denn?«

»Wenn es keine Augenzeugen gibt, dann Körperflüssigkeiten, irgendwas Physisches. Detective Stahl hat vielleicht die Dinge etwas vorangetrieben. Heute Nacht hat er beobachtet, wie Shull eine junge Frau in einer Bar am Sunset aufgegabelt, sie mit in ein Motel in Malibu genommen und sein Zimmer ohne sie wieder verlassen hat. Stahl befürchtete das Schlimmste und hat die Verfolgung aufgegeben, um das Zimmer zu überprüfen; es stellte sich dann jedoch raus, dass Shull nur früher gegangen war. Aber während der gute Eric mit der Frau sprach, erklärte sie sich einverstanden, dass er sich dort umsah. Sie war der Motelgast, also macht ihre Einwilligung die Durchsuchung hieb- und stichfest. Mitgenommen hat er eine Koksröhre aus Pappe, ein Papiertuch mit Rotz und vermutlich Blutflecken, ein Wasserglas, das Shull der Frau zufolge benutzt hat, und das Bettlaken. Wenn irgendwas davon zu den kleinen roten Haaren in Armand Mehrabians Bart passt, sind wir im Geschäft.«

»Wann wirst du Bescheid wissen?«

»Wir machen es zu einer Eilsache, aber es wird trotzdem Tage dauern. Dennoch, es ist ein Fortschritt.«

»Gut für Stahl.«

»Ein seltsamer Typ«, sagte Milo. »Aber vielleicht unser Held.«

»Apropos Mehrabians Bart«, sagte ich, »du hast es so formuliert, als sei ihm der Mörder ins Gesicht gesprungen. Ich frage mich, ob Shull Mehrabian vielleicht geküsst hat.«

»Der Todeskuss?«

»Das Bild könnte Shull gereizt haben – indem er sich als Mafioso oder als Todesengel sah. Die sexuelle Zweideutigkeit kann vielleicht auch eine Rolle spielen. Das würde zu seinem Verhältnis zu Kevin passen.«

»Glaubst du, Kevin ist am Leben?«

»Ich würde nicht darauf wetten«, erwiderte ich. »Ob er nun Shulls Komplize war oder nicht, sobald ich anfing nach ihm zu fragen, muss Shull ihn als Belastung angesehen haben.«

»Petra sagte, niemand kann bestätigen, die beiden zusammen gesehen zu haben. Woran sie auch immer zusammengearbeitet haben, es war jedenfalls vertraulich.«

»Einer Sache bin ich mir ziemlich sicher: Shull hat Kevins Magazin finanziert und sich so eine Publikationsmöglichkeit für seine Artikel verschafft. Zehn zu eins, dass er seit Jahren versucht, in richtigen Zeitschriften gedruckt zu werden, und sich die Absagen bei ihm stapeln.«

»Kevin war sein Privatverlag«, sagte er.

»Shull hat Kevin als Strohmann benutzt, weil er jung, auf Draht und leicht zu beeindrucken war, und wenn irgendwas mit *GrooveRat* schief ging – was ja auch passierte –, blieb Shull die öffentliche Demütigung erspart. Direkt nach Baby Boys Ermordung hat Kevin Petra angerufen und versucht, an die blutigen Details ranzukommen. Entweder hat Shull ihn damit beauftragt – auf der Suche nach psychischen Souvenirs –, oder Kevin schöpfte Verdacht, was seinen Lehrer anging, und wollte sich Gewissheit verschaffen. In beiden Fällen wäre er in Schwierigkeiten.«

Milo runzelte die Stirn.

»Was kommt als Nächstes?«, fragte ich.

»Weiter im Text. Heute ist der zweite Tag von Shulls Überwachung. Stahl hat vor einer Stunde angerufen, und Shull hat bisher nichts anderes getan, als ein paar Stunden auf dem Campus zu verbringen, ein paar Besorgungen zu machen und nach Hause zu fahren. Noch ist er da, aber

Stahl nimmt an, dass er wahrscheinlich bald aufbricht. Seine nächtlichen Streifzüge beginnt er normalerweise um diese Zeit.«

»Wo ist sein Revier?«

»Die ganze Stadt. Clubs, Bars, Restaurants. Er fährt viel durch die Gegend, ist dauernd unterwegs – was passt, diese Typen sind immer viel auf Achse. Heute Abend hat Stahl sich für alle Fälle einen anderen Wagen besorgt, einen Geländewagen von einem Autoverleih. Petra hat nichts anderes mehr zu tun, also schließt sie sich ihm vielleicht an. Eine Überwachung durch zwei Personen ist immer effektiver. Ich habe Shulls Foto den Leuten von der Galerie und Szabo und Loh gezeigt. Niemand hat ihn wiedererkannt, aber warum sollten sie auch? Er trägt die Uniform, schwarz auf schwarz, der klassische L. A.-Typ. Sein Name taucht auch nicht auf Szabos Gästeliste auf.«

»Was für eine Art Frau hat Shull denn aufgegabelt?«, fragte ich.

»Das hat Stahl nicht gesagt. Die Hauptsache ist, er hat sie nicht umgebracht. Stahl beschreibt Shulls generelles Verhalten während seines Streifzugs als entspannt. Er ist sicher, Shull hat keine Ahnung, dass wir hinter ihm her sind. Also macht er vielleicht einen Fehler, geht tatsächlich auf jemanden los.«

»Auf frischer Tat ertappt«, sagte ich.

»Ja, ja«, erwiderte er. »Ein Junge darf doch träumen.«

Am nächsten Morgen rief Milo an und sagte: »Langweilige Nacht. Shull ist einfach herumgefahren. Hoch in die Berge, dann raus an den Strand bis ins Ventura County. An der Las Posas ist er auf den Highway 101 nach Norden abgebogen, weitere zehn Meilen gefahren, hat an einem die ganze Nacht geöffneten Restaurant in Tarzana angehalten – er mag billige Esslokale, bildet sich wahrscheinlich ein, er mischt sich unters gemeine Volk. Dann ist er allein nach Hause gefahren und ins Bett gegangen.«

»Rastlos«, sagte ich. »Die Spannung könnte sich allmählich aufbauen.«

»Nun ja«, erwiderte Milo, »sehen wir mal, ob er explodiert.«

Als ich gerade aus dem Haus wollte, um joggen zu gehen, rief Allison an, um Bescheid zu sagen, dass sie noch drei Patienten an ihren Tagesplan dranhängen müsste und nicht vor 21 Uhr 30 fertig wäre.

»Krisen?«, fragte ich.

»Eine Krise kommt selten allein. Bist du bereit, unsere Verabredung zum Abendessen auf später zu verschieben?«

Wir hatten einen Tisch für 20 Uhr im Hotel Bel Air reserviert. Wundervolles Essen, perfekte Bedienung, und wenn das Wetter mitspielte, was in L.A. oft der Fall war, konnte man abends draußen essen und Schwäne über Teiche gleiten sehen. Vor einigen Jahren hatte ich Bette Davis über die Terrasse schweben sehen. An jenem Abend war ich mit Robin dort gewesen. Sie und ich gingen immer zu besonderen Anlässen ins Bel Air. Ich dachte, die Tatsache, dass ich bereit war, mit Allison dort hinzugehen, sei ein gutes Zeichen.

»Wie wär's mit zehn?«, fragte ich. »Hast du dann noch genug Energie?«

»Falls nicht, täusche ich sie vor«, sagte sie.

Ich lachte. »Bist du sicher? Wir können auch ein andermal hingehen.«

»›Ein andermal‹ ist kein Konzept, das ich bewundere«, erwiderte sie. »Tut mir Leid, dass wir es meinetwegen verschieben mussten.«

»Eine Krise ist eine Krise.«

»Endlich«, sagte sie. »Jemand, der es kapiert.«

45

Die dritte Nacht der Überwachung, und Petra hatte eine Position auf der Straße unterhalb von A. Gordon Shulls Haus bezogen. Nicht annähernd so nahe wie Stahl, weil weniger Wagen auf der Straße geparkt waren und sie einen unauffälligen Platz finden musste. Aber sie hatte trotzdem einen guten, unverstellten Blick auf das Tor.

Stahl hatte vorgeschlagen, dass sie die Position am Berg einnahm, während er in dem gemieteten Geländewagen unten in der City blieb. So ziemlich das Einzige, was er gestern zu ihr gesagt hatte. Er schien distanzierter zu sein denn je, wenn das möglich war.

Er stand in einem Bronco unten auf der Franklin. Ein nettes, glänzendes schwarzes Gerät, das Petra auf dem Parkplatz des Reviers bewundert hatte.

»Hübsch, Eric.«

Stahls Reaktion hatte darin bestanden, einen ölverschmierten Lappen hervorzuholen, sich zu bücken, das Tuch über den schmutzigen Asphalt zu reiben und dann Türbleche, Kotflügel und Fenster des Bronco systematisch zu verschmutzen. Bald sah der arme Wagen so aus, als wäre er den ganzen Tag von Arizona hierher gefahren worden.

»Schoelkopf muss gut gelaunt gewesen sein«, sagte Petra. »Diese coole Karre zu genehmigen.«

Stahl nahm eine weitere Ladung Parkplatzdreck mit seinem Lappen auf und fuhr fort, den Bronco zu verunstalten. »Ich hab ihn nicht gefragt.«

»Sie haben dafür mit Ihrem Geld bezahlt?«

»Ja.«

»Sie könnten das Geld immer noch erstattet bekommen«, erklärte sie. »Wenn Sie den Beleg bald einreichen.«

Stahl tat etwas mit seinem Kopf, das ein Nicken hätte sein können. Wenn man nach einem Nicken Ausschau hielt. Er öffnete die Fahrertür des Bronco und murmelte: »Sagen Sie mir Bescheid, wenn Sie bereit sind.« Stieg ein. Fuhr los.

Sie nahmen jede Stunde Kontakt zueinander auf, indem sie eine taktische Frequenz auf dem Funkgerät benutzten.

Bislang heute Abend vier Meldungen, alle mit demselben Text:

»Nichts.«

»Okay.«

Es war Viertel vor elf, und Shull, den sie zu Hause vermuteten, war nicht aufgetaucht.

Blieb er drinnen wie in der vergangenen Nacht?

Das war deprimierend gewesen. Dasitzen, warten, gegen das Einschlafen ankämpfen. Die niederschmetternde Langeweile, die Petra verabscheute. Wenigstens war Shull nicht draußen, um jemanden umzubringen.

Dann ließ sie ein böses Grinsen aufblitzen. Zu dumm, dass Shull nicht draußen war, um jemanden zu töten. Dieser Fall war von Anfang an voller Fehlstarts und Sackgassen und ergebnisloser Lauferei gewesen, und der Herr möge ihr vergeben, sie sehnte sich nach etwas *Action*, war bereit, die öffentliche Sicherheit für einen kleinen Adrenalinstoß einzutauschen.

Was ist ein kleiner Mordversuch unter Freunden?

Eine Stimme in ihrem Kopf sagte: *Unartiges Mädchen*.

Sie sagte: »Steck's dir sonst wohin«, nur um den Klang ihrer Stimme zu hören.

Um 23 Uhr hatte sie einen weiteren Zwei-Worte-Dialog mit Eric dem Toten. Lehnte sich zurück und starrte in den schwarzen Himmel über dem Tor.

Sie hatte lange vor Beginn der Überwachung auf Flüssigkeit verzichtet, aber mittlerweile hatte sie Blasenkrämpfe.

Ein Mädchen hatte es nicht leicht.

Nicht dass sie sich je beklagen würde.

Sie erwog ihre harnorganischen Alternativen, als Shulls Tor aufging und Scheinwerfer hinaus in die Nacht starrten. Der BMW oder der Expedition?

Sie duckte sich in ihren Sitz, als der Wagen vorbeifuhr.

Weder noch. Ein Cadillac – dunkelgrau, glänzend.

Trotz ihrer Überraschung war sie in der Lage, sich das Kennzeichen zu merken. Flüsterte die Nummer vor sich hin, um sie sich einzuprägen.

Stahl hatte gesagt, nur zwei Wagen wären auf Shull registriert. Interessant. Sie ging wieder auf die taktische Frequenz und sagte Stahl, wonach er Ausschau halten sollte. Er würde jetzt bei der Beschattung die vordere Position einnehmen, weil sie die Nummer eingeben wollte.

Bald hatte sie die Daten: ein fünf Jahre alter Sedan De Ville, zugelassen auf William F. Trueblood, Adresse in Pasadena.

Shulls reicher Stiefvater.

Sie gab Truebloods Namen in das System ein, bekam zwei weitere Treffer von der Zulassungsstelle: ein ein Jahr alter Eldorado und ein Jaguar von 1952.

Stiefpapa bekommt einen neuen Caddy und schenkt den alten Junior. William F. Trueblood hatte sich nicht die Mühe gemacht, den Wagen umschreiben zu lassen. Was hieß, dass er wahrscheinlich noch die Kfz-Steuer und die Versicherung zahlte.

Hübsches Geschenk für Gordie, umsonst und unbelastet.

Der Cadillac bot Shull die Möglichkeit, einen völlig legalen, nicht auf ihn registrierten fahrbaren Untersatz zu benutzen.

Verwöhnter Bengel.

Petra ließ den Honda an, wendete und fuhr hinunter in die City. Die erste saubere, sichere Toilette, die sie entdeckte, war in einer Art französischem Café an der Franklin, sieben Querstraßen westlich der Beachwood. Sie ließ ihren Wagen bei dem Parkhelfer, gab ihm ein Trinkgeld und wies ihn an, den Wagen dort stehen zu lassen. Das Restaurant hatte eine Bar und ein paar Tische, war gerammelt voll und laut, und es roch nach Ratatouille und Meeresfrüchten. Sie bahnte sich ihren Weg durch ein Gedrängel lachender und flirtender hübscher Menschen, schnappte Fetzen abgestandenen Anmachedialogs auf und musste gegen ihren Willen lächeln. Dann ärgerte sie sich darüber, dass manche Leute ein Privatleben hatten und sie nicht.

Auf dem Weg zur Damentoilette kniff ihr jemand in den Hintern. Normalerweise hätte sie das geregelt. Heute Nacht war ihr die Aufmerksamkeit willkommen.

Als sie wieder in ihrem Wagen saß und sich über Funk meldete, rechnete sie damit, dass Stahl und Shull meilenweit entfernt wären. Aber Stahl sagte: »Ich bin auf der Fountain Avenue, Nähe Vermont.«

»Hat er irgendwo angehalten?«

»Er ist direkt zur Fountain und sie dreimal rauf und runter gefahren. Am Snake Pit vorbei.«

»Sucht den Tatort wieder auf«, sagte sie. »Erinnerungstrophäe. Ist er in die Gasse gegangen, wo er Baby Boy umgebracht hat?«

»Noch nicht«, erwiderte Stahl. »Er fährt nur vorbei, wendet, fährt zurück und wieder dran vorbei. Die Straße ist tot, ich kann nicht so nahe heran.«

»Wo sind Sie?«

Stahl gab seine genaue Position durch.

»Ich komme aus westlicher Richtung«, erklärte Petra, »und fahre mit normaler Geschwindigkeit durch. Wenn er wegfährt, bevor ich dort bin, sagen Sie Bescheid.«

Sie fuhr zur Western und bog nach links auf die Fountain. Die Straße war leer, dunkel, unheimlich. Als sie drei Querstraßen vor dem Snake Pit war, meldete sich Stahl. »Er ist fertig. Kommt in Ihre Richtung.«

Petra erblickte zwei Paar Scheinwerfer. Nicht Stahl, er würde sich keinesfalls so offensichtlich dranhängen. Sie behielt ihre Geschwindigkeit bei, als ihre Windschutzscheibe heller wurde.

Ein Pick-up, dann der Cadillac.

Im Rückspiegel beobachtete sie, wie Shull zur Western weiterfuhr, an einer Kreuzung Gelb erwischte und Gas gab.

Wenige Augenblicke später flog der gemietete Bronco an ihr vorbei.

Petra wendete und folgte in sicherem Abstand.

Als sie den Cadillac wiederfanden, fuhr er auf dem Wilton nach Süden. Mäßiger Verkehr machte ihnen das Leben leichter, und sie wechselten mehrfach die Positionen: Zuerst lag der Bronco drei oder vier Wagen zurück, dann wurde Stahl langsamer, und Petras Accord nahm seine Stelle ein.

Wir tanzen, dachte sie. Intimer wollte sie mit Stahl gar nicht werden.

Shull fuhr zum Wilshire, bog nach rechts ab und setzte seine Fahrt nach Westen fort. Behielt eine ziemlich konstante Geschwindigkeit bei, ohne das Tempolimit wesentlich zu überschreiten.

Fahren zur Erholung.

Als Petra die vordere Position innehatte, kam sie nahe genug an den Cadillac heran, um festzustellen, dass seine Fensterscheiben fast schwarz getönt waren. Sie konnte sich nicht vorstellen, dass ein alter Mann aus Pasadena so etwas machen ließ. Shull hatte den Wagen auf seine Bedürfnisse zugeschnitten.

Der Sedan De Ville fuhr durch Beverly Hills und hielt sich an der Kreuzung Wilshire und Santa Monica rechts. Shull blieb zuerst auf dem Wilshire und nahm dann den San Vicente nach Norden, hielt sich dicht an der westlichen Grenze des Grundstücks der Veterans Administration. An dem mit weißen Kreuzen und Davidsternen übersäten Friedhof vorbei. Dann: der Brentwood-Dschungel aus Boutiquen, Bars und Cafés.

Shull bog noch einmal nach Norden auf den Bundy und dann nach links auf den Sunset ab. Jetzt gab es zu wenige Wagen als Tarnung. Stahl war vorne, und er ließ sich Zeit, bevor er hinterher fuhr. Brauchte so lange, dass Petra sicher war, sie hätten ihn aus den Augen verloren.

Sie meldete sich über Funk. »Wissen Sie, wo er ist?«

»Nee.«

Großartig.

»Aber ich kann raten«, sagte Stahl.

Er fuhr eine Zeit lang geradeaus vor ihr her, bog dann rechts ab.

Auf die Bristol. Der Schauplatz des Levitch-Mordes.

Petra befuhr die feudale Straße ganz langsam. Suchte nach dem Bronco und fand ihn einen halben Block weiter vorn mit ausgeschaltetem Licht. Sie machte ihre Scheinwerfer aus, rollte noch ein paar Meter und hielt am Bordstein.

»Ich weiß nicht, ob er hier ist«, sagte Stahl.

Und jetzt, warten wir einfach? Petra hielt den Mund. Sah

sich um, bewunderte die Villen, die hohen Himalaja-Zedern, die grasbewachsenen, baumbestandenen Kreisverkehre, die den Verkehr langsamer machten und der Umgebung Charakter verliehen. Die perfekte vorstädtische Oberschicht-Szenerie. Wenn man ein siebenstelliges Einkommen hatte.

Lichter schimmerten in einigen der großen Häuser. Sie erhaschte Blicke auf Kristallkronleuchter, farbenfrohe Gemälde, Deckenfriese. Draußen: Herden eleganter Wagen aalten sich auf geräumigen Zufahrten.

Dann: Lichter in einiger Entfernung. Bewegten sich, wurden größer. Vielleicht zwei Querstraßen entfernt. Könnte jeder sein.

Es war Shull. Kam in ihre Richtung, wartete an dem Kreisverkehr. Beschrieb einen ganz langsamen Bogen und fuhr zurück nach Norden.

Zurück und vor, zurück und vor. Zog sich die Schauplätze seiner Verbrechen rein. Das hatte einen sexuellen Charakter, und sie fragte sich, ob der Idiot an sich herumspielte.

»Sollen wir näher ran?«, sagte Petra. Verärgert über sich, weil sie Stahl gefragt hatte. Sie war die Dienstältere.

Aber Stahl war derjenige, der Shulls Absichten richtig entschlüsselt hatte.

»Es ist ein Risiko«, sagte er.

»Trotzdem werde ich nachsehen, wenn er nicht innerhalb von fünf Minuten zurückkommt.«

»Okay.«

Vier Minuten später erschien der Cadillac erneut, ließ den Kreisverkehr hinter sich, fuhr weiter zum Sunset und bog schnell nach rechts ab.

Stahl schaltete seine Scheinwerfer ein. Sie folgte ihm, und beide wurden sie schneller und erblickten den Cadillac, als er nach Palisades hineinfuhr.

Zurück zum Strand? Shull hatte eine junge Frau zu einem Motel in Malibu mitgenommen, aber soweit sie wussten, hatte er nie zuvor jemanden dort umgebracht.

Soweit sie wussten.

Am Pacific Coast Highway änderte Shull erneut die Richtung, bog nach links ab – nach Süden –, weg von Malibu und auf die Lichter der Santa Monica Pier zu.

Zick und zack, hoch und runter.

Sie folgten ihm zur Ocean Avenue. Als Shull zur Colorado kam, fuhr er nach Osten – weg von dem Betrieb auf der Promenade – bis zum Lincoln Boulevard, wo er wieder nach Süden fuhr.

Zum Flughafen. Die Route, die er genommen hatte, als er Kevin Drummonds Wagen losgeworden war.

Falls er Kevin auch losgeworden war, würde ihnen diese Fahrt vielleicht verraten, wo.

An der Rose überraschte Shull sie wieder. Bog erneut zum Pazifik ab und fuhr immer weiter bis zum Venice Walkway, wo er rechts an den Straßenrand fuhr, aber nicht parkte.

Ließ den Motor laufen. Lichter eingeschaltet.

Sie ließ sich zurückfallen, behielt ihren Abstand bei. Stahl schaltete das Standlicht ein und näherte sich dem Cadillac bis auf eine Querstraße.

Der Caddy machte ein umständliches Wendemanöver und brauste auf sie zu. Bis sie ihre Position wieder eingenommen hatten, waren alle drei Wagen erneut auf dem Lincoln.

Für diesen Kerl war Fahren eindeutig etwas anderes, als von einem Ort zum anderen zu kommen.

Shull fuhr an der Marina und dem Playa del Rey vorbei, nicht weit von der Stelle, wo er Armand Mehrabian abgeladen hatte, und dann in das trostlose industrielle Ödland in den Außenbezirken von El Segundo.

Großartiger Abladeplatz, und die Abgeschiedenheit erschwerte die Beschattung erheblich. Beide Detectives hatten vor einer halben Meile ihre Lichter ausgeschaltet.

Shull wurde langsamer, als er an leeren Feldern, Bohrtürmen und Marschland vorbeiglitt.

Kevins letzte Ruhestätte? Nein, hier war Shull wieder, legte an Tempo zu. Setzte seine Fahrt noch eine Meile fort, raste dann nach Osten zur Sepulveda. Erneut nach rechts.

Er fuhr schnell nach Inglewood hinein. Eindeutig LAX.

Aber als wolle er Petras Theorien eine lange Nase drehen, wurde Shull drei Querstraßen vor dem Flughafen langsamer und lenkte den Caddy plötzlich in eine Seitenstraße.

Von hier war es nur ein kurzer Spaziergang zu der Stelle, wo Kevin Drummonds Wagen gefunden worden war.

Der Caddy passierte noch vier weitere Häuserblocks, bevor er rechts ranfuhr. Auf beiden Seiten der Straße lagen Lagerhäuser und kleine Fabriken. Schlecht beleuchtet. Und Petra wusste, was noch hier war.

Ein Straßenstrich.

Sie blieb dreißig Meter hinter Stahl stehen. Er meldete sich: »Ich beobachte ihn durchs Fernglas. Er ist jetzt ausgestiegen … geht ein Stück. Redet mit einer Frau.«

»Wie sieht sie aus?«, fragte Petra, die sich daran erinnerte, was Schlesinger und Small über einen ungelösten Prostituiertenmord in dieser Gegend gesagt hatten, den sie bearbeiteten.

»Sie trägt Hotpants«, erwiderte Stahl.

»Ich komme näher ran«, sagte sie.

A. Gordon Shull redete mit der Prostituierten – eine pummelige Frau, die Hotpants waren rot, und ihr Top ebenfalls. Es wurde nur geredet; er stieg wieder in den Cadillac.

Petra meldete sich bei Stahl: »Ich bleibe hier und rede mit ihr. Sie machen weiter.«

46

Als ich um 21 Uhr aufbrach, um Allison in ihrer Praxis abzuholen, klingelte das Telefon. Ich beschloss, den Anrufbeantworter rangehen zu lassen, aber während ich fuhr, piepste mein Mobiltelefon.

Milo sagte: »Ich bin auf dem Weg nach Pasadena, weil ich einen Panikanruf von Kippers Freundin Stephanie Cranner bekommen habe. Kipper hat sie verprügelt und dann ein paar Pillen geschluckt. Ich hab den Notruf an die Kollegen in Pasadena weitergegeben, aber ich will selbst dorthin fahren. Sie schien ein nettes Mädchen zu sein ... Da wären wir, gut, prima, kein Stau auf dem Freeway. Hier kommt das Neueste in der Hauptsache: Meine Baby-Detectives haben es geschafft. Ich habe sie jeden einzelnen Namen auf der Gästeliste für das Levitch-Konzert überprüfen lassen, sie sollten jeden anrufen und fragen, ob er tatsächlich da war. Es hat sich herausgestellt, dass ein Ehepaar – alte Leute aus San Gabriel – nicht kommen konnte und die Karten weitergegeben hat. Und stell dir vor, sie sind im Vorstand des Charter College und Freunde von Mr. und Mrs. William Trueblood.«

»Shull hat die Karten bekommen. Wen hat er mitgenommen?«

»Niemanden, nur eine Karte wurde benutzt. Es ist kein eindeutiger Beweis, dass Shull wirklich dort war; er könnte jederzeit behaupten, dass er die Karte ebenfalls weitergegeben hat. Aber es war genug – zusammen mit meiner Zusicherung, dass wir höchstwahrscheinlich eine DNS-Entsprechung zu den Haaren an Mehrabian bekommen –, um Richter Foreman zu bewegen, dass er mir einen eingeschränkten Durchsuchungsbefehl für Shulls Haus zugesteht. Wenn ich in Pasadena fertig bin, fahre ich raus zu Foremans Haus. Danach fallen wir gemeinsam bei Faithful Scrivener ein. Foreman wohnt draußen in Porter Ranch, daher rechne ich mit mindestens drei, vier Stunden, bis ich alles zusammenhabe.«

»Wo ist Shull jetzt?«

»Als ich zum letzten Mal mit Petra sprach, war er noch zu Hause, aber das ist vor Stunden gewesen. Geplant ist eine Überraschung mitten in der Nacht, sagen wir um 2 Uhr früh. Falls er auf einem seiner Streifzüge ist, beschatten Stahl und Petra ihn, und wir gehen ins Haus. Falls er zu Hause ist, feiern wir alle zusammen.«

»Worauf ist der Durchsuchungsbeschluss begrenzt?«

»Ich habe die Erlaubnis beantragt, alle schriftlichen Unterlagen und das persönliche Eigentum der Mordopfer, tiefe E-Saiten und Waffen zu konfiszieren. Ich rufe dich an, weil ich fragen wollte, ob du noch irgendwelche anderen Vorschläge hast, bevor ich den Antrag vervollständige.«

»Ton- und Videobänder«, erwiderte ich. »Skizzenblöcke, Zeichnungen, Gemälde. Alle Ausdrucksmittel, in denen Shull sich möglicherweise verwirklicht.«

»Willst du sagen, er erschafft die Morde von neuem?«

»Das ist nicht unwahrscheinlich.«

»Okay«, sagte er. »Vielen Dank ... das ist gut, ich bin mehr als bereit. Es wird Zeit, dass er eine schlechte Kritik bekommt.«

Als ich mich der Montana Street näherte, piepste das Handy erneut. Diesmal ignorierte ich es.

Ich dachte daran, was für ein schöner Abend es war. Fragte mich, was Allison tragen würde.

47

Das Geschäft lief schleppend; ein paar vorbeirollende Spanner, keine ernsthaften Interessenten, und einige der Frauen lungerten im Schatten herum und rauchten.

Petra ließ ihren Accord zwei Querstraßen entfernt stehen und ging zu Fuß weiter, fand einen günstigen Aussichtspunkt neben einigen Mülltonnen vor einem Spielzeuglager und sah eine Zeit lang zu. Die Luft stank nach Vinyl und Treibstoff. Immer wieder donnerten Jumbojets über ihr dahin, attackierten den Himmel.

Sie nahm ihre Neunmillimeter aus der Handtasche und steckte sie in das leichte Maschenholster an ihrer Hüfte, wo sie von dem weiten schwarzen Jackett verdeckt wurde. Richard Tyler, heruntergesetzt, ein richtiges Schnäppchen. Viel zu scharf für diese Gelegenheit, aber so, wie ihr Leben in letzter Zeit ablief, war ein bisschen Couture ihre einzige Verbindung zur Zivilisation.

Was würde Tyler denken, wenn er seine Klamotten auf dem Straßenstrich sehen würde?

Sie beschloss, ihren Zug zu machen, ging auf die Nutten zu, um Nonchalance bemüht, aber mit einem Kloß Besorgnis im Magen. Als sie an den ersten beiden Frauen vorbeikam, beide schwarz, ließen sie ihre Zigaretten sinken und starrten sie an. Eine sagte: »Hey, Schwester, kaust du gern?«

Kichern.

»Weil, ich bin zu allem bereit.«

Petra blieb nicht stehen. Eine der Frauen rief: »Du denkst

hoffentlich nich mal dran, dich hier häuslich niederzulassen, Dünnbein, weil das hier nämlich ein Privatgrundstück is' und deine Klamotten nach Beverly Hills gehören.«

Mehr Gelächter, aber mit einem scharfen Beiklang.

Jemand mit einer hohen, nasalen Stimme sagte: »Privat*mund*stück.«

Empfängliches Publikum für die Komikerin. Petra sah sich nach ihr um. Ein breites Grinsen verriet, dass es sich um ihr Opfer handelte: die stämmige weiße Brünette in dem roten Vinyl-Ensemble.

Sie lächelte Petra an. Petra erwiderte das Lächeln, und die Frau schob die Hüfte vor. Die Hotpants waren eng, eine rubinrote Wurstpelle für schlaffes blasses Fleisch. Das Gesicht der Frau war breit, derb und schien mehr als mittleren Alters zu sein, obwohl Petra sie auf Ende zwanzig schätzte.

»Hey«, sagte sie.

Die Vinylrote fragte: »Was kann ich für Sie tun?«

Petra lächelte erneut, und die Frau ballte die Fäuste. »Was gibt's da zu grinsen?«

Petra trat näher und ließ ihr Abzeichen sehen.

Die Frau sagte: »Und?«

»Ich möchte mit Ihnen sprechen.«

»Sprechen kostet stundenweise.«

»Hier oder in meinem Büro«, sagte Petra. »Sie können es sich aussuchen.«

»Wes*wegen?*«

»Wegen Ihrer Sicherheit.« Petra vergewisserte sich, dass keine der anderen Nutten näher gekommen war, und behielt die Brünette im Auge, während sie ihre Karte und eine Taschenlampe hervorzog und den Lichtstrahl auf das Kleingedruckte richtete.

Die Prostituierte drehte den Kopf weg, weigerte sich zu lesen.

Petra sagte: »Sehen Sie es sich an.«

Schließlich fügte sich die Vinylrote, bewegte langsam die Lippen. *Mor–mord–dezernat.*

»Ist jemand ermordet worden?«

Die anschließende Stille wurde von einem Jet zerrissen. Dann: Stakkato-Geklapper, als die anderen Nutten herbeigeeilt kamen. Sie umringten Petra, aber sie fühlte sich sicher – die Frauen hatten Angst.

»Was is los?«, fragte eine.

»Der Kerl, der gerade hier war«, sagte Petra, »in dem grauen Cadillac.«

»Ach, der«, sagte die Vinylrote.

»Sie kennen ihn?«

»Ist der schlimm? Zu mir war er nie schlimm.«

»Ich hab ihn nie gemocht«, sagte eine der Schwarzen.

»Er kommt nicht zu *dir*«, sagte die Vinylrote und wackelte mit den Brüsten. Nuttenstolz, aber forciert.

Petra fragte: »Worauf steht er?«

»Was hat er getan?«, wollte die Vinylrote wissen.

Petra lächelte.

Die Vinylrote sagte: »Das sollten Sie nicht tun.«

»Was meinen Sie?«, fragte Petra.

»So lächeln. Das ist unheimlich.«

Sie zog die Frau beiseite, schrieb sich dann den zweifellos falschen Namen auf, der auf einen mit eindrucksvollem Staatssiegel versehenen, gefälschten kalifornischen Ausweis gedruckt war.

Alexis Gallant. Angebliche Adresse in Westchester.

Gallant konnte – oder wollte – ihr nur erzählen, dass A. Gordon Shull ein relativ regelmäßiger Freier mit alltäglichem Sexualgeschmack war. Ein- bis dreimal im Monat, oraler Sex, keine abartigen Wünsche, keine Komplikationen.

»Er braucht ein bisschen lang, aber was soll's. Wenn alle so wären wie der, wäre mein Leben einfach.«

Petra schüttelte den Kopf.

»Was?«, protestierte Gallant. »Sie erzählen mir gar nix, und ich weiß eben, dass er gern einen geblasen bekommt.«

»Was ist mit der Frau, die hier in der Nähe vor einiger Zeit ermordet wurde?«

»Shaneen? Das war eine Zuhältersache.«

»Meine Kollegen sagen, sie und ihr Zuhälter wären miteinander ausgekommen.«

»Ihre Kollegen haben nicht alle Tassen im Schrank. Und das ist alles, was ich dazu sage.«

»Wie Sie wollen, Alexis. Aber Mr. Caddy bedeutet Ärger.«

»Das sagen Sie.«

»Warum sind Sie so stur, Alexis?«

Die Frau murmelte etwas.

»Wie bitte?«

»Es ist nicht leicht, seinen Lebensunterhalt zu verdienen.«

»Was Sie nicht sagen«, erwiderte Petra.

48

Stahl folgte dem Cadillac zu der Straße, in der Kevin Drummonds Wagen abgestellt worden war. A. Gordon Shull parkte, ließ aber den Motor laufen, stieg aus, streckte die Arme zum Himmel und dehnte sich.

Stahl hörte einen grausigen Laut.

Shull heulte den Mond an.

Schwenkte eine Faust, während er es tat. Gab den Star in seinem privaten Film. Stahls Hände auf dem Lenkrad waren kühl. Nur sie zwei, so leicht …

Er saß da, und Shull schüttelte den Kopf wie ein nasser Hund, kehrte zu dem Cadillac zurück und fuhr weitere fünf Blocks nach Westen zu einer Halle, in der man Lagerräume mieten konnte.

Das Schild besagte, dass man Zugang rund um die Uhr hätte, aber Shull wurde nur langsamer und hielt nicht an. Stahl notierte sich die Adresse, während der Cadillac wieder schneller wurde, eine weitere halbe Meile geradeaus flitzte, bevor er eine Route durch Seitenstraßen nahm und Stahl erneut dazu nötigte, sein Licht auszuschalten.

Als sie auf den Howard Hughes Boulevard stießen, wechselte Shull wieder die Richtung. Nach Norden, zurück in die City.

Zurück nach Venice, wo Shull erneut auf der Rose nach Westen fuhr.

Das Arschloch war auf einer Erinnerungsstrecke. Was für Erinnerungen waren hier?

Wieder zurück zum Walkway? Hatte Shull hier jemanden umgebracht?

Aber diesmal bog der Cadillac, anstatt bis zum Ende der Straße weiterzufahren, nach rechts in eine Nebenstraße ein – die Rennie.

Ein dunkler Block mit einstöckigen Bungalows und kleinen Häusern.

Shull fuhr die Straße rauf und runter, rauf und runter.

Stahl wollte ihm folgen, aber auf der engen ruhigen Straße wäre das viel zu riskant gewesen. Er blieb auf der Rose, nahe genug, um Shulls Scheinwerfer verfolgen zu können. Seine Rücklichter.

Vor und zurück.

Die Erinnerung an das Geheul hallte in Stahls Kopf wider.

Der Mistkerl sah sich selbst als großes böses Raubtier.

49

Allison wartete vor ihrer Praxis auf mich.

Schwarzes Kostüm, orangefarbenes Schultertuch. Ihr Haar war zu einem Nackenknoten geschlungen.

Sie stieg in den Wagen, bevor ich herumgehen und ihr die Tür aufhalten konnte. Bevor die Innenbeleuchtung ausging, konnte ich sehen, dass das Kostüm in Wirklichkeit dunkelgrün war. »Tolle Farbe.«

»Smaragdschwarz. Ich bin froh, dass sie dir gefällt, hab es für heute Abend gekauft.« Sie küsste mich auf die Wange. »Bist du hungrig? Ich sterbe vor Hunger.«

Der Speisesaal des Bel Air ist einer jener Räume, die fast voll sein können und trotzdem ruhig sind. Ein Irish Coffee für sie und ein Gin Tonic für mich. Eine kleine Suppe als *Amuse-Gueule*, dann Salat, ein Lammrücken, Dover-Seezunge, eine Flasche Pinot Grigio. Ein richtiger Kellner, kein hübsches Gesicht, das auf den nächsten großen Durchbruch wartete. Ein Mann, an den ich mich erinnerte – einer der Hilfskellner, der sich seine Sporen verdient hatte, indem er seinen Job gut machte.

Wir waren beim Dessert, als er sich mit schmerzlich verzogenem Gesicht dem Tisch näherte. »Tut mir Leid, Doktor, ein Anruf für Sie.«

»Wer?«

»Ihr Telefonservice. Sie lassen sich nicht abwimmeln.«

Ich ging zum Telefon in der Bar. Die Vermittlung sagte: »Hier ist June. Es tut mir Leid, Sie zu stören, Dr. Delaware, aber dieser Mann ruft immer wieder an und behauptet, es sei dringend. Er klingt ziemlich aufgeregt, daher dachte ich …«

Das piepsende Handy, das ich im Auto ignoriert hatte. »Detective Sturgis?«

»Nein, ein Mr. Tim Planchette. Hab ich mich richtig verhalten?«

»Klar«, sagte ich verwundert. »Stellen Sie ihn durch.«

Tim fragte: »Wo ist sie?«

»Robin?«

»Wer sonst?« Er redete laut, schrie beinahe, und seine wundervolle Stimme hatte ihren seidigen Klang verloren.

»Ich habe keine Ahnung, Tim.«

»Verarschen Sie mich nicht, Alex –«

»Zuletzt habe ich gehört, dass sie mit Ihnen in San Francisco war.«

Pause. »Sie schenken mir besser reinen Wein ein.«

»Ich bin beim Abendessen, Tim. In einem Restaurant. Ich werde jetzt auflegen –«

»Nein!«, schrie er. »Bitte nicht.«

Ich holte tief Luft.

Er sagte: »Tut mir Leid, ich hab angenommen … es war die logische Erklärung.«

»Was?«

»Dass Robin bei Ihnen ist. Sie ist heute Morgen hier aufgebrochen … wir haben uns gestritten. Ich nahm an, sie wäre zu Ihnen zurückgerannt. Es tut mir Leid … wo ist sie?«

»Wenn ich es wüsste, würde ich's Ihnen sagen, Tim.«

»Wenn Sie mich fragen würden, worum es bei dem Streit ging, könnte ich es Ihnen nicht sagen. Gerade kommen wir noch gut miteinander aus, und im nächsten Moment … Es war mein Fehler, ich war so verdammt beschäftigt, habe ihr nicht genug Aufmerksamkeit gewidmet, diese blöde Show –«

»Ich bin sicher, Sie werden das wieder hinkriegen, Tim.«

»Sie haben es nicht geschafft.«

Ich schwieg.

»Tut mir Leid«, sagte er. »Ich benehme mich wie ein absolutes Arschloch, es tut mir wirklich Leid. Es ist nur so, dass sie dermaßen wütend auf mich war, und deshalb nahm ich an, sie wäre zurückgegangen, weil ... Die Wahrheit ist, sie hängt immer noch an Ihnen, Alex. Das ist etwas, womit ich fertig werden muss. Es ist nicht leicht –«

»Sie haben keinen Grund zur Sorge«, sagte ich. »Ich esse mit einer anderen Frau zu Abend. Eine Frau, mit der ich schon seit einiger Zeit zusammen –«

»Die Psychologin. Hat Robin mir erzählt. Sie redet mehr über Sie, als ihr bewusst ist. Versucht, es beiläufig klingen zu lassen ... Ich bin bereit, mich damit abzufinden, wenn es nur eine Frage der Zeit ist ... Ich liebe sie wirklich, Alex.«

»Sie ist eine großartige Frau.«

»Sie ist, sie ist ... gottverdammt, wenn sie nicht bei Ihnen ist, wo zum Teufel *ist* sie dann? Ihr Flugzeug ist um fünf gelandet, ich hab ihr anderthalb Stunden gegeben, um nach Hause zu kommen, hab angerufen, und niemand ist rangegangen. Hab wieder angerufen, immer wieder –«

»Versuchen Sie es bei ihrer Freundin Debby in San Diego.«

»Hab ich. Sie hat auch nichts von Robin gehört.«

»Sie braucht wahrscheinlich nur ein bisschen Zeit für sich«, sagte ich und spürte, wie sich ein Knoten in meinem Magen bildete.

»Ich weiß, ich weiß ... okay, ich versuch's weiter. Hören Sie, vielen Dank, Alex. Tut mir Leid, dass ich so ein Trottel war. Ich hätte nicht annehmen dürfen –«

»Machen Sie sich deswegen keine Sorgen«, erwiderte ich. Leichter gesagt als getan.

Als ich zurück an den Tisch kam, sagte Allison: »Du siehst aus, als hättest *du* gerade eine Krise gemeistert.«

»Ich glaube, das hab ich auch.«

»Möchtest du darüber reden?«

Meine Gedanken überschlugen sich, und Allison auszuschließen kam mir falsch vor. Ich schilderte Tims Anruf.

»Nett von dir, ihn zu beruhigen«, sagte sie.

»So bin ich nun mal: Vater Teresa.«

Sie rückte näher und zeigte mir die Dessertkarte.

»Wonach auch immer dir der Sinn steht«, sagte ich.

»Zu satt für ein Dessert?«, fragte Allison.

»Nein, ich bin nur nicht wählerisch.«

»Okay dann … Schokolade oder nicht Schokolade?«

»Egal.«

»Weißt du, was?«, sagte sie. »*Ich* bin ziemlich satt.«

»Nein, wir bestellen jetzt.«

Sie schüttelte den Kopf. »Ich habe meine Meinung geändert, es ist schon spät.«

»Ich bin ein Spielverderber.«

»Ganz und gar nicht, Baby.«

»Schokolade«, sagte ich.

Sie klopfte sich auf den Bauch. »Ich bin wirklich satt, bitte lass die Rechnung kommen. Und dann fahren wir nach Venice.«

»Was?«

»Du bist beunruhigt«, sagte sie. »Ich bin sicher, es ist nichts – sie will wahrscheinlich nicht mit ihm telefonieren. Aber vergewissern wir uns, damit du dir keine Sorgen mehr machst.«

Ich starrte sie an.

»Es ist okay«, sagte sie.

»Schönes Rendezvous.«

»Über dieses Stadium sind wir längst hinaus.«

Wir verließen das Hotel. Allison war klug und aufmerksam genug, um zu merken, dass ich mir Sorgen machte, aber ich hatte ihr nicht alles gesagt. Die nagenden, Übelkeit erregenden Gedanken, die Tims Anruf ausgelöst hatte.

China und Baby Boy; zwei Opfer, für die Robin gearbeitet hatte.

Der Einbruch; nur billige elektrische Gitarren waren gestohlen worden. Abgesehen von Baby Boys akustischer Gitarre.

Shull hielt sich für einen Gitarristen, die Instrumente waren ideale Trophäen.

Und Robin hatte gerade keine schlechte Publicity bekommen: das Porträt im *Guitar Player*. *GP* war eine Fachzeitschrift, aber genau die Art Magazin, die Shull mit seiner Selbsteinschätzung als Musiker, als Insider – als Kunstrichter – wahrscheinlich lesen würde.

Ich raste nach Venice.

Allison schaltete das Radio ein, stellte die Musik leise, tat so, als höre sie zu. Überließ mich meinen Gedanken.

Etwas, das Shull gesagt hatte, als ich ihn in seinem Büro befragt hatte, fiel mir wieder ein: *Aus irgendeinem Grund kommt mir Ihr Name vertraut vor.*

Kurz danach hatte ich Shull gefragt, ob er irgendwelche Änderungen an Kevin Drummonds Stil bemerkt habe.

Inwiefern?

Er scheint von einfach und direkt zu wortreich und prätentiös übergegangen zu sein.

Das war ein direkter Angriff auf Shulls enormes Ego gewesen. Und Shull reagierte nicht gut, wenn man aus seinem Ballon die Luft rausließ.

Wie hatte er es hingenommen … ruhig, lächelnd, ein Ach-verflixt-Lächeln – *»Autsch. Im Gegenteil, das wenige, was ich von Kevins Entwicklung sah, schien eine Verbesserung anzudeuten.«*

Dann hatte er mich entlassen.

Ein pathologisch eifersüchtiger Psychopath, und ich hatte ihm ins Gesicht geschlagen.

Aus irgendeinem Grund kommt mir Ihr Name vertraut vor.

Von Zeit zu Zeit geriet ich in die Zeitungen. Keine großen Geschichten, nur als Nebendarsteller in Kriminalreportagen. Einige Psychopathen verfolgten Berichte über Verbrechen. Shull auch? War sein Gedächtnis so gut, dass es sich auf meinen Namen stürzte?

Dann begriff ich: Baby Boys CD. Eine Platte, die Shull sich wahrscheinlich besorgt hatte – im Rahmen der Erforschung seines Opfers.

Ich stellte mir vor, wie er sich die CD immer wieder anhörte. Den Covertext studierte. Die Details in sich aufsaugte.

Milo, ein beiläufiger Zuhörer, war unter den klein gedruckten Danksagungen auf Robins – und meinen – Namen gestoßen. Shull wäre er sicher nicht entgangen.

Baby Boy bedankte sich bei der *»schönen Gitarrenlady«* dafür, dass sie sich um seine Instrumente kümmerte.

Dankte *»Dr. Alex Delaware dafür, dass er die Gitarrenlady glücklich macht«*.

All die Bilder von Robin in der Zeitschrift, die schmeichelhafte Bewunderung.

Ein aufstrebender Star.

Ich erzählte Allison das alles. »Blühende Phantasie, oder?«

»Es ist ein unheimlicher Fall, ich kann dich gut verstehen. Ruf sie an, vielleicht ist sie jetzt dort, und dann ist es erledigt.«

Ich benutzte das Handy. Keine Antwort. Probierte es mit Milos Anschluss im Revier. Da war er nicht. Eine Mailbox nannte seine Handynummer.

Dann fiel es mir wieder ein: Er war draußen in Porter Ranch bei dem Richter und versuchte an eine Unterschrift auf einem Durchsuchungsbeschluss zu kommen.

Ich rief im Hollywood-Revier an. Petra war ebenfalls unterwegs. Die Nummer ihres Handys hatte ich nicht.

Allison sagte: »Du kannst ruhig schneller fahren.«

Robins Straße war ruhig, dunkel. Kleine Häuser, zu Bett gebracht und zugedeckt, viele geparkte Wagen, der Salzgeruch des Pazifiks.

»Da«, sagte ich. »Ihr Pick-up steht in der Zufahrt. Du hattest Recht, sie geht nicht ans Telefon. Sie hat Licht an, alles sieht prima aus.«

»Wenn du nachsehen willst, ist das okay«, sagte Allison.

»Was ist das hier, ein schwesterliches Band?«

»Wohl kaum. Ich kenne sie nicht. Weiß nicht mal, ob ich sie mag. Hier geht es um dich, mein Lieber. Wenn dich heute Nacht irgendwas wach hält, dann will ich das sein.«

»Ist es okay, wenn du hier wartest?«

»Klar«, antwortete sie. Breites Grinsen. »Oder ich kann aussteigen und mit meinen Jimmy Coos und meinem smaragdschwarzen Superteil protzen.« Während ich mich nach einem Parkplatz umsah, sagte sie: »Ich wette, sie ist wunderschön.«

»Ich würde lieber über dich reden.«

»Das heißt, sie ist wunderschön. Nun gut.«

»Allison –«

»Ja, ja.« Sie lachte. »Da ist ein Platz – direkt hinter dem Cadillac.«

Ich begann damit, irgendetwas zu ihr zu sagen – bis zum heutigen Tag kann ich mich nicht mehr erinnern, was.

Ein Schrei schnitt mir das Wort im Mund ab.

50

Ich ließ den Seville mitten auf der Straße stehen, in zweiter Reihe neben dem Cadillac, den ich damit blockierte. Sprang heraus und rannte auf Robins Haus zu. Den Fußweg hoch. Die Schreie hörten nicht auf.

Wurden lauter, als ich die Tür erreichte.

»Nein, nein – aufhören! Wer sind Sie, wer sind Sie – aufhören, aufhören!«

Ich rammte die Schulter gegen die Tür, aber sie schwang auf, und ich verlor das Gleichgewicht, stolperte, fing mich mit den Händen ab, sprang wieder auf und rannte weiter.

Das Haus war dunkel bis auf ein Dreieck aus Licht auf der linken Seite des Gangs.

Das Atelier.

Die Schreie … Ich lief hinein, fiel fast über einen Mann auf dem Boden. Schwarz gekleidet, Gesicht nach unten, Blut sammelte sich in einer Lache unter ihm.

Robin hockte an der gegenüberliegenden Wand und hielt ihre Hände schützend vor sich ausgestreckt.

Sie sah mich. Zeigte nach links.

Ein Mann in Schwarz kam hinter der Tür hervor, ging auf sie zu und schwang ein Messer. Ein großes Küchenmesser. Es gehörte Robin. Ich erkannte es wieder. Ich hatte die Garnitur gekauft.

Sie schrie, er ging weiter auf sie zu. Eine Skimaske über einem schwarzen Sweatshirt und einer Nylonhose.

Benetton-Logo auf dem Sweatshirt, die Dinge, die einem auffallen.

Irgendetwas in Robins Augen veranlasste ihn, herumzufahren. Er brauchte eine halbe Sekunde für die Entscheidung, griff mich an, stach mit dem Messer zu.

Ich sprang zurück, während Robin einen Satz zu ihrer Werkbank machte, etwas hochhob, beide Hände darum legte und hinter ihm hersetzte. Ein Beitel. Sie verfehlte ihn, das Werkzeug entglitt ihr und fiel klappernd zu Boden, außerhalb ihrer Reichweite.

Er warf einen Blick darauf, aber nicht lange genug, um mir einen Vorteil zu verschaffen. Wandte seine Aufmerksamkeit wieder mir zu. Spielte mit dem Messer. Ich tanzte vor den kleinen Bögen davon, die die Klinge beschrieb. Robin schnappte sich etwas anderes.

Ich suchte nach einer Waffe. Von der Werkbank war ich zu weit weg. Ganz in meiner Nähe standen zwei reparaturbedürftige Gitarren … Robin schrie erneut, und sein Kopf fuhr unwillkürlich zurück. Er sah den Hammer in ihrer Hand. Ging auf sie los, überlegte es sich anders und wandte sich wieder mir zu. Dann ihr. Mir. Ihr.

Grundkurs für Mörder: zuerst die Kleinen ausschalten.

Er griff sie an. Ging mit voller Kraft und ausgestrecktem Messerarm auf sie los.

Robin warf den Hammer nach ihm, verfehlte ihn, ließ sich zu Boden fallen und rollte sich unter die Werkbank. Er ging in die Hocke, griff unter die Bank, erwischte ihre Hand, stach zu, verfehlte sie, und Robin machte sich los.

Sie krabbelte in die Mitte der Bank.

Ich bekam seinen freien Arm zu fassen. Er versuchte mich abzuschütteln, schaffte es nicht, drehte sich um, sah mir ins Gesicht und zog mich an sich.

Von Angesicht zu Angesicht.

Die Umarmung.

Ich riss mich los, packte eine der Gitarren, eine in Mexiko hergestellte Strat, eine billige. Solider Schallkörper aus Esche. Ich schwang sie wie einen Baseballschläger und traf ihn voll ins Gesicht.

Seine Knie gaben nach. Er fiel nach hinten. Das Messer flog durch die Luft direkt auf mich zu. Ich wich aus, und es fiel zu Boden und rutschte davon.

Er blieb still liegen, ein Bein unter seinem Körper verkrümmt.

Die Augenlöcher der Skimaske waren weiß ausgefüllt. Seine Atmung war schnell und regelmäßig.

Ich zog die Maske zurück, spürte, wie der Stoff an Barthaaren hängen blieb. Gordon Shulls markantes Gesicht sah so aus, als hätte er einen Rasenmäher geküsst.

Eine zaghafte Stimme hinter mir sagte: »Wer ist das?«

Robin zitterte, ihre Zähne klapperten. Ich wollte sie in die Arme nehmen, konnte aber nicht. Shull hatte begonnen sich zu bewegen und zu stöhnen. Er verlangte meine volle Aufmerksamkeit.

Ich suchte nach dem Messer und fand es. Die Purpurfärbung der Stahlklinge brachte mir schlagartig wieder den verwundeten Mann zu Bewusstsein, über den ich beim Reinkommen gesprungen war.

Kevin Drummond? Ein Zweier-Team?

Wie hatte Robin ihn überwältigt?

Seine Brust bewegte sich nicht. Die Blutlache war größer geworden.

»Oh mein Gott, wir müssen ihm helfen«, sagte Robin.

Ich fand das seltsam, sagte: »Ruf den Notarzt.« Sie lief hinaus, und ich ging zu Drummond, um ihn zu untersuchen. Dunkle Haare, keine Maske. Schwacher Pulsschlag am Hals. Ich drehte seinen Kopf vorsichtig zur Seite.

Nicht Drummond. Eric Stahl.

Das Blut unter ihm war dunkelrot, sirupartig. Seine Haut nahm diese grüngraue Färbung an. Ich zog mein Jackett aus und legte es behutsam unter die Wunde. Ich sah kein Anzeichen von Atmung, aber sein Puls war noch zu fühlen.

Ich sagte: »Halten Sie durch, Eric, Sie machen das großartig.« Weil man nie weiß, was sie hören.

Ein paar Meter weiter rührte sich Shull wieder. Sein verdrehtes Bein zitterte.

Ich sprang auf, als Allison im Türrahmen erschien.

»Er ist der Übeltäter«, sagte ich. »Das hier ist ein Cop. Robin ruft den Notarzt. Sieh doch bitte nach, ob es ihr gut geht.«

»Sie telefoniert gerade mit ihnen. Ihr geht's prima.« Sie kam vorsichtig näher. Ging auf ihren dunkelgrünen Jimmy Choos um die Blutlache herum.

Die kleine verchromte Freundin in ihrer Hand. Ihre Augen verrieten, dass sie die Situation kühl und unbewegt beurteilte.

Nicht ängstlich. Verärgert.

Shull stöhnte und bewegte seine rechte Hand. Seine Augen öffneten sich. Allison war blitzschnell an seiner Seite.

Shull versuchte ihr einen Faustschlag zu versetzen, aber seine Finger wollten sich nicht krümmen. Ihre schon. Sie schlug ihm hart auf den Arm, presste die Mündung der Pistole gegen seine Schläfe.

»Sie müssen still liegen, sonst erschieße ich Sie«, sagte sie mit der gelassenen Stimme einer Therapeutin.

51

Petra hielt sich im Beobachtungsraum der Intensivstation auf. Sie betrachtete Eric durch die Glaswand, war nicht in der Lage, näher heranzukommen.

Keine neuen Informationen, seitdem ihr der Unfallchirurg, ein gut aussehender Typ namens LaVigne, der aussah wie ein Fernseharzt, gesagt hatte: »Wahrscheinlich kommt er durch.«

»Wahrscheinlich?«

»Er schwebt nicht in unmittelbarer Lebensgefahr, aber bei abdominalen Wunden kann man es nicht genau sagen. Das Entscheidende ist die Verhütung einer Infektion. Hinzu kommt der Blutverlust. Sein Blut ist fast vollständig ausgetauscht worden. Er stand unter Schock und könnte wieder in einen verfallen.«

»Vielen Dank«, sagte sie.

Etwas in ihrem Ton brachte LaVigne dazu, die Stirn zu runzeln. »Ich bin ehrlich zu Ihnen.«

»Anders geht's nicht.« Sie wandte ihm den Rücken zu.

Kurz darauf kam Milo mit Rick vorbei, und der setzte seine medizinischen Referenzen ein, um sich die Tabellen und Tafeln anzusehen und sich mit den Ärzten hinter verschlossenen Türen zu beraten.

Er kam raus, machte einen arztmäßigen Eindruck und erklärte: »Keine Versprechungen, aber mein Gefühl sagt mir, dass er es schafft.«

»Toll«, sagte Petra, erschöpft, schwach, nutzlos, schuldbewusst. Und dachte: Ich hoffe, dein Gefühl taugt was.

Als sie in das Wartezimmer hinaustrat, hielt sich dort nur noch eine blonde Frau von Mitte dreißig auf, die mit einer Ausgabe der *Elle* in einer Ecke saß; sie trug einen engen schwarzen, gerippten Rollkragenpullover, eine weiße Jeans, hochhackige Sandaletten, und ihre Zehennägel waren pinkfarben lackiert. Tolle Haare, tolle Figur – sie sah phantastisch aus.

Scharfe Kleidung für den Anlass.

Sie und Petra sahen sich an, dann setzte Petra sich hin,

und die Frau sagte: »Entschuldigen Sie, sind Sie eine … Polizistin?«

»Ja, Ma'am.«

Die Frau stand auf und kam herüber. Petra erkannte ihren Duft. Bal à Versailles. Eine Menge davon. Und pinkfarbene Fingernägel. Eine hellere perlmuttfarbene Schattierung. Sie rang ununterbrochen die Hände.

»Kann ich Ihnen helfen?«

»Ich bin eine … Ich kenne Eri– Detective Stahl. Das Krankenhaus rief mich an, weil er meine Nummer auf einem Zettel in seiner Tasche hatte, und sie …«

Sie verstummte.

Petra stand auf und gab ihr die Hand. »Petra Connor.«

»Kathy Magary. Wird er es schaffen?«

»Es geht ihm besser, Kathy.«

Magary stieß eine Wolke Pfefferminzatem aus. »Gott sei Dank.«

»Sind Sie und Eric Freunde?«

»Eher Bekannte.« Magary wurde rot. »Ich meine, wir haben uns gerade kennen gelernt. Deshalb hatte er meine Nummer. Sie wissen schon.«

Stahl, du Don Juan. Hoffentlich lebst du lange genug, um mich weiter zu überraschen.

Petra sagte: »Klar.«

Magary sagte: »Ich meine, ich wusste nicht, ob ich herkommen sollte. Aber sie haben mich angerufen. Ich habe so was empfunden wie … eine Verpflichtung.«

»Eric braucht Freunde«, erwiderte Petra.

Die Frau schien verwirrt zu sein. Angesichts der Umstände schien das der angemessene Geisteszustand zu sein.

»Ich hoffe wirklich, dass es ihm bald wieder gut geht. Er ist ein netter Kerl.«

»Das ist er.«

»Was … ist denn genau passiert?«

»Eric ist in einen Zwischenfall verwickelt worden«, sagte Petra. »Er wollte einen Verdächtigen festnehmen und hat einen Messerstich in den Unterleib abbekommen.«

Magarys Hand flog zu ihrem perfekten Mund. »Oh mein Gott! Mir haben sie nur gesagt, dass er verletzt worden ist. Und dann, als ich hier ankam, wollten sie mich nicht reinlassen.« Sie zeigte auf die Tür zur Intensivstation. »Ich nehme an, Sie durften rein, weil Sie Polizistin sind.«

»Ich bin seine Partnerin«, erwiderte Petra.

»Oh.« Magarys Augen wurden feucht. »Es tut mir schrecklich Leid.«

»Er wird schon wieder in Ordnung kommen«, sagte Petra mit vorgetäuschter Zuversicht. Magary entspannte sich und lächelte.

»Das ist großartig!«

Vielleicht, dachte Petra, habe ich mich für den falschen Beruf entschieden. Sie konnte immer noch als Telefonverkäuferin anfangen.

»Ich glaube, ich gehe jetzt«, sagte Magary. »Glauben Sie, es ist okay, wenn ich morgen wiederkomme? Vielleicht geht es ihm besser, und ich kann dort rein?«

»Es ist mehr als okay, Kathy. Wie gesagt, er braucht alle Unterstützung, die er bekommen kann.«

Irgendetwas an diesem Satz dämpfte Magarys Stimmung ein bisschen. »Es ist immer noch ziemlich ernst, nicht wahr? Auch wenn er es schaffen wird.«

»Er hat eine ernsthafte Verletzung erlitten. Man kümmert sich wirklich gut um ihn.«

»Gut«, erwiderte Magary. »Der einzige Arzt, den ich kenne, ist Orthopäde. Ich bin Tänzerin.«

»Ah«, sagte Petra.

»Nun gut«, sagte Magary. »Ich mache mich auf den Weg.

Ich komme morgen wieder. Wenn Eric wach wird, sagen Sie ihm, ich war hier.« Sie küsste ihre Fingerspitzen und winkte mit ihnen in Richtung der Intensivstation. Lächelte Petra an und stolzierte den Korridor hinunter.

Kurze Zeit später sah Petra, wie Dr. LaVigne im Gespräch mit zwei grauhaarigen Leuten aus einem Aufzug kam. Sie blieben stehen und setzten ihr Gespräch außerhalb ihrer Hörweite fort.

Der Mann war Mitte sechzig, klein, schlank, trug eine braune Sportjacke, ein weißes Hemd unter einem hellbraunen Pullover und eine gebügelte beigefarbene Hose. Grauer Bürstenschnitt, Brille mit Stahlfassung. Die Frau war winzig – knapp über eins fünfzig – und ebenfalls schlank. Blauer Pullover, graue Hose.

LaVigne sagte etwas, woraufhin beide nickten. Sie gingen mit ihm zusammen an Petra vorbei in die Intensivstation. LaVigne tauchte eine halbe Stunde später wieder auf und nahm Petra nicht zur Kenntnis, als er vorbeieilte. Eine Viertelstunde später kam das grauhaarige Paar heraus.

Petra war in einem grauenhaft orangefarbenen Kunstledersessel zusammengesunken, der jedes Mal quietschte, wenn sie ausatmete. Versuchte auf andere Gedanken zu kommen, indem sie eine Zeitschrift las. Die Wörter hätten genauso gut Suaheli sein können.

Die Frau sagte: »Detective Connor?«

Petra stand auf.

»Wir sind Erics Eltern. Dies ist Reverend Stahl, und ich bin Mary.«

»Bob«, sagte ihr Mann.

Petra ergriff Mary Stahls Hand, bedeckte sie mit ihren beiden. »Es tut mir so Leid, Ma'am.«

»Die Ärzte sagen, er wird wieder gesund.«

Reverend Bob Stahl sagte: »Wir werden für ihn beten.«

»Das werden wir bestimmt«, erwiderte Petra.

»Wie ist es dazu gekommen?«, fragte Mary Stahl. »Falls Sie es wissen.«

»Was ich weiß«, antwortete Petra, »ist, dass Ihr Sohn ein Held ist.«

Was sie dachte, war: *Es hätte nicht dazu kommen müssen.*

Stahl hatte eine Stunde vor seinem Kampf mit Shull aufgehört, sich zu melden. Sie hatte zweimal versucht, ihn auf der taktischen Frequenz zu erreichen, war aber nicht durchgekommen. Was hieß, dass er sie ignorierte. Oder sein Funkgerät ausgeschaltet hatte.

Warum?

Sie saß eine Stunde mit Bob und Mary Stahl zusammen, bevor die Antwort sich herauskristallisierte.

Erfuhr, dass sie in Camarillo lebten, wo Eric aufgewachsen war, eine kurze Fahrt vom Strand entfernt. Eric war ein guter Schüler gewesen, hatte Auszeichnungen in Baseball und Leichtathletik bekommen, liebte Junk Food, spielte Trompete. Surfte an den Wochenenden – also hatte sie mit ihrer anfänglichen Einschätzung doch nicht so weit daneben gelegen. Sie unterdrückte ein Lächeln. Was nicht schwer war bei dem Gedanken, dass Eric mit einem vom Brustbein bis zum Nabel zusammengeflickten Unterleib auf der Intensivstation lag. Shulls Klinge hatte seine Därme zerfetzt und das Zwerchfell nur um Millimeter verfehlt …

Mary Stahl sagte: »Eric ist immer ein braver Junge gewesen. Nie auch nur das kleinste Problem.«

»Nie«, stimmte Bob zu. »Fast zu brav, wenn Sie wissen, was ich meine.«

Petra forderte sie lächelnd auf, fortzufahren.

»Das würde ich nicht sagen, mein Lieber«, sagte Mary Stahl.

»Du hast Recht«, erwiderte Reverend Bob. »Aber du weißt, was ich meine.« An Petra gewandt: »Das PK-Syndrom. Prediger-Kinder. Es ist schwer für sie – dem Image gerecht zu werden. Oder zu glauben, sie müssten es. Wir haben nie Druck auf Eric ausgeübt. Wir sind Presbyterianer.«

Als ob das alles erklärte.

Petra nickte.

»Trotzdem spüren einige Kinder den Druck«, sagte Reverend Bob. »Mein anderer Sohn etwa. Er hat sich selbst erheblich unter Druck gesetzt und viel Lehrgeld zahlen müssen. Jetzt ist er Anwalt.«

»Steve lebt auf Long Island«, sagte Mary Stahl. »Arbeitet in einer großen Kanzlei in Manhattan. Er kommt morgen mit dem Flugzeug. Er und Eric sind immer zusammen gesurft.«

»Eric schien nie unter dem Druck zu leiden«, erklärte ihr Mann. »Er war wirklich locker. Ich habe oft im Scherz zu ihm gesagt, dass er sich lieber mal über irgendwas aufregen sollte, weil er sonst einen viel zu niedrigen Blutdruck bekäme.«

Mary Stahl brach in Tränen aus. Petra saß dabei, während Reverend Bob sie tröstete.

»Ich bitte um Entschuldigung«, sagte sie, als sie ihre Fassung wiedergewann.

»Dazu besteht kein Grund, meine Liebe.«

»Ich muss für Eric stark sein. Ich mag es nicht, wenn ich eine Szene mache.«

Petra lächelte. Lächeln schien so ziemlich das Einzige zu sein, was sie tun konnte. Sie hoffte, es sähe echt aus, weil es sich eindeutig nicht echt anfühlte.

Mary Stahl erwiderte das Lächeln. Weinte noch ein bisschen. Sagte: »Vor ein paar Jahren hat sich Erics Leben geändert.«

»Mary«, sagte Bob.

»Sie ist seine Partnerin. Sie sollte Bescheid wissen.«

Bobs Augen hinter den Trifokalgläsern flackerten. »Ja, du hast Recht.«

Mary seufzte, berührte ihr Haar. Lehnte sich zurück. »Eric hatte eine Familie, Detective Connor. Als er in der Army war – bei den Special Forces. Eine Frau und zwei Kinder. Heather, Danny und Dawn. Danny war fünf, Dawn zweieinhalb. Sie lebten alle in Riad. In Saudi-Arabien. Eric war der amerikanischen Botschaft zugeteilt worden, er hat uns nie richtig erzählt, wozu – so ist es bei den Special Forces nun mal. Man kann nicht darüber reden, was man macht.«

»Natürlich nicht.«

»Sie haben seine Familie getötet«, sagte Mary. »Ein Mitglied der Königsfamilie in einem schnellen Auto – einem Ferrari. Heather ging mit den Kindern auf einer Hauptstraße in der Nähe eines großen Einkaufszentrums spazieren. Dieser Mensch kam angerast und hat sie überfahren, und sie waren alle tot.«

»Mein Gott«, sagte Petra.

»Unsere Enkelkinder«, sagte Mary.

»Was Eric neben dem Verlust seiner Familie am meisten zu schaffen gemacht hat«, erklärte Reverend Bob, »war die Art, wie die Regierung – unsere Regierung – ihn behandelt hat. Der Mörder ist nicht bestraft worden. Die Saudis behaupteten, Heather hätte nicht aufgepasst, es wäre ihre Schuld gewesen. Die Saudis boten Eric Geld an – hundertfünfzigtausend Dollar.«

»Fünfzigtausend für jedes Leben«, sagte Mary.

Bob sagte: »Eric wandte sich an die Army und an die Botschaft. Er bestand auf einer Strafverfolgung. Die Army und das Außenministerium sagten ihm, er solle das Geld akzeptieren. Im nationalen Interesse.«

»Eric hat seinen Abschied eingereicht«, sagte Mary. »Danach war er anders.«

»Das kann ich verstehen«, erwiderte Petra.

»Ich wünschte, er würde darüber reden«, sagte Mary. »Mit mir, mit seinem Vater, mit irgendjemandem. Davor konnte er immer über alles reden. In unserer Familie gab es keine Tabuthemen. Oder zumindest dachte ich das.«

Sie schüttelte den Kopf.

»So war es auch, Liebling«, sagte Bob. »Mit etwas von dieser Größenordnung kann man nicht rechnen.«

»Seit wann arbeiten Sie schon mit ihm zusammen?«, fragte Mary.

»Ein paar Monate.«

»Ich möchte wetten, dass er nicht viel redet, nicht wahr?«

»Nein, Ma'am.« Vor Petras geistigem Auge erschien plötzlich ein Bild: Erics schmerzerfüllter Gesichtsausdruck nach dem Gespräch mit Onkel Randolph Drummond. Eric hatte den Mann von Anfang an nicht leiden können. Ein Säufer, der seine Familie bei einem Autounfall getötet hatte.

Mary Stahl sagte: »Und jetzt das. Ich weiß nicht, wie sich das hier auf ihn auswirken wird.«

»Er wird wieder gesund«, sagte Bob. »Wer weiß, vielleicht bringt es ihn dazu, gesprächiger zu werden.«

»Vielleicht«, erwiderte Mary zweifelnd.

»Jetzt im Moment ist die Hauptsache, dass er gesund wird, meine Liebe.«

»Er ist oft so deprimiert«, sagte Mary. »Wir müssen etwas unternehmen.« An Petra gewandt: »Haben Sie Kinder?«

»Nein, Ma'am.«

»Eines Tages vielleicht«, sagte Mary. »Eines Tages werden Sie das Gefühl vielleicht kennen lernen.«

Sie blieb noch drei Stunden bei den Stahls sitzen. Als der Tag anbrach, verschwanden die Eltern für eine Stunde, um einige persönliche Anrufe zu erledigen.

Petra betrat die Intensivstation.

Eine Schwester sagte: »Es geht ihm schon viel besser, Detective. Es ist wirklich erstaunlich. Seine Lebenszeichen sind gut, seine Temperatur ist nur leicht erhöht. Er muss wirklich in einer tollen Verfassung gewesen sein.«

»Ja«, erwiderte Petra.

»Cops«, sagte die Schwester. »Wir mögen euch sehr, und wir finden es schrecklich, wenn so etwas passiert.«

Petra sagte: »Danke – kann ich reingehen?«

Die Schwester warf einen Blick durch das Glas. »Klar, aber ziehen Sie einen Kittel an, und ich zeige Ihnen, wie Sie sich die Hände waschen.«

In einem Kittel aus gelbem Papier trat sie an Erics Bett. Er war vom Hals bis zu den Zehenspitzen verhüllt, mit mehreren intravenösen Schläuchen und Kathetern verbunden, und hinter ihm stand eine Reihe von High-Tech-Apparaten.

Augen geschlossen, Lippen leicht geöffnet. Sauerstoffschläuche kamen aus seiner Nase.

So verletzlich. Jung.

Da die Wunde verdeckt war, sah er okay aus. Wenn man sich die Apparate wegdachte, hätte er auch friedlich schlafen können.

Sie legte eine behandschuhte Hand auf seine Finger.

Seine Gesichtsfarbe war besser. Immer noch blass – blass war bei ihm der Normalzustand –, aber nichts von diesem unheimlichen Grün an den Rändern.

»Du hast ein Abenteuer hinter dir«, flüsterte sie.

Eric atmete gleichmäßig weiter. Seine Lebenszeichen blieben stabil. Keine dramatische Reaktion à la Film der Woche auf den Klang ihrer Stimme. Er konnte sie nicht hören. Was ganz in Ordnung war.

Kein schlecht aussehender Typ, wenn man erst mal hinter die Fassade geblickt hatte.

Sie hatte ihn für verschroben gehalten, und jetzt wusste sie, dass er ebenfalls ein Opfer war.

Das Leben war wie ein Prisma; was man sah, hing davon ab, wie man das Glas drehte.

Seine Mutter hatte ihn als depressiv beschrieben. Manchmal fochten depressive Leute es mit der Polizei aus, wollten allem ein Ende setzen, hatten aber nicht den Mut dazu und hofften darauf, dass die Polizei ihnen die Arbeit abnahm.

Selbstmord durch Cop nannte man das.

Hatte sich Eric für einen Selbstmord durch Übeltäter entschieden?

Ein erfahrener Mann wie er – die ganze Ausbildung bei den Special Forces –, wie hatte er sich von einem Blödmann wie Shull mit einem Messer übertölpeln lassen können?

Sie geriet ins Grübeln.

Blickte auf ihn hinab.

Ganz und gar kein schlecht aussehender Typ. Hübsch, gewissermaßen. Sie versuchte ihn sich jünger vorzustellen, gebräunt, locker, wie er über die Wellen ritt.

»Eric«, sagte sie, »du wirst hier wieder rauskommen.«

Keine Reaktion. Genauso wie im Auto, wenn sie zusammen unterwegs waren.

Petra streichelte seine Finger und spürte die Wärme durch ihre Latexhandschuhe.

»Sie werden *definitiv* hier rauskommen, Detective Stahl. Und dann werden wir beide miteinander *reden*.«

52

Allison und ich lagen nackt auf ihrem Bett. Meine rechte Hand ruhte auf ihrem Nacken. Ihre Fingernägel streiften meinen Arm.

Sie atmete tief aus, machte sich los, schlüpfte unter die Decke. Hob ihre Haare über den Kopf und schlang sie lose zusammen. »Wie geht's Robin?«

»Besser.«

»Gut. Könntest du mir bitte das Wasser reichen?«

»Klar.«

»Danke.«

Augenblicke zuvor waren wir ineinander verloren gewesen. Jetzt führten wir ein zivilisiertes Gespräch.

Ich fragte: »Denkst du an Robin?«

»Sie beschäftigt mich nicht. Ich habe Mitgefühl mit ihr.« Sie trank Wasser. Stellte das Glas vorsichtig ab. »Liebling, irgendwann wirst du damit fertig werden müssen.«

»Womit?«

»Dass du sie gerettet hast. Was das für sie bedeutet.«

»Tim ist bei ihr. Sie bekommt moralische Unterstützung.«

Ich hatte vor zwei Tagen in dem Haus in Venice vorbeigeschaut. Tim war an die Tür gekommen, hatte etwas sagen wollen. Die Worte waren ihm im Hals stecken geblieben – Sprechguru mit Stummheit geschlagen. Er hatte meine Hand umklammert, sie hart geschüttelt und war hinausgegangen. Ließ Robin und mich allein im Wohnzimmer. Es war seltsam, sie dort einfach sitzen zu sehen. Seit ich sie kannte, hatte sie Schwierigkeiten damit, nichts zu tun.

Sie akzeptierte eine Umarmung, dankte mir, sagte mir, es ginge ihr gut.

Ich pflichtete ihr bei.

Irgendwie überstanden wir beide den Moment. Ich blieb eine Weile, dann ging ich.

Allison sagte: »Ich rede nicht von moralischer Unterstützung, Liebling.«

»So, wie ich es sehe«, sagte ich, »hab ich sie nicht gerettet. Ganz und gar nicht. Tim ist der Held, sein Anruf hat den Ball ins Rollen gebracht. Ich bin nicht mal an den Apparat gegangen, als er mich das erste Mal zu erreichen versuchte. Und wenn du nicht gewesen wärst, wer weiß, ob ich wirklich hingefahren wäre.«

»Wenn ich nicht gewesen wäre, wärst du früher dort gewesen.« Sie lächelte.

»Was ist?«

»Teamwork«, sagte sie. »So siehst du es.«

Ich stützte mich auf den Ellbogen. »Ist das die beste Zeit für diese Diskussion?«

»Welche Zeit wäre besser?«

»Den heutigen Abend«, sagte ich, »hatte ich mir eher romantisch vorgestellt.«

»In meinen Augen ist Aufrichtigkeit Teil einer romantischen Beziehung«, erwiderte sie. »Zumindest ein bisschen.« Sie rollte auf mich zu, nahm mein Gesicht in die Hände und küsste mich auf die Lippen.

»Da widerspreche ich besser nicht«, sagte ich. »Einer Frau mit Schusswaffe und so.«

Sie lächelte erneut. Legte sich wieder hin.

Stützte sich auf die Ellbogen. Küsste mich auf eine neue Weise.

53

»Eine ironische Geschichte für den Autor meiner Biografie«, sagte Milo und vertilgte den Rest seines Sandwichs. »Ich kriege meinen Durchsuchungsbefehl, fühle mich Spitze, und die Show läuft ohne mich ab.«

»Shulls Mommy hat einen guten Anwalt engagiert«, sagte ich. »Die Show ist erst vorbei, wenn sie vorbei ist.«

»Das stimmt«, erwiderte er und wischte sich das Gesicht ab. Das Sandwich war eine Do-it-yourself-Angelegenheit gewesen. Truthahn und Steak und kalte Fleischklößchen und was er an Gemüse in meinem Kühlschrank gefunden hatte zwischen mehreren Scheiben Roggenbrot. So groß, dass eine Baugenehmigung erforderlich gewesen wäre.

»Trotzdem«, sagte er, »bekenne ich mich zu einem gewissen Optimismus.«

»Das ist ja was völlig Neues.«

»Wie du siehst, Alex, bin ich tatsächlich bereit, mich zu ändern.«

»Das bist du allerdings.«

Er faltete seine Serviette zusammen. »Es bringt mich um, dass ich es verpasst habe. Nichts ist besser, als einen auf frischer Tat zu ertappen. In zwanzig Jahren kann ich die Gelegenheiten an einer Hand abzählen.«

Die Tat war Robin gewesen. Ich sagte nichts.

»Stahl geht's besser«, berichtete er. »Rick sagt, er bleibt bestimmt am Leben. Der Junge hat Glück gehabt. Und dumm war er obendrein. Allein auf Shull loszugehen, ohne Unterstützung anzufordern. Petra sagt, seine Erklärung wäre, dass alles zu schnell geschehen ist.«

»Gott sei Dank war er da, um Shull aufzuhalten.«

»Gott sei Dank warst du da.«

»Das verdanke ich Allison.« Ich dachte: *Robin verdankt es Tim und Allison.*

Dachte: *Das Leben ist kompliziert.*

»Wie geht's Robin?«, fragte er.

»Sie kommt zurecht.«

Er spielte mit seiner Serviette. »Ich bin direkt danach zu ihr gegangen. Sie sah ziemlich benommen aus.«

Ich stand auf und goss mir eine Tasse Kaffee ein.

»Jedenfalls«, sagte Milo, »hat Stahl heute Morgen etwas mehr mit Petra geredet. Kein Wort darüber, dass er einen Messerstich abbekommen hat, und sie wollte ihn nicht aufregen. Er wollte ihr unbedingt mitteilen, dass Shull, bevor er zu Robin fuhr, an einem leeren Grundstück in Inglewood ausgestiegen war, nicht weit von der Stelle, wo Kevins Wagen gefunden wurde. Wir haben die Stelle gefunden und zwei Leichenhunde losgeschickt, und die haben verrückt gespielt. Vor zwei Stunden haben wir ein paar Knochen ausgegraben. Mitarbeiter des Gerichtsmediziners sind unterwegs nach Encino, um sich Zahnarztunterlagen von Kevin abzuholen.«

»Traurig«, sagte ich.

»Ja.« Er holte Luft. »Wir sind mit dem sprichwörtlichen kleinen Kamm durch Shulls Haus gegangen. Riesengroßes Haus für einen Mann. All die alten Möbel, die er von Mommy bekommen hat. Aber er hat wie ein Schwein gelebt, hat sich um nichts gekümmert. Er hat eine Fernbedienung an eine Kamera angeschlossen und hat Fotos von sich gemacht und sie im ganzen Haus aufgehängt. Da posiert er wie ein Schickeria-Typ von Ralph Lauren, aber auf dem Boden fanden sich verdorbenes Essen und Kakerlaken. All die guten Sachen waren in einem Lagerraum im Untergeschoss, der auch als Weinkeller fungierte. Shull hatte eine schöne Sammlung roter Jahrgangsweine. Nach den leeren Flaschen auf dem Boden zu urteilen, hat er häufig welche probiert. Zusammen mit reichlichen Mengen von Glückspulver.« Er tippte sich seitlich an die Nase. »Pillen ebenfalls. Arzneimittel, einige immer noch mit den Markierungen vom Krankenhaus. Du hattest also Recht damit. Er kannte das Gebiet, wo er Erna aufgegabelt hat, weil er sich medizinische Drogen besorgt hat.«

»Was spielte Erna für eine Rolle?«, fragte ich.

»Ich dachte, das würdest *du mir* sagen.«

»Ich bin nicht sicher, ob wir es je wissen werden. Am wahrscheinlichsten ist meiner Ansicht nach, dass er sie als seine verrückte Cousine betrachtete, für die er Verwendung hatte. Er hat ihre Labilität ausgenutzt, ihre Liebe zur Kunst. Wir wissen, dass er ihren Namen als Pseudonym für seine Kritiken einsetzte. Das erlaubte es ihm, seine Spuren für den Fall zu verwischen, dass die Artikel mit den Opfern in Verbindung gebracht wurden. Er nahm vermutlich an, Erna wäre zu verwirrt, um irgendwelchen Schaden anzurichten, falls je ein Zusammenhang zwischen ihr und dem Pseudonym hergestellt werden sollte. Und dann hat er seine Meinung doch geändert und sie umgebracht.«

»Ich glaube, er hat sie auch als Ablenkungsmanöver benutzt«, sagte Milo. »Indem er sie zu der Galerie und vielleicht auch zu anderen potenziellen Tatorten schickte. In der Annahme, sie würde den Leuten auffallen, sie ablenken, so dass er sich dort rumdrücken und den Schauplatz ausforschen konnte. Was ja auch geschehen ist. Nur dass der Schuss nach hinten losgegangen ist, weil die Untersuchung von Ernas Tod schließlich das war, was uns auf seine Spur gebracht hat.« Er entfaltete die Serviette, glättete sie und legte sie beiseite. »Wahrscheinlich hast du Recht. Sein hauptsächliches Motiv bestand darin, mit Ernas Kopf rumzuspielen. Weil es ihm Spaß machte. Wie er es auch mit

Kevin Drummond getan hat. Spielte die Rolle des Mentors für den Jungen und trug zur Finanzierung von *GrooveRat* bei, um ihn weiterhin in der Illusion zu wiegen, er hätte eine Chance als Verleger. Währenddessen hatte Shull ein Forum für seine beschissenen Artikel – und auch hier verwischte er seine Spuren. Ergibt das für dich einen Sinn?«

»Vollkommen«, sagte ich. »Und auch hier war er zu gerissen. Indem er Kevin Petra wegen der Einzelheiten im Fall Baby Boy anrufen ließ. Er hat Kevin wahrscheinlich gesagt, das wäre großartiges Material für einen zweiten Artikel. Es sei denn, Kevin war über die Morde informiert und der Anruf diente auch seinem eigenen Vergnügen.«

»Bislang haben wir nicht den geringsten Beweis dafür entdeckt, dass Kevin etwas anderes war als ein Betrogener. Bis dahin bleibt er ein Opfer – damit seine Eltern wenigstens einen kleinen Trost haben.«

Er stand auf, ging in der Küche auf und ab. »Shull sah sich selbst als etwas Besseres, aber er ist nichts weiter als ein jämmerlicher Freak. Bevor er auf Robin losging, ist er stundenlang herumgefahren. Hat das Snake Pit wieder besucht, das Haus von Szabo und Loh, die Marina, wo er Mehrabian hat liegen lassen. Hat sich an Erinnerungen geweidet, sich in einen Erregungszustand versetzt. Eine Sache finde ich allerdings rätselhaft. Er hat seine Technik verändert. Bis zu Robin hat er es auf die sanfte Tour gemacht. Hat sich den Opfern freundlich genähert und das Messer hineingleiten lassen. Es in der Öffentlichkeit getan – ist Risiken eingegangen. Bei Robin hat es den Anschein, als wäre er regrediert. Heimlicher Einbruch und Blitzangriff. Was er wahrscheinlich auch bei Angelique Bernet gemacht hat. Hast du eine Idee, warum?«

»Er hätte die sanfte Tour vorgezogen«, sagte ich. »Subtil und dramatisch zu sein ließ sich mit seinem Sinn für Theater vereinbaren. Er hat wahrscheinlich beschlossen, vorsichtig zu sein, weil ich diese Fragen nach Kevin gestellt hatte. Er fühlte sich nicht derart bedroht, dass er aufgehört hätte, aber er wusste, dass wir näher kamen.«

»Vermutlich«, sagte Milo. »Trotzdem hat der Idiot seine Arroganz nie aufgegeben. Ist durch die ganze Stadt gefahren, ohne einen Gedanken an eine mögliche Beschattung zu verschwenden.«

»Am Ende nur ein Amateur«, sagte ich.

»Einmal ein Verlierer, immer ein Verlierer.« Er streckte sich, ging noch ein wenig auf und ab, setzte sich wieder hin. Starrte an mir vorbei. Seine Augenwinkel waren verkrustet. Er war schlecht rasiert.

All diese Tage ohne Schlaf.

»Was für gute Sachen habt ihr im Keller gefunden?«, fragte ich.

»Baby Boys Gitarren, sieben tiefe E-Saiten, einen schwarzen Trenchcoat, der vor kurzem gereinigt worden ist, eine Schachtel mit Chirurgenhandschuhen und Zeitungsausschnitte über alle Opfer. Nicht geordnet, alle zusammen in einen großen Flachordner geworfen. Er hat Kritiken, Interviews – wie das, das Robin dem Gitarren-Magazin gegeben hat – und Zeitungsberichte über die Morde ausgeschnitten.« Seine Kiefermuskeln traten hervor. »Hier kommt die schlechte Nachricht, Alex. Zusätzlich zu Baby Boy, Julie, Vassily, China, Angelique Bernet und Mehrabian gab es noch vier weitere. Alle innerhalb der letzten fünf Jahre und innerhalb des Zeitraums, über den wir nachgedacht haben. Ein Töpfer, der in Albuquerque ermordet wurde, ein weiterer Tänzer, der in San Francisco getötet und anschließend in die Bay geworfen wurde, eine Glasbläserin aus Minneapolis und Wilfred Reedy, der alte Jazzmusiker, der vor viereinhalb Jahren auf der Main Street getötet wurde. Jeder nahm an, dass es sich um eine Drogengeschichte handelte, weil – wie ich dir schon sagte – Reedys Sohn süchtig war und die Main Street ein heißes Pflaster ist, aber es sieht so aus, als wäre er Shulls erstes Opfer gewesen.«

»Hatte Shull alle LPs von Reedy?«

Er starrte mich an. »Ja. Was die Fälle außerhalb betrifft, suchen wir derzeit nach Kongressen, an denen Shull möglicherweise teilgenommen hat.«

Ich versuchte, erleichtert zu sein, dass es vorbei war. Versuchte die Bilder all dieser Leichen abzuschütteln.

»Du hattest auch mit einer anderen Sache Recht, Alex. Shull war nicht an Schriftstellern interessiert, weil er sich selbst für einen praktizierenden Schriftsteller hält. Oben in dem Flachordner lag ein Umschlag, der mit den Buchstaben D. G. A. R. markiert war. Hab eine Weile gebraucht, bis ich dahinter gekommen bin. Der Große Amerikanische Roman. Innen lag ein Titelblatt. Ich hab's für dich fotokopiert.«

Er zog ein zusammengefaltetes Stück Papier aus einer Innentasche, entfaltete es und breitete es auf dem Tisch aus.

Leer, bis auf drei getippte Zeilen in der Mitte:

Der Künstler
Ein Roman von
A. Gordon Shull

»Das ist alles?«, sagte ich. »Nur der Titel?«

»Mehr hat er nicht geschrieben. Buchstäblich. Der Typ muss eine Blockade gehabt haben.«